Rebecca Donovan studierte an der University of Missouri-Columbia und lebt heute mit ihrem Sohn in einer beschaulichen kleinen Stadt in Massachusetts. Mit ihrem Debüt, ›Liebe verletzt‹ und den beiden Fortsetzungen ›Liebe verwundet‹ und ›Liebe verrät‹ hatte sie in den USA bahnbrechenden Erfolg.

Weitere Informationen zum Kinder- und Jugendbuchprogramm der S. Fischer Verlage, auch zu E-Book-Ausgaben, gibt es bei www.blubberfisch.de und www.fischerverlage.de

Rebecca Donovan

vErletZt

Aus dem Amerikanischen von Christine Strüh

FISCHER Taschenbuch

Deutsche Erstausgabe
Erschienen bei FISCHER Kinder- und Jugendtaschenbuch

Die amerikanische Originalausgabe erschien 2013
unter dem Titel ›Reason to Breathe‹
bei Amazon Children's Publishing, USA
© Rebecca Donovan 2013

Für die deutschsprachige Ausgabe:
© S. Fischer Verlag GmbH, Frankfurt am Main 2014
Lektorat: Sarah Iwanowski
Satz: Dörlemann, Lemförde
Druck und Bindung: CPI books GmbH, Leck
Printed in Germany
ISBN 978-3-7335-0031-3

*Für meine Freundin Faith mit ihrer guten Intuition –
wir waren schon Freundinnen, bevor wir uns begegnet sind –;
du hast mir geholfen zu entdecken,
was ich im Grunde immer war*

… eine Schriftstellerin.

1
niChT VorHanDen

atme. Meine Augen schwollen an, als ich versuchte zu schlucken. Ein dicker Kloß steckte in meinem Hals. Frustriert von meiner Schwäche, wischte ich mit dem Handrücken die Tränen weg, die sich einen Weg über meine Wangen gebahnt hatten. Ich konnte nicht länger darüber nachdenken – sonst würde es mich zerreißen.

Ich sah mich in dem Zimmer um, das zwar meines war, zu dem ich aber keine rechte Beziehung hatte – ein gebrauchter Schreibtisch an der Wand, ein nicht dazu passender Stuhl, daneben ein dreistöckiges Bücherregal, das schon zu viele Jahre in zu vielen verschiedenen Wohnungen verbracht hatte. Kahle Wände ohne Bilder. Kein Hinweis, wer ich früher einmal gewesen war, bevor ich hier wohnte. Nur ein Ort, an dem ich mich verstecken konnte – vor dem Schmerz, vor den wütenden Blicken und den bissigen Bemerkungen.

Warum war ich hier? Ich kannte die Antwort. Es gab keine andere Wahl; es war ein Muss. Ich konnte nirgendwo sonst unterkommen, und sie konnten sich nicht weigern, mich aufzunehmen. Sie waren meine einzige Familie, und ich war nicht dankbar dafür.

Ich lag auf dem Bett und versuchte, mich auf meine Hausaufgaben zu konzentrieren. Als ich nach dem Mathebuch greifen wollte, zuckte ich zusammen. Unglaublich, dass meine Schulter jetzt schon so weh tat. Na toll! Dann musste ich diese Woche wohl schon wieder mit langen Ärmeln rumlaufen.

Der stechende Schmerz in meiner Schulter rief scheußliche Bilder in meinem Kopf wach. Wut kochte in mir hoch, und ich biss die Zähne so fest zusammen, dass sie knirschten. Dann holte ich tief Luft und ließ mich von einem dumpfen Schwall Nichts einhüllen. Die Gefühle mussten verschwinden, also zwang ich mich, meine volle Aufmerksamkeit den Hausaufgaben zuzuwenden.

Ein leises Klopfen weckte mich. Ich stützte mich auf die Ellbogen und versuchte mich in dem dunklen Zimmer zu orientieren. Eine Stunde hatte ich mindestens geschlafen, obwohl ich mich überhaupt nicht daran erinnern konnte, eingedöst zu sein.

»Ja?«, antwortete ich, alles Weitere blieb mir im Hals stecken.

»Emma?«, rief ein dünnes, vorsichtiges Stimmchen, und langsam öffnete sich meine Tür.

»Du kannst ruhig reinkommen, Jack.« Obwohl ich mich so mies fühlte, bemühte ich mich, freundlich zu klingen.

Die Hand noch fest am Türgriff, steckte er den Kopf herein – er überragte den Griff kaum.

Mit seinen großen braunen Augen sah Jack sich im Zimmer um, bis unsere Blicke sich trafen – ich wusste, er hatte Angst vor dem, was er hier vorfinden könnte. Erleichtert lächelte er mich an. Für einen Sechsjährigen wusste er schon viel zu viel.

»Das Abendessen ist fertig«, sagte er und senkte die Augen. Mir war klar, dass er mir die Nachricht nicht gern überbrachte.

»Bin gleich da«, antwortete ich und lächelte ihm aufmunternd zu, so dass er einigermaßen beruhigt zu den Stimmen im anderen Raum zurückkehrte. Aus dem Esszimmer hörte ich Geschirrgeklapper und Leylas aufgeregte Stimme. Hätte ein Unbeteiligter die Szene beobachtet, wäre er mit Sicherheit davon ausgegangen, dass hier eine amerikanische Bilderbuchfamilie dabei war, zum gemeinsamen Abendessen Platz zu nehmen.

Doch das Bild veränderte sich schlagartig, als ich aus meinem

Zimmer kam. Ich war der Schandfleck auf ihrem Familienporträt, ein grässlicher Misston, meine bloße Existenz machte alles zunichte. Sofort lag Streit in der Luft. Noch einmal atmete ich tief ein und versuchte mich davon zu überzeugen, dass ich es überstehen würde. Es war doch nur ein Abend wie jeder andere, oder etwa nicht? Aber genau das war ja das Problem.

Langsam ging ich den Flur hinunter und trat in das hell erleuchtete Esszimmer. Als ich die Schwelle überschritt, wurde mir flau im Magen, und ich hielt den Blick auf meine nervös ineinander verflochtenen Finger gerichtet. Zu meiner Erleichterung bemerkte mich niemand.

»Emma!«, rief Leyla einen Moment später und rannte auf mich zu. Als ich mich zu ihr hinabbeugte, umarmte sie mich so fest, dass mir der Schmerz in den Arm schoss und ich ein leises Stöhnen nicht unterdrücken konnte.

»Hab ich dir schon das Bild gezeigt, das ich heute gemalt habe?«, fragte sie mich und zeigte stolz auf ihr rosa und gelbes Gekritzel. Ich spürte einen stechenden Blick im Rücken und wusste, wenn es ein Messer gewesen wäre, hätte es mich augenblicklich außer Gefecht gesetzt.

»Mom, hast du meinen Tyrannosaurus Rex gesehen?«, hörte ich Jack fragen, der offensichtlich versuchte, seine Mutter von mir abzulenken.

»Großartig, Schätzchen«, lobte sie ihn und wandte seinen Zeichenkünsten ihre volle Aufmerksamkeit zu.

»Das ist ein wunderschönes Bild«, sagte ich leise zu Leyla und schaute in ihre strahlenden braunen Augen. »Magst du dich vielleicht schon mal an den Esstisch setzen?«

»Okay«, stimmte sie zu, nicht ahnend, dass ihre liebevolle Geste für zusätzliche Spannungen gesorgt hatte. Wie sollte sie auch? Sie war vier Jahre alt, ich war für sie die große Cousine, die sie vergötterte, und sie für mich die Sonne in diesem dunklen Haus. Niemals hätte ich ihr Vorwürfe dafür machen können, dass ihre Zuneigung mir zusätzlichen Ärger einbrockte.

Das Gespräch wurde lebhafter, die Aufmerksamkeit wandte sich von mir ab. Nachdem alle anderen sich bedient hatten, nahm ich mir etwas von dem Brathähnchen mit Erbsen und Kartoffeln. Da ich spürte, dass jede meiner Bewegungen prüfend beobachtet wurde, konzentrierte ich mich beim Essen ausschließlich auf meinen Teller. Obwohl ich bei weitem nicht satt wurde, wagte ich es nicht, mir noch etwas zu nehmen.

Ich überhörte die Worte, die als nicht enden wollende Litanei über den schrecklich anstrengenden Arbeitstag aus *ihrem* Mund kamen. Ihre Stimme ging mir durch Mark und Bein, und mir wurde flau im Magen. George machte eine beschwichtigende Bemerkung und versuchte wie immer, seine Frau zu beruhigen. Mich nahmen beide lediglich zur Kenntnis, als ich bat, mich entschuldigen zu dürfen. George warf mir einen kurzen, ambivalenten Blick zu und antwortete lakonisch, ich könne ruhig aufstehen.

Also nahm ich meinen Teller und, da Jack und Leyla bereits zum Fernsehen ins Wohnzimmer verschwunden waren, auch ihr Geschirr, und trug alles in die Küche. Dort machte ich mich an meine allabendlichen Pflichten, kratzte die Essensreste von den Tellern, räumte das Geschirr in die Spülmaschine und schrubbte die Töpfe und Pfannen, die George fürs Kochen benutzt hatte.

Ehe ich zum Tisch zurückging, um die restlichen Sachen zu holen, wartete ich, bis die Stimmen sich ins Wohnzimmer verzogen hatten. Nachdem ich das Geschirr abgewaschen, den Müll hinausgebracht und den Boden gefegt hatte, ging ich zurück in mein Zimmer. Ich kam am Wohnzimmer vorbei, aus dem ich Fernsehgeräusche und im Hintergrund das Lachen der Kinder hörte. Wie üblich bemerkte mich niemand.

Ich legte mich auf mein Bett, steckte die Kopfhörer in meinen iPod und drehte die Lautstärke voll auf, damit mein Kopf erst gar nicht auf die Idee kommen konnte nachzudenken. Morgen hatte ich nach der Schule ein Spiel, also würde ich erst spät nach Hause kommen und unser wundervolles Familienessen verpassen. Ich holte tief Luft und schloss die Augen. Morgen war ein neuer Tag – und ich einen Tag näher dran, all dies hinter mir lassen zu können.

Ich rollte mich auf die Seite und vergaß für einen Moment meine Schulter. Sofort wurde ich schmerzhaft daran erinnert, was ich eines Tages hinter mir lassen würde. Entschlossen knipste ich das Licht aus und ließ mich von der Musik in den Schlaf dröhnen.

Auf dem Weg durch die Küche – in der Hand die Sporttasche, über der Schulter den Rucksack – nahm ich mir einen Müsliriegel. Als Leyla mich entdeckte, weiteten sich ihre Augen vor Freude, und ich ging rasch zu ihr hinüber und küsste sie auf den Kopf, wobei ich mich bemühte, die durchdringenden Blicke von der anderen Seite des Zimmers zu ignorieren. Jack saß neben Leyla an der Kücheninsel und aß sein Müsli. Ohne aufzublicken, schob er mir ein Blatt Papier zu.

Viel Glück! stand in lila Buchstaben darauf, dazu hatte er in Schwarz einen richtig tollen Fußball gemalt. Gespannt auf meine Reaktion, warf er mir einen kurzen Blick zu, und ich erwiderte ihn mit einem hastigen Halblächeln, damit Carol unseren Austausch nicht bemerkte. »Tschüs, Leute«, rief ich dann und wandte mich zur Tür.

Ehe ich sie erreicht hatte, packte eine kalte Hand mich am Handgelenk. »Gib das sofort zurück.«

Ich drehte mich um. Da Carol den Kindern den Rücken zuwandte, brauchte sie ihren giftigen Blick nicht abzumildern. »Auf deiner Liste stand kein Müsliriegel, ich hab ihn nicht für dich gekauft. Also her damit.«

Ich legte den Riegel in ihre ausgestreckte Hand, zum Glück lockerte sich ihr Klammergriff augenblicklich. »Tut mir leid«, murmelte ich und rannte aus dem Haus, ehe mir noch etwas leidtun konnte.

»Und … was ist passiert, als du heimgekommen bist?«, fragte Sara und drehte die Punkmusik leiser, als ich in ihr rotes Cabrio einstieg.

»Hä?«, erwiderte ich und rieb mir das Handgelenk.

»Gestern Abend, als du heimgekommen bist«, wiederholte Sara ungeduldig.

»Da ist nicht viel passiert – nur das übliche Geschrei«, wiegelte ich das Drama ab, das mich empfangen hatte, als ich gestern vom Training zurückgekehrt war. Beiläufig rieb ich meinen lädierten Arm und beschloss, besser nicht noch mehr zu verraten. So gern ich Sara auch hatte und obwohl ich wusste, dass sie alles für mich tun würde, gab es Dinge, die ich ihr lieber ersparen wollte.

»Also nur das übliche Geschrei, ja?« Mir war sofort klar, dass sie mir das nicht ganz abnahm. Ich war nicht die allerbeste Lügnerin, aber meistens schaffte ich es trotzdem, einigermaßen überzeugend zu wirken.

»Ja«, nuschelte ich und verschränkte die Hände, weil sie von Carols Berührung immer noch zitterten. Dann wandte ich mich ab und starrte aus dem Fenster, sah zu, wie die Bäume, unterbrochen von den überdimensionalen Eigenheimen mit ihren landschaftlichen Gärten, an uns vorbeiflogen, und ließ mir die frische Spätseptemberluft in mein erhitztes Gesicht wehen.

»Da hast du ja wohl ausnahmsweise mal Glück gehabt.« Ich spürte ihren Blick. Sie wartete darauf, dass ich ihr vielleicht doch noch die ganze Wahrheit beichtete.

Als ihr klarwurde, dass ich dazu nicht bereit war, drehte sie die Musik wieder auf. Sie begann mit der Punkband zu johlen und den Kopf hin und her zu werfen.

So fuhren wir auf den Schulparkplatz, wo wir wie gewohnt

von den neugierigen Blicken der Schüler und dem gelegentlichen Kopfschütteln der Lehrer empfangen wurden. Sara merkte davon nichts oder tat zumindest so, als wäre es ihr vollkommen egal. Und ich achtete nicht darauf, weil mir die anderen wirklich egal waren.

Ich hängte mir den Rucksack über die linke Schulter und überquerte mit Sara den Parkplatz. Ihr Gesicht strahlte, ihr Lächeln war ansteckend, viele Leute winkten ihr zu. Mich nahm kaum jemand wahr, aber das störte mich nicht. Von Saras charismatischer Präsenz wurde man leicht in den Schatten gestellt – allein schon dank der feuerroten Mähne, die ihr in stufigen Wellen weit über den Rücken fiel.

Sara war der Traum eines jeden Highschool-Jungen, und bestimmt auch der von manchen Lehrern. Sie war umwerfend attraktiv, ihr Körper hatte die perfekten Rundungen eines Badeanzug-Models. Aber ich mochte an ihr besonders ihre Bodenständigkeit. Obwohl sie wahrscheinlich das begehrteste Mädchen der Schule war, stieg es ihr nicht zu Kopf.

Fast jeder rief ihr ein »Guten Morgen, Sara« zu, wenn sie sprühend vor Energie durch die Schulkorridore schritt, und sie gab die Begrüßungen im gleichen fröhlichen Ton zurück.

Ein paarmal wurde auch ich gegrüßt, schaute kurz hin und nickte. Ich wusste ja, dass man mich nur wegen Sara zur Kenntnis nahm. Im Grunde wollte ich auch gar nicht bemerkt werden, es war mir ganz recht, unauffällig im Windschatten meiner Freundin durch die Korridore zu huschen.

»Ich glaube, Jason kriegt langsam mit, dass ich existiere«, vertraute Sara mir an, als wir vor unseren nebeneinanderliegenden Spinden standen und die Sachen für unsere ersten Kurse zusammensuchten. Wie durch ein Wunder waren wir für dieselbe Morgenstunde eingeteilt worden – in der größtenteils Organisatorisches besprochen wurde –, was uns praktisch unzertrennlich machte. Zumindest bis zum ersten Kurs, denn dann hatte ich »Englische Literatur und kreatives Schreiben«, während sie »Algebra II« besuchte.

»Dass du existierst, wissen alle, Sara«, entgegnete ich mit einem ironischen Grinsen. Ein paar wissen es sogar nur zu genau, dachte ich im Stillen.

»Na ja, bei ihm ist es anders. Er schaut mich kaum an, selbst wenn ich direkt neben ihm sitze. Das ist so frustrierend.« Sie ließ sich mit dem Rücken gegen die Spindtür fallen. »Dir ist schon klar, dass die Jungs dir nachschauen, oder?«, griff sie meine Bemerkung auf. »Du kannst dich bloß nicht lange genug von deinen Büchern losreißen, um *sie* zu bemerken.«

Ich wurde rot und sah sie finster an. »Was redest du denn da? Die glotzen doch bloß deinetwegen.«

Sara lachte, und ihre makellosen weißen Zähne blitzten. »Du hast echt keine Ahnung«, kicherte sie spöttisch.

»Ach was! Ist doch auch egal«, entgegnete ich abwehrend, aber immer noch mit rotem Gesicht. »Was willst du denn jetzt machen wegen Jason?«

Sara seufzte, drückte ihre Bücher an die Brust und schlug ihre blauen Augen nachdenklich zur Decke auf.

»Ich weiß es noch nicht«, antwortete sie schließlich versonnen. Vermutlich dachte sie an Jason mit seinen blonden Haaren, den eindringlichen blauen Augen und dem hinreißenden Lächeln. Jason war Kapitän und Quarterback des Footballteams. Konnte man sich ein schlimmeres Klischee vorstellen?

»Was meinst du denn damit? Du hast doch sonst immer einen Plan parat.«

»Bei Jason ist einfach alles anders. Er schaut mich nicht mal an. Ich muss sorgfältiger vorgehen.«

»Ich dachte, du hast gesagt, er hat dich endlich zur Kenntnis genommen?«, hakte ich etwas verwirrt nach.

Sara wandte sich mir zu. Zwar funkelten ihre Augen immer noch, als wäre sie soeben aus einem wunderschönen Traum aufgewacht, aber das Lächeln war verschwunden.

»Ich versteh es echt nicht. Gestern hab ich mich in Betriebswirtschaft extra neben ihn gesetzt, und er hat auch Hallo gesagt, aber das war's dann schon. Er weiß, dass ich existiere. Mehr nicht.« Ihrer Stimme konnte man anhören, wie irritiert sie war.

»Ach, dir wird schon was einfallen. Es sei denn, er ist schwul«, gab ich zu bedenken.

»Emma!«, rief Sara entrüstet und boxte mich in den rechten Arm. Ich biss die Zähne zusammen und zwang mich zu lächeln. Hoffentlich hatte sie nicht gemerkt, wie meine Schultern bei ihrer harmlosen Berührung zurückgezuckt waren. »Sag so was nicht. Das wäre ja verheerend. Jedenfalls für mich.«

»Aber nicht für Kevin Bartlett«, lachte ich, und sie schnitt eine Grimasse.

Zu sehen, was für einen Kopf Sara sich über diesen Kerl machte, war ebenso amüsant wie entwaffnend. Sie konnte gut mit Menschen umgehen – fast immer hatte sie Erfolg, vor allem bei den Jungs. Ganz gleich, wen sie zu etwas überreden wollte, sie drehte es mit ihrer liebenswerten Art so, dass ihr Gegenüber den Wunsch verspürte, ihr diese Freude zu machen.

Aber Jason Stark brachte Sara ganz offensichtlich aus der Fassung. Diese Seite von ihr bekam ich fast nie mit, und es interessierte mich, wie sie mit der ungewohnten Situation umging.

Die einzigen Menschen, die für sie bisher eine noch größere Herausforderung dargestellt hatten, waren meine Tante und mein Onkel. Sooft ich ihr auch versicherte, dass es nichts mit ihr zu tun hatte – sie strengte sich nur umso mehr an, die beiden freundlich zu stimmen und mir meine persönliche Hölle dadurch vielleicht etwas erträglicher zu gestalten. Wer war ich, mich ihr in den Weg zu stellen? Auch wenn ich genau wusste, dass ihre Bemühungen vollkommen aussichtslos waren.

Nach der Morgenstunde trennten sich unsere Wege. Im Literaturkurs setzte ich mich wie üblich ganz nach hinten. Ms Abbott begrüßte uns und begann die Stunde mit der Rückgabe unserer letzten schriftlichen Arbeiten.

Als sie mir meinen Aufsatz überreichte, sah sie mich mit einem warmen Lächeln an. »Sehr einfühlsam, Emma«, meinte sie lobend.

Ich lächelte verlegen zurück. »Danke.«

Oben auf dem ersten Blatt meiner Arbeit prangte in roter Tinte die Note »A«, und auch sonst standen am Rand überall positive Kommentare. Weder ich noch meine Mitschüler hatten etwas anderes erwartet, und während sich die meisten über den Tisch beugten, um die Noten ihrer Freunde zu begutachten, kümmerte sich niemand um mich. Ich stopfte mein Werk ganz nach hinten in meine Mappe.

Meine Noten waren mir nicht peinlich; es war mir egal, was meine Mitschüler von meinen guten Zensuren hielten. Ich wusste, dass ich sie verdient hatte. Und ich wusste auch, dass sie mich eines Tages retten würden. Aber außer Sara hatte natürlich niemand einen blassen Schimmer, dass ich nur die Tage zählte, bis ich endlich ausziehen und aufs College gehen konnte. Wenn ich dafür als Klassenbeste das Getuschel hinter meinem Rücken aushalten musste, dann nahm ich es gern in Kauf. Von meinen Mitschülern würde mich niemand schützen, wenn ich einmal nicht erfolgreich war, also musste ich auch nicht bei ihrem Schultratsch und sonstigen Teenagerquatsch mitmischen.

Das Einzige, was in meinem Leben annähernd als konventionelle Highschool-Erfahrung durchging, war meine Freundschaft mit Sara, und sie war definitiv unterhaltsam. Die meisten Schüler bewunderten Sara, von vielen wurde sie beneidet, und wenn sie es darauf anlegte, konnte sie einen Jungen allein schon mit ihrem strahlenden Lächeln verführen. Aber für mich war das Wichtigste, dass ich mich hundertprozentig auf sie verlassen konnte. Ich hätte ihr jederzeit mein Leben anvertraut – und das will einiges heißen, vor allem angesichts dessen, was mich jeden Abend zu Hause erwartete.

»Wie geht's?«, fragte Sara, als wir uns vor dem Lunch wieder an unserem Spind trafen.

»Bei mir gab's nichts Neues oder gar Aufregendes. Irgendwelche Fortschritte mit Jason in Betriebswirtschaft?« Das war der Kurs, den Sara direkt vor der Mittagspause besuchte, so dass sie für gewöhnlich genug zu erzählen hatte, ehe wir zum Journalistik-Kurs mussten.

»Schön wär's!«, rief sie. »Nichts – das ist so frustrierend! Ich gehe zwar nicht übermäßig forsch an die Sache heran, aber ich gebe ihm alle offensichtlichen Signale, dass ich Interesse habe.«

»Anscheinend fehlt dir das, was nötig wäre, um sein Interesse zu wecken«, neckte ich sie.

»Ach, sei bloß still, Em!« Sara sah mich streng an. »Ich glaube, ich muss noch direkter werden. Im schlimmsten Fall kann er ja auch bloß sagen ...«

»... dass er schwul ist«, fiel ich ihr ins Wort und lachte.

»Du kannst lachen, so viel du willst, aber ich werde Jason Stark dazu kriegen, mit mir auszugehen.«

»Ich weiß«, bestätigte ich unumwunden.

Für meinen Lunch wurde mir wöchentlich ein Teil des Gelds abgezogen, das ich im Sommer verdient hatte – dieses Geld wurde mir strikt zugeteilt, ich konnte nicht selbst darüber bestimmen. Eine weitere völlig unlogische Regel, mit der ich die nächsten sechshundertdreiundsiebzig Tage leben musste.

Sara und ich beschlossen, den schönen Spätsommertag auszunutzen und uns draußen an einen der Picknicktische zu setzen.

Der Herbst war – wie so oft in New England – völlig unberechenbar. Den einen Tag war es frostig kalt, den anderen konnte man die ärmellosen Tops wieder aus dem Schrank holen. Aber wenn der Winter erst einmal zuschlug, blieb er meist länger als gewünscht.

Während die meisten anderen Schüler ihre Klamotten ablegten, um die Wärme zu genießen, konnte ich nur vorsichtig die Ärmel meines Shirts hochschieben. Meine Garderobe richtete sich stets nach dem Zustand der mehr oder weniger gut verheilten Prellungen an meinen Armen und hatte wenig mit den Temperaturen zu tun.

»Was hast du denn heute mit deinen Haaren gemacht? Sieht gut aus. Glatter. Sehr schick.«

Wir waren auf dem Weg nach draußen, und ich sah Sara skeptisch von der Seite an. Ich trug heute nur deshalb einen Pferdeschwanz, weil ich am Morgen die mir zustehenden fünf Minuten in der Dusche überschritten und die Spülung nicht mehr hatte auswaschen können, ehe mir das Wasser abgedreht worden war.

»Was redest du denn da?«, fragte ich ungläubig.

»Ach, vergiss es. Du kannst doch nie ein Kompliment annehmen.« Dann wechselte sie etwas abrupt das Thema und fragte: »Kommst du eigentlich morgen Abend zum Footballspiel?«

Ich sah sie mit hochgezogenen Augenbrauen an und biss in meinen Apfel.

Als ihr klarwurde, dass ich das Offensichtliche nicht aussprechen würde, hob Sara ihre Limodose zum Mund, hielt aber mitten in der Bewegung inne.

»Warum quält er mich bloß so?«, flüsterte sie und ließ die Dose wieder sinken, den Blick auf etwas hinter mir gerichtet.

Ich drehte mich um. Jason Stark und noch ein anderer gutgebauter Junge aus der zwölften Klasse warfen sich einen Football zu. Sie hatten ihre Hemden ausgezogen und sie hinten in die Jeans gestopft. Dass sie damit Blicke auf sich zogen, war klar. Eine Minute sah ich den beiden zu, während Sara hinter mir leise stöhnte. Seltsamerweise schien Jason keins der Mädchen, die ihn anschmachteten, zu bemerken – sehr interessant.

»Sara, womöglich ist ihm wirklich nicht klar, dass du ihn toll findest«, bemerkte ich nüchtern. »Hast du daran schon mal gedacht?«

»Wie könnte ihm das denn nicht klar sein?«, fragte sie fassungslos.

»Weil er ein Junge ist«, antwortete ich mit einem resignierten Seufzer. »Hast du ihn, abgesehen von den zwei Jahren, in denen er mit Holly Martin zusammen war, jemals mit einer ausgehen sehen? Nur weil wir ihn für einen Gott halten, muss er sich noch lange nicht selbst auf diesen Sockel stellen.«

Nachdenklich blickten wir hinüber zu der großen, muskulösen Gestalt mit dem verspielten Lächeln. Nicht mal ich konnte mich den Reizen seines sonnengebräunten Körpers entziehen – dass ich mich auf die Schule konzentrierte, hieß ja nicht, dass ich blind war. Manche Dinge nahm ich schon wahr – na ja, jedenfalls gelegentlich.

»Vielleicht hast du recht«, räumte Sara mit einem undurchsichtigen Grinsen ein.

»Ihr beide würdet jedenfalls ein sensationelles Paar abgeben«, meinte ich und seufzte.

»Em, du musst morgen mit mir zu dem Spiel gehen!«, bettelte Sara und klang beinahe verzweifelt.

Ich zuckte die Achseln. Da ich nicht selbst über mein Sozialleben bestimmte, hatte ich keines. Ich harrte aus bis zum College. Es war ja nicht so, dass ich mich aus allem raushielt. Auf meine eigene Art nahm ich durchaus am Highschool-Leben teil – ich war Mitglied von drei Sportmannschaften, Herausgeberin der Schulzeitung, ich machte mit beim Jahrbuch, engagierte mich bei

Kunstprojekten und im Französisch-Club. Es reichte, um mich nach der Schule zu beschäftigen, manchmal sogar noch bis in den Abend hinein, wenn ich Wettkämpfe oder Abgabetermine für die Zeitung hatte. Ich musste mir ideale Voraussetzungen für mein Stipendium schaffen. Das war das Einzige, was ich unter Kontrolle hatte, und ehrlich gesagt, war es eher eine Überlebensstrategie als ein Fluchtplan.

2
ErStEr eiNdRuCk

Während ich mit Sara zum Journalistik-Kurs ging, merkte ich, dass die Darbietung beim Lunch immer noch in ihrem Kopf herumspukte. Sie machte einen geradezu verzückten Eindruck – es war fast ein bisschen unheimlich. Schweigend ging ich neben ihr her und hoffte, sie würde bald wieder normal.

Im Kursraum steuerte ich sofort auf den Computer mit dem extragroßen Monitor zu und rief den neuesten Entwurf der *Weslyn High Times* auf. Vollkommen auf den Bildschirm konzentriert, blendete ich das Stühlerücken und Stimmengemurmel der anderen einfach aus. Die Ausgabe musste in dieser Stunde druckfertig werden, damit wir sie morgen früh in Umlauf bringen konnten.

Von fern hörte ich, wie Ms Holt um Aufmerksamkeit bat und dazu aufforderte, die Aufträge für die Ausgabe der nächsten Woche durchzugehen. Doch ich widmete mich weiter dem Seitenaufbau, verschob Anzeigen, passte sie den Artikeln an und fügte Fotos ein, um die Beiträge entsprechend zu ergänzen.

»Ist es zu spät, um für die nächste Wochenausgabe noch einen weiteren Artikel zu berücksichtigen?«

Die Stimme lenkte mich ab. Ich kannte sie nicht. Der Junge sprach, ohne zu zögern, zielstrebig und selbstbewusst. Ich starrte auf den Bildschirm, ohne wirklich zu sehen, was ich vor mir hatte, und wartete. Im Raum herrschte gespannte Stille. Ms Holt forderte den jungen Mann auf fortzufahren.

»Ich wollte einen Artikel über das Selbstbild von Teenagern

schreiben. Ob sie fähig sind, ihre körperlichen Mängel zu akzeptieren. Dafür würde ich gern Interviews mit Schülern machen und Fragebögen verteilen, um rauszufinden, welches Körperteil sie am meisten verunsichert.« Jetzt drehte ich meinen Stuhl herum, denn es interessierte mich, wer sich ein dermaßen brisantes Thema einfallen ließ. »Der Artikel könnte zeigen, dass jeder gewisse Unsicherheiten hat, unabhängig vom sozialen Status, der ihm zugeschrieben wird.« Während er das erklärte, schaute er zu mir herüber. Anscheinend hatte er gemerkt, dass ich zuhörte. Ein paar von den anderen hatten ebenfalls zur Kenntnis genommen, dass ich nicht mehr am Computer hing, beobachteten mich und versuchten offensichtlich, meinen nachdenklichen Gesichtsausdruck zu deuten.

Die Stimme gehörte einem Jungen, den ich noch nie gesehen hatte. Während er fertigsprach, fing ich an, mich zu ärgern. Wie konnte jemand mit einem so offensichtlich makellosen Äußeren glauben, es wäre in Ordnung, dass emotional verletzliche Mitschüler ihm offenbaren sollten, was sie an sich selbst nicht mochten? Womöglich müssten sie ihm Unsicherheiten anvertrauen, die sie sich kaum selbst eingestehen konnten. Wer würde denn gern offen über seine peinlichen Mitesser reden oder zugeben wollen, Körbchengröße A zu tragen oder die Muskelmasse eines Zehnjährigen zu besitzen? Das klang brutal. Je mehr ich darüber nachdachte, desto mehr irritierte mich die Idee. Ehrlich – wer war dieser Kerl überhaupt?

Er saß ganz hinten in der Klasse, in einem hellblauen Hemd und einer perfekt sitzenden Jeans. Die Ärmel waren aufgerollt und genügend Knöpfe offen, dass man seine glatte Haut und die Andeutung eines schlanken, muskulösen Oberkörpers erkennen konnte.

Das Hemd unterstrich seine stahlblauen Augen, die im Raum umherwanderten und Kontakt zu den Zuhörern suchten. Obwohl alle ihn anstarrten, machte er einen recht entspannten Eindruck. Wahrscheinlich war er es gewohnt, dass man ihn zur Kenntnis nahm.

Aber da war noch etwas anderes an ihm, das ich nicht recht identifizieren konnte – irgendwie schien er älter, als wäre er womöglich schon in der zwölften Klasse. Er hatte ein jugendliches Gesicht mit einer starken Kinnpartie, die sich in seinen ausgeprägten Wangenknochen fortsetzte, eine gerade Nase und makellos geschwungene Lippen. Eine bessere Knochenstruktur hätte kein Bildhauer erschaffen können.

Wenn er redete, zog er ohne Mühe die Aufmerksamkeit seiner Zuhörer auf sich. Sogar bei mir hatte es offenkundig funktioniert. Seine Stimme war auffallend tragfähig, und ich vermutete, dass er oft vor einem reiferen Publikum sprach. Aber ich konnte mich nicht entscheiden, ob ich ehrlich von ihm beeindruckt war oder ob ich ihn arrogant fand. Da er ein enormes Selbstbewusstsein ausstrahlte, neigte ich eher zur Arroganz.

»Interessante Idee ...«, begann Ms Holt.

»Im Ernst?«, fiel ich ihr ins Wort, ehe ich mir auf die Zunge beißen konnte. Sofort spürte ich, wie sich vierzehn Augenpaare auf mich richteten, und aus dem Augenwinkel sah ich, dass ein paar staunend den Mund aufsperrten. Aber ich konzentrierte mich auf den Kerl mit der ungewöhnlichen Stimme, und rauchblaue Augen erwiderten verblüfft meinen Blick.

»Hab ich das richtig verstanden – du willst die Unsicherheit von ein paar Teenagern für einen Artikel ausnutzen, in dem du ihre Schwachstellen bloßstellst? Findest du das nicht ein bisschen destruktiv? Außerdem versuchen wir in unserer Zeitung Nachrichten zu bringen. Die können ruhig unterhaltsam und witzig sein – aber eben Nachrichten, kein Tratsch.« Er zog die Augenbrauen hoch und sah aus, als wäre er schockiert.

»Das ist aber eigentlich nicht ...«, setzte er an.

»Oder planst du, ein Exposé darüber zu schreiben, wie viele Mädchen gern größere Brüste hätten und wie viele Jungs größere« – ich hielt inne und hörte um mich herum einige nach Luft schnappen – »äh, Muskeln? Oberflächlicher und schmieriger Journalismus funktioniert vielleicht in der Boulevardpresse, vielleicht war so etwas auch dort, wo du herkommst, üblich. Aber ich gehe davon aus, dass unsere Leser ein bisschen Hirn im Kopf haben.« Gedämpftes Gelächter. Ich zuckte nicht mit der Wimper, sondern starrte fest in die unerschütterlichen blauen Augen. Auf dem Gesicht des Jungen lag ein leichtes Schmunzeln. Amüsierte ihn meine verbale Attacke? Ich biss die Zähne zusammen und machte mich auf seinen Gegenangriff gefasst.

»Ich nehme meine Aufträge ernst und hoffe, dass meine Recherche zum Vorschein bringt, wie viel wir alle gemeinsam haben, ganz gleich, wie populär oder angeblich attraktiv wir sind. Ich glaube nicht, dass dieser Artikel irgendjemanden ausbeutet, vielmehr verspreche ich mir davon eine Bestätigung, dass jeder von uns Unsicherheiten hinsichtlich seines Äußeren hat, sogar diejenigen, die man für perfekt hält. Ich behandle meine Quellen vertraulich und ich kenne auch den Unterschied zwischen aufgeblasenem Geschwafel und einer ernstzunehmenden Nachricht.« Seine Stimme klang ruhig und geduldig, aber ich fand ihn trotzdem herablassend und spürte, wie mir die Hitze ins Gesicht stieg.

»Und du glaubst ernsthaft, dass du ehrliche Antworten bekommst? Dass sie wirklich mit *dir* reden werden?« Mein bissiger Unterton war selbst für mich ungewohnt, und der Stille im Raum nach zu urteilen, überraschte er auch die anderen.

»Ich kann die Leute meistens ganz gut dazu bewegen, sich zu öffnen und mir zu vertrauen«, sagte er mit einem Lächeln, das vor Selbstgefälligkeit nur so triefte.

Aber ehe ich etwas entgegnen konnte, unterbrach uns Ms Holt.

»Danke, Evan«, sagte sie und sah mich dann vorsichtig an. »Emma, da du anscheinend Vorbehalte gegen den Artikel hast – wärst du als Herausgeberin der Zeitung dazu bereit, dass Mr Mathews den Artikel schreibt und du dann das letzte Wort darüber hast, ob er die Anforderungen erfüllt?«

»Ja, darauf kann ich mich einlassen«, erklärte ich bedächtig.

»Mr Mathews, ist das akzeptabel?«

»Ja, damit komme ich zurecht. Schließlich ist sie die *Herausgeberin*.«

Oh, wie aufgeblasen! Oder nicht? Ich konnte seinen Anblick nicht mehr ertragen und wandte mich wieder dem Computer zu.

»Großartig«, antwortete Ms Holt hörbar erleichtert. »Emma, bist du bald fertig am Computer? Ich möchte gern mit der Diskussion beginnen.«

»Ich schicke die Ausgabe gerade an den Drucker«, bestätigte ich, ohne mich umzuschauen.

»Wunderbar. Würden jetzt bitte alle ihr Buch auf Seite dreiundneunzig aufschlagen, die Überschrift lautet: ›Journalistische Ethik‹.« Ms Holt gab sich alle Mühe, die Aufmerksamkeit wieder nach vorn zu lenken.

Ich setzte mich neben Sara, aber ich spürte immer noch die schockierten Blicke auf mir ruhen, und obwohl ich die Augen auf mein Buch richtete, konnte ich mich nicht richtig konzentrieren.

»Was war das denn?«, flüsterte Sara, offenbar genauso überrascht wie die anderen. Ich zuckte die Achseln, ohne sie anzuschauen.

Nach fünfzig Minuten, die sich anfühlten wie die längsten meines Lebens, war der Kurs endlich vorbei. Als wir auf den Korridor strömten, konnte ich mich nicht mehr zurückhalten. »Wofür hält der sich bloß? Wie arrogant kann ein Mensch denn sein?«

Als wir in Richtung unserer Spinde um die Ecke gebogen waren, blieb Sara stehen und glotzte mich an, als würde sie mich plötzlich nicht mehr kennen. Aber ich achtete nicht auf ihre bestürzte Miene, sondern fuhr fort: »Wer ist er überhaupt?«

»Evan Mathews«, antwortete eine männliche Stimme hinter uns.

Ich erstarrte und sah Sara entsetzt an. Mit knallrotem Gesicht drehte ich mich langsam zu der Stimme um, brachte zunächst aber keinen Ton heraus. Wie viel hatte dieser Typ gehört?

»Hoffentlich hat mein Vorschlag dich nicht zu sehr geärgert. Das wollte ich nämlich nicht.«

Ich brauchte einen Moment, um mich einigermaßen zu beruhigen. Sara stand neben mir, offenbar wenig geneigt, bei dieser Konfrontation ihren Platz in der ersten Reihe aufzugeben.

»Ich hab mich nicht geärgert, ich achte nur darauf, dass die Integrität der Zeitung nicht vor die Hunde geht.« Ich gab mir alle Mühe, cool zu klingen, so, als hätte der Wortwechsel im Kurs mir überhaupt nichts ausgemacht.

»Verstehe. Das ist ja auch dein Job.« Er hörte sich an, als meinte er es ehrlich. Oder war das wieder seine typische herablassende Art?

Kurz entschlossen wechselte ich das Thema. »Ist heute dein erster Tag?«

»Nein«, antwortete er langsam, anscheinend etwas verblüfft. »Ich bin schon die ganze Woche in dem Kurs. Genaugenommen haben wir sogar noch ein paar weitere Kurse zusammen.«

Ich senkte die Augen und sagte leise: »Oh.«

»Aber es überrascht mich nicht, dass ich dir nicht aufgefallen bin. Du scheinst ziemlich auf den Unterricht konzentriert zu sein. Offensichtlich ist die Schule sehr wichtig für dich, und du kümmerst dich kaum um irgendwas anderes.«

»Willst du mir etwa vorwerfen, ich würde nur um mich selbst kreisen?« Jetzt sah ich ihn wieder an und merkte, wie mein Gesicht erneut ganz heiß wurde.

»Was? Nein.« Er lächelte. Anscheinend amüsierte ihn meine heftige Reaktion.

Ich starrte ihn angriffslustig an, aber er hielt meinem Blick stand – seine kühlen grauen Augen blinzelten kein einziges Mal. Wieso hatte ich vorhin bloß gedacht, sie wären blau? Dieser Kerl kam sich anscheinend wahnsinnig wichtig vor, und das widerte mich an. Mit einem ärgerlichen Kopfschütteln drehte ich mich um und ging weg. Sara stand mit offenem Mund da, als hätte sie gerade einen grausigen Autounfall beobachtet.

»Was zum Teufel war das denn nun wieder?«, wollte sie wissen und fixierte mich mit ihren großen Augen, während wir zusammen weiterschlenderten. »So hab ich dich ja noch nie erlebt.« Ich konnte nicht fassen, dass sie so erstaunt war – es kam mir fast vor, als wäre sie enttäuscht von mir.

»Wie bitte?!«, schoss ich zurück, aber es fiel mir schwer, sie länger als eine Sekunde anzuschauen. »Er ist ein arroganter Schnösel, und es ist mir vollkommen egal, was er von mir denkt.«

»Ich glaube, er macht sich bloß Sorgen, dass er dir im Kurs womöglich auf den Schlips getreten ist. Es kommt mir sogar so vor, als wäre er an dir interessiert.«

»Ja, klar.«

»Also mal im Ernst – ich weiß ja, dass du total auf den Unterricht fixiert bist, aber wie hast du es geschafft, ihn bis heute nicht zu bemerken?«

»Was denn, findest du jetzt etwa auch, dass ich nur mit mir selbst beschäftigt bin?«, fauchte ich. Kaum war der Satz über meine Lippen gekommen, bereute ich ihn schon.

Sara verdrehte die Augen. »Du weißt genau, dass ich das nicht finde, also hör auf mit dem Blödsinn. Mir ist klar, warum du die anderen ausblendest. Ich weiß, wie lebenswichtig es für dich ist, die Highschool erfolgreich hinter dich zu bringen. Aber ich weiß auch, wie das auf die anderen wirkt. Die akzeptieren dich einfach so, deshalb achtet niemand mehr darauf. Inzwischen erwartet jeder von dir diesen Mangel an ...«, sie zögerte und suchte das richtige Wort, »... an Interesse. Ich finde es verblüffend, dass ein Typ, der gerade mal eine Woche hier ist, mitbekommen hat, was wirklich in dir steckt. Es ist doch offensichtlich, dass er *dich* bemerkt hat.«

»Sara, so eine starke Wahrnehmungsfähigkeit hat der garantiert nicht«, widersprach ich. »Er hat doch bloß versucht, sich von dem Schlag zu erholen, den sein Ego im Unterricht abgekriegt hat.«

Sie schüttelte lachend den Kopf. »Du bist unmöglich.«

Ich öffnete meinen Spind, doch ehe ich meine Bücher hineinlegte, sah ich Sara noch einmal an. »War er wirklich schon die ganze Woche da?«

»Erinnerst du dich nicht daran, dass ich am Montag beim Lunch von einem heißen neuen Typ geredet habe?«

»Das war *er*?«, entgegnete ich höhnisch, stopfte meine Bücher in den Spind und schlug die Tür zu. »Du findest ihn attraktiv?« Ich lachte, als wäre allein der Gedanke absurd.

»Ja, allerdings«, antwortete sie mit Nachdruck, als wäre ich die Verrückte, »so wie ungefähr jedes andere Mädchen der Schule auch. Sogar die Mädels aus der Zwölf nehmen ihn unter die Lupe. Und wenn du mich davon überzeugen willst, dass er nicht toll aussieht, hau ich dir eine runter.«

Jetzt verdrehte ich die Augen. »Weißt du was – ich will überhaupt nicht mehr über ihn reden.« Mein Ausbruch hatte mich seltsam erschöpft. Ich geriet nie aus der Fassung, vor allem nicht in der Schule – vor Zeugen.

»Du weißt schon, dass sich die ganze Schule darüber das Maul zerreißen wird, oder? ›Hast du schon gehört, dass Emma Thomas heute tatsächlich mal durchgedreht ist?‹«, neckte mich Sara.

»Schön. Ich freu mich, dass du das witzig findest«, schoss ich zurück und marschierte an ihr vorbei den Korridor hinunter. Sara joggte unbeirrt hinter mir her.

So gern ich die Szene auch vergessen wollte, ich konnte nicht verhindern, dass sie mir ständig im Kopf herumging, während wir zur Lernstunde, in der eigenverantwortlich gearbeitet wurde, in die Cafeteria schlenderten. Wir durchquerten den Raum, in dem eifrig getuschelt wurde, als wir hereinkamen, und gingen durch die Hintertür hinaus zu den Picknicktischen.

Im Ernst, was war eigentlich passiert? Warum störte dieser Kerl mich dermaßen? Er hätte mir doch völlig egal sein müssen. Also ehrlich – ich kannte ihn doch nicht mal! Allmählich begriff ich, dass ich überreagiert hatte.

»Sara, ich bin ein Idiot«, platzte ich heraus. Auf einmal fühlte ich mich hundsmiserabel. Sara genoss ausgestreckt auf einer Bank die warme Sonne und hatte, um Bräunungsstreifen zu vermeiden, die Träger ihres Tanktops zur Seite geschoben – was natürlich keinem Jungen in Sichtweite entging. Neugierig setzte sie sich auf und studierte meinen gequälten Gesichtsausdruck.

»Was redest du denn da?«

»Ich hab keine Ahnung, was in mich gefahren ist. Was kümmert es mich, dass dieser Kerl einen Artikel über die körperlichen Unzulänglichkeiten von Teenagern schreiben will? Ich weiß echt nicht, warum ich mich so aufgeführt und ihm dann auch noch auf dem Korridor diese Szene gemacht habe. Jetzt schäme ich mich grässlich.« Ich stöhnte leise und ließ den Kopf auf meine verschränkten Arme sinken.

Sara sagte nichts. Nach einem Moment sah ich fragend zu ihr hoch. »Was denn? Du versuchst nicht mal, mich zu trösten?«

»Sorry, mir fällt nichts ein. Du hast dich ziemlich irre aufgeführt da drin, Em«, erwiderte sie.

»Danke, Sara!« Ich blickte ihr in die Augen. Auf einmal konnten wir uns nicht mehr beherrschen und prusteten gleichzeitig los, so laut, dass die Leute am Nachbartisch ihr Gespräch unterbrachen und uns verwundert anstarrten. Spätestens jetzt musste jeder glauben, dass ich endgültig den Verstand verloren hatte.

Es dauerte eine ganze Weile, bis der hysterische Anfall nachließ, denn jedes Mal, wenn Sara sich einigermaßen gefasst hatte, brauchte sie mich nur anzusehen und bekam sofort den nächsten Lachkrampf.

Schließlich beugte sie sich zu mir und unterbrach ihr Kichern lang genug, um mir zuzuflüstern: »Vielleicht kannst du es gleich in Ordnung bringen, er ist nämlich auf dem Weg hierher.«

»Nein!« Meine Augen weiteten sich vor Schreck.

»Ich hoffe, ihr habt nicht über mich gelacht«, ertönte prompt die selbstbewusste, charmante Stimme. Ich schloss einen Moment die Augen, weil ich Angst hatte, ihm ins Gesicht zu sehen.

Aber dann holte ich tief Luft, machte die Augen wieder auf und wandte mich ihm zu. »Nein, Sara hat bloß was Komisches erzählt.« Nach kurzem Zögern fügte ich hinzu: »Ich hätte vorhin im Kurs nicht auf dich losgehen sollen. Normalerweise bin ich nicht so drauf.«

Sara fing wieder an zu lachen – wahrscheinlich sah sie meinen peinlichen Auftritt in Gedanken noch einmal vor sich. »Sorry, ich kann nichts dagegen tun«, stieß sie hervor, und ihre Augen tränten vor Bemühung, sich zu beherrschen. »Ich brauche dringend ein Glas Wasser.«

Damit ließ sie mich mit ihm allein. O nein – sie ließ mich mit ihm *allein*!

Er antwortete sofort auf meine indirekte Entschuldigung. »Ich weiß«, meinte er, und seine makellosen Lippen formten sich zu einem Lächeln. Seine Beiläufigkeit verblüffte mich. »Viel Glück bei deinem Spiel heute Abend. Ich hab gehört, du bist ziemlich gut«, fügte er hinzu und wandte sich, ohne eine Antwort abzuwarten, wieder ab.

Was war da gerade passiert? Warum glaubte er zu wissen, dass ich normalerweise nicht so drauf war? Eine halbe Minute starrte ich reglos auf den Fleck, auf dem er gestanden hatte, und versuchte zu begreifen, was eigentlich los war. Warum ärgerte er sich nicht über mich? Ich verstand nicht, warum ich mich so aufregte – über einen Jungen! Ich musste mit dem hysterischen Getue Schluss machen, ich musste darüber hinwegkommen – und mich auf das konzentrieren, was wichtig war.

»Ist er gegangen? Bitte sag mir jetzt nicht, dass du ihn schon wieder beleidigt hast!« Saras Stimme schreckte mich auf, ich hatte gar nicht bemerkt, dass sie zurückgekommen war.

»Nein, ganz bestimmt nicht. Er hat mir bloß viel Glück für das Spiel gewünscht, dann war er wieder weg. Es war ... seltsam.« Sara zog die Augenbrauen in die Höhe. »Oh, und ich glaube, man könnte schon sagen, dass er ganz gut aussieht«, murmelte ich. Jetzt erschien ein strahlendes Lächeln auf Saras Gesicht.

»Er ist so geheimnisvoll, und ich glaube, er mag dich«, neckte sie mich.

»Ach komm schon, Sara. Sei nicht albern.«

Irgendwie wurde ich mit den Hausaufgaben für den nächsten Tag fertig, obwohl ich mich alle zwei Minuten umschaute und die Umgebung nach Evan absuchte. Um meine zeitaufwendigeren Arbeiten kümmerte ich mich erst gar nicht, die sparte ich mir auf fürs Wochenende. Ich hatte ja sonst nichts zu tun.

»Ich geh schon mal in die Kabine und mach mich fertig für das Spiel.«

»Ich komm gleich nach«, antwortete Sara von ihrem meditativen Platz auf der Bank aus.

Langsam sammelte ich meine Bücher zusammen und machte mich auf den Rückweg durch die Cafeteria.

Ich bemühte mich, ausschließlich nach vorn zu blicken und nicht ständig nach Evan Ausschau zu halten – aber ohne Erfolg.

3

AbLenkUng

*d*u wirst niemals glauben, wer mich gerade gefragt hat ...«

Ich konnte mein Trikot nicht schnell genug über den Kopf ziehen, schloss die Augen und holte tief Luft, während ich auf Saras Reaktion wartete.

»Scheiße«, flüsterte sie starr vor Schreck von der Kabinentür her.

Ich drehte mich nicht zu ihr um und brachte kein Wort heraus. Aber ich wusste, dass die großen runden Blutergüsse, die meine rechte Schulter bedeckten und bis zur Mitte des Rückens reichten, für sich sprachen.

»Es ist längst nicht so schlimm, wie es aussieht«, nuschelte ich schließlich, hatte aber immer noch nicht den Mut, Sara direkt anzuschauen.

»Für mich sieht es aber ziemlich schlimm aus«, murmelte sie. »Und so was passiert, weil du vergessen hast, den Müll rauszubringen? Unglaublich.« Stimmen und Gelächter unterbrachen uns, ein paar Mädchen kamen in die Kabine und drängelten sich an Sara vorbei, die immer noch wie angewurzelt in der Tür stand.

»Hey, Emma. Wir haben gerade gehört, dass du den süßen neuen Typen ordentlich rundgemacht hast«, rief eins der Mädchen mir zu.

»Der hat dich anscheinend total genervt«, fügte eine andere hinzu, während sie sich umzuziehen begannen.

»Ich weiß nicht. Vermutlich hat er mich einfach an einem

schlechten Tag erwischt«, brummte ich, und mein Gesicht wechselte die Farbe. Ehe noch jemand – vor allem Sara – etwas sagen konnte, raffte ich meine Schuhe, Socken und Schienbeinschoner zusammen und verließ hastig den Raum.

Ich setzte mich oben auf die Treppe, die zu den Spielfeldern hinter der Schule führte, und zog mir langsam Schützer und Schuhe an. Nach allem, was in den letzten zwei Stunden passiert war, musste ich mich dringend sammeln. So sollten meine Tage eigentlich nicht ablaufen. Die Schule war mein sicherer Ort, an dem alles leicht und einfach sein musste. Dazu gehörte auch, dass niemand sich mit mir einzulassen versuchte und ich für mich blieb. Wie konnte dieser Evan Mathews mein zuverlässiges Universum in einem einzigen Tag so durcheinanderwirbeln?

In diesem Moment hörte ich schon wieder seine Stimme. Was war das nur mit diesem Kerl? Erst bemerkte ich ihn eine ganze Woche überhaupt nicht, und jetzt lief er mir auf einmal ständig über den Weg. Er kam aus der Jungskabine unter der Treppe und redete mit einem anderen Typen, den ich nicht kannte, darüber, dass er ihn zu dem Footballspiel morgen mitnehmen könnte. Unsere Blicke trafen sich, und er nickte mir zu. Zu meiner Erleichterung trabte er aber, in der Hand einen kleinen schwarzen Beutel, weiter zum Trainingsfeld. An seiner Kleidung erkannte ich, dass er in der Fußballmannschaft der Jungs war. Großartig, er spielte also Fußball.

Während er sich von mir entfernte, zauberte die Sonne goldene Lichtflecken in seine zerzausten hellbraunen Haare, und unter seinem abgetragenen T-Shirt zeichneten sich die Bewegungen seiner schlanken Rückenmuskeln ab. Warum sah er aus, als wäre er gerade einer Abercrombie-Werbung entsprungen?

»Hübscher Anblick.« Sara atmete hörbar hinter mir aus. Erschrocken drehte ich mich um. Ich hatte gar nicht bemerkt, dass sie neben mir stand. Mir wurde heiß, denn ich fürchtete, dass sie meine Gedanken durchschaut hatte. »Ach, entspann dich, er ist echt süß«, meinte sie leise. »Hat nur viel zu lange gedauert, bis du ihn endlich bemerkt hast.«

Ehe ich mich verteidigen konnte, erschien ein Bus auf der unbefestigten Straße, die unser Schulgebäude von den Sportplätzen trennte. Durch die offenen Fenster hörte man die typischen Skandierungen eines Highschool-Sportteams.

»Wen werden wir schlagen?«, dröhnte es mehrstimmig.

»Weslyn High!«, grollte es als Antwort aus dem Bus.

»Glaub ich nicht«, sagte Sara. Ich grinste und lief mit ihr zum Spielfeld.

»O mein Gott!«, rief Sara, als wir nach Hause fuhren. »Stanford! Emma, das ist so super!«

Ich fand keine Worte, aber mein glückliches Gesicht sprach wahrscheinlich Bände. Allein unser Sieg war schon berauschend, aber seit ich wusste, dass Scouts von vier Colleges das Spiel beobachtet hatten, schwebte ich in anderen Sphären – drei von unseren vier Toren hatte ich gemacht!

»Ich kann noch gar nicht glauben, dass du im Frühjahr rüberfliegst«, sprudelte sie weiter. »Du musst mich mitnehmen! Kalifornien! Ist das denn zu fassen?«

»Sara, er hat nur gesagt, sie wären daran *interessiert*, einen Besuchstermin zu vereinbaren, je nachdem, wie meine Noten im nächsten Quartal aussehen.«

»Ach komm, Emma. Deine Noten werden sich garantiert nicht ändern. Ich glaube nicht, dass du jemals in deinem Leben etwas Schlechteres als die Bestnote bekommen hast.«

Ich wäre gern auch so zuversichtlich gewesen, aber dann hielten wir vor unserem Haus. Sofort stürzte ich ab – der Sieg und die Scouts lösten sich in Luft auf, so, als wäre ich aus einer schönen Phantasie erwacht und mitten in einem Albtraum gelandet.

Carol schlenderte die Auffahrt hinunter und tat so, als schaute sie nach Post. Bestimmt führte sie irgendetwas im Schilde, ich bekam Bauchschmerzen. Sara schielte zu mir herüber. Anscheinend war auch sie besorgt.

»Hi, Sara«, rief Carol, ohne mich zur Kenntnis zu nehmen, als ich langsam ausstieg. »Wie geht es deinen Eltern?«

Sara lächelte ihr strahlendes Lächeln und antwortete: »Denen geht es blendend, Mrs Thomas, danke. Und Ihnen?«

Carol stieß ihren üblichen genervten, mitleidheischenden Seufzer aus. »Ach, man überlebt.«

»Freut mich zu hören«, gab Sara höflich zurück, ohne auf den Jammer-Quatsch reinzufallen.

»Sara, es ist mir sehr peinlich, dich zu fragen, statt direkt mit deinen Eltern zu sprechen.« Ich erstarrte. »Aber wäre es eventuell möglich, dass Emily morgen bei euch übernachtet? George und ich sind nicht da, und es wäre besser, wenn sie bei jemandem mit Verantwortungsbewusstsein bliebe. Natürlich nur, wenn sie eure Pläne nicht durcheinanderbringt.« Sie sprach über mich, als wäre ich nicht da – dabei stand ich neben dem Auto und hörte jedes Wort mit.

»Ich denke, das dürfte kein Problem sein. Ich wollte morgen wegen einer Hausarbeit in die Bibliothek. Sobald ich heimkomme, spreche ich mit meinen Eltern.« Sara spielte perfekt mit.

»Nett von dir, danke. Das wäre wirklich wunderbar.«

»Gern, Mrs Thomas, gute Nacht.«

Sara fuhr weg, Carol winkte ihr nach. Dann wandte sie sich mit angewidertem Gesicht mir zu.

»Du hast ja keine Ahnung, wie erniedrigend es ist, fremde Leute anzubetteln, dass sie dich aufnehmen, nur damit dein Onkel und ich ein bisschen Zeit zusammen verbringen können. Gut, dass Sara Mitleid mit dir hat. Obwohl ich wirklich keine Ahnung habe, wie sie es in deiner Nähe aushält.«

Damit drehte sie sich um, ging zurück zum Haus und ließ mich in der Auffahrt stehen. Die Worte kamen ihr ganz leicht über die Lippen, aber mich verletzten sie wie spitze Stachel.

Es hatte eine Zeit gegeben, in der ich dachte, sie hätte recht. Dass Sara nur mit mir befreundet war, weil ich ihr leidtat. Ehrlich – wenn man uns nebeneinander sah, konnte man leicht auf diese Idee kommen: Sara attraktiv und sprühend vor Leben, ich fade und verschlossen. Aber mit der Zeit fand ich heraus, dass meine Freundschaft mit Sara wahrscheinlich das Einzige war, worauf ich mich wirklich verlassen konnte.

Als ich das Haus betrat, war ich sofort mit meinem Alltag konfrontiert – im Spülbecken warteten die schmutzigen Teller und Töpfe vom Abendessen auf mich. Seufzend stellte ich meine Taschen in meinem Zimmer ab und ging zurück in die Küche, um abzuwaschen. Aber die monotone Arbeit störte mich nicht – heute Abend schon gar nicht. Während ich mich in das übliche Schrubben und Scheuern vertiefte, musste ich mir sogar ein Lächeln verkneifen.

Als ich am nächsten Morgen aufwachte, fühlte ich mich so optimistisch wie schon lange nicht mehr. Meinen Rucksack über der Schulter und einen Stoffbeutel mit Klamotten in der Hand, machte ich mich auf den Weg durchs Haus.

Die Realität brach mit einem heftigen Ruck an meinen Haaren wieder über mich herein. Mein Kopf wurde nach hinten gerissen. »Blamier mich nicht«, zischte Carol dicht an meinem Ohr. Ich nickte krampfhaft, mein Nacken schmerzte, aber ich hielt dagegen, während sie immer fester zog und ihr heißer Atem meine Haut versengte. Dann war sie genauso plötzlich, wie sie gekommen war, wieder weg – und rief ihre Kinder freundlich zum Frühstück.

Sara war ganz aufgeregt, als ich einstieg. »Ich kann gar nicht glauben, dass du heute Abend mit zum Spiel gehst!«, rief sie und drückte mich an sich.

Ich zuckte zurück, noch aufgewühlt von Carols Hinterhalt. »Sara, sie beobachtet uns bestimmt. Wir sollten machen, dass wir wegkommen, ehe sie es sich anders überlegt und mich für die Nacht in den Keller sperrt.«

»Würde sie so was tun?«, fragte Sara besorgt.

»Fahr einfach.« Ja, das würde sie, lautete die Antwort, die ich nicht aussprechen konnte.

Sara fuhr los. Heute war das Verdeck geschlossen, denn die kühle Luft hatte uns jetzt, wo es auf den Oktober zuging, doch endlich eingeholt. Die Bäume begannen ihre jährliche Verwandlung und zeigten sich in kräftigem Rot, Orange, Gold und Gelb. Aus irgendeinem Grund wirkten die Farben leuchtender auf mich – vielleicht weil ich ausnahmsweise auf sie achtete. Nicht einmal Carols Drohungen hatten meine Hochstimmung nach dem Sieg und den positiven Kommentaren der Scouts ganz vertreiben können. Und der Gedanke, dass ich heute Abend mit Sara zum Footballspiel gehen würde, war so angenehm, dass sich das Lächeln auf meinem Gesicht tatsächlich echt anfühlte. Mein allererstes Footballspiel – und ich hatte nur drei Jahre darauf gewartet.

»Ich hab beschlossen, dich ein bisschen zu verwöhnen, ehe wir heute Abend losgehen.«

Ich sah sie vorsichtig an. »Was planst du denn?«

»Vertrau mir, es wird dir gefallen!« Sara strahlte.

»Okay«, gab ich nach. Auch wenn ich befürchtete, dass ich eine völlig andere Vorstellung von Verwöhntwerden hatte als Sara. Ich hing am liebsten nur rum, sah mir Filme an und aß Junkfood. Für die meisten Teenager mochte das vielleicht ziemlich langweilig klingen, aber für mich war es purer Luxus. Doch ich beschloss, mir darüber keine Gedanken mehr zu machen. Sara kannte mich, also vertraute ich ihr.

»Ich werde ihn nach dem Spiel fragen, ob er mit mir ausgeht«, erklärte Sara, während wir vom Parkplatz zur Schule schlenderten.

»Wie willst du das machen?«, fragte ich, nachdem wir Saras Entourage und deren fröhliche Morgengrüße endlich hinter uns gebracht hatten. Ich konnte gar nicht glauben, wie sachlich sie ihren Plan verkündete. Andererseits – wer konnte ihr etwas abschlagen? Das Wort »Nein« schien in Saras Wortschatz gar nicht vorzukommen, weder passiv noch aktiv.

»Ich dachte ... aber nur, wenn es für dich okay ist« – sie sah mich besorgt an – »... dass wir nach dem Spiel zu Scott Kirklands Party gehen, und ich Jason vorher frage, ob er sich dort mit mir trifft.«

Eine Party? Ich war noch nie auf einer echten Party gewesen. Natürlich hatte ich zugehört, wenn die anderen sich auf dem Korridor oder in der Umkleidekabine darüber unterhielten, und alle möglichen Fotos gesehen in den Spinden der Elft- und Zwölftklässler. Aber es war ein Initiationsritus, den ich bisher nicht kannte, und ich war auch nicht sicher, ob ich dafür bereit war. Eine Panikwelle durchflutete mich, wenn ich daran dachte, durch die Tür zu marschieren und von allen angestarrt zu werden.

Aber dann sah ich in Saras begierige blaue Augen, und mir wurde klar, wie wichtig diese Party für sie war. Ich konnte doch einfach sinnlosen Smalltalk mit Leuten machen, mit denen ich die letzten vier Jahre zur Schule gegangen war und über die ich trotzdem nichts wusste. Bestimmt eine interessante Erfahrung.

»Klingt großartig«, sagte ich, rang mir ein Lächeln ab und reihte mich damit in den Pulk der Leute ein, die Sara keinen Wunsch abschlagen konnten.

»Echt? Wir müssen nicht unbedingt auf die Party. Ich kann mir auch was anderes einfallen lassen. Du bist ganz blass geworden, als ich es erwähnt habe.«

»Nein, ich gehe gern mit dir auf die Party.«

»Perfekt!«, rief Sara und umarmte mich. Heute war sie so voller Zuneigung, dass es mich ganz aus der Fassung brachte. »Sorry, aber ich bin einfach so aufgeregt, dass du mitkommst. Ich glaube nicht, dass ich es ohne dich durchstehen würde. Außerdem können wir außerhalb der Schule kaum Zeit miteinander verbringen, das wird bestimmt toll.«

Ich grinste verlegen. Mein Magen rebellierte, wenn ich an die Party dachte. Ich ging nur Sara zuliebe hin. Aber ich würde es durchstehen. Was konnte denn schon Schlimmes passieren? Na ja ... die Leute könnten tatsächlich versuchen, sich mit mir zu unterhalten. Wieder protestierte mein Magen. Es würde bestimmt schrecklich werden. Ich schluckte schwer.

Heute diente mir der Kunstkurs mehr denn je als Rückzugsort und als Erholung von meinen panischen Gedanken. Kunst war ein Rotationskurs, das heißt, er fand zu unterschiedlichen Zeiten statt, und heute trat er an die Stelle des Englischunterrichts in der ersten Stunde – Gott sei Dank! Ich brannte geradezu darauf, mich in die Arbeit an meinem Kunstprojekt zu flüchten.

Als ich in den luftigen Raum trat, atmete ich den beruhigenden Duft von Farbe, Kleber und Reinigungsmittel ein. Es war einladend und warm, an den hohen, gelbgestrichenen Wänden waren unsere Kunstprojekte ausgestellt, und durch die hohen Fenster fiel helles Tageslicht. Sofort atmete ich befreiter. Ganz gleich, wie mein weiterer Tag verlaufen würde und was ich zu Hause hinter mir gelassen hatte, hier bekam ich es in den Griff.

Ms Mier begrüßte uns, und wir ließen uns auf unseren Hockern an den großen schwarzen Arbeitstischen nieder. Ms Mier war die freundlichste Person, die ich kannte, und ihr außergewöhnliches Einfühlungsvermögen machte sie nicht nur zu einer großartigen Künstlerin, sondern gleichzeitig auch zu einer inspirierenden Lehrerin.

Unser derzeitiges Projekt bestand darin, ein Bild abzumalen, das wir in einer Zeitschrift gefunden hatten und das eine Bewegung darstellte. Ms Mier forderte uns auf, dort weiterzumachen, wo wir das letzte Mal aufgehört hatten. Zwar wurde gelegentlich gemurmelt, insgesamt herrschte jedoch konzentrierte Ruhe. Diese Ruhe war einer der Gründe, weshalb ich diesen Kurs so liebte.

Doch dann hörte ich in dem Gemurmel plötzlich eine gewisse Stimme – und mein Herz setzte einen Schlag aus. Eigentlich wollte ich nicht hinsehen, aber die angenehme Stimme zog mich unwiderstehlich an. Da war er. Evan stand vorne am Lehrerpult, in der Hand eine Kamera, und redete mit Ms Mier. Sie blätterte in einem Buch, allem Anschein nach ein Fotobuch, und gab Kommentare dazu ab. Als er mich entdeckte, grinste er mir freundlich zu. Ich schaute schnell wieder auf meine Leinwand und wünschte, ich wäre tatsächlich unsichtbar.

»Anscheinend bist du ja wirklich ziemlich gut«, hörte ich Evans Stimme kurz darauf hinter mir, und ich blickte von meiner Malerei auf. Mein Herz benahm sich total irre, es schlug in einem Tempo, das überhaupt nicht zu der Tatsache passte, dass ich vollkommen ruhig auf meinem Hocker saß. *Entspann dich gefälligst* – was war bloß los mit mir? Da ich ihn nur stumm anstarrte, fuhr Evan fort: »Fußball, meine ich. War echt ein super Spiel gestern.«

»Oh, danke. Bist du auch in dem Kurs hier?« Ich spürte, wie mir die Hitze in die Wangen stieg.

»Sozusagen«, antwortete er. »Ich wollte in den Kurs wechseln, wenn ich auch Fotokunst machen kann. Ms Mier hat zugestimmt, also bin ich hier.«

»Oh.« Mehr brachte ich nicht heraus. Er grinste wieder, und mein Gesicht wurde noch röter. Mein Körper ließ mich im Stich – ich bekam weder mein hyperaktives Herz noch mein heißes Gesicht unter Kontrolle. Das war völlig untypisch für mich und machte mich halb wahnsinnig.

Zu meiner Erleichterung unterbrach uns Ms Mier, bevor ich mich noch schlimmer blamieren konnte. »Ach, du kennst Emma Thomas? Wie nett«, sagte sie zu Evan.

»Ja, wir haben uns gestern kennengelernt«, antwortete Evan und sah mich lächelnd an.

»Ich freue mich, dass du ein paar Kontakte geknüpft hast, Emma. Wärst du bitte so nett, Evan die Materialien im Fotolabor und die Dunkelkammer zu zeigen?« Mein Herz, das gerade noch in Höchstgeschwindigkeit geschlagen hatte, geriet ins Stocken, aber mein Gesicht blieb heiß und knallrot.

»Na klar«, antwortete ich hastig.

»Danke.« Ms Mier lächelte. Warum musste ausgerechnet sie mich so quälen?

Ohne Evan anzusehen, stand ich auf und ging zur hinteren Ecke des Raums. Dort schob ich die Tür an einem der Hängeschränke auf.

»Hier drin findest du sämtliche Fotomaterialien, Papier, Entwickler, was man eben so braucht.« Mit dem Rücken zu ihm schloss ich die Tür wieder.

Im Schrank darunter zeigte ich ihm noch die Schneidemaschine und die Abmesshilfen. Dann durchquerten wir den Raum zur Dunkelkammer, in dem ich ihm das Dunkelkammerlicht zeigte und den entsprechenden Schalter an der Innenseite der Wand.

»Können wir mal reinschauen?«, fragte er.

Mir stockte der Atem. »Klar«, antwortete ich und sah ihn zum ersten Mal kurz an.

So betraten wir den kleinen rechteckigen Raum. In der Mitte stand ein langer Metalltisch mit Behältern, in denen Bilder entwickelt werden konnten. In der rechten hinteren Ecke war ein Spülbecken, an der langen Wand rechts standen Schränke, links gab es zwei Drahtstrippen mit schwarzen Clips, an denen die entwickelten Bilder zum Trocknen aufgehängt werden konnten. Obwohl die Spezialbeleuchtung ausgeschaltet war, kam es mir unnatürlich dunkel vor – dies war kein Ort, an dem ich mit Evan Mathews allein sein wollte.

»Da wären wir«, verkündete ich mit einer ausladenden Geste.

Evan ging an mir vorbei zu den Schränken, öffnete einen und inspizierte den Inhalt. »Warum redest du mit niemandem außer mit Sara?«, hörte ich ihn hinter der aufgeklappten Tür fragen. Dann schloss er sie und wartete auf meine Antwort.

Ich war nicht bereit, mich zu öffnen. »Was meinst du damit?«, sagte ich abwehrend.

»Du redest mit niemandem«, stellte er fest. »Warum nicht?«

Ich schwieg – aus dem einfachen Grund, weil ich nicht wusste, was ich sagen sollte.

Natürlich merkte er sofort, dass ich mich vor der Antwort drückte. »Warum redest du beispielsweise nicht mit mir?«

»Das war direkt«, stellte ich vorwurfsvoll fest.

Er lächelte, und erneut benahm sich mein Herz, als wollte es aus meiner Brust springen. »Und ...?«, drängte er.

»Weil ich nicht sicher bin, ob ich dich mag«, platzte ich heraus, ohne weiter nachzudenken. Er sah mich mit seinem verschlagenen, amüsierten Grinsen an. Was war das denn für eine Reaktion? Aber ich konnte wirklich nicht mehr länger mit ihm in diesem beengten Raum bleiben, also drehte ich mich abrupt um und ging hinaus.

Den Rest der Stunde konnte ich mich überhaupt nicht konzentrieren und demzufolge auch mein Projekt nicht fertigstellen. Evan verschwand, um irgendetwas zu fotografieren, aber ich spürte seine Präsenz immer noch. Dieser Kurs sollte doch mein Zufluchtsort sein, und prompt stellte Evan wieder alles auf den Kopf.

Als wir am Spind unsere Bücher austauschten, bemerkte Sara, wie aufgeregt ich war.

»Alles klar?«, fragte sie.

»Evan Mathews ist in meinem Kunstkurs«, antwortete ich wütend.

»Und ...?« Etwas verwirrt sah Sara mich an und wartete, dass ich weitersprach.

Da ich es nicht schaffte, in Worte zu fassen, wie er meinen gut geplanten, vorhersehbaren Tag durcheinanderbrachte, schüttelte ich nur den Kopf. Sosehr Sara mich auch verstand, darüber konnte ich nicht reden. Mein Blut war immer noch in Wallung, es fiel mir schwer, meine Gedanken zu sortieren.

»Ich rede nachher mit dir«, stieß ich hastig hervor und ließ Sara stehen. Ich konnte mir keinen Reim darauf machen, was mit mir geschah. Schließlich war es doch meine Überlebensstrategie, meine Gefühle in Schach zu halten – Fassung zu bewahren und alles potentiell Störende wegzudrücken. Ich sorgte dafür, dass ich möglichst unbemerkt blieb, ich glitt durch die Schule, ohne dass jemand richtig mitbekam, dass ich überhaupt da war. Meine Lehrer nahmen meine akademischen Leistungen zur Kenntnis, meine Sporttrainer verließen sich auf meine athletischen Fähigkeiten, aber ich war nicht wirklich wichtig, ich leistete keinen erkennbaren sozialen Beitrag. Man konnte mich leicht vergessen. Darauf zählte ich.

Manchmal versuchte jemand, sich mit mir anzufreunden, unterhielt sich mit mir oder lud mich zu einer Party ein, aber das hielt nie lange an. Sobald klar war, dass ich die Einladungen nicht annehmen und nur einsilbig antworten würde, ließ das Interesse wieder nach – was mir das Leben erleichterte.

Sara war die Einzige, die zu mir gehalten hatte, als ich vor vier Jahren hergezogen war. Nachdem sie mich sechs Wochen lang beharrlich zu sich eingeladen hatte, erlaubte Carol mir schließlich, sie zu besuchen. Sie selbst wollte mit einer Freundin einen Einkaufsbummel machen, bei dem ich sowieso nur gestört hätte, deshalb passte ihr Saras Einladung gut in den Kram. Dieser glückliche Zufall besiegelte unsere Freundschaft. Immer mal wieder durfte ich zu Sara nach Hause und manchmal, wenn auch selten, sogar dort übernachten – vorausgesetzt, es passte in Carols Terminplan. Natürlich half es, dass Saras Vater ein örtlicher Richter war, Carol gefiel dieses Prestige aus zweiter Hand.

Letzten Sommer bekam ich sogar die Erlaubnis, eine Woche mit Sara und ihrer Familie nach Maine zu fahren. Der Urlaub fiel zeitlich zusammen mit einem Campingausflug, den George und Carol mit ihren beiden Kindern geplant hatten. Saras Eltern formulierten ihre Einladung so, als hätten sie bereits die komplette Mädchen-Fußballmannschaft gefragt und wären dadurch praktisch verpflichtet, auch mich mitzunehmen. Auf diese Weise fiel es Carol wesentlich leichter zuzustimmen. Als ich wieder nach Hause kam, musste ich allerdings dafür bezahlen – vermutlich zeigte ich mich nicht dankbar genug.

Aber die blauen Flecken konnten mir die schönste Woche meines Lebens nicht nehmen. In dieser Woche lernte ich auch Jeff Mercer kennen. Er war Rettungsschwimmer an dem Strand, der von unserem Ferienhaus fußläufig zu erreichen war. Seine Familie besaß ein Häuschen am See, daher verbrachte er den Sommer immer dort.

Zwei Tage lang schmachteten Sara und ich ihn am Strand an. Am zweiten Tag lud er uns nach seiner Schicht zu einem Lagerfeuer an einem Privatstrand ein.

Als Jeff uns seinen Freunden vorstellte, behauptete ich, Saras Cousine aus Minnesota zu sein. Diese Lüge entwickelte sich immer mehr zu einer ausgefeilten Geschichte, deren Kern Sara und ich uns vor der Party ausgedacht hatten. Mein falsches Leben entfaltete sich wie von selbst, es erlaubte mir zu sein, wer ich wollte – niemand kannte den Unterschied zur Realität. Ich musste nicht unsichtbar sein, denn ich existierte ja tatsächlich nicht.

Beflügelt von meiner Geschichte, wehrte ich mich auch nicht dagegen, Jeff näherzukommen. Mit ihm konnte ich ganz entspannt reden und lachen, außerdem hatten wir eine Menge gemeinsam – er spielte Fußball, und wir hörten die gleiche Musik. Jeff machte es einem leicht, ihn zu mögen.

Am Ende des Partyabends scharten sich alle, entweder pärchenweise oder in Gespräche vertieft, ums Feuer. Jeff saß neben mir im Sand, an einen großen Holzklotz gelehnt, der als Bank diente. Ein paar Jungs spielten im Hintergrund Gitarre, und in dieser ruhigen, ungezwungenen Atmosphäre legte Jeff ganz beiläufig den Arm um mich. Ich ließ den Kopf auf seine Schulter sinken – seltsam, wie entspannt ich mich bei ihm fühlte, vor allem, wenn man bedachte, dass ich einem Jungen noch nie so nah gewesen war.

Wir plauderten und lauschten der Musik. Nach einer Weile rutschte er noch dichter zu mir, beugte sich über mich und küsste mich. Ich erinnerte mich, dass ich eine Minute den Atem angehalten hatte, starr vor Angst, dass er merken könnte, wie unerfahren ich war. Ganz sanft legten sich seine weichen, schmalen Lippen auf meinen Mund.

Beim Abschied versprachen wir einander zu mailen, obwohl wir beide wussten, dass wir es nicht tun würden. Es war nicht leicht, mich von Jeff zu trennen, aber auch nicht wirklich schlimm. Nicht für Emma Thomas aus Weslyn, Connecticut – den überambitionierten, in sich verschlossenen Schatten, der durch die Gänge der Weslyn High huschte. Es war nicht schwer, weil dieses Mädchen für Jeff gar nicht wirklich existierte.

Genau das störte mich an Evan Mathews so sehr. Er wusste, dass ich existierte, und allem Anschein nach war er wild entschlossen, mich aus meinem Schattendasein zu befreien. Ich konnte ihm nicht entkommen. Er ließ sich von meinen einsilbigen Antworten und abrupten Reaktionen nicht abwimmeln, und obwohl ich mich bemühte, ihn zu ignorieren, schaffte ich es nicht. Vermutlich merkte er das – und es schien ihn köstlich zu amüsieren.

Ehe ich den Kursraum betrat, in dem Europäische Geschichte

stattfand, holte ich tief Luft und machte mich darauf gefasst, ihn dort ebenfalls zu sehen. Aber er war nicht da. Überrascht sah ich mich um und musste mir eingestehen, dass ich enttäuscht war. Noch ein Problem. Mein Herz schlug, hielt inne und wurde schwer, als würde es unabhängig von mir über sein Verhalten entscheiden – ganz zu schweigen davon, dass ich ständig einen roten Kopf bekam. Das war mehr als nervig.

Auch im Chemiekurs war Evan nicht. Vielleicht war er also doch nicht wie befürchtet überall. In Mathe war ich abgelenkt, weil wir unsere Arbeiten zurückbekamen. Umso heftiger zuckte ich zusammen, als ich plötzlich Evans Stimme hörte. Sofort fühlte sich mein Herz bemüßigt, wie verrückt loszurasen.

»Hi.«

Ich konzentrierte mich darauf, mein Heft für die heutige Stunde aufzuschlagen, und weigerte mich standhaft, ihn anzuschauen.

»Jetzt redest du überhaupt nicht mehr mit mir, was?«

Verärgert über seine Feindseligkeit, konnte ich nicht mehr an mich halten und drehte mich zu ihm um.

»Warum willst du denn unbedingt mit mir reden? *Worüber* könntest du denn überhaupt mit mir reden wollen?«

Überrascht zog er die Augenbrauen hoch, ersetzte diesen Gesichtsausdruck aber blitzschnell durch sein spöttisches, leicht amüsiertes Grinsen.

»Und warum schaust du mich dauernd so an?« Mein Gesicht wurde rot, und ich biss die Zähne zusammen.

Ehe Evan antworten konnte, kam Mr Kessler herein, und der Unterricht begann. Die komplette Stunde hindurch starrte ich entweder in mein Buch oder nach vorn. Aber ich spürte, dass Evan mich immer wieder ansah – und war die ganze Zeit nervös.

Als ich meine Sachen zusammensammelte, um mich auf den Weg zum Anatomiekurs zu machen, hörte ich ihn hinter mir sagen: »Weil ich dich interessant finde.«

»Du kennst mich doch überhaupt nicht«, erwiderte ich trotzig.

»Aber ich versuche, dich kennenzulernen.«

»Es gibt so viele Leute an dieser Schule – da musst du doch nicht ausgerechnet mich kennenlernen.«

»Aber ich möchte es gern«, entgegnete er.

Verwirrt verließ ich das Klassenzimmer. Evan sagte nie das, was ich erwartete. Und was sollte ich ihm jetzt antworten? Ich wurde panisch.

»Gehen wir zusammen zu Anatomie?« Ich war zu verstört, um zu merken, dass er mir gefolgt war.

»Du bist doch nicht etwa auch noch in meinem Anatomiekurs, oder?« Im Ernst, die Welt hatte sich gegen mich verschworen, vermutlich gemeinsam mit meinem rasant klopfenden Herzen. Ich strengte mich an, tief Luft zu holen, aber meine Lungen wollten sich nicht füllen lassen.

»Du hast mich also die ganze letzte Woche überhaupt nicht wahrgenommen, ja?« Mehrere Leute blieben stehen und glotzten uns an, als wir nebeneinanderher gingen. Bestimmt geriet ihr Weltbild ins Wanken, weil Emma Thomas mit einem anderen Schüler den Gang entlanglief, zu allem Überfluss auch noch mit einem Jungen – demselben, dem sie gestern diese Szene gemacht hatte. Die Gerüchteküche konnte sich warmlaufen!

Dank des Tempos, das ich für meine Flucht angeschlagen hatte, dauerte es nicht lange, bis wir den Kursraum erreichten. Vor der Tür blieb ich stehen und drehte mich zu Evan um. Gespannt blickte er zu mir herab.

»Ich hab kapiert, dass du neu hier bist und dass ich dir interessant vorkomme. Aber ich versichere dir, dass das nicht stimmt. Du musst mich nicht kennenlernen. Ich kriege gute Noten, bin ganz gut in Sport, und ich sorge dafür, dass ich immer was zu tun habe. Und ich lege Wert auf meine Privatsphäre. Ich brauche Raum, ich werde gern in Ruhe gelassen. Du kannst alle anderen in der Schule kennenlernen, jeden und jede, die scharf darauf sind, was mit dir zu tun zu haben. Aber *ich* bin wirklich nicht erpicht darauf. Sorry.«

Er grinste.

»Und hör auf, mich ständig anzugrinsen, als wäre ich amüsant. Ich finde das absolut nicht witzig, also lass mich damit in Frieden.« Damit sauste ich in den Kursraum. Eigentlich war ich davon ausgegangen, dass ich mich besser oder zumindest erleichtert fühlen würde – aber nichts dergleichen. Ich war einfach nur niedergeschlagen.

Ich hatte keine Ahnung, wo Evan in Anatomie saß, jedenfalls nicht neben mir. Genaugenommen saß überhaupt niemand neben mir, denn der Platz an meinem Tisch, auf dem normalerweise Karen Stewart saß, war leer. Karen kam im Unterricht meistens nicht mit und fragte mich ständig irgendwas. Heute konnte ich endlich die Ruhe genießen, wegen der ich mir immer alle vom Leib hielt, aber sie hatte absolut nichts Tröstliches.

Als es am Ende des Schultags klingelte, hatte ich meine Krise überwunden. Die Tatsache, dass ich bei Sara übernachten würde und nicht nach Hause musste, gab mir den notwendigen Auftrieb – ebenso wie die Tatsache, dass ich Evan nicht noch mal über den Weg laufen würde.

»Hi!«, begrüßte Sara mich, als wir unsere Bücher aus dem Spind holten. »Ich hab das Gefühl, ich hab dich den ganzen Tag nicht gesehen. Wie geht es dir? Du hast mir nicht gesagt ...«

»Ich will nicht darüber sprechen. Später, okay? Mir geht es endlich wieder besser, und ich möchte heute Abend einfach nur Spaß haben, in Ordnung?«, beschwor ich sie.

»Ach komm, Em. Tu mir das nicht an. Ich hab gehört, dass du zusammen mit Evan zu Anatomie gegangen bist. Du *musst* mir erzählen, was da läuft.«

Ich zögerte, denn ich wollte nichts sagen, solange uns jemand belauschen konnte. Das Getratsche sollte durch mich nicht noch zusätzlich Nahrung bekommen, und ich sah mich erst einmal prüfend auf dem Korridor um.

»Er versucht immer wieder, mit mir ins Gespräch zu kommen«, erklärte ich Sara dann und hoffte wider besseres Wissen, es könnte ihr vielleicht genügen. Aber Sara zuckte nur die Achseln und wartete gespannt, dass ich weitersprach.

»Du hattest recht gestern. Er hat mir gesagt, dass er mich *interessant* findet, was immer das bedeutet. Sara, er ist in allen meinen Kursen – oder jedenfalls fühlt es sich so an. Ich kann ihm nicht entkommen, ständig taucht er in meiner Nähe auf. Schließlich hab ich ihm gesagt, dass ich überhaupt nicht interessant bin und dass er mich in Ruhe lassen soll. Darum ging es auf dem Weg zu Anatomie. Ich kapier diesen Jungen einfach nicht.«

»Em, er interessiert sich für dich. Warum ist das so schlimm?«, fragte Sara, ehrlich verwundert, und es überraschte mich ehrlich, dass sie das Problem nicht verstand.

»Sara, ich kann niemanden brauchen, der sich für mich interessiert. Du bist aus einem ganz bestimmten Grund meine einzige Freundin.« Sie senkte die Augen. Allmählich verstand sie mein Dilemma. »Ich kann mich nicht mit jemandem verabreden. Ich gehe nicht ins Kino. Heute Abend werde ich zum ersten und wahrscheinlich auch letzten Mal auf einer Party sein. Ich möchte ihn nicht anlügen müssen. Und wenn mir jemals einer so nahekommt, dass er mich anfassen will ...« Ich konnte den Satz nicht zu Ende sprechen, denn allein die Erkenntnis, dass ich Angst hatte, bei einer Berührung vor Schmerz zurückzuschrecken, jagte mir einen kalten Schauder über den Rücken.

Ich hätte es lieber nicht so deutlich ausgesprochen, aber anscheinend war es Sara davor nicht klar gewesen. Für einen kurzen Augenblick sah sie die Welt mit meinen Augen, und als ich in ihr bekümmertes Gesicht schaute, wurde mir eng um die Brust.

»Tut mir leid«, flüsterte sie. »Das hätte ich wissen müssen. Dann solltest du vermutlich wirklich nicht mit ihm reden.«

»Schon okay«, beruhigte ich sie und zwang mich zu lächeln. »Ich hab noch sechshundertzweiundsiebzig Tage, und dann kann *jeder* mich interessant finden, der will.«

Sara erwiderte mein Lächeln, aber nicht so strahlend wie sonst.

Das Mitgefühl in Saras Augen spiegelte die ganze Jämmerlichkeit meines Lebens wider; das war schwer zu ertragen. Aber es war noch schwerer, davor zu fliehen – buchstäblich.

Ich konnte mich an eine Zeit erinnern, in der mein Leben noch keine Katastrophe gewesen war. In ein paar Schuhschachteln bewahrte ich einige Fotos auf, Bilder von einem fröhlichen Kind, Bilder von meinem Vater. Als er mir genommen wurde, blieb mir nur meine Mutter, doch sie hatte leider keine Ahnung davon, was es hieß, Mutter zu sein. Ich hatte mich bemüht, mit so wenig elterlicher Zuwendung auszukommen wie nur möglich. Wenn ich perfekt war, dachte ich, konnte mir niemand einen Vorwurf machen, dann lenkte ich meine Mutter auch nicht von ihren diversen Männern ab, in denen sie einen Ersatz für meinen Vater suchte – und die ihm doch niemals das Wasser reichen konnten.

Aber ich war immer noch zu viel – ich war eine Last. Ich hoffte, dass mein akademischer Tatendrang meine Tante und meinen Onkel dazu bringen würde, mich irgendwann in ihrer Familie zu akzeptieren. Doch leider wurde unser Verhältnis nie wärmer als in dem frostigen Moment, in dem ich vor vier Wintern ihre Schwelle überschritt. Schuldgefühle öffneten an jenem Abend ihre Tür für mich. Aber sie würden mir niemals vergeben, dass sie mich nicht gewollt hatten – egal, wie perfekt ich auch war. Also versuchte ich es mit Ausweichmanövern und übertriebener Strebsamkeit. Beides gelang mir nicht so gut, wie ich es mir gewünscht hätte, denn Carol verstand es, mich bei jeder sich bietenden Gelegenheit als wertlose Versagerin abzustempeln.

4
veRänDeruNg

Sara schwieg, als wir von der Schule wegfuhren. Ich wusste, dass sie nachdachte, und hoffte, ihre Grübelei hatte nichts mit mir zu tun.

Aber natürlich hatte sie etwas mit mir zu tun.

»Es gibt eine Möglichkeit.«

Ich seufzte, denn ich hatte Angst, diesen Gedanken weiterzuverfolgen.

»Du musst dich nicht von allen anderen abschotten, um die Highschool zu überstehen«, fuhr sie fort. »Wir müssen die Fragen vorausahnen und die Antworten parat haben. Es gibt so viele Jungs, die gern mit dir ausgehen würden, aber keine Ahnung haben, wie sie auf dich zugehen sollen. Em, wir kriegen das hin.«

»Das ist doch Unsinn, Sara. Vom Offensichtlichen mal abgesehen – ich kann nicht ausgehen.«

»Was ist das Offensichtliche?«

»Sei ehrlich – wen kennst du, der Interesse an mir hat? Konkret.«

»Evan hat dir schon gesagt, dass er dich interessant findet«, antwortete sie. »Fangen wir mit ihm an.«

»Nein, bloß nicht«, ächzte ich.

»Oh! Hast du gehört, dass Haley Spencer ihn gefragt hat, ob er mit ihr zum Homecoming-Ball geht?«, rief sie.

»Natürlich nicht. Du bist meine einzige Tratschquelle, erinnerst du dich?« In meiner Brust geriet etwas in Schieflage. »Ist der

Homecoming-Ball nicht erst in einem Monat? Und Haley ist in der Zwölf – was soll das?«

Sara betrachtete mich mit zusammengekniffenen Augen. »Das ist keine ernstgemeinte Frage, oder? Jedenfalls sind es nur noch *drei* Wochen, und ich habe gehört, dass er ihr einen Korb gegeben hat. Du weißt doch inzwischen, dass auch die Mädels aus der Zwölf ihn im Auge haben. Aber er steht auf dich, Emma.«

»Sara, lass uns das bitte ins rechte Licht rücken«, korrigierte ich sie. »Ich amüsiere ihn. Er findet mich *interessant*. Er hat mich nicht gefragt, ob ich mit ihm ausgehe. Wahrscheinlich hält er mich für einen Freak oder so.«

»Na, das bist du ja auch«, entgegnete Sara mit einem frechen Grinsen. »Wer sonst könnte mit dem personifizierten Bösen unter einem Dach leben und dabei einen A-Durchschnitt aufrechterhalten, in drei Schulteams mitspielen, in ungefähr jedem Club mitmachen und obendrein noch von vier Colleges gescoutet werden? Das schafft doch eigentlich nur ein Freak.«

Ehe ich antworten konnte, fuhr sie fort: »Okay, sagen wir einfach mal, wir kennen seine Motive nicht. Er weiß bereits, dass du eine Einzelgängerin bist. Klingt, als hättest du ihm das unmissverständlich klargemacht. Warum kannst du ihm nicht den Gefallen tun und einfach mit ihm reden? Entweder ist er ehrlich an dir interessiert und fragt dich irgendwann, ob du mit ihm ausgehst – und was du dann machst, sehen wir, wenn es so weit ist –, oder ihr freundet euch einfach nur an, was auch nicht schlecht ist. Du hast also nichts zu verlieren. Schlimmstenfalls lässt sein Interesse nach, und dann ist alles wieder so wie vorher.«

Sara konnte sehr überzeugend sein. Außerdem, dachte ich, wenn ich mit Evan redete, konnte ich ihn dazu bringen, mich in Ruhe zu lassen, vor allem, wenn ihm klarwurde, dass es nicht viel zu entdecken gab – was eigentlich das Beste war, was passieren konnte, nicht das Schlimmste.

»Na gut, ich rede mit ihm. Was soll ich ihm erzählen? Auf gar keinen Fall will ich lügen.« Ich ging davon aus, dass Sara sich bereits etwas ausgedacht hatte – vorhin, als sie so schweigsam gewesen war.

»Nein, keine Lügen, jedenfalls nicht im engeren Sinn. Du lässt einfach das meiste weg, es handelt sich also höchstens um Verschweigen«, erklärte sie selbstgefällig und bestätigte meinen Verdacht. »Du sagst ihm, dass du von deiner Tante und deinem Onkel adoptiert worden bist, nachdem dein Vater gestorben und deine Mutter krank geworden ist. Das ist ziemlich akkurat. Über Leyla und Jack kannst du ihm alles erzählen, was du willst, das hat ja auf nichts einen Einfluss. Du erklärst, dass deine Tante und dein Onkel mit Arbeit und Kindern total eingespannt sind, das reicht hoffentlich als Begründung, warum sie nicht zu deinen Spielen kommen. Vermutlich wird er aber wissen wollen, warum ich deine einzige Freundin bin und warum du mit niemandem reden magst.«

»Das hat er mich schon gefragt«, gestand ich. »Aber ich hab ihm nicht geantwortet.«

»Na ja, sag ihm doch einfach, dass du und ich uns gleich zu Anfang, als du hergekommen bist, angefreundet haben. Das ist die Wahrheit.« Einen Augenblick zögerte sie, um über den zweiten Teil der Frage nachzudenken. »Sag, dass du die Erste in deiner Familie bist, die aufs College geht – was eigentlich auch stimmt –, und dass du eine Menge Druck hast, ein Stipendium zu kriegen.«

»Nicht schlecht. Aber warum hab ich außer dir keine Freunde?«, hakte ich nach.

»Wie wäre es damit: Deine Tante und dein Onkel sind überfürsorglich und haben keine Ahnung, wie man mit einem Teenager umgeht, deshalb sind sie oft unnötig streng. Dann kannst du zugeben, dass du nicht oft ausgehen darfst, weil du viel zu tun hast mit schulischen Aktivitäten und Sport und weil du immer früh zu

Hause sein musst. Das müsste doch funktionieren. Außerdem sind die Themen abgehakt, wenn ihr euch einmal unterhalten habt, danach kannst du über andere Sachen reden. Du weißt schon, Musik, Sport, College – da spricht in den meisten Fällen nichts gegen die reine Wahrheit. Mit der Popkultur hapert es vielleicht ein bisschen bei dir, aber ich kann dir ein paar Zeitschriften geben, damit du dich auf dem Schulweg auf den neuesten Stand bringen kannst, wenn du willst.«

Ich lachte. »Warum ist die Geschichte für dich eigentlich so wichtig?«

»Ich weiß nicht.« Sie hielt inne und überlegte. »Die letzten zwei Tage hattest du so einen Glanz in deinen Augen, den ich noch nie an dir gesehen habe. Sicher, es ist hauptsächlich Wut und Frust, aber trotzdem ein Gefühl. Sonst hältst du immer alles dermaßen unter dem Deckel, dass ich manchmal Angst habe, du könntest eines Tages explodieren.

So wie dieser Typ hat dich noch nie jemand aus der Fassung gebracht, seit ich dich kenne. Du bist anders, und das gefällt mir. Natürlich gefällt es mir nicht, dass du so aufgewühlt bist, aber es gefällt mir, wenn du überhaupt etwas *fühlst*. Ich weiß, dass du bei mir nicht ganz so zurückhaltend und verschlossen bist wie bei den anderen, aber an die wirklich schlimmen Sachen lässt du mich auch nicht ran. Du wirst nie wütend, du zeigst niemals Angst, du sagst mir auch nicht, wenn du verletzt bist. So möchtest du von mir nicht gesehen werden, aber ich weiß, dass diese Gefühle tief in dir vergraben liegen – vor allem, wenn ich daran denke, was Carol dir antut.

In den letzten zwei Tagen warst du wütend, frustriert und gedemütigt, und ich bin tatsächlich erleichtert, weil du nicht zusammengeklappt bist und dich auch nicht in eine Massenmörderin verwandelt hast. Wenn es also notwendig ist, dass dieser Kerl dich auf die Palme bringt, damit du ein bisschen was von deinen Gefühlen rauslässt, dann möchte ich, dass du weiter mit ihm sprichst. Klingt das verrückt?«

»Ja, das kann man wohl sagen«, antwortete ich. Sie verzog das Gesicht, nicht erfreut über meine Offenheit. »Aber ich verstehe trotzdem, was du meinst.«

Inzwischen hatten wir ihre Auffahrt erreicht. Sie stellte den Motor ab und wandte sich mir erwartungsvoll zu.

»Was, wenn ich ihn mag?«, erwiderte ich langsam. »Das wäre grässlich. Du bist die Einzige, die meine Geheimnisse kennt, und ich kann nicht riskieren, dass irgendjemand anderes sie erfährt. Nicht, solange ich noch bei meiner Tante und meinem Onkel leben muss. Das ist zu kompliziert.« Ich holte tief Luft, ehe ich fortfuhr: »Aber ich werde trotzdem versuchen, mit ihm zu reden.« Sara lächelte zustimmend.

»Außerdem wird er mich wahrscheinlich weiterhin enttäuschen, und am Ende werde ich ihn womöglich erwürgen. Wenn ich ihn ermorde, bist du meine Komplizin, weil du mich ermutigt hast, mit ihm zu reden.«

»Versprichst du, mir alles zu erzählen?«, fragte Sara mit leuchtenden Augen.

»Na klar!«, antwortete ich und verdrehte die Augen. »Wenn ich es dir nicht erzähle, ist es, als wäre es nie passiert. Außerdem, wer würde mir helfen, seine Leiche zu verscharren, wenn ich ihn erschlage, weil er mich von oben herab behandelt?«

Sie lachte und umarmte mich wieder. Als sie spürte, wie ich mich anspannte, zog sie sich sofort zurück. »Sorry.«

Ich folgte ihr in das riesige Haus, das wesentlich neuer war als die historischen Kolonialbauten und viktorianischen Gebäude im Zentrum. Früher war das Viertel Ackerland gewesen, inzwischen standen auf den großen Grundstücken schicke Vorzeigevillen.

Als wir die Treppe hinaufgingen, merkte ich, dass ich mich immer noch nicht ganz an das luxuriöse Ambiente gewöhnt hatte.

Sara war ein Einzelkind und hatte demzufolge in dem dreistöckigen Haus eine Menge Platz – genaugenommen bewohnte sie das gesamte obere Stockwerk allein. Das Bad mit den Doppelwaschbecken aus Granit, der Jacuzzi-Wanne und der separaten Dusche war größer als mein Schlafzimmer. Vom Treppenabsatz gelangte man rechter Hand in einen Freizeitraum mit Kathedralendecke und weißen Wänden, die von umlaufenden grellrosa Rennstreifen und schwarzen Elektrogitarren akzentuiert wurden.

Eine plüschige weiße Couch und ein dazu passender Fernsehsessel standen vor dem gigantischen Flachbildschirm an der gegenüberliegenden Wand; das Heimkinosystem war außerdem mit mehreren Spielkonsolen verbunden.

Hinter der Couch gab es einen Lesebereich mit eingebauten, bis zur Decke reichenden Bücherregalen, an denen eine verschiebbare Leiter angebracht war. Vor den Regalen lagen überdimensionale Kissen auf dem Boden – der perfekte Ort, um sich gemütlich in die Lektüre zu vertiefen. In der Ecke gegenüber der Bibliothek gab es Airhockey- und Kickertische.

Sara berührte den Bildschirm in der Dockingstation, die in eine der Wände eingelassen war, und wählte eine Indie-Künstlerin. Die Frau begann über ihre Erwartungen an einen Mann zu singen. Rhythmische Gitarrenklänge erfüllten das gesamte Stockwerk, denn in die Decke waren mehrere Lautsprecher eingebaut. Ich folgte Sara in ihr Schlafzimmer auf der anderen Seite der Treppe.

»Bist du bereit, verwöhnt zu werden?«, fragte Sara und hüpfte auf eines ihrer beiden mit pink- und orangefarbenen Kissen geschmückten Doppelbetten.

»Na klar«, antwortete ich und ging zögernd an ihrem Arbeitszimmer vorbei, dessen Wände mit Fotos von Freunden, Plattencovern und Promibildern zugepflastert waren. Das Zimmer war zwar klein, bot aber immer noch genügend Platz für eine ausladende schwarze Vinylcouch. Ich setzte mich auf das zweite Bett.

»Ich hab den perfekten Pulli für dich, und er passt super zu meiner besten Jeans«, verkündete sie, hüpfte auf der anderen Seite von ihrem Bett wieder hinunter und betrat den begehbaren Wandschrank.

Der Raum – eindeutig ein »Raum« und kein »Wandschrank« – war so groß wie mein Schlafzimmer, mit Regalen und Stangen voller gefalteter oder aufgehängter Klamotten. Am Ende des Zimmers standen Schuhe in allen Formen und Farben.

»Sara, du bist eins fünfundsiebzig groß – ich passe garantiert nicht in deine Jeans«, argumentierte ich.

»Du bist doch gar nicht so viel kleiner als ich«, konterte sie.

»Du bist mindestens sieben oder acht Zentimeter größer. Außerdem hab ich eine Jeans mitgebracht.«

Sie hielt inne, betrachtete meine Hose und überlegte, ob sie akzeptabel war.

»Okay. Du kannst hier oben duschen, ich geh ins Bad von meinen Eltern«, ordnete sie dann an und reichte mir ein weißes, tief ausgeschnittenes Shirt und einen hellrosa Kaschmirpulli mit rechteckigem Ausschnitt.

»Zwei Oberteile?«, fragte ich.

»Na ja, es soll kalt werden heute Nacht, und du solltest den Pulli auf keinen Fall unter einer Jacke verstecken, also rate ich zu … Schichten«, erklärte sie schlicht.

Ich zog die Augenbrauen in die Höhe und nickte langsam. Es war offensichtlich, dass Sara die Situation genoss. Mein Mangel an Modeverstand würde sie nicht daran hindern, mit mir umzuspringen wie mit einer lebensgroßen Barbiepuppe. Ich konnte mir nicht vorstellen, was sie sonst noch auf Lager hatte – vielleicht wollte ich auch lieber nicht darüber nachdenken.

»Hör zu«, sagte sie und gab sich alle Mühe, mich in Sicherheit zu wiegen. »Ich weiß, dass du dir nicht viel aus Klamotten und so machst, aber das kommt nur daher, dass du es nicht kannst, und nicht etwa daher, dass du es nicht willst. Ich weiß, sie erlauben dir nicht, einkaufen zu gehen, also lass mich dich heute Abend mal ausstaffieren, in Ordnung?«

Natürlich wusste sie, dass ich die neuesten Trends schätzte, denn wir blätterten beim Lunch oft genug die Modemagazine durch. Aber ich durfte mir nur zweimal im Jahr etwas kaufen – zu Schuljahresbeginn und im Frühling. Also musste ich möglichst viel aus meinem halbjährlichen Budget herausholen und Sachen kaufen, die sich gut kombinieren ließen, damit sie sich nicht ganz so offensichtlich alle paar Wochen wiederholten. Aus diesem Grund war es für mich praktisch unmöglich, in den trendigen Geschäften der großen Shopping-Malls oder in den Boutiquen zu shoppen, wie die meisten meiner Mitschüler. Stattdessen musste ich auf die Discounter im Einkaufszentrum ausweichen. Aber ich ließ nicht zu, dass es mich allzu sehr störte, denn das war es meiner Meinung nach nicht wert.

Doch für einen Abend Zugang zu Sara McKinleys Garderobe zu haben wäre wahrscheinlich der Traum eines jeden Mädchens gewesen, das konnte ich unmöglich ablehnen. Ich wusste, dass sich in Saras Ankleideraum Klamotten befanden, an denen noch das Etikett hing. Also nahm ich die beiden Oberteile, griff mir meine Tasche und machte mich auf den Weg ins Badezimmer. Sara rannte mir nach, bevor ich die Tür zugemacht hatte.

»Oh, ich hab da noch diese Lotion, die ich letzte Woche gekauft habe, die magst du bestimmt. Eigentlich wollte ich sie dir zu Weihnachten schenken, aber du solltest sie unbedingt heute Abend benutzen«, rief sie und drückte mir eine Flasche mit rosa Blumen auf dem Etikett in die Hand.

»Danke«, sagte ich, nahm die Flasche und schloss die Tür hinter mir. Es war wundervoll, eine ausgedehnte warme Dusche nehmen zu können, ohne dabei *Das Klopfen* an der Tür befürchten zu müssen, das mir das Ende meiner zugeteilten fünf Minuten signalisierte. Jetzt hatte ich Zeit, über die vergangenen fünf Tage nachzudenken und darüber, wie anders sich der heutige Tag anfühlte. Ich freute mich tatsächlich auf das Spiel, obwohl es garantiert heikel werden würde. Aber ich sagte mir, wenn ich das Spiel überstand, ertrug ich bestimmt auch die Party. Mit neuer Entschlossenheit stellte ich das Wasser ab – wie lange dieser optimistische Zustand anhalten würde, stand natürlich auf einem anderen Blatt.

Gespannt klappte ich den Deckel der Lotion auf und atmete den dezenten Blumenduft ein. Als ich angezogen war, öffnete ich die Tür und fand Sara auf der Treppe, ein Handtuch um die Haare gewickelt. Sie trug einen hellblauen Angorapulli, der ihr enorm gut stand. Sara hatte kein Problem damit, wenn sich Oberteile an ihren modellhaften Körper schmiegten. Ich hingegen zog und zupfte an dem rosa Pullover herum, weil er sich trotz der Schicht darunter anfühlte wie eine zweite Haut.

»Oh, der Pulli sieht ja toll aus! Du solltest öfter Sachen tragen, die dir passen, statt deine Figur immer zu verstecken.« Ich tat ihre Bemerkung mit einem Achselzucken ab, aber sie grinste nur und fragte: »Bereit für den nächsten Schritt?«

Wir wurden von ihrer Mutter unterbrochen, die uns zurief, dass die Pizza da war.

»Komm, wir essen schnell was und machen uns dann fertig«, entschied Sara und eilte auch schon die Treppe wieder hinunter.

»Ich hab gehört, du hast gestern drei Tore geschossen«, sagte Saras Mutter Anna, während sie uns Limo einschenkte. »Und Sara hat mir auch von den Scouts erzählt. Du bist bestimmt ganz aufgeregt, Emma.«

»Ja, das bin ich«, gab ich unumwunden zu. Schon Gespräche mit Gleichaltrigen machten mir Probleme – wenn ich einigermaßen vernünftig mit Erwachsenen reden sollte, konnte man mich total vergessen. Die einzigen Erwachsenen, mit denen ich regelmäßig sprach, waren meine Lehrer, mein Trainer, meine

Tante und mein Onkel. Mit den Lehrern unterhielt ich mich ausschließlich über meine Aufgaben, mit dem Trainer nur über Fußball – das war also einfach. George brachte kaum ein Wort heraus – vielleicht kam er auch einfach nicht dazu bei Carols ständigem Gejammer darüber, wie schwer sie es hatte. Die Gespräche mit Carol waren natürlich einseitig und bestanden für gewöhnlich aus ihren Beschimpfungen, wie nutzlos und erbärmlich ich war. Demzufolge hatte ich wenig Übung. Zum Glück kannte Anna meine mangelnde Konversationsfähigkeit und bedrängte mich nicht.

»Herzlichen Glückwunsch!«, fügte sie hinzu. Auf dem Weg zur Treppe sagte sie noch zu Sara: »Ich gehe nach oben und zieh mich um. Dein Dad und ich essen bei den Richardsons, und wir haben die Mathews eingeladen mitzukommen, weil sie ja neu in der Stadt sind.«

»Okay, Mom«, sagte Sara. Sie hatte nur mit halbem Ohr zugehört, aber mein Herz war fast stehengeblieben, als Anna den Namen gesagt hatte.

»Deine Eltern gehen mit Evans Eltern essen?«, flüsterte ich fassungslos.

Sara zuckte die Achseln. »Meine Eltern haben das Ziel, jeden in der Stadt kennenzulernen. Sie sind Weslyns inoffizielles Empfangskomitee, weißt du. Mein Vater ist der ultimative Politiker.«

Einen Moment hielt sie inne, dann fügte sie schelmisch hinzu: »Möchtest du, dass ich für dich ein bisschen Tratsch über Evan und seine Familie rauskriege?«

»Sara!«, rief ich entsetzt. »Natürlich nicht. Ich interessiere mich echt nicht auf diese Weise für ihn, ich will nur mit ihm reden, damit er mich endlich in Ruhe lässt.«

»Schon klar«, erwiderte sie mit einem vielsagenden Lächeln. Ich gab mir Mühe, sie zu ignorieren, und biss kräftig in mein Pizzastück.

»Was machen wir als Nächstes?«, fragte ich, denn ich wollte absolut nicht mehr über Evan reden.

»Ich hab gehofft, ich darf dir die Haare schneiden«, antwortete Sara vorsichtig. Meine Haare hingen mir weit über den Rücken und waren gerade geschnitten. Da ich nicht alle acht Wochen zum Friseur gehen konnte – oder was auch immer notwendig gewesen wäre, um einen richtigen Haarschnitt zu pflegen –, trug ich sie so einfach wie möglich und stutzte nur ein paarmal im Jahr selbst die Spitzen. Normalerweise machte ich mir einen Zopf oder hielt sie mit einer Spange aus dem Gesicht.

»Was hast du denn damit vor?«

»Nichts Abgefahrenes«, beruhigte sie mich. »Nur ein bisschen abschneiden.«

»Mir ist alles recht.«

»Echt?! Warte nur, das wird toll!«, rief sie begeistert, und schon hüpfte sie vom Stuhl und zerrte mich die Treppe hinauf.

Oben zog sie die mittlere Schublade ihres Schminktischs auf, in der sie alle auf dem Markt befindlichen Arten von Lippenstift und Nagellack aufbewahrte, und holte einen Kamm und eine Profischere heraus. Dann bat sie mich, Platz zu nehmen, breitete für die Haarschnipsel ein Handtuch auf dem Boden aus und legte mir ein weiteres Handtuch um die Schultern. »Heute Abend wird dich keiner wiedererkennen.«

Das war mir gar nicht so unrecht.

Dann teilte sie mit dem Kamm ein paar Strähnen ab und steckte sie hoch. Ich spürte, wie meine Haare immer leichter wurden, und beschloss, dass es am besten war, die Augen geschlossen zu halten und Sara nicht mit Fragen aus dem Konzept zu bringen – außerdem hatte ich ein bisschen Angst, ich könnte panisch werden, wenn ich ein Haarbüschel nach dem anderen auf dem Boden landen sah. Sara sang fröhlich zur Musik aus den Deckenlautsprechern, kämmte, steckte und schnippelte. Ehe ich recht wusste, wie mir geschah, hatte sie auch schon den Föhn in die Steckdose gesteckt und stylte die übriggebliebenen Haare mit der Rundbürste.

»Lass die Augen zu«, befahl sie dann und trug mit ihren kühlen Fingern Lidschatten auf.

»Sara, ich will aber nachher nicht lächerlich aussehen«, beschwor ich sie.

»Ich nehme nur ganz wenig. Versprochen.« Pinselborsten strichen über meine Wangen. »Also, was meinst du? Mach die Augen auf, Em!«, forderte sie mich kurz danach ungeduldig auf.

Vorsichtig lugte ich durch die Wimpern, um meine Verwandlung zu betrachten. Meine dunkelbraunen Haare fielen mir weich auf die Schultern, ein gestufter Pony ließ mein herzförmiges Gesicht sanfter wirken. Ich merkte, dass ich lächelte.

»Gefällt mir«, gab ich zu. Tatsächlich hatte Sara mich nur sehr dezent geschminkt, ein leichter Schimmer auf den Augenlidern und ein Hauch Rosa auf den Wangenknochen – was in Evans Nähe garantiert nicht nötig wäre.

»Hier«, sagte Sara und drückte mir eine Tube Lipgloss und Mascara in die Hand. »Ich glaube, es ist leichter, wenn du dich darum selbst kümmerst. Ich mach mich mal schnell im Bad fertig, bin gleich wieder da.«

Während Sara ihre Haare föhnte und stylte, setzte ich mich auf eins der beiden Betten und blätterte in der neuesten Ausgabe einer Frauenzeitschrift, die voller Artikel darüber war, wie man offensiver wurde oder auf schnellstem Wege zehn Pfund verlor. Als Sara ins Zimmer zurückkam, strahlte sie förmlich – die Haare in weichen roten Locken und so dezent geschminkt, dass ihre blauen Augen und ihr roter Schmollmund wunderbar zur Geltung kamen. Ihr Anblick ernüchterte mich ein wenig hinsichtlich meines eigenen Aussehens.

»Was ist los?«, fragte sie sofort, als sie merkte, wie ich die Schultern sinken ließ.

»Bist du sicher, dass ich mitkommen soll? Ich will nicht, dass es peinlich für dich ist, wenn ich hinter dir hertrotte, während alle nur mit dir reden wollen.«

Sie warf mir einen bösen Blick zu und schleuderte ein Kissen nach mir. »Ach, sei bloß still! Natürlich will ich, dass du mitkommst. Warum sollte es anders sein als sonst? Wenn die Leute mit mir reden wollen und ich mit ihnen, mach ich das. Das hat dich noch nie gestört.«

Ich sah zu Boden und spürte, wie die Nervosität mich übermannte – was wirklich nichts mit Saras Popularität zu tun hatte. »Du hast recht. Sorry, ich werde nur grade ein bisschen paranoid.«

»Wir werden Spaß haben, das verspreche ich dir.« Saras Zähne blitzten zwischen ihren schimmernden roten Lippen, und sie ging noch einmal zurück in ihren begehbaren Wandschrank und warf mir von dort etwas zu. »Der weiße Schal passt perfekt zu deinem Pulli und hält wunderbar warm, dann vermisst du eine Jacke bestimmt nicht.«

»Danke.« Ich nahm den weichen Schal, stellte mich vor den Spiegel und schlang ihn mir um den Hals. Auch damit hatte Sara recht gehabt – ich sah völlig verändert aus.

»Das wird ein großartiger Abend«, beruhigte sie mich noch einmal, als wir in ihr Auto stiegen, um zur Schule zu fahren. Sie war so aufgeregt, dass sie ihre Energie kaum im Zaum halten konnte, und ich bemühte mich sehr, meine Angst wieder abzubauen. Ich würde es schaffen. Ich konnte gesellig sein. Okay, vielleicht ging das zu weit, aber ich würde es schaffen, nicht absolut jämmerlich zu wirken. Das klang schon etwas besser. Andererseits – wem wollte ich eigentlich etwas vormachen?

5

vErsChwiNden

Als wir ankamen, füllte sich der Parkplatz bereits mit Autos, und die Zuschauer strömten zum Ticketschalter. Mich packte die Panik. Ich wusste, dass ich mich albern aufführte – es ging hier doch nur um ein Highschool-Footballspiel –, aber ich kam mir vor, als müsste ich nackt zur Schule gehen. Sara dagegen sprang aus dem Auto und winkte einer Gruppe von Mädchen, die kichernd und plaudernd zum Stadion unterwegs waren.

»Sara!«, riefen alle wie aus einem Munde und rannten zu ihr. Während sie sich zur Begrüßung fröhlich plappernd umarmten, stand ich abseits und fühlte mich auf einmal schrecklich ungeschützt in meinem eng anliegenden Pulli – der modische Schal verhüllte den tiefen Ausschnitt nur notdürftig.

»Emma?!«, rief Jill Patterson, und prompt drehten sich alle zu mir um und glotzten mich an. Meine Wangen glühten – ich hatte ja gewusst, dass die Schminke nicht notwendig gewesen wäre.

Mit zusammengekniffenen Lippen zwang ich mich zu lächeln und winkte den Mädchen beiläufig zu.

»Wow, du siehst ja toll aus«, stellte eine andere verblüfft fest, woraufhin auch die restlichen Mädchen mir überschwängliche Komplimente machten.

»Danke«, murmelte ich und wünschte mir wieder einmal, ich wäre unsichtbar.

Sara hakte sich unbeirrt bei mir unter und marschierte mit einem stolzen Lächeln zum Ticketschalter. Ich holte tief Luft und machte mich darauf gefasst, was der Abend noch so bringen würde. Zunächst einmal leider jede Menge weitere erstaunte Reaktionen und viel Gegaffe.

Es wurde getuschelt über meine Anwesenheit und meine Verwandlung, aber kaum jemand unternahm den Versuch, mit mir ins Gespräch zu kommen. Offensichtlich wusste niemand so recht, worüber man sich mit mir unterhalten sollte – umgekehrt war es genauso. Also ließ ich mich schließlich auf der Tribüne nieder und vertiefte mich in das Footballspiel. Sara jubelte für Jason, wurde aber immer wieder vom Spiel abgelenkt, weil fast jeder, der vorbeikam, irgendetwas mit ihr zu bereden hatte – sogar manche Eltern, die gekommen waren, um ihren Sohn oder das Footballteam als solches anzufeuern. Unbegreiflich, wie viele Leute Sara kannte und wie mühelos ihr geistreiche oder einfach nur freundliche Bemerkungen einfielen. Eigentlich hätte ich mir Notizen machen sollen.

Im dritten Viertel beschloss ich, mir eine heiße Schokolade zu holen, während Sara sich zusammen mit Jill und Casey plaudernd und kichernd auf den Weg zu den Toiletten machte. Weslyn war weiterhin auf dem Vormarsch, während ich in der Schlange stand, ungeduldig von einem Fuß auf den anderen trat und den Ansagen des Stadionsprechers lauschte.

»Kein schlechtes Spiel, was?« Evans Stimme übertönte den Jubel der Menge und den tiefen Bariton des Ansagers. Als ich mich umdrehte, sah ich ihn direkt hinter mir stehen, in der Hand seine Kamera.

»Nein, ziemlich gut sogar«, antwortete ich so ruhig ich konnte. Auf einmal fühlte sich der Pulli an, als wollte er mich erdrosseln, und das hektische Hämmern in meiner Brust brachte meine Wangen schon wieder zum Glühen. »Schreibst du den Spielbericht für die Zeitung?« Sobald die Worte aus meinem Mund waren, wurde mir klar, wie dumm die Frage war. Natürlich berichtete er über das Spiel – ich hatte ihm ja selbst den Auftrag erteilt!

»Ja«, antwortete er, ohne darauf einzugehen, und hielt die Kamera in die Höhe. »Ich dachte, ich hätte gehört, dass du nie zu einem Spiel gehst?«

»Ich übernachte heute bei Sara«, erwiderte ich und dachte, das würde ihm wie allen anderen als Erklärung genügen. Aber er machte ein verdutztes Gesicht, und ich versuchte verzweifelt, mich an Saras vorgefertigte Antwort zu erinnern.

»Ich bin normalerweise so mit der Schule und allem anderen beschäftigt, dass ich nicht viel Zeit zum Ausgehen habe. Aber heute Abend hat es ausnahmsweise mal geklappt.«

Die Schlange bewegte sich vorwärts, ich mich ebenfalls, und Evan folgte mir.

»Oh«, sagte er, und mir war klar, dass er auch mit dieser Antwort noch nicht zufrieden war. »Geht ihr beiden nach dem Spiel zu der Party?«

»Ich denke schon«, antwortete ich zögernd. »Du auch?«

»Ja. Ich soll mich mit meinem Wagen an ein paar Jungs aus dem Fußballteam dranhängen.«

Ich nickte, weil mir nichts mehr einfiel. Dann wandte ich mich zur Theke um, damit er Gelegenheit hatte, unauffällig zu verschwinden und sich wieder ans Fotografieren zu machen. Allerdings vergewisserte ich mich nicht, ob er wirklich ging, und als ich meine Schokolade bezahlt hatte und mich wieder umdrehte, wartete er immer noch auf mich.

»Magst du ein bisschen mit mir rumlaufen, während ich ein paar Schnappschüsse mache?« Wieder blieb mir fast das Herz stehen. Konnte es sich vielleicht mal entscheiden, ob es mir aus der Brust springen oder endgültig den Dienst verweigern wollte? Dieses ruckartige Bremsen und Gasgeben wurde mir allmählich echt zu anstrengend.

»Na klar«, hörte ich mich antworten, ehe mein Gehirn registriert hatte, worauf ich mich einließ. Er lächelte, und mein

Herz wurde schlagartig wieder lebendig. »Dann hast du dich also entschlossen, mit mir zu reden«, stellte Evan fest, ohne mich anzusehen.

»Ich sollte es eigentlich nicht. Aber es ist sowieso nur eine Frage der Zeit, bis du merkst, dass ich nicht interessant bin, und dann verschwinde ich für dich wie für alle anderen im Hintergrund.«

Er lachte, hob den Kopf und musterte mich, offenbar unsicher, ob ich es ernst meinte. Eine seltsame Reaktion, fand ich.

Dann zog er die Augenbrauen zusammen, lächelte wieder und sagte: »Genaugenommen denke ich, dass du jetzt, da du dich entschieden hast, mit mir zu reden – egal, ob du es *solltest* oder nicht –, noch interessanter geworden bist.« Ich stöhnte. Sein Lächeln wurde breiter, und er fügte hinzu: »Außerdem glaube ich nicht, dass du für mich jemals im Hintergrund verschwinden könntest. Na ja, zumindest nicht in diesem Pulli.«

Mir stieg das Blut ins Gesicht. »Der gehört Sara«, gestand ich mit gesenktem Kopf, um die drastische Farbveränderung zu kaschieren.

»Er gefällt mir«, gab er zu. »Die Farbe steht dir sehr gut.« Vielleicht war es doch keine gute Idee, mit ihm zu reden, ich konnte mir damit eine Menge Ärger einhandeln. Was sollte ich beispielsweise mit so einer Bemerkung anfangen? Ich nippte an meiner Schokolade, verbrannte mir die Zunge und sog Luft durch die Zähne, um sie zu kühlen.

»Zu heiß?«, fragte er.

»Ja – ich glaube, ich werde eine Woche lang nichts schmecken können.«

Wieder lächelte er. Ich fand, dass mein Herz diese Folter lange genug ertragen hatte, und schaute zu Boden.

»Ich hab bei der Bank eine Flasche Wasser in meiner Tasche, falls du was davon möchtest.«

»Nein, ist schon okay, danke. Dafür ist es eh zu spät.« Im Nu hatten wir die ganze Runde gemacht und wanderten an der Tribüne entlang, wo die Cheerleader das Publikum gerade dazu animierten, W-E-S-L-Y-N zu skandieren. Ich entdeckte Sara, die mir zuwinkte und mit offenem Mund auf Evan deutete. Ich zuckte die Achseln und wandte mich schnell ab, damit Evan nichts von unserem Austausch merkte.

»Hast du schon viele Leute kennengelernt?«, fragte ich und gab mir Mühe, beiläufig zu klingen. Vielleicht belästigte er mich ja nur, weil er sonst keinen kannte. Warum er sich ausgerechnet mich aussuchte, war mir allerdings trotzdem ein Rätsel.

»Ja, schon«, antwortete er zu meinem Leidwesen, und es klang ehrlich. »Es hilft, wenn man in der Fußballmannschaft ist und bei der Zeitung mitmacht. Das liefert mir einen Grund, mit den Leuten zu reden, und irgendjemand ist immer gern bereit, mir zu erzählen, wer wer ist. So hab ich auch ein bisschen was über dich erfahren – was übrigens schwieriger war, als ich dachte.«

Ehe ich ihn fragen konnte, was er herausgefunden hatte, fuhr er fort: »Du heißt eigentlich Emily, richtig?«

Ich nickte und zuckte leicht die Achseln.

»Warum nennen dich dann alle Emma?«

Es war eine ganze Weile her, dass jemand dafür eine Erklärung verlangt hatte. Ich antwortete ihm ehrlicher als den anderen. »Mein Vater hat mich immer Emma genannt.«

Dabei beließ ich es, und er fragte nicht weiter nach.

Inzwischen hatten wir die Tribüne hinter uns gelassen und standen in ihrem Schatten auf der Aschenbahn. Der Jubel und die Ansagen wurden leiser, mein Puls beschleunigte sich, während meine Panik wuchs. Ich musste unbedingt erfahren, was er über mich gehört hatte, fürchtete mich jedoch gleichzeitig vor der Antwort.

Aber ich konnte mich nicht zurückhalten. »Was hast du denn sonst noch über mich gehört?«

Schmunzelnd antwortete er: »Du meinst, außer dass du perfekte Noten hast, in drei Sportmannschaften bist und so weiter?«

»Ja.« Gespannt hielt ich die Luft an. Nur Sara wusste Bescheid über mein Leben, oder? Unmöglich, dass er auch darüber etwas in Erfahrung gebracht hatte. Aber warum war ich dann so paranoid?

»Na ja, du schüchterst die meisten Jungs ein, deshalb fragt dich nie einer, ob du mit ihm ausgehst. Die Mädchen glauben, du bist verklemmt, und deshalb ist deine einzige Freundin das populärste Mädchen der Schule. Man geht davon aus, dass dir sonst niemand gut genug ist.« Meine Augen wurden immer größer, während er weitersprach. »Deinen Lehrern tust du leid. Sie glauben, dass du dich zu sehr unter Druck setzt, um perfekt zu sein, und deshalb nichts von dem mitkriegst, was die Highschool eigentlich ausmacht. Und dein Trainer findet, er hat Glück, dich in seiner Mannschaft zu haben. Er ist überzeugt, dass das Team ein Favorit für die diesjährige Meisterschaft ist, solange du dich nicht verletzt.«

Er wurde ernst, als er meinen eingeschüchterten Gesichtsausdruck sah. »Aber du bist doch erst seit einer Woche hier«, flüsterte ich. »Das haben die Leute dir tatsächlich alles erzählt?«

Verwirrt hielt Evan inne, dann fragte er: »Davon wusstest du nichts?« Ich konnte ihn nur stumm anstarren. »Ich dachte, du ziehst dich so zurück, weil du selbstbewusst bist und es dich nicht kümmert, was die anderen von dir denken. Aber du hattest echt keinen blassen Schimmer, was sie über dich sagen?«

Ich schüttelte den Kopf. »Ehrlich, ich hab nie viel darüber nachgedacht – es war mir nicht wichtig. Ich muss die Highschool nur irgendwie überstehen.«

»Warum?«, fragte er langsam.

Diese Frage konnte ich nicht beantworten, sie war der Grund, warum ich eigentlich überhaupt nicht mit ihm reden durfte. Zum Glück verkündete der Stadionsprecher in diesem Moment einen Touchdown für Weslyn, und der ohrenbetäubende Jubel rettete mich davor, lügen zu müssen. Ich blickte zur Anzeigetafel und sah, dass Weslyns Punktestand auf 28 stieg, während der der Gäste bei 14 blieb. Und es waren nur noch zwei Minuten zu spielen.

»Ich muss Sara suchen«, sagte ich. »Bis später dann.« Ehe er antworten konnte, war ich schon weg. Es gab so viel zu verarbeiten, dass ich gar nicht wusste, wo ich anfangen sollte.

Ich entdeckte Sara an der Seitenlinie, hinter dem Seil, das das Spielfeld von der Aschenbahn trennte.

»Da bist du ja!«, rief sie. »Hast du gesehen, wie Jason den letzten Touchdown gemacht hat?«

»Ich hatte keine gute Sicht«, gestand ich, während sie schon wieder in die Hände klatschte und die Verteidigung anfeuerte, den Ball zu halten.

Dann zog sie mich beiseite, weg von der Menge. »Erstens«, sagte sie, »erstens wirst du mir vor dem Einschlafen heute Nacht jedes Wort von dem Gespräch zwischen dir und Evan berichten. Alle haben über euch beide geredet. Ich glaube, die halbe Schule geht davon aus, dass ihr zusammen seid.« Mir blieb der Mund offen stehen.

»Ich weiß, es ist albern«, räumte Sara achselzuckend ein. »Aber es hat dich noch nie jemand mit einem anderen Menschen als mir so viel reden sehen. Deshalb hassen dich die meisten Mädchen jetzt, und die Jungs kapieren nicht, was an Evan so toll sein soll. Eigentlich ziemlich lustig.«

»Großartig«, grummelte ich und verdrehte die Augen.

»Jedenfalls werde ich nach dem Spiel vor der Kabine auf Jason warten und ihn fragen, ob er mit zur Party kommt. Wartest du mit mir?«

»Klar, aber nicht vor der Kabinentür. Das ist nicht mein Stil, ich setz mich lieber auf die Treppe, okay?«

»Okay.« Ihre Augen blitzten. »Ich kann nicht glauben, dass ich das mache!«

»Er wird ja sagen, ganz bestimmt«, versicherte ich ihr.

»Hoffentlich.«

Das Lufthorn zeigte schmetternd das Spielende an. Ein letzter Jubel des begeisterten Heimpublikums gratulierte dem Team zum Sieg. Auf dem Weg in die Kabine sprangen die Jungs einander gegen die Brust und knufften sich in die Schulterschoner.

Sara und ich ließen uns Zeit, während die Massen durch die Tore hinausströmten. Ein paar Leute fragten uns, ob sie uns bei der Party sehen würden, was Sara enthusiastisch bejahte. Als wir uns der Kabine näherten, begann sie nervös die Hände zu ringen. Ich fand es beinahe unterhaltsam. So unsicher und aufgeregt hatte ich sie noch nie erlebt.

»Wünsch mir Glück.«

»Ich bin ganz in deiner Nähe«, versprach ich und stieg die Treppe hinauf, um die Situation von oben beobachten zu können.

Sara ging vor der geöffneten Flügeltür auf und ab. Immer wieder spähte sie nervös zu mir hinauf, und ich grinste ihr aufmunternd zu. Es dauerte nicht lange, bis die Spieler die Kabine allmählich verließen, geduscht, angezogen, die Sporttasche über der Schulter. Die meisten grüßten Sara im Vorbeigehen. Offensichtlich machten sich ein paar von ihnen sogar Hoffnungen, dass Sara ihretwegen hier wartete, und reagierten etwas enttäuscht, wenn sie nichts weiter sagte.

Doch dann erschien endlich Jason Stark, die blonden Haare noch feucht vom Duschen. Ich hielt den Atem an. »Hi, Jason«, sagte Sara, und in ihrer Stimme lag nichts von ihrem typischen Selbstbewusstsein – aber ihr Lächeln machte das wieder wett.

»Hi, Sara«, antwortete er, offensichtlich überrascht. Ich lauschte gespannt.

Eine Sekunde verging. Als er sich schon abwandte, fragte Sara: »Gehst du zu Scotts Party?«

Wieder reagierte er erstaunt. »Äh, ich weiß nicht. Ich bin nicht mit dem Auto hier, und ich glaube, Kyle wollte gleich nach Hause.«

»Du könntest mit mir fahren, wenn du lieber zur Party möchtest«, platzte Sara heraus.

Mir blieb die Luft weg. Was sollte das denn jetzt? Ihr Auto hatte doch nur zwei Sitze! Tatsächlich warf sie mir einen kurzen Blick zu und zog betreten den Kopf ein.

»Äh, ja, das könnte ich vielleicht«, stimmte er bedächtig zu. »Macht es dir nichts aus?«

»Nein, nein«, antwortete sie beiläufig. »Ich finde, du solltest deinen Sieg angemessen feiern.«

»Okay, ich sag nur schnell Kyle Bescheid. In einer Minute bin ich zurück.« Als die Kabinentür sich hinter ihm geschlossen hatte, sah Sara zu mir hoch, sprang ein paarmal in die Luft und stieß einen lautlosen Triumphschrei aus. Ich lachte.

»Sieht ganz danach aus, als bräuchtest du eine Mitfahrgelegenheit«, stellte eine selbstbewusste, charmante Stimme unten an der Treppe fest. Erschrocken fuhr ich herum und entdeckte Evan, der zu mir heraufschaute.

»Sorry, ich wollte dich nicht erschrecken.«

»Wie machst du das bloß?«, schoss ich zurück.

»Was denn?«

»Einfach so aus dem Nichts aufzutauchen. Ich hör dich nicht mal kommen, plötzlich bist du da«, erklärte ich vorwurfsvoll.

»Vermutlich bist du einfach nicht aufmerksam genug. Ich glaube, du bist zu sehr damit beschäftigt, im Hintergrund zu verschwinden.« Er kicherte leise, und ich sah ihn genervt an. »Tja, möchtest du nun eine Mitfahrgelegenheit zur Party? Oder willst du lieber auf Jason Starks Schoß sitzen?«

»Das hast du also auch gesehen? Ist das deine Lieblingsbeschäftigung – rumlaufen und die Leute belauschen?«

»Ich hab nach dem Spiel Siegerfotos für meinen Artikel gemacht und war unterwegs zur Kabine, um den Rest von meinen Sachen zu holen. Da hab ich zufällig mitgekriegt, dass die beiden was Wichtiges zu bereden hatten. Also hab ich gewartet, bis sie fertig sind«, verteidigte er sich. »Außerdem sieht es eher danach aus, als wärst du da oben die Spionin.«

»Ich bin bloß hier, um meine Freundin zu unterstützen«, fauchte ich.

»Klar.« Er lachte. Ich biss die Zähne zusammen und versuchte, meinen Ärger hinunterzuschlucken.

»Also, willst du jetzt mitfahren oder nicht?«, kam Evan auf sein Angebot zurück.

»Na gut«, zischte ich, aber das belustigte ihn nur noch mehr. Lachend verschwand er in der Kabine. Warum fand er mich so komisch? Es nervte mich tierisch. Aber warum fuhr ich dann mit ihm zur Party? Vor allem jetzt, da ich wusste, wie über uns getratscht wurde. Wenn ich mit ihm gemeinsam da auftauchte, heizte das die Gerüchteküche weiter an.

Doch welche Rolle spielte das jetzt noch? Evan zufolge mochte mich ohnehin niemand besonders – was kümmerte es mich also, was sie sagten, wenn ich mit ihm aufkreuzte? Aber es kümmerte mich. Nicht gemocht zu werden war viel schlimmer, als unsichtbar zu sein. Ich holte tief Luft und atmete das Gefühl aus, ehe es weh tun konnte. Ich brauchte nicht zu wissen, was andere Leute über mich dachten.

Ehe ich noch weitergrübeln konnte, kam Sara die Treppe heraufgerannt. »Em, es tut mir so leid, es ist mir rausgerutscht, bevor ich Zeit hatte, darüber nachzudenken.«

Ich sah Jason neben der Kabine auf sie warten.

»Schon okay, Evan nimmt mich mit«, beruhigte ich sie.

»Evan? Echt?« Sie kniff die Augen zusammen und beäugte mich prüfend.

»Keine Sorge, wir sehen uns dann dort. Okay?« Ich zwang mich zu einem unterstützenden Lächeln.

»Okay«, antwortete sie, immer noch zögernd.

»Ehrlich. Jetzt geh endlich. Ich werde direkt hinter dir sein.« Sie umarmte mich aufgeregt und hüpfte dann die Treppe hinunter zu Jason. Ich sah ihnen nach, wie sie zu Saras Auto gingen, bereits tief in ein Gespräch versunken.

»Fertig?«, fragte Evan von unten. Ich erschrak schon wieder. »Hast du mich ehrlich nicht aus der Kabine kommen sehen?«

»Vermutlich hab ich nicht nach dir Ausschau gehalten«, gab ich bockig zurück.

»Gehen wir.« Er streckte mir die Hand hin, eine Einladung, ihm meine zu geben, aber ich ging stirnrunzelnd an ihm vorbei. Mein abweisendes Verhalten schien ihn allerdings nicht im Geringsten aus der Fassung zu bringen, er schlenderte ganz entspannt neben mir her zum Parkplatz. Nichts an Evan ergab Sinn, aber aus irgendeinem unerfindlichen Grund trafen wir immer wieder zusammen.

Er nahm Kurs auf einen schwarzen BMW-Sportwagen. Sonst achtete ich eigentlich nie auf die Autos auf dem Parkplatz. Die meisten Stadtbewohner konnten sich passend zu ihren schicken Eigenheimen noch einen Luxusschlitten leisten; demzufolge fuhren natürlich auch ihre Kinder Autos, die den Erfolg ihrer Eltern widerspiegelten. Vielfältigkeit gab es in Weslyn nur in puncto Automarke, nicht in puncto ethnische Gruppe. Da ich gar kein Auto besaß, zählte ich sowieso zu einer Minderheit. Ich hatte nicht mal einen Führerschein.

Evan öffnete mir die Beifahrertür. Ich stutzte, bevor ich einstieg, solch ritterliche Gesten war ich nicht gewöhnt.

»Weißt du, wo wir hinmüssen?«, fragte er, als er seine Tür schloss.

»Nein. Du auch nicht?«

Er lachte. »Ich bin gerade erst hergezogen, ich weiß nicht, wo die anderen wohnen. Ich dachte, wenigstens das würdest du wissen.« Ich schwieg.

Kurz entschlossen ließ Evan das Fenster herunter und rief einem Jungen, den er offensichtlich kannte, zu: »Dave, fährst du auch zu Scott?« Die Antwort konnte ich nicht hören. »Stört es dich, wenn ich dir folge?«, fragte Evan weiter.

Dann ließ er den Motor an, fuhr los und reihte sich hinter einem silbergrauen Land Rover ein.

»Ich hab dir nicht den Abend verdorben, oder?«

»Nein«, sagte ich lässig und zog mir langsam den Schal vom Hals. »Aber wenn es dir nichts ausmacht, würde ich lieber nicht mehr darüber reden, was andere Leute von mir halten, okay?«

»Nie mehr«, versprach er. »Wie sind denn die Partys in Weslyn so?«

Ich kicherte leise. »Fragst du mich das im Ernst?«

»Okay«, erwiderte er bedächtig. »Na ja, vermutlich finden wir es beide heute Abend raus, was?« Ich schwieg wieder.

»Wenn du lieber was anderes machen möchtest – ich bin zu allem bereit«, bot er an. Ich sah zu ihm hinüber und konnte kaum atmen.

»Nein, ich möchte zur Party«, log ich, obwohl ich fast an meinen Worten erstickte. »Außerdem treffe ich Sara dort, erinnerst du dich?«

Der Land Rover entfernte sich von der Schule, und wir fuhren durch mir unbekannte stille Straßen. Evan stellte das Radio an. Wie nicht anders zu erwarten, hatte ich keine Ahnung, welche Frau sich da zu wuchtigen Gitarrenrhythmen darüber beklagte, dass das Leben beschissen war. Evan reduzierte die Lautstärke, damit wir uns unterhalten konnten. Was hatte er mir denn noch zu sagen?

»Wo hast du gewohnt, bevor du hierhergekommen bist?«

Einen Moment zögerte ich. Konnte ich ihm die Wahrheit sagen, ohne mich in die Bredouille zu bringen?

»In einer kleinen Stadt bei Boston.«

»Dann hast du also immer in New England gelebt?«

»Japp«, bestätigte ich. »Und wo hast du in Kalifornien gewohnt?«

»San Francisco.«

»Warst du nur hier und in San Francisco oder auch noch anderswo?«

Evan stieß ein kurzes Lachen aus. »Seit ich denken kann, sind wir ungefähr jedes Jahr umgezogen. Mein Dad ist Anwalt bei einem Finanzkonzern, und er muss immer dorthin, wo er gerade gebraucht wird. Ich hab schon in New York gewohnt, in verschiedenen Teilen von Kalifornien, in Dallas, in Miami und ein paar Jahre sogar in einigen europäischen Ländern.«

»Macht dir das nichts aus?«, fragte ich, froh, dass wir über ihn redeten und nicht über mich.

»Früher nicht, da fand ich es sogar toll, an einen neuen Ort zu ziehen, und hab mich gefreut. Es hat mir nichts ausgemacht, Freunde zurückzulassen, weil ich überzeugt war, ich würde sie irgendwann wiedersehen.

Jetzt, in der Highschool, ist es nicht mehr so einfach. In den zwei Jahren, die wir in San Francisco waren, hab ich ein paar richtig gute Freundschaften geschlossen, deshalb ist es mir schwergefallen, von dort wegzuziehen. Außerdem hab ich auch keine Lust mehr darauf, ständig um meine Position im Sportteam zu kämpfen. Meine Eltern haben mir angeboten, ich könnte in San Francisco bleiben, bis ich fertig bin, aber ich hab mich entschieden, Connecticut eine Chance zu geben. Wenn es mir hier nicht gefällt, ziehe ich zurück.«

»Allein?«, fragte ich erstaunt.

»Ich bin sowieso so gut wie allein«, antwortete er nüchtern.

»Mein Vater arbeitet die ganze Zeit, und meine Mutter sitzt in ungefähr jedem Spendenkomitee zwischen hier und San Diego und ist deshalb ständig auf Reisen.«

»Bestimmt kann Weslyn San Francisco nicht das Wasser reichen. Ich würde mich sofort für Kalifornien entscheiden.«

»Weslyn ist interessant.« Jetzt sah er mich mit seinem berüchtigten Grinsen an. Zum Glück war es dunkel, und er konnte nicht sehen, dass ich puterrot wurde. Verlegen schaute ich aus dem Fenster, ich hatte immer noch keine Ahnung, wo wir waren.

»Ich hoffe, du merkst dir, wo wir hinfahren, weil du nämlich selbst rauskriegen musst, wie du wieder nach Hause kommst«, warnte ich ihn.

»Was denn – soll ich dich etwa nachher nicht zu Sara fahren?«

Ich war nicht sicher, ob er es ernst meinte.

»Wir haben ja kein Date«, platzte ich heraus. Kaum waren die Worte aus meinem Mund, bereute ich sie auch schon zutiefst.

»Ich weiß«, antwortete er fast ein bisschen zu schnell, und ich bereute meine Bemerkung noch mehr. »Ich dachte, Sara fährt Jason nach Hause.«

»Oh«, flüsterte ich und kam mir vor wie ein Idiot.

»Ich kann ja anbieten, Jason mitzunehmen, dann kannst du nachher zusammen mit Sara aufbrechen«, schlug er vor. »Vielleicht wäre das für alle Beteiligten einfacher.«

Schweigend folgten wir dem Land Rover eine lange, rechts und links von parkenden Autos gesäumte Auffahrt hinauf – es konnte auch ein Privatweg sein, so sehr zog sich die Strecke. Schließlich hielt Evan hinter dem Land Rover und stellte den Motor ab.

»Wenn das jetzt blöd für dich ist, kann ich auch alleine reingehen, dann bemerkt niemand, dass wir zusammen gekommen sind«, schlug er vor. Offenbar hatte ich ihn echt gekränkt.

»Nein, ist schon okay«, sagte ich leise. «Ich hätte das mit dem Date nicht sagen sollen. Ich hab mich nicht so gut im Griff wie sonst – aus irgendeinem Grund vor allem dann, wenn ich mit dir zusammen bin.«

»Hab ich gemerkt«, meinte Evan spöttisch. »Ich weiß nie, wie du reagieren wirst. Das gehört auch zu den Dingen, die dich so interessant machen.« Sein makelloses Lächeln schimmerte im sanften Licht der Laternen, die die Auffahrt beleuchteten.

»Bringen wir's hinter uns«, sagte ich leise und öffnete die Autotür.

»Möchtest du wirklich reingehen?«, fragte Evan, als wir uns dem Haus näherten.

Ich holte tief Luft, antwortete: »Ja, es wird bestimmt Spaß machen«, und setzte ein gezwungenes Lächeln auf. Garantiert klang ich nicht sonderlich überzeugend, aber er stellte mich deswegen nicht zur Rede.

6
EiN anDeRer PlAneT

Als wir uns der Eingangstreppe näherten, entdeckten wir Sara und Jason, die seitlich an einer Steinmauer saßen, rote Becher in der Hand, tief ins Gespräch versunken, blind für alles andere, inklusive der Party im Haus.

»Hallo, Sara«, sagte ich, ging zu ihr hinüber und riss sie aus ihrer Versunkenheit.

»Emma, ich hab schon auf dich gewartet!«, rief sie, sprang auf und wollte mich umarmen, hielt sich aber zurück, als sie merkte, wie ich mich sofort anspannte.

Weil ich spürte, dass Sara gern noch eine Weile mit Jason allein sein wollte, verkündete ich: »Wir gehen rein, komm doch später nach.«

»Okay«, antwortete sie mit einem strahlenden Lächeln, das nur bedeuten konnte, dass ich sie eine Weile nicht zu Gesicht bekommen würde.

Als wir die laute, dichtgedrängte Party betraten, nahm mich meine Angst so gefangen, dass ich gar nicht merkte, wie Evan meine Hand nahm. Ich registrierte es erst, als er uns einen Weg durchs Getümmel bahnte – aber auch dann zog ich sie ihm nicht weg, denn ich befürchtete, ohne ihn in der Menge steckenzubleiben. Viele erstaunte Blicke folgten uns – anscheinend waren nicht alle hier beim Footballspiel gewesen oder hatten eine der in Umlauf gebrachten SMS erhalten.

Das Haus war eine typische gigantische Weslyn-Villa, mit einem offenen Grundriss, der sich gut für große Partys eignete. Nur vorn im Haus gab es zwei abgeschlossene Räume – das offizielle Speisezimmer und ein weiteres Zimmer mit massiven, heute offenbar verriegelten Holztüren.

Wir drängten uns zur Küche im hinteren Teil des Hauses durch. Auf der Kücheninsel waren verschiedenfarbige Flaschen mit alkoholischen Getränken, Cola und anderen Softdrinks aufgereiht, am äußeren Ende stand neben einem Zapfhahn ein großer Stapel roter Plastikbecher.

»Möchtest du was trinken?«, brüllte Evan, ohne meine Hand loszulassen.

»Irgendeine Limo light«, brüllte ich zurück.

Er ließ mich stehen, um am anderen Ende der Bar die Getränke zu holen, doch trotz der kurzen Distanz wurde er sofort von der Masse verschlungen.

»Heilige Scheiße! Emma Thomas!«, hörte ich jemanden auf der anderen Seite des Raums rufen. Ich erstarrte und wollte gar nicht hinschauen. Der Ausruf erregte die Aufmerksamkeit von ein paar Leuten, die offensichtlich noch nicht mitbekommen hatten, dass ich auf der Party war, und nun nicht aufhören konnten zu glotzen. Dann entdeckte ich einen Typen aus meinem Chemiekurs, der sich mit seinem roten Plastikbecher in der Hand zu mir durchdrängte.

»Hi, Ryan.«

»Ich fass es nicht, dass du hier bist«, rief er, schlang die Arme um mich und drückte mich an sich, so dass mir sein alkoholisierter Atem in die Nase stieg. Großartig, er war betrunken. Ich war so angespannt, dass ich nicht auf seine Aufdringlichkeit reagieren konnte. Zum Glück ließ er mich bald wieder los.

»Wow, das ist ja großartig«, meinte er und grinste mich dämlich an. »Ich hatte gehofft, dich heute Abend zu sehen, ich hab nämlich gehört, dass du beim Spiel warst. Möchtest du was trinken?«

»Hey, Ryan«, hörte ich in diesem Moment Evans Stimme hinter mir, und ich drehte mich hilfesuchend zu ihm um. Aber er bemerkte meine Panik nicht, sondern reichte mir nur einen der beiden Becher, die er mitgebracht hatte.

»Evan!«, brüllte Ryan viel zu laut. Dann legte er schon wieder den Arm um mich und zog mich mit einem Ruck zu sich, so dass mein Becher überschwappte – was er jedoch nicht wahrzunehmen schien. »Evan, du kennst doch sicher Emma Thomas, oder? Sie ist echt cool.« Ich warf Evan einen verzweifelten Blick zu – und jetzt kapierte er endlich.

»Ja, Ryan, ich kenne Emma«, erwiderte er, griff nach meiner Hand und zog mich behutsam von Ryan weg. »Wir sind sogar zusammen hergekommen.«

Ryan machte erst einen verwirrten, dann einen schockierten Eindruck und ließ mich los. »Ach ja? Oh, Mann, sorry, ich hatte ja keine Ahnung.«

»Schon gut«, beruhigte ihn Evan. »Wir gehen nach draußen. Bis später dann.« Damit wandte er sich zur Schiebetür, die hinaus auf die Veranda führte.

Dort war es weniger voll und deutlich leiser als im Haus. Wir fanden etwas Platz an der Brüstung, lehnten uns mit dem Rücken an und beobachteten das verrückte Treiben im Haus aus der Ferne.

»Tut mir echt leid«, sagte Evan schließlich, stützte sich auf den Unterarm und wandte sich mir zu. »Ich hatte keinen Schimmer, warum du mich so anschaust. Ich wusste ja nicht, dass Ryan auf dich steht.«

»Ich auch nicht«, erwiderte ich leise. »Danke, dass du mich gerettet hast. Mit all diesen Leuten um mich herum befinde ich mich meilenweit außerhalb meiner Komfortzone.«

»Wirklich?« Evan musterte mich mit einem neckenden Grinsen. »Hab ich gar nicht bemerkt, als du dich kaum überwinden konntest, durch die Haustür zu gehen.«

»Okay, ich bin wegen Sara hier«, gestand ich seufzend. Sie will Jason Stark schon seit Schuljahresbeginn fragen, ob er mit ihr ausgeht, und das war die perfekte Gelegenheit. Ich bin nur zu ihrer moralischen Unterstützung hier.«

»Sieht so aus, als würde Sara ganz gut ohne dich zurechtkommen«, bemerkte Evan trocken. »Ich glaube eher, du bist diejenige, die etwas Unterstützung vertragen könnte.«

Ich sah grimmig zu ihm empor. »Danke sehr!«, erwiderte ich spöttisch.

»Mathews!«, rief in diesem Augenblick eine männliche Stimme von der Tür her.

»Hi, Jake.« Evan begrüßte den Jungen mit einem Händeschütteln.

»Schön, dich zu sehen«, sagte Jake. »Na so was, ist das nicht Emma Thomas?« Ich lächelte verlegen und nickte.

»Warte, seid ihr etwa zusammen gekommen?«, fragte er und sah Evan mit einem vielsagenden Grinsen an.

»Ich hab sie hergefahren, weil sie sich mit Sara treffen wollte«, erklärte Evan.

»Wow, unfassbar, dass du hier bist.« Jake schüttelte den Kopf und musterte mich von oben bis unten. »Kann ich dir was zu trinken holen?«

Ich hielt meinen Becher hoch. »Danke, ich bin versorgt.«

»Vielleicht sehen wir uns nachher drinnen, dann kann ich dir was nachschenken«, sagte er und bleckte erneut grinsend die Zähne. Ich erstarrte und versuchte zu begreifen, was hier eigentlich vor sich ging. Ich kam mir vor wie auf einem anderen Planeten. Und auf diesem Planeten bemerkten mich die anderen plötzlich. Einige davon sogar viel zu sehr. Ich sehnte mich danach, hinter einer der verschlossenen Türen im Haus zu verschwinden.

»Habt ihr schon die Feuerstelle auf der anderen Seite des Hauses gesehen?«

»Nein«, antwortete Evan.

»Die ist ziemlich cool, ihr solltet sie euch mal anschauen«, ermunterte Jake uns. »Bis später dann.« Ehe er sich wegdrehte, zwinkerte er mir zu, und ich blieb fassungslos zurück.

»Hat er mir wirklich gerade zugezwinkert?«, fragte ich, immer noch völlig perplex.

»Ich glaube schon, ja«, bestätigte Evan mit einem kleinen Lachen.

»Dir macht das alles einen Heidenspaß, stimmt's?« Auf einmal ging mir ein Licht auf. »Schön, dass ich immer mehr Wege finde, dich zu amüsieren. Aber für mich ist es ganz schrecklich hier. Ich habe das Gefühl, dir ist das nicht ganz klar.«

Evan sah in mein verzweifeltes Gesicht und wurde ernst. »Tut mir leid, du hast vollkommen recht. Ich sehe ja, dass es dir keinen Spaß macht. Lass uns die Feuerstelle suchen, da ist es wahrscheinlich nicht so überfüllt.«

»Evan, du musst nicht die ganze Zeit bei mir bleiben. Du solltest ins Haus gehen und Leute kennenlernen. Sieht aus, als wären alle Elft- und Zwölftklässler hier. Ich komm schon allein zurecht«, versuchte ich ihn mit einem gezwungenen Lächeln zu beruhigen. Er sah mich skeptisch an. Anscheinend musste ich wirklich an meiner Fähigkeit arbeiten, anderen etwas vorzumachen.

»Wie wäre es damit: Ich gehe mit dir zum Feuer, dann mache ich eine Runde durchs Haus und danach komme ich zurück und schau nach dir.«

»Okay«, stimmte ich widerwillig zu. Sosehr ich den Gedanken hasste, allein auf dieser Party zu sein, ich würde Evan nicht den Abend verderben, indem ich ihm das Gefühl gab, er müsste für mich den Babysitter spielen. Ich war es gewohnt, unsichtbar zu sein, also konnte ich einfach wieder von der Bildfläche verschwinden – sogar auf diesem seltsamen Planeten.

Das Gedränge auf der Veranda nahm zu, als wir zu der Treppe

gingen, die in den Garten führte. Wieder griff Evan nach meiner Hand und führte mich.

»Evan!«, rief plötzlich eine weibliche Stimme. Obwohl er immer noch meine Hand hielt, schob sich jemand zwischen uns und ich konnte das Mädchen, dem die Stimme gehörte, nicht sehen. »Ich hab dich schon überall gesucht.«

Ich quetschte mich rechtzeitig durch, um zu erkennen, dass Haley Spencer Evan die Arme um den Hals geschlungen hatte und ihn an ihren gut entwickelten Vorbau drückte. Da Evan meine Hand in seiner hatte und mit der anderen seinen Becher festhielt, konnte er die Umarmung nicht erwidern, aber in meinem Magen breitete sich eine Hitze aus, die mir überhaupt nicht gefiel. Hastig schüttelte ich die Verunsicherung ab und wollte Evans Hand loslassen – aber er hielt meine nur fester und zog mich dichter zu sich.

Haley machte einen Schritt zurück, ließ die Hände aber auf Evans Nacken ruhen. »Wir wollten grade rein und uns noch was zu trinken holen. Komm doch mit.« Doch dann begegneten sich unsere Blicke. Als sie sah, dass meine Hand in seiner lag, wurden ihre Augen schmal.

»Oh«, sagte sie und ließ nun auch seinen Nacken los. »Ich wusste ja gar nicht, dass du in Begleitung bist.« Kritisch betrachtete sie mich von oben bis unten.

»Sorry, Haley«, meinte Evan freundlich, »wir wollten gerade zum Feuer.« Er zog mich noch ein bisschen näher zu sich und legte den Arm um mich. Mir blieb die Luft weg, und ich stand wie erstarrt neben ihm.

»Na, dann sehe ich euch wohl nachher«, meinte Haley eingeschnappt, warf die Haare zurück und stolzierte ins Haus. Die beiden Mädchen, die neben ihr gestanden hatten, folgten ihr etwas bestürzt.

Evan wandte sich mir zu. Die Hand immer noch auf meinem

Rücken, schob er mich dichter an sich heran, damit wir uns unterhalten konnten. Wenn ich zu ihm emporschaute, fiel mir das Atmen schwer, und mein Herz klopfte wie verrückt.

»Möchtest du immer noch zum Feuer?«

Ich nickte.

Aber als er sich zur Treppe umwandte, wurden wir getrennt. In derselben Sekunde zerrte mich jemand aggressiv in die entgegengesetzte Richtung und rief: »Emma Thomas! Ich hab schon gehört, dass du hier bist!« Dann stieß ich mit dem massigen Körper von Scott Kirkland zusammen.

»Ich kann gar nicht glauben, dass du tatsächlich zu meiner Party gekommen bist! Das ist der tollste Abend, den ich je erlebt habe«, verkündete er leicht lallend. Na wunderbar – er war nicht nur betrunken, sondern völlig hinüber.

»Danke, dass ich hier sein darf, Scott.« Ich versuchte, mich aus seinem Würgegriff zu befreien. »Großartige Party.«

Mit halbgeschlossenen Augen glotzte er auf mich herab und atmete mir schwer ins Gesicht. »Gehst du mit mir aus?«

»Äh ... das ist echt nett von dir.« Ich suchte verzweifelt nach den richtigen Worten, während ich ihn etwas entschiedener von mir wegschob. »Aber ...« Panik stieg in mir hoch und breitete sich in der ganzen Brust aus. Ich war gefangen, mein Atem wurde hektisch, ich musste weg von diesem Jungen! Aber er machte nicht die geringsten Anstalten, mich loszulassen.

»Hey, Scott.« Evan begrüßte Scott mit einem übertrieben enthusiastischen Schlag auf den Rücken. »Tolle Party.«

»Danke, Evan«, lallte er. »Evan, das ist Emma Thomas«, sagte er und fesselte mich dabei mit einem Arm an seinen Körper. Ich hatte keine Ahnung gehabt, dass er so groß war – und so stark. Ich passte fast in voller Länge unter seinen Arm. Verzweifelt schaute ich zu Evan auf und versuchte, mich aus Scotts Griff zu winden – leider vergeblich.

»Ja, ich weiß ...«, begann Evan.

»Emma und ich werden zusammen zum Homecoming-Ball gehen«, fiel Scott ihm ins Wort. »Stimmt's, Emma?«

Endlich schaffte ich es, mich aus seiner Umklammerung zu lösen. Mein Gesicht war knallrot, die Haare klebten mir verschwitzt an der Wange. Konfus hob Scott den Arm und sah sich suchend nach mir um.

Evan nahm meine zitternde Hand und zog mich sanft zu sich. Ich bemühte mich, wieder normal zu atmen, hatte aber das dringende Bedürfnis, mich zu setzen.

»Emma, ich glaube, Sara sucht dich.« Besorgt musterte Evan mein Gesicht. »Scott, wir sind gleich wieder da.«

Ehe Scott antworten konnte, umfasste Evan meine Hand fester und führte mich die Treppe hinunter. Meine Knie drohten nachzugeben, aber ich zwang meine Füße weiterzugehen. Erst als wir um die Ecke gebogen waren, klappte ich an der Steinmauer unter der Veranda zusammen und setzte mich auf den Boden.

Evan ging vor mir in die Hocke und versuchte, mir in die Augen zu schauen. »Bist du okay? Das war verrückt. Tut mir leid, dass ich dich verloren habe.«

Ich holte tief Luft und versuchte, das Zittern meiner Hände durch pure Willenskraft zu unterdrücken. Ich verstand überhaupt nicht, warum ich so aufgeregt war. Behutsam nahm Evan meine Hände, sah mir fest in die Augen und versuchte, meine Konzentration auf sich zu ziehen. Aber sosehr ich mich auch ermahnte, mich zusammenzureißen – ich konnte nur ins Leere starren und nahm ihn kaum zur Kenntnis.

Irgendetwas in dem Gedränge, der Geruch von Alkohol, der Zigarettenqualm, versetzte mich an einen anderen Ort – einen Ort, an den ich mich kaum erinnern konnte, aber ich wollte dorthin auf gar keinen Fall zurück. Zwischen den Leuten war kein Platz. Kein Platz zum Atmen, kein Platz, sich zu bewegen, ohne dass man angefasst und geschubst wurde. Die Enge und die ständigen Berührungen hatten in mir einen Sturm ausgelöst, der losgebrochen war, ehe ich ihn hatte in Schach halten können. Ich schauderte, denn ich wollte mich um keinen Preis an das erinnern, was sich da zu rühren begann.

»Emma, schau mich an.« Seine Stimme klang beruhigend. »Bist du okay?«

Endlich fand mein Blick seine grauen Augen und konzentrierte sich auf sie. Doch mein Gesicht wurde heiß, als mir dämmerte, in welchem Zustand er mich gerade gesehen hatte. Hastig wollte ich aufstehen. Er machte mir Platz, aber meine Beine waren nicht bereit, den Anweisungen meines Kopfs zu folgen. Ich geriet ins Schwanken – Evan fing mich auf, hielt mich an den Ellbogen fest und zog mich zu sich, um mich zu stützen.

Ich spürte seinen Atem im Gesicht, als er sich zu mir herunterbeugte und mich prüfend ansah. »Vielleicht solltest du dich lieber wieder hinsetzen«, sagte er, machte aber keinerlei Anstalten, mich loszulassen.

Sein warmer Körper war ganz dicht bei mir, meine Hände ruhten auf seinem Brustkorb, und mein Herz schlug schneller. Ich sah zu ihm hoch, aber er war zu nahe. Wieder überrollte mich die Panik, und ich wich vor ihm zurück. Er gab mir sofort Raum.

Eine Sekunde standen wir ganz still, dann stieß ich, ohne ihn anzuschauen, hervor: »Mir geht's gut, ehrlich.« Aber mein Zittern strafte mich Lügen – ich musste so jämmerlich wirken.

»Das war vermutlich nicht die allerbeste erste Party für dich«, meinte Evan sanft. »Vielleicht solltest du zunächst lieber auf eine mit etwa zehn Leuten gehen, ehe du es mit hundert versuchst.«

Ich zuckte die Achseln und zwang mich zu einem Lächeln, das er ganz entspannt erwiderte.

»Möchtest du gehen?«

»Nein, bleib du ruhig hier«, ermunterte ich ihn, wild entschlossen, meine Fassung zurückzugewinnen. »Mir geht es wirklich gut. Ich setze mich ans Feuer.«

Wir gingen weiter um die Hausecke. Dunkle Baumsilhouetten markierten die Grundstücksgrenze, davor befand sich eine mit Natursteinen gefliese Terrasse. Im Zentrum loderte, eingeschlossen von einer kleinen Mauer, ein munteres Feuer. Um die Feuerstelle herum standen ungefähr zwei Dutzend Stühle, aber nur die Hälfte davon war besetzt. Ich ließ mich auf einem Stuhl jenseits von einer kleinen Gruppe nieder, die leise plauderte und lachte.

»Evan«, sagte ich flehend, »bitte geh und amüsier dich. Ich warte hier auf Sara. Danke, dass du mir vorhin aus der Klemme geholfen hast, aber ich kann gut auf mich allein aufpassen. Ganz bestimmt.« Mit forschendem Blick versuchte er, meinen Gesichtsausdruck zu entziffern, und ich wünschte, ich könnte einfach verschwinden und diesen ganzen Abend auslöschen. Unfähig, seine stumme Inquisition zu ertragen, starrte ich ins Feuer.

»Ich komme gleich wieder zurück«, versicherte er mir. »Ich suche Sara und hol uns etwas zu trinken, okay?« Sein fürsorglicher Ton machte mich nur noch verlegener. Ich konnte nicht zu ihm hinschauen, selbst dann nicht, als er zum Haus zurückging. Unglaublich, dass ich mich in seiner Gegenwart so hatte gehenlassen, so hilflos gewesen war. Ich kochte innerlich vor Wut über meine eigene Schwäche. Ich wollte nicht, dass Evan dachte, ich müsste beschützt werden. So gut ich konnte, verdrängte ich meine Qual und ließ mich von dumpfem Nichts einhüllen, schob die aufgescheuchten Gefühle beiseite, den Lärm der vielen Menschen und das Zittern, das immer noch viel zu dicht unter der Oberfläche lag. So starrte ich in die Flammen, die in die Dunkelheit emporzüngelten, versank immer tiefer ins Nichts, und dann war auf einmal alles verschwunden.

»Dir ist schon bewusst, dass es regnet, oder?«, fragte Evan neben mir. Mit einem Ruck tauchte ich aus der Leere auf und blickte mich um. Ich war die Einzige, die noch vor dem langsam verlöschenden Feuer saß. Kalter Regen klebte mir die Haare ans Gesicht und ließ mich frösteln. Evan starrte, die schwarze Kameratasche fest umschlossen, in die wenigen verbliebenen trotzigen Flammen und ignorierte die Nässe.

»Wirst du jetzt nie wieder mit mir sprechen?«, fragte er leise.

Ich wandte mich ihm zu. »Nein!« Dann fing ich laut an zu lachen.

»Was?!«, fragte er verdutzt. Doch während er sich anstrengte zu verstehen, was ich so witzig fand, breitete sich auch auf seinem Gesicht langsam ein Lächeln aus.

»Ich werde von einem betrunkenen Bären angegriffen und drehe total durch, ich demütige mich, und du hast Angst, dass ich nicht mehr mit dir spreche?« Ich lachte erneut.

Anscheinend verstand Evan jedoch noch immer nicht, was daran so lustig sein sollte.

»Was meinst du denn mit demütigen?« Jetzt war er wieder ganz ernst.

Achselzuckend zog ich die Knie an die Brust und versuchte, nicht zu frösteln. Ich war nicht sicher, ob ich ihm meine Verletzlichkeit erklären wollte. Geduldig wartete er, dass ich die richtigen Worte fand. Ich holte tief Luft.

»Ich hab gesehen, wie du mich angeschaut hast, und ich weiß, wie meine Reaktion gewirkt haben muss.« Ich senkte den Blick. »Ich finde es grässlich, dass du mich immer wieder von meiner allerschlimmsten Seite siehst. Das bin wirklich nicht ich.«

»Emma!«, brüllte Sara, die unter der Veranda erschienen war, ehe Evan antworten konnte. »Bist du denn verrückt? Komm aus dem Regen!«

Auf einmal wurde mir bewusst, dass ich Saras Kaschmirpullover anhatte. Sofort sprang ich auf und lief zu ihr.

»Oh, Sara, es tut mir so leid. Ich hab total vergessen, dass ich deinen Pulli anhabe.«

»Der Pulli ist mir egal«, erwiderte sie. »Was macht ihr denn da draußen? Euch ist doch bestimmt saukalt.« Jetzt gesellte sich auch Evan zu uns.

»Wir schnappen ein bisschen frische Luft«, erklärte Evan und rieb sich die Arme. Anscheinend merkte er jetzt ebenfalls, dass ihm kalt war.

»Du hast einen schlechten Einfluss auf sie.« Sara sah Evan finster an, begann dann aber schon wieder zu grinsen. Sie schaffte es nie, lange wütend zu sein. Wahrscheinlich ging es ihr damit ungefähr so wie mir, wenn ich meinte, mir um jeden Preis ein Lächeln abringen zu müssen.

»Fertig?«, fragte sie mich.

»Wo ist Jason?«, fragte ich zurück, unsicher, ob ich mir Sorgen machen musste.

»Er ist mit einem seiner Footballkumpels heimgefahren«, erklärte Sara mit einem Funkeln in den Augen, und mir war sofort klar, dass mich im Auto eine gute Geschichte erwartete.

»Lass uns ums Haus herumgehen«, schlug ich vor. »Ich möchte lieber nicht noch mal rein.«

Wir rannten so schnell wie möglich zu Saras Auto. Als wir im Trockenen saßen, ließ Sara den Motor an und drehte die Heizung auf. Evan lehnte sich an meine Tür und wartete im Regen, dass ich das Fenster runterließ. Tropfnass und mit bebenden, blauen Lippen beugte er sich zu mir herunter. Als ich in seine rauchgrauen Augen blickte, blieb mir wieder einmal die Luft weg.

»Kann ich dich morgen anrufen?«

»Nein, das geht nicht.« Ich verzog das Gesicht, und er sah mich verwirrt an. »Es ist kompliziert. Ich darf das Telefon nicht benutzen.« Es fiel mir schwer, das laut auszusprechen, aber er sollte nicht glauben, ich würde ihn zurückweisen.

Der fragende Ausdruck blieb in seinen Augen, trotzdem versuchte er, verständnisvoll zu reagieren. »Okay, dann seh ich dich am Montag?«

»Ja, bis Montag dann.«

Er zögerte eine Sekunde zu lang, und ich konnte schon wieder nicht atmen.

»Gute Nacht«, sagte ich schließlich und atmete ganz bewusst aus. »Geh aus dem Regen, ehe du erfrierst.« Da richtete er sich endlich auf, winkte mir zu, als ich das Fenster wieder hochließ, und rannte zurück zum Haus.

»Nein! Wollte er dich etwa gerade küssen?«, kreischte Sara, und ich riss mich endlich von Evans Anblick los. »Emma, ich schwöre dir, wenn ich nicht neben dir gewesen wäre, hätte er dich geküsst.«

»Nein, niemals«, winkte ich ab. Ich bekam Herzklopfen, wenn ich mir nur vorstellte, er wäre mir noch näher gekommen. Aber ich schüttelte den Gedanken hastig ab.

»Du musst mir alles erzählen«, verlangte Sara ungerührt, als wir auf die Straße fuhren.

»Du zuerst«, drängte ich.

Sara zögerte keine Sekunde und redete die ganze Heimfahrt wie ein Wasserfall von ihrer Zeit mit Jason.

Ihr Haus war dunkel, als wir ankamen.

»Wie spät ist es?«, fragte ich, denn ich hatte keine Ahnung, wie lange wir beim Spiel und auf der Party gewesen waren.

»Halb zwölf.«

Früher, als ich gedacht hatte. Das bedeutete, dass ich nur eine gute Stunde auf der Party gewesen war. Es kam mir wesentlich länger vor, aber wenn ich zurückdachte, wurde mir klar, dass ich eigentlich kaum etwas getan hatte. Evan und ich hatten uns nicht mal richtig unterhalten, weil ich viel zu sehr damit beschäftigt gewesen war, mir irgendwelche betrunkenen Idioten vom Leib zu halten.

Ich machte mich bettfertig und schrubbte mir das restliche Make-up, das der Regen noch nicht fortgewaschen hatte, vom Gesicht. Wenn Carol mich so erwischte, bräuchte ich wahrscheinlich Make-up, um ihre Reaktion darauf zu überdecken.

Letztes Jahr hatte Sara mir einmal ein paar Lippenstifte geschenkt, die sie nicht mehr benutzte. Ich hatte sie ausprobiert, mir am Ende aber die ganze Farbe mit einem Papiertaschentuch wieder abgewischt. Als ich an jenem Abend vom Training nach Hause kam, konfrontierte Carol mich mit den verschmierten Taschentüchern, die sie aus dem Badezimmermüll gefischt hatte, und warf mir vor, ich würde mich hinter ihrem Rücken schminken, obwohl sie mir doch klar und deutlich gesagt habe, dass sie so etwas nicht dulde. Sie beschimpfte mich als Hure und noch einiges andere, während sie mir mit der Hand das Gesicht so brutal zusammendrückte, dass die weiche Innenseite meiner Wangen anfing zu bluten.

Deshalb war es mir lieber, meine Haut zu malträtieren, bis sie wund war, anstatt ein zweites Mal diese Qual über mich ergehen lassen zu müssen.

Als wir dann im Dunkeln im Bett lagen, drängelte Sara: »Jetzt musst du mir aber erzählen, was heute Abend zwischen dir und Evan passiert ist.«

Insgeheim hatte ich gehofft, sie hätte Evan und mich über ihre Erlebnisse mit Jason vergessen und wir könnten dieses Thema einfach fallenlassen. Aber nichts dergleichen.

Ich starrte in die Dunkelheit über mir, unsicher, wo ich anfangen sollte.

»Ich hab mit ihm geredet«, gestand ich schließlich. Dann schwieg ich einen Moment.

»Bitte bring mich nicht dazu, dir jede Einzelheit aus der Nase ziehen zu müssen.«

»Ich hab rausgefunden, dass er aus San Francisco kommt und

womöglich dahin zurückzieht, wenn es ihm hier nicht gefällt«, fuhr ich fort. »Ich kann es nur hoffen.«

»Wie meinst du das?« Sara klang verwirrt. »Vom Fahrersitz aus hatte ich eher den Eindruck, dass es zwischen euch ziemlich heftig gefunkt hat – du weißt schon, fast hätte er dich geküsst.« Mir wurde ganz warm, als sie erwähnte, wie nah sein Gesicht meinem beim Abschied gewesen war.

»Sara, ich kann das nicht.« Jetzt wurde meine Stimme fester. »Ich hab kaum mit ihm gesprochen. Den größten Teil des Abends war er damit beschäftigt, mich vor besoffenen Hormon-Gorillas zu retten. Ganz schön erbärmlich. Ich will ihn nicht mögen. Ich möchte nicht, dass es Augenblicke gibt, in denen er mich womöglich küsst. Ich muss mich von ihm fernhalten.«

»Nun bin ich völlig verwirrt«, erwiderte Sara. »Ich dachte, wir haben einen Plan. Und wer hat dich angebaggert? Jetzt hab ich ein schlechtes Gewissen, weil *ich* nicht da war.«

»Das brauchst du nicht«, gab ich zurück und hörte selbst meinen scharfen Unterton. »So war es eben. Ich möchte nicht beschützt oder betreut werden. Ich müsste wirklich stärker sein, damit weder Evan Mathews noch du für mich in die Bresche springen müssen. Ich weiß überhaupt nicht, wie ich ihm am Montag unter die Augen treten soll.«

»Das meine ich doch gar nicht«, wandte Sara leise ein, und ich hörte an ihrer Stimme, dass sie gekränkt war. »Ich weiß, du willst nicht, dass ich dich beschütze, das hast du mir ja nicht erst heute klargemacht. Aber ich fühle mich schlecht, weil ich wusste, wie schwer der Abend für dich sein würde, und es hört sich an, als wäre er ziemlich furchtbar gewesen. Als deine Freundin hätte ich für dich da sein müssen, weiter nichts.«

»Aber es hätte nicht furchtbar sein dürfen, Sara. Es war doch bloß eine blöde Party – und ich bin trotzdem ausgeflippt. Ich hab es nur mit Müh und Not geschafft zu funktionieren.« Ich stieß einen frustrierten Seufzer aus. Zum Glück war es dunkel, und sie konnte nicht sehen, dass mir Tränen in den Augen standen. Ich biss die Zähne zusammen und schluckte den Kloß in meinem Hals hinunter. Dann atmete ich tief durch, um all die schwindelerregenden Gefühle zu vertreiben, und wischte mir die Wangen trocken. Als ich mich wieder einigermaßen stabil fühlte, drehte ich mich von Sara weg.

»Tut mir leid, Sara«, sagte ich leise. »Es war ein langer Tag, und ich benehme mich albern. Außerdem müssen wir früh aufstehen, damit ich rechtzeitig nach Hause komme, um meine Pflichten zu erledigen. Lass uns einfach schlafen, okay?«

»Okay«, flüsterte sie.

Ich hatte Angst, dass ich nicht so leicht würde einschlafen können, aber nach all den Kämpfen, die mein Inneres heute ausgefochten hatte, war ich vollkommen erschöpft.

7
nAchwiRkuNgen

Als ich am nächsten Morgen in dem großen Bett aufwachte und das Sonnenlicht durch die getönten Dachfenster hereinströmte, musste ich ein paarmal blinzeln, ehe ich begriff, wo ich war. Ich rollte mich auf die andere Seite und sah Sara im Bett gegenüber liegen. Sie schlief noch und hatte ihre Decke fest um sich gezogen. Als der Wecker klingelte, stöhnte sie laut.

Grummelnd tastete sie nach der Schlummertaste, öffnete widerwillig ihre blauen Augen und spähte zu mir herüber, ohne den Kopf vom Kissen zu heben. »Hey.«

»Tut mir leid, dass du so früh rausmusst«, sagte ich und stützte mich auf die Ellbogen.

»Ich weiß ja, warum«, antwortete sie und streckte sich. »Em, es tut mir echt leid, dass ich dich gestern im Stich gelassen habe.«

Ich zuckte die Achseln. Darüber wollte ich jetzt wirklich nicht nachdenken. »Es ist ja nicht so, dass ich in absehbarer Zeit auf die nächste Party gehe.«

»Stimmt. Also – Evan, ja? Da passiert was zwischen euch, stimmt's?« Sara fuhr sich mit den Fingern durch ihre langen Haare, setzte sich langsam im Bett auf und stopfte sich ein Kissen in den Rücken.

»Nicht wirklich«, widersprach ich. »Ich meine, ich rede mit ihm oder hab jedenfalls mit ihm geredet. Wer weiß, was er nach gestern von mir denkt.«

»Ich bin ziemlich sicher, dass er weiterhin an dir interessiert ist. Bitte schreib ihn nicht so schnell ab. Ich weiß nicht genau, was gestern Abend passiert ist, aber ich glaube immer noch, dass er gut für dich ist. Gib ihm eine Chance. Versuch, dich mit ihm anzufreunden oder ihn zumindest als emotionalen Punchingball zu benutzen. Er scheint die Reaktionen, die du sonst niemandem zeigen kannst, ganz gut zu verkraften.« Sie sagte das, als wäre es ein besonderes Privileg, von mir abgekanzelt zu werden. Dann studierte sie mein Gesicht mit einem sanften Lächeln, um sich zu vergewissern, dass ich sie verstanden hatte.

Ich erwiderte das Lächeln halbherzig, während ich das, was sie gesagt hatte, zu verdauen versuchte.

Weil sie wusste, dass ich nichts dazu sagen würde, warf sie die Decke zurück und schwang die Beine aus dem Bett. »Na, dann bringen wir dich mal lieber wieder zurück in die Hölle, bevor der Teufel merkt, dass du nicht zu Hause bist.« Eigentlich wäre das witzig gewesen, nur war es für mich leider so nah dran an der Wahrheit, dass ich nicht darüber lachen konnte.

Als ich durch die Hintertür ins Haus ging, war es überall seltsam still. Georges Truck stand nicht in der Einfahrt, vermutlich holten er und die Kinder wie so oft am Samstagmorgen Donuts und Kaffee. Was bedeutete, dass Carol da war – irgendwo. Mir wurde flau im Magen, und ich konzentrierte mich darauf, in mein Zimmer zu gelangen, bevor sie mich entdeckte.

Direkt vor meiner Tür schoss mir ein stechender Schmerz durch den Kopf, und ich erstarrte. Immer tiefer grub sich Carols Krallenhand in meine Haare und riss mich zurück. In meinem Nacken knackte es unangenehm, und sie zischte mir ins Ohr: »Glaubst du etwa, ich finde nicht heraus, dass du gestern Abend bei dem Spiel warst? Was hast du denn da gemacht – das ganze Footballteam gevögelt?«

Mit unerwarteter Wucht stieß sie meinen Kopf nach vorn,

ohne dass ich auch nur eine Sekunde Zeit gehabt hätte dagegenzusteuern. Ich knallte frontal mit der Stirn gegen den Türrahmen. Ein Donnerschlag hallte durch meinen Kopf, und der Korridor verschwamm. Schwarze Flecken tanzten vor meinen Augen, verzweifelt versuchte ich, wieder klar zu sehen. Aber bevor ich es geschafft hatte, riss Carols schraubstockartiger Griff wieder an meinen Haaren und schlug meinen Kopf erneut gegen das harte Holz. Diesmal traf die linke Seite meiner Stirn den Türrahmen, und aus dem stechenden Brennen über meinem Auge wurde im Nu eine warme Flüssigkeit, die mir über die Wange rann.

»Ich bereue jede Sekunde, die du unter meinem Dach verbringst«, knurrte Carol. »Du bist nichts anderes als ein wertloses, erbärmliches Flittchen, und wenn dein Onkel nicht wäre, hätte ich dir damals, als deine versoffene Mutter dich verlassen hat, die Tür vor der Nase zugeknallt. Es sagt ja schon eine Menge, dass nicht mal *sie* dich erträgt.« Langsam glitt ich an der Wand hinunter, bis ich neben meinen Taschen auf dem Boden saß. Etwas landete auf meinen Knien, mein dunkelblaues Fußballtrikot vom Spiel am Donnerstag.

»Mach dich sauber, bevor du dich den anderen zeigst, und sorg dafür, dass du den Gestank im Keller wegkriegst. Und du bist gefälligst mit deiner Hausarbeit fertig, wenn ich vom Einkaufen wieder da bin. Komm mir heute bloß nicht noch mal unter die Augen«, drohte sie, dann verschwand sie endlich.

Ich hörte den Truck in der Auffahrt, die Türen wurden zugeknallt, aufgeregte Stimmen näherten sich der Hintertür. Ich wollte selbst nicht, dass sie mich so sahen, also warf ich unbeholfen meine Taschen durch die offene Tür in mein Zimmer, rappelte mich dann auf und tastete mich stolpernd an der Wand entlang ins Badezimmer. Leyla rief: »Mom, wir haben Donuts mitgebracht!«

Ich drückte mein Shirt an die linke Schläfe und versuchte, die Blutung zu stoppen. Die Platzwunde pulsierte unter meiner Hand, mein Kopf dröhnte. Ich hatte Schwierigkeiten, mein Gleichgewicht zu halten, jeden Moment fürchtete ich, die Besinnung zu verlieren. Ans Waschbecken geklammert, versuchte ich mich zu fokussieren und tief und gleichmäßig zu atmen. Eine Minute verstrich, ehe ich in der Lage war, wenigstens einigermaßen aufrecht zu stehen. Der Schwindel ließ nach, aber der Schmerz hatte meinen Kopf weiterhin fest im Griff.

Ganz langsam verringerte ich den Druck auf die Wunde. Meine linke Gesichtshälfte war voller Blut, das mir über den Hals lief und in den Kragen meines Rollkragenpullis sickerte. Ich konnte nicht richtig erkennen, wo die Wunde offen war, also tupfte ich sie mit ein paar Kosmetiktüchern ab und hielt das Trikot unters Wasser.

Dann wischte ich mir mit dem feuchten Shirt das bereits angetrocknete Blut vom Gesicht. Zum Vorschein kam ein Schnitt über der linken Augenbraue, nicht sehr groß, aber er wollte einfach nicht aufhören zu bluten. Während ich im Arzneischrank nach Pflastern suchte, drückte ich mit dem Trikot wieder fester darauf. Schließlich fand ich zwei Wundnahtstreifen, zog die Ränder des Schnitts eng zusammen und klebte die Streifen darüber – hoffentlich blieb nur eine möglichst kleine Narbe zurück.

Mitten auf meiner Stirn, direkt unter dem Haaransatz, hatte sich eine dicke Beule gebildet, die sich bereits rot verfärbte. Ich brachte es nicht über mich, sie anzufassen – der Schmerz ließ einfach nicht nach und trieb mir Tränen in die Augen. Klar, ich musste die Beule dringend kühlen, aber ich hatte keine Ahnung, wie ich das anstellen sollte, ohne gesehen zu werden.

Erschöpft lehnte ich mich an die gegenüberliegende Wand und schloss die Augen. Ich konnte die Tränen nicht mehr zurückhalten, sie liefen mir in Strömen über die Wangen, aber ich bemühte mich, gleichmäßig zu atmen, damit ich nicht zusammenklappte und womöglich dem Drang in meiner Kehle nachgab, laut zu schluchzen und zu schreien. Die Bilder von dem, was geschehen war, gingen mir nicht aus dem Kopf. Ich hatte Carol nicht kommen hören, also hatte sie offensichtlich schon auf mich gewartet.

Sosehr ich mich auch anstrengte, unsichtbar zu bleiben, ich konnte ihr nicht entkommen, und ihre Wut war verheerend. Wenn ich diese Frau doch nur ein für alle Mal vernichten könnte! Als ich in den Spiegel schaute, erkannte ich in meinen tränennassen Augen lodernden Zorn.

Nachdenklich schaute ich auf das blutige Trikot in meiner Hand. Carols Attacke hatte nichts mit dem Footballspiel zu tun und auch nichts mit meiner schmutzigen Wäsche, sondern ausschließlich mit mir, mit meiner Person. Ich wusste, dass nur ein einziger Anruf nötig gewesen wäre, dass ich nur ins Büro des Schulpsychologen zu gehen und einen einzigen Satz zu sagen brauchte, dann wäre all das für immer vorbei.

In diesem Moment hörte ich Leyla in der Küche lachen und Jack etwas leiser einstimmen – Carol hatte wohl etwas Lustiges gesagt. Auch für die beiden wäre es dann vorbei, aber auf eine Weise, die sie für immer schädigte. Ich konnte ihr Leben nicht ruinieren. Carol und George liebten ihre Kinder wirklich, ich würde Leyla und Jack nicht ihre Eltern wegnehmen. Ich schluckte, fest entschlossen, mich zusammenzureißen, aber die Tränen wollten einfach nicht aufhören zu fließen.

Mit zitternden Händen holte ich das Putzzeug aus dem Schrank unter dem Waschbecken, fing an, die Wanne zu schrubben, und versuchte, mein Schluchzen hinunterzuschlucken. Von dem Druck, den ich ausüben musste, um still zu bleiben, wurde der Schmerz in meinem Kopf schlimmer. Mein ganzer Körper tat weh.

Als das Waschbecken glänzte, war ich endlich wieder in meiner üblichen starren, gefühllosen Verfassung. Mit leeren Augen sah ich dem Wasser nach, das im Abfluss verschwand und das mit Blut vermischte Putzmittel fortschwemmte. Alle wütenden, rebellischen Gedanken waren verstummt.

»Ich bin in ungefähr zwei Stunden wieder da«, hörte ich Carol rufen, und die Tür fiel hinter ihr ins Schloss. Die Kinder sahen fern. Von George war nichts zu hören.

Ich sah mich im Spiegel an und wischte stumpfsinnig das getrocknete Blut ab, das noch neben den Pflastern auf meiner Stirn klebte, dann erst öffnete ich die Badezimmertür. Gerade wollte ich den Besen und den Wischmopp aus dem Flurschrank holen, als George um die Ecke kam. Er blieb stehen und riss die Augen auf, aber der schockierte Ausdruck verschwand rasch wieder aus seinem Gesicht.

»Hast du dir den Kopf angeschlagen?«, fragte er flüchtig.

»Das passiert eben, wenn man im Gehen liest«, antwortete ich eintönig, denn ich wusste, er war bereit, sich alles einzureden – außer der Wahrheit.

»Du solltest Eis drauflegen«, riet er.

»Mhmm«, stimmte ich zu und kehrte zurück ins Bad, um den Rest meiner Hausarbeiten zu erledigen.

Als ich mit allem fertig war, ging ich in mein Zimmer und fand dort einen Eisbeutel auf dem Schreibtisch.

Behutsam legte ich ihn auf die Beule und sah durchs Fenster zu, wie Jack und Leyla im Garten George hinterherrannten – in meiner Hölle zum Schweigen verdammt.

Etwa um Mitternacht erwachte ich in heller Panik. Fest in mein Kissen gedrückt, blieb ich liegen und suchte mit den Augen das Zimmer ab. Mein Atem ging schwer, mein Shirt war durchgeschwitzt, und ich versuchte, mich wieder in der Wirklichkeit zu verankern. Doch ich hatte Schwierigkeiten, die Dringlichkeit des Albtraums abzuschütteln, in dem ich unter Wasser gedrückt worden und am Ertrinken gewesen war. Mit einem tiefen Atemzug bewies ich mir, dass ich lebte, dass die Luft mühelos in meine Lungen gelangte, dass sie nicht brannten und nach Sauerstoff lechzten wie in meinem Traum. Aber es war nicht leicht, wieder einzuschlafen. Erst kurz vor Sonnenaufgang gelang es mir.

Ein lautes Klopfen an meiner Tür weckte mich. »Willst du den ganzen Tag schlafen?«, blaffte die Stimme auf der anderen Seite.

»Bin schon auf«, brachte ich heiser hervor und hoffte, Carol würde nicht hereinkommen. Der Digitalwecker neben meinem Bett zeigte halb neun an. Ich wusste, dass ich vor neun geduscht sein musste, wenn ich nicht ungeduscht aus dem Haus gehen wollte. Langsam richtete ich mich auf, und sofort setzte der Schmerz wieder ein – eine Erinnerung an meinen realen Albtraum. Irgendwie musste ich eine Möglichkeit finden, noch einmal Eis auf meine Stirn zu legen, wenn ich morgen ohne Beule in die Schule wollte. Gegen die dunkelrote Prellung konnte ich nicht viel ausrichten, das war mir klar. Ein Glück, dass die Haut neben der Platzwunde nicht verfärbt war und dass mir Sara gerade zur rechten Zeit den neuen Haarschnitt verpasst hatte, denn der Pony verdeckte das meiste.

Schnell sammelte ich meine Klamotten zusammen und schlüpfte ungesehen ins Bad. Mir die Haare zu waschen war deutlich schmerzhafter, als ich erwartet hatte. Mir war nicht bewusst gewesen, wie schlimm Carols eiserner Griff meinen Hinterkopf zugerichtet hatte. Er war wund, total empfindlich, und an den Stellen, wo sie mir die Haare ausgerissen hatte, spürte ich unter den Fingern verschorftes Blut. Ich war wohl so auf die Prellung konzentriert gewesen, dass ich meinen Hinterkopf bis jetzt kaum bemerkt hatte. Vorsichtig rieb ich mir mit den Fingerspitzen das Shampoo vorne in die Haare, aber es war trotzdem eine Qual. Immerhin schaffte ich es, das Wasser rechtzeitig abzudrehen und mich ans Abtrocknen und Anziehen zu machen, bevor *Das Klopfen* mir das Ende meiner Wasserration verkündete. Nachdem ich meine Haare möglichst sanft mit einem Handtuch ausgedrückt hatte, musste ich feststellen, dass das Bürsten noch weit schlimmer war als das Waschen. Bei jedem Bürstenstrich traten mir die Tränen in die Augen. Unmöglich, die Haare auch noch zu föhnen. Schweren Herzens traf ich die Entscheidung, sie am nächsten Tag lieber nicht zu waschen, obwohl ich wusste, wie furchtbar sie morgens aussahen. Aber ich war nicht bereit, solche Schmerzen ein weiteres Mal auszuhalten.

»Ist sie informiert, dass wir heute Nachmittag mit den Kindern ins Kino gehen?«, hörte ich Carol in der Küche fragen, als ich an meinem Schreibtisch saß, ganz in meine Mathehausaufgaben vertieft.

»Ja, ich hab ihr gestern Bescheid gesagt«, antwortete George. »Sie geht nachher in die Bibliothek und ist zum Abendessen zurück.«

»Und du glaubst ernsthaft, dass sie in die Bibliothek geht?«, fragte sie misstrauisch.

»Warum denn nicht?«, fragte er zurück.

Von Carol kam keine Antwort.

»Ich bin so gegen eins wieder da«, sagte sie schließlich. Dann wurde die Hintertür geöffnet und gleich wieder geschlossen.

»Habt ihr Lust, nach draußen zu gehen und mit Emma zu spielen?«, fragte George die Kinder.

»Ja!«, riefen sie wie aus einem Munde.

»Emma«, fragte George durch die geschlossene Tür. »Würde es dir was ausmachen, eine Weile mit den Kindern nach draußen zu gehen?«

»Komme sofort!« Ich griff nach meiner Fleecejacke und wurde von zwei hüpfenden und jubelnden Kindern herzlich begrüßt.

Der Rest des Tages war ziemlich angenehm. Ich kickte mit Leyla und Jack den Fußball durch den Garten, der kaum größer war als eine Briefmarke. Georges und Carols Haus war bescheiden, beinahe etwas ärmlich im Vergleich zu Saras. Wir lebten in einer typischen Mittelschichtgegend, aber verglichen mit dem Rest von

Weslyn, das nicht nur mich an Pleasantville erinnerte, hätte es auch ein Armeleuteviertel sein können.

Als George und Carol mit ihren Kindern ins Kino aufbrachen, fuhr ich mit dem Rad zur Bibliothek. Den übrigen Nachmittag verbrachte ich zwischen Bücherregalen, wo ich meine noch ausstehenden Hausarbeiten fertigschrieb, und im Computerraum, wo ich mein Englischreferat tippte. Den Kontakt zu anderen Menschen vermied ich um jeden Preis, aus Angst vor den Reaktionen auf meinen lädierten Zustand. Ein paar Minuten bevor ich mich auf den Nachhauseweg machen musste, war ich mit allem durch, was ich mir vorgenommen hatte, also rief ich Sara vom öffentlichen Telefon aus an.

»Hi!«, rief sie so begeistert, als hätten wir uns nicht gestern erst gesehen. »Wie kommt es, dass du mich anrufen kannst?«

»Ich bin in der Bibliothek am Münztelefon.«

»Oh! Warte kurz, ich bin gleich bei dir.«

»Nein«, unterbrach ich sie schnell, ehe sie auflegen konnte. »Ich muss in einer Minute los, ich wollte dich nur auf morgen früh vorbereiten.«

»Was ist passiert?«, fragte Sara besorgt, fast panisch.

»Alles in Ordnung«, beruhigte ich sie und versuchte, die Sache herunterzuspielen. »Ich bin nur gestürzt und hab mir den Kopf angeschlagen, deshalb hab ich jetzt ein Pflaster und eine kleine Prellung auf der Stirn. Echt kein Ding.«

»Emma! Was hat sie dir da wieder angetan?«, schrie Sara, eine Mischung aus Angst und Wut in der Stimme.

»Nichts, Sara«, korrigierte ich. »Ich bin *hingefallen*.«

»Na klar«, erwiderte sie leise. »Bist du wirklich in Ordnung?«

»Ja, es geht mir gut. Ich muss jetzt Schluss machen, wir sehen uns dann morgen früh.«

»Okay«, antwortete Sara zögernd, dann legte ich auf.

8
peCh

*i*ch erwachte wie jeden Morgen, um meinen normalen Tagesablauf zu beginnen – bis ich in den Spiegel blickte und unsanft daran erinnert wurde, dass es in meinem Leben keine wirkliche Normalität gab. Als ich meine grausige Frisur sah, wusste ich, dass ich zumindest versuchen musste, meine Haare zu waschen und zu föhnen. Ich würde ohnehin Aufmerksamkeit erregen, da brauchte ich nicht auch noch auszusehen, als hätte ich auf der Straße übernachtet.

Mein Kopf dröhnte immer noch, aber die Beule auf meiner Stirn war deutlich abgeschwollen. Duschen und Haarebürsten waren einigermaßen erträglich, und meine Augen tränten nur ganz leicht, als ich mich föhnte.

Ich dachte schon, vielleicht könnte ich den Tag doch irgendwie überleben, aber dann stieg ich ins Auto ein. Sara fiel bei meinem Anblick die Kinnlade herunter. Sie sagte nichts, und ich konnte ihren Gesichtsausdruck nicht richtig deuten, da eine riesige Sonnenbrille fast ihr ganzes Gesicht verdeckte. Wortlos reichte sie mir eine Wasserflasche und eine Packung Aspirin. Vielleicht würde dieser Tag nun doch der längste meines Lebens werden.

»Danke«, sagte ich und nahm ein paar Pillen mit einigen großen Schlucken Wasser. Trotz meiner Anspannung versuchte ich, mich einigermaßen normal zu benehmen.

Sara sah mich kaum an. Ich klappte die Blende herunter, um

meine Vertuschungen zu begutachten, und versuchte herauszufinden, warum Sara so distanziert war. Ich hatte den Pony in die Stirn gekämmt, damit man den blauen Fleck nicht sah, und unter den Haarfransen war auch das Klammerpflaster kaum zu erkennen.

»Okay«, sagte ich schließlich. »Warum redest du nicht mit mir und würdigst mich kaum eines Blickes?«

»Emma«, stieß sie verzweifelt hervor. »Schau dich doch an!«

»Was denn?«, erwiderte ich und schielte wieder in den Spiegel. »Ich finde, ich habe es ziemlich gut versteckt.«

»Das meine ich ja.« Ihre Stimme zitterte. Sie hörte sich an, als würde sie gleich weinen. »Du solltest so etwas nicht verstecken müssen, niemals. Ich weiß, du willst mir nicht erzählen, was wirklich passiert ist, aber ich weiß, dass du nicht *hingefallen* bist. Erzählst du mir wenigstens, worum es dabei ging?«

»Was spielt das denn für eine Rolle?« Meine Stimme war ganz schwach, ich hatte Saras heftige Reaktion nicht erwartet. Natürlich rechnete ich nicht damit, dass sie sich verhielt, als wäre nichts geschehen, aber ich wollte doch nicht, dass sie meinetwegen weinte.

»Für mich spielt es aber eine Rolle«, stieß sie mühsam hervor, und ich sah, wie sie sich unter ihrer Brille die Augen trockentupfte.

»Sara, bitte wein doch nicht«, flehte ich. »Es geht mir gut, das schwöre ich dir.«

»Wie kann es dir damit denn gutgehen? Du bist ja nicht mal wütend.«

»Ich hatte das ganze Wochenende, um darüber hinwegzukommen«, gab ich zu. »Außerdem möchte ich nicht wütend sein. Ich möchte nicht, dass sie so eine Macht über mich hat. Natürlich geht es mir damit nicht gut«, fuhr ich fort und deutete auf meine Stirn, »aber was für eine Wahl hab ich denn? Ich werde damit fertig. Also wein bitte nicht. Sonst fühle ich mich ganz schrecklich.«

»Sorry«, murmelte sie.

Wir fuhren auf den Parkplatz, sie nahm die Brille ab und tupfte sich im Rückspiegel noch einmal die Augen.

»Ich bin okay«, beteuerte sie und versuchte zu lächeln.

»Wie schlimm sieht es denn aus? Sei ehrlich.«

»Du hast es wirklich ganz gut hingekriegt, das meiste fällt kaum auf«, räumte sie ein. »Aber ich kann es schlecht ertragen, weil ich die Wahrheit weiß.« Andererseits wusste sie ja nicht einmal die Hälfte.

»Wenn irgendjemand fragt – und ich weiß, das wird passieren –, dann sag bitte, dass ich auf dem nassen Fußboden ausgerutscht bin und mir den Kopf am Couchtisch angeschlagen habe.« Sara verdrehte die Augen.

»Was denn – fällt dir vielleicht was Besseres ein?«, entgegnete ich sofort.

»Nein.« Sie seufzte. »Behalte das Aspirin ruhig. Ich denke, du wirst es brauchen.«

»Wollen wir?«, fragte ich zögernd. Mir gefiel es gar nicht, dass Sara so aufgewühlt war, vor allem auch noch meinetwegen. Wut und Trauer passten überhaupt nicht zu ihrer Persönlichkeit, und es war mir furchtbar unangenehm, das mitansehen zu müssen.

Sie atmete hörbar aus und nickte.

Einige meiner Mannschaftskolleginnen und ein paar andere Tratschtanten fragten mich zwar nach meiner Verletzung, aber die meisten starrten mich nur an. Nach dem Desaster am Freitag hätte ich eigentlich daran gewöhnt sein müssen, aber ich wünschte mir von Herzen, wieder unsichtbar zu sein – oder wenigstens nichts von den Gerüchten zu wissen, die über mich kursierten.

Ich gelangte zu meinem Englischkurs, ohne unterwegs mehr als zwei Leuten meinen *Unfall* erklären zu müssen. Dann saß ich auf meinem üblichen Platz und zog meinen Aufsatz heraus, um ihn abzugeben.

»Tut das noch weh?«, fragte Evan vom Stuhl neben mir. Im gleichen Moment näherte sich Brenda Pierce dem Platz, auf dem sie seit dem ersten Kurstag gesessen hatte, und verzog genervt das Gesicht, weil er besetzt war. Aber Evan lächelte nur höflich und zuckte die Achseln.

»Tja, jetzt gibt es zumindest eine Mitschülerin, die dich nicht leiden kann«, meinte ich ironisch, um seiner Frage auszuweichen.

»Sie wird darüber hinwegkommen«, meinte Evan nicht sonderlich interessiert. »Und – hast du noch Kopfschmerzen?«

Ich runzelte die Stirn und gab widerwillig zu: »Na ja, ich hab vorhin ein paar Aspirin geschluckt. Demzufolge ist es besser, jedenfalls solange ich den Kopf nicht zu schnell bewege.«

»Gut«, sagte er. Außer ihm hatte sich bisher niemand erkundigt, wie ich mich fühlte.

»Und wie war der Rest deines Wochenendes?«, flüsterte er.

»Okay«, antwortete ich, ohne ihn anzuschauen.

Ms Abbott begann mit dem Unterricht. Nachdem wir unsere Aufsätze abgegeben hatten, verteilte sie den Text für unsere nächste schriftliche Aufgabe. Wir durften gleich in der Stunde mit dem Lesen der Kurzgeschichte beginnen.

»Sprechen wir eigentlich miteinander oder nicht?«, flüsterte Evan, als Ms Abbott den Raum verließ.

»Wir sprechen miteinander.« Ich sah ihn verwirrt an. »Warum?«

»Ich werde einfach nicht schlau aus dir, daher wollte ich sichergehen, dass wir auf demselben Stand sind.«

»Ich bin aber keine große Rednerin«, gestand ich und wandte mich wieder der Kurzgeschichte zu.

»Ich weiß.« Seine Antwort ließ mich aufhorchen – wieder lag dieses amüsierte Grinsen auf seinen Lippen.

Da ich nicht in der Stimmung war, ihn nach dem Grund für sein Grinsen zu fragen, das mich jedes Mal auf die Palme brachte, würdigte ich Evan den Rest der Stunde über keines Blickes mehr. Ich vermied es gezielt, mich mit dem Rätsel Evan Mathews zu beschäftigen. Heute nicht. Ich wollte einfach diesen Tag überstehen, ohne allzu viel Aufmerksamkeit auf mich zu ziehen. Wenn das nur so einfach gewesen wäre.

Evan begleitete mich zu Ms Miers Kunstkurs. Zwar versuchte er nicht, mit mir zu reden, aber er warf mir immer wieder kurze prüfende Blicke zu, während ich teilnahmslos und in mich gekehrt neben ihm durch die Korridore schlenderte. Ich musste die emotionale Verbindung zur Außenwelt kappen, mich von dem Starren und Flüstern der anderen abschotten, um der lautlosen Wut und der Scham in meinem Inneren entfliehen zu können.

»Heute könnt ihr ein bisschen auf dem Schulgelände herumspazieren und euch zu ein paar Schnappschüssen inspirieren lassen, die wir für unseren Kalender verwenden werden«, verkündete Ms Mier. »Die eingereichten Fotos werden an der Wand am Haupteingang ausgestellt, damit Schüler und Lehrer sie ansehen können. Dann wird über die zwölf potentiellen Werke im Kalender abgestimmt, das Kunstwerk mit den meisten Stimmen kommt außerdem noch aufs Cover. Hat jemand Fragen dazu?«

Die Klasse schwieg. Ms Mier bat ein paar Schüler, die Kameras aus dem Abstellraum zu holen und sie zu verteilen.

»Reichst du auch etwas ein?«, fragte ich Evan, der mit seiner Kamera hinter mir stand. Als ich mich kurz zu ihm umdrehte, erwischte ich ihn mit erstaunt hochgezogenen Augenbrauen. Anscheinend hatte es ihn überrascht, meine Stimme zu hören.

»Ja, ich reiche auch ein Foto ein.«

»Seid bitte alle in vierzig Minuten wieder im Klassenraum, um die Kameras zurückzugeben«, ordnete Ms Mier an.

Die Kursteilnehmer strömten auf den Korridor hinaus, in Richtung der Treppe, die zur Rückseite der Schule führte. Ich nahm lieber die Seitentreppe zum Fußballfeld und den Tennisplätzen.

»Stört es dich, wenn ich dich begleite?«, fragte Evan vom oberen Treppenabsatz. Ich war schon halb unten und blickte mit einem Achselzucken zu ihm hoch. Schweigend folgte er mir.

Als wir ins Freie traten, blies mir eine frische Brise entgegen, die mich frösteln ließ und mich aus meiner Starre weckte. Den Blick auf die leuchtenden Herbstfarben der Bäume gerichtet, machte ich mich auf den Weg zum Fußballfeld.

»Haben deine Eltern eigentlich irgendwas gesagt, als du nach der Party so durchgeweicht nach Hause gekommen bist?«

»Die waren gar nicht da«, antwortete er abschätzig.

»Macht dir das was aus – dass sie meistens nicht da sind?« Ich stellte die Frage, ohne nachzudenken, und erwartete keine ehrliche Antwort, denn es ging mich ja nichts an.

Aber er erwiderte geradeheraus: »Ich hab gelernt, damit zurechtzukommen. Als mein Bruder noch da war, fiel es mir leichter. Du wohnst bei deiner Tante und deinem Onkel, richtig?«

»Japp.« Ich bückte mich, um das Spielfeld durch den Zaun zu fotografieren, wobei ich das Objektiv so einstellte, dass die Farben ineinander verschwammen. Dann stand ich wieder auf und ging weiter in Richtung des Wäldchens hinter der Tribüne.

»Das ist bestimmt nicht einfach, was?«, fragte Evan so beiläufig, als wüsste er die Antwort bereits.

»Nein, es ist nicht einfach«, bestätigte ich. Ich hatte nicht das Gefühl, lügen zu müssen – noch nicht. Wir befanden uns auf einer Gratwanderung, wir machten Enthüllungen, ohne allzu viel preiszugeben.

»Strenge Regeln?« Wieder eine Frage, die eher wie eine Feststellung klang.

»Kann man wohl sagen«, antwortete ich, während ich weiter

unscharfe Fotos von dem farbenprächtigen Laub schoss. »Und du hast überhaupt keine Regeln?«

»So ungefähr.«

Evan sah mich an und zuckte zusammen, als der Wind mir im gleichen Moment die Haare aus dem Gesicht blies. Ich wurde rot. Vermutlich hatte er den blauen Fleck bis zu diesem Moment noch gar nicht bemerkt.

»Hast du oft so ein Pech?«, fragte er.

»Kommt drauf an, wo ich bin«, sagte ich, ohne eine wirkliche Antwort zu geben, und bemühte mich, mit den Fingern die Haare wieder so über meine Stirn zu legen, dass sie die blaue Erinnerung an mein Pech verdeckten.

»Wie viele Geschwister hast du denn?«, erkundigte ich mich, um das Gespräch zurück auf ihn zu lenken.

»Nur den einen Bruder, Jared. Er ist Freshman in Cornell. Und du?«

»Ich hab weder Brüder noch Schwestern, nur meine beiden kleinen Cousins. Ist dein Bruder dir sehr ähnlich?«

»Überhaupt nicht. Er ist still, eher musisch als athletisch veranlagt und total entspannt.«

Ich lächelte, Evan lächelte zurück, und mein Herz erwachte aus seinem zweitägigen Schlaf.

Er fuhr fort mit den Fragen. »Welche Colleges ziehst du in Erwägung?«

»Hauptsächlich ein paar in Kalifornien, aber auch welche in der Gegend von New York und New Jersey. Wenn sie mich nehmen, würde ich furchtbar gern nach Stanford gehen.«

»Ich habe gehört, dass sich ein Scout aus Stanford am Donnerstag dein Spiel angeschaut hat.«

Ich nickte, dann stellte ich die Kamera scharf, richtete sie wieder auf das Gebüsch und zoomte, um diesmal die Einzelheiten der gefallenen Blätter einzufangen.

»Und wo bewirbst du dich?«

»Natürlich in Cornell, aber ich habe Freunde an verschiedenen Unis in Kalifornien, daher gehe ich vielleicht auch dorthin zurück. Ich hab ja noch genug Zeit zum Überlegen.«

So setzten wir unsere sorgfältig ausbalancierte Gratwanderung fort, bis es Zeit war, in den Klassenraum zurückzukehren.

»Du hast am Freitag ein Abendspiel, stimmt's?«, fragte Evan, als wir die Treppe hinaufgingen.

»Ja.«

»Was machst du vor dem Spiel?«

»Wahrscheinlich bleibe ich in der Schule und erledige meine Hausaufgaben.«

»Hast du vielleicht Lust, mit mir was essen zu gehen?«, fragte er weiter und zögerte einen Moment auf dem Treppenabsatz, ehe er die Flügeltüren öffnete, die in den Korridor führten. Ich blieb stehen. Mein Herz ebenfalls.

»Und ja, das wäre dann ein Date – nur dass wir uns richtig verstehen«, fügte er hinzu. Jetzt verschlug es mir auch noch den Atem.

»Okay.« Ich atmete endlich aus, konnte mich aber immer noch nicht von der Stelle rühren. Hatte ich mich etwa gerade zu einem Date verabredet?

»Großartig«, sagte er und produzierte ein strahlendes Lächeln, das mein Herz in einem so rasanten Tempo wiederbelebte, dass mir ganz schwindlig wurde. »Dann sehen wir uns nachher in Mathe.« Damit ging er weiter, an der Tür des Kunstraums vorbei.

Ich brachte meine Kamera in den Abstellraum und ging wie benebelt zu meinem Spind zurück.

»Woher kommt denn dieses versonnene Grinsen?«, hörte ich Sara fragen, ihre Stimme schien mindestens eine Meile weit entfernt. Mühsam richtete ich meine Aufmerksamkeit auf sie – mir war überhaupt nicht bewusst gewesen, dass ich grinste.

»Das erzähl ich dir später.« Das Grinsen verwandelte sich in ein Lächeln.

»Ich hasse es, wenn du das sagst«, stöhnte sie, wusste aber, dass sie zwischen den Unterrichtsstunden gar keine Zeit hatte, mich zu verhören. Ich packte meine Bücher und lief zu Chemie.

Der Unterricht ging quälend langsam voran. Ich machte mir mechanisch Notizen und arbeitete mit meiner Chemiepartnerin an unserer Laboraufgabe, aber jedes Mal, wenn ich auf die Uhr schaute, waren gerade mal fünf Minuten verstrichen. Endlich klingelte es.

»Ich hoffe, es geht dir bald besser«, sagte meine Partnerin, und ich sah sie verwundert an. »Du hast heute so einen abwesenden Eindruck gemacht.« Als ich daraufhin anfing zu grinsen, war sie noch verwirrter.

An meinem Spind wartete bereits Evan auf mich.

»Sorry, aber ich hab beschlossen, nicht im Klassenraum auf dich zu warten«, erklärte er.

In diesem Moment erschien auch Sara. »Hi, Evan.« Hinter seinem Rücken warf sie mir einen argwöhnischen Blick zu. Ich schaute in meinen Spind und presste fest die Lippen zusammen, um das Lächeln zurückzuhalten.

»Kannst du mir sagen, welche Dinge man dir erlaubt?«, fragte Evan, als wir nebeneinanderher zum Kurs gingen.

»Nicht viel«, antwortete ich ernst und hatte auf einmal keine große Lust mehr zu lächeln.

»Aber alles, was mit der Schule zusammenhängt, ist okay, richtig?«, versuchte er zusammenzufassen.

»So ziemlich. Vorausgesetzt, jemand fährt mich, und ich bin vor zehn zu Hause.«

»Würden sie es irgendwie rausfinden, wenn du sagst, dass du was für die Schule machst, in Wirklichkeit jedoch etwas anderes tust, dabei aber die Zehn-Uhr-Regel einhältst?«

Ich sank auf meinen Platz. Mein Magen hing mir praktisch im Brustkorb, denn ich ahnte, worauf er hinauswollte – und davor hatte ich solche Angst, dass ich nicht einmal daran denken wollte.

»Ich weiß nicht. Warum?« Mit zusammengekniffenen Augen versuchte ich, in seinem Gesicht zu lesen.

»Hab ich mich nur gefragt«, antwortete er unverbindlich. Dann wurden wir aufgefordert, unsere Hausaufgaben abzugeben, und meine Aufmerksamkeit richtete sich mit einem Ruck auf den Unterricht.

Auf dem Weg zu Anatomie setzte Evan sein Verhör fort. »Hast du jemals absichtlich etwas getan, von dem du wusstest, dass du es nicht sollst?«

»Was denn zum Beispiel?« Mir gefiel die Richtung nicht, die er mit seinen Fragen einschlug.

»Hast du dich beispielsweise schon mal aus dem Haus geschlichen oder behauptet, du wärst in der Bibliothek, bist aber stattdessen ins Kino gegangen?« Ich sah ihn mit großen Augen an und schluckte den Kloß hinunter, der sich vor Nervosität in meinem Hals gebildet hatte.

»Anscheinend nicht«, schloss er aus meinem Schweigen und meinem wahrscheinlich hörbaren Schlucken.

»Woran denkst du denn?«, fragte ich schließlich.

»Ich versuche nur, mir über etwas klarzuwerden.«

»Worüber?«

»Über uns«, sagte er im selben Moment, in dem wir das Klassenzimmer betraten. Dann ging er sofort zu seinem angestammten Platz.

Ich stolperte zu meinem und konnte schon wieder kaum atmen. Evan war so verwirrend, und ich wünschte mir, ich könnte vorausahnen, wann er solche Dinge von sich gab.

»Mr Mathews«, wies Mr Hodges ihn an, »würden Sie sich bitte zu Ms Thomas an den Tisch setzen? Wie es aussieht, ist ihr Partner nicht mehr in diesem Kurs, und es hat keinen Sinn, zwei Einzeltische zu besetzen, vor allem, wenn wir mit dem Sezieren beginnen.«

Ich senkte den Kopf und starrte auf die schwarze Tischplatte, damit niemand sah, wie mir das Blut ins Gesicht schoss.

Evan setzte sich neben mich und sagte: »Hi«, als hätten wir uns noch nie gesehen.

Tatsächlich brachte ich ein Lächeln und ebenfalls ein »Hi« zustande.

Nachdem Mr Hodges seinen Unterricht über die Knochen in der Hand begonnen hatte, kritzelte ich unauffällig auf einen leeren Zettel: *Gehst du etwa schon davon aus, dass es ein Uns gibt?*

Als Antwort schrieb Evan darauf: *Noch nicht.*

Weil ich nicht verstand, was er damit meinte, runzelte ich die Stirn, und er fügte hinzu: *Ich bereite mich nur darauf vor.*

Mein Herz fühlte sich seltsam schwer an, als fiele ich gleich in Ohnmacht. Auf Evans Gesicht lag ein breites Grinsen, aber ich fand sein Verhalten überhaupt nicht witzig. Von seinen Fragen und Kommentaren wurde mir schwindlig. Ich stopfte den Zettel hinten in meinen Ordner, starrte auf meine Notizen und versuchte, meine knallroten Wangen hinter meinen Haaren zu verstecken.

»Bis später!«, sagte Evan nach der Stunde, ließ mich stehen und verschwand. Ich sah ihm verdattert nach. Natürlich war mir klar, dass seine Fragen und verrückten Kommentare irgendeinem Zweck dienten, aber ich hatte keine Ahnung, welchem.

Als ich zu unseren Spinden kam, stand Sara schon davor. Wortlos schloss ich auf und verstaute meine Bücher, denn ich wusste genau, was sie von mir erwartete.

»Tu mir das nicht an«, warnte sie mich ungeduldig.

Aber ich versuchte trotzdem, sie abzulenken. »Wie war eigentlich dein Date mit Jason am Wochenende?«

»Nein, diesmal kommst du damit nicht durch, auf gar keinen Fall«, schimpfte sie, immer noch viel zu ernst für die Sara, die ich kannte. »Über mich sprechen wir später – jetzt leg endlich los.«

Ich zögerte und gab mir Mühe, das, was ich ihr gleich erzählen würde, überhaupt erst einmal zu verdauen.

»Wir haben am Freitag nach der Schule ein Date, vor dem Fußballspiel. Wir gehen zusammen essen«, gestand ich, unsicher, was ich sonst noch sagen sollte.

»Wow«, erwiderte Sara beeindruckt. »Großartig. Das ist echt toll, Em. Ich habe ein richtig gutes Gefühl bei Evan.«

»Ich freue mich, dass wenigstens *du* das so siehst.«

Sie starrte mich verständnislos an.

»Ich kapiere ihn immer noch nicht, Sara«, gestand ich mit einem tiefen Seufzer, als wir die Treppe zur Cafeteria hinuntergingen. »Er stellt mir ständig Fragen und macht kryptische Bemerkungen, die mir das Gefühl geben, zwischen den Zeilen lesen zu müssen, aber ich verstehe einfach nicht, was er von mir will. Und wenn ich eine Chance bekomme, ihn zu fragen, was er eigentlich meint, dann verschwindet er einfach.«

»Ich weiß, dass er zurzeit seine Interviewbögen einsammelt und noch ein paar Gespräche führen muss – für den Artikel, der morgen fällig ist. Am Anfang des Journalistik-Kurses interviewt er mich. Vielleicht ist er ja deshalb verschwunden.«

»Ich mach mir eigentlich keine Sorgen darüber, wo er hingeht«, korrigierte ich, denn ich wusste, dass Sara mich beruhigen wollte. »Er geht einfach weg, nachdem er eine Bemerkung gemacht hat oder nachdem er mir eine Frage gestellt hat, für die ich eine Erklärung brauche. Das macht mich wahnsinnig.«

»Was denn beispielsweise?«

»Ich weiß nicht mal, wo ich anfangen soll.«

»Magst du ihn?« Wir zogen die Stühle an unserem Tisch in der hinteren Ecke der Cafeteria hervor.

»Ich bin immer noch dabei, ihn zu enträtseln. Aber ich gewöhne mich daran, mit ihm im Klassenraum zu sitzen und mit ihm die Korridore entlangzulaufen. Ich habe nicht mehr den Impuls, ihn wegzuschubsen, wie vorher. Also ist er womöglich dabei, mich mürbe zu machen.«

»Vielleicht magst du ihn aber auch«, konterte Sara mit einem verschlagenen Grinsen.

Ehe ich antworten konnte, kam Jason mit einem Essenstablett auf unseren Tisch zu.

»Hey, Sara«, begrüßte er sie und zögerte kurz, bevor er sich neben sie setzte.

»Hallo, Jason.« Sie strahlte und verrückte ihren Stuhl so, dass sie ihn direkt ansehen konnte. Plötzlich hatte ich das Gefühl, Zeuge von etwas zu sein, das nicht für fremde Augen bestimmt war.

»Ich hol mir was zu essen«, verkündete ich, aber meine Ansage stieß auf taube Ohren.

Auf dem Rückweg zum Tisch sah ich, wie Sara und Jason sich albern anlächelten, ich konnte nur hoffen, dass ich Evan nicht genauso anschaute. Wenn ich in Evans Gegenwart auf alle anderen einen solchen Eindruck machte, käme ich mir endgültig wie ein Idiot vor – andererseits sah es bei Jason und Sara aber auch geradezu ekelerregend bezaubernd aus. Ich kehrte angesichts ihrer hemmungslosen Flirterei lieber nicht an den Tisch zurück, sondern suchte Zuflucht im Journalistik-Raum. Dort konnte ich schon mal mit meinem Artikel anfangen.

Da der Kurs im Computerraum stattfand, kam niemand außer Ms Holt herein, die ein paar Sachen von ihrem Schreibtisch holte und sich meine Fortschritte ansah. Nach Journalistik hatte sie keinen Unterricht mehr, also blieb ich auch in der Lernstunde hier und vergrub mich in meine Hausaufgaben, um nicht über Saras Reaktion auf Evans ungebrochenes Interesse nachgrübeln zu müssen. Aber meine Gedanken wanderten zwangsläufig immer wieder zu diesem Thema zurück.

Ich war überwältigt von dem Wirbelwind, in den ich da geraten war und der in so kurzer Zeit alles auf den Kopf gestellt hatte. Ich war dabei, die Kontrolle zu verlieren, und das machte mich panisch. Auf einmal konnte ich mich kaum noch auf das konzentrieren, was mir früher so natürlich vorgekommen und so leichtgefallen war. Das Ende meiner Schulzeit war in Sicht, ich konnte jetzt doch nicht alles aufs Spiel setzen.

Wenn ich es einigermaßen heil ins College schaffen wollte, musste ich panikeinflößende Situationen wie diese Party meiden – und auch ansonsten alles, was mich dermaßen von meinem Ziel ablenkte. Dazu gehörte auch ... das Date mit Evan. Mein Herz wurde schwer. Aber ich wusste, dass ich es nicht anders bewältigen konnte. Es stand einfach zu viel für mich auf dem Spiel.

»Da bist du ja«, rief Evan und betrat den Raum. »Ich hab mich schon gefragt, wo du steckst.«

»Hi«, antwortete ich, ohne den Blick von der Tastatur zu heben.

»Hier ist es definitiv ruhiger«, bemerkte er, dann fiel ihm wohl meine abweisende Körperhaltung auf. »Was ist denn los?«

»Ich kann mich nicht mit dir verabreden«, platzte ich hastig heraus. »Ich muss mich auf die Schule und meine sonstigen Pflichten konzentrieren. Ablenkungen kann ich überhaupt nicht brauchen. Tut mir leid.«

»Bin ich eine Ablenkung?«

»Na ja ... schon. Allein die Tatsache, dass ich über dich nachdenke, ist eine Ablenkung, und ich kann mir nicht noch mehr außerschulische Aktivitäten aufhalsen.« Das klang viel schlimmer, als es sich vorhin in meinem Kopf angehört hatte.

»Vergleichst du unser Date etwa mit dem Kunstclub?« Ich konnte nicht erkennen, ob er das beleidigend oder amüsant fand.

»Nein.« Ich stieß einen frustrierten Seufzer aus. »Evan, ich bin in diesen Dingen überhaupt nicht fit. Ehrlich gesagt hatte ich noch nie im Leben ein Date, und ich bin einfach nicht bereit für so was. Jetzt ist es raus. Reicht dir das?« Während meiner spontanen Beichte war mein Gesicht knallrot angelaufen. Ich erzählte ihm immer noch zu viel über mich – auch über diesen Teil meines Lebens musste ich unbedingt die Kontrolle zurückgewinnen. Es gab viel zu viel, was er nicht erfahren durfte, ich konnte nicht riskieren, dass ich mich verplapperte.

Sein Versuch, sein typisches Grinsen zu unterdrücken, schlug fehl. Ich gab ein verärgertes Knurren von mir und warf ihm das oberste Taschenbuch von dem Stapel vor mir an den Kopf.

»Ich bringe immer das Beste in dir zum Vorschein, was?« Mit einem kurzen Auflachen wich er meiner Attacke aus. »Okay, dann haben wir also kein Date. Aber wir können trotzdem weiter zusammen rumhängen, ja?«

»Solange du mir versprichst, mich nicht zu fragen, ob ich mit dir ausgehe, nicht von *uns* redest, als gehörten wir zusammen, und keine Kommentare zu meinen Pullovern abgibst«, erklärte ich. Mir war klar, dass das sehr alberne Bedingungen waren, aber mein widerspenstiges Herz brauchte das, um eine Freundschaft mit Evan Mathews überleben zu können.

»Okay. Glaube ich jedenfalls.« Er nickte bedächtig. »Aber du sprichst weiterhin mit mir, und ich kann im Unterricht neben dir sitzen und sogar mit dir durch die Korridore laufen, ja?«

»Klar«, antwortete ich nach kurzem Zögern.

»Können wir auch mal außerhalb der Schule rumhängen?«, hakte er nach.

»Wann sollten wir denn nach der Schule etwas zusammen machen?«

»Am Freitag zum Beispiel – kein Date, versprochen. Aber du kannst nach der Schule vorbeikommen, dann machen wir bis zum

Spiel irgendwas«, schlug er vor. »Wenn es dir lieber ist, meinetwegen auch die Hausaufgaben.«

Argwöhnisch kniff ich die Augen zusammen und versuchte zu erkennen, ob er seinen Vorschlag ernst meinte. Wichtiger noch – ich musste entscheiden, ob ich mit seinem Angebot umgehen konnte. In meinem Kopf schrie eine kleine Stimme, ich solle nein sagen, aber ich hörte nicht auf sie.

»In Ordnung«, gab ich nach. »Aber nur als Freunde.«

»Das krieg ich hin«, antwortete er verschmitzt. »Vorerst jedenfalls.«

»Evan!«

»Ich mach nur Witze.« Er hob kapitulierend die Hände. »Ich kann mit dir befreundet sein, kein Problem.«

Dann ertönte die Klingel und verkündete das Ende des Schultags. Im Nu füllten sich die Korridore mit den Stimmen und Schritten der Schüler, die darauf brannten, von hier wegzukommen.

»Viel Glück bei dem Spiel heute«, sagte ich, während ich meine Bücher zusammenpackte.

»Danke«, antwortete er. »Dann sehen wir uns morgen in Englisch?«

»Ich werde da sein.«

Er lächelte mir zu und ging.

Ich blieb noch einen Moment sitzen und ließ meinen Versuch, wieder Ordnung in mein Leben zu bringen, Revue passieren. Es war nicht so gelaufen wie geplant, ich hätte Evan ganz aus meinem Leben streichen sollen, und ein Teil von mir war wütend, weil ich es nicht getan hatte. Schließlich wusste ich doch, was für ein Risiko ich einging, wenn ich einen anderen Menschen an meinem Leben teilhaben ließ! Zwar versuchte ich mir einzureden, dass es möglich war, mit Evan befreundet zu sein und mich trotzdem voll auf die Schule zu konzentrieren, aber ich war längst nicht so zuversichtlich, wie ich es mir gewünscht hätte.

Der Rest des Tages verlief in meiner üblichen Routine. Beim Fußballtraining bekam ich Kopfschmerzen vom Rennen, aber ich hielt durch. Sara erzählte überschwänglich von Jason und ihrem Date, was mich davon überzeugte, dass sie das emotionale Trauma von heute früh überwunden hatte.

Auch die restliche Woche verging im gewohnten Alltagstrott, mit dem einzigen Unterschied, dass ich in den meisten Kursen und auch auf dem Weg in die Klassenräume mit Evan zusammen war. Er respektierte meine Zurückhaltung und begrenzte das Gespräch auf Schulthemen. Ich atmete, mein Herz klopfte weiter. Gelegentlich tickte es allerdings völlig aus und sauste los, wenn ich Evans faszinierendes Lächeln sah oder wenn er mir ein bisschen zu lange in die Augen schaute. Doch ich schaffte es, selbst das weitestgehend hinzunehmen. Die Schule war wieder mein sicherer Ort, und das half mir, wenn ich die Schwelle der Instabilität zu Hause überschreiten musste.

Ich mied Carol, so gut es ging, obwohl sie es fertigbrachte, mir jedes Mal, wenn sie mich sah, eine scharfzüngige Beleidigung an den Kopf zu werfen. Am Dienstag hatte ich ein Auswärtsspiel, am Mittwoch arbeitete ich am Layout der Zeitung und so kam ich erst nach dem Abendessen heim. Mittwochnacht war ich sogar so mutig, mich um zwei Uhr früh in die Küche zu schleichen, mir aus dem Kühlschrank ein Stück kaltes paniertes Hühnchen mit auf mein Zimmer zu nehmen und so meinen heftig knurrenden Magen zu beschwichtigen. Meine gesamte Konzentration war darauf gerichtet, die nächsten sechshundertsiebenundsechzig Tage zu überleben – so gut es eben ging.

9
KeiN daTe

der graue Himmel konnte meine Vorfreude auf das Abendspiel nicht dämpfen, als ich am Freitagmorgen zur Schule aufbrach. Außerdem würde ich den Nachmittag mit Evan verbringen. Beim Gedanken daran, mit ihm allein zu sein, durchzuckte mich eine prickelnde Furcht – was für eine seltsam widersprüchliche Gefühlslage, sich zu freuen und gleichzeitig so viel Angst zu haben.

Auf dem Weg aus dem Haus kontrollierte ich noch einmal den Kalender in der Küche, um mich zu vergewissern, dass mein Spiel darauf stand. Wenn ein Termin nicht rechtzeitig dort vermerkt wurde, durfte ich ihn nicht wahrnehmen. Das galt auch für die Bibliotheksbesuche, die ich sorgfältig für jeden Sonntagnachmittag dort eintrug. Eigentlich wunderte es mich, dass man mir keinen Sender implantierte – aber dann hätte man ja einen Haufen Geld für mich ausgeben müssen, eine lächerliche Vorstellung.

»Guten Morgen«, begrüßte ich Sara fröhlich, als ich zu ihr ins Auto stieg.

»Guten Morgen«, antwortete Sara und sah mich neugierig an. Sie schien etwas sagen zu wollen, überlegte es sich dann aber im letzten Moment anders und stellte stattdessen das Radio lauter. Zu dröhnenden Schlagzeugrhythmen und Gitarrenriffs fuhren wir los. Ein Sänger jammerte über seine große Angst, missverstanden zu werden. Ich ließ mich von dem Song grinsend treiben.

»Gehst du tatsächlich nach der Schule zu Evan?«, fragte Sara nach einer Weile und stellte das Radio wieder leiser.

»Soweit ich weiß, ja«, antwortete ich und versuchte so beiläufig zu klingen, als hätte ich noch jede Menge anderer Dinge im Kopf.

»Dann sehe ich dich also beim Spiel heute Abend.«

»Aber wir treffen uns doch vorher noch in der Lernstunde, oder nicht?«

»Ich hab einen Brief von meinen Eltern dabei, der es mir erlaubt, heute früher zu gehen. Ich bin nachmittags bei Jill. Du könntest bestimmt auch früher Schluss machen, wenn du willst. Die Lehrer erwarten nicht, dass du ständig da bist, könnte ja sein, dass du noch was an der Zeitung zu tun hast oder so.«

Beim Gedanken, die Regeln zu brechen und die Schule ohne Erlaubnis früher zu verlassen, drehte sich mir fast der Magen um. Vielleicht war es aber auch der Gedanke, eine weitere Stunde allein mit Evan zu verbringen, der mich so in Aufruhr versetzte.

Sara beobachtete aufmerksam meine erschütterte Miene. »War nur ein Vorschlag, du musst es nicht machen.«

»Ich denk drüber nach«, murmelte ich. Wieder durchzuckte mich dieser Schauer aus Angst und Freude.

»Ich erwarte Details«, rief Sara mir über die Schulter zu, als sie nach der Morgenbesprechung den Raum verließ. Sie war schon auf dem Weg zu ihrem Kurs, doch dann bemerkte sie meinen benommenen Gesichtsausdruck und blieb stehen. »Bist du nervös?«

»Ich bin total durch den Wind«, flüsterte ich, ohne auf die Menschenmassen zu achten, die an uns vorbeiströmten.

»Du brauchst dir keine Sorgen zu machen, du hast ihm doch klipp und klar gesagt, dass du nur mit ihm befreundet sein willst. Aber wenn du wirklich Angst hast, mit ihm allein zu sein, kann ich dir auch gern eine Ausrede liefern, nicht hinzugehen.«

»Nein, ich bin gern mit ihm zusammen. Ich hab so was nur noch nie gemacht und bin unsicher, was mich erwartet. Es ist ja nicht das Gleiche, als wenn ich mich mit dir treffe.«

»Warum tust du nicht einfach so?« Sara lächelte mich ermutigend an. »Und vergiss nicht die Einzelheiten«, wiederholte sie mahnend, als wir zur Treppe gingen.

Im Englischkurs war Evan schon auf seinem Platz, als ich mich neben ihn setzte.

»Hi«, sagte er, und seine Lippen zuckten, als müsste er sich ein Grinsen verkneifen.

»Hey«, gab ich zurück, ohne zu ihm hinüberzuschauen.

»Möchtest du heute vielleicht die Lernstunde schwänzen und früher gehen?« Mein Herz setzte einen Schlag aus, und eine Million Ausreden rasten mir durch den Kopf.

»Klar«, hörte ich mich sagen, während ich ihm einen schnellen Blick zuwarf. Panik durchflutete mich, ich hatte noch nie die Regeln übertreten. Mit zittrigen Händen schlug ich mein Notizbuch auf und zog die Hausaufgaben aus meinem Rucksack, um sie abzugeben. Aus dem Augenwinkel meinte ich zu sehen, dass Evan jetzt tatsächlich grinste, aber ich starrte weiter auf meine Notizen.

»Du bist heute noch stiller als gewöhnlich«, bemerkte er, als es klingelte und wir unsere Bücher zusammenpackten.

»Wahrscheinlich bin ich in Gedanken schon bei den Tests nachher«, log ich. In Wirklichkeit machte ich mir überhaupt keine Sorgen wegen der Tests, die uns in Mathe und Anatomie erwarteten. Ich hatte gelernt und war mir ziemlich sicher, dass ich den Unterrichtsstoff in- und auswendig kannte.

»Ich hätte nicht erwartet, dass du nervös bist.« Offensichtlich kannte er mich besser, als ich zugeben wollte.

»War eine Menge zu lernen – machst du dir etwa keine Sorgen?«, fragte ich und versuchte wieder einmal, von mir abzulenken.

»Warum sollte ich? Ich hab gelernt, mehr kann ich nicht tun.« Großartig, er war sich seiner Sache also auch in der Schule sicher – nicht nur überall sonst. »Wir sehen uns dann in Mathe.«

Geschichte, Chemie und meine beiden Tests lenkten mich genügend ab, um mich nicht die ganze Zeit zwanghaft mit dem Ende des Schultags und meinem Treffen mit Evan zu beschäftigen.

»Wie ist es bei dir gelaufen?«, fragte Evan, als wir mit Anatomie fertig waren.

»Ich denke, ich wusste ganz gut Bescheid«, gab ich sofort zu. »Und du?«

»Ich hab mich so durchgewurstelt«, meinte er achselzuckend.

Auf einmal fiel mir auf, dass er mit mir ging statt wie sonst in die entgegengesetzte Richtung.

»Wo gehst du hin?«

»Zu deinem Spind«, erklärte er geradeheraus.

»Warum?«, fragte ich etwas begriffsstutzig.

»Was? Willst du nicht mit mir essen?« Es klang beinahe beleidigt, andererseits kannte ich ihn besser – beleidigt zu sein war nicht seine Art.

»Du gehst doch nie mit mir zum Lunch, ich versteh dich nicht.«

»Es gibt für alles ein erstes Mal. Sara ist zu Jill gefahren, da dachte ich, vielleicht kannst du ein bisschen Gesellschaft brauchen.«

»Ach ja, richtig«, erinnerte ich mich. »Aber eigentlich hab ich gar keinen Hunger. Ich wollte mir nur eine Kleinigkeit holen und dann im Kunstraum schon mal anfangen.«

»Wärst du lieber allein?«

»Das ist mir egal, tu, was du magst.« Ich zuckte die Achseln und versuchte, desinteressiert zu wirken.

»Unmöglich«, entgegnete er salopp. Ich kniff die Augen zusammen und versuchte wieder einmal zwischen den Zeilen zu lesen. Ehe ich eine Erklärung fordern konnte, fragte er: »Hast du vor, mich zu ignorieren, wenn ich meinen Lunch bei dir im Kunstraum esse?«

»Das muss ich gar nicht.« Wie konnte ich den ganzen Nachmittag mit ihm lebend überstehen? Vielleicht sollte ich mir eine Ausrede ausdenken und doch lieber in der Schule bleiben. Beim Gedanken daran zu kneifen setzte mein Herz einen Schlag aus – ich konnte mit Evan befreundet sein! Ich durfte nur nicht vergessen, was ich wollte.

Ich packte meine Bücher in den Spind, Evan legte seine ganz selbstverständlich dazu. Mir blieb der Mund offen stehen.

»Was?«, fragte er etwas abwehrend. »Nach dem Kunstkurs gehen wir zusammen los, dann nehme ich meinen Krempel wieder mit, versprochen.« Schweigend trotteten wir nebeneinanderher zur Cafeteria.

Ehe wir hineingingen, sagte er leise: »Du weißt, dass man sich seit neuestem erzählt, wir beide würden miteinander gehen, ja?« Ich blieb abrupt stehen, verschränkte die Arme vor der Brust und starrte ihn mit weit aufgerissenen Augen an.

»Es ist bloß ein Gerücht!«, beschwichtigte er mich schnell, hob abwehrend die Hände und setzte ein halbes Lächeln auf, das mich tierisch ärgerte.

»Möchtest du wirklich, dass ich nachher mit dir komme?«, fauchte ich ihn an.

»Selbstverständlich«, antwortete er eifrig.

»Dann erzähl mir so was nicht, sondern denk dran, dass ich nicht wissen will, was die Leute über mich erzählen.«

»Mir war nicht klar, dass unsere Freundschaft Regeln hat«, erwiderte er, schon wieder grinsend.

»Ich werde dich garantiert darauf aufmerksam machen, wenn du sie nicht befolgst, also versuch, dich daran zu halten, ja?« Eigentlich hatte ich gehofft, streng zu klingen, aber er grinste immer noch. Mit einem genervten Schnauben stürmte ich in die Cafeteria.

»Bist du mit deinen anderen Freunden auch so streng?«, fragte er leise lachend und versuchte, mit mir Schritt zu halten.

»Ich bin ansonsten nur mit Sara befreundet, und sie spielt nach den Regeln. Sie braucht keine Belehrungen.« Ich wollte, dass er mich ernst nahm, und funkelte ihn wütend an, aber er schien mein Verhalten immer noch eher spaßig als beleidigend zu finden.

»Du nimmst nur einen Müsliriegel und einen Apfel?«, fragte er und deutete mit dem Kopf auf die Sachen, die ich mir ausgesucht hatte.

»Ich hab dir doch gesagt, dass ich keinen großen Hunger habe. Außerdem essen wir eh in ein paar Stunden, oder nicht?«

»Ja, aber du bist Sportlerin und hast heute Abend ein Spiel – da brauchst du schon ein bisschen mehr Nahrung.« Er klang beinahe besorgt.

»Na gut.« Ich gab nach und nahm noch eine Banane. Evan schüttelte den Kopf und musterte mich missbilligend.

»So ist es natürlich viel besser«, kommentierte er sarkastisch.

Ich ging weiter und überließ es ihm, mich wieder einzuholen, nachdem auch er sich seinen Lunch ausgesucht hatte.

Als wir den Kunstraum betraten, setzte er sich zum Essen auf den Hocker neben mich. Ich holte mein Projekt, das momentan noch aus einer größtenteils schwarzen Leinwand bestand, auf der sich unten verschiedene Grünschattierungen ausbreiteten. Ich entfernte das Foto, das ich auf der Rückseite befestigt hatte und auf dem das Oktoberlaub zu sehen war, und legte es neben mir auf den Tisch.

»Fällt es dir sehr schwer, mich zu mögen?«

Ich ging ganz selbstverständlich davon aus, dass er sich mal wieder mit mir anlegen wollte – bis ich mich umdrehte und sah, dass er ehrlich betroffen wirkte.

»Nein, es fällt mir nicht schwer, dich zu mögen«, versicherte ich ihm. »Ich verstehe dich nur oft nicht. Du sagst Sachen, die für mich keinerlei Sinn ergeben oder die offenkundig viel mehr bedeuten können, als auf den ersten Blick ersichtlich ist. Ich versuche nur, mich davon nicht verrückt machen zu lassen – weiter nichts.« Damit wandte ich mich wieder meiner Malerei zu und begann, auf der Palette verschiedene Grüntöne zu mischen.

»Ich mache dich verrückt?«, hakte er nach, und wieder breitete sich sein typisches Grinsen auf seinem Gesicht aus. Ich verdrehte die Augen.

»Nicht, wenn ich es verhindern kann. Aber sich über mein Unbehagen lustig zu machen ist natürlich eine gute Methode, sich bei mir einzuschmeicheln«, konterte ich und warf ihm einen verärgerten Blick zu.

»Tut mir leid«, sagte er mit einem unaufrichtigen Lächeln.

»Ja, bestimmt«, schnaubte ich, dann widmete ich mich wieder meinen Farben, mischte und trug sie in Klecksen oder schweren Pinselstrichen auf die Leinwand auf. Ich gab mir alle Mühe, mich auf das Malen zu konzentrieren, obwohl Evan dicht hinter mir saß und mir schweigend zuschaute. Weil mich seine Gegenwart so durcheinanderbrachte, fiel mir auch nicht ein, was ich hätte sagen können, um die peinliche Situation aufzulockern. Also wandte ich ihm lieber den Rücken zu.

»Ich glaube, ich gehe eine Weile nach draußen und arbeite auch an meinem Projekt«, erklärte er schließlich. »Ich treff dich dann nach der Stunde an deinem Spind.«

»Okay«, antwortete ich, ohne aufzublicken. Als er den Raum verlassen hatte, legte ich den Pinsel beiseite und holte erst einmal tief Luft. Er machte mich tatsächlich verrückt, und meine abwehrenden Äußerungen störten mich, ganz gleich, wie sehr sie ihn zu amüsieren schienen. Schließlich hatte ich doch die bewusste Entscheidung getroffen, mit ihm befreundet zu sein und die Sache in den Griff zu bekommen. Bisher versagte ich allerdings erbärmlich. Ich hielt Evan so krass auf Distanz, dass ich im Grunde gemein zu ihm war. Wenn ich so weitermachte, würde er wahrscheinlich irgendwann nichts mehr mit mir zu tun haben wollen – ich hätte es ihm nicht verdenken können.

Nach dem Kurs wartete er wie versprochen bei meinem Spind auf mich.

»Hi«, sagte ich lächelnd und hoffte, dass er es nicht schon bereute, mich eingeladen zu haben.

»Hi.« Er erwiderte mein Lächeln.

»Wartest du auf mich, um dir noch mehr Gemeinheiten anzuhören?«, fragte ich leise und wandte mich ihm zu. Aber es fiel mir schwer, ihn anzuschauen. Immer wieder senkte ich den Blick und starrte auf den Boden.

»Damit komm ich schon zurecht.« Er neigte den Kopf und zwang mich damit, in seine faszinierenden graublauen Augen zu sehen. »Außerdem gewöhne ich mich allmählich daran, wie du auf mich reagierst, deshalb stört es mich eigentlich nicht. Und du kannst ja auch ganz schön witzig sein«, fügte er hinzu.

»Na toll – da fühle ich mich schrecklich, weil ich nicht nett zu dir war, und du findest das auch noch lustig. Anscheinend bringst du wirklich meine besten Seiten zum Vorschein, was?«, spottete ich und wandte mich dem Spind zu.

»Dafür bin ich ja da«, murmelte er in mein Ohr. Ich erstarrte.

Als er über meinen Kopf hinweg nach seinen Büchern griff und sein Hemd dabei meinen Rücken streifte, hielt ich unwillkürlich den Atem an, mein Herz begann seinen rituellen Tanz in meiner Brust, und ich wurde knallrot. Dann entfernte er sich wieder von mir, und ich atmete mit geschlossenen Augen langsam aus.

»Ich muss nur noch schnell ein paar Sachen aus meinem Spind holen, dann können wir gehen. Okay?«

»Klar«, flüsterte ich, immer noch ganz verstört.

Durch leere Korridore gingen wir zu Evans Spind, aus dem er ein paar Bücher herausnahm und sie in seinen Rucksack stopfte. Zu meiner großen Erleichterung gab es auch keine Zeugen, als wir gemeinsam zurückgingen. Ich legte wirklich keinen Wert darauf, den Gerüchten zusätzliche Nahrung zu geben – oder beim

Schwänzen erwischt zu werden, selbst wenn es nur um die Lernstunde ging.

Als wir die Schule verließen, sah ich mich nervös um und erwartete, dass uns eine Stimme aufhielt und fragte, wo wir denn hinwollten. Aber nichts dergleichen geschah. Unter dem bleigrauen Himmel schlenderten wir wortlos zu Evans Auto. Er hielt mir wieder die Tür auf, und die Geste traf mich immer noch unvorbereitet. »Wird bestimmt ein interessantes Spiel heute Abend – im Schlamm«, bemerkte er, als er den Motor anließ.

»Ja, es wird sicher langsamer sein«, bestätigte ich, »aber ich mag es eigentlich, durch den Schlamm zu schlittern.«

»Ich weiß, was du meinst.«

Auf dem ledernen Autositz entspannte ich mich etwas, und wir unterhielten uns die ganze Fahrt über angeregt. Als wir seine Auffahrt erreichten, war meine wachsame Anspannung schon fast weggeschmolzen.

Evan wohnte in einem der historischen Häuser im Stadtzentrum. Eine lange Auffahrt führte an einem makellos gepflegten Rasen mit einem großen Ahornbaum entlang zu dem von der Straße zurückgesetzten Farmhaus mit schwarzen Fensterläden. Eine breite Veranda mit weißen Schaukelstühlen und einer Hängematte umschloss das große Gebäude, das mich an ein dreidimensionales Norman-Rockwell-Gemälde erinnerte. Am Ende der Auffahrt war eine zweistöckige Scheune zu einer Garage umgebaut worden, dahinter lag eine ausgedehnte, von Bäumen umgebene Wiese. Ein Nachbarhaus war nicht in Sicht.

Durch eine Tür neben der Veranda kamen wir in die Küche. Nun mochte das Gebäude zwar historisch sein, aber die große Wohnküche war ausgestattet mit jeder erdenklichen modernen Annehmlichkeit. Trotzdem verströmte sie mit ihren freigelegten Balken und den in einem warmen Braunton gehaltenen Holzbohlenwänden einen rustikalen Landhaus-Charme.

»Magst du was trinken? Es gibt Limo, Wasser, Saft und Eistee«, sagte Evan, nachdem er seinen Rucksack auf einem Stuhl abgestellt hatte. Eine Kücheninsel trennte den Kochbereich vom etwas tiefer liegenden Essbereich, drei breite Stufen führten zu einem großen Tisch aus dunklem Holz.

»Eistee wäre wunderbar.« Ich setzte mich auf einen Stuhl an der Insel, während Evan einen Krug aus dem Kühlschrank holte und zwei Gläser mit Eistee füllte.

»Eure Zeitung gefällt mir übrigens sehr gut«, sagte er und reichte mir mein Glas. »Die meiner früheren Schule wirkte viel unprofessioneller, weil alles im Haus gedruckt wurde. Sie war mehr ein Flugblatt als eine Zeitung. Aber die *Weslyn High Times* ähnelt tatsächlich einer echten Zeitung.«

»Danke. Hast du eigentlich schon Feedback zu deinem Artikel bekommen – du weißt schon, er war ja auf der ersten Seite.«

»Ja, hab ich«, gab er lächelnd zu – ihm war klar, dass ich kein weiteres Wort der Anerkennung über den Artikel verlieren würde, egal, wie gut er geschrieben sein mochte. »Aber es waren hauptsächlich Fragen nach meinen Interviewpartnern, also Versuche, eine Unsicherheit einer bestimmten Person zuzuordnen. War ein bisschen ärgerlich, aber ich hätte es eigentlich erwarten sollen.«

Nach einem kurzen Moment fügte er hinzu: »Ich habe dich nicht interviewt, weil ich dachte, das könnte einen Interessenkonflikt geben.«

»Ich glaube auch nicht, dass ich mich von dir hätte interviewen lassen«, erwiderte ich. »Aber wenn ich mich doch bereit erklärt hätte, was hättest du mich dann gefragt?« Kaum waren die Worte aus meinem Mund, bereute ich sie schon. Warum stellte ich mich selbst auf den Präsentierteller? Evan von meinen Selbstzweifeln zu erzählen stand nicht sehr weit oben auf meiner Prioritätenliste.

»Nenn mir einen Teil deines Körpers, der dich verunsichert.

Was würdest du daran verändern wollen?« Sein Gesicht war ruhig und aufmerksam, was mich überraschte. Eigentlich hatte ich gedacht, dieses Thema würde sein typisches Grinsen hervorzaubern.

Ich zögerte.

»Okay, dann sag ich dir erst meine Antwort, vielleicht hilft dir das weiter«, schlug er vor, immer noch vollkommen ernst.

»Dich stört etwas an deinem Körper?«, fragte ich ein wenig spöttisch.

»Ja, ich hasse meine Füße. Die sind so riesig«, gestand er.

»Deine Füße? Welche Schuhgröße hast du denn?«

»Achtundvierzig, und der Durchschnitt liegt bei vierundvierzig. Es ist echt schwierig, Schuhe zu finden, die mir gefallen und in die ich reinpasse.« Seltsamerweise klang es kein bisschen aufgesetzt.

»Ich kann dir ganz ehrlich sagen, dass mir das noch nie aufgefallen ist. Vielleicht, weil du so groß bist. Oder vielleicht, weil die meisten Leute nicht gerade auf deine Füße achten.« Auf einmal wurde mir klar, wie leicht er meine Bemerkung missverstehen konnte, und ich wurde rot.

»Echt?« Jetzt grinste er tatsächlich und bestätigte meine Befürchtungen.

»Du weißt doch, was ich meine«, erwiderte ich scharf und wurde knallrot.

»Und was ist deine Schwachstelle?«, hakte er nach.

»Mein Mund«, gestand ich zögernd. »Ich hab mir immer gewünscht, er wäre schmaler. Ich hab sogar schon vor dem Spiegel geübt, die Lippen einzuziehen.« Wie üblich gab ich mehr preis, als ich eigentlich wollte.

»Echt? Aber ich mag deine vollen Lippen«, entgegnete er, ohne zu zögern. »Die sind perfekt zum K–«

»Sag es nicht«, fiel ich ihm ins Wort und wurde noch röter.

»Warum denn nicht?«, fragte er und runzelte die Stirn.

»Möchtest du mit mir befreundet sein?«

»Ja«, antwortete er rasch.

»Dann solltest du so was nicht sagen, das ist eine Grenzüberschreitung. Erinnerst du dich an die Regeln, die ich aufgestellt habe? Du hältst dich nicht an sie«, erklärte ich mit fester Stimme und hoffte, dass er mich diesmal ernst nehmen würde.

»Was ist, wenn ich nicht mit dir befreundet sein möchte?«, meinte er herausfordernd, fing wieder an zu grinsen und starrte mir direkt in die Augen. Offensichtlich war es für ihn ein Ding der Unmöglichkeit, mich ernst zu nehmen.

Obwohl ich kaum atmen konnte, begegnete ich seinem spöttischen Blick und weigerte mich, die Augen zu senken. »Dann können wir nicht befreundet sein«, antwortete ich kategorisch.

»Was, wenn ich mehr als nur mit dir befreundet sein möchte?« Sein Grinsen wurde breiter, er stützte sich mit den Unterarmen auf die Kücheninsel und beugte sich näher zu mir.

»Dann gibt es gar nichts zwischen uns.« Zwar bekam ich kaum noch Luft, und mein Herz drohte stehenzubleiben, aber ich hielt trotzig seinem Blick stand, während er immer näher kam. Ich war wild entschlossen, nicht nachzugeben.

»Okay, dann sind wir eben Freunde«, erklärte er, richtete sich unvermittelt auf und trank einen großen Schluck Eistee. »Kannst du Pool spielen?« Ich brachte ein paar Sekunden kein Wort heraus – mir schwirrte der Kopf, und ich hatte Mühe, mein Herz wieder an seinen angestammten Platz zu befördern.

»Ich hab's noch nie probiert«, stotterte ich.

Ich atmete tief ein und schaffte es aufzustehen. Evan wartete geduldig auf mich und hielt mir die Tür auf.

Wir betraten die große weiße Scheune und gelangten in einen Raum, in den mühelos zwei Autos passten. Rechts von der Treppe führte eine weitere Tür ins Unbekannte.

Auf den Regalen an der gegenüberliegenden Wand lagen Werkzeuge und andere Garagenutensilien, aber mir fiel vor allem das Sportequipment auf, das unter der Treppe verstaut war. Da gab es Schneeschuhe, Skier, zwei Surfbretter, ein paar Wakeboards und vieles andere. Ich entdeckte Behälter mit Basketbällen, Fußbällen, Volleybällen – ich kam mir vor wie in einem Sportgeschäft.

»Sieht nicht aus, als würdest du dich langweilen«, stellte ich fest, als wir die Treppe hinaufgingen. Er lachte.

Ich folgte ihm in einen voll eingerichteten Freizeitraum. An der gegenüberliegenden Wand war eine Bar aus dunklem Holz mit einer flachen Steinplatte, reich bestückt, mit passenden Barhockern. Links davon standen eine überdimensionale braune Ledercouch und ein Fernsehsessel vor einem großen Flachbildfernseher. Mehrere Videospiele und entsprechende Geräte lagen auf dem Boden. Ich fragte mich, ob alle reichen Kinder auf der Weslyn High so gut ausgestattet waren wie Sara und Evan.

An einer Seite des Raums war ein Pooltisch aufgebaut, der von verchromten Büchsenlampen beleuchtet wurde. Drum herum gab es jede Menge Platz, den Queue zu manövrieren, ohne gegen eine Wand zu stoßen. Rechts von der Tür hing ein Dartboard an der Wand, links waren zwei Kickertische, dahinter wieder eine geschlossene Tür. Die tiefrotgestrichenen Wände und die freigelegten Balken an der schrägen Decke verliehen dem Raum eine maskuline Aura, die von den gerahmten Rockkonzert-Postern noch betont wurde. Darauf waren Bands aus mindestens zwei Jahrzehnten zu sehen.

»Mit dieser Methode versucht meine Mutter, meinen Bruder öfter nach Hause zu locken«, erklärte Evan, während er langsam zur Bar ging. »Dieser Raum ist also mehr für ihn als für mich gedacht. Mein Zeug ist im anderen Zimmer.« Er deutete mit einem Kopfnicken zu der geschlossenen Tür.

Dann stellte er die Anlage hinter der Bar an, und sofort dröhnte aus den strategisch angebrachten Lautsprechern Musik. Er drosselte die Lautstärke etwas, damit wir einander noch verstehen konnten.

»Die hab ich noch nie gehört«, bemerkte ich, nachdem ich eine Weile der Rockband gelauscht hatte, die einen unverkennbaren Reggae-Einschlag hatte. »Gefällt mir.«

»Ich hab sie bei einem Konzert in San Francisco gesehen und mochte sie sehr. Wenn du mir deinen iPod gibst, kann ich sie dir runterladen.«

»Gern.«

»Wollen wir es erst mal mit den Darts probieren?«, schlug er vor und ging zu der Ecke, in der das Dartboard hing. Während er die Darts aus dem Brett zog, setzte ich mich auf einen der Barhocker.

»Ich glaube, ich habe bis jetzt nur ein einziges Mal Darts gespielt, und zwar beschissen«, warnte ich ihn. Er gab mir drei Pfeile mit silberfarbenen Federn und behielt die mit den schwarzen Federn selbst in der Hand. Dann stellte er sich auf die Linie, die auf den dunklen Holzboden gemalt war, und warf seine Pfeile ganz locker auf die Zielscheibe. Bei ihm sah das kinderleicht aus, aber ich ließ mich nicht irreführen.

»Wir wärmen uns erst mal ein bisschen auf, dann sehen wir weiter.« Ich ging zu der Linie, und er zeigte mir, wie ich den Dart halten sollte, um ihn kontrollieren zu können. Ich gab mir alle Mühe, es zu begreifen. »Am schwierigsten ist es, sich an das Gewicht des Pfeils zu gewöhnen, aber nur so kannst du den Winkel und die Geschwindigkeit deines Wurfs bestimmen. Dann zielst du und wirfst, schnell und ruhig.« Er tat es, und der Pfeil landete im angepeilten Ziel.

»Du solltest dich lieber nicht in meiner Nähe aufhalten, wenn ich es versuche«, riet ich ihm, und er ließ sich sicherheitshalber auf einem Barhocker nieder. Mein erster Wurf war so schwach, dass ich das Bord komplett verfehlte. Der Pfeil landete in dem schwarzen Brett dahinter.

»Uups, sorry«, sagte ich und verzog das Gesicht. Es würde eine langwierige Angelegenheit werden, wenn ich es noch nicht mal schaffte, die Zielscheibe zu treffen.

»Dafür ist das Schutzbrett ja da. Du bist nicht die Erste und wirst garantiert auch nicht die Letzte sein, die mal danebentrifft«, versicherte mir Evan. »Wir spielen nicht richtig, bis du dich sicher fühlst. Versuch es noch mal.« Den nächsten Pfeil warf ich mit etwas mehr Schwung, und er landete auf Nummer 20 – zwar nicht in dem Punktebereich, sondern auf der Zahl selbst, aber immerhin.

»Na, wenigstens habe ich das Board getroffen«, meinte ich optimistisch. Evan lachte und sammelte die Darts ein.

Wir spielten noch drei Runden, und schließlich traf ich konstant den Bereich innerhalb des farbigen Rings. Zwar war es nicht immer genau das Ziel, das ich angepeilt hatte, aber ich wurde eindeutig besser. Selbst die Würfe, die fast – oder auch deutlich – danebengingen, verunsicherten mich nicht. Dank Evans Geduld und seinen guten Tipps fiel mir das nicht mal schwer. Ich hatte tatsächlich Spaß.

Dann spielten wir eine Runde Cricket. Um die unterschiedlichen Voraussetzungen etwas auszugleichen, ließ ich Evan zwei Schritte von der Linie zurücktreten. Aber er gewann trotzdem – es war nicht mal knapp. Während des Spiels unterhielten wir uns über Sport, was wir alles schon ausprobiert oder – vor allem in meinem Fall – noch nicht ausprobiert hatten.

»Dann bist du also in allen Sportarten toll, was?«, meinte ich, nachdem Evan mir von seinen Surf- und Kiteboarding-Erlebnissen in allen möglichen Teilen der Welt berichtet hatte.

»Nein, ich probiere alles aus, aber gut bin ich bloß in wenigen Sachen. Mein Bruder beispielsweise spielt deutlich besser Pool und Darts als ich. Im Fußball bin ich ganz ordentlich, aber auch nicht der Beste – das Gleiche gilt für Basketball. Ich glaube, am besten spiele ich Baseball, ich hab einen konstanten Schwung und eine ziemlich gute Reaktionszeit als Shortstop.

Außerdem – ich wette, du wärst mit ein bisschen mehr Erfahrung in den meisten Sachen besser als ich. Fußball spielst du schon mal definitiv besser. Ich hab dich bisher noch nicht beim Basketball gesehen, aber ich hab gehört, dass du einen richtig beeindruckenden Drei-Punkte-Wurf hast.« Als ich ihn so über meine sportlichen Fähigkeiten reden hörte, bekam ich heiße Wangen.

»Ich liebe Fußball, ich mag Basketball, und im Frühling laufe ich gern – nur um etwas zu tun zu haben. Weil ich Mannschaftssport mache, brauche ich nicht am Turnunterricht teilzunehmen, deshalb habe ich auch schon lange nichts Neues mehr ausprobiert. Ich bin mir nicht sicher, ob ich wirklich so gut wäre.«

»Willst du es rausfinden?«

»Was meinst du?«, fragte ich vorsichtig.

»Ich treffe dich morgen in der Bibliothek, dann sehen wir weiter.« Mein Magen krampfte, sobald ich nur ans Lügen dachte. »Oder vielleicht lieber nicht«, verbesserte er sich, als er mein bleiches Gesicht sah.

»Morgen kann ich nicht«, sagte ich leise, doch ehe ich wusste, was ich tat, fügte ich hinzu: »Aber am Sonntag ginge es sicher.« Evans Augen funkelten. Mein Herz nahm wieder Tempo auf.

»Echt?«, fragte er zweifelnd.

»Ja, klar«, bekräftigte ich mit einem Lächeln. »Woran hast du denn gedacht?«

»Magst du die Wurfmaschinen ausprobieren?«

»Baseball? Warum nicht«, antwortete ich achselzuckend.

»Um die Mittagszeit?«

»So gegen zwölf.«

»Großartig.« Jetzt strahlte er übers ganze Gesicht, und mir wurde schwindlig, weil mir das Blut in den Kopf schoss. »Wollen wir jetzt vielleicht was essen? Du hast doch bestimmt Hunger nach deinem jämmerlichen Lunch.«

»Ich könnte schon was vertragen«, meinte ich lässig, ohne auf seine Stichelei einzugehen, und er stellte die Musik aus.

Von einem Hocker an der Kücheninsel aus beobachtete ich, wie er Sachen aus dem Kühlschrank und aus den Schränken holte und anfing, Sellerie, Pilze, Huhn und Ananas kleinzuschneiden.

»Was hast du eigentlich vor?«, fragte ich, denn so einen Aufwand hatte ich gar nicht erwartet. Ich hatte eher mit Pizza oder Sandwiches gerechnet.

»Ich will eine Huhn-Ananas-Pfanne kochen«, erklärte er. »Sorry, ich hab dich gar nicht gefragt, ob du irgendwas überhaupt nicht magst. Ist das okay?«

»Aber sicher«, antwortete ich bedächtig. »Du kannst also kochen?« Ich wusste nicht, warum mich das so überraschte. Schließlich hätte ich allmählich an Evan Mathews Unberechenbarkeit gewöhnt sein müssen. Staunend sah ich zu, wie er abmaß, mischte und schnippelte.

»Ich muss oft für mich allein sorgen, deshalb kann ich kochen, ja«, antwortete er, ohne mich anzusehen. »Du also nicht?«

»Seit dem Hauswirtschaftsunterricht in der achten Klasse hab ich es nicht mehr versucht.«

»Hm, eigentlich überrascht mich das.« Mehr sagte er nicht, und ich hatte nicht die Absicht, ihm die Regeln in Carols und Georges Küche zu erläutern.

»Kann ich dich was fragen?«, platzte ich heraus, ohne richtig darüber nachzudenken, was ich sagen wollte. Allmählich wurde mir das zur Gewohnheit, und es verschlimmerte die Lage für mein Herz und meinen Kopf eher, als dass es sie verbesserte. Wenn ich mit Evan zusammen war, erwischte ich mich ständig, wie ich Dinge preisgab, fragte und billigte, die mein Gehirn in einen Schockzustand versetzten.

»Schieß los.« Evan hielt inne und lehnte sich an die Küchentheke, das Messer in der Hand.

»Kriegst du immer, was du willst?« Er sah mich fragend an, also gab ich der Versuchung nach, es zu erklären. »Ich meine, bist du bei jedem Mädchen so direkt wie bei mir?«

Er kicherte, was überhaupt nicht die Reaktion war, die ich erwartet hatte.

Evan zögerte so lange, dass ich mir schon wünschte, ich hätte nicht gefragt. Aber dann antwortete er lächelnd: »Nein. Normale Mädchen könnten damit nicht umgehen. Die reagieren eher auf Andeutungen und Flirterei. Ich weiß, dass alles, was ich zu einem anderen Mädchen sage, sofort an die beste Freundin und irgendwann an den ganzen Rest der Schule weitergegeben wird, deshalb ist Direktheit in den meisten Situationen nicht angebracht. Aber diese Situation hier ist nicht wie die meisten, und du bist überhaupt nicht wie andere Mädchen.« Damit drehte er sich um und machte sich wieder an die Essensvorbereitungen.

Seine Antwort verblüffte mich zutiefst. Wenn das als direkt galt, war ich froh, kein normales Mädchen zu sein, denn ich hatte auch so bestenfalls die Hälfte von dem verstanden, was er gesagt hatte. Ich wollte jedoch nicht mal den Versuch wagen, es zu verstehen, aus Angst vor noch mehr Verwirrung.

»Okay«, sagte Evan schließlich und ließ, noch immer mit dem Rücken zu mir, das ganze kleingeschnippelte Zeug von seinem Schneidebrett in den Wok auf dem Herd rutschen. »Ich hab auch eine Frage an dich.« Was hatte ich da nur angestoßen – ich seufzte und machte mich innerlich auf alles gefasst.

»Wie kommt es, dass du noch nie ein Date hattest?« Jetzt drehte er sich zu mir um und wartete offensichtlich gespannt auf meine Antwort.

»Warum sollte ich?«, war das Erste, was aus meinem Mund kam.

Evan schwenkte den Inhalt des Woks hin und her. »Das hab ich nicht erwartet«, lachte er. Ich fummelte verlegen an meinem Pullover herum und zuckte die Achseln. Ich musste das Thema wechseln, aber mir fiel nichts Gescheites ein.

»Hat dich schon mal jemand geküsst?«, fragte Evan da auf einmal. Ich sperrte den Mund auf, schon wieder wurde mein Kopf heiß.

»Na, das war ja wirklich direkt«, meinte ich vorwurfsvoll. »Ich glaube nicht, dass ich diese Frage beantworten möchte.«

»Hast du aber schon«, erwiderte er mit einem vielsagenden Schmunzeln. »Gut zu wissen.«

»Lass uns das Thema wechseln«, forderte ich, während sich die Hitze von meinem Gesicht bis hinter die Ohren ausbreitete. »Wo hast du am liebsten gewohnt?«

Er antwortete nicht.

»Evan?«

»Was? Sorry, ich hab deine Frage nicht gehört«, gab er zu und schob gedankenverloren die brutzelnden Sachen im Wok herum. »Ich hab nur überlegt, wer es gewesen sein könnte. Aber wenn es einer von der Schule war, hätte ich das bestimmt inzwischen erfahren. Ist er vielleicht auf dem College?« Er lehnte sich an die Theke, um mich zu taxieren, als könnte er die Antwort an meinem knallroten Gesicht ablesen.

»Du vergisst schon wieder die Grenze«, erinnerte ich ihn.

»Was? Aber jetzt geht es doch gar nicht um dich und mich«, verteidigte er sich. »Ich dachte, so was erzählt man sich, wenn man befreundet ist. Ich verrate dir auch, mit wem ich meinen ersten Kuss hatte, wenn dir das ein besseres Gefühl gibt.«

»Nein, nicht wirklich«, erklärte ich. »Es interessiert mich nicht, und ich werde deine Frage über meine privaten Erfahrungen auch nicht beantworten. So gut befreundet sind wir nun auch wieder nicht.«

»Aber du hast schon jemanden geküsst – damit hatte ich recht, oder?«

Ich starrte ihn an. »Und wenn schon? Was für eine Rolle spielt es denn, ob ich schon mal jemanden geküsst habe oder nicht?«

»Aber du hattest noch nie ein Date«, sinnierte er, als wäre das ein Rätsel, das er zu lösen versuchte. Wenn er glaubte, die Antwort würde eine Überraschung enthüllen, stand ihm definitiv eine Enttäuschung bevor. Zum Glück war das Essen fertig, und er stellte zwei gefüllte Teller auf die Theke.

»Das ist echt gut«, stellte ich schon nach dem ersten Bissen fest. Endlich konnte ich das Thema wechseln, und zum Glück musste ich nicht mal lügen, denn es schmeckte mir wirklich. Obwohl es mir ganz und gar nicht gefiel, ständig von Evan beeindruckt sein zu müssen.

»Danke«, meinte er abwesend. Vermutlich dachte er immer noch über das nach, was ich vorhin gesagt hatte.

»Können wir das Thema jetzt bitte auf sich beruhen lassen?«, bettelte ich.

»Klar, aber irgendwann wirst du es mir sagen.«

»Ich verstehe überhaupt nicht, warum du das wissen willst.« Leider war der Satz bereits über meine Lippen gekommen, bevor mir klarwurde, dass ich damit genau das Thema forcierte, das ich so gerne ad acta legen wollte.

»Ich versuche immer noch, aus dir schlau zu werden«, sagte Evan.

»Spar dir die Mühe, ich bin nicht so interessant.« Evan reagierte nicht, sondern blickte mit seinem verschmitzten Grinsen auf den Teller und spießte mit der Gabel ein Stück Huhn auf.

Beim Essen schaffte ich es endlich, das Gespräch auf die Frage zurückzulenken, wo Evan am liebsten gewohnt hatte. Er beschrieb ausführlich, was er an den verschiedenen Städten und Ländern mochte und was nicht. Ich atmete auf. Endlich war ich seiner Fragerei entkommen, bei der ich unweigerlich viel zu viel von mir preisgab. Während er von einem Ski-Trip erzählte, den er vor ein paar Jahren mit seinem Bruder in der Schweiz gemacht hatte, half ich ihm beim Abwasch. Wo er mit seinen siebzehn Jahren schon überall gewesen war und was er alles erlebt hatte, faszinierte mich, vor allem weil ich im Gegensatz zu ihm noch nie über die Grenzen von New England hinausgekommen war.

»Hast du den Führerschein?«, fragte Evan, als wir uns wieder an der Theke niederließen.

»Nein, noch nicht«, gestand ich.

»Wie alt bist du denn?«

»Sechzehn.«

»Du bist erst sechzehn?« Er machte einen überraschten Eindruck.

»Oh, dann weißt du anscheinend doch noch nicht alles über mich, was?«, witzelte ich. »Ich hab in der Grundschule eine Klasse übersprungen. Im Juni hatte ich Geburtstag, aber ich war zu beschäftigt mit der Schule, um den Führerschein zu machen.«

Das war natürlich eine Riesenlüge. Damit ich die Fahrerlaubnis erhalten konnte, musste mein Vormund einen zweistündigen Eltern-Kurs besuchen – und das würde niemals passieren. Carol und George brauchten sich nicht darum zu bemühen, mich von einem Ort zum anderen zu fahren – was juckte es sie also, ob ich den Führerschein hatte oder nicht? Außerdem – was hätte er mir genutzt, ich konnte mir sowieso kein Auto leisten.

»Kannst du denn fahren?«

»Sara hat versucht, mir auf leeren Parkplätzen die Grundlagen beizubringen. Sie möchte mit mir auch auf der Straße fahren, aber ich würde sterben, wenn etwas mit ihrem Auto passiert. Wenn wir erwischt werden und sie ihren Führerschein verliert, wäre das für uns beide blöd.«

»Hat sie Automatik oder Gangschaltung?«

»Automatik.«

»Das wundert mich. Möchtest du gern lernen, mit Gangschaltung zu fahren?«

»Heute nicht«, antwortete ich rundheraus.

»Dann an einem Bibliothekstag?«, schlug er vor.

»Vielleicht«, meinte ich zögernd. Wie viele Bibliotheks-Events plante er denn? Der Gedanke, erwischt zu werden, verursachte mir Magenschmerzen. Schlimm genug, dass ich mich bereit erklärt hatte, am Sonntag mit ihm zu den Wurfmaschinen zu gehen. Noch mehr Exkursionen konnte ich auf gar keinen Fall riskieren.

»Willst du mir deinen iPod geben, und ich lade die Musik für dich runter, die wir vorhin gehört haben?«

»Es würde mir echt was ausmachen, übers Wochenende ohne meine Musik auskommen zu müssen – eigentlich brauche ich sie auch vor dem Spiel heute.« Ich kramte in meinem Rucksack und überlegte, ob ich ihm das Gerät geben sollte oder nicht.

»Ich kann dir so lange meinen leihen«, bot er spontan an. Tauschten wir jetzt schon unsere persönlichen Besitztümer aus? Die im Grunde einfache Geste fühlte sich ganz danach an. Vielleicht interpretierte ich aber auch nur zu viel hinein. *Entspann dich.* Es war doch nur Musik.

»Okay.« Ich gab ihm meinen grellgrünen Player und bekam dafür seinen schwarzen. Vielleicht war es nur Musik, aber mein Herz pochte so wild, als hätten wir gerade Ringe getauscht.

»Ich muss mich langsam fertig machen für das Spiel. Bist du so nett, mir das Bad zu zeigen, damit ich mich umziehen kann?«

»Klar.«

Ich folgte ihm in einen hellgelbgestrichenen Raum, der elegant möbliert war. Es gab dort eine weiße, mit hellblauem Samt bezogene viktorianische Couch sowie dazu passende Stühle. Ein kleiner, aber wunderschöner Kristalllüster hing über einem antiken Couchtisch, das Panoramafenster gewährte einen Ausblick über den gesamten Vorgarten. Der Raum öffnete sich zu einem Empfangsbereich bei der Haustür. Dort standen auf einem kleinen Tisch an der Wand ein bunter Blumenstrauß und dicht daneben ein Foto von vier Leuten – vermutlich die Familie Mathews.

Durch einen langen Korridor, der von dem eleganten Raum abging, gelangten wir zu einer Tür. »Der Lichtschalter ist drinnen rechts«, erklärte Evan. »Ich bin dann in der Küche.«

»Danke«, antwortete ich, dann schloss ich die Tür, ließ mich dagegenfallen und starrte auf das Mädchen im Spiegel, das mich mit erhitzten Wangen anstrahlte. Sie wirkte so ... glücklich.

10
AbEnDspiel

*A*ls wir auf den Parkplatz der Schule einbogen, ging ich fest davon aus, dass Evan mich absetzen und später zu unserem Spiel zurückkehren würde. Denn die davor stattfindenden Spiele der Junior-Mannschaft zogen abgesehen von den Eltern nie viele Zuschauer an. Aber er stellte den Motor ab und machte Anstalten auszusteigen.

»Willst du wirklich bleiben?«, fragte ich, während ich meine Taschen auslud.

»Ist das okay?«

»Klar«, versicherte ich. »Es sind nicht viele Leute da, aber wie du willst.«

»Kann ich mich zu dir und Sara setzen?«

»Normalerweise sitzt das Team zusammen, aber ich wüsste nicht, warum du dich nicht dazugesellen könntest. Ich muss dich allerdings warnen – ich höre Musik und blende alles um mich herum aus, damit ich mich richtig konzentrieren kann. Ich werde vermutlich kein Wort mit dir reden.«

»In Ordnung. Ich such dir ein paar schöne Songs raus.« Damit nahm er mir den iPod aus der Hand und fing an, durch die Musikauswahl zu scrollen.

»Hey, Sara«, rief ich, als wir uns der ersten Reihe der Tribüne näherten. Sie war so auf das Spiel konzentriert gewesen und außerdem noch ins Gespräch mit einem der Mädchen vertieft, dass sie uns bislang gar nicht bemerkt hatte.

»Hi«, rief sie aufgeregt, als sie mich entdeckte. »Wie war ...« Dann sah sie Evan, und ihre Frage verwandelte sich in ein Lächeln, das für meinen Geschmack ein bisschen zu lange anhielt. Ich wusste, dass sie mir tausend Fragen über meinen Nachmittag stellen wollte, deshalb war ich ganz froh über Evans Anwesenheit. So konnte ich sie immerhin bis zur Heimfahrt hinhalten. »Hi, Evan«, sagte Sara freundlich.

Evan setzte sich neben sie, so dass er sich mit ihr unterhalten konnte, während ich mich in meine Welt verzog und meine – oder genaugenommen seine – Musik hörte. Er hatte eine Band ausgesucht, die ich kannte, und ich ließ mich von den energiegeladenen Rhythmen davontragen. Stumm beobachtete ich das Spiel vor mir, ohne ein einziges Mal zu Evan oder Sara hinüberzuschauen. Dank der Lautstärke in meinen Ohren konnte ich auch ihr Gespräch nicht hören.

Während sich die erste Halbzeit dem Ende zuneigte, füllte sich die Tribüne immer mehr mit den Mitgliedern der ersten Schulmannschaft. Die meisten winkten mir zur Begrüßung zu, und ich antwortete mit einem Nicken. Meine Teamkollegen waren mit meinem Ritual vertraut und versuchten erst gar nicht, mit mir zu reden.

Hin und wieder griff Evan in meine Jackentasche und zog den iPod heraus, um eine neue Songauswahl zu treffen. Als seine Hand zum ersten Mal in meine Tasche glitt, stockte mir der Atem, aber nachdem mir klar war, was er machte, ignorierte ich ihn wieder und konzentrierte mich auf das Treiben vor mir.

Weil das Spielfeld völlig durchweicht war und beim letzten Footballspiel Löcher in den Rasen gerissen worden waren, hatte die Junior-Mannschaft Schwierigkeiten, den Ball ins Rollen zu bringen. Gras flog durch die Gegend, Stollen verhakten sich im Rasen, Körper schlidderten durch den Matsch. Am Ende der ersten Halbzeit hörte der Sprühregen auf. Aber der Schaden ließ sich nicht mehr beheben.

Nachdem die Mädels der Junior-Mannschaft zwei zu eins verloren hatten, versammelte sich unser Team zum Aufwärmen auf der Bahn. Währenddessen trudelten weitere Zuschauer ein. Mir war es gleichgültig, wie viel Publikum wir an diesem kühlen, feuchten Abend haben würden, deshalb sah ich gar nicht hin – es hatte ja nichts mit dem Spiel als solchem zu tun.

Als der Anpfiff ertönte, war ich wie in Trance, in meinem Kopf gab es keinen anderen Gedanken als an den Ball – wo er sich befand, wohin er sich bewegte und wer ihn dort annehmen konnte. Aber auch bei uns entwickelte sich das Spiel nur stockend, es wurde danebengetreten, Dribbel- und Passversuche landeten im Matsch, oder der Ball drehte sich nur wild, blieb aber an Ort und Stelle liegen. Bis zur Halbzeit erzielte keine Mannschaft einen Treffer, aber alle waren von oben bis unten schlammbespritzt.

Die zweite Hälfte begann wie die erste. Nach einiger Zeit wurde deutlich, dass der Ball sich statt am Boden am besten durch die Luft bewegen ließ, wobei es allerdings wiederholt zu Zusammenstößen zwischen den Spielerinnen kam, die um eine gute Annahme- oder Schussposition konkurrierten. So entwickelte sich im Kampf um die Ballkontrolle ein eher körperbetontes Spiel mit vielen gelben Karten und Verwarnungen.

Etwa fünf Minuten vor dem Abpfiff war Weslyn in Ballbesitz. Unsere Abwehrspielerin trat ihn kräftig von der Torraumlinie ab, und die Mittelfeldspielerin nahm ihn an. Sie dribbelte ein paar Meter, wich der Verteidigerin der Gegenmannschaft aus und passte den Ball dann weiter in die gegnerische Hälfte zu Lauren. Ohne zu zögern, gab Lauren ihn an Sara weiter. Auf den Flügeln war es weniger schlammig und tückisch als im Mittelfeld, also hielt Sara den Ball in der Nähe der Seitenlinie, bis eine gegnerische Verteidigerin ihr in den Lauf grätschte. Doch ehe Sara stürzte und auf der Angreiferin landete, trat sie den Ball schnell noch weg.

Er segelte durch die Luft. Ich stand ein paar Meter innerhalb des Strafraums, die gegnerische Abwehrspielerin kam auf mich zu, den Ball, der auf Taillenhöhe zu mir sauste, im Visier. Ohne lange über den potentiellen Erfolg meiner Aktion nachzudenken, ging ich in die Hocke, drückte die Fußballen fest in den weichen Boden und sprang dann mit aller Kraft in die Höhe. Ganz auf den Ball konzentriert, lehnte ich mich nach links und schwang den rechten Fuß. Wo die Verteidigerin war, wusste ich in diesem Moment nicht, aber ich hoffte, den Ball um sie herum in Richtung Tor lenken zu können. Nach dem Ballkontakt ging ich zu Boden, knallte erst mit der Schulter, dann mit der Hüfte auf, dass der Schlamm nur so spritzte. Ich ächzte laut und versuchte, den Ball im Auge zu behalten, konnte aber durch die Beine der Verteidigerin nichts sehen. Im selben Moment, in dem ich den Kopf hob, hörte ich den Pfiff des Schiedsrichters und sah den Ball im Netz.

Laut jubelnd zog Sara mich hoch, umarmte mich und hüpfte aufgeregt um mich herum. Ebenfalls jubelnd, riss ich die Arme in die Höhe und lief wieder zur Spielfeldmitte, um mich für den nächsten Anstoß bereitzumachen. Ich war in Hochstimmung, erfüllt von dem Rauschzustand, den ich in diesem Spiel suchte und fand.

In den letzten Minuten fiel kein weiteres Tor. Beim Abpfiff rannte unser Team aufs Feld, jubelte und vollführte einen Freudentanz. Als ich mich umschaute, merkte ich, dass nicht nur unser Team auf dem Platz war, sondern uns auch viele Zuschauer gratulieren wollten. Bekannte und unbekannte Menschen klopften mir auf die Schulter, ein Wirbel von Gesichtern, Beifall und Berührungen.

Dann ließ die Hochstimmung allmählich nach, und ich merkte, dass ich genug von dem ganzen Chaos hatte. Ich sagte Sara, ich würde in der Kabine auf sie warten, und sie versprach, gleich nachzukommen. Joggend machte ich mich auf den Weg zurück zur

Schule. Als ich die Treppe erreichte, sah ich eine große Silhouette an der Mauer lehnen.

»Herzlichen Glückwunsch«, sagte die angenehme Stimme aus dem Schatten.

»Danke«, antwortete ich, drosselte mein Tempo und ging auf die Gestalt zu. Die Hände in den Taschen vergraben, wartete Evan auf mich.

»Das war ein echt beeindruckendes Tor.«

Ich nahm die Anerkennung lächelnd an, wurde aber wieder ein bisschen rot.

»Soll ich hier auf dich warten, während du dich umziehst?« Ich stutzte. Auf diese Frage war ich nicht gefasst gewesen.

»Du musst nicht auf mich warten«, antwortete ich bedächtig.

»Ich hatte gehofft, ich könnte dich nach Hause fahren.« Beim Gedanken daran, dass er vor meinem Haus hielt, wurde mir ganz flau im Magen. Zwar rechnete ich nicht damit, dass Carol und George auf mich warteten, um mich willkommen zu heißen, aber ich wusste, zumindest Carol würde nicht eher schlafen, bis ich sicher im Haus eingeschlossen war. Und dass sie mich aus Evans schnittigem schwarzem Auto steigen sah, war das Letzte, was ich mir wünschte. Wie diese Konfrontation verlaufen würde – daran wollte ich nicht mal denken.

»Danke«, antwortete ich aufrichtig, »aber ich habe Sara den ganzen Tag nicht gesehen und ihr schon versprochen, dass ich mit ihr nach Hause fahre.«

»Okay.« Er klang enttäuscht, was mich ein bisschen überraschte.

Nach einer Sekunde fügte ich verlegen hinzu: »Hat mir übrigens richtig gut gefallen heute. Danke für das leckere Essen.«

»Mir hat es auch gefallen«, stimmte er zu, allerdings ohne eine Spur von Verlegenheit. »Dann sehen wir uns am Sonntag?«

»Ja.«

Evan lächelte mir zu, dann ging er zurück in Richtung Spielfeld, wo er ein paar Jungs aus dem Fußballteam begegnete und im Handumdrehen in ein Gespräch verwickelt wurde. In der Zwischenzeit kam Sara auf mich zugelaufen. Nicht mal der ganze Schlamm in ihrem Gesicht konnte ihr Strahlen verbergen. Sie begrüßte mich mit einer leidenschaftlichen Umarmung.

»Das war ein tolles Spiel!«, rief sie.

»Ja.« Ich atmete aus. »Sara, ich … kriege … keine Luft.«

»Sorry«, sagte sie und ließ mich los. »Aber das Spiel war echt super.« Vor Begeisterung konnte sie kaum stillstehen.

»Ja, das war es«, pflichtete ich ihr bei, aber mein Energieniveau war bei weitem nicht so hoch wie ihres. »Komm, wir ziehen uns um. Ich bin bettreif.«

»Glaub nur nicht, dass ich dich aussteigen lasse, bevor du mir alle Einzelheiten erzählt hast«, erklärte sie. »Ihr beide habt total entspannt ausgesehen, wie ihr da heute Abend nebeneinandergesessen habt. Bist du sicher, dass ihr immer noch ›nur Freunde‹ seid?«

»Sara!«, rief ich, und meine Stimme wurde plötzlich eine Oktave höher. »Ich hab nicht mal mit ihm geredet, als er da neben mir saß.« Sie lachte, und ich begriff, dass sie sich nur über mich lustig machte. Kopfschüttelnd fuhr ich fort: »Du bist echt eine verrückte Nummer.«

Nach dem Duschen fuhr Sara mich nach Hause, und ich lieferte ihr die Details, auf die sie so scharf war. Ich erzählte ihr sogar von Evans verwirrenden Bemerkungen; zu meinem Entsetzen lachte Sara darüber.

Dann brachte sie mich auf den neuesten Stand in Sachen Jason. Sie war hin und weg von ihm, was mich natürlich freute, aber sie war ein bisschen durcheinander, weil er sie nicht mal richtig geküsst hatte. Wenn es darum ging, einen Jungen »näher kennenzulernen«, war Sara nicht gerade schüchtern. Ich hoffte, dass sie endlich einen gefunden hatte, der sie respektierte, aber stattdessen machte sie sich Sorgen, dass womöglich etwas mit ihr nicht stimmte.

Als wir vor meinem Haus hielten, schaute ich aus dem Autofenster auf das graue Haus. Durch die dunklen Fenster war keine Bewegung zu sehen. Ich holte tief Luft, sagte Sara gute Nacht und stieg aus.

Langsam ging ich die dunkle Auffahrt entlang zur Hintertür. Als ich sie öffnen wollte, stieß ich auf unerwarteten Widerstand – der Knauf ließ sich nicht drehen, er rührte sich nicht. Die Tür war verschlossen. Mir wurde übel.

Sara war schon weggefahren. Klopfen kam nicht in Frage – meine Tante und mein Onkel hatten ganz bewusst die Tür abgeschlossen, obwohl ich nicht zu Hause war. Meine Gedanken rasten. Was hatte ich verbrochen, dass man mich aussperrte? Mein Puls beschleunigte sich, als ich überlegte, was mir wohl bevorstand. Ich befürchtete das Schlimmste.

Vorsichtig legte ich die Hände an das Glasfenster der Tür und versuchte, ins Haus zu spähen, aber wegen der Reflexionen konnte ich in der Küche unmöglich etwas erkennen. Doch dann verschwamm mein Spiegelbild plötzlich, und ich sah in ein zornig funkelndes Augenpaar. Erschrocken sprang ich zurück. Das war *sie*! Wie erstarrt blieb ich stehen und wartete darauf, dass sie sich bewegte. Doch nichts in der Dunkelheit rührte sich.

Plötzlich flammte in der Küche das Licht auf. Ich erwartete, Carol zu sehen, die mich wütend musterte, aber die Küche blieb leer, bis George aus dem Esszimmer kam. Verdutzt kniff ich die Augen zusammen und fragte mich unwillkürlich, ob ich gerade wirklich Carol gesehen hatte. Mit verkniffenem Gesicht kam George zur Tür.

»Du sollst doch um zehn zu Hause sein«, schimpfte er.

»Ich hatte heute Abend ein Spiel«, erwiderte ich leise und verwirrt.

»Das ändert gar nichts. Spätestens um zehn hast du hier zu sein. Wenn du das nicht schaffst, solltest du vielleicht lieber nicht an den Abendspielen teilnehmen.« Seine Stimme klang kalt, seine Augen waren hart, und ich wusste, dass es keinen Zweck hatte zu argumentieren. Wenn ich es tat, verbot er mir das Fußballspielen womöglich ganz, und dieses Risiko wollte ich nicht eingehen.

»Okay«, flüsterte ich, schlüpfte ohne ein weiteres Wort an ihm vorbei und eilte zu meinem Zimmer.

»Ich persönlich hätte dich draußen in der Kälte stehen lassen«, zischte es aus der Dunkelheit, als ich am Wohnzimmer vorbeikam. Ich schnappte erschrocken nach Luft, ging aber schnell weiter und schloss meine Tür hinter mir, voller Angst, was mich in der Dunkelheit erwartet hätte, wäre ich stehen geblieben, um nachzuschauen.

11
diE BibLiotHek

*i*ch kniete vor dem Kühlschrank und wischte die hintere Wand sauber, als mir ein grausamer Hieb die Luft aus den Lungen presste. Ich stöhnte vor Schmerz laut auf, ging zu Boden und hielt mir den Bauch. Tränen schossen mir in die Augen. Verzweifelt rang ich nach Atem.

Da ich nicht wusste, ob mich eine weitere Attacke erwartete, rollte ich mich zusammen, die Knie schützend an den Körper gezogen. Über mir stand Carol und schwang Jacks Aluminium-Baseballschläger. Wütend starrte sie auf mich herab. Ich drückte mich an den Kühlschrank, als könnte ich mich vor ihr verstecken.

»Du bist ein Nichts. Ein wertloses, nutzloses Stück Nichts. Glaub nur nicht, dass aus dir jemals etwas anderes wird als eine jämmerliche Schlampe.« Damit drehte sie sich um und ging.

Ganz allmählich bekam ich wieder Luft und konnte etwas leichter atmen. Ich rappelte mich zitternd auf, wischte mir die Tränen vom Gesicht und hielt mir den Bauch. Gedankenlos räumte ich den Kühlschrank ein und ging dann ins Badezimmer.

Rote nasse Augen starrten mir aus dem Spiegel entgegen, dumpf studierte ich das blasse Bild. Langsam ausatmend versuchte ich, meine bebenden Gliedmaßen wieder in den Griff zu bekommen, dann spritzte ich mir mit den Händen kaltes Wasser ins Gesicht, eine Wohltat. Die Wut, die in mir aufstieg, unterdrückte ich entschlossen, füllte stattdessen meine Lungen mit einem weiteren beruhigenden Atemzug und erinnerte mich daran, dass ich nicht für immer hier leben würde. Dann kehrte ich in die Küche zurück, um meine häuslichen Pflichten zu erfüllen.

Als ich mich am nächsten Morgen im Bett aufrichtete, blieb mir erneut die Luft weg, und ich fasste mir keuchend an den Bauch. Er schmerzte, als hätte ich ungefähr tausend Situps gemacht. Aber ich würde trotzdem in die Bibliothek gehen. Den ganzen Tag im Haus zu bleiben kam nicht in Frage.

Natürlich hinderten Carol und George mich nicht im Geringsten am Weggehen. Ich war sicher, dass sie mich ebenso dringend aus dem Haus haben wollten, wie ich darauf brannte, es zu verlassen. Ich versprach, zum Abendessen um sechs wieder da zu sein, und machte mich mit meinem Fahrrad auf den Weg. Die Bewegung war für meine empfindliche Muskulatur zwar eine Qual, aber ich hielt durch und schaffte es irgendwann sogar, den Schmerz auszublenden – eine Fähigkeit, die ich mir im Lauf der Jahre erfolgreich angeeignet hatte.

Als ich mich der Bibliothek näherte, schlug mein Herz nicht nur vor Anstrengung schneller, sondern auch, weil ich mich ehrlich darauf freute, Evan zu sehen. Eigentlich hätte ich Angst davor haben müssen, erwischt zu werden, aber ich wusste ja nicht erst seit gestern Abend, dass Schmerzen unvermeidlich waren, ganz gleich, ob ich etwas Verbotenes tat oder nicht. Da war es doch besser, sich die Strafe auch zu verdienen. Ich schloss mein Fahrrad an den Ständer vor dem Gebäude und rannte die Treppe hinauf. Ehe ich hineinging, entdeckte ich Evan, der schon an der Hauswand lehnte.

»Hi«, sagte er und grinste mich an.

»Hi«, antwortete ich, und mein Herz legte eine noch schnellere Gangart ein. Ihn hier stehen und auf mich warten zu sehen bestätigte mir nur noch einmal, dass es das Risiko wert war.

»Na, bist du bereit, ein paar Bälle zu schlagen?«

»Ich bin zu allem bereit«, verkündete ich und folgte ihm die Treppe hinunter zu seinem Auto.

»Zu allem, was?«, wiederholte er und öffnete die Autotür für mich.

Ich zögerte und sah ihn direkt an, ehe ich ins Auto kletterte. »Ja, zu allem«, bestätigte ich dann und lächelte.

Seine graublauen Augen blitzten, und er erwiderte mein Lächeln – natürlich ohne eine Ahnung davon zu haben, was ich wirklich meinte.

»Okay«, sagte er und schlug die Tür hinter mir zu.

»Wie war dein Samstag?«, fragte er, als wir die Bibliothek hinter uns ließen.

»Ereignislos. Und wie war deiner?«

»Ich war in New York bei einem Benefizdinner meiner Mutter. Also auch ereignislos.«

»Klingt ganz danach«, meinte ich sarkastisch. Er grinste.

Als wir beim Sportgelände ankamen, hörten wir schon quer über den Parkplatz das klackende Geräusch von Aluminiumschlägern, die auf Bälle trafen. Und woanders wurde anscheinend Golf gespielt.

»Ist dir kalt?«, fragte Evan.

»Nein, es ist richtig schön heute«, erwiderte ich. Warum fragte er mich so etwas?

»Ich dachte, du hättest gerade gefröstelt.«

»Nein, alles in Ordnung«, winkte ich ab. Mir war nicht aufgefallen, dass mein Körper auf das Geräusch reagiert hatte.

Wir gingen zum Büro, um uns Helme und Schläger zu holen.

»Hast du schon mal Baseball gespielt?«, fragte Evan, als wir neben den Softball-Käfigen standen.

»Nur in der Grundschule«, gestand ich.

»Dann zeig ich es dir besser erst mal, bevor du es selbst versuchst.« Evan ging weiter zum etwas schwierigeren Baseball-

Bereich. »Ich fange hier an, damit ich dir erklären kann, was du tun musst, und dann probierst du es in der langsameren Softball-Maschine.«

»Ich würde lieber in der Baseball-Maschine bleiben.«

»Auch gut«, stimmte er sofort zu. »Kannst du das mal für mich halten?« Er zog die Jacke aus und gab sie mir. Während ich sie faltete und über meinen Arm legte, konnte ich nicht umhin, seinen dezenten sauberen Duft wahrzunehmen. Mein Herz sauste los, und ich musste tief Luft holen.

Ehe er die Münzen einwarf, stellte er sich in Schlagposition, erklärte mir die richtige Haltung und den richtigen Griff, dann demonstrierte er einen Schwung mit dem Schläger. Ich hörte zu, so gut ich konnte, aber immer wieder schweifte ich in Gedanken ab und beschäftigte mich mit seinen schlanken Muskeln, die sich unter seinem Shirt abzeichneten. Aber dann schüttelte ich meine Träumerei ab und konzentrierte mich wieder auf das, was er sagte. Schließlich bezahlte er, und schon begannen ihm die Bälle entgegenzufliegen.

Die meisten der mechanischen Würfe traf Evan problemlos. Ich beobachtete, wie die Bälle über das Netz zum hinteren Teil des eingezäunten Bereichs segelten. Nur wenn er mir erklärte, wie man den Schläger möglichst gleichmäßig schwang, oder er eine Bemerkung darüber machte, dass man den Ball unbedingt im Auge behalten müsse, verpasste er gelegentlich einen Wurf. Die Bälle sausten mit so schwindelerregender Schnelligkeit auf ihn zu, dass ich nicht mal wusste, wie er sie überhaupt sehen, geschweige denn im Auge behalten konnte.

Als die Runde vorbei war, gingen wir hinüber zu einer der langsameren Wurfmaschinen. Evan begleitete mich in das Kabuff, um mich einzuweisen, und ich ahmte seine Haltung nach, so gut ich konnte. Er stellte sich hinter mich und legte die Hände auf meine Hüften, um den Schlagwinkel zu justieren. Dann schlang er die

Arme um meine Schultern, griff nach dem Schläger und legte seine Hände auf meine. Zwar strengte ich mich an zu verstehen, was er mir dabei sagte, aber hauptsächlich hörte ich mein in der Brust hämmerndes Herz, während sein Atem meinen Nacken kitzelte. Evan ermahnte mich, die Ellbogen nach oben zu nehmen und vollführte dann behutsam einen langsamen Schwung mit mir. Dabei presste sich sein warmer Brustkorb an meinen Rücken, und wieder zog mich sein sauberer, beinahe süßer Duft in Bann.

»Fertig?«, fragte er und trat einen Schritt zurück.

»Klar«, antwortete ich benommen. Mir war nicht bewusst gewesen, dass er seine Instruktionen beendet hatte.

»Ich stell mich hier in die Ecke, damit ich deinen Schwung korrigieren kann.«

»Bist du sicher, dass das geht? Ich will dich ja nicht bewusstlos schlagen.« Er lachte und sagte, das würde er schon zu verhindern wissen. Dann drückte er auf den Schalter, der die Würfe in Gang setzte. Der erste Ball flog an mir vorbei, bevor ich Zeit hatte zu reagieren.

»Ich dachte, das sollen langsame Schläge sein«, rief ich vorwurfsvoll.

»Konzentrier dich auf den Ball«, erklärte Evan geduldig. Ich sah, wie der nächste Ball aus der Maschine kam, und schwang den Schläger. Diesmal traf ich den Ball immerhin am Rand, und er schnellte direkt vor mir in die Luft. Zwar brannte die Drehbewegung wie Feuer in meinen empfindlichen Bauchmuskeln, aber ich verzog keine Miene, denn ich war entschlossen, mir von den Schmerzen nicht den Tag verderben zu lassen.

»Genau!«, lobte Evan. Nach einigen weiteren Schwüngen mit ein paar schwachen Treffern bezahlte er noch eine Runde, blieb aber nicht im Käfig, sondern setzte sich draußen auf eine Bank.

Mit jedem Pitch wurde ich besser, allmählich fand ich meinen

Rhythmus. Bald segelten die Bälle schwungvoll durch die Luft. Natürlich schaffte ich keine ganz so weiten Schläge wie Evan, aber wenigstens traf ich mein Ziel.

»Schon viel besser«, sagte er anerkennend. Ich genoss die Bewegung und merkte, dass jedes Mal, wenn der Schläger den Ball berührte, meine Anspannung schwand und auch die Schmerzen ein bisschen nachließen.

»Das war toll«, bemerkte Evan, als wir zu den schnelleren Wurfmaschinen weitergingen. »Du hast es schnell begriffen, aber ich hab eigentlich auch nichts anderes erwartet.«

Nachdem wir beide ein paar Runden geschlagen hatten, schlug Evan vor, uns einen Burger aus dem kleinen Restaurant neben dem Büro zu holen.

»Was möchtest du nächstes Wochenende lernen?«, fragte Evan, als er das Tablett mit dem Essen auf den Tisch stellte. »Golf?«

»Golf interessiert mich eigentlich nicht«, gab ich zu. »Und ich weiß auch nicht, ob wir für nächstes Wochenende schon Pläne machen sollten.«

»Aber wenn wir etwas unternehmen könnten, was würdest du dann gerne machen?«, hakte er nach. Plötzlich leuchteten seine Augen auf. »Ich weiß genau das Richtige.« Ein verschmitztes Grinsen erschien auf seinem Gesicht.

»Was denn?«, fragte ich vorsichtig.

»Das verrate ich dir nicht, aber es wird dir garantiert gefallen.«

Ich kniff die Augen zusammen und musterte sein selbstzufriedenes Gesicht.

»Oh, ich hab übrigens deinen iPod im Auto. Du hast eine sehr interessante Musikauswahl. Wenn ich die Playlist durchgeschaut hätte, ohne zu wissen, wem sie gehört, hätte ich gedacht, sie stammt von einem Jungen. Na ja, mit einer Ausnahme …«

»Der Song ist ideal, wenn ich nicht einschlafen kann«, erklärte ich hastig und wurde rot.

»Er ist sehr ...« Evan zögerte und suchte nach dem richtigen Wort.

»... beruhigend«, fiel ich ihm ins Wort.

»Klar.« Er lachte. »Er sorgt für eine gewisse Stimmung, sagen wir es doch mal so.« Mein Gesicht wurde immer röter.

Als wir später im Auto saßen und zur Bibliothek zurückfuhren, stellte Evan eine der Fragen, auf die ich mich bereits gefasst gemacht hatte. »Warum wohnst du eigentlich bei deiner Tante und deinem Onkel?« Mein Herz setzte einen Schlag aus, aber ich wusste, dass es ihn nur noch neugieriger machte, wenn ich der Antwort auswich.

»George ist der Bruder meines Vaters«, begann ich. »Mein Vater ist bei einem Autounfall ums Leben gekommen, als ich sieben war, deshalb haben George und seine Frau Carol mich bei sich aufgenommen.«

»Was ist mit deiner Mutter?« Mir war klar, dass seine Fragen nicht aufdringlich gemeint waren, aber sie holten mich von unserem Ausflug mit einem Schlag in die unvermeidliche Wirklichkeit zurück.

Also atmete ich tief durch und antwortete ihm ehrlich und knapp, in einem Ton, als läse ich aus einer Zeitung vor. Ohne emotionalen Bezug, ohne jegliches Gefühl – nur die Wahrheit, in ihrer einfachsten Form.

»Nach dem Tod meines Vaters ist meine Mutter krank geworden und konnte nicht mehr für mich sorgen.«

»Oh, das tut mir leid«, antwortete Evan aufrichtig. Ich zwang mich zu einem Lächeln und ließ sein Mitgefühl an mir abperlen. Ich wollte sein Mitleid nicht, es machte mich unruhig.

Schon vor langer Zeit hatte ich akzeptiert, dass der Tod meines Vaters und der Absturz meiner Mutter unverbrüchlich zu meinem Leben gehörten – ich konnte der Trauer darüber nicht nachgeben. Deshalb weigerte ich mich, Selbstmitleid zu empfinden oder von anderen Menschen Mitleid für meine Lage zu erhalten. Außerdem musste ich mich auf die Gegenwart konzentrieren – was beinhaltete, Carols Zorn zu überleben –, ich konnte es mir nicht leisten, in der Vergangenheit zu leben. Meine Zukunft war das Einzige, was für mich momentan wichtig war.

»Und – hast du morgen ein Spiel?«, fragte ich und versuchte, den Themenwechsel, den ich so dringend brauchte, möglichst locker klingen zu lassen. Bis wir wieder bei der Bibliothek ankamen, unterhielten wir uns über die letzten beiden Wochen der Fußballsaison.

»Bis morgen dann«, sagte ich beiläufig – und weil ich sonst nichts zu sagen wusste.

»Bye«, antwortete er, ehe ich die Autotür schloss. Ich spürte seinen Blick auf mir, als ich zu meinem Fahrrad ging, aber ich schaute nicht zurück, und nach einer Weile fuhr er endlich weg.

Ich radelte nach Hause und traf überpünktlich zum Abendessen ein. Es gab gegrillte Käsesandwiches und Suppe. Ich konnte den Tag mit Evan noch eine Weile nachklingen lassen. In Gedanken spielte ich alles, was ich erlebt hatte, noch einmal durch und brachte es sogar fertig, die strafenden Blicke zu ignorieren, mit denen ich bedacht wurde, als ich mir Suppe nachnahm. Möglicherweise lächelte ich dabei sogar ein wenig.

12
scHleChteR eiNflusS

*d*ie nächsten zwei Wochen glitten mit derselben sorglosen Leichtigkeit dahin. Evan wurde Teil meines Alltags und akzeptierte alles, was damit einherging – er fand sogar Möglichkeiten, seinerseits etwas beizusteuern.

Eines Abends, als das Zeitungslayout schon mehrere Stunden vor der Deadline stand, führte er meine Sperrstunde um zehn und meine zahlreichen außerschulischen Aktivitäten ins Feld und überredete Sara und mich so mühelos, mit zu ihm zu kommen. Jason traf sich dort mit uns, und wir spielten Pool. Genaugenommen versuchten Sara und ich es bloß, aber Evan und Jason waren ziemlich gut. Ich lachte viel, Sara machte Scherze über ihre schlecht kalkulierten Stöße und zog mich auf, weil ich die weiße Kugel mit meinem Queue in eine unbeabsichtigte Richtung befördert hatte. Als ich deutlich vor zehn wieder nach Hause kam, hatte ich noch immer ein Lächeln auf den Lippen. Carol und George nahm ich kaum wahr, so sehr war ich damit beschäftigt, den Tag im Kopf noch einmal Revue passieren zu lassen.

Dass ich nicht erwischt wurde, machte mir Mut, und jedes Mal, wenn Evan mit einem Vorschlag für eine gemeinsame Unternehmung zu mir kam, fiel es mir leichter, darauf einzugehen. Ich hätte daran denken sollen, dass ich nicht gerade der größte Glückspilz der Welt war, aber der Kick, ungestraft davonzukommen, machte mich regelrecht süchtig.

An einem dieser Abende sah Sara zu, wie Evan mir auf dem

Parkplatz der Highschool das Fahren beibrachte, und hielt sich den Bauch vor Lachen. Es war schon relativ spät, die Schule verlassen, und der von Bäumen gesäumte Parkplatz war von der Hauptstraße schlecht einsehbar. Vermutlich hätte ich an ihrer Stelle auch gelacht, das Auto ruckte und bockte, und ich schimpfte frustriert. Evan war geduldig, aber entschlossen, und nach einer Weile, die sich anfühlte wie eine quälende Ewigkeit, war ich endlich in der Lage, reibungslos vom ersten in den zweiten Gang zu schalten. Evan versuchte mich zu überreden, auf die Straße zu fahren und mich dort ans Schalten zu gewöhnen, aber ich weigerte mich.

An diesem Sonntag traf ich mich auch wieder in der Bibliothek mit ihm. Um früher aufbrechen und mehr Zeit mit Evan verbringen zu können, erzählte ich meiner Tante und meinem Onkel, ich müsste an einem sehr umfangreichen Geschichtsprojekt arbeiten. Am Freitag hatte Evan mich bei Schulschluss ermahnt, warme Sachen anzuziehen, und als wir ein Stück westlich von Weslyn in den State Park einbogen, war ich froh, dass ich seinem Rat gefolgt war.

Evan führte mich auf einem blätterbedeckten Weg durch den Wald, und die kühle frische Luft wehte uns um die Nase. Sobald mein Kreislauf in Schwung gekommen war, wurden die warmen Kleidungsschichten unnötig. Es war ziemlich anstrengend, über das teils unwegsame Gelände tiefer in den Wald vorzudringen. Ich zog die Handschuhe aus und band mir die Windjacke um den Bauch, nur meine Fleecejacke ließ ich an.

Wir redeten nicht viel, aber das Schweigen war angenehm. Ich war froh, endlich einmal raus aus Weslyn zu sein, und war hingerissen von der ruhigen Landschaft mit den zwitschernden Vögeln und der leichten Brise, die die Blätter leise zum Rascheln brachte. Während ich Evans dunkelblauem Rucksack folgte, nahm ich die farbenfrohe Wildnis in mir auf und wehrte mich nicht gegen das Lächeln auf meinem Gesicht.

Am Fuß einer großen Felsformation, die aussah, als wäre ein Gesteinsbrocken in den Hang eingeschlagen, blieb Evan stehen. Der Felsen hatte eine glatte, nur von leichten Dellen gezeichnete Oberfläche. Die Wand war mindestens dreißig Meter hoch. »Bist du bereit?«, fragte er und blickte nach oben. Auch ich machte halt, folgte seinem Blick und musterte den Felsen argwöhnisch.

»Bereit wofür?«, fragte ich vorsichtig.

»Wir werden uns von dieser Felswand abseilen«, antwortete er und grinste mich an. »Ist eigentlich gar nicht so hoch, keine Sorge.«

»Was werden wir tun?!«

»Es wird dir gefallen, das verspreche ich dir.« Meine Reaktion brachte sein Grinsen nicht zum Verschwinden, im Gegenteil, es wurde nur noch breiter. »Ich war gestern hier und habe mir alles gründlich angesehen. Links herum geht ein Weg, der nach oben führt.«

Als er merkte, dass ich mich nicht mehr von der Stelle rühren konnte, fügte er hinzu: »Du vertraust mir doch, oder?«

Kopfschüttelnd sah ich ihn an. »Nein, jetzt nicht mehr.«

Er lachte. »Ach, komm.« Und schon war er auf dem Pfad, der um den riesigen Felsbrocken herumführte. Zu meinem Entsetzen folgten ihm meine Beine.

Als ich von oben auf den Boden hinunterschaute, schien mir die Entfernung plötzlich doppelt so groß. Mein Magen rebellierte, aber statt in Panik auszubrechen, ergriff mich unerwarteterweise ein Adrenalinschub.

Auf in den Tod, dachte ich und stellte mich neben Evan auf die flache Felsoberkante. Er legte bereits seine Gerätschaften aus.

»Bist du jetzt bereit?«, fragte er grinsend.

Ich sog die Luft in meine Lungen und stieß sie mit gespitzten Lippen langsam wieder aus. »Doch, klar.«

Ehe ich es mir anders überlegen konnte, ließ Evan mich mit den Beinen in die Schlaufen des Geschirrs steigen und zog den Gurt fest. Dann begann er, mir das Seilsystem zu erklären, wo ich meine Hände platzieren und wie ich beim Abstieg mit dem Seil nachgeben sollte. Ich hörte aufmerksam zu, denn ich wusste, wenn ich nicht aufpasste, würde ich mir nie wieder etwas anhören können – auch wenn Evan versprach, dass er mich die ganze Zeit im Auge behalten würde und ich nichts zu befürchten hatte. Es war ja leicht für ihn, so etwas zu behaupten.

Als er das Seil an einem kräftigen Baum gesichert und den Anseilknoten festgeklemmt hatte, ging Evan zurück zum Fuß des Felsens, wo er das abgelassene Seil festhielt, um sicherzustellen, dass ich nicht abstürzte – oder vielleicht auch, um den besten Blick auf meinen tödlichen Absturz zu haben. Behutsam bewegte ich mich rückwärts auf den Rand der Klippe zu. Der erste Schritt war der schwierigste, vor allem, weil man sich zurücklehnen musste, sich der Schwerkraft widersetzte. Aber das Adrenalin schob mich über den Rand, und dann hing ich an der Felswand und starrte durch die Baumwipfel direkt nach oben in den Himmel. Ich bewegte mich nicht und kämpfte gegen den Impuls, mich aufzurichten.

Unten korrigierte Evan brüllend meinen Winkel und die Position meiner Füße. Vorsichtig gab ich mit der rechten Hand ein Stück Seil nach, und meine Füße krochen langsam nach unten. Nachdem ich mich ein bisschen an das Nachgeben und Haltsuchen gewöhnt hatte, entwickelten sich meine ruckenden Schritte zu kleinen Hüpfern, bis meine Füße schließlich wieder sicher auf dem Boden landeten. Das Ganze dauerte längst nicht so lange, wie ich gedacht hatte, aber ich war trotzdem hocherfreut, wieder allein stehen zu können – aufrecht.

»Na, was sagst du jetzt?«, fragte Evan grinsend.

»Es hat mir gefallen«, gab ich zu und grinste zurück.

»Das wusste ich.« Ich verdrehte die Augen, während er das Seil von meinem Geschirr hakte.

Wir seilten uns noch ein paarmal ab, und mit jedem Versuch wurde ich sicherer. Bei seinem letzten Abstieg beschloss Evan, es mit dem Gesicht nach unten zu versuchen, was schwer mitanzusehen war. Das Tempo, mit dem er den Felsen hinunterrannte, verschlug mir den Atem.

»Angeber«, murmelte ich, als er mühelos auf der dicken Laubschicht landete.

»Keine Sorge, wenn du dich daran gewöhnt hast, suchst du dir auch den nächsten Nervenkitzel.«

»Ich kann mir nicht vorstellen, dass ich jemals das machen möchte, was du da gerade gemacht hast.«

»Ich glaube, ich habe die perfekte Stelle zum Autofahrenüben gefunden«, erklärte Evan auf dem Rückweg. »Ich kenne eine Straße, die so gut wie unbefahren ist. Die können wir Dienstag nach der Arbeit an der Zeitung mal ausprobieren.«

»Meinst du wirklich, ich sollte ausgerechnet in der Dunkelheit das erste Mal auf der Straße fahren?«

»Da hast du allerdings recht«, stimmte er zu. »Vielleicht wäre es im Hellen, nach dem Fußballtraining, besser. Anschließend fahren wir dann zurück in die Schule, und du kannst an der Zeitung arbeiten.«

»Schauen wir mal«, erwiderte ich unverbindlich.

»Meinst du, du kannst Freitagabend beim Homecoming-Spiel dabei sein?«

»Nein«, antwortete ich, ohne zweimal darüber nachzudenken.

»Also auch kein Ball am Samstagabend, was?«

Ich antwortete mit einem Lachen.

»Gehst du zum Homecoming-Ball?«, fragte ich, obwohl ich nicht sicher war, warum ich das wissen wollte.

»Wahrscheinlich nicht.«

»Warum nicht?«, hakte ich nach, erfüllt von einem seltsamen Gefühl der Erleichterung. »Du willst mir doch nicht erzählen, dass du niemanden findest, der mit dir hingeht.«

»Emma, du und ich gehen miteinander, erinnerst du dich?«, neckte er mich, und wieder breitete sich dieses Grinsen auf seinem Gesicht aus.

»Ach, sei bloß still«, fauchte ich. »Du behauptest doch nicht etwa, dass die anderen das immer noch denken? Hast du denen nicht gesagt, dass es nicht stimmt?«

»Ich hab überhaupt nichts gesagt, weder in die eine noch in die andere Richtung.«

»Das ist doch bescheuert.« Ich blieb stehen und sah ihn an. »Warum willst du, dass alle etwas glauben, was gar nicht stimmt?«

»Warum sollte mich das kümmern?«

»Damit du ein Mädchen, das dich interessiert, fragen kannst, ob sie mit dir zum Ball geht«, antwortete ich. So viel Desinteresse hatte ich nicht erwartet.

»Hab ich doch gerade.«

»Nein, du hast mich gerade nicht gefragt, ob ich mit dir zum Ball gehe.« Trotzig verschränkte ich die Arme vor der Brust. Er schmunzelte und zuckte die Achseln. Ich drehte mich weg und ging weiter den Pfad entlang.

»Was ist denn mit Haley passiert?«, fragte ich nach einer Weile, den Fokus verschiebend. »Sie ist doch eine der Kandidatinnen für die Homecoming Queen.«

»Ernsthaft?«, erwiderte er spöttisch. »Hast du schon mal versucht, ein Gespräch mit ihr zu führen?«

»Ich glaube, sie kennt nicht mal meinen Namen.«

»Ich glaube, inzwischen kennt sie den sehr wohl«, gab er zurück. »Jetzt, da wir miteinander gehen, weißt du.«

»Evan! Hör gefälligst auf damit«, schnaubte ich. Er lachte.

»Ehrlich gesagt«, räumte er ein, »ich bin noch nicht so lange hier, und der Ball reizt mich nicht sonderlich. Weil ich auf niemand sonst besonders stehe.« Mein Herz stotterte, aber mein Verstand winkte ab, ehe ich zu viel darüber nachdenken konnte.

»Gibt es denn nicht vielleicht die Möglichkeit, dass du am Samstag nach deinem Spiel bei Sara übernachten kannst? Dann könnten wir zusammen rumhängen und uns vielleicht einen Film anschauen oder so.«

»Das ist sehr unwahrscheinlich. Meine Tante arbeitet für die Schule, drüben im Verwaltungsgebäude. Deshalb weiß sie, dass an dem Abend der Homecoming-Ball stattfindet. Sie wird mir niemals glauben, dass Sara den Ball ausfallen lässt, um mit mir rumzuhängen.«

»Warum mag sie dich eigentlich nicht?«

Ein unangenehmer Krampf fuhr mir durch die Brust, als mir klarwurde, dass ich zu viel gesagt hatte. Offensichtlich schwieg ich zu lange, denn Evan fügte hinzu: »Sorry. Ich versteh das einfach nicht, aber du musst es mir natürlich nicht erklären.« Den Rest des Wegs legten wir schweigend zurück. Ich versuchte, mich wieder zu sammeln.

Sollte ich ihm etwa sagen: *Nein, Evan, es ist nicht so, dass sie mich »nicht mag«, sie hasst mich zutiefst. Das gibt sie mir bei jeder Gelegenheit zu verstehen, denn ich habe mich in ihr Leben gedrängt, und sie möchte mich loswerden. Aber da ihr Mann der Bruder meines Vaters ist, geht das nicht, und sie sieht es als ihre persönliche Mission an, mir jede Sekunde meines Lebens zur Hölle zu machen.*

Ich wusste, dass mir diese Worte niemals über die Lippen kommen würden. Deshalb lehnte ich mich ans Auto, während Evan die Rucksäcke im Kofferraum verstaute, und platzte heraus: »Es war für sie nicht einfach, von jetzt auf gleich die Mutter einer Zwölfjährigen zu werden. Ich bin sicher, sie ist nur überfürsorglich und will um jeden Preis verhindern, dass ich in Schwierigkeiten gerate.«

Einen kurzen Moment dachte Evan nach, dann fragte er herausfordernd: »Kennt sie dich denn überhaupt? Ich meine, du bist wirklich nicht der Typ Mensch, der sich mit den falschen Leuten umgibt, du bist eine perfekte Schülerin, eine talentierte Sportlerin und die verantwortungsbewussteste Person, die ich jemals kennengelernt habe.« Er klang beinahe wütend.

Ich drehte mich um und sah ihn an, verwirrt, dass er so heftig reagierte.

»Ich verstehe nicht, warum sie nicht sehen, wer du wirklich bist, und dir nicht erlauben, wenigstens ein bisschen zu leben. Du weißt schon – Footballspiele, Bälle, vielleicht sogar ein Date.« Während er seine Gedanken formulierte, wurde seine Stimme immer lauter und aufgeregter.

»Nein, du verstehst das nicht«, widersprach ich leise, aber fest. Seine Reaktion beunruhigte mich. Ihm sollte es doch egal sein, ob meine Tante und mein Onkel wussten, wer ich war. Er sollte einfach nur meine Erklärungen akzeptieren, und damit basta. »Ich glaube, ich muss jetzt zurück zur Bibliothek.« Damit drehte ich mich um und stieg ins Auto. Er starrte mich ratlos an.

Schweigend ließ er sich auf den Fahrersitz gleiten, zögerte aber, ehe er den Motor anließ.

»Es tut mir leid, Emma.« Ich sah aus dem Fenster, denn ich war nicht bereit, ihm ins Gesicht zu schauen. »Du hast recht, ich verstehe es wirklich nicht. Wenn es mich nichts angeht, dann verspreche ich dir, dass ich es nicht noch mal anspreche. Ich wollte dich nicht verärgern.« Seine Stimme klang ruhig und fast flehend, und selbst durch meine Abwehrhaltung hindurch hörte ich, dass er es ehrlich meinte.

»Es geht dich wirklich nichts an«, bestätigte ich leise, immer noch, ohne ihn anzusehen. Jetzt ließ er das Auto an, und ohne ein weiteres Wort fuhren wir los. »Und ich bin nicht wütend auf dich.« Ich blickte mit einem kleinen Lächeln zu ihm hinüber, um meinen Worten Nachdruck zu verleihen, und er lächelte zurück. Sofort bekam ich rote Backen.

»Könnten du und Sara am Mittwoch eventuell auf das Spiel der Junior-Mannschaft verzichten, und wir holen uns stattdessen Pizza oder so?«

Anscheinend hatte er nicht vor, sich von dem Versuch abbringen zu lassen, meinen Freiraum zu erweitern. »Ich glaube schon.«

Danach machten wir weiter, als hätte das Gespräch vorhin nie stattgefunden. Er redete nicht über meine fehlende Freiheit, und ich stieß ihn nicht weg. Am Dienstag gab er mir die Fahrstunde, am Mittwoch holten wir mit Sara und Jason Pizza. Meine Welt drehte sich trotz Evans hartnäckiger Versuche, einen schlechten Einfluss auf mich auszuüben, in einer ziemlich berechenbaren Richtung weiter. Wunderbarerweise konnte ich Carol immer noch größtenteils aus dem Weg gehen. Und jeden Tag fiel es mir leichter zu lächeln.

Als Krönung des Ganzen war unsere Fußballmannschaft als Liga-Champion gesetzt. Wir hatten noch ein reguläres Saisonspiel vor der Landesmeisterschaft. Peña, unser Trainer, hatte meine Spiele aufgenommen, um die Höhepunkte an die College-Anwerber zu schicken. Mir war nicht klar gewesen, dass er mich gefilmt hatte, aber jetzt, da ich wusste, es waren noch weitere Unis an mir interessiert, glaubte ich daran, dass eine Flucht tatsächlich möglich war. Er hatte mich sogar darüber informiert, dass bei der ersten Meisterschaftsrunde noch mehr Scouts anwesend sein würden. Zum ersten Mal fühlte sich mein Leben lebenswert an.

13
erSetzT

*d*u hast dich verändert«, bemerkte Sara, als wir am Freitag nach Hause fuhren.

»Was meinst du denn damit?«

»Keine Angst, nichts Schlechtes«, antwortete sie schnell. »Ich glaube, es liegt an Evan – er macht dich irgendwie ... glücklicher. Es gefällt mir, dich so zu sehen.« Ich nahm ihre Worte mit zusammengekniffenen Augen auf. »Warum seid ihr eigentlich nicht zusammen?«

»Bist du fertig?«, fragte ich.

»Wie bitte?«

»Sara, ich kann mit niemandem *zusammen* sein«, erklärte ich. »Vergiss Evan Mathews. Und all deinen Mutmaßungen zum Trotz will auch er kein Date mit mir.«

»Em, du musst blind sein. Nenn mir einen Grund, warum er das nicht wollen könnte. Er verbringt doch jede Sekunde mit dir!«

»Wir sind eben Freunde«, betonte ich.

»Was immer du sagen musst, um dich selbst zu überzeugen«, meinte Sara kopfschüttelnd. »Aber hast du gewusst, dass ihn schon mehrere Mädchen gefragt haben, ob er mit ihnen ausgeht, und dass er sie alle links liegenlässt?«

Ich zuckte die Achseln, aber ein Lächeln schlich sich auf mein Gesicht. Sara musterte mich immer noch kopfschüttelnd, als wir vor meinem Haus hielten.

»Ich hol dich morgen um zwei ab«, sagte Sara, als ich ausstieg.

»Viel Spaß bei dem Spiel heute Abend«, sagte ich und beugte mich noch einmal zurück ins Auto. »Zur Halbzeit werden alle Nominierten aufs Feld gerufen, stimmt's?« Sie verdrehte die Augen bei der Vorstellung, vor dem Publikum zur Schau gestellt zu werden.

Am nächsten Morgen erledigte ich meine Pflichten im Handumdrehen. Ich freute mich, das Haus zum letzten Spiel vor der Meisterschaft zu verlassen und danach noch mit Evan und Sara heimlich ein Eis zu essen. Nachdem ich in der Küche den Müllbeutel gewechselt hatte und mich wieder umdrehte, sah ich, dass Carol mir den Weg versperrte.

»Was hast du denn vor?«, wollte sie wissen.

»Wie meinst du das?«, antwortete ich bedächtig, erkannte aber das Feuer in ihren Augen. Mein Körper spannte sich an, schätzte ihre Haltung ein, und ich versuchte zu erkennen, ob sie etwas in der Hand hielt. Aber ihre Hände waren leer und in ihre Hüften gestemmt.

»Vögelst du mit jemandem?«, fragte sie voller Abscheu. Mir blieb der Mund offen stehen. »Ich weiß nicht, was du im Schilde führst, aber du scheinst dich nur um dich selbst zu kümmern – noch mehr als gewöhnlich. Wenn ich es rauskriege, wirst du dir wünschen, du hättest mich niemals so respektlos behandelt.«

In meine Verwirrung mischte sich Angst, die Anspannung wuchs. Ich fand nicht die richtigen Worte, um ihre unlogischen Vorwürfe angemessen zu beantworten.

»Vielleicht solltest du mehr Zeit im Haus verbringen, damit ich weiß, was du tust.«

»Entschuldige«, platzte ich heraus, weil ich nicht wusste, was ich sonst sagen sollte. Der Gedanke, noch länger hinter diese Mauern eingesperrt zu werden als ohnehin schon, versetzte mich in nackte Panik, und es war das erste Wort, das mir über die Lippen kam. Dann traf ihre Faust mein Kinn, und mein Kopf wurde nach rechts geschleudert.

Unwillkürlich fuhr meine Hand schützend zu der Stelle, meine Augen tränten.

Jemand schnappte nach Luft, aber ich war es nicht. Als ich mich nach dem Wimmern umschaute, sah ich Jack und Leyla, die uns schockiert anstarrten. Leyla begann zu weinen und hielt sich die Hand vor den Mund. Dicke Tränen rannten über ihre weichen, runden Wangen. Jack gab keinen Laut von sich, aber der Blick in seinen weit aufgerissenen, erschrockenen Augen war schlimmer als Leylas unbändiges Schluchzen. Mir brach es fast das Herz, und ich ging auf die beiden Kinder zu, um sie zu trösten. Aber Carol packte meinen Arm und riss mich zurück.

»Schau, was du angerichtet hast«, knurrte sie und starrte mich wütend an. »Geh mir aus den Augen.« Bevor ich mich in mein Zimmer zurückzog, brannte sich das herzzerreißende Bild von Leylas und Jacks entsetzten Gesichtern unauslöschlich in mein Gedächtnis.

In meinem Zimmer warf ich mich aufs Bett und weinte in mein Kissen. Mein Herz tat weh, ich bekam das Bild nicht aus dem Kopf. So etwas durften die Kinder nicht sehen. Es durfte sie nicht berühren. Mein Schluchzen wurde stärker, schüttelte krampfhaft meinen Körper, aber ich konnte es nicht zurückhalten, sosehr ich es auch versuchte. Schuldgefühle zerfraßen mich, bis ich nicht mehr weinen konnte und in einen erschöpften Schlaf fiel.

Doch dann zog sich mein Körper unter einem Schmerz zusammen, der von der Rückseite meiner Beine ausging. So gut ich konnte, schüttelte ich den Schlaf ab – ich war nicht sicher, ob ich nicht vielleicht nur geträumt hatte. Doch der zweite Schlag auf meine nackte Haut bestätigte mir, dass dies meine albtraumhafte Wirklichkeit war.

»Du egoistische Fotze.« Ich erkannte die Stimme, die die Beleidigung hinter zusammengebissenen Zähnen hervorgestoßen hatte.

So schnell ich konnte, zog ich die Beine an den Bauch und legte die Hände schützend über meinen Kopf. Aber mein Rücken blieb ihr ausgesetzt. Bei jedem wütenden Schlag zuckte mein ganzer Körper zusammen, und ich konnte ein Stöhnen nicht unterdrücken.

»Wie konntest du ihnen bloß so weh tun?«, fragte sie mit einer Wut, die ihre Worte fast unverständlich machte. »Ich wusste, ich hätte dich niemals auch nur einen Fuß in mein Haus setzen lassen dürfen – du hast alles zerstört.« Mit jedem Schlag, der auf meinen Rücken niedersauste, entlud sich ihr Hass. Ich konnte kaum atmen, aber ich biss die Zähne noch fester zusammen, spannte mich jedes Mal, wenn sie ausholte, noch mehr an, unfähig zu fliehen.

»Du verdammtes nutzloses Stück Scheiße. Wärst du doch nie geboren worden!« Sie fuhr fort, mich zu beschimpfen, aber ich hörte sie nicht mehr, sondern blieb zusammengerollt in meiner Schutzhaltung liegen, blendete ihre Stimme ebenso aus wie das Feuer, das mich verbrannte – das war mein einziger Ausweg. Immer tiefer zog ich mich zurück, bis ich nicht mehr im selben Raum war wie sie. Ich verdrängte den Schmerz, die Wut und die Tränen, die von meiner Nase tropften.

»Ich will dich den Rest des Tages nicht mehr sehen«, knurrte sie schließlich erschöpft und verließ mein Zimmer.

Noch eine Minute verharrte ich regungslos und lauschte meinem unregelmäßigen Puls, der in meinen Ohren dröhnte, und meinem Atem, der zitterte, wenn ich Luft holte. Schließlich richtete ich mich auf und setzte mich auf die Bettkante. Mein Rücken brannte wie Feuer. Ich schaute auf meine Hände hinab, die von roten Striemen überzogen waren.

Ich beugte mich vor, die Unterarme auf die Oberschenkel gedrückt, und presste langsam und regelmäßig Luft in meine Lungen. Jetzt entdeckte ich auch den Ledergürtel, der zusammengerollt auf dem Boden lag. Zorn überkam mich und schlang sich um mein Herz. Mit zusammengebissenen Zähnen zwang ich mich, weiter ruhig und tief zu atmen. Von Hass erfüllt, gestattete ich dem Gift, einen Moment leidenschaftlich durch meine Adern zu pulsieren. Ich hatte nicht mehr die Kraft, es wegzudrücken. Stattdessen ließ ich es unter meiner Haut verharren, ließ es meine müden Muskeln mit Energie versorgen. Dann stand ich auf, um mich auf mein Spiel vorzubereiten.

Sehr vorsichtig stieg ich in Saras Auto und setzte mich aufrecht hin, um jeglichen Kontakt mit dem Sitz so weit wie möglich zu vermeiden.

»Hi«, begrüßte sie mich fröhlich, hielt dann aber abrupt inne und wurde ernst. In ihren Augen sah ich das gleiche Bild, das ich vorhin im Spiegel gesehen hatte. Durch die dunklen Augenringe wirkte mein ausdrucksloses, leeres Gesicht noch blasser. Meine Lippen waren so schmal wie sonst nie, weil ich sie aus Angst, vor Schmerz zu stöhnen, fest zusammenpresste. Ich konnte Sara nicht ins Gesicht sehen, aber ich versuchte auch nicht, ihr etwas vorzumachen.

Langsam fuhr sie los, brachte zunächst aber kein Wort heraus. Nach einer Weile sagte sie: »Du musst mir bitte sagen, was passiert ist.« Ich starrte durchs Seitenfenster, ohne zu sehen, was draußen vorbeirauschte.

»Bitte, Emma.« Die Verzweiflung in ihrer Stimme war unüberhörbar.

»Es ist nichts, Sara«, erwiderte ich ausdruckslos, wollte sie aber immer noch nicht anschauen.

Ohne ein weiteres Wort erreichten wir die Schule. Geistesabwesend lief ich zum Spielfeld, ohne zu merken, dass Sara neben mir herging, bis ein paar Mädchen uns grüßten. Als wir uns den

Sportplätzen näherten, zog ich mir die Kapuze meines Sweatshirts über den Kopf, richtete den Blick zu Boden und zog mich völlig in mich selbst zurück. Heute fand nur das Spiel der ersten Schulmannschaft statt, und sobald der Rest des Teams eingetroffen war, begannen wir mit den Aufwärmübungen.

Die erste Hälfte des Spiels war eine Qual, meine Wahrnehmung verschwommen. Ich konnte mich nicht konzentrieren, und meine Beine versagten mir immer wieder den Dienst, wenn ich nach einem Pass lossprintete. Schließlich beschränkte ich mich darauf, den Ball so schnell wie möglich abzugeben. Ihn einer anderen Spielerin abzujagen, war schlicht unmöglich. In der Halbzeitpause nahm Coach Peña mich beiseite.

»Alles in Ordnung mit dir?«, fragte er besorgt. »Du kommst mir heute so steif vor. Bist du verletzt?«

»Ich glaube, ich hab eine falsche Bewegung gemacht und mir irgendwas im Rücken gezerrt«, log ich mit gesenkten Augen.

»Möchtest du, dass es sich jemand anschaut?«

»Nein.« Das Wort kam so nachdrücklich und überstürzt aus meinem Mund, dass er mich schockiert ansah. »Es geht schon, ehrlich«, beteuerte ich.

»Okay.« Er zögerte. »Dann nehm ich dich in der zweiten Hälfte raus, damit du es nicht übertreibst. Ich kann es mir nicht leisten, dass du beim Viertelfinale am Freitag ausfällst.« Ich nickte stumm.

Wir gingen zurück zum Team, das bei der Bank herumstand. Zur allgemeinen Überraschung informierte Coach Peña die Mannschaft, dass Katie Brennan mich in der zweiten Hälfte ersetzen würde. Die Kapuze tief ins Gesicht gezogen, die Hände in den Taschen vergraben, setzte ich mich auf die Bank und wich den fragenden Blicken der anderen aus.

Als der Abpfiff kam, rannte ich in die Kabine, bevor jemand mitbekam, dass ich nicht mehr da war. Da die anderen sich normalerweise zu Hause duschten und umzogen, wusste ich, dass ich die Kabine für mich hatte. Allerdings duschte ich nur kurz, weil das warme Wasser auf meiner entzündeten Haut so höllisch brannte, dass es mir fast den Atem raubte. Als ich gerade dabei war, mich mit dem Rücken zur Tür wieder anzuziehen, hörte ich Schritte hinter mir. Ich hätte den Vorhang zuziehen müssen, aber dafür war es jetzt zu spät.

Ich drehte mich nicht um, und die Person hinter mir sagte auch nichts. Vorsichtig zog ich meinen Rollkragenpullover über den Kopf und verbarg die Spuren meiner Schmach. Aber dann konnte ich der Konfrontation nicht länger ausweichen und wandte mich zu Sara um. Sie saß auf der gegenüberliegenden Bank, Tränen rannen ihr übers Gesicht, ihr Unterkiefer war angespannt. Sie sah völlig fertig aus.

»Ich kann nicht …«, begann sie, aber die Worte blieben ihr im Hals stecken, und sie musste Luft holen, ehe sie fortfuhr: »Ich kann nicht mehr.« Hilflos sah ich zu, wie sie die Fassung verlor – ich konnte sie nur anstarren. Ein Schutzwall umgab mich und trennte mich von ihr, damit ich nicht ebenfalls zusammenbrach. »Ich kann das nicht ignorieren«, schluchzte sie. »Ich kann nicht so tun, als würde ich nicht sehen, was diese Frau dir antut.«

Sie ließ die Schultern sinken und hob langsam den Kopf. Noch immer strömten Tränen über ihr Gesicht. »Emma, du musst mit jemandem darüber sprechen.« Ihre Stimme klang verzweifelt und eindringlich. »Wenn du es nicht tust, dann tu ich es.«

»Nein, das wirst du nicht«, fauchte ich, und mein eiskalter Ton ließ sie zusammenzucken.

»Wie meinst du das?«, gab sie noch heftiger zurück. »Hast du deinen Rücken gesehen? Beim Spiel ist das Blut durch dein Trikot gesickert. Emma, wenn ich dich morgens abhole, habe ich fast jedes Mal Angst, dass du womöglich nicht mehr rauskommst. Du bist mir wichtig, und ich kann nicht mitansehen, wie sie dich zurichtet.«

»Dann lass es eben«, erwiderte ich kalt. Ich wusste, dass meine Worte Sara wie Dolche trafen, aber ich war von meinen Gedanken und Gefühlen abgeschnitten. Sie zuckte zusammen. Auf eine solche Konfrontation war ich nicht vorbereitet gewesen, aber jetzt waren alle meine Abwehrmechanismen aktiviert, denn ich konnte nicht zulassen, dass sie all das, was ich geopfert hatte, um Leyla und Jack zu schützen, aufs Spiel setzte.

»Du wirst nichts über mich erzählen, und ich werde niemandem verraten, dass du mit jedem Kerl ins Bett gehst, der ein bisschen nett zu dir ist.«

Sara riss die Augen auf. An ihrem schmerzlichen Ausdruck erkannte ich, dass ich ins Schwarze getroffen hatte. »Du bist nicht die Einzige, die gut den Mund halten kann. Ich kenne dich, Sara, also glaub für keine Sekunde, du wüsstest, was gut für mich ist.«

»Du gemeines Biest«, stieß sie hervor. Langsam tat der Schock seine Wirkung. Praktisch vor meinen Augen brach sie innerlich zusammen. »Du verdammtes, gemeines Biest«, wiederholte sie, aber sie konnte mich nicht anschauen und schlug die Hände vors Gesicht, um ihre Tränen vor mir zu verbergen.

»Misch dich nicht in mein Leben ein. Und halt gefälligst die Fresse.« Damit drehte ich mich um und ließ sie einfach sitzen – ein Häufchen Elend, das nach Luft rang und alle Mühe hatte, meine Attacke zu verarbeiten. Meine Tasche fest in der Hand, ging ich davon – ohne wirklich zu begreifen, was ich da gerade getan hatte. Aber in diesem Augenblick war es mir vollkommen gleichgültig.

Als ich das Schulgebäude verließ, warteten dort Jason und Evan.

»Tut mir leid, dass ihr verloren habt«, sagte Evan. Dann sah er mich so bestürzt an, als würde er mich nicht wiedererkennen.

»Kannst du mich bitte nach Hause fahren?«, fragte ich ihn, bevor er irgendetwas sagen konnte.

»Klar«, antwortete er. Anscheinend war er zu der Überzeugung gelangt, die Frage, die ihm offensichtlich unter den Nägeln brannte, lieber nicht zu stellen. Jason schwieg, und wir gingen, während er allein auf Sara wartete.

Als wir den Parkplatz verließen, beschrieb ich Evan mit fremder, monotoner Stimme den Weg.

Aber schließlich konnte er sich die Frage doch nicht mehr verkneifen. »Was ist mit Sara?«

Ich starrte aus dem Fenster. Da ich nicht daran denken wollte, was ich getan hatte, wartete ich einfach, bis die Frage sich in Luft aufgelöst hatte. Evan akzeptierte mein Schweigen als Antwort und fuhr wortlos weiter.

»Möchtest du darüber reden?«, fragte er nach einer Weile sanft. Ich spürte, dass er mich anschaute, starrte aber weiter aus dem Fenster und schüttelte nur stumm den Kopf. Damit er nicht merkte, wie meine Hände zitterten, verschränkte ich sie ineinander.

In angespanntem Schweigen hielten wir vor meinem Haus. Ich stieg aus und knallte die Tür hinter mir zu, ehe mich eine weitere Frage dazu zwingen konnte, meinem Verrat ins Gesicht zu schauen.

Benommen ging ich die Auffahrt zur Hintertür hinauf. Als ich feststellte, dass sie verschlossen war, blickte ich mich verwundert um. Erst jetzt bemerkte ich, dass kein Auto in der Auffahrt stand. Aber ich war viel zu sehr in meine rasenden Gedanken verstrickt – es kümmerte mich nicht, dass ich ausgesperrt war. Langsam ließ ich mich auf der obersten Verandastufe nieder und wickelte mich gegen den kühlen Oktoberabend enger in meine Jacke. Dann zog ich die Knie an die Brust, legte den Kopf darauf und ließ meinem Kummer freien Lauf. Ich weinte, bis die Muskeln in meinem Brustkorb schmerzten und mein Schluchzen keine Tränen mehr hervorbrachte.

Als die Wut weggespült war, fühlte ich mich nur noch traurig, erschöpft und allein. Während ich darauf wartete, dass jemand heimkam, senkte sich die Dunkelheit auf mich herab. Ich fror jämmerlich in dem kalten Wind, der mir ins Gesicht peitschte. Ich hatte keine Ahnung, wie lange ich so dagesessen hatte, als plötzlich Scheinwerferlicht die Auffahrt erhellte und mich aus meiner Leere riss. Schlagartig wurde mir klar, was das bedeuten konnte, und eine lähmende Angst stieg in mir empor.

Als George allein auf mich zukam, atmete ich erleichtert auf.

»Carol übernachtet heute mit den Kindern bei ihrer Mutter«, erklärte er und schloss die Tür auf. Schweigend folgte ich ihm ins Haus. Ehe ich mich in meine Höhle zurückziehen konnte, fügte er noch hinzu: »Ich weiß nicht, was zwischen euch beiden heute vorgefallen ist, aber ich möchte, dass du in Zukunft mehr Rücksicht auf sie nimmst.«

Die Bemerkung schockierte mich, was ihm offenbar nicht entging.

»Sie hat eine Menge Stress bei der Arbeit und muss sich zu Hause entspannen«, erklärte er. »Tu, was du kannst, um es ihr nicht noch schwerer zu machen.«

Eine Sekunde starrte ich ihn wortlos an, dann brachte ich ein leises »Okay« heraus. Er war nie da, wenn etwas passierte – er konnte sich nicht schuldig fühlen für das, was er sich zu sehen weigerte.

Vor Abscheu drehte sich mir der Magen um, während ich in mein dunkles Zimmer zurückging. Ich schloss die Tür hinter mir und machte mir nicht die Mühe, das Licht anzuknipsen. Meine Jacke ließ ich einfach auf den Boden fallen und sank auf mein Bett, wo ich in einen unruhigen Schlaf fiel.

Ich konnte nicht atmen und griff mir an den Hals, um den Strick zu lockern, der sich immer enger um meine Gurgel legte. Im selben Moment wurde ich an den Füßen vom Bett gezerrt. Im Dunkeln konnte ich nichts sehen, aber ich fühlte, wie mein Körper sich mit jedem Ruck des dünnen Seils bewegte, und streckte die Hände aus, um nach oben zu greifen, nach etwas, woran ich mich hochziehen konnte. Aber der Strick schnitt in meinen Hals und zerquetschte fast meine Luftröhre. Mir wurde schwindlig von dem Druck in meinem Kopf, meine Lungen verlangten verzweifelt nach Luft, die sie niemals bekommen würden.

14
LeeRe

Ich erwachte keuchend, schweißgebadet. Mühsam wälzte ich mich auf die Seite, setzte mich schwer atmend auf die Bettkante und versuchte mich zu orientieren. Mein Rollkragenpulli klebte an meinem entzündeten Rücken, alles, was ich fühlte, waren brennende Schmerzen. Ich schlich ins Badezimmer. Unterwegs hörte ich die Geräusche des Fernsehers – bestimmt saß George in der Küche, trank Kaffee und las die Zeitung.

Behutsam schälte ich mich aus dem Rollkragenpulli. Zum Vorschein kam ein Netz aus geschwollenen Striemen, die sich in unterschiedlicher Länge über meinen Rücken zogen. Zwar waren die Wunden schmal, meistens oberflächlich und zum Teil bereits von Schorf bedeckt, aber durch die Schwellung sahen sie viel schlimmer aus.

So gut ich konnte, schob ich meine Sorgen beiseite und ging unter die Dusche. Ich wünschte mir, ich hätte die Schmerzen zusammen mit dem Schweiß wegwaschen können, der von dem Albtraum noch auf meiner Haut klebte.

Den Rest des Tages blieb ich in meinem Zimmer und zwang mich, meine noch ausstehenden Hausaufgaben fertig zu machen. Dank der Arbeit glitt der Tag an mir vorüber, aber da ich wesentlich unkonzentrierter war als sonst, dauerte alles doppelt so lange.

Am frühen Nachmittag hörte ich Carol und die Kinder zurückkommen. Ich blieb außer Sichtweite, aber dann ging die Tür auf, und Carol stand vor mir.

»Sie müssen merken, dass mit dir alles in Ordnung ist, also sei gefälligst fröhlich, wenn du sie siehst«, verkündete sie mit kalter Stimme. »Und jetzt komm essen.«

Nachdem ich die Starre abgeschüttelt hatte, in die mich ihr plötzliches Auftauchen versetzt hatte, ging ich ins Esszimmer.

»Emma!«, begrüßte Leyla mich und umarmte mich fest. Ich zuckte nicht mit der Wimper, als mich beim Bücken ein brennender Schmerz durchfuhr.

»War es schön bei eurer Oma?«, fragte ich. Strahlend erzählte Leyla von ihren Erlebnissen in Janets Haus.

Als ich merkte, dass Jack mich ansah, lächelte ich ihm beruhigend zu. Nach eingehender Prüfung kam er wohl zu dem Schluss, dass das Lächeln echt war, und erwiderte es. Das Strahlen kehrte in seine Augen zurück, und ich freute mich so darüber, dass mein Lächeln ganz von alleine entspannter wurde.

»Wir waren heute im Aquarium«, platzte er heraus und trug dann seinen Teil zu Leylas begeistertem Bericht über Haie und Seesterne bei.

So saß ich an meinem Platz, aß die von George zubereitete Mahlzeit, richtete aber meine ganze Aufmerksamkeit auf die Geschichten der Kinder. Meine Tante und meinen Onkel sah ich nicht an. Als alle aufgestanden waren, erledigte ich die Hausarbeiten, die von mir erwartet wurden. Doch die Leere in meinem Inneren blieb. Später im Bett lag ich noch lange wach, überlegte, was mich am nächsten Morgen wohl erwarten würde, und versuchte, mich daran zu erinnern, wie ich am schnellsten zur Bushaltestelle kam. Denn ich fürchtete, Sara würde mich nicht abholen.

Und Sara war tatsächlich nicht da. Zwar freute ich mich, Evans Auto zu sehen, aber es bedeutete, dass ich Sara noch schlimmer verletzt hatte als angenommen, und das war eine niederschmetternde Erkenntnis.

Ich öffnete die Autotür und wurde mit einem warmen Lächeln empfangen. »Guten Morgen.«

»Guten Morgen.« Ich erwiderte das Lächeln. »Danke, dass du mich abholst. Das weiß ich wirklich zu schätzen.« Als ich einstieg, erfüllte mich sofort wieder sein berauschender sauberer Duft. Eigentlich kein schlechter Start in den Tag.

»Kein Problem«, erwiderte er lässig. Nachdem wir ungefähr eine Minute gefahren waren, meinte er: »Ich hatte angenommen, wir würden uns gestern in der Bibliothek treffen. Ich hatte nämlich einen tollen Plan, mit dem ich dich aufheitern wollte.«

Ich biss mir auf die Lippen. »Tut mir echt leid, das hab ich total vergessen. Es war nicht das beste Wochenende meines Lebens.«

»Verstehe«, meinte er. »Heute scheint es dir aber ein bisschen besserzugehen.«

»Ja, alles in Ordnung«, antwortete ich leise, obwohl mit mir gar nichts in Ordnung sein konnte, wenn Sara nicht mit mir im selben Auto sitzen wollte. Bei dem Gedanken, dass sie mir womöglich nie verzeihen würde, tat mir das Herz weh.

»Wie war das Homecoming-Spiel am Freitag?«, fragte ich und versuchte, einen einigermaßen interessierten Ton anzuschlagen.

»Weslyn hat verloren, aber es war knapp.«

»Bist du dann doch noch zum Ball gegangen?«

»Nein, ich hab mich in New York mit meinem Bruder und ein paar von seinen Freunden getroffen. Wir waren in einer Kneipe und haben uns eine Band aus der Gegend angeschaut.« Dann erzählte er mir von dem Abend und dass ich mir die Band unbedingt anhören und vielleicht ein paar Songs herunterladen sollte. Ich gab mir Mühe, ihm zuzuhören, aber je näher wir der Schule kamen, desto unkonzentrierter wurde ich.

Ich landete erst wieder in der Realität, als er meinte: »Ich muss eine Möglichkeit finden, dich mit nach New York zu nehmen.«

»Was?! Nein – ich komm ganz bestimmt nicht mit nach New

York.« Ich drehte mich zu ihm um und sah, dass er hinterhältig lächelte. »Wie nett von dir. Genau das brauche ich heute Morgen – eine Herzattacke.«

»Ich wollte doch nur sehen, ob du mir zuhörst«, gab er zurück. Nach kurzem Schweigen versuchte er mich aufzumuntern. »Ich verspreche dir, es wird wieder besser.« Mir war natürlich klar, dass er da etwas versprach, von dem er keine Ahnung hatte, aber ich zwang mich trotzdem zu einem dankbaren Lächeln.

An diesem Tag kamen mir die Korridore noch länger und überfüllter vor als sonst – ich hatte das Gefühl, dass ich ewig brauchte, um zu meinem Spind zu gelangen. Mit laut klopfendem Herzen bog ich um die Ecke, aber als ich feststellte, dass niemand an meinem Nachbarspind stand, wurde ich traurig. Eilig sammelte ich meine Bücher zusammen und schlüpfte, ohne jemanden anzuschauen, zur Morgenstunde. Dort ließ ich mich auf dem erstbesten Platz nieder und wartete auf die täglichen Ankündigungen und den Anwesenheits-Check, um danach meinen sicher unerträglich langen Tag beginnen zu können. Aber ich schaffte es nicht, mich umzuschauen, ob Sara auch da war.

Allerdings sah ich sie im Lauf des Tages. Ihre leuchtend roten Haare waren selbst in dem Gewimmel auf den Korridoren gut auszumachen. Meistens war sie in Begleitung von Jill oder Jason. Jetzt wusste ich jedenfalls, dass sie zwar in der Schule war, mir aber gezielt aus dem Weg ging. Ich beobachtete sie aus der Ferne und wünschte mir, sie würde mich anschauen und sehen, wie zerknirscht ich war. Sagen konnte ich es ihr nicht, denn sie war ja nicht nahe genug, um zuzuhören.

Evan begleitete mich zu allen Kursen, sogar zu denen, an denen er gar nicht selbst teilnahm. Wäre mein Herz nicht anderweitig beschäftigt gewesen, hätte es in seiner Gegenwart vermutlich unkontrollierbar geflattert. Er versuchte, mich mit oberflächlichen Gesprächen abzulenken, deren Inhalte mir beim besten Willen nicht im Gedächtnis haften blieben. Als er begriff, dass ich nicht zuhörte, sondern nur höflich nickte, gab er auf.

Ich war so mit meinem eigenen schlechten Gewissen und meiner Trübsal beschäftigt, dass ich nicht darüber nachdenken konnte, wie es sich für ihn anfühlen musste, den ganzen Schultag neben der leblosen Hülle eines menschlichen Wesens herzulaufen. Ich war bestenfalls teilweise vorhanden, die Schuldgefühle fraßen mich langsam, aber sicher von innen her auf.

Nach einer Stunde stummer Qual auf dem Platz neben Sara war ich froh, den Journalistik-Kurs überstanden zu haben.

»Machen wir, dass wir wegkommen.«

»Hä?« Als ich aufblickte, stand Evan schon wieder neben mir.

»Machen wir, dass wir wegkommen«, wiederholte er.

War der Tag etwa schon vorüber?

»In deinem Zustand kannst du nicht mehr hierbleiben. Lass uns deine Sachen holen und zu mir nach Hause fahren.«

Als ich endlich begriff, was er meinte, fragte ich: »Aber hast du nicht Fußballtraining?« Ich wusste, dass der Coach uns Mädchen freigegeben hatte, weil er uns an den drei letzten Tagen vor dem Spiel am Freitag richtig hart rannehmen wollte – aber ich war ziemlich sicher, dass die Jungs bereits im Training waren. Ihr Spiel fand schließlich schon am Donnerstag statt.

»Ich hab einen von den Jungs gebeten, dem Coach zu sagen, ich hätte einen Arzttermin.«

Mir fiel kein Grund ein, seine Einladung auszuschlagen. Also folgte ich ihm zu meinem Spind und warf wahllos Bücher in meine Tasche. Dann begleitete ich Evan zu seinem Spind, aus dem er seine Sachen holte.

Auch die Fahrt zu ihm nach Hause hinterließ keinerlei Spuren in meinem Gedächtnis. Plötzlich wurden wir langsamer und bogen in die Auffahrt ein. Benommen sah ich mich um und fragte mich, wo meine Gedanken auf dem Weg hierher wohl gewesen waren. Hatte Evan womöglich versucht, mit mir zu sprechen? Hatte ich ihm womöglich auch geantwortet?

»Wir sind da«, verkündete er. An der Art, wie seine Stimme die Stille durchschnitt, merkte ich, dass wir höchstwahrscheinlich schweigend nebeneinandergesessen hatten. Vielleicht war ich sogar eingeschlafen.

Mit einem tiefen Atemzug stieg ich aus, aber ehe wir zum Haus gingen, sagte ich: »Evan, ich weiß nicht, ob du heute wirklich mit mir rumhängen willst.«

Er blieb mitten auf der Verandatreppe stehen. »Natürlich will ich das. Komm.«

Ich hätte mich gern dazu gezwungen, freundlich und eine angenehme Gesellschaft zu sein, damit seine Aufheiterungsversuche nicht völlig ins Leere trafen. Doch sosehr ich die Winkel meines Inneren auch absuchte, ich konnte keine auch nur annähernd überzeugende Rolle für mich finden. Also beschloss ich, mein Bestes zu tun und wenigstens nicht vollkommen am Boden zerstört zu wirken.

In der Küche holte Evan zwei Limoflaschen aus dem Kühlschrank und ging dann vor mir den langen Korridor hinunter, der in einen hellen Raum mit einem Klavier und einem eingebauten Bücherschrank führte. Bis auf ein paar große Topfpflanzen war das von Fenstern eingerahmte Zimmer leer, eine hölzerne Wendeltreppe führte zu einer Galerie, von der man den Raum überblicken konnte.

Ich folgte Evan auf die Galerie und von dort zu einer Tür. Der dahinterliegende Raum war dunkel und wesentlich kleiner als Saras Zimmer, aber immer noch locker doppelt so groß wie meines – und es hatte obendrein noch ein eigenes Bad. Sich überlappende Poster von Sportlern und Musikern bedeckten die Wand hinter Evans Bett, in der Ecke gegenüber stand ein einfacher schwarzer Schreibtisch mit einem Drehstuhl, darüber hing eine Pinnwand mit Fotos von Freunden und ein paar zerknitterten Konzert-Tickets. Ein großes Bett beanspruchte die Mitte des Zimmers, gegenüber war eine ebenfalls espressobraune Kommode mit einem Flachbildfernseher. Evan stellte seinen Rucksack neben dem Schreibtisch ab, bediente ein paar Tasten auf seinem Laptop, und sofort erfüllten wohltuende Klänge und Rhythmen den Raum.

»Tut mir leid, aber ich hab keine andere Sitzgelegenheit als das Bett«, sagte er und hielt mir eine der Limoflaschen hin.

Ich blieb stocksteif im Türrahmen stehen. Mein Herz fand in der Höhle, in der es gefangen gehalten wurde, einen neuen Rhythmus. Auf seinem Bett sitzen? Ernsthaft? Langsam ging ich darauf zu und setzte mich auf die Kante, war aber noch nicht bereit, der Matratze auch meine Beine anzuvertrauen.

Evan stopfte sich am Kopfende des Betts ein Kissen in den Rücken und nahm neben mir auf der tiefroten Tagesdecke Platz. Mir war klar, dass ich, wenn ich ihn anschauen wollte, weiter aufs Bett klettern musste. Also streifte ich schließlich doch meine Schuhe ab, rutschte aber ans Fußende und ließ mich dort im Schneidersitz nieder.

»Ich mag es nicht, wenn du so durcheinander bist«, sagte Evan schließlich.

»Sorry«, erwiderte ich leise und blickte auf meine Hände hinunter. Mehr fiel mir nicht ein.

»Ich wollte, ich könnte irgendetwas tun, damit es dir bessergeht. Magst du mir nicht vielleicht erzählen, was passiert ist?« Ich schüttelte den Kopf. Eine Minute schwiegen wir beide und lauschten der beruhigenden Hintergrundmusik.

»Sara redet bald wieder mit dir«, sagte Evan, als wäre das eine Tatsache.

»Ich weiß nicht«, flüsterte ich. Wieder tat mir das Herz weh, wenn ich daran dachte, warum sie es womöglich nicht tun würde. »Ich hab ihr ziemlich scheußliche Dinge an den Kopf geworfen.«

Auf einmal waren meine Augen voller Tränen, die ich aber energisch wegzublinzeln versuchte.

Evan rutschte zu mir, legte seine warme Hand auf meine Wange und wischte eine Träne weg, die sich selbständig gemacht hatte.

»Sie wird dir verzeihen«, sagte er leise, dann zog er mich an sich und legte die Arme um mich. Ich vergrub den Kopf an seiner Brust und ließ endlich meinen Tränen freien Lauf. Erst nach einer ganzen Weile nahm ich mich zusammen und richtete mich wieder auf.

»Du erlebst mich immer in meinen besten Momenten, was?« Ich versuchte zu lächeln und hatte auf einmal das Gefühl, mich viel zu weit aus meiner Deckung gewagt zu haben.

»Das ist doch nicht schlimm.«

Ich war nicht sicher, was er damit meinte, beschloss aber, es auf sich beruhen zu lassen.

»Darf ich mal dein Bad benutzen?«

»Klar.«

Ich ging in das kleine Badezimmer, schloss die Tür hinter mir und wusch mir mit reichlich kühlem Wasser die Gefühle vom Gesicht. Im Spiegel sah ich in die hellbraunen Augen, die meinen Blick erwiderten, und ermahnte mich streng, mich zusammenzunehmen. Nachdem ich mich abgetrocknet hatte, atmete ich noch einmal tief und ruhig durch, dann erst öffnete ich die Tür. Dass der Atemzug auch Evans beruhigenden Duft enthielt, war ein willkommener Nebeneffekt.

Inzwischen saß er wieder am Kopfende des Betts und zappte sich durch die Kanäle auf seinem Flachbildfernseher.

»Hast du immer noch nicht alles ausgepackt?«, fragte ich mit einer Kopfbewegung zu den zwei ungeöffneten Kisten mit dem Etikett »Evans Zimmer«. Eine stand unter dem leeren Bücherregal, die andere unter dem Fenster.

»Es wird allmählich«, antwortete er ausweichend.

»Wie kommt es, dass der Rest des Hauses aussieht, als würdet ihr schon seit Jahren hier wohnen, und du kriegst es nicht mal fertig, ein paar Kisten auszupacken?«

Evan lachte kurz auf.

»Wir beherrschen die Kunst des Umziehens aus dem Effeff. Meine Mutter plant schon vorher genau, wo alles hingestellt, verstaut und aufgehängt werden soll, dann heuern meine Eltern immer die gleichen Umzugsleute an, die nicht nur alles einpacken und ins neue Haus transportieren, sondern dort auch alles wieder auspacken und aufbauen. Wir kommen rein, und alles ist fertig. Nur meine Sachen fassen sie nicht an.«

»Und ...?«, hakte ich nach, denn ich wollte unbedingt, dass er mir den Grund für seine zugeklebten Kisten erklärte.

»Na ja ... ich hab noch nicht endgültig entschieden, ob ich bleibe.« Irgendein Gefühl schoss durch mich hindurch – ich wusste nicht, was es war, aber es fühlte sich ein bisschen an wie Panik.

»Oh«, brachte ich nur heraus.

»Hast du Lust auf einen Film?«

»Klar.« Ich ging zur freien Seite des Betts, stopfte mir das zweite Kissen in den Rücken und setzte mich neben Evan.

Er wählte einen Actionfilm aus seiner digitalen Filmbibliothek. Aber es dauerte nicht lange, da wurden meine Augenlider schwer. Nach einer Weile kapitulierte ich und überließ mich dem Schlaf.

»Emma«, flüsterte Evan mir ins Ohr. Ich brauchte einen Augenblick, um zu begreifen, dass seine Stimme real war. »Em, der Film ist vorbei.« Seine Stimme klang viel zu nah.

Ich riss die Augen auf. Mein Kopf war in seine Schulterkuhle gerutscht, sein Arm ruhte oben auf meinem Kissen. Schnell richtete ich mich auf und blinzelte angestrengt den Schlaf weg.

»Sorry, ich wollte eigentlich nicht den ganzen Film verpennen.« Ich streckte die Arme über den Kopf, in der sicheren Erwartung, dass ich mich versteift hatte, aber zu meiner Überraschung tat nichts weh.

»Ist doch okay«, erwiderte er lachend. »Aber ich glaube, du hast auf mein Hemd gesabbert.«

Mir blieb der Mund offen stehen. »Hab ich gar nicht.«

»Nein, war nur ein Witz.« Er lachte noch lauter.

»Du bist so ein Idiot«, schimpfte ich und warf ihm ein Kissen an den Kopf.

Evan fing das Kissen und schleuderte es postwendend zu mir zurück. Ich sprang auf und griff mir das Kissen hinter ihm, schwang es über den Kopf und traf seinen Rücken. Aber er riss mir die Beine weg, und ich kippte aufs Bett, was meinem Rücken gar nicht guttat. Er fing an, mein Gesicht mit dem Kissen zu bearbeiten.

»Das ist geschummelt«, protestierte ich unter dem Kissen hervor und versuchte, den Schmerz zu verdrängen. »Tackling gilt nicht.«

»Mach es doch auch«, schlug er vor.

»Na gut.« Ich stürzte mich auf ihn und schubste ihn mit aller Kraft. Als er auf den Rücken fiel, setzte ich mich auf seinen Brustkorb und klemmte mit den Knien seine Arme fest. Dann schwang ich wieder mein Kissen, und diesmal traf es ihn ins Gesicht.

»Oh, jetzt wirst du gemein«, grunzte er, zog aber fast mühelos seine Arme unter mir hervor und drehte mich auf den Rücken. Die Hände rechts und links von meinem Kopf aufgestützt, sein Körper noch immer zwischen meinen Knien liegend, schaute er grinsend auf mich herab. Ich spürte seinen warmen Atem im Gesicht, und das Brennen auf meinem Rücken verschwand. Doch dann fiel uns beiden gleichzeitig auf, wie nahe wir uns waren und dass niemand mehr ein Kissen in der Hand hatte. Ich hielt die Luft an und sah mit großen Augen zu ihm empor. Langsam verblasste sein Grinsen.

»Wollen wir eine Runde Pool spielen?«, fragte ich schnell und rollte mich unter ihm hervor, während er sich zur Seite fallen ließ. In einer fließenden Bewegung stand ich auf, packte meine Schuhe und verließ hastig das Zimmer. Evan sah mir vom Bett aus nach, immer noch seitlich auf den Ellbogen gestützt, aber ich flitzte die Treppe hinunter, so schnell ich konnte.

Mit erhitzten Wangen erschien er schließlich bei mir in der Küche.

»Möchtest du ein Wasser?«, fragte er und öffnete den Kühlschrank.

»Gern«, antwortete ich, aber jetzt konnte ich den Schmerz auf meinem Rücken nicht mehr verdrängen, den die Kissenschlacht verursacht hatte. »Können wir vielleicht stattdessen Darts spielen?«, fragte ich, und während er mir den Rücken zuwandte, schluckte ich mit dem Wasser schnell zwei Ibuprofen, die ich mir heute Morgen in die Tasche gesteckt hatte.

»Auch gut«, meinte Evan und studierte einen Moment mein Gesicht. Ehe er den Schmerz erkennen konnte, der in meinen Augen aufblitzte, verzog ich das Gesicht schnell zu einem Grinsen. Er erwiderte es, und ich folgte ihm in die Garage.

Nach ein paar Übungsrunden wanderten meine Gedanken wieder zu den unausgepackten Kisten in seinem Zimmer.

»Ich dachte, es gefällt dir hier?«, meinte ich und sah, wie er vor seinem nächsten Wurf zögerte.

»Was meinst du damit?«

»Du hast gesagt, du weißt nicht, ob du bleibst, und deshalb hast du die Kisten nicht ausgepackt.«

Evan hielt inne, ehe er seinen letzten Pfeil warf, und drehte sich zu mir um. »Hast du Angst, du würdest mich vermissen?«, erkundigte er sich mit einem schiefen Grinsen.

Missbilligend zog ich die Augenbrauen hoch und weigerte mich, ihm darauf eine Antwort zu geben.

»Mir gefällt es hier«, lenkte er nach seinem Wurf ein. »Ehrlich gesagt, hab ich noch nirgends mein ganzes Zeug ausgepackt. Sogar nach den zwei Jahren in San Francisco standen noch unausgepackte Kisten rum.«

»Warum?«

»Ich weiß es nicht«, antwortete er nachdenklich. »Vielleicht war ich nie vollständig davon überzeugt, dass ich bleibe – und ich hatte recht. Aber du hast meine Frage nicht beantwortet: Würde es dir was ausmachen, wenn ich wegginge?«

Ich zuckte die Achseln. »Ich würde es überleben«, meinte ich lächelnd, unfähig, mich diesem Thema ernsthaft zu widmen.

»Jetzt bist du der Idiot«, meinte er. »Aber keine Sorge, ich werde nicht mit Pfeilen nach dir werfen.«

Der restliche Nachmittag verging mit Darts und Kicker, und schließlich hatten sich auch die brennenden Schmerzen zu einem leichten Simmern abgekühlt. Noch immer gewann Evan jedes Spiel, aber er schien beeindruckt zu sein, weil es manchmal schon ziemlich knapp ausging. In seiner Gegenwart konnte ich meine Angst in Schach halten, und ich war ihm dankbar, dass er mir geholfen hatte, dem Rest des Schultages zu entfliehen. Es war so hart, in Saras Nähe zu sein und zu wissen, wie wütend sie auf mich war. Aber nach Hause zu gehen war noch schlimmer.

Meine Stimmung kippte, als ich in Evans Auto stieg. Natürlich bemerkte er es, aber er sagte nichts, um mich abzulenken, und so bereitete ich mich in der Stille auf die Spannungen vor, die zu Hause immer noch schwelten.

»Bis morgen dann«, sagte Evan leise, als ich die Autotür öffnete. Ich nickte und hielt inne, um ihn anzuschauen.

»Danke für den Nachmittag.« Ich lächelte ihn etwas zaghaft an, und er lächelte zärtlich zurück.

»Wessen Auto war das?«, fragte Carol, als ich durch die Tür trat.

»Saras Auto ist gerade in der Inspektion«, log ich. Vor lauter Angst, sie könnte mich durchschauen, schoss ein nervöses Zucken von meinem Bauch hinauf in meine Brust. Aber ich überprüfte nicht, ob meine Befürchtung stimmte, sondern ging schnell in mein Zimmer.

Als ich am nächsten Morgen die Auffahrt hinunterging und Evans Auto entdeckte, reagierte ich mit den gleichen gemischten Gefühlen. Langsam begriff ich, wie unwahrscheinlich es war, dass Sara mir verzieh. Und ich konnte ihr keinen Vorwurf machen, ich war wirklich grausam zu ihr gewesen. Außerdem – warum sollte ihr etwas daran liegen, sich weiter mit meinem irren Leben zu beschäftigen? Ich war doch selbst nicht sicher, wie ich es aushalten sollte.

Ich wusste, ich würde zu Evan niemals dasselbe Vertrauen haben wie zu Sara – ich kämpfte ja immer noch damit, unsere momentane Nähe überhaupt zuzulassen. Vermutlich war es ziemlich egoistisch von mir gewesen, ganz selbstverständlich davon auszugehen, dass Sara immer für mich da sein würde. Wir kamen aus verschiedenen Welten, es war unvermeidlich, dass sie irgendwann zusammenprallten. Es war nur eine Frage der Zeit gewesen.

Evan erlaubte mir zu trauern, ohne sich einzumischen. Er begleitete mich durch das Gewimmel auf den Korridoren zu meinen Kursen, und irgendwie überstand ich den Tag. Die Unterrichtsstunden rauschten zusammenhanglos an mir vorüber. Die Minuten schlichen dahin, die Leere breitete sich immer mehr aus. Irgendwann verschwand auch Evan, und es wäre mir gar nicht weiter aufgefallen, wenn ich ihn auf dem Weg zu meinem Spind nicht plötzlich dort stehen gesehen hätte.

Er hatte mir den Rücken zugewandt und redete mit jemandem. Und er machte einen aufgeregten Eindruck. Dann entdeckte ich die rote Haarmähne. Gegen meinen Willen trugen meine Füße mich trotzdem weiter. Ich konnte die Stimmen nicht hören, aber Sara sah so traurig aus. Evans Gesten wirkten flehend.

Dann hörte ich: »Sara, bitte erzähl mir, was passiert ist. Sie ist fix und fertig, und ich muss endlich verstehen, warum.«

»Wenn sie es dir nicht selbst erzählt hat, kann ich es dir auch nicht erzählen.«

Dann entdeckte sie mich, und ich blieb wie angewurzelt stehen, unfähig zu verarbeiten, was hier vor sich ging. Mit einem Knall schlug Sara ihren Spind zu und rannte davon. Evan drehte sich langsam um und nahm mich zur Kenntnis, während ich ihn mit zusammengekniffenen Augen musterte und immer noch zu verstehen versuchte.

»Warum hast du das gemacht?«, fragte ich entsetzt.

»Wenn du wüsstest, was ich die letzten beiden Tage gesehen habe, hättest du dasselbe getan.«

Ich begriff noch immer nicht. Seine Einmischung traf mich wie ein Schlag, ich musste weg. Entschlossen drehte ich mich um und bahnte mir einen Weg durch das Gedränge, meine Bücher an die Brust gepresst.

»Warte, Emma«, beschwor er mich, lief mir aber nicht nach.

Ich verdrückte mich in die Toilette und suchte mir eine leere Kabine. Dort lehnte ich mich mit dem Rücken an die Seitenwand, dachte an Saras trauriges Gesicht, und während sich die Szene in meinem Kopf noch einmal abspielte, ließ ich meinen Tränen freien Lauf. Ich konnte mir nicht erklären, warum ich nicht erleichtert war, dass Sara niemandem von meiner Situation erzählt hatte – vielleicht weil ich ohnehin nichts anderes erwartet hatte.

Sosehr ich es auch wollte, ich konnte Evan nicht böse sein. Zwar gefiel es mir nicht, dass er Sara so aus der Fassung gebracht hatte, aber ich wusste, dass es nicht seine Schuld war. Er hatte wirklich keine Ahnung, auf was er sich da einließ. Konnte ich zulassen, dass er mein Elend weiterhin ohne jede Erklärung mit ansah? Ich wusste, ich würde ihm niemals gestehen können, was zwischen Sara und mir vorgefallen war, ich würde mich ihm auch niemals anvertrauen können, wenn mir so etwas noch einmal passierte. Also blieb mir nur eine einzige Antwort. Ich musste ihn aufgeben. Die Entscheidung fiel mir nicht leicht, aber ich hatte ja immer gewusst, dass ich sie eines Tages treffen musste.

15
uNerbiTtliCh

Wie schön, dass du auch mal so lebendige Farben benutzt«, bemerkte Ms Mier, die hinter mich getreten war, um mein Gemälde zu bewundern. »Bisher hast du immer nur ganz dunkle Töne gewählt, zwar mit außergewöhnlichen Ergebnissen, aber das hier ist erfrischend. Irgendwas hat sich verändert, und es gefällt mir.«

Dann ging sie weiter zur nächsten Staffelei. Ich lehnte mich zurück und betrachtete mein fast fertiges Herbstlaub-Bild. Bevor Ms Mier aufgetaucht war, hatte ich gerade den Pinsel in ein bräunliches Orange getaucht, um die grellen Farbschattierungen auf der Leinwand etwas zu dämpfen. Jetzt legte ich das Malwerkzeug beiseite und starrte wieder auf die Farben. Sie blendeten meine müden Augen.

Ich starrte weiter auf meine Farbenpracht, bis Ms Mier den Kurs zum Aufräumen aufforderte. Von der plötzlich einsetzenden Unruhe aufgeschreckt, sah ich mich um und begann ungeschickt, meine Materialien zusammenzusammeln. Weiter hinten im Raum, bei den Foto-Utensilien, sah ich Evan stehen. Er beobachtete mich besorgt. Ich säuberte meine Sachen und ignorierte ihn.

»Hast du vielleicht Lust, mit mir für den Anatomie-Test zu lernen?«, fragte Evan, als wir den Raum zusammen verließen.

»Äh ... nein, ich kann nicht«, stotterte ich. »Ich muss noch was für die Zeitung machen.«

»Ich kann dich begleiten.«

»Nein, schon okay«, erwiderte ich hastig, ohne ihn richtig anzusehen. »Ich glaube, ich wäre lieber allein.«

»Okay«, sagte er langsam, und als ich vor meinem Spind stehen blieb, ging er weiter den Korridor hinunter.

Ich musste ihm nachschauen und rief mir ins Gedächtnis, dass es das Richtige war, nichts mehr mit ihm zu tun zu haben. Aber es fühlte sich scheußlich an – meine Blicke folgten ihm, bis er um die Ecke bog. Mein Herz tat weh, und eine Sekunde lang zweifelte ich an meinem Entschluss. Aber dann schüttelte ich den Gedanken ab und öffnete meinen Spind.

Das Fußballtraining war nicht nur körperlich, sondern auch psychisch anstrengend. Ohne jegliche persönliche Beziehung mit Sara zusammenzuspielen war eine Folter. Wenn wir nicht auf dem Feld waren, hielt sie sich so fern von mir wie möglich, und auf dem Feld passte sie mir nur dann zu, wenn sie wirklich keine andere Wahl hatte.

»Lauren, könnte ich heute vielleicht mit dir nach Hause fahren?«, fragte ich, als ich bei einer Übung neben ihr an der Seitenlinie stand.

»Klar«, antwortete sie, ohne zu zögern.

Nach dem Training ging ich stur neben Lauren her zu ihrem Auto und würdigte Evan, der auf mich wartete, keines Blickes. Aber ich spürte genau, wie er mir nachschaute. Erneut erinnerte ich mich daran, dass es nur zu unserem Besten war. Aber das half nicht.

»Danke fürs Mitnehmen«, sagte ich zu Lauren, als ich in ihren dunkelblauen Volvo stieg.

Doch ich hatte keine Ahnung, auf was ich mich da eingelassen hatte. Lauren war sehr nett, redete aber die ganze Heimfahrt über ununterbrochen. So hörte ich alles über den Homecoming-Ball; Sara und Jason hatten den Titel der Homecoming Queen und des Homecoming King gewonnen, obwohl beide nicht da gewesen waren. Ich versuchte, mir meinen Schock nicht anmerken zu lassen, aber Lauren ging offensichtlich davon aus, dass ich den Grund für das Fernbleiben der beiden kannte, und versuchte, mir eine Erklärung zu entlocken. Anscheinend hatte sie gar nicht bemerkt, dass Sara und ich nicht mehr miteinander sprachen. Was glaubte sie denn, warum ich mich von ihr nach Hause fahren ließ? Schließlich sagte ich lediglich, dass ich auch nicht wüsste, warum Sara und Jason nicht zum Ball gegangen seien.

Daraufhin plapperte Lauren über Fußball und das bevorstehende Spiel. Sie war begeistert, dass sie es als Mannschaftskapitänin in ihrem letzten Schuljahr bis zur Meisterschaftsrunde geschafft hatte. Ich erfuhr in allen Einzelheiten, für welche Colleges sie sich beworben hatte und wie schwer es ihr fiel, sich für eines zu entscheiden. Redeten die meisten Mädels so viel? Ich wunderte mich, dass sie zwischen den einzelnen Sätzen überhaupt Luft holen konnte. Die Themen verschwammen ineinander wie die Landschaft, die draußen an uns vorbeiflog, und ich war beinahe erleichtert, als wir vor meinem Haus hielten, so erschöpft war ich vom Zuhören.

»Noch mal vielen Dank, Lauren«, sagte ich beim Aussteigen.

»Wenn ich dich morgen auch mitnehmen soll, sag einfach Bescheid. Es war schön, mit dir zu plaudern, ich hab das Gefühl, wir haben sonst nie richtig Zeit zum Reden.«

»Vielleicht komm ich darauf zurück«, antwortete ich zögernd, denn ich wusste, dass ich lieber zu Fuß nach Hause ging, als sie noch einmal zu fragen.

Dann versuchte ich, mich unauffällig durch die Küche zu schleichen, aber ein stechender Schmerz in meinem rechten Arm hielt mich auf. Ich zuckte zusammen, und als ich mich umdrehte, stand Carol mit einem metallenen Servierlöffel in der Hand vor mir.

»Wer zur Hölle war das denn?«, wollte sie voller Entrüstung

wissen. Ich blickte mich um und sah, dass George nicht da war. An der Art, wie Carol den Löffel umklammerte, erkannte ich, dass mir nichts Gutes bevorstand.

»Das war Lauren, eine unserer Mannschaftskapitäninnen«, erklärte ich wahrheitsgemäß, denn ich hatte zu viel Angst, dass sie mich durchschaute, wenn ich log.

»Du bist dermaßen jämmerlich. Wenn du um Mitfahrgelegenheiten bettelst und mich dabei blamierst, wirst du dafür büßen. Jetzt hat Sara also endlich gemerkt, wie du wirklich bist, was?«

Die Erwähnung von Saras Namen schmerzte mehr als der rote Fleck auf meinem Arm. Aber ich schwieg und hielt verzweifelt Ausschau nach einer Gelegenheit, in mein Zimmer zu entkommen, ehe die Situation eskalierte.

Doch in diesem Moment riss Carol die Augen auf und der Metalllöffel knallte gegen meine Schläfe. Ich stöhnte auf, griff nach meinem Kopf und wich zurück, bis ich mit dem Rücken an der Wand stand.

»Du verdammtes, ekelhaftes Luder«, zischte Carol, und in ihren Augen braute sich ein Sturm zusammen. Ich fürchtete mich vor dem, was kommen würde. »Wie kannst du es wagen, mein Haus zu betreten, wenn du dermaßen stinkst?«

Niedergeschlagen sah ich an meinen Trainingsklamotten hinunter. Ich hatte nach dem Training nicht geduscht, um Lauren nicht warten zu lassen. Offensichtlich war das die falsche Entscheidung gewesen.

»Mom!«, rief in diesem Augenblick Jack von oben, und sofort wandte seine Mutter sich von mir ab. »Ist Dad schon mit der Pizza zurück?«

Sie musste erst den Zorn abschütteln, bevor sie in ihrem besten Mutterton antwortete: »Nein, Schätzchen, aber er müsste bald kommen. Du und Leyla, ihr könntet euch schon mal die Hände waschen.«

Dann fauchte sie mich an: »Geh mir aus den Augen, sonst kannst du draußen schlafen.« Ich ergriff die Gelegenheit und rannte in mein Zimmer.

Rasch schloss ich die Tür hinter mir, stellte meine Taschen auf den Boden und rieb die Beule an meiner Schläfe, froh, nichts Schlimmeres davongetragen zu haben. Zwar war ich am Verhungern, aber ich wusste, das musste ich durchstehen.

Stattdessen versuchte ich, mich auf meine Hausaufgaben zu konzentrieren. Aber es gelang mir nicht. Ich starrte nur auf die Wörter, die mir vor den Augen verschwammen, und konnte mich bloß vage an den Unterricht erinnern, in dem ich die Aufgaben bekommen hatte. Meine Notizen waren lediglich unzusammenhängendes Gekritzel. Als es um zehn an die Tür klopfte – das Signal zum Lichtausmachen –, zuckte ich vor Schreck zusammen.

Ich legte mein Mathebuch ins unterste Fach meines begehbaren Wandschranks und löschte das Licht. Dann wartete ich im Bett, bis ich zwei Paar Füße die Treppe hinaufgehen hörte. Atemlos kroch ich unter meiner Decke hervor, schlüpfte in den Wandschrank und schloss die Tür hinter mir. Der Wandschrank war nicht sonderlich breit, was in Ordnung war, da ich ohnehin nicht viele Klamotten besaß, aber er war hoch und auch ziemlich tief. So hatte ich reichlich Platz, um unter meinen Kleidern zu sitzen, ohne dass sie mir auf den Kopf hingen. Eine kleine Tür auf der Rückseite führte zu einer niedrigen Nische, in der ich die Dinge aufbewahrte, die mir am meisten bedeuteten.

In diesem kleinen Versteck waren die einzigen Bilder von meinen Eltern, die ich besaß, meine Andenken an eine Zeit, die fast zu lange her war, um mich noch an sie erinnern zu können. Und die mit Sicherheit Lichtjahre weit entfernt war von dem Ort, an dem ich jetzt, eingepfercht in diesen Wandschrank, kauerte. Auch meine Lieblingsgemälde und meine Sporttrophäen hatte ich hier untergebracht, zusammen mit einer kleinen Schuhschachtel mit

Briefen, die meine Mutter mir geschickt hatte, nachdem ich bei George und Carol eingezogen war.

Anfangs hatte sie mir oft geschrieben, nichts Wichtiges, nur zufällige, zu Papier gebrachte Gedanken. Nach einer Weile trafen die Briefe immer seltener ein, bis sie irgendwann, ungefähr vor eineinhalb Jahren, ganz ausblieben. Ich stellte mir vor, dass meine Mutter vom Leben zu sehr beansprucht wurde, um noch Kraft für mich aufbringen zu können. Sie war schon immer sehr mit sich selbst beschäftigt gewesen – deshalb war ich ja auch hier in diesem Haus und nicht bei ihr.

Im Licht der Glühbirne, die über dem Regal hing, brütete ich über meinem Lehrbuch und versuchte mir selbst beizubringen, was ich im Unterricht nicht mitbekommen hatte. Als ich wieder aus meinem Lernversteck hervorkroch, war es schon nach ein Uhr morgens. Immer noch in meinen Trainingssachen, ließ ich mich aufs Bett fallen und war im Handumdrehen eingeschlafen. Aber in meinen Träumen wälzte ich mich unruhig hin und her.

Am nächsten Morgen schleppte ich mich ins Badezimmer. Mir stand ein weiterer Tag bevor, an dem es wenig gab, worauf ich mich freuen konnte, aber ich machte mich trotzdem bereit. Eigentlich hatte ich mir vorgenommen, zur Bushaltestelle zu laufen, aber Evan wartete schon auf mich – unerbittlich. Ich war fest entschlossen weiterzugehen und seinen glänzenden Sportwagen zu ignorieren.

Als ich an ihm vorbeikam, stieg er aus. »Emma, tu das nicht«, beschwor er mich.

Ich sah von ihm zum Panoramafenster unseres Hauses hinüber und riss panisch die Augen auf. Er folgte meinem erschrockenen Blick.

»Dann steig doch ein«, drängte er. Seufzend trabte ich zu seinem Auto und schlüpfte hinein. Er schloss die Tür und fuhr los.

Ich saß steif auf dem Ledersitz, die Arme um meinen Rucksack gelegt, die Lippen zusammengepresst, und starrte geradeaus.

»Schmollst du?«

Beleidigt musterte ich ihn. Er antwortete mit einem amüsierten Grinsen, was mich noch mehr aufregte.

»Du schmollst also wirklich«, schlussfolgerte er fast lachend.

»Hör auf!«, gab ich zurück und versuchte ernst zu bleiben. Aber je mehr ich es versuchte, desto mehr spürte ich, wie sich meine Mundwinkel gegen meinen Willen nach oben zogen. »Ich schmolle überhaupt nicht.«

Jetzt prustete Evan los.

»Es reicht!«, schrie ich, merkte aber, dass ich ebenfalls grinste.

Als er endlich aufhören konnte zu lachen, wurde er gleich viel zu ernst.

»Jetzt musst du mir aber wirklich mal sagen, was los ist. Warum gehst du mir aus dem Weg?«

Ich schwieg und bemühte mich, mir eine vernünftige Erklärung einfallen zu lassen, irgendetwas, damit er akzeptierte, dass ich ihn aus meinem Leben streichen musste. Aber mir fiel absolut nichts ein, denn alles, was ich sagen wollte, offenbarte viel zu viel. Unterdessen wartete er geduldig auf meine Antwort.

»Du bist nicht Sara«, hauchte ich schließlich.

»Ich möchte auch nicht Sara sein«, erwiderte er verwirrt. »Ich versteh dich leider immer noch nicht.«

»Ich weiß nicht, wie ich dich in meine Welt lassen soll, ohne dir womöglich auch so weh zu tun.« Die Wahrheit, die in meinen Worten verborgen lag, offenbarte mehr, als er jemals begreifen würde.

»Du brauchst keine Angst davor zu haben, dass du mir weh tust«, entgegnete er ruhig. »Mir gefällt es, zu deiner Welt zu gehören, und ich hab auch längst kapiert, dass es komplizierter ist, als du mir zu erklären bereit bist. Das werde ich respektieren … jedenfalls für den Moment.«

Er fuhr auf den Parkplatz eines Drugstores und hielt an. Als er sich zu mir drehte, wirkte er ziemlich nervös, und ehe er anfing zu sprechen, atmete er hörbar aus. Mir wurde eng um die Brust, auf einmal hatte ich Angst vor dem, was er sagen würde.

»Ich tu so was nicht.« Er gestikulierte mit seinen Händen, ich kniff die Augen zusammen und versuchte, seine Bewegungen zu interpretieren. Er atmete lange aus und starrte durch die Windschutzscheibe nach draußen. »Ich bleibe nicht, das bin ich gewohnt. Und ich bin immer darauf vorbereitet zu gehen, denn irgendwann muss ich es.«

Wieder hielt er frustriert inne. Ich saß reglos da, hundertprozentig davon überzeugt, dass es mir lieber wäre, wenn er nicht weitersprach – aber ich brachte es nicht über mich, ihn darum zu bitten.

»Ich möchte hierbleiben«, verkündete er schließlich. »Es würde mir viel ausmachen zu gehen. Ich meine ... ungepackt.«

Mit einem schwachen, unsicheren Lächeln sah er mich an. Ich hielt seinem Blick stand, und so verharrten wir schweigend eine quälend lange Minute. Er wartete darauf, dass ich etwas sagte. Ich sah als Erste weg, ließ meinen Blick im Auto umherwandern und suchte nach den richtigen Worten. Enttäuscht schaute auch Evan weg. Mit rotem Gesicht ließ er den Motor wieder an und fuhr weiter zur Schule.

Die Spannung zwischen uns war nahezu unerträglich. Ich suchte immer noch nach Worten, die ihn dazu bewegen würden, mich aufzugeben. Aber jedes Mal, wenn ich sie aussprechen wollte, blieben sie mir im Hals stecken. Als er endlich einparkte und den Motor abstellte, schaute ich ihn an und sagte das Einzige, was mein Herz mir zu sagen erlaubte.

»Du solltest bleiben.« Auf einmal musste ich lachen und fügte rasch hinzu: »Aber wenn du endlich merkst, dass ich überhaupt nicht interessant bin, wirst du dir wahrscheinlich wünschen, du hättest es nicht getan.« Seine Augen funkelten, und ich sah, wie sein Gesicht sich ganz langsam entspannte.

Obwohl ich genau wusste, dass es das Richtige gewesen wäre, konnte ich ihn einfach nicht mehr wegstoßen. Und obwohl ich angestrengt nach einem logischen Grund suchte, mit ihm befreundet zu bleiben, konnte ich keinen finden. Es war ein Risiko, ihn in meiner Nähe zu haben – aber ich war nicht bereit, ihn aufzugeben.

»Hast du wirklich ausgepackt?«, fragte ich skeptisch, als wir in die Schule traten.

»Hab ich, ja – nachdem ich dich neulich heimgefahren habe. Ich glaube, du hast mir so ein schlechtes Gewissen gemacht, dass ich nicht anders konnte.«

Ich musste lachen. »So kommt man also an dich ran – man muss dir nur ein schlechtes Gewissen machen.«

»Es gibt auch noch andere wirksame Methoden«, wandte er ein.

Als ich ansetzte, um unser Geplänkel fortzuführen, merkte ich plötzlich, dass wir gleich bei meinem Spind waren. Ich sah mich nach Sara um, konnte sie aber nirgends entdecken.

»Wie schaffe ich es bloß, dass sie mir zuhört?«, murmelte ich, ohne den Blick abzuwenden.

»Vielleicht musst du sie dazu bringen«, antwortete Evan, dann ging er davon.

Bedrückt von der Erkenntnis, dass ich einen weiteren Tag des Meidens vor mir hatte, trottete ich zu meinem Spind, um mich für den Unterricht fertig zu machen. Die Leere in mir blieb, aber allmählich begann ich sie als Teil meiner selbst zu akzeptieren.

Ich schaffte es, dem Unterricht zu folgen und seinen Inhalt zu verstehen. Ich ging neben Evan durch die Korridore, hörte seine Worte und trug sogar etwas zum Gespräch bei. Aber noch immer suchte ich mit meinen Augen die Gänge ab, ständig enttäuscht, weil Sara zu weit weg war oder weil ich sie überhaupt nicht entdecken konnte.

Immer wieder versuchte ich mir einzureden, ich sollte sie einfach vergessen und akzeptieren, dass ich mit meiner Wahrheit alleine war. Und da ging mir plötzlich ein Licht auf – *die Wahrheit*. Abrupt blieb ich stehen, mitten im Korridor, mitten in Evans Satz. Er drehte sich nach mir um, und die Worte erstarben ihm auf den Lippen.

»Ist alles in Ordnung mit dir?«, fragte er zögernd.

»Ich glaube schon.« Ich sagte es ganz langsam und ließ mir mein Aha-Erlebnis noch einmal durch den Kopf gehen – Sara *kannte* die Wahrheit. Evan machte einen besorgten Eindruck, also lächelte ich ihm beruhigend zu.

Zwar änderte das nichts an seiner besorgten Miene, aber er sagte auch nichts auf dem Weg zu Anatomie. Als der Kurs vorbei war, lief ich sofort auf den Korridor, ließ Evan einigermaßen ratlos zurück und rannte los zu meinem Spind. Hoffentlich war ich rechtzeitig dort! Als ich Sara entdeckte, die gerade ihre Bücher in den Schrank packte, atmete ich erleichtert auf und eilte zu ihr, um sie abzufangen.

Als Sara mich kommen sah, versuchte sie, in die entgegengesetzte Richtung zu entkommen. Zum Glück war sie allein. Ich folgte ihr, und ehe sie die Tür zur Treppe erreichte, rief ich laut: »Das war nicht ich!«

Als Sara meine Stimme hörte, blieb sie abrupt stehen, wandte sich aber nicht zu mir um. Ich holte sie ein und stellte mich so dicht hinter sie, dass sie mich verstehen konnte, ohne dass ich schreien musste.

»Ich weiß, dass ich grässliche Dinge gesagt habe, Sara, und sie werden mir mein Leben lang leidtun«, stieß ich hastig hervor, ehe sie es sich anders überlegen und weitergehen konnte. – »Aber *du* weißt, dass nicht ich es war.«

Gespannt drehte sie sich um, sagte aber nichts.

»Können wir bitte reden?«, bettelte ich. Sie zuckte die Achseln und drückte die Tür auf. Ich folgte ihr die Treppe hinunter und durch die Seitentür nach draußen, wo wir uns ins Gras hockten. Sara schlang die Arme um die angezogenen Knie und starrte geradeaus, immer noch ohne mich eines Blickes zu würdigen.

Ich sah sie an, ließ meine Worte durch die Luft schweben und hoffte, dass Sara sie hörte.

»Was ich gesagt habe, tut mir so, so leid. Ich war nicht ich selbst, und ich hoffe, du weißt das. Ich war verletzt und wütend, und leider hast du es abgekriegt. Das war nicht richtig. Aber du weißt, dass ich nicht wirklich diese Person bin.«

Jetzt legte Sara den Kopf schief, um mich anschauen zu können, und ich wusste, dass sie zu begreifen begann.

»Ich werde nicht wütend. Das fühlt sich schrecklich an, ich hasse es, so zu sein. Wenn ich so bin ... wenn ich mich von *ihr* dazu bringen lasse, so zu sein, dann hat sie gewonnen. Dann zerstört sie nicht nur mich, sondern auch alle, die mir wichtig sind.

An dem Tag neulich hat sie mich so weit gehabt. Es hat mich innerlich fast aufgefressen. Ich hätte das alles nicht sagen dürfen, aber ich konnte auch nicht zulassen, dass du jemandem von mir erzählst. Ich weiß, wie einfach es wäre, dem Ganzen ein Ende zu bereiten, aber das kann ich nicht. Ich darf nicht nur an mein eigenes Leben denken. Leyla und Jack würden zugrunde gehen, wenn man sie ihren Eltern wegnimmt, und dafür will ich nicht verantwortlich sein. Ich bin stark genug, ich werde damit fertig. Aber die beiden sind noch klein, deshalb muss ich es noch eine Weile aushalten. Verstehst du?«

Auf einmal füllten sich Saras Augen mit Tränen, und sie sah schnell weg, um sie abzuwischen.

»Ich weiß, ich hab nicht das Recht, dich zu bitten, für mich da zu sein. Das ist nicht gerade die Idealvorstellung von einer Freundschaft, aber ich weiß, ich schaffe es, wenn du da bist und mir hilfst. Du bist die Einzige, die mich wirklich kennt, und ich vertraue dir. Ich werde dich niemals bitten, für mich zu lügen, und ich werde dich auch niemals zwingen, bei etwas mitzumachen, was du nicht willst. Aber der Gedanke, dass du womöglich nie wieder mit mir redest, tut mir schlimmer weh als alles, was Carol mir jemals antun könnte. Ich möchte dich nicht auch noch verlieren.«

Die Ehrlichkeit, mit der ich mein Innerstes vor Sara entblößte, brachte mein Herz zum Stolpern. So hatte ich mich noch nie jemandem geöffnet, nicht einmal ihr. Aber ich konnte nichts davon zurücknehmen, ich konnte meine Verletzlichkeit nicht mehr vor ihr verbergen. Ich wusste, ich stand hinter dem, was ich sagte – viel mehr als hinter den bitteren, gemeinen Worten, die ich ihr in der Kabine an den Kopf geworfen hatte. Und ich hoffte, dass die Wahrheit genügte.

In gespanntem Schweigen wartete ich. »Du hast mich nicht verloren, Em«, flüsterte Sara schließlich. »Du hast recht. Sowenig es auch verstehe – du bist kein wütender Mensch. Traurig und verschlossen, das schon – aber nicht wütend, obwohl du jedes Recht dazu hättest.« Sie hielt inne.

»Ich wusste, dass du das alles nicht so gemeint hast. Ich bin dir nur deshalb aus dem Weg gegangen, weil *ich* so dermaßen wütend werde, wenn ich dich anschaue.« Ihr Geständnis verwirrte mich. »Ich *hasse* diese Frau dafür, dass sie dir weh tut. Das macht mich so zornig, dass ich kaum an mich halten kann, und ich bin auch nicht gerne zornig. Aber du hast auch damit recht: Genau das beabsichtigt sie ja. Sie will alles Positive in dir isolieren und zerstören. Das dürfen wir nicht zulassen. Ich weiß, du bist stark genug, um das auch ohne mich zu schaffen, aber ich bin ebenfalls nicht bereit, auf deine Freundschaft zu verzichten.« Ihre Augen glänzten, und sie sah mich mit einem sanften Lächeln an.

Ich versuchte, die Nässe in meinen Augen wegzublinzeln. Sara stand auf und breitete die Arme aus, ich erhob mich ebenfalls und ließ mich von ihr drücken, ohne starr zu werden.

Nach einer Weile ließ sie mich los und wischte sich noch einmal die Tränen weg. »Lass uns eines klarstellen«, sagte sie und sah mir ernst in die Augen. »Wenn du mir jemals wieder einredest, ich wäre eine Schlampe, spreche ich kein Wort mehr mit dir. Ich weiß, was ich tue, also halte dich da raus. Kapiert?«

»Ja, kapiert«, beteuerte ich. »Es tut mir wirklich leid.«

»Ich weiß«, antwortete sie und griff nach meiner Hand. »Und mir tut es leid, dass ich damit gedroht habe, dich bloßzustellen. Ich verstehe, warum du das alles tust. Ich hasse es, das leugne ich nicht, aber ich bin für dich da, komme, was wolle.«

Diesmal drückte ich sie an mich. »Danke.«

16
DeR pLan

Zusammen machten wir uns auf den Weg in die Cafeteria. Als wir uns dem Eingang näherten, sagte Sara: »Wir müssen uns einen Plan ausdenken.«

»Was denn für einen Plan?«

»Du verdienst es, glücklich zu sein. Ich habe gemerkt, wie viel entspannter du bist, seit Evan seinen schlechten Einfluss auf dich ausübt. Also lass uns eine Methode finden, wie du es aufs College schaffst, das Leben bei deiner Tante und deinem Onkel durchhältst und trotzdem auch ein bisschen Spaß hast.«

»Klingt unmöglich«, meinte ich kopfschüttelnd.

»Wir werden es superschlau anstellen«, meinte sie und zwinkerte mir zu.

»Irre ich mich, oder hast du mir gerade zugezwinkert?«

»Ach, sei still«, erwiderte sie und gab meinem Arm einen spaßigen Schubser. Zum Glück war es nicht der Arm mit dem frischen blauen Fleck.

Als wir mit unseren Tabletts am Tisch saßen, fuhr Sara mit ihren Überlegungen fort. Ganz offensichtlich hatte sie sich schon eine Weile Gedanken zu diesem Thema gemacht.

»Okay, du und Evan habt eigentlich schon mit dem angefangen, was mir durch den Kopf geht. Du weißt schon, dass wir die Zeit nutzen, die du in der Schule und in der Bibliothek verbringst. Ich glaube, wir könnten versuchen, freitags oder samstags einen Abend dranzuhängen, dann kannst du bei mir übernachten. An den Abenden, an denen du ein Basketballspiel hast, funktioniert das garantiert, aber dann nimmt das Spiel den größten Teil der Zeit in Anspruch und lässt nicht viel Raum für andere Dinge. Ich muss mir noch eine richtig gute Ausrede einfallen lassen, die deine Tante und dein Onkel schlucken, damit du so wenig wie möglich bei ihnen zu Hause sein musst.«

Sie hatte recht – wenn ich behauptete, in der Schule oder in der Bibliothek zu sein, nutzte ich das kleine bisschen Freiheit, das sie mir ließen, schon jetzt zu meinen Gunsten. Da konnte doch ein zusätzlicher Abend nicht so schwer zu ergattern sein, oder? Doch dann fiel mir Carols argwöhnisches Verhör wieder ein, Zweifel überfielen mich, und es lief mir eiskalt den Rücken hinunter. Wie sollte ich damit durchkommen?

»Aber Emma«, erklärte Sara sehr ernst, »wenn du jemals erwischt wirst, werde ich nicht zulassen, dass sie dir etwas antut. Du wirst nicht für meinen Plan bestraft werden. Eher erkläre ich meinen Eltern, was los ist, oder ich rufe die Polizei. Okay?« Ihr war anzusehen, dass sie es todernst meinte.

»Okay«, flüsterte ich, wusste aber, dass ich das niemals geschehen lassen würde. »Sara, wenn wir schon darüber reden – du musst mir vertrauen.« Mir war sofort klar, dass sie mich nicht verstand, und ich fuhr fort: »Ich weiß, was ich mir zumuten kann. Auch wenn es nicht richtig ist – es ist eben so und es wird so bleiben, bis ich endlich ihr Haus verlassen kann. Deshalb musst du mir vertrauen, auch wenn ich dir manchmal nicht sage, was los ist. Okay?«

Einen Augenblick zögerte Sara, anscheinend musste sie meine Worte erst einmal verdauen. »Emma, sei bitte immer ehrlich zu mir.« Ich sah ihr direkt in ihre eindringlichen Augen und nickte, obwohl ich schon jetzt wusste, dass ich mich auch daran nicht halten würde.

Auf dem Weg zu unseren Spinden wandte Sara sich zu mir und fragte: »Bist du jetzt eigentlich offiziell mit Evan zusammen?«

Ich verdrehte die Augen. »Das wird nicht passieren, daran hat sich nichts geändert.«

»Ich begreife einfach nicht, warum du das nicht zulässt«, entgegnete sie und lächelte vielsagend.

Als wir Evan entdeckten, der wartend an meinem Spind stand, wurde ihr Lächeln noch breiter. Und Evan fing an zu strahlen, als er mich mit Sara zusammen sah.

»Hi, Sara«, begrüßte er sie grinsend.

»Hi, Evan«, erwiderte sie fröhlich.

»Bereit für Journalistik?«, fragte er. »Oh, Em, meinst du, der Kurs und die Lernstunde reichen dir, um mit der Zeitung fertig zu werden? Dann könnten wir nach dem Training noch was zusammen unternehmen.«

»Perfekt«, warf Sara ein, ehe ich antworten konnte. »Lasst uns zu mir nach Hause gehen und Pizza holen.« Sie war so begeistert, einen Komplizen für ihr Projekt »Befreit Em« gefunden zu haben, dass sie kaum stillstehen konnte.

Evan wunderte sich zwar offensichtlich etwas über Saras überschwängliche Reaktion, aber er hatte ja auch keine Ahnung, worüber Sara und ich beim Lunch gesprochen hatten.

»Sara schmiedet gerade Pläne, mich noch stärker in die Welt außerhalb der Schule und meines Zuhauses einzubinden. Da passt dein Vorschlag natürlich perfekt«, erklärte ich ihm.

»Das war schon immer mein Plan«, gab er unumwunden zu, und Sara strahlte.

»Ich hoffe, ich weiß, worauf ich mich da einlasse«, sagte ich seufzend und verdrehte die Augen.

»Ja, auf die Chance, ein bisschen was vom Leben zu haben«, verkündete Sara, kaum in der Lage, ihren Enthusiasmus in Schach zu halten.

»Das sagst *du*«, grummelte ich, aber sie lachte nur. Ich war so froh, sie wieder bei mir zu haben.

Nach dem Training begleiteten Evan und Jason uns zu Sara.

»Es tut mir so leid, Sara, dass ihr nicht beim Homecoming-Ball wart«, sagte ich im Auto zu ihr. »Ich gehe vermutlich recht in der Annahme, dass ich daran schuld bin.«

»Mach dir deswegen bloß keine Gedanken«, winkte Sara ab. »Ich hatte überhaupt keine Lust darauf, und Jason ist so schüchtern, dass es ihm todpeinlich gewesen wäre, mit der Krone auf die Bühne zu müssen.« Aber ich fühlte mich immer noch schlecht, weil sie so einen großen Moment meinetwegen verpasst hatten.

»Wie war denn gestern die Heimfahrt mit Lauren?«, wechselte Sara das Thema.

»Anstrengend«, seufzte ich, und Sara musste lachen. »Mir war nicht klar, dass jemand so viel und so schnell reden kann«, erklärte ich.

»Sie ist echt nett, aber ja, sie hört sich selbst gern reden und findet manchmal kein Ende.«

Saras Haus war dunkel, als wir in der Auffahrt hielten.

»Meine Eltern sind schon wieder bei irgendeinem Abendessen«, bemerkte sie mit einem tiefen Seufzer.

Die nächsten Stunden versinnbildlichten all das, was Sara sich für mich wünschte. Wir aßen Pizza, hörten Musik, spielten Videospiele und lachten. Allmählich füllte das Lachen die Leere in mir, mein Herz kehrte an seinen angestammten Platz in meiner Brust zurück, und ich war wieder ganz.

Da ich nichts davon aufs Spiel setzen wollte, beschloss ich, am besten schon gegen neun wieder zu Hause zu sein. Evan bot an, mich zu fahren. Sara umarmte mich und wünschte mir eine gute Nacht. Als sie versprach, mich morgen abzuholen, blickte Evan, der gerade seine Jacke anzog, zu uns herüber.

»Es hat mir gefallen, dich abzuholen«, gestand er, als wir hinausgingen. »Obwohl du weniger gesprächig warst als sonst, hab ich mich immer gefreut, dich morgens gleich als Erstes zu sehen.«

»Sorry, du musst dich wohl damit zufriedengeben, stattdessen in ungefähr jedem Kurs neben mir zu sitzen.«

»Es ist gut, dass zwischen Sara und dir wieder alles in Ordnung ist«, sagte er unterwegs. »Wie habt ihr das eigentlich geschafft?«

»Ich hab sie dazu gebracht, mir zuzuhören.«

Er lächelte.

Die nächste Woche verging, als wäre die Zeit ohne Sara nur eine kleine Atempause gewesen. Jetzt waren wir wieder unzertrennlich. Evan begleitete mich zwar weiterhin in meine Kurse, verschwand aber im zweiten Teil des Tages, wenn ich mit Sara zusammen aß, lernte und Hausaufgaben machte. In den ersten Tagen fiel mir das auf, und ich verstand nicht, warum es mich störte.

Nach der Schule unternahmen wir oft etwas zu dritt, manchmal gesellte sich auch Jason zu uns. Am Donnerstag ließ der Coach uns die zweite Hälfte des Viertelfinales der Jungs ansehen, was sie leider verloren. Evan war am Boden zerstört, erholte sich aber, als ich ihm sagte, dass ich erst um neun zu Hause sein müsse. Am Freitag gewannen wir unser Spiel mit vier zu drei. Ich trug zwei Tore bei, was schön war, denn im Publikum saßen drei Scouts. Coach Peña versicherte mir, dass ich gut gespielt hätte und bestimmt von ihnen hören würde. Ich konnte es nur hoffen.

Am Sonntag traf Sara sich mit Evan und mir zu unserem Bibliothekstag. Ich hatte das Gefühl, dass sie die verlorene Zeit wettzumachen versuchte, was mich sehr freute. Aber ich bemerkte auch die Überraschung in Evans Gesicht, als Sara hinter seinem Auto hielt. Ich wusste nicht, was er ursprünglich geplant hatte, aber als er sah, dass Sara mit von der Partie war, schlug er vor, zu ihm zu fahren und eine Runde Pool zu spielen.

Sara und ich bildeten ein Team und traten gegen Evan an. Natürlich besiegte er uns trotzdem. Nach seiner ersten Reaktion gab es keinerlei Anzeichen mehr, dass er sich nicht über Saras Anwesenheit freue. Während wir spielten, begann Sara einen Plan für das kommende Wochenende auszuarbeiten. Sie malte sich aus, dass ich am Freitag nach dem Meisterschaftsspiel bei ihr übernachtete, vorausgesetzt, wir gewannen das Halbfinale am Dienstag. Ich war nicht überzeugt, weil das Spiel um fünf begann und daher nicht meine Sperrstunde überschritt.

Außerdem suchte sie noch nach einer Möglichkeit, mich auch am Samstag bei sich zu behalten, damit wir sowohl den Samstag als auch den gesamten Sonntag zusammen verbringen konnten. Als sie den Sonntag erwähnte, warf Evan mir einen kurzen Blick zu, widersprach aber nicht. Ich ließ Sara mit ihren Plänen weitermachen, weil ich wusste, dass sie ohnehin nicht umsetzbar waren. Der einzige Tag, an dem ich eine Chance hatte, war der Sonntag, wegen meines gut etablierten Bibliotheksbesuchs.

Alles änderte sich an diesem Abend, als George zu mir sagte: »Wir nehmen die Kinder nächstes Wochenende mit zum Skifahren. Janet hat gesagt, du kannst so lange bei ihr bleiben.«

Mir wurde flau im Magen. Janet wohnte in der übernächsten Stadt, so dass ich am Freitag nicht beim Spiel dabei sein konnte, ganz zu schweigen von der Bibliothek am Sonntag.

»Am Freitagabend ist das Meisterschaftsspiel«, sagte ich.

Carol blitzte mich wütend an. »Vielleicht wirst du darauf verzichten müssen«, meinte sie schneidend. »Meine Mutter ist so nett, dich aufzunehmen, du solltest dankbar sein.«

Mir wurde eng um die Brust, mein Magen zog sich immer mehr zusammen. Das konnte doch nicht wahr sein!

»Kann ich Sara fragen, ob ich vielleicht bei ihr bleiben kann?«, bettelte ich und sah George direkt an, ohne auf Carol zu achten.

»Ja, ich denke, das wäre okay«, stimmte George widerwillig zu, und ich hörte, wie Carol scharf einatmete.

»Ich frage sie gleich morgen«, versprach ich erleichtert.

»Nein, ich rufe lieber ihre Eltern heute Abend noch an«, warf Carol ein. »Ich möchte sicher sein, dass es ihnen auch wirklich recht ist. Nicht dass sie sich dazu verpflichtet fühlen, wenn *du* fragst.«

Da ich wusste, dass Anna und Carl nichts dagegen haben würden, machte ich mir keine Sorgen. Jedes Mal, wenn ich bei ihnen war, betonten sie, dass ich in ihrem Haus immer willkommen war. Also versuchte ich, nervös auszusehen, obwohl ich in Wirklichkeit ein Lächeln unterdrücken musste – wenn ich Carols Radar entgehen wollte, benahm ich mich am besten wie ein Häufchen Elend.

Nach dem Essen telefonierte Carol mit Anna. Natürlich brachte sie zahlreiche Gründe vor, warum ich zwei Nächte lang eine Last sein würde, aber zu ihrem Leidwesen freute Anna sich auf meinen Besuch. Und ich wusste, Sara würde außer sich vor Freude sein, wenn sie hörte, dass wir uns für unser gemeinsames Wochenende keine Lüge ausdenken mussten.

Ich irrte mich nicht. Als Sara am nächsten Morgen vor dem Haus hielt, platzte sie fast vor Energie, und ich musste über ihre überschwängliche Begrüßung lachen. Sie war schon mitten in der Planung für das Wochenende. Unter anderem zog sie für Samstagabend eine Party in Erwägung, aber als sie sah, wie mir die Farbe aus dem Gesicht wich, verwarf sie die Idee rasch wieder.

»Alles klar«, rief sie, als wir den Korridor hintergingen. »Hast du Lust, am Freitagabend ein paar Mädels aus dem Fußballteam zum Übernachten einzuladen?«

»Ich hätte nichts dagegen«, stimmte ich zu ihrer Überraschung sofort zu.

Mit ihrem Plan für Freitag war sie sehr zufrieden, nur die Einzelheiten fehlten noch. Zum Beispiel mussten wir uns für das Meisterschaftsspiel qualifizieren und es dann gewinnen.

Sara plapperte noch immer darüber, als Evan nach der Morgenstunde zu uns stieß.

»Emma ist das ganze Wochenende über bei mir!«, verkündete Sara, ehe sie den Korridor hinunter verschwand.

»Echt?«, vergewisserte sich Evan auf dem Weg zu Englisch.

»Meine Tante und mein Onkel nehmen ihre Kinder übers Wochenende mit zum Skifahren nach Maine«, erklärte ich ihm.

»Was machen wir denn am Wochenende?«

»Ich denke, Freitag machen wir einen Mädchenabend. Beim Rest bin ich mir nicht sicher, da musst du Sara fragen. Wie es aussieht, hab ich mit der Planung nicht sehr viel zu tun.«

Ich hatte große Angst, die Woche würde sich endlos hinziehen, denn ich freute mich schon jetzt so aufs Wochenende. Doch die Zeit verging glücklicherweise ziemlich schnell.

Die Pläne für Freitagabend waren besiegelt, als wir am Dienstag das Halbfinale für uns entscheiden konnten. Das Ergebnis war knapp, aber wir gewannen mit zwei zu eins, nachdem Lauren in der letzten Minute den Siegtreffer erzielte und so ihr Abschlussjahr perfekt machte.

Sie hatte beschlossen, das Team unabhängig vom Ausgang des Spiels am Freitag bei sich zu versammeln, und Sara hatte fünf von den Mädels diskret eingeladen, danach bei ihr zu übernachten. Ich freute mich echt auf diesen Mädchenabend. Da ich sie alle gut kannte, hatte ich nichts dagegen, mir die Nacht mit ihnen um die Ohren zu schlagen.

Was wir am Samstag machen wollten, hatten wir noch nicht festgelegt. Erst am Mittwochnachmittag fiel die Entscheidung – durch mich. Ich stand an meinem Spind und wollte meine Chemiebücher holen, als mich Jake Masters ansprach – ein Freund von Evan, Kapitän der Fußballmannschaft, der Kerl, der mir auf Scott Kirklands Party zugezwinkert hatte.

»Hey, Emma«, meinte er lässig, als unterhielten wir uns jeden Tag. »Wie geht's denn so?« Er lehnte sich an den Spind neben meinem und richtete seine ganze Aufmerksamkeit auf mich.

»Gut, Jake«, antwortete ich und schaute mich um, ob er tatsächlich mit mir redete. »Und wie sieht es bei dir aus?«

Ohne auf meine Frage einzugehen, fuhr er fort.

»Hör mal, ich gebe Samstagabend eine Party, nichts Großes, nur zwanzig Leute oder so, alles gute Freunde. Und ich hätte dich auch gern dabei. Was meinst du?«

Ehe ich verdauen konnte, was er gesagt hatte, fügte er noch hinzu: »Oh, und wenn du magst, kannst du auch gerne Sara mitbringen – oder sonst jemanden.«

»Okay«, antwortete ich, ohne wirklich zu begreifen, dass ich ihm zusagte.

»Super! Dann sehen wir uns am Samstag.« Im Weggehen zwinkerte er mir wieder zu, und ich blieb völlig verdutzt zurück. Einen Moment stand ich da, sah mich um und wartete darauf, dass jemand mich auslachte, weil alles nur ein Scherz war. Und was sollte dieses Gezwinker? Ehrlich, das war echt schräg.

Auf dem Weg zum Mathekurs sagte ich zu Evan: »Ich weiß jetzt übrigens, was wir Samstagabend machen.«

Evan seufzte und fragte: »Na toll, was hat Sara denn geplant?«

»Genaugenommen habe ich Jake Masters versprochen, dass wir zu seiner Party kommen.« Ich hatte erwartet, er würde loslachen, weil ausgerechnet ich den Entschluss fasste, zu einer Party zu gehen. Aber er schwieg, und ich musterte sein nachdenkliches Gesicht.

»Was denn?«

»Jake hat *dich* zu seiner Party eingeladen?«

»Ja, ich war auch total überrascht und weiß noch immer nicht so recht, warum er mich dabeihaben will – aber er hat mich eingeladen. Und ich hab zugesagt.«

Jetzt lachte Evan kurz auf. »Du hast also keine Ahnung, warum Jake dich zu der Party eingeladen hat? Weiß er denn, dass du mich mitbringen willst?«

»Er hat gesagt, ich kann mitbringen, wen ich will.« Ich kapierte überhaupt nicht, warum Evan das so interessante.

»Okay, wir gehen also zu Jake Masters' Party«, meinte er schließlich. »Hast du schon mal was über seine Partys gehört?«

»Nein. Warum?« Sein Ton machte mich unsicher, ich wusste nicht, ob ich Genaueres erfahren wollte.

»Die sind meistens ziemlich ... exklusiv«, erklärte er. »Ich war schon mal bei einer.«

»Und – war es schrecklich?«, hakte ich nach, als er nicht weitersprach. Jetzt wollte ich doch wissen, worauf ich mich da eingelassen hatte.

»Nein, nein«, wiegelte er sofort ab. Dann fiel ihm offensichtlich ein, dass er mir Angst machte, und er fügte beschwichtigend hinzu: »Alles gut. Nur keine Sorge.«

Sara reagierte wesentlich aufgeregter, als ich ihr von der Einladung erzählte. Auch sie hatte schon von Jakes handverlesenen Gästelisten gehört und war begeistert, endlich zu erfahren, was es damit auf sich hatte. Eigentlich verwunderte es mich, dass sie noch nie bei einer der Partys gewesen war. Ich sagte ihr, sie könne gern auch Jason mitbringen, was sie wahrscheinlich ohnehin schon geplant hatte.

Als der Freitag dann endlich kam, war ich ein Nervenbündel, ich konnte an nichts anderes denken als an das Spiel am Abend. Das Mädchen-Fußballteam von Weslyn war in der Liga schon immer sehr wettbewerbsfähig gewesen, aber jetzt hatte es die Mannschaft zum ersten Mal seit zehn Jahren ins Finale geschafft.

Meine stille Nervosität war das Gegenstück zu Saras überschwänglicher Vorfreude. Während der ganzen Fahrt zur Schule zappelte sie herum und konnte ihre Energie kaum bändigen. In dem Versuch, unsere Gedanken von dem bevorstehenden Spiel abzulenken, fing sie an, die Pläne fürs Wochenende noch einmal durchzugehen. Da ich mich überhaupt nicht auf das konzentrieren konnte, was sie sagte, wusste ich auch nichts beizutragen und ließ sie einfach reden.

Als wir in der Schule ankamen, wurden wir auf den Korridoren mit selbstgebastelten Bannern und Flyern empfangen, auf denen dem Mädchenteam Glück für das Meisterschaftsspiel gewünscht wurde. Unsere Spinde waren mit Luftschlangen, Aufmunterungsparolen in Glitzerbuchstaben sowie unseren Trikotnummern dekoriert. Beim Anblick des ganzen Glitzerzeugs stöhnte ich leise auf, doch Sara kreischte vor Begeisterung.

»Ich weiß nicht, wie ich den Tag überstehen soll«, rief sie. »Ich kann gar nicht abwarten, bis es endlich so weit ist!« Natürlich überlegte ich auch, wie ich den Tag überleben sollte. So kurz vor dem Spiel war es schwer, sich zu konzentrieren, da half auch die überschüssige Energie nicht – sie war überwältigend und verwirrend. Am liebsten hätte ich mich mit meiner Musik irgendwo in einen leeren Raum verzogen und versucht, mich zu sammeln.

Aber es wurde noch schlimmer. Während der Morgenstunde teilte man uns mit, dass wir in der letzten Stunde früher gehen und uns zur Motivationsveranstaltung in der Turnhalle treffen sollten. Mir blieb der Mund offen stehen, als ich Sara begeistert aufschreien und den Rest des Raums einstimmen hörte.

»Freust du dich auf das Spiel?«, fragte Evan, während Ms Abbott unsere letzten schriftlichen Arbeiten austeilte.

»Ich glaube, ich muss mich übergeben«, gestand ich, verschränkte die Arme auf dem Tisch und ließ den Kopf darauf sinken. Evan kicherte.

»Mach dir keine Sorgen, du wirst großartig spielen«, beruhigte er mich.

»Ich wünschte, man würde das Spiel wie jedes andere behandeln und aufhören, so ein Theater darum zu machen«, sagte ich, ohne den Kopf zu heben.

»Ich möchte deine Übelkeit nicht noch schlimmer machen, aber ich weiß nicht, ob ich morgen Abend zu Jakes Party kommen kann.«

»Was?« Mit einem Ruck richtete ich mich auf. Leider hatte ich vor Schreck etwas zu laut reagiert, und mehrere Köpfe wandten sich zu mir um. Aber Ms Abbott teilte weiter die Arbeiten aus und ließ sich nicht von mir stören.

Bevor Evan fortfuhr, wartete er ab, bis sich die Neugier wieder gelegt hatte.

»Meine Eltern wollen mich zwingen, sie morgen zu einem Wohltätigkeitsdinner zu begleiten«, erklärte er dann in einem Ton, dem deutlich anzuhören war, dass er sich ärgerte. »Es wird von einem ihrer Partner ausgerichtet, und wir müssen uns sehen lassen. Mir bleibt keine andere Wahl – tut mir echt leid.«

Der Gedanke, nur mit Jason und Sara zu einer Party zu gehen, war mir nicht sonderlich angenehm. Ich wollte nicht, dass sie sich verpflichtet fühlten, mich zu unterhalten, obwohl sie eigentlich viel lieber zu zweit gewesen wären. Das bedeutete aber, dass ich für mich sein würde, und das wiederum machte mir Angst.

Offenbar konnte man mir meine Gedanken vom Gesicht ablesen, denn Evan sagte: »Mach dir keine Sorgen, ich sehe, was ich tun kann.«

»Ist schon in Ordnung«, wehrte ich ab und versuchte, mir meine Enttäuschung nicht anhören zu lassen. »Ich versteh das ja.«

Dann musste ich noch Geschichte und Chemie überstehen und dabei nicht nur meine Nervosität wegen des Spiels in Zaum halten, sondern auch noch meine Angst, ohne Evan zu Jakes Party zu gehen. Aber ich zwang mich, alle Gedanken an die Party wegzuschieben und mich auf die erste Hürde zu konzentrieren – das Spiel zu gewinnen.

Evan wartete vor dem Chemieraum auf mich, ein schelmisches Grinsen auf dem Gesicht. Vorsichtig ging ich auf ihn zu.

»Ich weiß nicht, ob ich hören will, was du mir zu sagen hast.«

»Aber ich glaube, ich habe eine Möglichkeit gefunden, wie wir beide den morgigen Abend gut überstehen.«

»Und zwar?«, fragte ich, immer noch sehr skeptisch.

»Du kommst mit mir zu dem Essen ...«

Ehe er fortfahren konnte, schnappte ich hörbar nach Luft. Evan stockte und biss sich auf die Lippen.

»Es wird bestimmt nicht so schlimm«, tröstete er mich. »Außerdem kannst du dich dort für die Party aufwärmen, und du wärst meine Ausrede, dass ich nicht bis zum Schluss bleiben kann – hinterher gehen wir dann zusammen zur Party.« Ich wusste nicht, was schrecklicher war – praktisch allein zu einer Party zu gehen oder Evans Eltern zu treffen und von Erwachsenen umringt zu werden, die erwarteten, dass ich intelligent und schlagfertig mit ihnen Konversation machte.

»Vielleicht bitte ich Sara, dass sie zu Hause bleibt und sich stattdessen mit mir einen Film anschaut«, flüsterte ich und versuchte, regelmäßig zu atmen.

»Ich wusste, dass es eine blöde Idee war«, meinte Evan leise und sah weg. »Ich hasse diese Abendessen – ich hasse es, so zu tun, als wäre ich der perfekte Sohn meiner perfekten Eltern, während ich Smalltalk mit arroganten Leuten mache, die sich letztlich nur mit ihren Erfolgen brüsten wollen. Ich dachte, es wäre vielleicht nicht so grässlich, wenn du dabei bist.«

Ich antwortete nicht, während wir zu unseren Plätzen gingen. Auch Evan setzte sich stumm neben mich. Ich warf ihm in der Stunde immer wieder verstohlene Blicke zu. Er wirkte so ... traurig. Es gefiel mir ganz und gar nicht, wie er dasaß, mit verkniffenem Mund und hängenden Schultern. Kein Zweifel, dieses Abendessen war für ihn das, was Scotts Party für mich gewesen war, und ich wusste nicht, wie ich ohne ihn den Abend damals überstanden hätte.

Schließlich holte ich tief Luft, schluckte und führte mir schnell noch einmal vor Augen, wozu ich mich jetzt gleich bereit erklären würde. Beim Gedanken daran, Evans Eltern kennenzulernen, wurde mir zwar schwindlig, aber wenn ich ihn anschaute, wurde mir warm ums Herz. Ich tat das Richtige, ich musste es wagen.

»Ich tu's«, sagte ich, als es am Ende der Stunde klingelte.

»Was?«

»Ich glaube, das ist ein guter Kompromiss«, antwortete ich und gab mir alle Mühe, zuversichtlich zu klingen. »Ich geh mit dir zu dem Abendessen, und du gehst mit mir zur Party.« Er musterte mich prüfend und vergewisserte sich, dass ich es ernst meinte, dann erschien ein erfreutes Lächeln auf seinem Gesicht.

»Du weißt, dass du mir damit einen Riesengefallen tust, ja?«

»Schon gut«, meinte ich abwehrend. »Ich bin dir immer noch was schuldig wegen Scotts Party. Aber ich muss dich warnen, Smalltalk liegt mir nicht besonders. Es könnte also sein, dass ich dich am Ende blamiere.«

Er lachte. »Ach, das glaube ich nicht. Außerdem wirst du sehen, dass du gar nicht viel zu reden brauchst. Diese Leute quasseln am liebsten über sich selbst, du musst im Grunde nur dastehen und nicken. Keine Angst, ich werde dich auch mit keinem von denen alleine lassen.«

Direkt bevor wir den Kunstraum betraten, hielt Evan inne und sah mich an.

»Bist du auch sicher, dass du es tun willst?«

Ich verzog meinen Mund zu dem besten falschen Lächeln, das ich zustande bringen konnte, und sagte: »Na klar.« Als ich die Erleichterung in seinen Augen sah, spürte ich, dass ich mein Lächeln nicht mehr erzwingen musste.

Beim Lunch erzählte ich Sara von den überarbeiteten Plänen.

»Nein!«, stieß sie aufgeregt hervor. »Du lernst seine Eltern kennen?«

Nachdem sie eine weitere Minute nachgedacht hatte, fügte sie hinzu: »Weißt du, ich glaube dir nicht, dass ihr einfach nur Freunde seid. Du stehst auf ihn, ganz egal, ob du es zugibst oder nicht.«

»Sara!«, rief ich, und meine Wangen wurden heiß. »Du weißt doch überhaupt nicht, wovon du redest!« Den Rest der Mittagspause kühlte mein Gesicht nicht ab, und es war keineswegs hilfreich, dass Sara die ganze Zeit vor sich hin grinste und damit das Feuer in mir schürte.

»Du musst mir aber versprechen, dass du deine Meinung in seiner Anwesenheit für dich behältst«, bat ich sie fast flehend.

»Em, ich würde niemals öffentlich über deine Gefühle für ihn reden«, versprach sie sofort.

»Über die Gefühle, von denen du *denkst*, dass ich sie für ihn habe!«, verbesserte ich sie, aber weitere Gegenargumente fielen mir nicht ein.

Ich war so überwältigt, dass ich in Journalistik kaum stillsitzen konnte. Auf der einen Seite Saras provozierendes Grinsen, auf der anderen Evans faszinierendes Lächeln – mir schwirrte der Kopf. Ich konnte die Gefühle nicht leugnen, die mich jedes Mal durchströmten, wenn ich in Evans Nähe war. Aber ich hatte mich doch davon überzeugt, dass es am besten war, wenn wir einfach nur Freunde blieben! Und ich wusste doch, was am besten war, oder etwa nicht?

Ich konnte nicht einmal den Gedanken zulassen, dass er mehr war als ein Freund, ich hatte viel zu viel zu verlieren. Warum nahm ich mir Saras Meinung so zu Herzen? Ich hatte doch keine ernsthaften Gefühle für Evan, richtig? Auf keinen Fall …

Ich beobachtete, wie Evan Ms Holts Ausführungen über unser aktuelles Aufgabengebiet lauschte. Nachdenklich betrachtete ich sein Profil, die gerade Nase, die ausgeprägten Wangenknochen, das kantige Kinn. Seine makellosen Lippen waren leicht geöffnet, während seine stahlblauen Augen zwischen Ms Holt und seinem

Notizblock hin und her wanderten, auf den er gelegentlich ein paar Worte kritzelte. Die geschmeidigen Halsmuskeln verschwanden unter dem blauen Pullover, der die Konturen seines Brustkorbs erahnen ließ. Ganz langsam atmete ich ein und aus, unfähig, meine Augen abzuwenden, während mein leise pochendes Herz durch meinen ganzen Körper ein Prickeln sandte, das mir eine Gänsehaut auf den Armen verursachte.

Als Evan plötzlich zu mir herüberschaute, wandte ich hastig den Kopf ab und wurde rot. Mir war klar, dass er nicht wusste, was ich dachte – ich wusste es ja selbst nicht –, aber ich wollte trotzdem nicht, dass er mich beim Starren erwischte. Ernsthaft – was bildete ich mir denn ein? Ich konnte doch keine solchen Gefühle für Evan haben! Was war bloß los mit mir? Bilder unserer gemeinsamen Zeit schwirrten mir durch den Kopf, meine Gedanken liefen völlig aus dem Ruder. Schließlich kapitulierte ich vor dem, was ich den ganzen letzten Monat zu ignorieren versucht hatte, holte tief Luft und stellte mich der Wahrheit – ich war in Evan Mathews verliebt.

»Alles klar?«, flüsterte Sara. »Du siehst aus, als würdest du gleich ausrasten.«

»Ms Holt«, unterbrach ich den Unterricht mit etwas schwankender Stimme. Die ganze Klasse drehte sich zu mir um. »Äh, Sara und ich müssen jetzt gehen, damit wir uns für die Motivationsveranstaltung fertig machen können.«

Ehe Ms Holt etwas einwenden konnte, stand ich auch schon auf und rannte, meine Bücher unter dem Arm, zur Tür hinaus. Auf dem Korridor wandte ich mich noch einmal um und ermahnte Sara zur Eile, weil sie in aller Ruhe ihre Sachen zusammensammelte.

»Was ist denn los mit dir?«, wollte sie wissen, als wir in die Mädchentoilette gingen, aber bevor ich antwortete, überprüfte ich erst einmal die Kabinen. Sara beobachtete mich mit besorgtem Blick.

»Ich bin wirklich total durch den Wind«, gestand ich ihr dann in lautem Flüsterton. »Sara, ich kann nicht fassen, dass ich ihn mag.«

»Da komm ich nicht mit«, antwortete sie mit zusammengekniffenen Augen. »Und warum flüsterst du?«

»Du hast recht. Evan ist für mich mehr als nur ein Freund«, seufzte ich.

»Und das fällt dir jetzt erst auf?« Sara lachte beinahe.

»Sei still, Sara«, fauchte ich, immer noch flüsternd. »Das ist schrecklich. Ich darf solche Gefühle nicht haben. Du kannst unmöglich behaupten, dass du nicht verstehst, warum ich deswegen ausflippe.«

Sie nahm meine Verzweiflung zur Kenntnis und holte tief Luft.

»Ich weiß schon, warum du denkst, du könntest nicht mit ihm zusammen sein. Aber ich glaube, dass du dir nur noch mehr weh tust, wenn du versuchst, deine Gefühle zu leugnen.«

»Außerdem – woher weiß ich denn, dass er dasselbe empfindet? Ich kann es ihm nicht sagen. Dann wäre zwischen uns alles so komisch, dass wir nicht mal mehr befreundet sein könnten.«

Sara schüttelte fassungslos den Kopf. »Du bist so ein Idiot. Natürlich empfindet er dasselbe für dich. Ich kann gar nicht glauben, dass du so blind bist. Hast du Angst, sie würde es rausfinden, wenn du mit ihm zusammen wärst?«

»Sollte sie jemals rausfinden, dass ich mit irgendeinem Jungen zusammen bin, würde ich alles verlieren. Carol würde mich überhaupt nicht mehr aus dem Haus lassen. Evan darf nie erfahren, was da vor sich geht! Ich kann das nicht machen.«

»Nein, du kannst das nicht machen«, stimmte sie mir entschieden zu. »Ich handle schon jetzt ständig gegen mein Bauchgefühl, indem ich dein Geheimnis bewahre. Ich werde nicht zulassen, dass du dich einem noch größeren Risiko aussetzt. Carol dreht durch, wenn sie die Geschichte mit Evan rausfindet.«

Diese Antwort hatte ich nicht erwartet. Natürlich wusste ich, dass Sara vollkommen recht hatte, aber mein Herz wurde trotzdem schwer.

»Ich möchte nicht, dass du ihn aufgibst, deshalb müssen wir eine Möglichkeit finden, wie ihr Freunde bleiben könnt – mehr nicht. Vielleicht solltest du lieber nicht alleine mit ihm zusammen sein.«

»Muss ich aber am Wochenende«, schnaubte ich, und der Gedanke an dieses Abendessen quälte mich noch mehr. »Aber Sara, wenn ich nicht mit ihm allein sein kann, dann sollte ich auch nicht mit ihm befreundet sein. Du kannst ja nicht ständig die Aufpasserin spielen, damit er mir nicht zu nahe kommt. Hilf mir einfach nur, einen klaren Kopf zu behalten, das reicht. Wenn ich nicht damit umgehen kann, darf ich nicht mehr in seine Nähe kommen. Ganz einfach.«

»Das kriegen wir hin«, versicherte sie, konnte aber ihr Grinsen nicht unterdrücken. »Obwohl ich mir schon die ganze Zeit wünsche, dass ihr beiden zusammenfindet.«

»Sara, das ist nicht hilfreich!«, fauchte ich, und diesmal flüsterte ich nicht.

»Du hast recht – sorry«, antwortete sie, grinste aber weiter.

17

UnErWarteTer beSucH

*M*üssen wir wirklich zu diesem Motivationszeug?«, jammerte ich, als wir zu unseren Spinden gingen, um unsere Trikots zu holen.

»Selbstverständlich«, rief Sara, offensichtlich verwundert über meine Frage. »Em, es wird uns so richtig in Stimmung bringen, wenn die ganze Schule uns vor dem Spiel Mut macht.«

»Kann ich bitte meine Musik hören, damit ich nichts davon mitkriege?« Sie sah mich an und hob kapitulierend die Hände – sie konnte einfach nicht nachvollziehen, warum ich nichts mit dem Trubel zu tun haben wollte.

»Sara, ich muss mich auf das Spiel konzentrieren. Ich war schon den ganzen Tag über wegen der Sache mit Evan so abgelenkt, ich will mich jetzt nicht auch noch diesem Chaos und Gebrüll aussetzen.«

»Du bist echt merkwürdig«, stellte Sara kopfschüttelnd fest. »Aber bei einer Motivationsveranstaltung Musik zu hören – damit kommst du nicht durch. Wenn wir angekündigt werden, müssen wir einlaufen, und dann sitzen wir zusammen hinten in der Sporthalle, wo jeder uns sehen kann – folglich bleibt dir gar nichts anderes übrig, als dich mit dem *Chaos* abzufinden.«

»Im Ernst?« Jetzt schrie ich fast. »Wir werden angekündigt und müssen uns beim Einlaufen von allen anstarren lassen?«

»Erinnerst du dich nicht an die Football-Motivation?«

»Da bin ich nicht hingegangen.«

Sara seufzte. »Em, es wird alles gut werden. Du hast die halbe Stunde Busfahrt zum Stadion, um dich zu konzentrieren, und wir verlassen die Schule ja auch erst um halb vier. Da können wir uns doch nach der Veranstaltung in Ruhe einen leeren Raum suchen, in dem ich kein einziges Wort mit dir reden werde, versprochen. Du kannst deine Musik hören, Hausaufgaben machen oder sonst irgendeinem Ritual nachgehen, das du brauchst, um deinen Kopf für das Spiel freizukriegen. Okay?« Ich nickte und seufzte ebenfalls.

Die Motivationsveranstaltung war noch schlimmer, als ich es befürchtet hatte. Die Band spielte, die Cheerleader jubelten, es gab jede Menge Luftballons und reichlich Geschrei. Aber der schlimmste Teil kam, als das Team »angesagt« wurde. Sara hatte mir nämlich verschwiegen, dass wir einzeln aufgerufen wurden – und ich war fest davon ausgegangen, dass wir gemeinsam einlaufen würden. Ich wurde als Letzte angekündigt und genierte mich zutiefst. Als dann auch noch bekanntgegeben wurde, dass ich Torschützenkönigin des Staates war, und das Geschrei daraufhin nahezu eskalierte, wäre ich endgültig am liebsten im Boden versunken.

Als es endlich vorbei war, versteckte ich mich im Kunstraum, machte meine Mathehausaufgaben und hörte dabei die Band, die Evan meiner Playlist hinzugefügt hatte.

Im Bus blieb ich stumm und blendete die Slogans und Hochrufe der anderen erfolgreich aus. Je näher wir dem Stadion kamen, desto tiefer versank ich mit geschlossenen Augen in meinem Sitz.

Auf einmal fühlte ich eine Hand auf meinem Knie, das ich an den Sitz vor mir gedrückt hatte. Als ich die Augen öffnete, sah ich Coach Peña mir gegenüber, der Bus war fast leer. Ich setzte mich auf und stellte die Musik aus.

»Bereit?«, fragte er mich mit einem zuversichtlichen Lächeln. »Du schaffst das, ganz sicher.«

»Ja, ich weiß«, bestätigte ich.

»Dann mal los.« Er tätschelte noch einmal mein Bein und ging dann den Gang hinunter zur Bustür. Ich folgte ihm und stellte meine Musik wieder an.

Immer mehr Zuschauer strömten ins Stadion, während wir unsere Aufwärmübungen machten. Die Luft war erfüllt von den Stimmen und der Energie der Zuschauer und Spielerinnen. Weil ich gar nicht so genau daran denken mochte, worum es heute ging, blendete ich den Jubel und das Blitzlichtgewitter der Kameras ebenso aus wie die Lautsprecheransagen. Stattdessen atmete ich möglichst ruhig die kalte Novemberluft ein und fokussierte mich auf das, was gleich vonstattengehen würde. Wenn ich gegen Ablenkungen immun wurde, dann wusste ich, dass ich bereit war für das Spiel.

Es lief besser, als ich gedacht hatte. Das Spiel war aggressiv, schnell und körperbetont, ein erbitterter Kampf um Ballbesitz. Das Leder flog von Fuß zu Fuß und wurde oft innerhalb einer Minute über die ganze Spielfeldlänge und wieder zurück gebracht. Jeder Pass wurde rücksichtslos gestört, jede Torchance hart blockiert. Zur Halbzeit stand es immer noch null zu null.

Die zweite Halbzeit startete ebenso explosiv, schließlich wollte keine Mannschaft als Verlierer vom Platz gehen. Etwa nach der Hälfte schafften wir es, dicht vors gegnerische Tor zu kommen. Mit viel Gerempel und Geschubse wurde der Ball von einer Spielerin zur anderen befördert, und als eine der gegnerischen Verteidigerinnen zu klären versuchte, indem sie den Ball mit einem kräftigen Tritt aus der Gefahrenzone schlug, blockte Jill sie ab. Der Zusammenstoß der beiden Spielerinnen ließ den Ball in die Mitte des Felds segeln. Voll auf dessen Flugbahn konzentriert, machte ich ein paar lange Schritte und stieß mich vom Boden ab, um mit dem Kopf an den Ball zu kommen. Ich traf ihn seitlich und lenkte ihn mit einer flüssigen Bewegung aufs Tor. Gleichzeitig jedoch stieß eine gegnerische Spielerin, die mich wegzudrängen versuchte, hart gegen meine Schulter. Die Torhüterin ging eine Sekunde zu spät dazwischen, ihre Hände landeten auf meinem Kopf – und der Ball segelte Richtung Netz.

Gemeinsam mit der Torhüterin ging ich zu Boden, wusste aber, dass mein Timing den Bruchteil einer Sekunde schneller gewesen war als ihres. Als der Torpfiff ertönte, brach die Menge in frenetischen Jubel aus, etwas, das ich bisher nie wahrgenommen hatte. Erschrocken schaute ich um mich – mitten in das Meer von Blitzlichtern. Dann stürzten sich auch schon Jill und Sara auf mich, rissen mich in ihren Umarmungen zu Boden und brüllten mir in die Ohren.

Beide Teams machten jeweils noch ein Tor, aber am Ende gewannen wir. Als der Schlusspfiff ertönte, überschwemmte eine Woge von Menschen das Feld, alles schrie, alles jubelte. Eine verschwommene Masse von Gratulanten drückte mich an sich und klopfte mir auf die Schulter. Ich war viel zu aufgeregt, um mich darum zu kümmern.

Schließlich bahnte sich auch Evan einen Weg durchs Gedränge, die Kamera in der Hand. Noch bevor ich reagieren konnte, schlang er die Arme um mich und zog mich an sich.

»Herzlichen Glückwunsch«, sagte er dicht an meinem Ohr, ehe er mich wieder losließ. »Du schaffst es jedes Mal, ein eigentlich unmögliches Tor zu machen. Ich glaube, mir ist ein ziemlich gutes Foto davon gelungen.«

»Danke«, antwortete ich strahlend.

Ehe ich noch etwas sagen konnte, wurde ich schon wieder in den Strudel von Händen, Umarmungen und Glückwünschen gezerrt und verlor Evan aus den Augen. Doch allmählich ließ der Ansturm nach, und nachdem wir auch dem gegnerischen Team die Hände geschüttelt hatten, ging ich zurück zur Bank, um meine Sachen zu holen.

Die Zuschauer zerstreuten sich und verschwanden im Gänsemarsch durch die Tore zum Parkplatz, Evan irgendwo unter ihnen. Sara fing mich mitten auf dem Platz ab. Als wir uns dem Ausgang näherten, fiel mir eine Gestalt auf, die auf der anderen Seite stand und wartete. Ich hielt den Kopf gesenkt und ging weiter auf den Bus zu.

»Emily!«, rief die Gestalt, als ich näher kam. Jetzt blickte ich doch auf und blieb abrupt stehen. Sara zögerte einen Schritt vor mir und folgte meinem erstarrten Blick. Ihre Augen wurden groß.

»Ich informiere den Coach, dass du ein bisschen später kommst«, versprach sie leise und ließ mich allein, während ich langsam auf die Frau zuging.

»Was machst du denn hier?«, fragte ich. Leider klang meine Stimme nicht so fest, wie ich es mir gewünscht hätte.

»Ein Freund hat mich hergefahren, damit ich mir dein Spiel anschauen kann«, antwortete meine Mutter mit einem vorsichtigen Lächeln. »Herzlichen Glückwunsch – ich bin so stolz auf dich.«

Dann blies mir eine sanfte Brise ihren charakteristischen Duft in die Nase. »Du hast getrunken«, murmelte ich bedrückt. Offensichtlich hatte sie sich nicht verändert.

»Ich war so nervös, dich zu sehen, da hab ich mir ein paar Drinks genehmigt. Ist doch kein Problem.«

Ich brachte kein Wort heraus, ich konnte mich nicht rühren und zitterte am ganzen Körper.

»Ich hab deine Spiele in der Zeitung verfolgt«, fuhr sie fort. »Ich wollte unbedingt dabei sein. Du siehst toll aus.«

Ich starrte sie nur wortlos an.

»Was ist denn mit deinem Auge passiert?«, fragte sie und deutete mit dem Kopf auf die kleine Narbe über meinem linken Auge.

Ich zuckte die Achseln und schaute zu Boden, denn ich wollte nicht, dass sie sah, wie meine Augen sich mit Tränen füllten.

»Ich hab gedacht, du willst bestimmt nichts von mir hören«,

fuhr sie fort und spielte verlegen mit den Händen. »Vor allem, weil du so lange nicht mehr zurückgeschrieben hast.«

»Wie meinst du das?« Auf einmal fand ich meine Stimme wieder.

»Hast du meine Briefe denn nicht bekommen?«

Ich schüttelte den Kopf.

»Ich denke dauernd an dich ...«, begann sie.

»Tu das lieber nicht«, fiel ich ihr ins Wort, denn zwischen all den anderen Gefühlen stieg plötzlich eine große Wut in mir hoch. »Sag es nicht. Ich will es nicht mehr hören. Wie sehr du mich liebst und wie leid es dir tut, dass du dich nicht so um mich kümmern kannst, wie ich es verdiene. Hör ... hör einfach auf damit, du hast nämlich keine Ahnung, was ich verdiene.« Sie konnte mir nicht in die Augen sehen.

Bevor sie sich noch einmal dafür rechtfertigen konnte, dass sie mich im Stich gelassen hatte, ertönte eine laute Stimme: »Da bist du ja, Rachel. Wir müssen los, Baby.«

Als ich mich nach der Stimme umschaute, sah ich einen Kerl mit rasiertem Kopf, Lederjacke und abgewetzten Jeans auf uns zukommen.

»Wir sind spät dran«, sagte er ungeduldig und würdigte mich kaum eines Blickes. Meine Mutter sah mich entschuldigend an, aber ich hatte nichts anderes von ihr erwartet. Mich einem Mann vorzuziehen war für sie noch nie ernsthaft in Frage gekommen.

»Ich muss auch weg«, erklärte ich und wich langsam zurück. Ich musste fliehen, ehe ich erstickte.

»Emily, das ist Mark«, versuchte meine Mutter uns vorzustellen, aber der Mann warf nur ein kurzes »Hey« in meine Richtung, dann packte er ihre Hand und zog sie weg.

Unwillkürlich nickte ich, denn ich verstand genau, wer er war. Er war derjenige, den sie mir vorzog.

»Es war toll ...«, setzte sie noch einmal an, aber er zog sie bereits zu dem Charger, der mit laufendem Motor auf dem Parkplatz stand. Ich drehte den beiden den Rücken zu und ging weg, ohne sie ausreden zu lassen.

Im Bus herrschte große Aufregung, alles plapperte durcheinander – niemand hatte gemerkt, dass man auf mich wartete. Als ich einstieg, überschütteten meine Teamkameradinnen mich mit Komplimenten, und ich versuchte zu lächeln, während ich mich durch den Gang zu meinem Platz neben Sara schlängelte.

»Magst du am Fenster sitzen?«

»Ja«, antwortete ich mit bebender Stimme. Sara rutschte Richtung Gang, ich sank auf den Fensterplatz, lehnte den Kopf an die kühle Scheibe und versuchte, meine Tränen hinunterzuschlucken. Aber meine Hand zitterte, als ich mir mit dem Ärmelbündchen die Augen wischte. Sara griff nach meiner Hand und drückte sie sanft. Schweigend saßen wir nebeneinander, während ich aus dem Fenster starrte und die Fassung wiederzugewinnen versuchte.

»Das war deine Mom, richtig?«, vergewisserte sie sich schließlich. »Sie sieht …«

»… mir gar nicht ähnlich«, murmelte ich und wünschte, es gäbe noch mehr Unterschiede zwischen uns als ihre hellblauen Augen und ihre schmalen Lippen. »Warum entscheidet sie sich nach vier Jahren ausgerechnet dafür, an einem der wichtigsten Abende meines Lebens aufzutauchen?«

»Ich weiß es auch nicht«, flüsterte Sara. »Wenn es leichter ist, könnten wir so tun, als wäre es nie passiert. Ich erwähne es nicht, und du kannst es vergessen. Und den Rest des Abends amüsieren wir uns prächtig.«

»Ich werde es versuchen«, versprach ich und schob das deprimierende Bild meiner Mutter beiseite, so gut ich konnte.

»Wir duschen in der Schule und gehen dann direkt zu Lauren«, fuhr Sara mit ihren Ablenkungsversuchen fort. »Aber ich finde, wir bleiben nur ein, zwei Stunden, dann gehen wir mit den anderen Mädels zu mir nach Hause. Und wir machen uns einen richtig gemütlichen Abend.« Sie drückte wieder meine Hand. »Aber wenn du irgendwann über sie reden möchtest ... ich bin immer für dich da«, fügte sie noch hinzu.

Ich nickte schwach, denn ich wusste, wie unwahrscheinlich es war, dass ich über meine Mutter reden wollte. Schon unter der Dusche wusch ich sie von mir ab und verbannte sie wieder an jenen dunklen Ort, an dem ich sie in meinem Innern versteckt hielt. Und da blieb sie auch ... zumindest für den Rest des Abends.

Nachdem wir etwa eine Stunde mit Lauren und den anderen total überdrehten Fußballspielerinnen verbracht hatten, die noch schneller redeten als sonst, knuffte Sara mich behutsam in den Arm – es war Zeit zu gehen. Fünf weitere Mädels schlossen sich uns an und folgten Sara in ihren Autos.

Bei Sara hörten wir Musik, aßen Junkfood, und schließlich kam das Gespräch auf das Thema Jungs. Ich wusste, dass es unvermeidlich war, entschied mich aber, nichts beizusteuern, bis ich dazu gezwungen wurde.

»Und was ist mit dir und Evan?«, wollte Casey kurz darauf auch schon wissen.

»Wir sind bloß Freunde«, antwortete ich lässig und hoffte, das genügte, damit die anderen nicht darauf rumritten.

»Was ist denn mit dir los?«, fragte Veronica vorwurfsvoll. »Er ist doch total heiß.«

»Wir interessieren uns einfach nicht auf diese Weise füreinander«, erwiderte ich etwas defensiv.

»Du weißt aber schon, dass Haley Spencer dich hasst, oder?«, warf Jill ein.

»Was?«, fragte ich fassungslos.

»Sie ist verrückt nach Evan und glaubt, er will nur deinetwegen nicht mit ihr ausgehen«, erklärte sie. Ich lachte.

»Emma, ist das dein Ernst?«, fragte Jaclyn Carter. »Du musst doch zugeben, dass er toll aussieht, und er ist intelligent und sportlich ...«

»Eigentlich perfekt«, fasste Casey zusammen.

»Ach was, niemand ist perfekt«, gab ich zurück.

»Und was für einen Fehler hat Evan dann?«, wollte Casey wissen. Ich sah Sara an und hoffte, sie würde das Thema wechseln.

»Er kann echt nervig sein«, sagte ich schließlich, weil von Sara nichts kam. Aber ich wusste genau, dass die anderen sich damit niemals zufriedengeben würden.

»Ich finde, du solltest mit ihm ausgehen«, meinte Jill ganz direkt. »Ihr zwei wärt ein genauso perfektes Paar wie Sara und Jason.« Ich wurde knallrot.

»Apropos Jason«, ergriff ich die Chance. »Was macht er eigentlich heute Abend, Sara?«

Tatsächlich begann Sara von Jason zu schwärmen und lenkte die Mädchen endlich von mir ab. Doch während sie darüber plauderte, wie es war, mit Jason Stark zusammen zu sein, und ihre Freundinnen neugierig zuhörten, glaubte ich plötzlich, neben ihrer Begeisterung noch etwas anderes herauszuhören. Ich konnte nicht genau sagen, was es war. Aber irgendetwas fehlte.

Ich ließ das Stimmengewirr an mir vorbeirauschen und lehnte mich im Fernsehsessel zurück. Aber ich konnte nicht verhindern, dass ich mich fragte, was denn nun eigentlich zwischen Evan und mir vor sich ging.

18

EiNe anDerE diMenSion

»Wir sollten uns beeilen«, sagte Sara, als wir aus dem Kino ins schwindende Tageslicht hinaustraten. »Wir haben nur noch zwei Stunden, um dich herzurichten.«

»Wie lang kann es denn schon dauern, mich herzurichten?«

»Na ja, du musst duschen und dir dabei natürlich die Beine rasieren. Oh, und ich hab dir auch noch was von dieser Lotion gekauft.«

»Ich hab noch was in der letzten Flasche. Und warum kümmert es dich, ob ich mir die Beine rasiere?«

»Na ja, jetzt hast du eben noch mehr davon. Ich mag sie so gern an dir. Sie riecht so dezent und hübsch.«

»Ich mag den Duft auch, danke. Aber du hast mir nicht gesagt, warum ich mich rasieren soll.« Allmählich machte sie mich nervös.

»Du ziehst nachher einen Rock an«, offenbarte sie bedächtig.

»Im Ernst?« Ich konnte mich nicht daran erinnern, wann ich das letzte Mal einen Rock getragen hatte. Wann mochte das wohl gewesen sein? Aber dann versuchte ich mich an den Zustand meiner Beine zu erinnern. Hatte ich womöglich blaue Flecke oder Kratzer vom Fußballspielen? »Einen Rock?«

»Em, du wirst umwerfend aussehen«, meinte Sara und fügte schnell hinzu: »Aber nicht zu umwerfend. Wir wollen ja schließlich nicht, dass er dich küssen möchte.« Sie hielt inne, sah mich an und seufzte. »Das wird schwieriger, als ich gedacht habe.«

»Ich glaube nicht, dass du dir deswegen Sorgen machen musst«, versicherte ich ihr.

Als wir wieder bei ihr zu Hause waren, begann die große Prozedur. Während ich unter der Dusche war und mir die Beine rasierte, ging Sara ungefähr ihre gesamte Garderobe durch. Was sie am Ende ausgewählt hatte, wollte sie mir allerdings erst zeigen, wenn ich fertig war.

Erst einmal föhnte Sara mich und drehte meine Haare auf Heißwickler. Als ich all die weißen Zylinder auf meinem Kopf sah, geriet ich fast in Panik. Und als sie die Wickler wieder herausnahm, traute ich meinen Augen nicht. Von meinem Kopf baumelten Ringellocken.

»Sara, so kannst du mich doch nicht zu diesem Essen gehen lassen!«, beschwor ich sie.

»Keine Sorge, ich bin ja noch nicht fertig.«

Sie band meine Haare zu einem hohen Pferdeschwanz zusammen und kämmte den Pony weit in die Stirn. Ich entschied, lieber erst hinzuschauen, wenn sie fertig war, und schloss die Augen, während sie an mir herumzupfte, klammerte und sprayte. Als ich meine Augen wieder öffnete, hatte sie meine Haare zu einem großen, weichen Knoten am Hinterkopf festgesteckt. Dass ich so elegant aussehen konnte, hätte ich mir nie träumen lassen.

Dann gab sie mir den weichsten rosa Pulli, den ich je in den Händen gehalten hatte. Als ich fertig angezogen war, stellte ich mich vor den Ganzkörperspiegel. Der U-Boot-Ausschnitt des eng anliegenden Oberteils gab dezent meine Schulterkuppen frei, der dunkle Rock fiel locker um meine Knie – ein klassischer Vintage-Look, der mir ausnehmend gut gefiel. Zum Schluss legte Sara mir noch eine dünne Silberkette mit einem kleinen schimmernden Diamantanhänger um den Hals und drückte mir ein Paar schwarze Pumps mit mindestens sieben Zentimeter hohen Absätzen in die Hand.

»Absätze?« Ich schnitt eine Grimasse, weil ich mir sofort vorstellte, wie ich vor aller Augen auf die Nase fiel.

»Japp.«

»Sara, ich werde mich umbringen«, entgegnete ich flehend. Ich hatte noch nie hohe Schuhe getragen und wusste, dass der heutige Abend ganz sicher nicht geeignet war für Experimente mit meiner Anmut und meiner Balance.

»Das schaffst du schon. Mach einfach ganz kleine Schritte.«

Ich humpelte langsam im Zimmer herum, und bei jedem Schritt drohten meine Knöchel umzuknicken. So schwankten wir in den Unterhaltungsraum, der über mehr Platz zum Üben verfügte. Als ich das Zimmer mehrmals in seiner vollen Länge behutsam durchquert hatte, klingelte es an der Haustür.

»Ist er das schon?«, fragte ich panisch, und Sara lachte laut.

»Es ist kein Date, erinnerst du dich?«

»Richtig.« Ich atmete tief durch und versuchte mich zu beruhigen.

»Nur ein Abendessen mit seinen Eltern und einem Haufen verklemmter alter Leute.« Sie lachte wieder.

»Emma, Sara!«, rief Anna von unten. »Evan ist hier!« Mir schlug das Herz bis zum Hals.

»Hier.« Sara drückte mir einen langen weißen Wollmantel in den Arm, der mir bis zur Mitte der Wade reichte, und einen Stoffbeutel mit Wechselklamotten für die Party.

»Danke.«

»Versuch dich zu entspannen, Em. Du musst dir wirklich keine Sorgen machen.«

Ich holte tief Luft und stieg vorsichtig die Treppe hinunter. Schon jetzt hasste ich hohe Absätze, sie waren einfach zu anstrengend. Ich wollte mir keine Gedanken darüber machen müssen, wie ich mich vorwärtsbewegte, es gab schon viel zu viele andere Dinge, um die ich mich kümmern musste. Zum Beispiel, wie ich es fertigbringen sollte, mich in einem Saal voller wohlhabender, übermäßig gebildeter Menschen nicht wie ein Idiot zu benehmen.

Am Fuß der Treppe wartete Evan auf mich, aber ich konnte ihn nicht anschauen, denn ich hatte Angst, ins Straucheln zu geraten, wenn ich den Blick auch nur eine Sekunde von meinen Füßen abwandte. Als ich endlich wieder aufblicken konnte, fiel mir auf, dass seine Wangen gerötet waren und er mich mit diesem Grinsen ansah, das mir für einen Augenblick den Atem raubte.

»Hi.«

»Hi.« Ich lächelte schüchtern.

»Hey, Evan«, rief Sara und kam die Treppe heruntergerannt. »Wie hab ich das gemacht? Ist sie ansehnlich?« Ich warf ihr einen wütenden Blick zu und hätte sie am liebsten dafür umgebracht, dass sie Evan auf diese Weise einen Kommentar zu meinem Äußeren abluchste.

»O ja, sie ist definitiv ansehnlich«, lachte Evan.

»Kennst du meine Eltern, Anna und Carl?«

»Ja, wir sind uns neulich schon begegnet.«

»Viel Spaß heute Abend, Emma«, sagte Anna, umarmte mich sanft und küsste mich auf die Wange. »Du siehst wunderschön aus.«

»Danke«, antwortete ich und wurde rot.

»Wir sehen uns dann bei Jake. Evan, ich hab deine Handynummer, falls wir vor euch da sind«, sagte Sara.

»Fertig?«, fragte Evan mich.

»Klar.« Wir verabschiedeten uns noch einmal und verließen das Haus.

Erst als wir im Auto saßen, sagte Evan: »Du siehst wirklich wunderschön aus.«

»Danke«, murmelte ich.

»Aber du fühlst dich nicht wohl, oder?«

»Überhaupt nicht«, gestand ich mit einem kleinen Lachen. Evan lachte mit, was meine Anspannung etwas milderte.

»Tja, ich werde mich bemühen, dich nicht allzu lange zu quälen. Bringen wir es hinter uns«, sagte er und fuhr los.

»Ich muss dich vorwarnen, ich kann in diesen Schuhen überhaupt nicht laufen. Es könnte jederzeit sein, dass ich umfalle und irgendwas schrecklich Teures kaputtmache.«

Evan lachte. »Dann ist es wohl am besten, wenn ich dafür sorge, dass du dich von allem Zerbrechlichen fernhältst.«

»Wenn es die Möglichkeit gibt, dass ich die ganze Zeit über auf einem Fleck sitzen bleiben kann, wäre das großartig.«

»Mal sehen, was wir tun können. Aber ich fürchte, während der Cocktailstunde werden wir uns in einem Raum aufhalten, in dem die Optionen etwas eingeschränkt sind.«

»Wie bitte?«, fragte ich, verwirrt und verlegen, dass ich nicht wusste, was er damit meinte.

»Sorry, ich hab ganz vergessen, dass du zum ersten Mal dabei bist. Wir treffen uns vor der Veranstaltung mit meinen Eltern, sie warten auf uns, damit wir gemeinsam reingehen können.«

»Aber deine Eltern wissen schon, dass ich komme, oder?« Auf einmal war ich besorgt, dass sie womöglich gar nicht mit mir rechneten.

»Ja, klar. Es kann übrigens sein, dass sie dich als meine Freundin vorstellen. Ich korrigiere sie zwar immer, aber ...« Er seufzte. »Na egal, es tut mir jedenfalls leid.«

»Schon okay«, flüsterte ich und spürte, wie mir vor Aufregung ganz heiß wurde.

»Also, die Gastgeber der Party sind Mr und Mrs Jacobs, sie werden alle Gäste an der Tür empfangen. Ich glaube, es sind nur so um die zwanzig Leute eingeladen, also dürfte es nicht schlimm werden.« Nur zwanzig Gäste? Das hieß, ich hatte die Chance, zwanzig Namen zu vergessen, musste zwanzig Hände schütteln und mit zwanzig verschiedenen Menschen Konversation machen – kein sehr angenehmer Gedanke.

Evan fuhr fort, mir den Ablauf des Abends und die von mir erwartete Etikette zu erklären.

»Ich hoffe, dass wir uns nach dem Essen verabschieden können. Als Entschuldigung wollte ich vorbringen, dass wir noch ins Theater wollen oder so. Du kannst einfach zu allem ja und amen sagen, was ich erzähle, okay?«

»Okay.« Offenbar ging es doch nicht nur darum, zu essen und geistlosen Smalltalk zu machen. Die Sache schien deutlich komplizierter. Heute Abend würde ich einen Einblick in Evans Welt bekommen, aber ich hatte keine Ahnung gehabt, wie wenig ich in sie hineinpasste.

»Ich bin dir wirklich sehr dankbar, dass du mitkommst«, sagte er und warf beim Fahren einen schnellen Blick in meine Richtung. »Danach bin ich dir echt was schuldig.«

»Ich glaube eher, dass wir dann quitt sind.«

»Vielleicht solltest du mit dieser Aussage lieber warten, bis wir es hinter uns haben.«

Wenige Minuten später hielt Evan hinter einem großen schwarzen Mercedes, der mit laufendem Motor am Straßenrand stand. Als der Wagen vor uns auf die Straße ausscherte, wurde mir klar, dass es wohl Evans Eltern sein mussten.

Wir folgten dem Mercedes durch ein kunstvolles schmiedeeisernes Tor zwischen zwei Steinsäulen auf eine kurvige, von antiken Laternen gesäumte Auffahrt, an deren Ende eine eindrucksvolle weiße Steinvilla in Sicht kam.

Die Vorderfront des Hauses war hell erleuchtet, so dass sich die ganze Pracht des Gebäudes zeigte. Es hatte zwei Stockwerke mit großen Bogenfenstern, aus denen schwach ein warmes Licht schimmerte – sicher ein Zeichen, dass es von edlen, schweren Vorhängen gedämpft wurde. Perfekt geschnittene Hecken schmückten den Rasen, der etwas höher lag als die Auffahrt und von einer kleinen Steinmauer umgeben war.

Ich schluckte, denn mir wurde schlagartig klar, dass ich dieser Situation nicht annähernd gewachsen war – ich befand mich nicht nur in einer anderen Welt, ich befand mich in einer anderen Dimension. Nervös sah ich zu Evan hinüber.

Er sah mich aufmunternd an und meinte: »Mach dir keine Sorgen, es wird im Handumdrehen vorbei sein.«

Wir hielten vor dem Haus, wo uns ein Mann in schwarzem Jackett und Fliege empfing und die Tür auf der Fahrerseite öffnete.

Bevor Evan ausstieg, beugte er sich kurz zu mir und sagte: »Bleib sitzen. Ich helfe dir gleich raus.« Ich rührte mich nicht. Eigentlich wollte ich auch gar nicht aussteigen.

Aber Evan ging um das Auto herum, öffnete meine Tür und hielt mir die Hand hin. Normalerweise hätte ich ihn angeschaut, als wäre er verrückt, aber mit meinen hochhackigen Schuhen nahm ich seine Unterstützung dankbar an. Bei der Steintreppe warteten bereits seine Eltern.

Seine Mutter hatte blonde, zu einem Bob geschnittene Haare und strahlend blaue Augen. Sie trug einen Pelzmantel, und sie glitzerte – noch nie hatte ich so viel Diamantschmuck an einem einzigen Menschen gesehen. Ihre Gesichtszüge waren weich und fein, sie wirkte überhaupt sehr dünn und zerbrechlich. In der Hand hielt sie eine kleine schwarze Tasche, die ebenfalls glitzerte.

Mr Mathews dagegen war eine stattliche Erscheinung, etwas größer als Evan, ihm aber ansonsten auffallend ähnlich, mit den gleichen hellbraunen Haaren und graublauen Augen. Sein Gesicht war kantig und ernst, und über seinem Smoking trug er einen langen schwarzen Mantel.

Ich holte tief Atem, dann trat ich auf die beiden zu und tat mein Bestes, freundlich zu lächeln, während Evan uns miteinander bekannt machte.

»Vivian und Stuart Mathews, das ist ...« begann er.

»Emily Thomas«, vollendete Vivian den Satz und streckte mir die Hand entgegen. Ich versuchte, meinen Schock zu verbergen, vor allem darüber, dass mich jemand, den ich noch nie gesehen hatte, Emily nannte. »Ich freue mich sehr, Sie kennenzulernen«, sagte ich und schüttelte die zarte Hand. Stuart rührte sich nicht, unternahm keinen Versuch, mich zu begrüßen, geschweige denn, meine Hand zu schütteln.

»Ach, wie hübsch du bist«, stellte Vivian fest, während sie mich von oben bis unten in Augenschein nahm. »Wir lernen Evans Freundinnen ja sonst nie kennen.« Obwohl ich darauf gefasst gewesen war, dass so etwas kommen könnte, machte mein Herz einen Sprung, und ich wurde ein bisschen rot.

Evan verdrehte nur die Augen. »Mom, du hast Beth getroffen, erinnerst du dich?« Er klang sehr ungeduldig.

»Vielleicht mal für eine Sekunde, wenn ihr gerade auf dem Sprung irgendwohin wart«, gab sie zurück. »Jedenfalls freue ich mich auch, dich kennenzulernen, Emily. Wollen wir reingehen?« Irgendetwas an ihr brachte mich dazu, eine aufrechtere Haltung einzunehmen. Aber ich hatte Angst, mich zu bewegen, denn ich wusste ja, wie unbeholfen ich neben dieser Frau wirken würde. Als wir auf die Steintreppe zugingen, warf ich Evan einen ängstlichen Blick zu. Es waren nur drei Stufen, aber für mich hätten es ebenso gut unendlich viele sein können.

Evan bot mir seinen rechten Ellbogen an, und ich setzte vorsichtig einen Fuß nach dem anderen auf die steinernen Stufen – wahrscheinlich ohne ein einziges Mal Luft zu holen –, während Evans Eltern elegant vor uns herschwebten. Oben öffnete sich wie von selbst eine gigantische Holztür vor ihnen, aber die beiden warteten auf uns, bevor sie eintraten.

»Stuart, Vivian!«, riefen eine Männer- und eine Frauenstimme gleichzeitig. »Willkommen! Wie schön, euch zu sehen.« Das Paar –

vermutlich Mr und Mrs Jacobs – begrüßte Vivian und Stuart mit einer kurzen Umarmung, einem Küsschen auf beide Wangen und einem herzlichen Händedruck.

»Evelyn, Maxwell – ihr erinnert euch doch sicher an unseren jüngsten Sohn Evan?«, sagte Vivian dann, und die beiden Gastgeber traten beiseite, um uns hereinzulassen.

»Selbstverständlich.« Mr Jacobs begrüßte Evan und schüttelte ihm kräftig die Hand.

»Und das ist seine Freundin Emily Thomas«, fügte Vivian hinzu, und ich lächelte höflich.

»Danke, dass ihr auch gekommen seid«, sagte Mrs Jacobs und nahm meine Hand zwischen ihre beiden kühlen, weichen Handflächen.

»Danke, dass ich kommen durfte«, antwortete ich.

Evan nahm mir meinen Mantel ab und gab ihn einem förmlich bereitstehenden Mann in einem Smoking.

Ich war zu abgelenkt von dem grandiosen Foyer mit den riesigen Kristalllüstern und der breiten, mit rotem Teppich ausgelegten Steintreppe, um zu merken, dass Evan mich anstarrte. Aber dann sah ich erschrocken zu ihm hinüber.

»Was?!«, fragte ich, voller Angst, dass ich bereits den ersten Fehler gemacht hatte.

»Schon wieder ein rosa Pulli, hm? Du bringst mich noch um.«

Ich wurde puterrot. »Evan!«

Aber er schmunzelte nur, während wir seinen Eltern in einen Raum rechts vom Foyer folgten, und ich wiederum hatte nicht die Absicht, ihm zu gestehen, dass ich ihn in seinem dunklen Maßanzug ebenfalls sehr attraktiv fand.

So betraten wir einen großen Raum, in dem ohne weiteres das ganze Erdgeschoss unseres Hauses Platz gefunden hätte, mit einer Decke, die ungefähr so hoch war wie zwei unserer Stockwerke. Die Fenster an der Vorderseite wurden umrahmt von schweren elfenbeinfarbenen Vorhängen, die mit quastenbehangenen Kordeln zur Seite gebunden waren. Die obere Hälfte der Wände war in sanftem Korallenrot tapeziert, darunter befanden sich helle, mit geprägten Blätterranken verzierte Holzpaneele. An drei Wänden hingen museumswürdige Gemälde, die vierte Wand wurde von einem offenen Kamin dominiert, der so groß war wie ich. Tatsächlich gab es nirgends Sitzgelegenheiten. An den Wänden standen zwar ein paar überdimensionale antike Stühle, aber sie dienten ganz offensichtlich nur als Schmuck. Das einzige andere Möbelstück war ein großer Tisch mit einer runden Steinplatte und dunklen Holzbeinen, die in der Mitte zu einem runden Sockel zusammenliefen. Auf dem Tisch prangte ein riesiges Blumenarrangement, das aussah wie ein Baum aus Blumen verschiedener Farbe und Textur – faszinierend.

»Alles klar?«, fragte Evan, während ich mich im Raum umsah.

»Na sicher«, antwortete ich und nickte bedächtig. Er nahm meine Hand und begleitete mich in eine einigermaßen ruhige Ecke des Saals.

»Evan!«, rief eine tiefe, distinguierte Stimme, und ein Mann mittlerer Größe – ein ganzes Stück kleiner als Evan –, mit dunklen, lockigen Haaren und einem dicken schwarzen Schnauzbart kam auf uns zu. »Wie geht es dir? Stuart hat mir schon gesagt, dass du da bist.«

»Wie schön, Sie zu sehen, Mr Nicols«, antwortete Evan und schüttelte dem Mann die Hand. »Mr Nicols, darf ich Ihnen Emma Thomas vorstellen? Wir gehen zusammen zur Schule. Emma, das ist Mr Nicols, er arbeitet für dieselbe Firma wie mein Vater.«

»Hübsches Mädchen«, bemerkte Mr Nicols und nahm meine Hand in seine, während er mich anerkennend musterte. Ich war einigermaßen entsetzt über diese Begrüßung, zwang mich aber trotzdem zu einem höflichen Lächeln. »Evan, du solltest deine Mädchen öfter mal mitbringen.« Dabei knuffte er Evan mit dem

Ellbogen, und ich musste mir alle Mühe geben, mir mein Unbehagen nicht deutlicher anmerken zu lassen.

Nach einem kurzen Austausch über Fußball und Evans Reisepläne für den Winter entschuldigte Mr Nicols sich, und ich merkte, dass ich die ganze Zeit über die Luft angehalten hatte.

»Tut mir schrecklich leid. Ich hatte keine Ahnung – na ja, ich habe es ehrlich gesagt befürchtet. Aber eigentlich halte ich es immer für ausgeschlossen, dass ein Mensch so unhöflich sein kann.«

»Das war jedenfalls interessant.« Mehr konnte ich dazu nicht sagen.

»Möchtest du etwas essen?«, fragte er und sah zu einem Kellner im Smoking hinüber, der ein Silbertablett mit Häppchen hereintrug.

»Nein danke.«

»Es wird im Handumdrehen vorbei sein«, wiederholte er sein Versprechen von vorhin.

»Das hast du schon mal gesagt«, murmelte ich und fragte mich, ob er damit vielleicht ebenso sehr sich selbst zu beschwichtigen versuchte wie mich.

In diesem Augenblick näherte sich Vivian in Begleitung eines korpulenten Mannes mit einer kleinen randlosen Brille. Sein weißer Haarkranz ging kontrastlos in seine blasse Haut über, wodurch die roten Wangen noch stärker auffielen.

»Evan, du erinnerst dich doch bestimmt an Dr. Eckel, nicht wahr?«, stellte Vivian den untersetzten Mann vor.

»Aber selbstverständlich. Schön, Sie wiederzusehen, Dr. Eckel«, sagte Evan freundlich und ergriff die Hand des Mannes.

»Dr. Eckel, das ist Evans Freundin Emily Thomas.«

»Freut mich sehr, Sie kennenzulernen, Miss Thomas«, sagte Dr. Eckel und schüttelte mir vorsichtig die Hand. Ich brachte ein kleines Lächeln zustande.

»Dr. Eckel ist Professor für Biochemie in Yale«, erklärte Evan.

»Oh.« Ich nickte leicht.

»Habt ihr zwei eigentlich viele Kurse zusammen?«, fragte mich Evans Mutter.

»Ja, die meisten.«

»Dann bist du also intelligent, wie wundervoll«, folgerte sie, offensichtlich höchst zufrieden. Mir fiel keine passende Antwort ein.

»Sie ist außerdem eine großartige Sportlerin«, steuerte Evan bei, offensichtlich in dem Bestreben, von dem seltsamen Kommentar abzulenken. »Ihretwegen hat das Mädchen-Fußballteam gestern Abend die Meisterschaft gewonnen.« Aber seine Anerkennung half nichts. Je länger sie über mich sprachen, desto mehr hatte ich das Gefühl, in meinem rosaroten Pulli zu ersticken.

»Herzlichen Glückwunsch«, rief Dr. Eckel. »Haben Sie schon angefangen, nach einem College Ausschau zu halten?«

»Ich habe noch keinen Campus besucht, aber ein paar College-Scouts sind zu meinen Spielen gekommen. Meine erste Wahl ist Stanford.« In dem riesigen Raum klang meine Stimme sehr schwach.

»Ach wirklich?«, mischte Vivian sich interessiert ein.

»Was wollen Sie denn studieren?«, erkundigte sich Dr. Eckel.

»Das weiß ich noch nicht genau.«

»Sie könnte alles machen«, prahlte Evan. »Sie ist in allen Leistungskursen und hat einen super Notendurchschnitt.«

»Hmm«, machte seine Mutter, immer noch fasziniert.

»Nun, ich wünsche Ihnen das Allerbeste«, sagte Dr. Eckel und schüttelte mir noch einmal die Hand. »Evan, es ist mir immer ein Vergnügen.« Dann wandten er und Vivian sich endlich wieder ab, um einen anderen Bekannten zu begrüßen.

Ich versuchte, die Fassung wiederzugewinnen. »Tu das bitte nicht«, sagte ich zu Evan.

»Sorry, was hab ich denn getan?«

»Es ist mir total unangenehm, wenn du so über mich redest.«

»Aber ich hab nichts gesagt, was nicht der Wahrheit entspricht, und ich hab nicht mal übertrieben. Tut mir leid, wenn es dir schwerfällt, die Wahrheit zu hören.«

Ich holte tief Luft. »Ich bin so etwas überhaupt nicht gewohnt.«

»Ich weiß«, antwortete er, nahm meine Hand, drückte sie sanft und ließ sie auch nicht wieder los.

»Meine Eltern haben gesagt, du würdest kommen«, piepste in diesem Moment eine aufgeregte weibliche Stimme, und ein extrem hübsches Mädchen mit langen blonden Locken in einem figurbetonten schulterfreien Cocktailkleid steuerte auf uns zu. Im Vergleich zu ihr kam ich mir sofort kindisch und unscheinbar vor – Saras Anstrengungen zum Trotz. Das Mädchen fiel Evan um den Hals, gab ihm ein Küsschen mitten auf den Mund, und er ließ meine Hand los, um die Umarmung zu erwidern. Als unbeachtete Zeugin dieser vertrauten Begrüßung verschränkte ich die Hände vor mir und senkte den Blick lieber zu Boden.

»Catherine, das ist Emma Thomas. Wie gehen zusammen zur Schule. Catherine ist die Tochter von Mr und Mrs Jacobs«, machte Evan uns miteinander bekannt.

Mit einem Ruck drehte Catherine sich zu mir um – offenbar hatte sie mich bis zu diesem Moment überhaupt nicht wahrgenommen. Als ich sah, wie sie sich an ihn drückte und die Arme um ihn schlang, verstand ich auch, warum.

»Nett, dich kennenzulernen«, begrüßte sie mich mit einem kaum wahrnehmbaren Nicken.

»Catherine studiert am Boston College«, erklärte Evan. Anscheinend versuchte er, Catherines Desinteresse irgendwie wettzumachen.

»Gefällt es dir da?«, fragte ich, weil ich das Gefühl hatte, irgendetwas sagen zu müssen.

»Ja«, antwortete sie kurz angebunden, ohne mich richtig anzusehen.

»Ich hab eine Überraschung für dich«, wandte sie sich stattdessen an Evan und schloss mich endgültig aus. »Komm doch mit nach oben, dann kann ich sie dir geben.« Schon griff sie nach seiner Hand, um ihn fortzuzerren, und mir wurde klar, dass ich womöglich gleich alleine hier stehen würde.

Aber Evan ließ sich von ihrer aufdringlichen Art nicht einwickeln. Er sagte Catherine leise etwas ins Ohr, woraufhin beide stehen blieben und sie mich irritiert anschaute. Schmollend strich sie Evan über die Wange, flüsterte ihm ihrerseits etwas ins Ohr und wartete mit einem koketten Lächeln auf seine Reaktion. Als er nur den Kopf schüttelte, zuckte sie die Acheln, küsste ihn noch einmal kurz auf die Lippen und schwebte davon. Ich wäre am liebsten im Erdboden versunken.

Mit erhitztem Gesicht kehrte Evan zu mir zurück.

Ehe er etwas sagen konnte, platzte ich heraus: »Lass nur, das ist schon okay. Ich möchte es überhaupt nicht wissen, es geht mich nichts an.«

Er musterte mich aufmerksam und erwiderte: »Wirklich? Es hat dir nichts ausgemacht?«

Ich zog die Brauen zusammen. »Warum fragst du mich das?«

»Weil sie sich total schlecht benommen hat. Mir hat es etwas ausgemacht, und ich kann gar nicht glauben, dass es dir anders ging.«

Aber ich zuckte nur die Achseln. »Ich hab ja keine Ahnung, womit ich hier rechnen muss.«

»Mit so etwas ganz bestimmt nicht, niemals«, sagte er mit fester Stimme, nahm wieder meine Hand und hob mit der anderen mein Kinn an. Ich konnte kaum atmen, als ich zu ihm aufblickte. »Okay?«

»Sicher«, flüsterte ich und sah weg.

Es war wirklich der seltsamste Abend meines Lebens. Ich war noch nie in einem so schicken Haus gewesen, umgeben von Menschen, die glaubten, mit allem herausplatzen zu können, was ihnen gerade in den Sinn kam, ganz gleich, wie taktlos und widerwärtig es auch sein mochte – und Evan benahm sich, als wäre er mindestens zehn Jahre älter. Er hatte ganz recht – nach dieser Veranstaltung würde mir Jakes Party vorkommen wie ein Kinderspiel.

In dieser längsten Stunde meines Lebens wurde ich noch mit etlichen anderen Leuten bekannt gemacht, die Evan Fragen stellten und ihn gleich darauf unterbrachen, um über sich selbst zu reden. Schließlich, als ich vor lauter geheucheltem Interesse für eine weitere todlangweilige Geschichte schon fast zu schielen begann, erklang eine Glocke, und Mr Jacobs forderte alle dazu auf, sich in den Speisesaal zu begeben.

Tatsächlich stellte ich fest, dass ich nach dem erdrückenden Spektakel am Verhungern war. Wir betraten einen langen, schwach beleuchteten Raum mit den gleichen großen, diesmal von dunkelroten Vorhängen umrahmten Bogenfenstern, durch die man auf die hintere Terrasse hinausblickte. Die obere Hälfte der Wände war mit antiken Spiegeln behängt, die untere ebenso wie im vorigen Raum mit hellem Holz getäfelt. Ein weiterer beeindruckender gemauerter Kamin beherrschte die gegenüberliegende Wand.

Mitten im Raum stand ein langer Tisch aus dunklem Holz, die Fenster auf der einen, der offene Kamin auf der anderen Seite. Um ihn herum standen große Stühle mit gerader Rückenlehne – allerdings waren es eher vierzig als die von Evan vermuteten zwanzig. Die Tafel war mit zartem, goldverziertem China-Porzellan samt passendem Besteck sowie einer Kollektion eleganter Glaswaren gedeckt. In kleinen Silbervasen standen bunte Blumen, und entlang der Tischmitte schimmerten kristalline Windlichter. Über dem Ganzen hing ein atemberaubender Kristalllüster, der alles in ein sanftes Licht tauchte und eine Aura schuf, die vom knisternden Kaminfeuer noch verstärkt wurde.

Evan zog einen Stuhl für mich zurück, bevor er sich zu meiner

Linken niederließ. Zu meinem Glück war mein rechter Tischnachbar Dr. Eckel – der einzige Mensch, den ich kennengelernt hatte und der nicht selbstgerecht und unhöflich gewesen war. Andererseits war er offensichtlich auch nicht sehr gesprächig, aber auch das war ganz nach meinem Geschmack.

Leider war mir das Glück jedoch nicht in jeder Hinsicht hold. Auf Evans anderer Seite saß Catherine, die ihren Stuhl sofort näher an seinen heranschob, kurz an ihrem überdimensionalen Weinglas nippte und sich zu ihm beugte.

»Was denn, Evan, trinkst du heute gar nichts?«

»Ich fahre«, erklärte er.

»Das musst du doch nicht«, flüsterte sie, laut genug, dass ich sie hören konnte. Ich setzte mich auf und versuchte mich mit einem Schluck Wasser abzulenken. Ich wagte es nicht, zu den beiden hinüberzuschauen.

»Ach Evan, ich hab dich so vermisst«, hörte ich da ihre atemlose Stimme. Prompt verschluckte ich mich an meinem Wasser, musste husten und konnte nicht wieder aufhören. Die anderen Gäste starrten mich an, während ich mich bemühte, meinen Anfall mit meiner Serviette zu ersticken.

»Sorry«, flüsterte ich und schaute in die erschrockenen Gesichter um mich herum. Natürlich war ich knallrot angelaufen, nicht nur wegen des Hustens, sondern auch wegen des Gesprächs neben mir.

»Geht es wieder?«, fragte Evan und wandte Catherine für einen Moment den Rücken zu.

»Ja«, antwortete ich entschuldigend, »ich hab mich nur verschluckt. Tut mir leid.«

In diesem Augenblick trat eine Kolonne von Kellnern in den Saal, flache Schalen in beiden Händen, die sie simultan vor allen Gästen absetzten. Ein höchst beeindruckendes Schauspiel.

»Fang mit dem Besteck ganz außen an und arbeite dich nach

innen vor«, flüsterte Evan mir zu. Ich blickte auf das Silberbesteck hinunter. Wie viel sollten wir denn essen, wenn wir all das brauchten?

»Evan, ignorier mich nicht«, verlangte Catherine bei der Suppe. Anscheinend hörte im allgemeinen Stimmengemurmel, das den riesigen Raum erfüllte, niemand sonst ihr Geflüster, aber ich bekam jedes Wort mit, weil ich direkt neben Evan saß und Dr. Eckel genauso still war wie ich.

»Ich ignoriere dich nicht, Catherine.«

»Wann besuchst du mich denn endlich wieder in Boston?«, fragte sie. »Letztes Mal hatten wir so viel Spaß zusammen. Weißt du noch?« Sie stieß ein schrilles Kichern aus.

Der Ton war so unnatürlich, dass ich zusammenzuckte. Warum lachte sie so gezwungen? Wer machte denn so etwas? Ich verkniff mir das Lachen und musste wieder husten, was mir erneut einige argwöhnische Blicke einbrachte.

»Ich hab zurzeit sehr viel zu tun«, antwortete Evan unterdessen, und auch er warf mir einen kurzen Blick zu. Ich brachte es nicht fertig, ihn anzuschauen.

»Aber wir haben uns nicht mehr gesehen, seit ich im August mit dem Studium angefangen habe. Vermisst du mich denn gar nicht?«

Gespannt wartete ich auf Evans Antwort.

»Ich hatte eine schöne Zeit hier.«

Gut gemacht, Evan.

»Ich kann dir noch was viel Schöneres versprechen. Warum kommst du nicht einfach nächstes Wochenende?«

»Ist da nicht Thanksgiving und du bist zu Hause?«

»Dann besuch mich eben hier.«

»Mein Bruder kommt heim, ich glaube, wir wollen Ski fahren.«

»Evan«, jammerte sie. »Bring mich doch nicht dazu, dich anzubetteln.«

Meinte sie das ernst? Ich trank noch einen Schluck Wasser und versuchte, mein Lachen zu unterdrücken. Zum Glück passierte mir diesmal keine Panne, aber ich stellte fest, dass mein Wasserglas fast leer war. Zu meinem großen Erstaunen wurde es jedoch schon im nächsten Augenblick von einem Kellner im Smoking aufgefüllt, der aus dem Nichts mit einem Silberkrug erschien.

Beim zweiten und dritten Gang war Catherine mit Schmollen beschäftigt. Ich hatte keine Ahnung, was ich eigentlich aß, die aufgetragenen Speisen ähnelten keinem mir bekannten Gericht. Aber ich probierte alles und war angenehm überrascht, dass es mir schmeckte.

»Wie geht es dir?«, fragte Evan und beugte sich zu mir.

»Danke, ganz gut«, grinste ich, aber ich konnte mich ihm immer noch nicht zuwenden, denn dann hätte ich auch Catherine gesehen, und ich war nicht sicher, ob ich dann nicht wieder loslachen musste.

»Und wie geht es *dir*?«, fragte ich zurück, immer noch grinsend.

»Eigentlich möchte ich gerne gehen«, gab er zu. Das freute mich so, dass ich nicht nur übers ganze Gesicht strahlte, sondern auch ein kurzes lachendes Husten von mir gab.

Beim fünften Gang, den ich als Rindfleisch identifizierte, hatte ich bereits drei Gläser Wasser intus und musste dringend aufs Klo. Doch der Gedanke, vor all diesen Leuten aufzustehen und den Saal zu verlassen, hielt mich auf meinem Stuhl. Schließlich aber wurde der Druck so stark, dass ich keinen Bissen mehr herunterbrachte.

»Ich müsste mal zur Toilette«, flüsterte ich Evan zu.

»Ich weiß nicht genau, wo sie ist«, flüsterte er zurück. »Aber frag doch einen der Kellner, die helfen dir bestimmt.«

Zum Glück lag der Ausgang direkt hinter mir, und ich schob mit angehaltenem Atem meinen Stuhl zurück, der so lautstark über den Boden scharrte, dass alle ihre Gespräche unterbrachen. Ich sah mich entschuldigend um, erntete aber die gleichen genervten Blicke, dich ich schon den ganzen Abend auf mich zog. Hastig erhob ich mich und ging mit aller mir zur Verfügung stehenden Anmut auf die offene Tür zu. Neben der Tür stand eine Frau, ebenfalls im Smoking, die dunklen Haare zu einem strengen Dutt zurückgezurrt.

»Entschuldigung«, flüsterte ich. »Könnten Sie mir bitte sagen, wo ich die Toiletten finde?«

»Gehen Sie einfach durch die Tür geradeaus zur Treppe, dort finden Sie zu beiden Seiten eine. Es spielt keine Rolle, welche Sie nehmen.«

Ich dankte der Frau und ging durch die Tür, aber als ich über die Schwelle stöckelte, blieb ich mit dem Absatz hängen und verlor mein ohnehin unsicheres Gleichgewicht. Mit ein paar Stolperschritten rettete ich mich ins Foyer hinaus, und es gelang mir tatsächlich, mich zu fangen. Allerdings hallten meine Absätze wie Donnerschläge durch die hohen Räume.

Sofort kam Evan mir nach. »Ist was passiert?«, fragte er besorgt, offensichtlich darauf vorbereitet, mir aufhelfen zu müssen.

»Nein, nein, alles gut«, antwortete ich und reckte mich, zog meinen Pulli über die Hüften und holte kurz Luft, ehe ich meinen Weg zu den Toiletten fortsetzte. Dort blieb ich länger, als notwendig gewesen wäre, fächelte mir Luft zu und versuchte, die auffällige scharlachrote Farbe aus meinem Gesicht zu vertreiben.

Als ich zum Tisch zurückkehrte, war der Rest meines Rindfleisch-Gangs bereits abgeräumt worden, und ein Teller mit kleinen Käseportionen, verziert mit einem Fächer aus Erdbeeren und winzigen Trauben, hatte seinen Platz eingenommen. Catherine hing immer noch halb auf Evans Stuhl und flüsterte unablässig in sein Ohr, während sie ihm zärtlich den Nacken kraulte. Ich sah ihn nicht an und ließ mich schweigend wieder auf meinem Stuhl nieder.

Inzwischen sprach Catherine so leise, dass ich nichts mehr verstand, doch als auch dieser Gang abgetragen wurde, entschuldigte sich Evan, stand auf und verließ mit hochrotem Kopf den Saal. Catherine sah ihm kichernd nach. Unsere Blicke trafen sich. Ich starrte sie fragend an, aber sie lächelte nur geziert, zog eine Augenbraue in die Höhe und nippte an ihrem Wein. Hastig sah ich wieder weg und steckte genervt eine Traube in den Mund.

Kurz darauf kam Evan durch die Tür neben dem offenen Kamin in den Raum zurück und unterhielt sich eine Weile flüsternd mit seinen Eltern, die bei den Jacobs' am Kopfende der Tafel saßen. Zum Schluss deutete er auf seine Uhr, und seine Mutter gab ihm einen schnellen Kuss auf die Wange. Dann ging er zu Mr und Mrs Jacobs, wechselte auch mit ihnen ein paar Worte und schüttelte ihnen die Hand. Schließlich verschwand er durch dieselbe Tür und kam hinter mir wieder herein.

»Fertig?«, fragte er flüsternd und beugte sich über meine Stuhllehne.

»Aber sicher.« Ich stellte mein Wasserglas auf den Tisch zurück.

Er half mir, meinen Stuhl ohne das grässliche Scharrgeräusch wegzuschieben, und so gingen wir hinaus ins Foyer, wo Evan demselben Gentlemen, der uns vorhin die Mäntel abgenommen hatte, ein Kärtchen reichte, um sie zurückzubekommen.

»Ihr wollt schon gehen?«, fragte Catherine und kam über den Marmorfußboden auf uns zugetänzelt.

»Ja, wir haben noch andere Verpflichtungen«, erklärte Evan sachlich.

»Aber du kommst mich doch bald besuchen, ja, Evan?« Es klang eher wie ein Befehl als wie eine Frage.

Jetzt konnte ich nicht länger an mich halten, und während Evan mir in den Mantel half, fing ich an zu lachen, erst stoßweise, weil ich mich immer noch zu beherrschen versuchte, aber dann brach alles aus mir heraus.

»Lachst du etwa über mich?«, fragte Catherine empört.

»Genaugenommen – ja«, antwortete ich, während mir die Lachtränen über die Wangen rannen. Dann hielt ich mir schnell die Hand vor den Mund, um den nächsten Lachanfall zu unterdrücken, mit dem Erfolg, dass ich knallrot anlief.

Evan lachte ebenfalls und rief: »Gute, Nacht, Catherine!« Dann führte er mich hinaus.

Als die Tür hinter uns ins Schloss fiel, war es endgültig um mich geschehen. Ich krümmte mich vor Lachen und musste mich mit den Händen auf den Knien abstützen, weil ich mich, inzwischen nahezu blind vor Lachtränen, kaum noch auf den Beinen halten konnte. Nach einer ganzen Weile gewann ich meine Fassung so weit zurück, dass ich mir die Augen abwischen und ein paar Schritte vorwärts machen konnte.

Aber dann musste ich plötzlich wieder an Catherines Gejammer und an ihr schrilles Kichern denken, und schon ging es von vorne los – ich brach auf der obersten Steinstufe zusammen und hielt mir den Bauch vor Lachen. Irgendwann konnte ich nicht mehr, holte ein paarmal tief Luft und wischte mir erneut über das Gesicht. Evan stand schon unten und beobachtete mich amüsiert.

»Ich bin froh, dass du es so lustig findest«, sagte er und sah mich an, die Hände tief in den Taschen vergraben.

»Bitte sprich nicht mehr davon«, ächzte ich und gab mir alle Mühe, nicht wieder loszuprusten. »Ich kann nicht mehr lachen, mein Bauch tut weh. Sagen wir einfach, wir sind quitt.«

19
kEin LacHen

*N*a, bist du jetzt bereit für Jakes Party?«, fragte Evan im Auto und legte die förmliche Art, die er den ganzen Abend über zur Schau getragen hatte, problemlos wieder ab.

»Nach diesem Erlebnis bin ich zu allem bereit.«

»Warten wir's ab«, grinste er. »Vielleicht bin ja ich derjenige, der zuletzt lacht.«

»Was soll das denn heißen?«, fragte ich und wurde auf einmal nervös.

»Gar nichts«, antwortete er, grinste aber weiter.

Als wir in Jakes Auffahrt einbogen, standen dort bereits ungefähr ein Dutzend Autos, wir ergatterten den letzten freien Parkplatz. Evan hielt Wache, während ich Jeans und bequemere Schuhe anzog.

»Das ist viel besser«, seufzte ich erleichtert, als ich ausstieg.

»Aber du siehst immer noch gut aus«, bemerkte Evan mit einem frechen Halblächeln. Ich ignorierte ihn.

Dann stand ich Schmiere, während er seinen Anzug gegen Jeans und Pulli tauschte.

»Sobald du gehen willst, brechen wir auf«, sagte Evan, als wir uns der Haustür näherten. »Du brauchst dich deswegen nicht schlecht zu fühlen. Er hat dich eingeladen – ich bin nur deinetwegen hier.«

»Okay«, stimmte ich zu und versuchte, zwischen den Zeilen zu lesen. Seit ich die Party zum ersten Mal erwähnt hatte, gab er solche sonderbaren Kommentare ab. Aber ich konnte mir einfach nicht erklären, warum.

Ich drückte auf die Klingel, weil mir das angemessener erschien, als einfach ins Haus zu marschieren. Es war längst nicht so laut wie bei Scotts Party. Jake öffnete mit einem breiten Grinsen die Tür.

»Emma, da bist du ja! Sara meinte schon, dass du bestimmt bald kommst«, sagte er und machte die Tür noch ein Stück weiter auf. Als er Evan hinter mir entdeckte, verblasste sein Strahlen allerdings ein wenig. »Oh, du hast Evan mitgebracht.« Evan nickte ihm nur grinsend zu.

»Nett, dich zu sehen, Jake«, sagte er, klopfte Jake auf die Schulter, und wir gingen ins Haus. Jake schloss hinter uns die Tür und wandte sich dann an Evan.

»Sorry, Mann. Vielleicht kommst du heute nicht zum Zug«, meinte er abfällig lächelnd.

»Ach, darum mache ich mir keine Sorgen.«

Ich hatte keine Ahnung, worüber sie da redeten, aber zwischen ihnen war eine deutliche Spannung spürbar. Ich sah Evan prüfend an, doch er schwieg grinsend.

»Ihr könnt eure Jacken in den Wandschrank hängen«, sagte Jake und deutete auf eine Tür neben dem Eingang.

Die kleine Diele mündete in einen Korridor, von dem linker Hand eine Tür in ein Wohnzimmer mit einer Polstercouch und einem großen Flachbildfernseher führte. Rechter Hand lag ein Zimmer mit einer langen Ledercouch und einem Schreibtisch, vermutlich eine Art Büro.

In beiden Räumen sorgten Kerzen für schummriges Dämmerlicht, ein paar Leute unterhielten sich leise. Eine ruhige, gefühlvolle Jazztrompete hallte durchs ganze Haus. Am Ende des Korridors führte eine mit Teppich belegte Treppe in eine hell erleuchtete Küche.

An der Kücheninsel lehnte Sara und lachte gerade über etwas, das Jason gesagt hatte. Als wir hereinkamen, blickte sie auf.

»Getränke sind unten«, erklärte uns Jake. »Entspannt euch und macht es euch gemütlich. Ich bin gleich wieder da.« Damit ging er wieder zur Treppe, die noch weiter nach unten führte.

»Emma, Evan!«, rief Sara. »Wie war das Essen?«

»Wir sind satt geworden«, antwortete ich lachend. Evan presste die Lippen zusammen und sah mich finster an.

Sara musterte uns stirnrunzelnd und versuchte, unseren Austausch zu verstehen.

»Ich erklär es dir später«, sagte ich schnell. »Seit wann seid ihr denn schon hier?«

»Nicht sehr lange«, meinte Sara. »Ich wollte euch noch ein paar Minuten Zeit lassen, ehe ich anrufe.«

»Wo sind denn die anderen alle?«, fragte ich und sah mich um, wobei ich auf Evans Gesicht wieder dieses vielsagende Grinsen bemerkte, das er nicht besonders gut versteckte.

»Das weiß ich auch nicht«, gestand Sara und schaute sich ebenfalls um. »Wir sind wirklich eben erst gekommen. Wahrscheinlich sind alle unten, aber ich glaube sowieso nicht, dass sonderlich viele Leute hier sind.«

Die Türklingel unterbrach uns. Jake kam die Treppe heraufgerannt und eilte den Korridor hinunter. Sechs neue Gäste erschienen – alle sahen aus wie Zwölftklässler.

»Ich glaube, jetzt sind wir vollzählig«, hörte ich Jake zu einem der Jungs sagen, als sie sich der Küche näherten.

»Emma Thomas ist hier?«, flüsterte der Angesprochene schockiert, und ich tat so, als hätte ich ihn nicht gehört.

»Mach dir keine Hoffnungen«, flüsterte Jake zurück und führte das Grüppchen die Treppe hinunter.

Wieder presste Evan die Lippen zusammen, als müsste er ein Lachen unterdrücken. Ich sah ihn argwöhnisch an, denn ich wusste, dass irgendetwas im Busch war. Aber er zog nur die Augenbrauen hoch, zuckte mit den Schultern und wich meinem forschenden Blick aus.

»Wollt ihr auch nach unten gehen?«, fragte Sara. Abgesehen von den wenigen Gästen in den vorderen Zimmern waren wir die Einzigen hier oben.

»Warum nicht?«, stimmte ich zu.

Sara und ich gingen voraus, Jason und Evan, die sich in ein Gespräch über ein Footballspiel vertieft hatten, folgten uns gemächlich.

Zusammen betraten wir den ebenfalls schummrig beleuchteten, niedrigen Keller. Am Fuß der Treppe gab es eine lange, dunkle Bar mit großen Ledersesseln, in denen ein paar Gäste saßen und leise plauderten. In dem breiten U-förmigen Raum konnte ich insgesamt ungefähr fünfzehn Leute ausmachen.

Einige fläzten auf einer Couchgarnitur vor einem Fernseher, der Rest stand um den Pooltisch herum oder hatte es sich auf dem schwarzen Ledersofa an der Wand bequem gemacht. Überrascht stellte ich fest, dass niemand von ihnen Pool spielte oder fernsah. Auch hier unten tönte sinnlich-gefühlvolle Jazzmusik aus den Lautsprechern.

»Was zu trinken?«, fragte mich Jake, als wir uns am Ende der Bar versammelten.

»Hast du Cola oder Limo oder so was da?«

»Na klar. Steht alles im Kühlschrank auf der anderen Seite des Kellers. Da drüben ist die Tür, bedien dich.«

Ich ging an der Couchgarnitur vorbei und durch die Tür, die Jake mir gezeigt hatte, in den noch unfertigen Teil des Kellers. An der Wand stand ein alter weißer Kühlschrank, gefüllt mit Flaschen und Dosen. Ich nahm mir eine Limo heraus und kehrte zu Evan, Jason und Sara zurück, die an der Bar geblieben waren.

»Wie findest du es?«, flüsterte ich Sara zu, die an irgendeinem roten Getränk nippte. »Kommt es dir komisch vor?«

»Ich hab das Gefühl, ich weiß inzwischen, was hier abgeht«, gab sie zu. »Ich hab mich immer gefragt, was es mit Jakes Partys auf sich hat, aber ich hatte ja keine Ahnung. Vermutlich hat er die Tochter des Richters aus gutem Grund nicht eingeladen.«

Ehe ich fragen konnte, was sie damit meinte, kam Jake wieder auf uns zu.

»Evan«, sagte er und winkte ihn zu sich. »Ich wollte dich gern ein paar Leuten vorstellen, die du vermutlich noch nicht kennst.«

Evan sah Jake neugierig an, zögerte kurz, sagte dann aber: »Bin gleich wieder da«, und verschwand. Ich nickte unbesorgt. Mir war zwar schleierhaft, warum er sich so seltsam benahm, aber ansonsten schüchterte mich diese Veranstaltung nicht im mindesten so ein wie die vorherige. Hier hatte ich keine Angst davor, allein zu bleiben. Es war ja auch nicht besonders viel los.

»Ich würde gerne ein bisschen Pool spielen oder so«, sagte ich zu Jason und Sara. »Ich finde es komisch, einfach nur rumzustehen.«

»So eine Party ist das aber nicht«, flüsterte Sara und sah mich vielsagend an.

»Wie meinst du das?« Ich war völlig verwirrt – und langweilte mich ehrlich gesagt auch ein bisschen.

»Hey!«, rief uns eine kleine Brünette zu, die gerade die Treppe herunterkam. Sara drehte sich zu ihr um.

»Hallo, Bridgette!«, begrüßte sie das Mädchen freundlich.

Dicht hinter Bridgette erschien einer der Jungs vom Fußballteam, Bridgette umarmte Sara zur Begrüßung.

»Ich wusste gar nicht, dass du auch hier bist«, sagte sie etwas überrascht zu ihr.

»Wir sind mit Emma da«, erklärte Sara. »Emma, das ist Bridgette.«

»Hi«, sagte ich. Bridgette musterte mich freundlich, während der Junge seinen Arm um ihre Taille legte und die Hand auf ihrem Hintern ruhen ließ. Schnell sah ich wieder in ihr Gesicht und tat, als hätte ich nichts davon bemerkt.

Jason begann sich mit dem Jungen zu unterhalten – anscheinend kannten die beiden sich ebenfalls. Die ganze Zeit über behielt er seine Hand auf Bridgettes Hinterteil. Es sah fast so aus, als erhebe er einen Besitzanspruch auf sie.

»Seid ihr gerade erst gekommen?«, fragte Bridgette.

»Ja, vor kurzem«, antwortete Sara.

»Ich wusste gar nicht, dass du dich für Rich interessierst«, flüsterte sie dann und nickte in Richtung des Jungen.

»Ich dachte mir, warum nicht?«, meinte Bridgette achselzuckend.

Sara kniff die Augen zusammen, fragte aber nicht weiter nach. Stattdessen begannen sie und Bridgette ein Gespräch über ihre Mütter, die offenbar befreundet waren, und nach und nach landeten sie bei Themen, zu denen ich absolut nichts beizutragen hatte. Also zog ich mir einen der schwarzen Ledersessel von der Bar heran und hörte ihnen nur noch mit halbem Ohr zu, während ich mit meiner Flasche herumspielte.

»Wir gehen nach oben«, sagte Sara nach einer Weile. »Kommst du zurecht? Ich bleib nicht lange weg, versprochen.«

»Klar.« Ich nickte ihr zu und lächelte beruhigend.

»Rühr dich nicht von der Stelle«, warnte sie mich, was mich noch mehr verwirrte.

Erneut sah ich mich um, konnte aber im Halbdunkel nicht erkennen, bei welcher Gruppe Evan gelandet war.

»Na, ganz allein?«, fragte eine Stimme hinter mir, und als ich mich umdrehte, sah ich einen dunkelhaarigen Jungen mit strahlenden blaugrünen Augen, der an dem Sessel neben mir lehnte. Er war einer der Jungs, die kurz nach uns eingetroffen waren.

»Momentan bin ich allein, ja«, antwortete ich und zuckte die Achseln.

»Das ist aber nicht gut.«

»Woher kennst du Jake?«, erkundigte ich mich.

»Wir sind befreundet – wir gehen beide in die Zwölf«, erklärte er. »Du bist Emma Thomas, richtig?«

»Ja«, antwortete ich bedächtig und versuchte zu ergründen, ob ich ebenfalls wissen musste, wer er war.

»Ich bin Drew Carson. Wahrscheinlich kennst du mich nicht.« Aus irgendeinem Grund klang sein Name vertraut, aber mir fiel einfach nicht ein, woher.

»Aber du weißt, wer ich bin?«

»Na selbstverständlich«, lachte er. »Das war ein tolles Spiel gestern Abend. Ich hab gehört, dass die Scouts schon nach dir Ausschau halten.«

Ich wurde rot. »Ja. Dann warst du also beim Spiel?«

»Wer nicht?« Seine Offenheit gefiel mir.

»Warum kommst du mir so bekannt vor? Ich weiß genau, dass ich dich schon mal irgendwo gesehen habe«, sagte ich. »Aber ich komme einfach nicht drauf, wo das gewesen sein könnte.«

»Wahrscheinlich beim Basketball«, antwortete er. Natürlich – Drew Carson, der Kapitän der Jungen-Basketballmannschaft! Daher sein schlanker Körper. Wieso war er mir in der Schule nie aufgefallen? Aber ich bemerkte ja immer nur diejenigen, die sich direkt vor mir aufbauten.

»Stimmt. Sorry.«

»Macht nichts. Ich hätte schon früher versuchen sollen, dich anzusprechen«, meinte er. »Umso mehr freue ich mich, dass du hier bist. Es überrascht mich zwar, aber das tut ja nichts zur Sache.« Er lächelte strahlend, und in seinen Wangen erschienen zwei tiefe Grübchen. Ehrlich – warum hatte ich ihn bisher nie wahrgenommen? Er sah gut aus!

»Dein Pulli gefällt mir«, sagte er nach einem kurzen Schweigen.

»Danke.« Ich wurde wieder rot und suchte krampfhaft nach einem Gesprächsthema. »Fährst du Ski?« Ich hatte keine Ahnung, warum mir gerade diese Frage in den Sinn kam. Erbärmlicher konnte ich mich kaum aufführen.

»Ja, ich fahre nächstes Wochenende mit meiner Familie nach Vermont. Und du?«

»Nein, Ski fahren ist nicht so mein Ding.« Wir sahen uns an und begannen beide zu lachen. Unser Gelächter hob sich deutlich von dem Gemurmel der anderen ab, und wir zogen einige genervte Blicke auf uns.

»Uups«, grinste ich und hielt mir die Hand vor den Mund. »Mir war nicht klar, dass wir leise sein müssen.«

»Keine Sorge«, entgegnete er und erwiderte mein Grinsen. »Die nehmen das alles viel zu ernst.« Ich wusste zwar nicht, was er damit meinte, aber so erging es mir ja schon den ganzen Abend. Hoffentlich würde ich es irgendwann herausfinden.

»Machst du außer Basketball und Skifahren sonst noch was?«, fragte ich, darum bemüht, das Gespräch in Gang zu halten. Zum Glück fühlte ich mich nicht mehr ganz so gestresst wie vor unserem Heiterkeitsausbruch.

»Ich surfe, und wenn ich die Gelegenheit habe, fahre ich Wildwasser-Kajak.« Dann erzählte er mir von den besten Wellen, die er gesurft war – in Australien. Ich lauschte und ließ mich von seiner Geschichte in Bann ziehen.

Wir redeten über dies und das, bis mir irgendwann auffiel, dass Evan, Sara und Jason schon ziemlich lange verschwunden waren. Ohne die Unterhaltung abzubrechen, sah ich mich verstohlen um, konnte aber in den dunklen Ecken keinen der drei entdecken.

»Ich bin gleich wieder da«, sagte ich schließlich. »Ich hol mir nur schnell noch was zu trinken.«

»Ich gehe kurz hoch zur Toilette«, meinte Drew und deutete zur

Treppe. »Treffen wir uns hier wieder?« Wollte er sich tatsächlich weiter mit mir unterhalten?

»Gern«, stimmte ich zu.

Ich drängte mich ein weiteres Mal an der Couchgarnitur vorbei, wobei ich unauffällig Ausschau nach Sara oder Evan hielt. Schockiert stellte ich fest, dass hier hauptsächlich Pärchen saßen und sich die meisten von ihnen küssten – und zwar ziemlich innig. Es schien sie weder zu stören, dass ich direkt an ihnen vorbeiging, noch, dass andere Pärchen neben ihnen genauso heftig rumknutschten. Ich schlug die Augen nieder. Dann hörte ich schweres Atmen und ging schneller.

Als ich mir meine Limo aus dem Kühlschrank genommen hatte, überlegte ich, wie ich wieder zurückgelangen sollte. Ich spähte zur anderen Seite des Kellers, in der Hoffnung, dort führte eine Tür zu der Ecke mit dem Pooltisch, aber ich wurde enttäuscht. Durch die einzige andere Tür gelangte man hinaus auf den Hinterhof. War ich dafür verzweifelt genug?

»Ah, da bist du ja.« Beim Klang der Stimme wirbelte ich herum und sah Jake die Tür hinter sich schließen.

»Hi, Jake«, erwiderte ich möglichst locker und bemühte mich, meine Nervosität zu verbergen.

»Ich wollte schon den ganzen Abend mit dir plaudern«, sagte er und kam langsam auf mich zu. »Aber eigentlich nicht hier«, fuhr er mit einer Geste auf die reichlich ungemütliche Umgebung fort. Seine Stimme klang übermäßig forsch. »Komm, ich zeige dir das Haus, und dann suchen wir uns ein stilles Eckchen, um uns ein bisschen zu ...« Er machte eine Pause, ehe er hinzufügte: »... unterhalten.« Dabei feixte er, als handelte es sich um einen Insiderwitz, in den mich niemand eingeweiht hatte. Aber da fiel bei mir endlich der Groschen, und auf einmal passte alles zusammen. Einen Moment war ich wie erstarrt, dann blieb mir vor Empörung fast der Mund offen stehen.

»Äh, hm ...«, stotterte ich und spähte an ihm vorbei zu der verschlossenen Tür. »Danke, aber ich brauche keine Besichtigungstour. Können wir uns nicht an der Bar unterhalten?«

»Ich hatte an einen Ort mit etwas weniger Publikum gedacht«, entgegnete er und zwinkerte. Nein! Nicht schon wieder! Und dann kamen die Worte von ganz allein aus meinem Mund, ich konnte sie nicht aufhalten.

»Für wen hältst du dich eigentlich?«, stieß ich hervor, fassungslos über seine Dreistigkeit.

»Was ist denn plötzlich los mit dir?«, entgegnete er verwundert.

»Das ist eine Sex-Party, stimmt's?« Selbst in meinen Ohren klang das nicht wie eine Frage, sondern wie ein Vorwurf. Ich konnte nicht glauben, wie lange ich gebraucht hatte, um es endlich zu kapieren.

»Wenn etwas passiert, dann passiert es eben«, verteidigte er sich mit einem unangenehmen Grinsen, und ich war erneut wie vor den Kopf geschlagen von der Arroganz dieses Typen.

»Und da hast du beschlossen, *mich* einzuladen?«, fragte ich, denn ich konnte mir immer noch nicht erklären, zu welchem Zweck er das getan hatte.

»Warum denn nicht?«, fragte er zurück, nun wieder mit seiner üblichen Großspurigkeit. Anscheinend begriff er immer noch nicht.

»Offensichtlich kennst du mich überhaupt nicht.« Ich sah ihn finster an und machte keinen Hehl daraus, dass er mich anekelte. »Wie kommst du bloß auf die Idee, ich könnte etwas mit dir zu tun haben wollen?«

»Autsch«, antwortete er. Und jetzt sah er endlich nicht mehr ganz so selbstzufrieden aus.

Ehe ich noch etwas sagen konnte, weswegen ich mich womöglich nicht mehr in der Schule blicken lassen konnte, rannte ich an ihm vorbei und stellte fest, dass die Tür unverschlossen war. Evan stand im Türrahmen, die Hand noch auf der Klinke. Ich wusste nicht, wie lange er schon dort stand und zuhörte, aber er musste wohl das meiste mitbekommen haben, denn er begrüßte mich mit seinem typischen amüsierten Grinsen.

»Du bist so was von tot«, fuhr ich ihn an, als ich mich an ihm vorbeidrängte. Das belustigte ihn nur noch mehr, und er lachte leise.

»Hey, Emma«, rief Drew, als er mich entdeckte. Doch als er mein Gesicht sah, das wahrscheinlich Bände sprach, fragte er sofort: »Was ist denn passiert?«

»Gehörst du auch dazu?«, fragte ich ihn anklagend.

Ich wartete seine Antwort nicht ab, sondern rannte die Treppe hinauf, wo ich Sara und Jason fand, die in der Küche standen und sich unterhielten. Beide trugen schon ihre Jacken.

»Können wir bitte gehen?«, drängte ich. »Das hier ist mir alles zu schräg.«

»Wir wollten dich gerade holen«, sagte Sara. »Ich hab mich schon gefragt, wie lange es dauern würde, bis du hier wegwillst. Lass uns zu mir fahren.«

»Gern«, meinte Evan hinter mir.

Mit einem Ruck drehte ich mich um und fauchte: »Ich glaube nicht, dass sie *dich* eingeladen hat.« Sara riss die Augen auf, aber ich marschierte unbeirrt den Korridor hinunter, um meine Jacke aus dem Wandschrank zu holen.

Ich kam kurz vor Evan bei seinem Auto an, während Sara und Jason zu ihrem gingen.

Nachdem wir eingestiegen waren, sagte er etwas betreten: »Ich hätte dich warnen sollen. Tut mir leid.«

»Evan, du hast Bescheid gewusst und mich trotzdem hierherkommen lassen!«, schrie ich ihn an.

»Ich wusste, dass nichts passieren würde. Ich hatte keine Angst, dass du dich in irgendwas reinziehen lässt, und ich hab gehofft, du würdest Jake deutlich machen, dass du nichts für ihn übrighast – was du definitiv getan hast. Ich hab die Nase so voll davon, ihn damit prahlen zu hören, dass er ...« Er stockte. »Tut mir echt leid«, fügte er nur noch hinzu. Sein Gesicht war ernst und seine Augen so sanft, dass meine Wut sich in nichts auflöste.

»Na gut, meinetwegen kannst du mitkommen zu Sara.« Ich fand es immer noch schwer, längere Zeit sauer auf ihn zu sein.

Aber als wir auf die Straße bogen, fiel mir plötzlich etwas ein, und ich wurde unruhig. »Wo bist du eigentlich so lange gewesen, Evan? Und du hast erzählt, dass du schon mal auf einer seiner Partys warst. Ist das dein Ernst? Hast du ...? Wer ...? Das kann doch nicht sein, oder ...?« Mit jeder unvollendeten Frage wurde meine Stimme lauter.

Evan lachte.

»Ach, vergiss es, es geht mich ja nichts an«, murmelte ich schließlich und starrte aus dem Fenster. Aber die Möglichkeiten, die mir durch den Kopf gingen, gefielen mir ganz und gar nicht.

»Entspann dich. Jake wollte in Ruhe mit dir reden, deshalb hat er versucht, mich abzulenken, indem er mir irgendwelche Mädchen vorgestellt hat. Er war total sauer, weil ich auch da war. Er dachte, du bringst Sara mit und sie hat vielleicht Jason im Schlepptau, aber mit mir hat er nicht gerechnet. Ich hab mich nur *unterhalten* – so wie du dich mit Drew Carson unterhalten hast, stimmt's?« Mein Herz setzte einen Schlag aus.

»Außerdem war ich nur auf einer einzigen anderen Party bei Jake, und als ich damals die Einladung angenommen habe, wusste ich überhaupt nicht, was mich dort erwartet. Ich hab nicht ...« Er suchte nach den richtigen Worten, ich sah ihn an, und mir wurde bewusst, dass er mir nicht sagen konnte, was er getan hatte.

»Ehrlich?«, fragte ich vorwurfsvoll und schockiert.

»Es ist nicht so, wie du denkst.« Dann fügte er ausweichend hinzu: »Ach, ich möchte lieber nicht ins Detail gehen.« Einen Augenblick schwiegen wir beide. Ich starrte aus dem Fenster auf die Silhouetten der Bäume und die gelegentlich vorbeihuschenden erleuchteten Häuser.

»Macht dir das wirklich was aus?«, fragte Evan schließlich.

»Was?«

»Dass ich bei einer von Jakes Partys womöglich ein Mädchen geküsst habe.«

Ich zögerte. »Ich hab einfach nicht gedacht, dass du der Typ bist, der so was macht«, antwortete ich dann leise.

»Bin ich auch nicht«, versicherte er mit Nachdruck. »Deshalb war ich ja auch nur ein einziges Mal dort, und ich hab auch nicht das getan, was du dir wahrscheinlich vorstellst. Das interessiert mich nicht. Die Entscheidung, mit jemandem zusammen sein zu wollen, ist viel zu wichtig, als dass man sie aufs Geratewohl bei einer Party treffen könnte.«

Ich lachte verlegen, riss mich aber gleich wieder zusammen.

»Was ist so lustig?«

»Darüber kann ich nicht mit dir sprechen«, antwortete ich mit dem gleichen unbehaglichen Kichern. »Das ist zu schräg. Sorry.«

»Findest du es schräg, über Sex zu sprechen?«

»Nein, aber mit dir darüber zu sprechen, das finde ich schräg«, erklärte ich. »Können wir bitte das Thema wechseln?«

»Du hast also noch nie ...«, setzte er erneut an.

»Evan!«, fiel ich ihm ins Wort.

»Natürlich nicht«, folgerte er.

»Aber du schon?«, fragte ich, bevor ich mir auf die Zunge beißen konnte.

»Ich dachte, wir reden nicht darüber.«

»Tun wir auch nicht«, sagte ich und drehte mich wieder zum Fenster. Bis wir vor Saras Haus hielten, sagte keiner von uns ein Wort.

»Möchtest du immer noch, dass ich mit reinkomme?«, fragte er.

»Möchtest du immer noch mit reinkommen?«, fragte ich zurück.

»Natürlich.«

»Dann komm.«

Wir folgten Sara und Jason ins Haus. Ehe wir alle die Treppe hinaufgingen, sagte Sara ihren Eltern Bescheid, dass wir wieder da waren.

»Würde es dir was ausmachen, wenn Jason und ich in meinem Zimmer einen Film anschauen?«, flüsterte Sara mir zu, als wir ein paar Schritte hinter den Jungs in den zweiten Stock hinaufstiegen.

»Ist das dein Ernst?«, fragte ich zurück. Sie sah mich aus großen Augen flehend an. »Na gut«, gab ich nach, und sie lächelte dankbar.

Sara beugte sich zu Jason hinunter, der sich bereits auf der Couch niedergelassen hatte, und flüsterte ihm etwas ins Ohr. Er grinste, stand auf und folgte ihr in ihr Zimmer. Evan sah mich fragend an, offensichtlich versuchte er, sich einen Reim auf das Verhalten der beiden zu machen.

»Sie wollen nur ein bisschen allein sein«, erklärte ich, und er nickte wissend.

Ich setzte mich ans andere Ende der Couch. »Welchen Film wollen wir uns anschauen?«, fragte ich.

»Bleibst du diesmal wach?«

»Ja«, beteuerte ich und tat, als wäre ich beleidigt.

Evan suchte einen Film über eine Kleinstadt aus, in der Menschen auf unerklärliche Weise verschwanden.

Nach einer Weile spürte ich jedoch, wie erschöpft ich war. Ich nahm mir ein Kissen und rollte mich neben Evan auf der Couch zusammen – noch immer fest entschlossen, wach zu bleiben. Aber schon bald musste ich gegen meine schweren Augenlider ankämpfen, und schließlich kapitulierte ich.

»Emma«, flüsterte Sara und schüttelte mich sanft an der Schulter. Ihre Stimme hörte sich sehr weit weg an, und ich hatte nicht die geringste Lust aufzuwachen – es war viel zu gemütlich. »Em, es ist zwei Uhr früh.«

Jetzt war ihr Flüstern auf einmal wesentlich lauter und deutlicher. Ich ächzte leise, um zu signalisieren, dass ich sie gehört und auch verstanden hatte. Dann nahm ich plötzlich das Gewicht auf meinem Bauch und die Wärme an meinem Rücken wahr. Angestrengt blinzelte ich den Schlaf weg. Direkt hinter meinem Ohr wurde regelmäßig geatmet, und ich spürte einen warmen Hauch an meinem Hals. Langsam begann ich zu begreifen.

»Was machst du denn da?«, fragte Sara. Überrascht schaute ich hinter mich.

»Sara«, flüsterte ich, »wie konntest du das zulassen?« Behutsam entfernte ich den Arm von meiner Taille und ließ mich von der Couch gleiten. Vorwurfsvoll starrte ich Sara an.

»Ich? Ich hab überhaupt nichts getan«, flüsterte sie nachdrücklich. Ich schlich zur Treppe hinüber, Sara folgte mir.

»Ich bin eingeschlafen«, erklärte ich leise. »Aber ich hatte keine Ahnung, dass er noch da ist – schon gar nicht *so*!« Ich deutete auf seine entspannte Haltung im Schlaf.

Sara musste sich das Lachen verkneifen. »Em, ihr zwei saht so süß zusammen aus.« Ich schlug nach ihrem Arm.

»Hör auf damit, Sara!«, knurrte ich. »Was soll ich denn jetzt tun?«

»Ihn wecken und rausschmeißen.«

»Warum machst du das nicht?«

»Weil er dir gehört.« Lachend verschwand sie in ihrem Zimmer.

»Sara!«, rief ich ihr in drohendem Flüsterton nach.

Seufzend blickte ich zur Couch. Evan wirkte tatsächlich sehr friedlich, wie er da so zusammengekuschelt auf der Seite lag. Ich kniete mich vorsichtig neben seine Füße, sah ihm ein paar Minuten beim Schlafen zu und nahm dann all meinen Mut zusammen.

Vorsichtig stupste ich ihn mit dem Fuß gegen den Oberschenkel.

»Evan«, rief ich leise. Als er nicht darauf reagierte, stupste ich ihn ein bisschen fester. »Evan, du musst aufwachen.«

»Hmmmm«, ächzte er und spähte schlaftrunken unter seinen langen Wimpern hervor. Dann sah er zu mir empor und lächelte. »Hi.« Wohlig streckte er die Arme über den Kopf und drehte sich auf den Rücken, um mich richtig anschauen zu können.

»Hi«, antwortete ich flüsternd.

»Wie spät ist es?«, fragte er mit verschlafener Stimme.

»Zwei Uhr früh.«

»Nein!«, erwiderte er ungläubig und richtete sich auf. »Warum hast du mich schlafen lassen?«

»Ich? Ich glaube, ich bin vor dir eingeschlafen.«

»Ja, stimmt.« Jetzt erinnerte er sich wieder.

»Bist du fit genug, um nach Hause zu fahren?«

»Warum? Würdest du mich hier übernachten lassen?«

»Nein«, gab ich zu. »Ich wollte nur fürsorglich klingen.« Er grinste amüsiert – offensichtlich war er inzwischen hellwach.

»Hab ich dich von der Couch geschubst?«, fragte er in dem Versuch, sich zu orientieren.

»Ich hab tief und fest geschlafen«, antwortete ich, ohne wirklich auf seine Frage einzugehen.

Evan stand auf, streckte sich wieder, suchte seine Schuhe und zog sie an.

»Sehen wir uns ... heute?«, fragte er, während er seine Jacke von der Stuhllehne nahm.

»Ich muss um vier nach Hause, also spätestens um drei wieder hier sein. Möchtest du vielleicht lieber schlafen?«

»Nein, es ist Sonntag. Das ist mein Tag – ist es okay, wenn ich dich um zehn abhole?«

»Ich glaube, elf wäre besser«, entgegnete ich, denn Sara und ich wollten bestimmt ausschlafen. Außerdem mussten wir noch unsere Neuigkeiten austauschen.

»Erst um elf? Wie wäre es mit halb elf?«, bettelte er.

»Na gut.«

Ich stand auf, um ihn zur Tür zu begleiten, und wir schlichen auf Zehenspitzen die Treppe hinunter ins Erdgeschoss, um Saras Eltern nicht zu wecken. Ich blieb stehen, während er zur Tür ging. Dort drehte er sich noch einmal um und sah mich schweigend an. Ich stand mit verschränkten Armen da und wartete auf die kalte Luft, die mir gleich durch die offene Tür entgegenwehen würde. Sein Zögern machte mich nervös und rief ein seltsames Prickeln in meinem Bauch hervor.

»Gute Nacht«, flüsterte ich schließlich, in der Hoffnung, dass er sich damit in Bewegung setzte.

»Gute Nacht«, antwortete er und ging hinaus.

Ich schloss die Tür hinter ihm ab und eilte die Treppe hinauf in Saras Zimmer. Sie lag im Bett und wartete schon auf mich.

»Hat er dich geküsst?«, fragte sie aufgeregt.

»Nein! Sara, du kannst mir nicht solche Fragen stellen – zumindest nicht so, als würdest du hoffen, er hätte es getan – und mir hinterher erklären, wir dürften nicht zusammen sein.«

»Du hast recht«, räumte sie seufzend ein. »Ich verspreche dir, dass ich konsequenter sein werde. Aber ich möchte so gern, dass du ihn küsst.«

»Dann behalte diesen Wunsch für dich. Gute Nacht, Sara.«

Nachdem ich mich bettfertig gemacht hatte, schlüpfte ich unter die Decke und versuchte, den Schlaf herbeizuzwingen, damit ich nicht darüber nachdenken konnte, ob ich von Evan geküsst werden wollte.

20
Das ziMmeR

»Bist du wach?«, fragte Sara vom gegenüberliegenden Bett.

»Mhmm«, grummelte ich unter der Decke. »Ich bin wach.«

»Du musst mir noch von dem Abendessen gestern Abend erzählen.«

Ich wälzte mich auf die Seite, damit ich sie anschauen konnte. Sie war eindeutig wacher als ich; den Kopf auf den Ellbogen gestützt, sah sie mich erwartungsvoll an. Ich streckte mich und gähnte laut. Dann stopfte ich mir ein Kissen in den Rücken und setzte mich auf.

»Wie war das Abendessen? Ich kann wirklich nicht mehr länger warten«, beharrte Sara.

Ich erzählte ihr alles über »die andere Dimension«, beschrieb Evans Eltern, die unhöflichen Gäste und Evans Verwandlung, sobald er sich in Gesellschaft dieser Menschen befand. Catherine sparte ich mir bis zum Schluss auf. Als ich fertig war, krümmte Sara sich vor Lachen – nicht ganz so hysterisch wie ich auf der Steintreppe, aber auch sie musste sich die Tränen aus den Augen wischen.

»Ich kann gar nicht glauben, dass du das zu ihr gesagt hast«, stieß sie schließlich hervor.

»Ich konnte mich einfach nicht bremsen«, gestand ich. »Vermutlich war das meine Aufwärmübung für Jakes Party.«

»Warte, was ist denn bei Jakes Party passiert – abgesehen davon, dass alle rumgeknutscht haben?«

»Also – ich hab Drew Carson kennengelernt und fand ihn sehr nett, bis mir klargeworden ist, worum es bei dieser Party eigentlich geht. Dann ist mir Jake zur anderen Seite des Kellers gefolgt und wollte mich überreden, mit ihm allein irgendwohin zu gehen.«

»Und wie bist du ihn wieder losgeworden?«, fragte sie entsetzt. »Ich hab dich doch gewarnt, du sollst nirgends hingehen.«

»Sara, ich hatte keinen blassen Schimmer, was du damit meinst. Aber als ich es dann endlich kapiert hatte, hab ich ihm gesagt, dass ich mich um nichts in der Welt mit ihm einlassen würde, und bin nach oben gekommen, wo ich dich und Jason gefunden habe. Sara, Evan wusste Bescheid über diese Partys, als Jake mich eingeladen hat, und er hat mich trotzdem nicht gewarnt. Er ist sogar vorher schon mal auf einer dieser Partys gewesen.«

»Ernsthaft?«, fragte sie bestürzt. »Wow, ich hätte nicht gedacht, dass er so drauf ist.«

»Ich auch nicht«, pflichtete ich ihr bei. »Er schwört ebenfalls, dass er nicht so ist und dass er damals nichts ›getan‹ hat. Aber er konnte mir auch nicht sagen, *was* er getan hat. Vielleicht will ich es auch lieber gar nicht wissen.«

»Aber ich!«, rief sie.

»Sara!« Ich sah sie verdutzt an. »Er kann tun und lassen, was er will und mit wem er will. Das geht uns nichts an.« Weil ich unbedingt das Thema wechseln wollte, fragte ich schnell: »Und was läuft zwischen dir und Jason? Wie war die Zeit mit ihm allein?«

Sara seufzte und ließ sich theatralisch zurückfallen. Mit dieser Reaktion hatte ich überhaupt nicht gerechnet.

»Was ist? Erzähl es mir!«, verlangte ich ungeduldig.

»Du und Evan, ihr seid euch auf der Couch gestern Nacht näher gekommen als Jason und ich. Na ja, außer dass wir uns geküsst haben, aber selbst darauf musste ich eine Ewigkeit warten«, gestand sie frustriert.

»Was meinst du damit?«

»Ich weiß ja, was du über mich denkst.« Sie warf mir einen Blick zu, und ich gab ihr mit den Augen zu verstehen, dass ich wusste, worauf sie hinauswollte – und dass mir mein Vorwurf von damals leidtat. »Es ist mir eigentlich auch egal, ich mag Sex. Aber Jason fasst mich nicht mal an. Ich habe keine Ahnung, was ich tun soll. Inzwischen habe ich fast den Verdacht, dass er einfach nicht auf mich steht.« Sie klang traurig und enttäuscht, und ich wusste nicht, wie ich sie trösten sollte.

»Magst du ihn denn noch?«

»Da bin ich mir auch gar nicht mehr so sicher.« Nach kurzem Schweigen schnitt sie vorsichtig ein neues Thema an. »Wir haben nie darüber gesprochen, dass nach dem Spiel neulich plötzlich deine Mutter aufgetaucht ist.«

»Darüber möchte ich lieber nicht reden«, entgegnete ich prompt. »Ich habe auch so genug im Kopf.« Ich wollte diesen Abend nicht noch einmal durchleben – oder sonst irgendeine Erinnerung an meine Mutter. Es war einfach zu schmerzhaft.

Sara akzeptierte meine abweisende Reaktion ohne ein weiteres Wort, sah zur Uhr neben ihrem Bett und fragte: »Wann holt Evan dich ab?«

»Um halb elf«, antwortete ich und sah ebenfalls zur Uhr. »Sara, er kommt in einer Stunde, ich muss duschen! Aber wir sind noch nicht fertig mit unserer Unterhaltung über dich und Jason. Wir machen morgen weiter, okay?«

»Okay«, seufzte Sara.

Als Evan Punkt halb elf erschien, war ich gerade fertig.

»Was machen wir heute?«, fragte ich und sog die warme Novembersonne in mich auf, als wir in sein Auto stiegen.

»Nur Geduld, ich zeige es dir«, antwortete er und fuhr los.

Als wir in seine Auffahrt einbogen, stand dort zu meiner Überraschung ein silberner BMW – noch nie hatte hier ein anderes

Auto geparkt. Dann begriff ich, dass noch jemand zu Hause sein musste. Konnte ich seinen Eltern nach dem demütigenden Auftritt gestern Abend unter die Augen treten?

»Wer ist denn hier?«, fragte ich und hoffte, dass er sagen würde: ›Niemand.‹

»Meine Mom. Aber keine Angst, wir werden sie wahrscheinlich gar nicht zu Gesicht bekommen.«

Kaum waren die Worte aus seinem Mund, öffnete sich auch schon die Küchentür, und seine Mutter trat heraus, um uns zu begrüßen.

»Oder vielleicht doch«, korrigierte Evan sich etwas überrascht.

Vivian trug eine weitgeschnittene schwarze Hose und einen eng anliegenden blauen Rollkragenpullover, der ihrer zierlichen Figur schmeichelte. Wieder staunte ich, wie kultiviert sie wirkte – auch ohne das ganze Glitzerzeug von gestern.

»Hallo, Emily«, begrüßte sie mich lächelnd. »Wie nett, dich wiederzusehen.« Ich erwiderte ihr Lächeln, aber ich verstand nicht ganz, warum sie mich so freundlich empfing. Selbst Evan schien sich darüber zu wundern.

Sie kam die Verandatreppe herunter und nahm mich kurz in die Arme. Ich erstarrte, unfähig, die unerwartete Geste zu erwidern. Mir ging das alles viel zu schnell.

»Soweit ich weiß, wollt ihr zwei den Nachmittag zusammen verbringen, das finde ich wunderbar«, strahlte sie.

»Mom, was ist denn los mit dir?«

Vivian musterte ihren Sohn missbilligend.

»Evan, ich freue mich, Emily wiederzusehen, weiter nichts.« Sie sah mich an, als wollte sie sich für Evans Unhöflichkeit entschuldigen.

»Wir gehen in die Garage«, erklärte er ihr, beäugte sie aber immer noch ziemlich skeptisch.

»Hat mich sehr gefreut, dich zu sehen«, sagte seine Mutter

zu mir. »Vielleicht kannst du ja mal zum Abendessen zu uns kommen.«

»Äh, das wäre schön«, antwortete ich, noch immer unter Schock. Ich ließ den gestrigen Abend Revue passieren, konnte mir aber dennoch nicht erklären, warum sie so nett zu mir war.

Ich folgte Evan. Doch anstatt hinauf in den Freizeitraum zu gehen, öffnete er die Tür zur anderen Hälfte der Garage. Als er sie hinter uns wieder geschlossen hatte, hielt er inne. Seine Augen blitzten entschlossen.

»Was ist los?«, fragte ich.

»Ich habe keinen blassen Schimmer, warum sie sich so seltsam benimmt, aber es macht mich nervös. Ich versuche mich zu erinnern, ob ich irgendwas gesagt oder gehört habe, was ihr Verhalten erklären könnte. Tut mir leid, wenn das für dich gerade unangenehm war.«

»Ich hab ehrlich gesagt auch nach einer Erklärung gesucht«, gab ich zu. »Eigentlich war ich mir sicher, sie würde mich nach meinem Auftritt gestern Abend zutiefst verachten. Außerdem war ich überzeugt, dass Catherine ihr irgendetwas Negatives über mich erzählt.«

Evan grinste, wahrscheinlich weil er an meinen Abschiedskommentar dachte.

»Oh, übrigens tut es mir leid«, fügte ich hinzu und sah zu Boden.

»Was redest du denn da?«

»Ich hätte dich unterstützen und nicht nur hysterisch lachen sollen. Aber ich hab wirklich nicht über dich gelacht. Du hast mir leidgetan, weil du dich mit Catherine rumschlagen musstest. Ich habe darüber gelacht, wie albern sie sich aufgeführt hat.«

»Mach dir deswegen keine Sorgen. Dein unbezahlbarer Abgang am Ende war definitiv eine große Hilfe.« Er lächelte mich an, und ich lächelte zurück.

»Okay, was machen wir?«, fragte ich und sah mich in dem großen Raum um, der bis auf zwei Aufsitzmäher, einen Jetski und noch ein paar andere Fahrzeuge leer war.

Evan ging zu einem schwarzen Geländemotorrad und gab mir einen roten Schutzhelm.

»Wir machen eine kleine Spritztour«, verkündete er, klappte mit dem Fuß den Ständer hoch und schob das Motorrad zum Garagentor. Dort drückte er auf einen Knopf an der Wand, und das Tor öffnete sich.

Ich sah ihm nach, wie er die Garage verließ, war mir aber unsicher, ob meine Beine sich bewegen ließen, geschweige denn laufen konnten.

»Evan, ich weiß nicht, ob das so eine gute Idee ist.«

»Vertrau mir, es wird dir gefallen.« Er setzte einen schwarzen Helm auf, und ich folgte seinem Beispiel. Was zur Hölle machte ich da?

Evan half mir, den Riemen festzuzurren, und zeigte mir, wo ich meine Füße platzieren musste. Dann erklärte er mir, der Weg sei zwar ziemlich eben, ich solle aber dennoch damit rechnen, ein bisschen durchgeschüttelt zu werden. Großartig – nicht nur saß ich das erste Mal in meinem Leben auf einem Motorrad, es würde mich womöglich auch noch abwerfen!

Dann kickte Evan den Starter, und das Motorrad erwachte zum Leben. Das explosive Dröhnen machte mir Angst. Und es wurde nicht unbedingt besser, als Evan probeweise ein paarmal kräftig Gas gab. Dann bedeutete er mir aufzusitzen, und ehe ich es mir ausreden konnte, kletterte ich hinter ihm auf das Motorrad und schwang ein Bein über den Sitz. Dann rutschte ich noch ein Stück dichter an ihn heran und legte etwas zaghaft die Hände an seine Taille, aber er packte sie und zog meine Arme um seinen Bauch. Als wir losfuhren, verstand ich, warum.

Wir rasten über die Wiese auf den Wald zu. Mein Puls jagte,

und als der Untergrund holpriger wurde, klammerte ich mich fester an Evan – bei jedem Loch und jeder Wurzel spürte ich, wie der Sitz unter mir nachgab, aber ich hatte viel zu viel Angst, um es zu genießen.

Schließlich gewöhnte ich mich an die holprige Fahrt und lockerte meinen Würgegriff etwas, hielt mich jedoch weiterhin gut an Evan fest. Inzwischen war mir klar, wie leicht ich von einem unerwarteten Ruck in die Luft gehoben werden konnte. Ich sah die Bäume vorbeisausen, ich sah die Sonne, die sich durch die Wipfel der Nadelbäume kämpfte. Im Wald war es heller, als ich erwartet hatte, vielleicht weil das Wetter für die Jahreszeit ungewöhnlich warm war, die Bäume sich aber natürlich trotzdem auf den Winter vorbereitet und meist schon die Blätter abgeworfen hatten.

Schließlich drosselte Evan das Tempo, ließ das Motorrad langsam ausrollen, stellte den Motor ab und nahm seinen Helm runter. Ich setzte mich auf, um auch meinen loszuwerden, kam aber nicht damit zurecht. Schließlich musste ich absteigen und ihn um Hilfe bitten. Meine Beine zitterten.

»Und?«, fragte er, nachdem er mich von meinem Helm befreit hatte.

»Nicht schlecht«, antwortete ich achselzuckend.

»Was?«, hakte er nach. »Du fandest es toll, gib es ruhig zu.«

»Nein, eigentlich nicht.«

Er schüttelte belustigt den Kopf.

Ich schaute zu einer schimmernden Lichtung hinüber, auf dem wuchernden Unterholz tanzten die Sonnenstrahlen. Am Fuß eines kleinen Hügels plätscherte ein Bach über die Steine und verschwand schließlich im Wald. »Echt hübsch hier.«

»Ich hab in der Gegend ein paar tolle Fotos gemacht.«

»Ich glaube, du hast mir deine Bilder überhaupt noch nie gezeigt. Na ja, abgesehen natürlich von den Zeitungsfotos und deinem Kalenderbeitrag.«

»Ich kann sie dir ja zeigen, wenn wir wieder zu Hause sind.«
»Gern.«

Wir gingen zu dem Bach und setzten uns ans Ufer, fasziniert von dem über die Steine hüpfenden Wasser.

»Nach dem Spiel neulich Abend ist übrigens meine Mom aufgetaucht«, platzte ich plötzlich heraus und überraschte mich selbst mit dieser Offenbarung. Ich hatte ehrlich geglaubt, ich wäre inzwischen über ihren Auftritt hinweg, aber während ich so ins Wasser starrte, wanderten meine Gedanken ganz von selbst zu ihr.

»Du hast dich bestimmt gefreut, sie zu sehen.«

Ich kicherte unbehaglich. »Na ja, ich weiß nicht recht.«

Evan schwieg und wartete, dass ich weitersprach.

»Es war mir vor allem peinlich«, erklärte ich.

»Das tut mir leid«, antwortete Evan, wahrscheinlich weil ihm nichts Besseres einfiel, und ich zuckte die Achseln. Ich fürchtete mich davor, noch mehr preiszugeben.

Evan griff nach meiner Hand, und mein Herz begann zu hämmern. Schweigend saßen wir nebeneinander und beobachteten das glitzernde Wasser.

»Ich versuche immer noch dahinterzukommen, was meine Mutter im Schilde führt«, sagte Evan schließlich. »Oder ob sie dich womöglich wirklich mag.«

»Danke«, gab ich sarkastisch zurück.

»Du weißt doch, wie ich das meine«, verteidigte er sich und versuchte gleichzeitig, mich zu trösten. »Es ist ja nicht so, als hättest du gestern Abend sonderlich viel mit ihr geredet. Sie hat sich einfach noch nie so ... so positiv jemandem gegenüber verhalten. Sie ist nicht leicht zufriedenzustellen.«

»Das hab ich gemerkt«, bestätigte ich und nickte. »Apropos – du warst so anders bei dem Essen. Das war ein bisschen merkwürdig.«

»Wie denn anders?«

»Als wärst du irgendwie ... älter. Du hast dich viel gewählter ausgedrückt und warst fast ein bisschen steif«, erklärte ich und hoffte, dass er nicht beleidigt war. Prüfend sah ich ihn an.

»Ich glaube, ich hab noch nie darüber nachgedacht, aber wahrscheinlich hast du recht. Bestimmt liegt es daran, dass ich jahrelang zu solchen Veranstaltungen musste – das färbt ab. Ätzend.«

Ich lachte auf.

»Vermutlich müsstest du öfter mitkommen, damit ich auf dem Boden bleibe«, schlug er vor und stupste mich leicht mit der Schulter an. Seine Berührung ließ mir den Atem stocken, aber die Vorstellung, an weiteren dieser Festivitäten teilzunehmen, jagte mir eine Gänsehaut über den Rücken.

Dann hörte ich ein Summen und ein fernes Klingelgeräusch. Evan griff in seine Tasche, zog sein Handy heraus, schaute auf das Display und warf mir einen vielsagenden Blick zu, ehe er den Anruf entgegennahm.

»Hi Jake«, sagte er. Mir blieb der Mund offenstehen. Evan grinste, hörte eine Weile zu und sah mich dabei immer wieder an, ohne sein Grinsen unterdrücken zu können.

»Sorry, dass ich dir nicht gesagt habe, ich würde mit ihr zusammen kommen. Ich dachte, das wäre nicht so wichtig.« Wieder lauschte er eine Zeitlang.

»Verstehe, aber ich hab dich ja gewarnt. Sie ist nicht der Typ dafür.« Er sah mich an, und meine Augen wurden groß. Natürlich konnte ich mir ausmalen, was am anderen Ende gesprochen wurde.

»Nein, ich glaube nicht, dass du dir Sorgen machen musst. Von ihnen sagt bestimmt keiner was. Nein, Jason auch nicht – ich hab gestern Abend noch mit ihm darüber geredet. Ja, ich glaube auch, dass sie kein Interesse hat.« Evans Grinsen wurde noch breiter, und mir stieg das Blut in den Kopf.

»Keine Angst, alles in Ordnung. Bis morgen dann.« Lachend drückte er auf *Beenden*.

»Sag mir lieber gleich, worum es da gerade ging«, verlangte ich drohend.

»Er war sauer, weil ich mitgekommen bin. Er dachte, dass du dich deshalb so verhalten hast. Und er wollte wissen, ob ich glaube, dass einer von euch was ausplaudert. Er wählt seine Partygäste natürlich aus einem bestimmten Grund so sorgfältig aus – niemand redet darüber, was abgeht. Zwar gibt es Gerüchte, aber sie werden nicht bestätigt. Die gute Nachricht ist, du brauchst dir keine Sorgen zu machen, dass er dich noch mal anbaggert – ich glaube, er hat den Wink mit dem Zaunpfahl kapiert.«

»Na, dann ist es ja gut«, meinte ich erleichtert. »Er ist echt dermaßen aufgeblasen. Ich kann nicht verstehen, dass du mit ihm befreundet bist.«

»Ich würde es nicht Freundschaft nennen. Ich hab ihn kennengelernt, bevor ich hierhergezogen bin. Unsere Mütter waren im selben Spendenkomitee, und ich bin ihm bei einem Abendessen begegnet. Als Jake erfahren hat, dass ich hierherziehe, hat er mich gleich zu einer seiner Partys eingeladen. Ich sollte schon mal ein paar Leute ›kennenlernen‹, ehe die Schule anfängt.«

Mir lag ein Kommentar zu dieser Art von »Kennenlernen« auf der Zunge, aber beim Gedanken daran drehte sich mir schon wieder fast der Magen um. Also verdrängte ich es schnell.

»Außerdem sind wir beide in der Fußballmannschaft und haben schon ein paarmal was mit anderen Jungs unternommen. Aber ich würde nie auf die Idee kommen, ihn anzurufen und zu fragen, ob er Lust hat vorbeizukommen. Er ist tierisch anstrengend. Und das Mädchen, auf das er es abgesehen hat, ist echt nicht zu beneiden – du hast ja keine Ahnung, wie er manchmal daherredet ...« Er unterbrach sich und sah mich entschuldigend an.

»Evan, ist das dein Ernst? Hat er seinen Kumpels in der Fußballmannschaft Sachen über mich erzählt?« Jetzt wurde mir erst richtig schlecht.

»Er tut so was nicht vor mir, weil er weiß, dass ich dann sauer werde und auch kein Problem damit habe, ihm das deutlich zu sagen. Er ist ein Arsch – aber mach dir keine Sorgen, er wird bestimmt keine Lügengeschichten erzählen und behaupten, dass ihr was miteinander hattet oder so.« Mir war klar, dass er das nur sagte, damit ich mich besser fühlte. Innerlich kochte ich vor Wut bei der Vorstellung, dass Jake über mich redete.

»Wir sollten zurück«, sagte Evan und holte mich aus meiner wütenden Grübelei. Ich folgte ihm zum Motorrad. Ehe wir aufstiegen, musste er mir wieder mit meinem Helm helfen. Zum Glück erschien mir die Rückfahrt wesentlich kürzer, denn ich war mir inzwischen vollkommen sicher, dass Motorradfahren nicht mein Lieblings-Adrenalinrausch war.

Evan parkte das Motorrad in der Garage, dann gingen wir nach oben. Er stellte Musik an – ein Sänger mit einer ausgesprochen weichen Stimme, dazu Gitarrengeklimper, sanfte Rhythmen und Texte, bei denen ich an Strand und Meer denken musste.

»Hast du Hunger?«, fragte Evan. »Ich kann schnell runtergehen und uns ein paar Sandwiches machen.«

»Gern.« Er verschwand, und ich setzte mich auf die Couch, so verzaubert von den optimistischen Melodien, dass ich ihn gar nicht zurückkommen hörte.

»Hier«, verkündete er laut, und ich zuckte heftig zusammen.

»Du bist nicht besonders aufmerksam, oder?«

»Ich hab dich einfach nicht gehört«, verteidigte ich mich. Er lachte und stellte einen Teller und eine Flasche Rootbeer vor mir auf den Tisch.

»Ist deine Mom noch da?«

»Ja, sie hat mir grade ziemlich zugesetzt, weil ich dich auf dem Motorrad mitgenommen habe. Ich hab ihr versichert, dass du nicht so zerbrechlich bist, wie sie vielleicht annimmt.« Ich musste mir das Lachen verkneifen. Wieso machte sich seine

Mutter Gedanken um meine Sicherheit? Sie kannte mich doch kaum.

Als wir aufgegessen hatten, fragte Evan: »Möchtest du jetzt vielleicht die Bilder sehen, von denen ich erzählt habe?«

»Unbedingt.«

Ich folgte ihm durch die Tür hinter den Kickertischen in einen rustikalen Raum mit freigelegten Holzbalken und zwei kleinen Fenstern mit Blick auf die Auffahrt. An der einen Wand waren zwei Betten mit dunkelblauen Wolldecken, an der anderen stand ein langer Schreibtisch voller Bilder und mit allem möglichen Fotokram. Außerdem gab es noch einen einfachen türlosen Einbauschrank mit Klamotten, Büchern und weiterem Fotozubehör.

Dann entdeckte ich plötzlich Saras weißen Schal, der über der Lehne des Schreibtischstuhls hing. Evan bemerkte meinen Blick und biss sich auf die Lippen.

»Ja, den hast du in meinem Auto liegenlassen, und ich hab immer wieder vergessen, ihn dir zurückzugeben.« Ich nickte, unsicher, was ich davon halten sollte, und beschloss, die Sache lieber auf sich beruhen zu lassen.

Dann zeigte Evan mir die Landschaftsfotos, die an die Holzbalken über dem Schreibtisch gepinnt waren, und erklärte mir, wo er sie aufgenommen hatte. Die Details waren so malerisch und faszinierend, dass ich mich sofort an die abgebildeten Orte versetzt fühlte – fast so, als hätte ich neben ihm gestanden, als die Fotos entstanden waren.

Zum Schluss kramte ich noch ein bisschen in den Bildern, die auf dem Schreibtisch herumlagen. Evan machte ein paar Bemerkungen dazu, schwieg dann aber und ließ mich alleine schauen. Ich war sprachlos. Durch die Fotos, die er für die Zeitung gemacht hatte, wusste ich natürlich, dass er begabt war, aber ich hatte ihn weit unterschätzt.

Als ich ein ebenfalls auf dem Schreibtisch liegendes schwarzes

Buch aufschlug, hörte ich Evan scharf einatmen. Unsicher hielt ich inne. Wollte er nicht, dass ich es anschaute?

»Das ist meine Projektarbeit für den Kunstunterricht«, erklärte er, ohne damit seine Reaktion zu erläutern.

»Darf ich sie ansehen?« So angespannt hatte ich ihn noch nie erlebt.

»Klar«, antwortete er leise. Seine stocksteife Haltung vermittelte mir immer noch den Eindruck, dass er sich unbehaglich fühlte.

Langsam begann ich zu blättern und die kunstvollen Bilder zu betrachten, die er eingefangen hatte. Das Portfolio enthielt Landschaftsaufnahmen, Sportfotografien und abstrakte Bilder von nicht identifizierbaren Objekten mit geschmeidigen Linien und komplizierten Kurven. Dann schlug ich eine Seite um und stockte. Ich spürte, wie Evan sich noch mehr versteifte. Mir blieb die Luft weg.

Vor mir war das leicht angeschrägte und in Schwarzweiß aufgenommene Profil eines Mädchens. Die sanften Konturen ihres Gesichts füllten den Großteil des Fotos aus, die blasse Haut stand in krassem Kontrast zum dunklen Hintergrund. An ihren leicht geöffneten Lippen klebte eine dicke, nasse Haarsträhne, Wassertropfen bedeckten die glatte Haut und sickerten ihr über die Nase. Schwarze Schminke umrahmte die ruhelose Tiefe ihrer mandelförmigen Augen, deren Blick in die endlose Ferne jenseits des Bildes ging. »Das ist wunderschön«, hauchte ich, voller Ehrfurcht vor dem eindringlichen Gefühl und der Wahrheit, die in dieser einen Einstellung festgehalten waren.

»Ich liebe dieses Foto«, gestand Evan leise. »Ich glaube, das liegt daran, dass ich das Mädchen auf dem Bild liebe.«

Langsam drehte ich mich zu ihm um, bestürzt von seinen Worten. Ich spürte, wie mein Innerstes sich zusammenzog.

»Was?« Die Enge breitete sich in meiner Brust aus. Mein Herz schlug mir bis zum Hals.

»Weißt du nicht mehr, wann ich dieses Foto gemacht habe?«
Ich starrte ihn an, unsicher, wovon er redete.

»Du hast so lange nichts gesagt, auch nicht, als ich zurückgekommen bin, um nach dir zu schauen. Deshalb habe ich schließlich meine Kamera geholt. Ich dachte, ich könnte ein paar Aufnahmen von den Leuten bei der Party machen und dir etwas Zeit lassen, da du offensichtlich nicht mit mir reden wolltest.« Ich fürchtete mich davor, noch mehr zu hören. Mein Herz schlug immer lauter, mir war schwindlig – ich konnte kaum atmen.

»Als ich zurückkam, hatte es angefangen zu regnen. Ich hab Sara im Haus gesehen und ihr gesagt, wo du bist, und dass wir uns draußen treffen würden. Du hast vollkommen reglos im Regen gesessen und so faszinierend und gleichzeitig so verloren gewirkt – als wärst du Lichtjahre von uns allen entfernt. Das musste ich einfach festhalten. Ich hab versucht, mit dir zu reden, aber du hast nicht reagiert. Also hab ich mich neben dich gesetzt und gewartet. Irgendwann bist du dann von wo auch immer zurückgekommen und hast gemerkt, dass es regnet.«

Ich hörte jedes Wort, das er sagte, aber ich konnte nichts davon wirklich verstehen. Dann starrte ich in seine sturmgrauen Augen und sah, was er meinte. Meine Knie gaben nach – ich holte ein paarmal tief Luft. Wie in Zeitlupe ließ ich mich auf den Schreibtischstuhl sinken und senkte den Blick zu Boden, atemlos.

Nach ein paar Minuten ohrenbetäubender Stille fragte Evan: »Bist du okay?«

»Nein«, formte ich lautlos mit den Lippen und schüttelte langsam den Kopf. Dann blickte ich zu ihm empor. »Evan, so etwas darfst du nicht sagen. Du kannst das nicht ernst meinen.«

»Das ist nicht gerade die Antwort, die ich mir erhofft habe«, erwiderte er, und ich hörte die Enttäuschung in seiner Stimme.

»Es tut mir leid ...«, begann ich.

»Es muss dir nicht leidtun, schon okay«, antwortete er hastig und versuchte, die Situation herunterzuspielen. Dann überlegte er es sich anders und fragte: »Willst du mir wirklich sagen, dass du nicht dasselbe empfindest?« Ich hielt die Luft an, mein Herz tat furchtbar weh.

»Ich … ich kann nicht. Wir können nicht«, stammelte ich. »Du verstehst das nicht. Was ich empfinde, spielt keine Rolle, es darf einfach nicht sein.« Er starrte in meine verzweifelten Augen und schüttelte verwirrt den Kopf.

»Das verstehe ich wirklich nicht. Was meinst du denn damit?«

»Können wir bitte einfach Freunde bleiben?«, flehte ich ihn an.

»Aber du bestreitest nicht, dass du dasselbe empfindest.«

»Es ist viel komplizierter. Wenn wir nicht Freunde bleiben können, dann …« Ich brachte es nicht über die Lippen. »Bitte, können wir einfach Freunde sein?«

Er antwortete nicht. Dann durchbrach das Vibrieren seines Handys die Stille. Er zog es aus der Tasche und sah mich an. »Ich muss drangehen, es ist mein Bruder.«

Ich nickte, und er verließ das Zimmer. Kurz darauf hörte ich seine Schritte auf der Treppe.

Auf einmal merkte ich, dass ich meine zitternden Hände krampfhaft ineinander verschlungen hatte, und lockerte sie etwas. Aber ich schaffte es nicht, den Kloß in meinem Hals hinunterzuschlucken, auch gegen das Hämmern in meiner Brust war ich machtlos. In dem Versuch, es zu verdrängen, atmete ich ein paarmal tief ein und aus. Als ich aufstand, fühlten sich meine Beine an, als wären sie aus Gummi, und ich holte noch einmal tief Atem, ehe ich aus dem Zimmer ging und die Tür hinter mir schloss.

21
eiNfaCh nuR freUnde

»Wir können Freunde sein«, sagte Evan, als er mich zwanzig Minuten später gedankenverloren auf der Couch vorfand. Er setzte sich neben mich, nahm meine Hand, und sofort durchströmte seine Wärme meinen Arm. Ich suchte seinen Blick, ich wollte ihm glauben.

»Ich meine, wir sind ja schon Freunde, also muss sich gar nichts ändern.« Enttäuschung und Verwirrung waren verschwunden, und an ihre Stelle war ein tröstliches Lächeln getreten. Er schien es ehrlich zu meinen. »Okay?«

Ich hatte keine Ahnung, was in diesen zwanzig Minuten geschehen war, aber er war nicht derselbe wie vorhin, als er das Zimmer verlassen hatte.

»Ja, okay«, antwortete ich langsam und versuchte, sein Lächeln zu erwidern.

Ich hatte große Angst, ihn am Montag in der Schule zu sehen, denn ich ging davon aus, dass wir uns beide schrecklich unbehaglich fühlen würden. Aber wir waren weder verkrampft, noch gingen wir uns aus dem Weg; alles war wieder wie vor dem Wochenende – und doch auch wieder nicht.

Beispielsweise nahm ich ihn viel bewusster wahr als zuvor. Jedes Mal, wenn er auf dem Weg durch die Korridore meinen Arm streifte oder sich zu mir beugte, um mir in Anatomie etwas zuzuflüstern, schossen Tausende Funken durch meinen ganzen Körper. Ich stellte fest, dass ich mehr lächelte und mich länger von seinem Blick fesseln ließ. Es war, als bemerkte ich ihn zum ersten Mal richtig, so, als wäre alles wieder auf Anfang. Nur dass ich dieses Mal wusste, er bemerkte mich auch.

Evan saß näher bei mir, ging dichter neben mir her, sah mich länger an. Er begann, seine Bücher zwischen den Stunden in meinem Spind zu verstauen, und legte mir sanft die Hand auf den Rücken, wenn er über meinen Kopf griff, um sie wieder herauszuholen. Bei diesen kleinen Berührungen wurde mir warm ums Herz, und mein Nacken begann zu kribbeln. In der Schule hielt er zwar nie meine Hand, aber er schaffte es immer, dass unsere Handrücken sich leicht streiften, wenn wir nahe genug beieinander waren.

Wir vollführten einen Tanz, bei dem wir uns berührten, ohne uns absichtlich zu berühren, bei dem wir Dinge wussten, ohne sie zu sagen, und Dinge empfanden, ohne sie auszudrücken. Wir waren Freunde, die auf einem Grat – einem sehr schmalen Grat – wanderten, und meine Aufmerksamkeit war so sehr auf Evan gerichtet, dass ich gar nicht wahrnahm, wie leicht der Halt unter meinen Füßen wegbrechen konnte.

»Was ist los mit dir?«, fragte Sara mich am Mittwoch auf der Fahrt zur Schule. Ich hatte ihr nicht alles erzählt, nachdem ich am Sonntagnachmittag von Evan zurückkehrt war. Von unserem Motorradausflug und von Jakes Anruf hatte ich berichtet, aber die Sache mit dem Bild hatte ich verschwiegen. Ich brachte es nicht fertig, es laut auszusprechen, und da wir übereingekommen waren, nur Freunde zu sein, gab es für mich auch keinen Anlass, es dennoch zu tun.

»Was meinst du?«

»Du und Evan – ihr benehmt euch ... na ja, ihr benehmt euch in den letzten paar Tagen irgendwie anders. Verschweigst du mir was? Ist irgendwas passiert?« Ich wich ihrem Blick aus, und sie verkündete: »Es ist was passiert! Em, hat er dich geküsst? Ich kann nicht glauben, dass du es mir nicht erzählt hast!«

»Nein, Sara, er hat mich nicht geküsst«, widersprach ich heftig.

»Was denn dann? Ihr zwei seid fast zu ... zu eng. Ich merke doch, dass irgendetwas anders ist als vorher. Also, was ist passiert?«

»Wir sind einfach nur Freunde«, beharrte ich.

»Hat er irgendwas gesagt?«, fragte sie aufgeregt. Leider konnte ich nicht verhindern, dass ich rot wurde. »O mein Gott, das ist es! Er hat dir gestanden, was er für dich empfindet. Jetzt erzähl doch endlich!«

»Sara, es spielt keine Rolle«, gab ich zurück, wurde aber noch röter, denn ich erinnerte mich genau an Evans Worte. »Wir sind und bleiben Freunde, und deshalb will ich nicht darüber sprechen.«

Zwar setzte Sara ihr Verhör nicht fort, aber auf ihrem Gesicht erschien ein vielsagendes Grinsen.

»Kommt Carol heute früh von der Arbeit heim?«, fragte sie, als wir auf den Parkplatz fuhren.

»Sie hat den Tag freigenommen, um mit ihrer Mutter einkaufen zu gehen und alles für morgen vorzubereiten. Wahrscheinlich kommen ihre Schwester und deren Kinder heute Abend, da will sie bestimmt auch dabei sein.« Der Gedanke, dass Carol in der Küche stand und kochte, war lächerlich. Ich wusste, dass sie nichts Wesentliches zum Thanksgiving-Essen beitragen, die unverdienten Komplimente allerdings gern entgegennehmen würde.

»Dann kannst du nach der Schule nicht nach Hause, richtig?«

»Ich denke, ich gehe zu Evan«, antwortete ich so lässig ich konnte.

»Ja, und ich komme mit«, sagte sie so bestimmt, dass ich wusste, es war zwecklos, ihr zu widersprechen.

»Klar.« Ich versuchte, mir meine Enttäuschung nicht allzu sehr anmerken zu lassen.

Zu meiner Überraschung schien Evan damit einverstanden, dass wir eine Aufpasserin hatten. Als wir nach einem nutzlosen halben Unterrichtstag bei ihm zu Hause eintrudelten, verstand ich auch, warum. Neben dem BMW seiner Mutter parkte ein silberner Volvo mit New Yorker Kennzeichen.

»Dein Bruder?«, fragte ich.

»Ja, er ist gestern am späten Abend gekommen.«

Auch heute öffnete sich die Seitentür, und Vivian erschien, eine weiße Schürze um die Taille, an der sie sich die Hände abwischte – offensichtlich kochte sie tatsächlich. Wie immer war sie perfekt frisiert und sah in ihrem knielangen schwarzen Rock, den hohen schwarzen Stiefeln und der hervorragend sitzenden weißen Bluse wieder einmal phantastisch aus.

Hinter ihr stand ein großer junger Mann, offensichtlich ihr ältester Sohn, der in jeder Hinsicht das Gegenteil von Evan war. Jared hatte wirre blonde Haare, die über den Ohren abstanden, und ansonsten die weichen Gesichtszüge, schmalen Lippen und strahlenden blauen Augen seiner Mutter. Er war etwas größer als Evan und breiter und muskulöser gebaut.

»Wer ist das denn?«, hörte ich Sara flüstern, als wir näher kamen.

»Evans Mutter und Evans Bruder«, erklärte ich rasch.

»Emily, wie geht es dir, Schätzchen?«, fragte Vivian und umarmte mich wie vor ein paar Tagen, diesmal allerdings sogar mit einem Wangenküsschen. Mir fiel es immer noch schwer, die knappe Geste zu erwidern.

»Schön, Sie zu sehen, Mrs Mathews.«

»Sag doch bitte Vivian zu mir. Wir kennen uns mittlerweile, da können wir die Förmlichkeiten ruhig weglassen«, drängte sie mich mit einem einnehmenden Lächeln.

»Jared, das ist Emma«, stellte Evan mich stolz vor.

»Hi, ich hab schon viel von dir gehört«, begrüßte Jared mich und streckte mir die Hand entgegen. Ich warf Evan einen fragenden Blick zu, aber er zog nur kurz die Augenbrauen in die Höhe.

»Das ist meine Freundin Sara«, stellte ich Sara vor, nachdem sie mich zum zweiten Mal in den Ellbogen geknufft hatte.

»Sara, wie nett, dass wir uns auch mal begegnen. Ich kenne deine Eltern – wirklich wundervolle Menschen.« Vivian schüttelte Sara die Hand. Ehe Jared etwas zu Sara sagen konnte, wandte Vivian sich wieder an mich und fragte: »Bleibst du heute zum Essen?«

»Mom«, rief Evan genervt. »Morgen ist Thanksgiving, Emma muss bestimmt heim zu ihrer Familie.«

»Na, dann ein andermal«, sagte seine Mutter, ohne auf seinen schroffen Ton einzugehen.

»Aber natürlich, gern«, versprach ich.

»Wir gehen nach oben und spielen ein bisschen Pool«, verkündete Evan, bevor Vivian noch weitere spontane Einladungen aussprechen konnte, griff nach meiner Hand und führte mich zur Garage.

»Hat mich wirklich sehr gefreut, Sie wiederzusehen«, plapperte ich, als wir an Vivian vorbeigingen.

Sara und Jared folgten uns.

Während Evan die Musik anstellte, Getränke holte und Jared die Poolkugeln auf dem Tisch arrangierte, zog Sara mich beiseite.

»Was war das denn?«, wollte sie wissen. »Seine Mutter schwärmt ja richtig für dich. Ganz zu schweigen davon, dass Evan deine Hand hält, als wäre es das Normalste der Welt. Vergiss das Date – gibt es hier bald eine Hochzeit, zu der ihr mich vergessen habt einzuladen?«

»Sara!«, rief ich etwas zu laut. Ich war zutiefst schockiert, und wir sahen uns beide verstohlen um und vergewisserten uns, dass die Jungs nichts von unserem Austausch mitbekommen hatten.

»Sei nicht so blöd«, flüsterte ich. »Ich hab seine Mutter bei diesem Abendessen getroffen, erinnerst du dich? Und er hat meine Hand bloß gepackt, weil er mich schnell wegziehen wollte, ehe sie ihn noch mehr blamiert.«

»Wie du meinst«, erwiderte Sara nicht sehr überzeugt.

»Seid ihr bereit?«, rief Evan vom Pooltisch.

Er und ich spielten gegen Jared und Sara. Während des Spiels unterhielten wir uns über Cornell und über Fußball, über die bevorstehende Basketballsaison und unsere Pläne für Thanksgiving. Jedes Mal, wenn Evan sich mit der Hand auf meiner Hüfte über mich beugte, um bei einem schwierigen Spielzug meinen Winkel zu korrigieren, spürte ich Saras bohrende Blicke. Aber vielleicht kam die Hitze, die mich durchströmte, auch aus meinem eigenen Herzen, das mir aus der Brust zu springen drohte.

»Was ist eigentlich mit Mom los?«, fragte Jared, als Evan gerade die Neuner-Kugel in einer Ecktasche versenkte.

»Du meinst vorhin, als wir gekommen sind?«

»Ja, das war ziemlich seltsam«, bestätigte Jared.

»Ach, da fällt mir was ein – ich hab es dir auch noch nicht erzählt, Emma.« Ich sah ihn fragend an, aber er wandte sich wieder an seinen Bruder. »Du weißt doch, dass Emma letztes Wochenende mit uns bei den Jacobs' zum Abendessen war, ja?«

»Und es tut mir sehr leid, dass du das über dich ergehen lassen musstest, Emma«, meinte Jared augenzwinkernd zu mir. Ich war zu gespannt darauf, was Evan zu erzählen hatte, um darauf einzugehen.

»Tja, anscheinend tratscht Dr. Eckel wohl doch ganz gern«, fuhr Evan fort. Ich machte große Augen. »Emma hat neben ihm gesessen, und ich vermute, dass er mitbekommen hat, wie Catherine ...«

»... ihren erbärmlichen Charme hat spielen lassen«, fiel ich ihm ins Wort. Evan amüsierte sich sichtlich über meine Wortwahl.

»Sara, du weißt darüber Bescheid, oder?«, vergewisserte sich

Evan. Sie nickte und musste sich das Lachen verkneifen. »Jedenfalls hat er auch Emmas nicht sonderlich subtile Reaktion auf Catherines schlechtes Benehmen mitbekommen.«

»Ach wirklich?« Mir wurde heiß.

»Ich denke, der halbe Tisch hat es gehört, aber nur Eckel hat gewusst, worum es geht. Alle anderen waren ja in ihre wichtigen Gespräche vertieft. Deshalb ist er, als wir geflohen sind, ganz zufällig gerade auf dem Weg zur Toilette gewesen und hat unseren Abgang beobachtet.«

»Nein!«, stieß ich hervor.

»Keine Sorge – er fand die Situation ziemlich amüsant. Und da er und meine Mutter diese Veranstaltungen anscheinend nur mit Hilfe von ein bisschen Tratsch überleben, hat er ihr davon erzählt. Nun kann meine Mutter die Jacobs' – einschließlich Catherine – im Grunde nicht ausstehen und war beeindruckt, wie subtil du sie in ihre Schranken verwiesen hast.«

»Sie ist von mir beeindruckt, weil ich über Catherine Jacobs gelacht habe? Das war aber nicht besonders subtil«, stellte ich verwundert fest.

»Na ja, du kennst Catherine nicht. Sie ist wahrscheinlich immer noch damit beschäftigt, darüber nachzudenken, warum du gelacht haben könntest«, meinte Evan. »Meine Mutter findet jedenfalls, dass du in Anbetracht der Situation sehr viel Selbstbeherrschung an den Tag gelegt hast.« Anscheinend hatte seine Mutter in meine Pöbelei etwas hineininterpretiert, das nicht einmal ich selbst verstand.

»Hmm«, machte Jared nachdenklich, dann führte er seinen nächsten Stoß aus.

»Geht ihr beide dieses Wochenende Ski laufen?«, platzte ich heraus, um das Thema zu wechseln.

»Ja, genau – was machen wir am Wochenende?«, fragte Jared und wandte sich Evan zu. »Ich würde gern die Snowboards rausholen. Wir könnten am Samstag hochfahren und dort übernachten.«

»Haben wir keine Pläne für Sonntag?«, erkundigte Evan sich bei mir.

»Wir könnten doch am Freitag zusammen ausgehen«, warf Sara rasch ein. Ich hatte beinahe vergessen, dass sie hinter mir stand, so still war sie gewesen. »Em, du kannst doch erzählen, wir beide müssten noch unsere gemeinsame Journalistikarbeit fertig bekommen. Behaupte einfach, wir müssten sie am Montag abgeben, und da ich den Rest des Wochenendes nicht da wäre, bliebe uns nur der Freitag. Dann könnten wir alle zusammen ins Kino gehen oder so. Du kannst gerne mitkommen, Jared, wenn du magst.«

»Du hast ziemlich gute Lügengeschichten für Eltern auf Lager, was?«, bemerkte Jared beeindruckt.

»Ich hab ja auch vier Jahre Übung«, gab Sara zu, und ich musste lachen.

»Dann gehen wir am Freitag zusammen aus«, meinte Evan zögernd und sah mich an. Ich nickte zustimmend.

»Klingt gut«, bestätigte auch Jared.

»Wartet, was ist mit Jason?«, fragte Evan, dem anscheinend plötzlich aufgefallen war, dass wir Jason vergessen hatten.

»Na ja, den werden wir nicht mehr so oft sehen«, meinte Sara.

»Was ist denn passiert?«, wollte Evan wissen.

»Na ja, er war einfach so … ruhig«, antwortete Sara. Ich wusste, was sie damit wirklich meinte, und musste wieder lachen.

»Er war echt nett«, ruderte sie zurück. »Aber ich brauche einfach ein bisschen mehr … Spontaneität.« Sie warf mir einen vielsagenden Blick zu.

»Tut mir leid, dass es nicht funktioniert hat mit ihm«, sagte Evan.

»Danke«, sagte Sara nur. Offenbar war sein Mitgefühl ihr unangenehm.

Wir spielten noch ein paar Runden Pool und anschließend ein bisschen Darts, dann musste ich gehen, denn ich wollte vor George zu Hause sein.

»Bin gleich zurück«, sagte Evan zu Jared und griff nach seiner Jacke.

»Warte, ich nehme Emma mit«, rief Sara, und Evan hielt inne, einen Arm bereits im Ärmel der Jacke. Er sah mich fragend an. Ich zuckte die Achseln.

»Okay«, meinte er zögernd. »Dann sehen wir uns Freitag.«

»Wegen der genauen Uhrzeit ruf ich dich noch an«, versprach Sara. »Hat mich sehr gefreut, dich kennenzulernen, Jared.« Ich trödelte ein wenig, weil ich nicht wusste, ob Evan uns zum Auto bringen wollte, aber Sara bemerkte mein Zögern und packte meine Hand.

»Tschüs!« Ich schaffte es wenigstens noch zu winken, ehe wir verschwanden.

»Du redest so einen Scheiß«, rief Sara, als wir auf die Straße bogen. Mir fiel die Kinnlade runter. »Wenn es zwischen euch noch mehr geknistert hätte ...«

»Wie bitte?«, fiel ich ihr lachend ins Wort. »Das bildest du dir ein.«

»Ach ja?«

Ich schaffte es nicht, das Lächeln zu unterdrücken.

»Na also.« Sie wertete meinen mangelnden Widerspruch als Bestätigung. »Emma, sei bitte vorsichtig, hörst du?«

»Ich versteh dich nicht«, wandte ich ein. »Du sagst dauernd, wie süß wir zusammen sind, und bringst mich mit deinen Fragen, ob er mich geküsst hat, regelrecht auf die Palme – und jetzt ... na ja, jetzt reagierst du genau so, wie ich es von dir erwartet habe.«

»Es war blöd von mir, dich mit der Küsserei aufzuziehen«, gab sie zu. »Das tut mir leid. Aber jetzt, da ich eure neue *Freundschaft* sehe, mach ich mir wirklich Sorgen um dich. Wenn du es vor mir nicht verbergen kannst, wird Carol es irgendwann auch merken, und dann macht sie dich fertig.«

»Keine Sorge, Sara, das wird nicht passieren.«

Ich brauchte nicht lange auf der Treppe zu warten, bis George heimkam. Ohne Carol im Haus fiel es mir leicht, ihn zu fragen, ob ich am Freitag bei Sara übernachten konnte. Er stimmte zu, erinnerte mich allerdings daran, dass ich am Samstag früh nach Hause kommen musste, um meine häuslichen Pflichten zu erledigen. Da er am Wochenende ein paar Stunden zur Arbeit musste, ermahnte er mich noch einmal, Carol nicht aufzuregen, solange ich mit ihr allein war. Ich versprach es, obwohl ich wusste, dass Carol sich schon über meine bloße Anwesenheit aufregte – und dagegen konnte ich nichts tun.

Ich überlebte Thanksgiving bei Janet, indem ich mich so weit wie möglich im Hintergrund hielt. Als es Zeit wurde aufzuräumen, gab Carol mir mit einem wütenden Blick zu verstehen, dass ich mich nützlich machen sollte. Aber davon wollte Janet nichts wissen. Da Carol sich Mühe gab, nicht zu explodieren, ging ich ihr aus dem Weg und malte mit den Kindern im Wohnzimmer, während sie sich im Fernsehen den ersten Weihnachtsfilm der Saison anschauten.

Dann fuhr ich mit George nach Hause. Carol und die Kinder blieben noch bei Carols Schwester und ihren beiden Töchtern, die aus Georgia zu Besuch gekommen waren.

Am nächsten Morgen holte Sara mich zu unserem gemeinsamen Tag ab. Bevor wir ins Kino gingen, wollte sie noch ins Einkaufszentrum, aber ich beschwor sie, mich nicht dieser Folter auszusetzen. Ich wollte ihr nicht ausgerechnet am beliebtesten Shoppingtag des Jahres zuschauen müssen, wie sie eine Million Kleidungsstücke anprobierte. Sie gab nach, musste aber trotzdem noch ein paar Dinge erledigen, bevor wir mittagessen gehen konnten.

Unterwegs machten wir bei einem Juwelier halt, damit Sara sich Ohrringe kaufen konnte, und dann noch bei einer Schneiderin, um die neuen Kleider abzuholen, die Sara hatte ändern lassen. Zum Schluss spendierte sie uns eine Pediküre – das war Saras Vorstellung von einem perfekten Mädchentag, abzüglich des Klamottenkaufs natürlich. Ich begleitete sie und bekam auf diese Weise einen kleinen Einblick in das Leben von Sara McKinley.

Mit Flipflops an unseren frisch pedikürten Füßen eilten wir vom Auto durch die Kälte zum Haus. Anna bewunderte meine hellrosa und Saras knallrote Zehennägel, dann setzten wir uns auf die Couch und plauderten ein bisschen. Anna war gerade dabei, eine Adressenliste für die Weihnachtskarten zu erstellen, die nächste Woche verschickt werden sollten. Fasziniert beobachtete ich, wie selbstverständlich Sara und ihre Mutter miteinander umgingen, wie sie über ihre Familie diskutierten und lachten. Es war, als betrachtete ich durch ein Fenster eine nahezu ideale Familie. Aber es tat auch ein bisschen weh, wenn ich daran dachte, wie kalt es auf meiner Seite dieses Fensters war.

»Wann trefft ihr euch mit den Jungs?«, fragte Anna.

»Wir gehen zu einer frühen Vorstellung um sechs ins Kino und dann wahrscheinlich noch was essen. Danach kommen wir wieder her«, informierte Sara ihre Mutter – und mich ebenfalls, denn ich hörte unsere Abendpläne auch zum ersten Mal.

»Klingt großartig«, antwortete Anna.

»Komm, lass uns überlegen, wie wir dich ein bisschen zurechtmachen können«, meinte Sara dann und zerrte mich von der Couch.

Wir gingen nach oben, und ich setzte mich auf ihr Bett, während sie ihre Garderobe durchwühlte.

»Sara«, unterbrach ich sie nach einer Weile etwas nervös. Mein Ton ließ sie innehalten, und sie kam aus dem Wandschrank. »Ich glaube nicht, dass ich Kino und Abendessen bezahlen kann. Ich hab zwar ein bisschen Geld gespart, aber es reicht nicht für beides.«

Ich hasse es, zugeben zu müssen, dass ich mir etwas nicht leisten konnte, das sie für uns geplant hatte. Und sie wusste, dass ich es hasste, wenn sie mir anbot, alles zu bezahlen. Es war schwer genug, mir ständig ihre Klamotten leihen zu müssen, ich wollte mich nicht auch noch dauernd von ihr einladen lassen.

»Mach dir keine Sorgen«, erwiderte sie lässig. »Ich hab noch ein paar Gutscheine, die ich verwenden muss, inklusive Gratisgetränk und Popcorn, also ist für alles gesorgt. Ich hab vier davon, die Jungs kriegen auch welche. Vermutlich werden sie dann das Essen bezahlen wollen, weil es ihnen sonst unangenehm wäre.«

»Bist du sicher?«

»Absolut. Ich hab die Freikarten, die sollten wir nicht verfallen lassen.« Damit verschwand sie wieder im Wandschrank und setzte ihre Suche fort.

»Hast du vielleicht noch einen rosa Pulli?«, rief ich, als ich durch die offen stehende Tür hörte, wie sie frustriert stöhnte.

»Nein, keine rosa Pullis mehr für dich«, antwortete sie. Dann streckte sie den Kopf heraus und sagte: »Eigentlich sollte ich dich in einen Trainingsanzug stecken.« Ich verzog das Gesicht.

»Aber du weißt ja, dass ich das nicht kann, ich hab viel zu viel Spaß dabei, dich hübsch zu machen«, meinte sie lachend. »Oh, jetzt weiß ich's. Ich hab diese schwarze Bluse hier, die sieht zu dunklen Jeans und Keilabsätzen einfach umwerfend aus.«

»Nein, keine Absätze!«, protestierte ich.

»Sonst funktioniert das aber nicht«, jammerte sie. »Halt, warte – wie wäre es mit Stiefeln? Die haben einen dickeren Absatz, auf denen kannst du besser laufen.« Ich kapitulierte achselzuckend. »Und dann kriegst du noch einen hübschen lockigen Pferdeschwanz. Du wirst hinreißend aussehen – perfekt für einen Kinobesuch mit deinen *Freunden*.« Mir entging der Sarkasmus nicht, und ich streckte ihr die Zunge heraus.

Als ich mit Sara die Treppe hinunterging, hüpfte mein Pferdeschwanz munter auf und ab. Sara hatte ihre langen Locken ebenfalls zu einem Pferdeschwanz hochgebunden und trug eine saphirblaue Bluse, die ihre Augen zum Leuchten brachte. Sie sah aus, als hätte sie ein Date – und das trotz unserer angeblich völlig ungezwungenen Verabredung.

Als ich Evan am Fuß der Treppe sah, trafen sich unsere Blicke, und wir lächelten uns zu.

»Ihr zwei seht wirklich hübsch aus«, bemerkte Carl aus dem Wohnzimmer.

»Danke, Dad«, rief Sara, küsste ihn auf die Wange und holte unsere Jacken. »Wir sehen uns dann später.«

In der Auffahrt wartete Jareds silberner Volvo auf uns. Jared öffnete Sara zuvorkommend die Beifahrertür, obwohl sie schon zusammen mit mir Kurs auf die Rückbank genommen hatte. Seine Geste überraschte uns beide.

»Oh, danke«, sagte sie und stieg vorne ein.

Evan öffnete die hintere Tür für mich, stieg dann auf der anderen Seite ein und setzte sich neben mich. Wir hatten die Auffahrt noch nicht verlassen, da lag meine Hand schon in seiner. Die Berührung zauberte ein Lächeln auf mein Gesicht. Auf der Fahrt rückten wir immer näher zueinander, bis sich unsere Beine berührten. Ich hätte nicht sagen können, ob einer von uns sich absichtlich bewegte, es war eher, als würden wir wie zwei Magnete voneinander angezogen. Mein Herz pochte und war glücklich.

Wie um ihre Schweigsamkeit bei Evan zu Hause wettzumachen, bestritt Sara jetzt den größten Teil der Konversation – und fand in Jared einen willigen Zuhörer. Zwar drehte sie sich auch immer wieder zu Evan und mir um, aber das tat sie ganz bestimmt nicht nur, um uns einzubeziehen. Ich wusste, dass sie uns in erster Linie daran hindern wollte, auf dem dunklen Rücksitz irgendwelche Dummheiten anzustellen. Jared ließ sich sehr liebenswürdig auf Saras Charme ein; er lachte an den richtigen Stellen und machte intelligente Kommentare – ich war froh, dass er uns begleitete und nicht Jason.

»Kein rosa Pulli mehr?«, flüsterte Evan, während Sara vorne von einem ihrer Lieblingsrestaurants in New York plauderte, das zufälligerweise auch zu Jareds bevorzugten Adressen gehörte.

»Sie hat es mir verboten«, flüsterte ich zurück und nickte in Saras Richtung. Er sah zu ihr nach vorn, dann wieder zu mir und runzelte die Stirn. »Mach dir deswegen keine Sorgen«, beruhigte ich ihn.

»Okay.« Er zuckte die Achseln.

»Aber du siehst trotzdem toll aus«, flüsterte er nach einer Weile und rückte so nah heran, dass sein Atem mich am Ohr kitzelte. So verharrte er eine Sekunde, und ich wusste, wenn ich mich nur ein kleines Stück zur Seite drehte, wäre er direkt vor mir. Ich atmete tief ein, hielt kurz inne und wandte mich dann langsam zu ihm um.

»Klingt das gut?«, fragte Sara. Offensichtlich erwartete sie eine Antwort von uns. Schnell wandte ich mich ihr zu, und Evan lehnte sich zurück. Sara musterte mich strafend.

»Sorry, was hast du gesagt?«, fragte ich zurück. Evan drückte meine Hand.

»Das Essen nachher«, erklärte sie. »Ist italienisch okay?«

»Klar«, antwortete Evan.

Als wir vor dem Kino hielten, zerrte Sara mich praktisch aus dem Auto, hakte sich bei mir unter und zwang mich, mit ihr zusammen zum Eingang zu gehen. Die Jungs folgten uns.

»Em, du bringst dich dermaßen in die Bredouille«, flüsterte sie. Ich konnte angesichts dieser Wahrheit nur grinsen.

Als die Jungen merkten, dass Sara sich um die Tickets kümmerte, bestanden sie darauf, nachher das Essen bezahlen zu dürfen – genau wie Sara es vorhergesagt hatte. Mit Getränken und Popcorn machten wir uns auf den Weg in den gut gefüllten Saal, um uns einen neuen Actionfilm anzuschauen.

Ich spürte, dass Sara vorhatte, sich zwischen Evan und mich zu setzen, aber ehe sie sich in die Reihe drängen konnte, schlüpfte ich schnell neben ihn – nun saß Sara zu meiner anderen Seite und Jared neben Evan. Als das Licht ausging, fand Evan sofort wieder meine Hand. Trotz der hochexplosiven Szenen hinterließ der Film bei mir keine bleibenden Erinnerungen – wie auch? Evan strich mit den Fingerspitzen zärtlich über meine Handfläche und malte kleine Kreise darauf, die in meinem ganzen Körper ein unwiderstehliches Prickeln auslösten.

Immer wieder versuchte Sara mich abzulenken, indem sie mich auf ein besonders unrealistisches Filmdetail aufmerksam machte oder darauf hinwies, dass der Star eigentlich schon innerhalb der ersten fünf Minuten des Films hätte tot sein müssen. Erst als ich den Kopf demonstrativ auf Evans Schulter legte, gab sie mit einem frustrierten Kopfschütteln auf. Ich konnte mich auf nichts anderes konzentrieren als auf Evans Atem an meinem Ohr und auf seine Wange an meinem Kopf. Meinetwegen hätte der Star des Films ruhig in den ersten fünf Minuten sterben können, ich hätte es gar nicht bemerkt.

Als wir uns wieder erhoben, waren meine Beine ganz schwach, und in meinem Kopf drehte sich alles. Evans Hand ruhte auf meiner Taille. Er hielt mich dicht neben sich, während wir uns einen Weg durch das Gedränge bahnten. Zur Sicherheit legte ich meine Hand auf seine. Doch sobald wir in der Haupthalle waren, packte Sara meinen Arm und zerrte mich von ihm weg.

»Wir sind gleich wieder da«, verkündete sie und lief mit mir zur Toilette.

Kaum waren wir durch die Tür, legte sie auch schon los: »Was machst du denn bloß?« Sie wartete keine Antwort ab, sondern fuhr fort: »Wenn du mir noch einmal erzählst, dass ihr nur Freunde seid, dann bring ich dich um. Willst du das alles? Du brauchst es mir nur zu sagen, dann gebe ich Ruhe. Aber du warst diejenige, die *mich* überzeugt hat, dass es unmöglich ist, und jetzt schau dich an – du kannst ja kaum geradeaus sehen.

Denk doch mal eine einzige Minute vernünftig darüber nach und dann sag mir, ob du tatsächlich mehr von Evan willst als Freundschaft. Vergiss, was du *fühlst* – *denk* darüber nach. Und denk dabei auch an Carol.«

Ich schauderte, als sie den Namen erwähnte.

Eine Minute stand ich reglos da und nahm die Leidenschaft in ihrem Gesicht zur Kenntnis. Ich war vollkommen überwältigt. Ich konnte keinen klaren Gedanken fassen. Mein Körper war so fasziniert von der Trance, in die Evans Berührung ihn versetzt hatte, dass mein Verstand nicht mehr funktionierte. Ich konnte Saras Fragen nicht beantworten.

»Ich weiß nicht, was ich tun soll«, gestand ich leise. »Aber mach dir meinetwegen keine Sorgen, Sara, es wird alles gut, das verspreche ich.«

»Du weißt, dass du das nicht versprechen kannst.«

Ich zuckte die Achseln.

»Möchtest du, dass ich mich einmische, damit du bei einigermaßen klarem Verstand entscheiden kannst, was du tun sollst?«

»Vielleicht«, stimmte ich zaghaft zu. Ich begriff ihre Logik, aber das Schwirren in meinem Kopf ließ keinen vernünftigen Gedanken zu. »Aber nicht so aufdringlich, okay? Bei der Heimfahrt kommst mit mir auf den Rücksitz, aber im Restaurant lässt du mich neben ihm sitzen, in Ordnung?«

»Ja, das mach ich.«

Die Jungs warteten geduldig auf uns. Ich nahm Evans Hand, und wir schlenderten zum Parkplatz.

»Sara und ich gehen nach hinten, okay?«, flüsterte ich, als wir uns dem Auto näherten.

»Klar«, antwortete er und sah mich an. »Alles okay?«

»Ja.« Ich lächelte ihm beruhigend zu. »Ist nur so ein Mädchending.« Er zog die Augenbrauen in die Höhe und bedeutete mir mit einem Nicken, dass er verstanden hatte. Wenn ich das doch nur auch hätte behaupten können.

Nach einem gesprächsintensiven Essen fuhren wir zurück zu Sara – im vereinbarten Sitzarrangement. Wie berauscht starrte ich auf Evans Hinterkopf, die gut geschnittenen Haare, die Muskeln, die sich linear vom Nacken zum Rücken zogen. Auf einmal kämpfte ich nicht mehr gegen seine Anziehungskraft, und es fühlte sich wunderbar belebend an. Ich wollte nicht mehr leugnen, dass mein Herz schneller schlug, sobald ich in seiner Nähe war. Ich wollte es fühlen – das hatte ich verdient, oder etwa nicht?

»Sara, wäre es okay, wenn Evan und ich uns in deinem Zimmer einen Film anschauen und dich mit Jared alleine lassen?«, flüsterte ich ihr ins Ohr. Sara blieb der Mund offen stehen. Zum ersten Mal, seit ich sie kannte, war sie sprachlos.

»Bist du sicher?«, fragte sie nach einer Weile.

»Ja, ganz sicher.« Ich lächelte, und meine Wangen glühten.

Sie erwiderte mein Lächeln und flüsterte: »Okay.« Dann fügte sie eilig hinzu: »Aber ich möchte alle Einzelheiten hören.« Ich lachte. Sofort drehte Evan sich um und wollte wissen, was so komisch war.

Ich sah ihn an und biss mir grinsend auf die Unterlippe. »Nichts«, antwortete ich. Dann hörte ich, wie Sara plötzlich scharf die Luft einsog. Mein Blick folgte ihrem, und ich erstarrte, als ich in einiger Entfernung am Straßenrand den Jeep stehen sah. Deswegen hatte Sara nach Luft geschnappt.

»Oh, nein, Sara ... das ist *sie*.« Und in diesem einen Atemzug löste sich der schmale Grat unter meinen Füßen endgültig auf.

22

ErWisCht

*r*unter«, befahl Sara energisch und drückte mich auf den Sitz.

»Was ist denn los?«, fragte Evan und betrachtete besorgt unsere geduckten Silhouetten.

»Dreh dich nach vorn, Evan«, zischte Sara. Er erkannte die Angst in meinem Gesicht und tat es.

Ohne sich umzudrehen, wiederholte er: »Was ist los?«

Ehe Sara eingreifen konnte, war Jared schon in die Auffahrt zu ihrem Haus eingebogen. Blitzschnell löste sie unsere Sicherheitsgurte, und wir glitten hinter den Sitzen auf den Boden.

»Scheiße«, flüsterte sie und zog ihr Handy heraus. »Jared, stell den Motor ab und hör mir genau zu. Hi, Mom. Hör mal, Jared kommt gleich zur Haustür, mach ihm bitte auf. Es soll aussehen, als wollte er dich fragen, ob wir zu Hause sind. Schüttle bitte einfach den Kopf und tu so, als würdest du ihm erklären, dass wir schon im Bett sind. Jared, bitte geh jetzt.«

Jared war perplex, aber er gehorchte.

Am Telefon sagte Anna noch etwas zu Sara. Meine Knie fest umklammernd, starrte ich sie an. Ich zitterte am ganzen Körper, mein Magen rebellierte.

»Mom, ich erklär dir alles, sobald ich heimkomme, versprochen. Lass bitte die Hintertür offen. Bye.«

Dann legte sie auf und beobachtete durch die Lücke zwischen den Sitzen den Wortwechsel an der Haustür. Ich lag auf dem Boden hinter dem Beifahrersitz und konnte nicht sehen, was passierte. Aber schon eine Minute später war Jared wieder im Auto und wartete auf weitere Instruktionen.

»Fahr zurück zur Hauptstraße«, ordnete Sara an. »Da biegst du rechts ab und dann gleich noch mal rechts. Und behalte den Jeep im Auge. Beobachte, ob er uns folgt.«

Nach einer quälenden Ewigkeit sagte er: »Nein, er steht immer noch gegenüber von deinem Haus.«

Sara stieß einen Seufzer für uns beide aus. Ich konnte nicht feststellen, ob sie auch darüber hinaus atmete.

»Erzählt ihr mir jetzt, was los ist?«, wollte Evan wissen, und seine Stimme klang immer frustrierter.

Ich brachte kein Wort heraus. Ich konnte nur Sara anstarren und den Kopf schütteln.

»Wer sitzt denn in dem Jeep?«, fragte Evan.

»Meine Tante«, flüsterte ich und fand endlich meine Stimme wieder. Es raubte mir fast die letzte Kraft, das zuzugeben. Was hatte sie hier zu suchen?

»Sind wir schon auf der anderen Straße?«, fragte Sara.

»Ja«, antwortete Jared.

Sara setzte sich wieder auf die Rückbank, aber ich konnte mich nicht von der Stelle rühren.

»Alles wird gut«, tröstete sie mich und zog mich zu sich auf den Ledersitz. Ich barg den Kopf in meinen zitternden Händen. »Sie kann uns nicht gesehen haben. Wir haben sie schon auf der Hügelkuppe entdeckt, aus ihrer Perspektive war es unmöglich, irgendwas zu erkennen.«

Evan drehte sich zu mir um. »Hättest du nicht ausgehen dürfen?«

»Ich darf nie ausgehen«, entgegnete ich, und meine Stimme zitterte. Ich konnte ihn nicht ansehen. Stattdessen lehnte ich mich an die Fensterscheibe und begann, nervös an meiner Unterlippe herumzuzupfen.

»Halte bitte bei dem blauen Haus, an dem noch gebaut wird.« Sara beugte sich über den Sitz, um es Jared zu zeigen. »Hast du vielleicht eine Taschenlampe, die ich mir leihen kann?«

»Klar, im Kofferraum liegt eine.«

Sie stiegen aus und ließen Evan und mich allein.

»Was hat sie denn vor?«

»Keine Ahnung«, flüsterte ich und schüttelte den Kopf.

»Aber es kommt alles wieder in Ordnung, ja?«, fragte er, und die Sorge in seiner Stimme war unüberhörbar.

Ehe ich antworten konnte, riss Sara meine Tür auf und zerrte mich an der Hand aus dem Auto. Evan machte ebenfalls Anstalten auszusteigen. Ich konnte mich kaum auf den Füßen halten und musste mich auf Sara stützen.

»Was passiert denn jetzt?«, fragte Evan.

»Wir müssen gehen. Ich melde mich später bei dir«, erklärte Sara über ihre Schulter hinweg und zog mich auf den Feldweg, der irgendwann mal eine Auffahrt werden sollte und der zu der Baustelle führte.

»Emma!«, rief Evan. Aber ich drehte mich nicht um, sondern ließ mich von Sara weiter in die Dunkelheit führen.

Wie im Traum wanderte ich mit Sara durch den Wald, der hinter dem unfertigen Haus begann und bis an Saras großen Garten grenzte. Die Angst raubte mir jedes Zeitgefühl, Bilder blitzten auf und verschwanden wieder. Ich erinnerte mich daran, wie wir durch die Hintertür ins Haus schlüpften, an Annas besorgtes Gesicht, daran, dass Sara mich ins Bett brachte. Ich konnte die Augen nicht schließen und starrte durch die Oberlichter blicklos in den Himmel hinauf.

Meine Gedanken drehten sich im Kreis, und ich versuchte verzweifelt zu ergründen, wie Carol uns auf die Schliche gekommen war. War sie uns den ganzen Abend gefolgt? Irgendwann zog sich die Angst so weit zurück, dass ich sie im Zaum halten konnte, und ich bemerkte, dass Sara neben mir saß und mich nervös musterte.

»Ist sie weg?«, flüsterte ich.

»Meine Mom sagt, kurz bevor wir reingekommen sind, ist sie weggefahren.«

»Glaubst du, dass sie Bescheid weiß?«

»Kann ich mir nicht vorstellen. Anscheinend hat sie gegen sieben hier angerufen und wollte dich sprechen. Mom hat ihr gesagt, wir würden uns was zu essen holen, und gefragt, ob du sie zurückrufen sollst, wenn du wieder da bist. Aber das wollte Carol nicht. Mom weiß nicht genau, wann das Auto gegenüber aufgetaucht ist, aber sie hat es erst ungefähr eine Viertelstunde, bevor ich sie angerufen habe, bemerkt.«

»Was denkt deine Mom denn jetzt?«

»Sie weiß Bescheid, Em. Sie weiß nicht alles, aber sie weiß, dass deine Tante und dein Onkel unmöglich sind. Und sie würde uns niemals verraten, das schwöre ich dir.«

Ich glaubte ihr.

»Weiß *er* es?«

»Er hat ein paarmal angerufen, aber er weiß nur, dass du total erschrocken bist, und er war stinksauer auf mich, weil ich ihm nicht erklären wollte, warum. Er wollte unbedingt noch mal vorbeikommen, aber ich hab ihm gesagt, das geht nicht, und da wollte er wissen, ob er dich morgen früh sehen kann. Ich hab ihn überzeugt, dass dafür nicht genügend Zeit bleibt, weil du spätestens um acht zu Hause sein musst. Sie wird dir nichts antun, oder?« Zum ersten Mal seit wir Carols Auto gesehen hatten, klang Sara ängstlich.

»Nein, ich bin sicher, sie wird mir irgendeine Lügengeschichte vorwerfen, die sie sich zusammengesponnen hat. Wahrscheinlich beschimpft sie mich eine Weile und schickt mich dann auf mein Zimmer.« Ich sah Sara an und wusste, dass ich ihr nicht sagen durfte, wie viel Angst ich tatsächlich davor hatte, nach Hause zu gehen. Ich verdrängte die Angst, um Sara zuliebe ein beruhigendes Gesicht aufsetzen zu können.

Ich stopfte mir ein Kissen in den Rücken und lehnte mich ans Kopfende des Betts.

»Ich bin richtig ausgetickt, was?« Zwar versuchte ich zu lachen, aber es klang falsch.

»Em, du warst so bleich, dass ich Angst hatte, du würdest in Ohnmacht fallen.«

»Ich dachte, sie hat uns gesehen, weiter nichts. Ich hab erwartet, dass sie mich zur Rede stellt, und ich wusste nicht, wie ich ihr unter die Augen treten soll.« Ich hoffte, dass es mir gelang, meine Reaktion im Auto herunterzuspielen.

»Meine Mom hat angeboten, mit Carol zu sprechen«, sagte Sara zögernd.

»Du weißt selbst, dass das nicht funktionieren würde«, erwiderte ich und bemühte mich, die Panik in meiner Stimme unter Kontrolle zu bekommen.

»Ja, ich weiß«, bestätigte Sara mit einem hoffnungslosen Seufzer.

»Ich kann immer noch nicht glauben, dass ich so extrem reagiert habe«, platzte ich heraus, nachdem ich mir meine entsetzte Reaktion noch einmal vor Augen geführt hatte. »Evan fragt sich wahrscheinlich, was mit mir nicht stimmt.«

»Er macht sich bloß Sorgen«, versuchte Sara mich zu trösten. »Er mag dich kein bisschen weniger, das kannst du mir glauben.«

Ich holte tief Luft und versuchte, mein Zittern zu unterdrücken, ehe Sara etwas davon bemerkte. Das Schlimmste, was passieren könnte, wäre ein Anruf von Saras Mom. Aber das konnte ich Sara nicht sagen. Und ich durfte mir auch nicht anmerken lassen, dass ich wie gelähmt war und keine Ahnung hatte, wie ich morgen früh dieses Haus betreten sollte. Ich wusste, dass Carol keine Beweise für meinen Ungehorsam brauchte. Es genügte, dass sie mich verdächtigte.

Keuchend und schweißgebadet fuhr ich auf, sah mich im Zimmer um und versuchte zu begreifen, wo ich war. Schließlich erkannte ich Sara und lockerte den Griff, mit dem meine Hände die Decke umklammerten.

»Du hast dich angehört, als würdest du ersticken.«

»War bloß ein Albtraum«, erklärte ich und versuchte, mich etwas entspannter hinzusetzen. »Wie spät ist es?«

»Halb sieben«, antwortete Sara, immer noch etwas besorgt. »Möchtest du darüber reden?«

»Ich kann mich eigentlich an gar nichts mehr erinnern«, log ich. »Und du solltest lieber noch ein bisschen schlafen. Ich geh schon mal in die Dusche, okay?«

Ich hatte noch den Geruch der Erde in der Nase, und meine Lungen brannten, weil das Gewicht ihres Körpers mir die Luft zum Atmen genommen hatte. Ich schauderte und schob den Traum so gut ich konnte beiseite.

Aber Sara wollte nicht weiterschlafen. Sie saß aufrecht im Bett, eine silberne Schachtel auf dem Schoß.

»Das sollte ein Weihnachtsgeschenk sein, aber ich kann nicht noch einen ganzen Monat warten.« Ihr Gesicht war eigentlich viel zu ernst für eine Geschenkübergabe.

»Es ist nicht so aufregend, wie du vielleicht denkst, aber ich möchte, dass du es bekommst, bevor du heute heimgehst.«

Ihre Wortwahl überraschte mich. Etwas bange betrachtete ich das silberne Päckchen, das Sara mir mit einem steifen Lächeln überreichte.

»Danke.« Ich versuchte ebenfalls zu lächeln, aber ihr seltsames Verhalten beunruhigte mich zutiefst.

Langsam öffnete ich die Schachtel. Als ich das Seidenpapier

entfernte, fiel mir ein silbernes Handy in die Hand. Warum war Sara dieses Geschenk so unangenehm?

»Danke, Sara. Das ist super. Hat es eine Prepaid-Karte?«, fragte ich und bemühte mich, mir meine Freude über das Geschenk auch anhören zu lassen.

»Es läuft auf den Vertrag meiner Familie. Keine Angst, es hat nichts gekostet, dich hinzuzufügen.«

»Wow, das ist ja toll. Ich weiß nicht, wie oft ich es benutzen kann, aber ich finde es großartig.« Ich war ehrlich dankbar, doch Saras gedämpfter Ton machte es mir unmöglich, meine Dankbarkeit angemessen zum Ausdruck zu bringen. Und dann begriff ich, warum sie sich so verhielt.

»Du musst versprechen, mich anzurufen, wenn du heimkommst, damit ich weiß, dass alles in Ordnung ist«, bat sie mich zögernd. »Wenn ich bis heute Abend nichts von dir gehört habe, rufe ich die Polizei.«

»Sara«, beschwor ich sie, »tu das bitte nicht. Ich verspreche dir, alles wird gutgehen.«

»Dann ruf mich an«, verlangte sie. »Ich hab die Nummern schon einprogrammiert.« Sie zeigte mir die Kurzwahl für ihr Handy und für den Festnetzanschluss im Haus. Noch zwei weitere Kontakte waren eingespeichert.

»Warum ist der Notruf drauf, Sara?«, fragte ich sie ungläubig. »Glaubst du nicht, das würde ich auch allein hinkriegen?«

»Eine Taste ist schneller als vier«, erklärte sie. Ich rief die vierte Nummer auf und sah Sara fassungslos an. Sie zuckte die Achseln.

»Ich hab den Vibrationsmodus aktiviert, damit niemand das Handy in deinem Zimmer hört. In der Schachtel ist auch ein Aufladegerät.«

»Sara, ich werde das Handy zu Hause nicht anstellen«, erklärte ich mit Nachdruck.

»Das musst du aber. Ich schwöre dir, dass ich dich nicht anrufen werde, und sonst hat niemand die Nummer. Du musst mir versprechen, dass du es anschaltest.« Ihre Bitte klang so verzweifelt, dass ich nicht widersprechen konnte.

»Okay, ich verspreche es dir.« Ich beschloss, das Telefon in der Innentasche meiner Jacke aufzubewahren, damit es nicht durch irgendeinen Zufall entdeckt werden konnte. »Komm, wir müssen los.«

Keine Ahnung, wie ich meinen Körper dazu überredete, mit meiner Tasche die Treppe hinunterzugehen. Aber als ich die Haustür aufmachte und den Jeep auf der gegenüberliegenden Straßenseite stehen sah, versagten meine Beine mir den Dienst.

»Oh, Emma«, flüsterte Sara erschrocken hinter mir.

»Hi, Sara«, begrüßte Carol sie ekelhaft freundlich. »Ich komme gerade von meiner Mutter und dachte, ich hole Emma unterwegs schnell ab. Danke, dass sie bei euch bleiben durfte.« Sara drückte meinen Arm, und ich spürte ihre Panik. Ich starrte die Frau vor mir an und konnte kaum atmen.

»Komm, Emily, steh da nicht rum wie ein Ölgötze.« Ich stolperte die Eingangstreppe hinunter und wagte es nicht, zu Sara zurückzuschauen, fühlte aber das Gewicht des Handys in meiner Jackentasche. Dann schloss ich die Beifahrertür, ließ mich von dem Auto verschlucken und starrte geradeaus. Mein Körper verkrampfte sich und wich so weit wie möglich vor ihr zurück, aber er war gefangen in dem beengten Raum.

Das Schweigen tat mir in den Ohren weh, während ich auf Carols Schimpftirade wartete, auf ihre Vorwürfe und Beleidigungen. Aber nichts kam. Sie brauchte ja auch gar keine Worte. Dann schoss plötzlich ihre Hand auf mich zu, mein Kopf knallte gegen das Seitenfenster, und ehe ich es verhindern konnte, entfuhr mir ein Stöhnen.

»Du hast nicht zu atmen, wenn ich es dir nicht ausdrücklich erlaube. Anscheinend ist dir entfallen, in wessen Haus du lebst. Aber jetzt hast du die Grenze überschritten, und mir reicht es endgültig. Wehe, du versuchst noch einmal, mich zu hintergehen.«

Wir waren vor dem Haus angekommen, ehe ich ihre Worte richtig begriffen hatte.

Als wir die Küche betraten, erklärte Amanda, unsere dreizehnjährige Nachbarin, dass die Kinder oben spielten, und machte sich auf den Heimweg.

Ich ging den Gang hinunter. Vor meiner Zimmertür blieb ich verblüfft stehen. Sie war geschlossen, obwohl das in meiner Abwesenheit sonst nie der Fall war – so wollte es eine von Carols absurden Regeln. Mit einem resignierten Seufzen öffnete ich die Tür, stolperte über die Schwelle – und sah mich entsetzt um.

Mein Wandschrank stand sperrangelweit offen, und die kleine Nische darin war nur noch ein leeres Loch. Überreste von den Sachen, die ich dort versteckt hatte, lagen überall verstreut auf dem Boden herum.

»Du hältst dich für so klug«, höhnte Carol. Mein Rücken wurde starr, jeder Nerv prickelte unter meiner Haut. Langsam drehte ich mich um, und als ich sie mit verschränkten Armen im Türrahmen stehen sah, wich ich unwillkürlich ein paar Schritte zurück. Meine Tasche rutschte mir von der Schulter und fiel zu Boden.

»Ich durchschaue dich, du bringst uns nicht auseinander.« Auf diesen Vorwurf konnte ich mir absolut keinen Reim machen. »Er wird sich immer für mich entscheiden. Daran wollte ich dich nur erinnern.«

»Carol?«, hörte ich in diesem Moment Georges besorgte Stimme von der Hintertür her.

»Ich bin hier!«, rief Carol, plötzlich mit traurig erschütterter Stimme, trat von der Tür weg und fiel George um den Hals. Fassungslos musste ich mitansehen, wie vor mir ein Drama seinen Lauf nahm, dessen Ende ich nicht absehen konnte.

»George, ich weiß wirklich nicht, was in sie gefahren ist«, jammerte Carol wild gestikulierend und vergrub den Kopf an seiner Schulter. George versuchte, über sie hinweg in mein Zimmer zu spähen. »Sie ist reingekommen und hat angefangen zu brüllen, dass sie keine Lust mehr habe, hier zu wohnen, weil wir sie so schlecht behandelten. Dann hat sie sich in ihrem Zimmer eingeschlossen, und da hab ich dich angerufen. Sie hat mir und den Kindern richtig Angst eingejagt.«

Wie bitte?! Was erzählte sie denn da?

»Schließlich hab ich es geschafft, sie zu überreden, die Tür aufzumachen und ... du siehst es ja selbst.« Carol entließ ihn aus ihrer Umklammerung, so dass er das Zimmer betreten konnte. Seine Sorge verwandelte sich in Wut, als er die Verheerung vor sich sah, an der ich angeblich schuld war.

Immer wieder schaute er zwischen meinen zerstörten Habseligkeiten und meinem fassungslosen Gesicht hin und her. Als sein Blick auf den zerbrochenen Rahmen und die zerknitterten Fetzen des Fotos von ihm und seinem Bruder fiel, zuckte er zusammen. Ich bemerkte es, aber ich konnte mich nicht rühren. Immer größer wurde seine Wut.

»Warum hast du das getan?«, fuhr er mich an. »Wie konntest du nur?« Mir blieb der Mund offen stehen. Traute er mir dieses Werk der Zerstörung tatsächlich zu? Aber er musterte nur weiter stumm und mit hochrotem Kopf meine zerrissenen Malereien, die Schnipsel lächelnder Gesichter, rundlicher Babyhände und kleiner Füße, achtlos auf dem Boden verteilt.

Ehe ich reagieren konnte, stand er plötzlich vor mir, packte meine Arme und begann mich zu schütteln. Mit zusammengebissenen Zähnen rang er nach Worten, verstärkte seinen Griff immer mehr, bis mir vor Schmerz die Tränen über die Wangen strömten.

»Ich war das nicht ...«, stieß ich schluchzend hervor.

Aber ein plötzlicher Stich in meiner Wange unterbrach mich, und unter der Wucht des Schlags ging ich zu Boden. Instinktiv fasste ich nach der Stelle, wo seine Hand mich getroffen hatte, und senkte völlig verstört den Blick.

»Wenn du nicht die Tochter meines Bruders wärst, würde ich ...«, begann er. Ich sah zu ihm empor. Sein Gesicht war puterrot, er zitterte vor Zorn. Doch hinter der Wut erkannte ich in seinen Augen eine große Traurigkeit. »Du hast Hausarrest, die ganze nächste Woche. Kein Sport, keine Zeitung, gar nichts. Ich kann einfach nicht glauben, dass du so etwas getan hast!«

Dann gewann der Kummer die Oberhand, und er murmelte im Weggehen: »Er war mein Bruder.« Verwirrt sah Carol ihm nach, vielleicht auch enttäuscht, dass seine Reaktion nicht so heftig ausgefallen war, wie von ihr beabsichtigt. Sobald er verschwunden war, sah sie mit einem verächtlichen Grinsen auf mich herunter.

»Es ist noch lange nicht vorbei«, zischte sie drohend. »Mach das gefälligst sauber und erledige deine Pflichten, bis ich wieder zu Hause bin.«

Damit schloss sie die Tür hinter sich und ließ mich allein mit der Verheerung, die sie angerichtet hatte. Alles, was ich besaß – alles, was wirklich mir gehörte –, lag zerstückelt um mich herum. Ich hob die Bilder meiner Eltern und meine Babyfotos auf und versuchte, sie wieder zusammenzusetzen, aber dann ließ ich die Fetzen fallen und brach in Tränen aus. Dieser Schmerz war schlimmer als jede Ohrfeige, als jeder Schlag und jede Beschimpfung. Sie hatte alle Beweise dafür vernichtet, dass es einmal eine Zeit gegeben hatte, in der ich glücklich gewesen war. Mir blieben nur die Erinnerungen.

Als ich ein Klopfen an der Tür hörte, setzte ich mich auf, aber das Geräusch klang irgendwie nicht richtig – es war zu leise. Als ich mich umblickte, merkte ich, dass es vom Fenster her kam.

Nein, bitte nicht!

Ich schloss die Augen, aber das Klopfen hörte nicht auf. Hastig wischte ich mir das Gesicht ab und öffnete das Fenster, damit nicht noch jemand auf das Geräusch aufmerksam wurde.

»Du darfst nicht hier sein«, flüsterte ich verzweifelt.

»Was ist passiert? Ich wollte nachsehen, ob mit dir alles in Ordnung ist.«

»Evan, mach, dass du fortkommst«, befahl ich flehend.

»Warum ist dein Gesicht so rot? Hat er dich geschlagen?«

»Du musst hier weg«, drängte ich. »Bitte, bitte, geh.« Tränen rollten über meine Wangen, und ich blickte hektisch zwischen seinem Gesicht und der Tür hin und her, in der Erwartung, sie würde jeden Augenblick geöffnet.

Er stellte sich auf die Zehenspitzen, um in mein Zimmer sehen zu können.

»Was ist hier los, Emma?«, stieß er hervor, als er das Chaos sah.

»Du machst es nur schlimmer. Bitte geh.« Ich versuchte, mich so hinzustellen, dass ich Evan die Sicht versperrte.

»Ich hol dich am Montag ab, dann kannst du mir erzählen, was das alles soll«, beharrte er.

»In Ordnung, aber jetzt geh bitte«, bettelte ich.

Endlich nahm er das Flehen in meinen Augen und die Dringlichkeit in meiner Stimme zur Kenntnis und entfernte sich von meinem Fenster. Einen Moment zögerte er noch, aber ich schloss rasch das Fenster und zog das Rollo herunter, ehe er etwas sagen konnte.

Dann wandte ich mich wieder meiner zerbrochenen Welt zu und kniete mich in die Trümmer. Als ich hörte, wie Carol bekanntgab, sie sei bald zurück, wusste ich, dass ich keine Zeit zum Trauern hatte. Kurz entschlossen nahm ich einen Rucksack und verstaute die Überbleibsel meiner Fotos und der Briefe meiner Mutter darin – ich konnte sie nicht wegwerfen. Die zerbrochenen Rahmen und zerschnittenen Malereien stopfte ich in einen Müllsack.

Dann erledigte ich stumpfsinnig meine Liste von Putzarbeiten. Geschützt von meiner Trostlosigkeit, kehrte ich danach in mein Zimmer zurück, ließ mich neben meinem Bett auf den Boden sinken und starrte die leere Wand mir gegenüber an. Wie eine Decke lag die Taubheit über dem Schmerz in meiner Brust.

Vielleicht hätte ich es zuvor nicht zugeben können, aber in diesem Moment erkannte ich, dass ich Carol hasste. Ich biss die Zähne zusammen und verdrängte die Schreie, die in meinem Kopf widerhallten. Meine Nägel gruben sich in meine Handflächen, so sehr wollte ich dem Gefühl freien Lauf lassen. Aber stattdessen rang ich nach Luft und brach in krampfhaftes Schluchzen aus.

Ihre Bosheit drohte in das einzig Unantastbare einzudringen, das mir noch geblieben war. Ich stöhnte auf vor Schmerzen, als mir klarwurde, wie dicht sie davor gewesen war, mich gänzlich zu vernichten. War ich wirklich so stark, würde ich es schaffen, mich nicht von ihr zerbrechen zu lassen? Sechshundertneun Tage fühlten sich plötzlich an wie lebenslänglich. Würde ich mich selbst noch erkennen können, wenn ich endlich frei war?

Ich verkroch mich im Wandschrank und wählte Saras Nummer.

»Em, bist du okay?«, fragte sie sofort.

»Ja, mir geht es gut«, flüsterte ich.

»Du klingst so traurig. Was hat sie getan?«

»Ich kann jetzt nicht darüber reden. Aber ich wollte mich wie versprochen bei dir melden.«

»Evan ist heute Morgen vorbeigekommen.«

Ich sagte nichts.

»Er war echt aufgebracht und wollte wissen, was los ist und ob dir womöglich jemand etwas antut. Genaugenommen hat er mich angeschrien, ich solle es ihm gefälligst sagen. Ich hab es nicht getan, das schwör ich dir, aber er besteht darauf, dich am Montag abzuholen. Ich wollte dich warnen. Wenn es dir lieber ist, kann ich aber auch kommen, und du fährst mit mir.«

»Nein, schon okay«, murmelte ich. Mir war klar, dass ich mich ihm irgendwann stellen musste.

»Emma, was auch immer heute Morgen passiert ist, es tut mir so leid«, sagte sie leise.

»Wir sehen uns am Montag«, flüsterte ich und beendete das Gespräch.

Ich verließ mein Zimmer nur, um zur Toilette zu schleichen. Aus dem Esszimmer hörte ich Stimmengemurmel und das Lachen der Kinder. Kurz darauf drang aus dem Fernseher Gesang durch die Wand, gefolgt von einem kurzen Klopfen an meiner Tür.

Carol erschien im Türrahmen. »Dein Onkel und ich möchten mit dir sprechen.« Dann verschwand sie ohne ein weiteres Wort.

Ich saß am Schreibtisch über meinen Chemiehausaufgaben und starrte ihr nach. Schließlich schob ich meinen Stuhl zurück und erlaubte meinen Beinen, meine äußere Hülle in die Küche zu tragen.

George und Carol standen an der Kücheninsel und warteten auf mich. In Georges Augen erkannte ich noch die Reste der Trauer, in Carols Blick loderte ein siegessicheres Funkeln.

»Dein Onkel und ich wollten dir sagen, wie traurig es uns macht, wenn du verrückt spielst und deine Sachen zerstörst. Es tut uns leid, dass du hier nicht glücklich bist, denn wir haben uns immer bemüht, dir alles zu geben, was du dir wünschst. Du machst Sport und bist Mitglied mehrerer Clubs in deiner Schule. Wir finden, dass wir sehr entgegenkommend waren.

Ich habe überlegt, dir nach diesem Vorfall für den Rest des Jahres alle Privilegien zu streichen.« Ich riss die Augen auf, meine Kehle war wie zugeschnürt.

»Aber dein Onkel hat beschlossen, großzügig zu sein und dir zu erlauben, weiterhin an den schulischen Aktivitäten teilzunehmen, in der Hoffnung, dass du dich besserst. Aber nächste Woche wirst du nichts davon machen und eine Möglichkeit finden, das deinem Trainer und den anderen Lehrern zu erklären. Es wäre besser, wenn uns nicht zu Ohren kommt, dass du uns in irgendeiner Weise die Schuld dafür in die Schuhe schiebst. Diese Einschränkung hast du einzig und allein dir selbst zuzuschreiben, das musst du dir wohl oder übel eingestehen.

Da du zu unzuverlässig bist, um allein im Haus zu bleiben, wirst du nach der Schule in die Bibliothek gehen. Du kannst dir aussuchen, wer dich nach Hause bringt von den Leuten, die dich zurzeit herumkutschieren. Für den Weg zur und von der Bibliothek kannst du auch das Fahrrad nehmen. Das habe ich mit der Bibliotheksleiterin Marcia Pendle heute Nachmittag abgesprochen. Bei ihr wirst du dich jeden Tag an- und abmelden. Du bekommst einen Schreibtisch, an dem sie dich die ganze Zeit im Auge behalten kann, also komm nicht auf die Idee, dich wegzuschleichen. Wenn wir hören, dass du nicht erschienen bist oder nicht kooperationsbereit warst, gehst du einen Monat lang nicht mehr zum Basketball. Verstanden?«

»Ja«, murmelte ich.

»Mit deiner Zerstörungswut hast du deinen Onkel tief verletzt, und wir sind der Meinung, es ist am besten, du lässt ihn im Lauf der nächsten Wochen in Ruhe darüber nachdenken, wie er dir möglicherweise verzeihen könnte. Deshalb solltest du uns möglichst aus den Augen gehen, wenn du im Haus bist. Ich werde dir Bescheid sagen, wenn wir mit dem Essen fertig sind, denn deine Pflichten werden dir selbstverständlich nicht erlassen. Wir werden einen Teller für dich bereitstellen, damit du etwas essen kannst, bevor du den Abwasch erledigst. Ansonsten bleibst du in deinem Zimmer. Verstanden?«

»Ja.«

»Nun, was hast du deinem Onkel zu sagen?« Sie spitzte die Lippen, um sich ihren Triumph nicht anmerken zu lassen. Ehe ich meinen Hass verbergen konnte, wurden meine Augen schmal vor Abscheu. »Nun?«

»Es tut mir leid, wenn ich dir weh getan habe«, flüsterte ich, an George gewandt.

Ich log nicht, aber ich konnte mich auch nicht für etwas entschuldigen, das ich nicht getan hatte. George nickte nur stumm.

Für den Rest des Wochenendes wurde ich auf mein Zimmer verbannt. So ereignislos die Zeit auch verstrich, es war doch besser, als in Carols Nähe zu sein. Ich hatte Zeit, darüber nachzudenken, was ich meinem Basketball-Trainer und den anderen Lehrern sagen sollte. Leider fiel mir nichts Besseres ein als die vage Erklärung, dass ich häusliche Verpflichtungen hatte, über die sie mich hoffentlich nicht näher ausfragen würden.

An Evan und daran, was ich ihm am Montag sagen würde, konnte ich nicht denken. Jedes Mal, wenn mir einfiel, was er Freitagnacht und Samstagmorgen gesehen hatte, fühlte ich mich erbärmlich. Er hatte einen Blick in meine Welt erhascht, und mir gefiel nicht, wie sie sich in seinen Augen widergespiegelt hatte.

23

scHweiGen

Ich saß auf dem Beifahrersitz und sagte kein Wort. Ich konnte ihn nicht einmal ansehen.

Am Ende unserer Straße fragte er schließlich: »Wie geht es dir?«

»Ich schäme mich.«

Wieder herrschte für ein paar Minuten Stille, dann fragte er: »Bist du sauer auf mich, weil ich nach dir geschaut habe?«

»Das hättest du nicht tun sollen«, antwortete ich ehrlich.

»Du wirst mir nicht erzählen, was passiert ist, oder?«

»Ich kann nicht. Du hast mehr als genug gesehen.«

Er fuhr auf denselben Drugstore-Parkplatz wie vor einiger Zeit und hielt an.

»Evan, ich möchte wirklich nicht darüber sprechen«, beteuerte ich und schaute ihm endlich ins Gesicht.

»Das ist es ja, was mir so zu schaffen macht. Warum kannst du mir nicht vertrauen?« Sein besorgter Blick suchte meinen und verlangte eine Erklärung.

»Das hat nichts damit zu tun.«

»Das hat alles damit zu tun«, widersprach er heftig. »Ich dachte, das hätten wir geklärt.«

»Es tut mir leid, dass du das gedacht hast«, erwiderte ich stoisch, und er fuhr zurück, als hätte er sich an meinen Worten verbrannt.

»Dann vertraust du mir also nicht genug, um mir zu sagen, was bei dir zu Hause passiert?« Nach kurzem Zögern fügte er hinzu:

»Du hattest nie vor, dich mir zu öffnen, richtig?« Während er sprach, wurde seine Stimme immer lauter, beinahe wütend.

Ich fand nicht die Worte, um ihm recht zu geben, denn ich wusste, es würde ihn nur noch mehr aufbringen.

»Was hab ich mir nur gedacht?«, sagte er leise, mehr zu sich selbst als zu mir. »Ich hab gedacht, du wärst stärker.« Das tat weh, und ich zuckte innerlich zusammen. »Ich kann nicht fassen, dass du dich von denen so behandeln lässt.«

Eine Minute verstrich, und als ich immer noch nichts sagte, murmelte Evan enttäuscht: »Du bist nicht die, für die ich dich gehalten habe.«

»Das wusste ich«, erwiderte ich tonlos.

»Dann kenne ich dich also nicht wirklich, ja?«

Ich zuckte die Achseln. Er atmete hörbar aus und schüttelte den Kopf, frustriert, dass ich nicht bereit war, ihm zu antworten.

»Kennt Sara dich?«, fragte er. »Vertraust du ihr mehr als mir?«

»Zieh sie da nicht mit rein«, wehrte ich ab.

»Ich versteh das nicht«, sagte er, wieder mehr zu sich selbst, und schaute zu Boden. Dann wandte er sich wieder an mich und fragte: »Schlägt er dich?«

»George?«, fragte ich schockiert. »Nein, so was würde er nie tun.«

»Dann ist sie es, die dich nicht leiden kann, richtig?«, drängte er.

»Evan, ich kann und ich will nicht mit dir darüber sprechen, was bei mir zu Hause hinter geschlossenen Türen passiert. Und du hast ganz recht, ich bin nicht so stark, und ich bin auch nicht die Person, für die du mich gehalten hast. Aber das habe ich dir schon die ganze Zeit versucht beizubringen. Es tut mir leid, dass du jetzt, wo du es endlich eingesehen hast, enttäuscht bist. Aber ich werde dir niemals sagen können, was du wissen möchtest.«

Er wurde rot, aber ich war nicht sicher, welches Gefühl genau ihm die Farbe ins Gesicht trieb.

»Und jetzt möchte ich wirklich zur Schule fahren«, murmelte ich.

Wortlos ließ Evan den Motor an, und den Rest des Weges legten wir schweigend zurück.

Das Schweigen dauerte eine sehr lange Zeit.

Sara versuchte mit mir darüber zu reden, aber ich brauchte eine ganze Woche, bis ich die Worte wiederholen konnte, die wir an diesem Tag im Auto gesagt hatten. Danach erwähnte sie den Vorfall nie wieder. Überhaupt versuchte sie das Thema Evan zu vermeiden.

Wir verbrachten unsere Zeit weiterhin in denselben Schulkorridoren und Unterrichtsräumen. Wir sprachen nicht miteinander, nicht einmal in Anatomie, wo wir direkt nebeneinandersaßen. In unseren restlichen gemeinsamen Kursen suchten wir uns Plätze, die möglichst weit entfernt voneinander lagen.

Das bedeutete nicht, dass ich ihn nicht wahrnahm. Ich nahm ihn wahr, bis ich mich irgendwann selbst davon überzeugt hatte, dass es nicht mehr ging. Ich akzeptierte die Wahrheit, der ich die ganze Zeit über ausgewichen war – zwischen uns hätte es niemals funktioniert. Wir hätten niemals eine Chance gehabt. Mein schmerzendes Herz hielt noch sehr lange an der Hoffnung fest, aber ich fand Methoden, auch das tief in meinem Inneren zu vergraben. Ich versuchte mich im Hintergrund zu halten, genauso wie in der Zeit, bevor Evan Mathews durch die Tore der Weslyn High marschiert war – obwohl es mir nicht ganz gelang.

In der Woche nach Thanksgiving, als ich damit beschäftigt war, sauer auf Evan und zutiefst von ihm enttäuscht zu sein – sauer, weil er sich zu meinem Haus geschlichen hatte, und enttäuscht, weil ihm nicht gefallen hatte, was er dort zu sehen bekommen hatte –, erlebte ich eine Überraschung.

»Ich glaube, ich weiß, was du von mir denkst«, sagte Drew Carson, als er sich an jenem Mittwoch beim Lunch zu Sara und mir an den Tisch setzte.

Ich sah von Sara zu Drew, ohne zu verstehen, was er meinte und warum er an unserem Tisch saß.

»Ich hab gesehen, wie du mich bei Jakes Party angeschaut hast, bevor du gegangen bist«, erklärte er. »Aber ich bin gar nicht so.«

»Ach wirklich? Warum warst du dann dort?« Ich war viel zu aufgebracht, um mich zurückzuhalten. »Gehen nicht alle Jungs genau deswegen zu diesen Partys? Du hast ja sogar zugegeben, dass du mit Jake befreundet bist.«

Offensichtlich hatte er mit meiner bissigen Reaktion nicht gerechnet, aber er gab auch nicht klein bei.

»Stimmt, ich wusste, was da abgeht. Aber ob du es glaubst oder nicht – ich war zum ersten Mal dort.« Ich lachte skeptisch. Sara schwieg, verfolgte aber den Schlagabtausch zwischen Drew und mir, als schaute sie sich einen spannenden Film an.

»Ich schwöre dir, ich wusste nur von den Partys, weil Jake mich immer wieder eingeladen hat. Aber erst an diesem Abend hab ich nachgegeben. Und zwar nur, weil ich gehört hatte, dass du auch da sein würdest.«

Als er sah, wie ich das Gesicht verzog, fügte er hastig hinzu: »Ich wollte nur mit dir *reden*, ehrlich. Wie ich dir an dem Abend schon gesagt habe – ich hätte dich bereits früher ansprechen sollen.« Ich antwortete nicht.

»Ich hab gehofft, ich könnte dich vielleicht dazu überreden, mir eine zweite Chance zu geben. Ich möchte nicht, dass du denkst, ich wäre ›so einer‹.«

Ehe ich etwas sagen konnte, stand er auf. Sara starrte mich mit hochgezogenen Augenbrauen an. Ich wusste, was sie dachte, seufzte frustriert und verließ ebenfalls den Tisch. Es lohnte sich nicht, darüber zu diskutieren.

Ich verpasste die Herbst-Auszeichnungen, weil ich offiziell Hausarrest hatte. Sara informierte mich, dass sie, Jill und ich in der kommenden Saison die Kapitäninnen des Mädchen-Fußballteams sein würden. Außerdem erzählte sie mir, dass ich zur besten Spielerin gewählt und in den A-Kader und die Landesauswahlmannschaft aufgenommen worden war. Im Januar sollte es ein Abendessen zu Ehren der preisgekrönten Sportler geben, aber ich wusste, dass ich auch daran nicht würde teilnehmen können.

Kurz darauf begannen die Briefe von den Colleges einzutrudeln. Vermutlich gab es auch Anrufe, aber unsere Nummer war geheim, nur eine Handvoll privilegierte Menschen kannte sie. Jeden Tag ließ Carol einen Stapel Briefe auf den Boden in meinem Zimmer fallen, Briefe von Trainern und Sportdirektoren, die mit mir Termine für eine Campusbesichtigung und ein Treffen im Frühling vereinbaren wollten. Von den meisten Colleges wusste ich gar nicht, dass sie sich für mich interessierten, bis ich einen Brief von ihnen erhielt.

Diese Flut an Briefen gab mir die Zuversicht, nach vorn zu blicken, anstatt in der hoffnungslosen Gegenwart steckenzubleiben. Solange ich auf ein Ende meiner Gefangenschaft hoffen konnte, würde ich auch mit Carols wütenden Blicken und Evans Ablehnung fertigwerden. Davon war ich überzeugt. Ich musste mich an etwas festhalten, sonst lief ich Gefahr, endgültig in den Abgrund zu stürzen.

Von meinem Basketballtrainer und den anderen Lehrern bekam ich wegen meiner unfreiwilligen Woche Pause längst nicht so viel Ärger wie erwartet. Eigentlich hätte ich ein Probespiel für das Basketballteam absolvieren müssen, ehe ich auf die Spielerliste gesetzt werden konnte, aber der Trainer ließ mich ein paarmal während der Lernstunde spielen und gab mir dann den Posten der Aufbauspielerin. Da ich diese Position sowieso hätte einnehmen sollen, war das keine sonderlich brisante Entscheidung.

Im Winter spielte Sara Volleyball. An den Abenden, an denen sie nach uns Training hatte, fuhr deshalb Jill mich nach Hause. Jill chauffierte mich gerne; ich hingegen war etwas überfordert von dem, was ich auf unseren gemeinsamen Fahrten alles zu hören bekam. Jill war bestens informiert über jeden Tratsch und obendrein sehr darauf erpicht, ihren Teil dazu beizutragen.

»Wusstest du, dass Evan am Samstag ein Date mit Haley Spencer hatte?«, fragte Jill mich gleich nach meinem ersten offiziellen Training mit dem Team am Montag – ein Paradebeispiel, warum ich mich lieber von der Gerüchteküche fernhielt. »Ich dachte wirklich, Evan und du, ihr wärt zusammen. Was ist passiert?«

Ich konnte nur die Achseln zucken und brachte kein Wort heraus. Haley Spencer – war das sein Ernst? Wut und Eifersucht kochten in mir hoch. Aber ich verdrängte sie schnell und entschlossen.

Als Sara mich am nächsten Morgen abholte, stellte ich sie sofort zur Rede. »Du wusstest von Evan und Haley, stimmt's?«

Sara biss sich auf die Lippe und atmete langsam aus, während sie überlegte, wie sie mir antworten sollte.

»Ich hab gedacht, es ist die Aufregung nicht wert. Lass mich raten – Jill hat es dir erzählt, richtig?«

»Sara, ich hätte es sowieso irgendwann gehört. Aber es wäre mir sehr viel lieber gewesen, es von dir zu erfahren.«

»Du hast recht. Sorry.« Sie sah mich an und versuchte, in meinem Gesicht zu lesen. »Ich wette, er macht das nur, um dich zu ärgern.«

»Evan kann tun und lassen, was er will«, schnaubte ich. »Es ist mir wirklich egal.«

»Klar, wie du meinst«, erwiderte Sara ein wenig ironisch. »Em, sogar ich rege mich darüber auf, dass er mit Haley Spencer ausgeht. Also komm, *Haley Spencer*! Hätte er sich vielleicht eine noch oberflächlichere Tussi aussuchen können? Sie ist das genaue Gegenteil von dir.« Sie hatte die Worte kaum ausgesprochen, da biss sie sich schon auf die Unterlippe. Sara wusste genauso gut wie ich, dass Evan es in meiner Nähe nicht aushielt und sich deshalb für die schlimmstmögliche Alternative entschieden hatte.

Ich starrte sie an. Ihre Augen wurden sanfter, als wollte sie sich stumm noch einmal bei mir entschuldigen. Wir wussten beide, dass ihre Bemerkung einen wahren Kern hatte, und diese Wahrheit machte mir auf dem ganzen Weg zur Schule zu schaffen. An diesem Tag reagierte ich endlich auf Drew Carsons Friedensangebot.

Seit dem Gespräch in der Cafeteria hatte Drew hartnäckig, aber subtil versucht, mich zum Reden zu bewegen. Beim Lunch und am Ende des Schultages sorgte er regelmäßig dafür, dass unsere Wege sich kreuzten. Er warf mir einen Blick zu und rief: »Hi, Emma.« Ich ignorierte ihn und ging wortlos weiter.

Bis zu jenem Tag, an dem ich antwortete: »Hi, Drew.« Beim Klang meiner Stimme hielt er mitten in der Bewegung inne, und die Person hinter ihm rammte seinen Rücken. Ich lachte leise und ging weiter. Dann sah ich Drew nicht mehr, bis ich die Treppe von der Kabine zur Sporthalle hinaufging.

»Viel Glück bei deinem Spiel heute.«

Ich war so in meine Gedanken vertieft gewesen, dass ich ihn gar nicht bemerkt hatte, aber seine Stimme holte mich mit einem Ruck zurück in die Realität. Ich hörte wieder das Quietschen der Turnschuhe und das Dribbling der Basketbälle und sah Drew im Eingang der Sporthalle stehen. Der Typ, mit dem er geredet hatte, verabschiedete sich und ließ uns allein.

»Danke«, antwortete ich. »Was macht ihr denn heute im Training?«

»Wir trainieren erst nach eurem Spiel«, erklärte Drew. »Ich hab mir überlegt, dass ich vielleicht früher komme und euch zuschaue.«

Ich war mir nicht sicher, was ich davon halten sollte. Wollte er seine Unterstützung für unser Team zeigen, oder war er nur da, um mich zu beobachten?

»Was meinst du, wie du zurechtkommen wirst? Ich hab gehört, du hast das Training zum Teil verpasst.«

Ich wurde rot. »Stimmt, aber zum Glück konnte ich mit Coach Stanley die Spielzüge ein paarmal durchgehen. Ich denke, es wird schon klappen.«

»Mit Sicherheit«, sagte er lächelnd. »Ich sehe dich dann nach dem Spiel.« Ich lächelte zurück.

Keine Frage, Drew sah unglaublich gut aus mit seinem jungenhaften Gesicht und den tiefen Grübchen. Seine grünen, ruhigen Augen waren atemberaubend; man konnte sich ohne weiteres in ihnen verlieren. Sie lugten unter seinen schwarzen Haaren hervor, die einem ständig den Eindruck vermittelten, er wäre gerade vom Strand gekommen. Vielleicht war er das auch, schließlich surfte er doch so gern. Als er schon längst verschwunden war, stand ich immer noch an der Tür und starrte ihm nach.

»Emma, bist du so weit?« Jill ging an mir vorbei und riss mich aus meiner Trance.

»Ja, klar.«

Wie versprochen wartete Drew auf mich, als ich zur Bank ging.

»Gutes Spiel«, lobte er mich. »Dein Drei-Punkte-Wurf ist echt der Hammer.«

»Danke.« Ich trank einen Schluck von meinem Sportgetränk und sammelte meine Sachen ein.

»Ich freu mich, dass du mit mir redest.«

»Jeder hat eine zweite Chance verdient«, sagte ich grinsend, und er lächelte zurück.

»Ich muss zum Training«, meinte er dann mit einer Kopfbewegung zum Spielfeld, auf dem schon ein paar seiner Mannschaftskollegen dribbelten und auf den Korb warfen. »Unterhalten wir uns morgen?«

»Gern.«

Mit Drew Carsons zweiter Chance veränderte sich alles. Den Rest der Woche kreuzten sich unsere Wege immer häufiger. Ich lud ihn zum Lunch an unseren Tisch ein, obwohl Sara vor Überraschung beinahe vom Stuhl fiel. Vor unserem jeweiligen Training sprachen wir immer ein paar Minuten miteinander. Dann entdeckte ich, dass Drew tatsächlich in meiner Lernstunden-Gruppe war. Lag die Lernstunde am Anfang oder am Ende der Unterrichtszeit, konnte er als Zwölftklässler allerdings frei wählen, ob er erscheinen wollte oder nicht. Bisher hatte ich ihn nie gesehen – vermutlich, weil er nie dagewesen war. Aber als wir anfingen miteinander zu reden, tauchte er plötzlich auf.

Sara verlor kein Wort über mein plötzliches Interesse an Drew. Aber sie war freundlich zu ihm und akzeptierte seine Anwesenheit auch in den Momenten, die wir vorher für uns gehabt hatten. Ich hoffte, dass sie seine Gesellschaft ebenso erfrischend fand wie ich. Drew war sympathisch und interessant. Und er half mir, mein Lächeln wiederzuentdecken.

Wenn ich ihm am Ende des Schultages begegnete, erholte ich mich im Nu von dem Stress, den Evans stumme Präsenz in den Kursen bei mir auslöste. Mit Drew konnte ich mich über alles unterhalten, ohne dass es je zu persönlich wurde. Er drängte mich nicht, mehr über mich preiszugeben, als ich bereit war – und das war eine große Erleichterung. Wenn ich mit ihm zusammen war, konnte ich auf einmal wieder lachen – echt und fröhlich lachen. Er war ein frischer Windhauch nach dem katastrophalen Sturm, der mich fast umgerissen hatte.

Wenn ich mit Drew zusammen war, dachte ich nicht an Evan. Ich konnte sie unmöglich beide im Kopf haben, also verdrängte ich Evan. Ich achtete nicht mehr darauf, wo er gerade war, und ich zuckte nicht mehr jedes Mal zusammen, wenn ich seine Stimme hörte. Ich gab ihm keinen Raum mehr.

Stattdessen konzentrierte ich mich auf Drew, der mir im Ge-

genzug seine uneingeschränkte Aufmerksamkeit schenkte. Ich erwartete nicht, dass es so sein würde wie mit Evan, und das war es auch nicht. Mein Herz geriet nicht aus dem Takt, wenn Drew neben mir saß, es schlug kräftig und regelmäßig tief in meiner Brust. Und darüber war ich keineswegs enttäuscht – im Gegenteil.

Mit Sara sprach ich nicht darüber, und sie drang auch nicht weiter in mich. Aber als ich sie fragte, ob wir uns nach dem Spiel am Freitag bei einem Lagerfeuer an einem Privatstrand treffen könnten, reagierte sie völlig unerwartet.

»Em, ich glaube nicht, dass das eine gute Idee wäre«, widersprach sie. »Vielleicht sollten wir uns lieber bei mir einen Film anschauen oder so. Der Vorfall mit Carol ist erst ein paar Wochen her, und du kannst dich glücklich schätzen, dass sie dich überhaupt wieder bei mir übernachten lässt.«

Mir war sofort klar, dass sie noch aus einem anderen Grund zögerte.

»Sara, willst du mir sagen, dass *du* lieber nicht zu diesem Lagerfeuer möchtest? Ich hab gehört, wer alles eingeladen ist – die Liste ist ziemlich lang.«

»Ja, das hab ich auch gehört«, gestand sie seufzend. »Em, versprichst du mir, keine Dummheiten zu machen?«

»Was soll das denn heißen?«, fragte ich beleidigt.

»Ich hab bisher nichts gesagt, weil ich glaube, du magst Drew wirklich, aber ich mache mir Sorgen darüber, in welche Richtung sich das Ganze entwickelt.«

»Ich weiß wirklich nicht, was du damit andeuten willst«, grummelte ich, hatte aber das Gefühl, genau zu wissen, wohin das Ganze führte.

»Jedenfalls solltest du nichts tun, nur um über Evan hinwegzukommen.«

Ich antwortete nicht, denn ich hatte sie verstanden. Sara erklärte sich bereit, am Freitag nach meinem Basketballspiel zu dem

Lagerfeuer zu gehen, und ich redete mir hinterher ein, dass ich an diesem Wochenende nichts getan hatte, das ich nicht wollte. Bis ich die Vorwürfe hörte.

»Du hast Drew Carson *geküsst*?«, brüllte Evan mich an.

Ich brauchte eine Sekunde, um zu realisieren, dass er tatsächlich neben mir stand und mit mir redete – na ja, genaugenommen brüllte er. Sein Gesicht war rot angelaufen, sein Unterkiefer verkrampft, und er starrte mich an meinem Spind wütend an. Vorsichtig ließ ich meinen Blick durch die menschenleeren Korridore schweifen, um zu sehen, ob jemand ihn gehört hatte.

»Woher weißt du das?«, fragte ich ihn in angemessener Lautstärke. Mich verblüffte nicht nur, dass Evan an meinem Spind stand, sondern auch, dass Drew jemandem von diesem Kuss erzählt hatte.

»Keine Sorge, ich hab es nicht von Drew gehört – über so was redet er nicht. Aber seine Freunde tun es, und die haben euch gesehen.« Er war stinksauer, aber seine Reaktion machte mich nur noch wütender. Mit welchem Recht regte er sich so über mich auf?

»Es wundert mich, dass du überhaupt was hören konntest mit Haley Spencers Zunge in deinem Ohr«, konterte ich. Sein Gesicht wurde noch röter, und ich sah die Überraschung in seinen Augen. »Ja, davon hab ich auch gehört«, fügte ich hinzu.

»Es ist nicht so, wie du denkst«, erklärte er, immer noch verärgert, aber jetzt war die Schärfe aus seiner Stimme verschwunden. »Wir sind bloß ein einziges Mal miteinander ausgegangen.«

»Oh, hab ich euch deshalb zusammen am Lagerfeuer gesehen?«, schoss ich zurück. Wenn ich mir das Bild vor Augen führte, wie Haley sich am Feuer in Evans Arm geschmiegt hatte, direkt gegenüber von mir, wurde ich immer noch fuchsteufelswild.

»Du warst auch da?«, fragte Evan, plötzlich gar nicht mehr angriffslustig.

»Nachdem ich euch gesehen hatte, bin ich ziemlich bald gegangen. Also versuch gefälligst nicht, mir ein schlechtes Gewissen einzureden, weil ich Drew geküsst habe.« Mir war heiß im Gesicht, und ich schlug meine Spindtür zu, den Rucksack und die Sporttasche fest in der Hand.

»Aber du kennst ihn doch kaum«, wandte er ein. »Du redest erst seit ungefähr einer Woche überhaupt mit ihm. Und dann küsst du ihn gleich beim ersten Date. Findest du das etwa in Ordnung?« Seine Stimme wurde wieder lauter.

»Oh, und du bist so viel besser? Hast du mit Haley überhaupt ein Wort gewechselt, ehe du mit ihr getan hast, was auch immer du auf Jakes Party an deinem ersten Wochenende getan hast?«

Seine Augen weiteten sich, und er wich ein Stück zurück. Damit bestätigte er in meinen Augen, was Haley mir vor ein paar Stunden erzählt hatte.

»Ja, und es war auch echt großartig, das ausgerechnet von ihr zu erfahren, Evan«, fauchte ich und setzte alles daran, mir meine Verletztheit nicht anmerken zu lassen. Wenn ich nur an Haleys höhnische Bemerkung dachte – wie interessant es doch sei, dass sie und ich jetzt beide mit den Jungs zusammen seien, die wir auf einer von Jakes Partys kennengelernt hätten –, wäre ich immer noch am liebsten im Boden versunken. Mit einem selbstzufriedenen Lächeln war sie davonstolziert.

Evan suchte nach Worten. »Ich hab nicht ...« Er sah mich flehend an. »Es ist wirklich nicht so, wie du denkst. Lässt du es mich erklären?«

»Nein.« Meine Stimme hatte ebenfalls ihre Schärfe verloren, und mit ihr verpuffte auch meine Wut. Schnell schob ich den Schmerz und die Traurigkeit beiseite, die aus verborgenen Winkeln in meinem Innern aufzusteigen drohten, und flüchtete mich in die Gefühllosigkeit. »Ich möchte es gar nicht wissen.«

Damit wandte ich mich ab und ging an ihm vorbei zur Treppe.

»Ich hab dir vertraut!«, rief Evan mir nach. Abrupt blieb ich stehen und drehte mich um. Er kam auf mich zu, bis uns ungefähr noch ein halber Meter trennte. »Ich hab dir vertraut, aber du konntest mir nicht vertrauen.«

Ich erwiderte seinen Blick und sah die Verletztheit in seinen Augen. Mein Herz tat weh.

»Zum ersten Mal in meinem ganzen Leben hab ich meine Kartons ausgepackt – für dich. Ich war ehrlich mit dir, in jeder Hinsicht, auch mit meinen Gefühlen für dich. So ehrlich bin ich noch nie gewesen. Ich hab dir vertraut.« Seine Stimme senkte sich zu einem Flüstern, und er beugte sich zu mir. »Warum konntest du mir nicht vertrauen?«

Ich schluckte den Kloß in meinem Hals hinunter, Tränen traten mir in die Augen. Mein Herz flehte mich an, ihn zu berühren, als ich den Schmerz in seinen sturmgrauen Augen sah. Die Sekunden verstrichen wie Minuten, aber dann gab ich mir einen Ruck und ging davon.

Mit raschen Schritten lief ich durch die Tür zur Treppe und rannte hinunter.

»Ich bin immer noch in dich verliebt!«, rief Evan von oben. Ich erstarrte, und die erste Träne rollte über meine Wange. »Bitte lass mich nicht hier stehen.«

Lautlos strömten die Tränen über mein Gesicht, und ich konnte mich nicht rühren. Mein Herz klopfte heftig, eine Sekunde lang war ich drauf und dran, mich umzudrehen. Aber dann erschien das Bild von Evan und Haley am Lagerfeuer vor meinem inneren Auge, sein Arm umschlang ihre Schulter, und ich merkte, wie meine Füße mich fluchtartig die Treppe hinuntertrugen.

Ich überstand das Nachmittagstraining, obwohl keine Erinnerungen daran zurückblieben. Ich zwang mich zu dribbeln, zu passen und auf den Korb zu werfen. Die Übungen hielten mich davon ab, in Gedanken wieder und wieder meine Konfrontation mit Evan durchzuspielen. Am Ende des Trainings war ich zu erschöpft, um überhaupt an etwas zu denken.

Ich machte mich auf den Weg in die Kabine, während die Mannschaft der Jungs sich auf dem Feld für ihr Spiel aufwärmte. Am Ende der Tribüne, vor dem Eingang zur Jungenkabine, wartete Drew auf mich.

»Kannst du zum Spiel bleiben?«, fragte er.

»Sorry, ich fürchte nicht«, antwortete ich mit einem Stirnrunzeln. »Aber viel Glück.«

»Sehen wir uns morgen Abend nach deinem Spiel?«

»Ja, das wäre schön. Aber ich muss erst noch mit Sara absprechen, ob sie schon irgendwas geplant hat.«

»Einer der Jungs aus dem Team hat ein paar Leute zu sich eingeladen, es wäre schön, wenn du und Sara auch kommen könntet.«

»Mal sehen«, versprach ich, war mir aber ziemlich sicher, dass ich es nicht schaffen würde, weil ich ja spätestens um zehn zu Hause sein musste.

Ehe ich wusste, wie mir geschah, beugte Drew sich zu mir und küsste mich sanft auf den Mund. Mein Körper erstarrte, ich konnte mich nicht rühren, und für einen Moment verschlug es mir den Atem. Dann richtete Drew sich wieder auf und sagte: »Hey, Mathews.«

»Hi, Drew«, gab Evan bissig zurück. Ich erhaschte lediglich einen kurzen Blick auf seine Tasche, dann war er auch schon in der Kabine verschwunden.

Mir war übel. Hatte Evan gerade mitbekommen, wie ich von Drew geküsst wurde?

»Bis morgen dann.« Drew lächelte und strich sanft mit der Hand über meine Wange.

Ich nickte und rang mir wenigstens die Andeutung eines Lächelns ab. Drew folgte Evan in die Kabine.

Das, was Evan gerade mitangesehen hatte, war weit schlimmer als alles, was ich zwischen ihm und Haley beobachtet hatte – vor allem nach der Szene vor meinem Spind. Das wusste ich. Aber ich unterdrückte den Schwall von Schuldgefühlen, der mich in die Tiefe reißen wollte, bis ich am Abend allein in meinem Zimmer war. Erst dann ließ ich meinen Tränen freien Lauf und weinte mich in den Schlaf.

24

gesTürZt

€mily!«, brüllte Carol aus der Küche. Meine Hand schwebte über meiner Sporttasche und umklammerte den Pullover, den ich gerade einpacken wollte. Panik erfasste mich, ich überlegte, was ich verbrochen haben könnte. Mir war eng um die Brust, als ich in die Küche trat.

»Ja?«, antwortete ich mit erstickter Stimme.

»Weißt du, mit wem ich gerade telefoniert habe?«, schrie sie, und ich sah die hervortretende Ader an ihrer Schläfe. Als ich mich umschaute, bemerkte ich, dass weder George noch die Kinder da waren. Lähmende Furcht ergriff mich, meine Gedanken rasten. Ich schüttelte den Kopf.

»Natürlich nicht, was? Weil du ja nie was falsch machst, oder?« Ich versuchte gar nicht mehr, ihre unlogischen Fragen zu verstehen, und wappnete mich für ihren Zornausbruch. »Es war jemand aus Stanford …«

O nein! Beim Namen der Schule hob ich sofort den Kopf.

»Ach, du weißt also, worum es geht?«, sagte sie anklagend und noch immer zornig. »Kannst du dir vorstellen, wie dumm ich mir vorkam, als dieser Mann dauernd von einem Besuch im Frühjahr quasselte, und ich keine Ahnung hatte, wovon er redet?! Warum kennt er überhaupt unsere Telefonnummer?« Ich schwieg. »Du hast doch nicht ernsthaft geglaubt, wir würden dich einfach so nach Kalifornien fliegen lassen, oder? Wie zum Teufel hast du es geschafft, dass er dich einlädt – hast du ihm einen geblasen?«

Stumm vor Schock starrte ich sie an.

»Du glaubst wohl, du bist was Besseres als ich, was? Du denkst, du kannst tun und lassen, was du willst, ja?«

»Nein«, flüsterte ich.

»Richtig – und schon gar nicht in meinem Haus! Du hast deine Mutter in den Alkohol getrieben, und jetzt ist sie eine nutzlose Nutte. Ich werde nicht zulassen, dass du auch noch meine Familie kaputtmachst. Du bist nichts weiter als ein wertloses Stück Dreck. Welche Uni würde dich schon wollen?«

Ihr Gesicht war bereits knallrot angelaufen, aber sie steigerte sich immer weiter in ihre Wut hinein, ihre Stimme wurde lauter und lauter. »Wie willst du dieses Studium denn bezahlen? Die werden dich nicht gratis studieren lassen, so besonders bist du nun auch wieder nicht.« Sie hielt inne, als erwarte sie tatsächlich eine Antwort.

»Es gibt Stipendien«, stieß ich nervös hervor. Sie schnaubte verächtlich. »Und ich hab gedacht, ich könnte einen Teil mit dem Geld von der Sozialversicherung meines Vaters finanzieren.«

»Ha! Hast du etwa geglaubt, ich lasse dich hier wohnen, ohne etwas dafür zu bekommen?« Sie lachte hasserfüllt, und ich sah sie finster an, denn allmählich spürte auch ich den Hass in mir auflodern. Dieses Geld hatte die Versicherung ausgezahlt, weil mein Vater zu früh hatte sterben müssen – wollte sie mir ernsthaft auch noch diese letzte Verbindung zu ihm nehmen? Ich war so wütend, dass ich nicht mehr klar denken konnte, aber ich biss die Zähne zusammen, drehte mich um und ging langsam davon.

Doch dann hörte ich ein metallisches Scharren und Carols Stimme, in der der Hass sich vervielfältigt hatte. »Wag es nicht, mir deinen verfluchten Rücken zuzuwenden!«

Ein stechender Schmerz schoss mir in den Kopf, als mich von hinten ein harter Gegenstand traf. Ich taumelte nach vorn, versuchte, mich an der Wand abzustützen, fand sie aber nicht rechtzeitig. Meine Beine gaben unter mir nach, und ich stürzte zu Boden.

»Du zerstörst mein Leben«, stieß Carol zähneknirschend hervor. »Du wirst dir noch wünschen, nie einen Fuß in dieses Haus gesetzt zu haben.« Mühsam stützte ich mich mit meinen zitternden Händen auf dem Boden ab, um mich hochzuhieven, und versuchte durch den Nebel in meinem Kopf etwas zu erkennen. Doch sie holte erneut aus. Ich knallte mit dem Brustkorb auf das harte Holz, meine Arme knickten ein, und mir entfuhr ein ersticktes Ächzen. Ein weiterer Schlag raubte mir den Atem, diesmal traf er mich zwischen den Schulterblättern. Der Raum drehte sich und verschwamm vor meinen Augen. Verzweifelt versuchte ich in Richtung meines Zimmers zu entkommen. Ich musste weg von ihr, ich musste mich in Sicherheit bringen! Keuchend krallte ich meine Finger in den Boden und zwang meinen Körper, sich auf Ellbogen und Knien kriechend vorwärtszubewegen.

Eine Weile drang nur unzusammenhängendes Nuscheln an meine Ohren, aber dann hörte ich sie knurren: »Du wirst schon lernen, mich zu respektieren. Du schuldest mir dein Leben nach allem, was ich dir gegeben habe. Und nach allem, was du zerstört hast.«

Die Wucht ihres nächsten Hiebes traf mein Kreuz, und ich schrie auf. Ein stechender Schmerz schoss meine Wirbelsäule empor, hinauf in meinen Kopf, und ich stürzte mit einem heiseren Stöhnen hilflos zu Boden. Ein Lichtblitz schoss durch mein Sichtfeld, dann wurde alles dunkel, sosehr ich auch darum kämpfte, nicht das Bewusstsein zu verlieren.

Ich wusste nicht, wie lange ich so dalag, aber irgendwann hörte ich Carol im Stockwerk über mir umherstampfen und vor sich hin murmeln. Vorsichtig blinzelte ich und öffnete dann die Augen, aber sofort begann der Boden vor mir zu schwanken. Ich schloss sie rasch wieder, kämpfte den Schwindel nieder und versuchte mich aufzurichten. Die Muskeln zwischen meinen Schulterblättern zogen sich zu einem brennenden Knoten zusammen, als ich mich hinknien wollte. Entschlossen spähte ich durch die Wimpern und streckte die Hand nach der Wand vor mir aus. Kopf und Körper zuckten zwar unkontrolliert, aber ich richtete mich mit einem angestrengten Keuchen auf und lehnte mich an die Wand. So blieb ich einen Moment stehen, schwer atmend, und wartete darauf, dass das Zimmer aufhören würde sich zu drehen. Ich lauschte auf ihre schweren Schritte über mir. Wieder schoss der Schmerz meine Wirbelsäule empor und raubte mir den Atem.

Ich holte tief Luft, um die Übelkeit zu verdrängen, wild entschlossen, das Haus zu verlassen, ehe Carol wieder nach unten kam. Einen Moment stand ich mit geschlossenen Augen regungslos da und suchte Halt auf der sich rasant drehenden Erdkugel. Als ich schließlich meine Balance wiedergefunden hatte, schleppte ich mich in mein Zimmer und schloss leise die Tür hinter mir. Mein Fluchtinstinkt war geweckt, das Blut raste durch meinen Körper und übertönte die Schmerzen. Mit klopfendem Herzen warf ich ein paar Sachen in meine Sporttasche, öffnete leise meine Tür und lauschte. Oben war alles still, nur mein hämmernder Puls war zu hören. Ich beschloss, das Risiko einzugehen und mein Zimmer zu verlassen. Schritt für Schritt arbeitete ich mich zur Hintertür vor, die Ohren gespitzt.

Dort drehte ich mit angehaltenem Atem den Türknauf und ließ ihn erst wieder los, nachdem die Tür sich hinter mir geschlossen hatte. Ich drückte mich eng an die Hauswand, damit Carol mich vom Fenster aus nicht sehen konnte. Als ich das Ende der Auffahrt erreichte, durchfuhr mich ein Adrenalinstoß, und ich rannte los. Die Straße sauste unter meinen Füßen dahin, ich spürte keinen Schmerz, sondern rannte und rannte, bis ich ein paar Blocks von unserem Haus entfernt den Coffeeshop erreichte.

Ich konnte mir ungefähr vorstellen, wie ich auf die Gäste und

Angestellten gewirkt haben musste, als ich mit meiner Tasche unter dem Arm hereinstürzte, schweißgebadet und völlig außer Atem. Ich setzte mich an einen kleinen Tisch in der Ecke und holte mein Handy heraus. Nachdem ich Saras Nummer gewählt hatte, lauschte ich dem Klingeln und hoffte, dass sie abnehmen würde.

»Emma? Was ist los?«

»Komm mich holen«, stieß ich hervor, und meine Stimme brach.

»O mein Gott, bist du verletzt?«

»Sara, bitte komm und hol mich, so schnell du kannst.« Meine Stimme zitterte, und ich hatte Schwierigkeiten, meine Tränen zurückzuhalten.

»Wo bist du?«, wollte sie wissen.

»In dem Coffeeshop in der Nähe von unserem Haus.« Ich gab mir Mühe, ruhig zu atmen und nicht endgültig die Fassung zu verlieren.

»Ich bin unterwegs.«

Ich beendete das Gespräch.

Bis Sara eintraf, starrte ich auf meine Hände und versuchte, ihr Zittern zu unterbinden. Mein Atem kam stoßweise, meine Lippen bebten. Ich wagte es nicht, mich in dem Café umzuschauen, sondern blickte aus dem Fenster und hielt angestrengt Ausschau nach Saras Wagen. Als ich sie vorfahren sah, sprang ich sofort auf und rannte zu ihr, ehe sie aussteigen konnte.

Als ich mich auf den Beifahrersitz setzen wollte, schoss mir der Schmerz wieder durch die Wirbelsäule. Ich schloss die Augen und atmete zittrig aus. Auf einmal konnte ich die Tränen nicht mehr zurückhalten.

»Wo bist du verletzt?«, fragte Sara mit ebenfalls zitternder Stimme.

»Am Rücken«, sagte ich, ohne die Augen zu öffnen.

»Musst du ins Krankenhaus?«

»Nein«, stieß ich hastig hervor, entspannte die Schultern, so gut ich konnte, und öffnete die Augen wieder. Entschlossen wischte ich die Tränen weg. »Kein Krankenhaus, okay? Nur ... irgendwas gegen die Schmerzen. Hast du vielleicht Aspirin oder so was?«

Sara wühlte in den Fächern der Mittelkonsole und reichte mir schließlich ein weißes Fläschchen. Ich schüttete mir ein paar Pillen in die Hand und schluckte sie trocken. Sara beobachtete mich stirnrunzelnd. Ihr Gesicht spiegelte den Schmerz wider, der mir wahrscheinlich deutlich anzusehen war. »Möchtest du, dass wir zu mir nach Hause fahren?«

»Können wir vielleicht kurz bei dir anhalten, und du holst mir einen Eisbeutel? Dann würde ich am liebsten irgendwo rumlaufen.«

»Du möchtest rumlaufen?«

»Wenn ich mich nicht bewege, werde ich steif. Ich muss die Durchblutung in den Muskeln aufrechterhalten, damit ich heute Abend spielen kann.«

»Du glaubst, du kannst nachher Basketball spielen!? Em, ich überlege immer noch, ob ich dich nicht lieber in die Klinik bringen soll. Du bist total blass, und offensichtlich hast du schlimme Schmerzen. Und merkt man dir Schmerzen an, dann müssen sie ziemlich scheußlich sein.«

»Nein, es ist nur gerade erst passiert, und mein Körper steht noch unter Schock. Mir geht es bald wieder gut, versprochen.« Das war eine glatte Lüge, und ich war mir dessen bewusst. Ich war weit davon entfernt, mich gut zu fühlen.

Sara fuhr nach Hause, und ich wartete im Auto, bis sie mit einem kleinen Kühlbehälter voller Eis, ein paar Plastikbeuteln und ein paar Flaschen Wasser wieder erschien. Beim Einsteigen reichte sie mir eine Wasserflasche.

»Lass uns zur Schule fahren, da können wir die Aschenbahn entlanggehen«, schlug ich vor und trank ein paar große Schlucke. »Ich muss nur zwei Stunden rumbringen, bis das Spiel beginnt.«

»Bist du sicher?«, fragte Sara, immer noch zweifelnd.

»Sara, ich schwöre es dir – ich bin okay.«

Immerhin schaffte ich es, meinen Körper so weit zu entspannen, dass ich das Zittern unter die Haut verbannen konnte. In meinem Kopf lauerte noch immer ein Schmerz, der sich meinen ganzen Rücken hinabzog, aber er war nicht mehr ganz so durchdringend – jedenfalls nicht, solange ich still dasaß.

Wir fuhren zur Highschool und parkten in der Nähe des Fußballfelds. Auf dem Parkplatz standen nur wenige Autos, es war noch zu früh für das Spiel.

Ich nahm den Kühlbehälter mit und stieg behutsam aus, musste aber die Zähne fest zusammenbeißen gegen den schneidenden Schmerz, der mir fast den Magen umdrehte. Sara folgte mir zum Spielfeld. Ich füllte die Plastikbeutel mit Eis, legte mich auf den Bauch und ließ sie mir von Sara auf dem Rücken verteilen. Sie setzte sich neben mich ins Gras. Ein paar Minuten schwiegen wir beide; ich lag mit geschlossenen Augen da, den Kopf auf den verschränkten Armen, während Sara Grashalme aus dem gefrorenen Boden rupfte. Mit dem Eis auf dem Rücken nahm ich die kalte Dezemberluft kaum wahr.

»Du frierst ja«, stellte Sara nach einer Weile fest.

»Ich hab ja auch Eis auf dem Rücken, und hier draußen ist es kalt.«

»Wie lange willst du das Eis drauflassen?«

»Fünfzehn bis zwanzig Minuten, dann lauf ich eine Weile rum, und dann machen wir es noch mal drauf.«

Wir schwiegen ein paar weitere Minuten, dann fragte Sara: »Erzählst du mir diesmal, was passiert ist? Em, ich verspreche dir, ich verrate es niemandem.«

»Ich bin mir nicht sicher, ob das gut wäre. Ich möchte nicht, dass du ein schlechtes Gewissen hast, wenn du mir zuliebe deine Mutter oder sonst jemanden anlügen musst.«

»Ich werde mich schon irgendwie vor einer Antwort drücken«, versicherte sie mir.

»Stanford hat angerufen ...«, begann ich.

»O nein«, unterbrach sie mich. »Du hast es Carol nicht gesagt.«

»Nein, ich hab es ihr nicht gesagt. Dann hat sie gemeint, ich kriege das Geld von der Sozialversicherung meines Vaters nicht. Es sei ihre Entschädigung dafür, dass sie mich bei sich wohnen lässt. Das hat mich so zur Weißglut gebracht, dass ich den Raum verlassen musste. Und da hat sie zugeschlagen.«

Sara biss die Zähne zusammen und fragte in eisigem Ton: »Womit hat sie denn zugeschlagen?«

»Das weiß ich nicht. Wahrscheinlich mit dem Erstbesten, das sie in die Finger bekommen hat.« Ich erinnerte mich an den harten Gegenstand, der auf meinen Rücken geknallt war, und schauderte.

»Du kannst nicht zu ihnen zurück«, sagte Sara bestimmt.

»Darüber will ich jetzt echt nicht nachdenken. Ich möchte mich einfach nur darauf konzentrieren, fit genug für das Spiel heute Abend zu sein.«

»Em, ich weiß nicht, ob du das tun solltest.«

»Sara, ich muss. Alles andere hat sie mir weggenommen – sogar das, was mein Dad mir hinterlassen hat. Ich spiele heute Abend«, beharrte ich mit fester Stimme. Sara widersprach nicht.

Wir gingen zügig auf und ab, bis ich nicht mehr konnte. Natürlich sagte ich das Sara nicht, sondern legte mich einfach wieder hin und ließ mir von ihr das Eis auf den Rücken packen. Ich war wild entschlossen, den Schmerz zu besiegen. Ich würde spielen – nichts konnte mich davon abhalten.

Als die Zuschauer für das Spiel der Junior-Mannschaft eintrudelten, folgte Sara mir ins Gebäude. Wir standen an der Tribüne und sahen bis zur Halbzeitpause zu, dann musste ich mich umziehen. Ich drehte die Musik in meinen Ohren so laut auf, dass ich mich auf sonst nichts konzentrieren konnte. Hin und wieder ging ich ein Stück auf und ab, um die Durchblutung meiner Muskeln aufrechtzuerhalten – aber auch, weil ich die Schmerzen nicht ertrug, wenn ich einfach nur dastand. Ich wollte nicht steif werden und warf die Arme in die Luft und drehte den Hals von einer Seite zur anderen.

Von den anderen Mädchen stellte niemand Fragen, als Sara mir in die Kabine folgte. Sie schlüpfte mit mir in eine Duschkabine mit Vorhang und half mir beim Umziehen. Behutsam zog sie mir mein Hemd über den Kopf. Ich biss die Zähne zusammen, denn mein ganzer Rücken schrie auf vor Schmerzen, als ich die Arme hob. Als Sara erneut Zweifel daran kamen, ob ich in der Lage war zu spielen, ignorierte ich sie einfach. Wenn das Spiel erst einmal begonnen hatte, würde das Adrenalin schon dafür sorgen, dass ich die Schmerzen vergaß.

Anfangs verschaffte das Adrenalin mir tatsächlich einen Tunnelblick und hielt die Schmerzen auf Distanz. Ich weigerte mich, dem Brennen in meinen Muskeln und dem Gewitter in meinem Kopf nachzugeben, während ich über den Platz dribbelte. Ich passte zu freistehenden Mitspielerinnen, warf auf den Korb, holte einen Rebound und rannte zurück in die Verteidigung, wo körperbetont um jede Wurfposition gekämpft wurde – das war alles, worauf ich mich konzentrierte, während die Uhr weitertickte.

Dank des Adrenalins hielt ich so lange wie irgend möglich durch. In der zweiten Halbzeit fiel es mir immer schwerer, mich zu konzentrieren, ich reagierte nicht mehr so rasch auf Pässe oder Ballabnahmen und passte häufiger zu einer Mitspielerin, statt selbst auf den Korb zu werfen. Bei einer Auszeit fragte mich Coach Stanley, ob mit mir alles in Ordnung sei, und ich erklärte ihm, dass ich vorhin auf dem Eis ausgerutscht sei. Er bot mir an, mich vom Platz zu nehmen, aber ich beteuerte, dass ich weiterspielen konnte.

Es war ein knappes Spiel. Ich gab mir die Schuld daran, denn im Grunde hatte ich kein Recht, überhaupt auf dem Platz zu stehen. Aber ich fürchtete mich davor, was passieren würde, wenn ich aufhörte.

Kurz vor Schluss wechselte die Führung fast mit jedem Ballkontakt. Etwa dreißig Sekunden vor Spielende waren nach einer Auszeit wir am Ball und lagen einen Punkt zurück. Ich dribbelte über den Platz, baute den Angriff auf und passte zu Jill unter dem Korb. Sie dribbelte zur Mitte der Zone und ließ den Ball auf der Grundlinie zu Maggie springen, die sofort bemerkte, dass ich hinter der Dreipunktelinie in einer guten Schussposition stand, und den Ball an mich zurückgab. Ich sprang hoch und ließ den Ball von meinen Fingerspitzen rollen. Neben mir ging auch die gegnerische Verteidigerin in die Höhe und versuchte, den Ball wegzuschlagen. Sie verfehlte ihn um Haaresbreite, aber ihr Arm landete hart auf meiner Schulter und stieß mich um. Ich hatte keine Chance, mein Gleichgewicht zu halten, und stürzte rücklings hin.

Als meine Wirbelsäule den Boden berührte, verschlug es mir den Atem. Mein Kopf wurde nach hinten gerissen und knallte auf die gewachste Spielfeldoberfläche. Der Jubel verhallte, die Umgebung verschwamm vor meinen Augen. Ich blinzelte, die Farben vermischten sich ineinander, dann wurde alles schwarz.

Ich bewegte mich mit großer Geschwindigkeit, aber meine Beine rührten sich nicht von der Stelle. Irgendetwas hielt meinen Hals fest, so dass ich ihn nicht drehen konnte. Ich hörte Stimmengemurmel, verstand aber keine Worte. Meine Augen wollten sich nicht öffnen. Dann traf mich kalte Luft, und ein Schauer durchlief meinen Körper. Mein ganzer Rücken steckte bis hinauf zum Kopf in einem Schraubstock. Dann versank ich wieder in der Finsternis.

»Emily, kannst du mich hören?«, fragte eine angenehme Männerstimme.

Ich zuckte vor dem blendenden Licht zurück, als ich eine kühle Berührung auf meinem Augenlid spürte.

»Emily, kannst du die Augen öffnen?«, fragte die Stimme weiter.

Ich blinzelte gegen das helle Licht. Dann spähte ich vorsichtig in die Gesichter über mir. Irgendetwas piepte, summende Stimmen umgaben mich.

»Emily, ich bin Dr. Chan«, sagte die angenehme Stimme. Ich konzentrierte mich auf das sanfte runde Gesicht des Mannes, der sich über mich beugte. »Du bist im Krankenhaus. Du bist beim Basketball gestürzt und hast dir den Kopf angeschlagen.«

Ich stöhnte und kapitulierte vor den Schmerzen.

»Mein Rücken«, wimmerte ich.

»Dein Rücken tut weh?«, hakte er nach.

»Ja, mein Rücken«, wiederholte ich, und Tränen rollten über meine Schläfen. Ich konnte den Kopf nicht drehen, die Halskrause hielt ihn unbeweglich.

»Wir machen jetzt ein paar Röntgenaufnahmen, dann wissen wir genauer, was los ist«, erklärte er mir.

»Sara?« Ich ließ den Blick suchend über die Gesichter schweifen.

»Wer ist Sara, Schätzchen?« Eine Schwester mit rosigem Gesicht beugte sich über mich.

»Meine Freundin, Sara McKinley«, flüsterte ich stöhnend. »Ich brauche Sara.«

»Deine Tante und dein Onkel sind schon unterwegs«, versicherte sie mir.

Ich stöhnte lauter.

»Sara. Bitte«, bettelte ich.

»Ich seh mal nach, ob ich sie finden kann«, versprach die Schwester.

Weitere Stimmen drangen an mein Ohr, kurz darauf wurde ich in Bewegung gesetzt. Die Neonröhren über mir verschwammen, ich wurde durch ein Labyrinth von Gängen geschoben. Am Fußende meines Betts konnte ich eine Gestalt, aber kein Gesicht erkennen. Immer noch strömten die Tränen aus meinen Augenwinkeln und tropften in meine Ohren, und sosehr ich mich auch bemühte, das Stöhnen zu unterdrücken, es drang wie von selbst aus meinem Mund. Ich konnte nichts dagegen tun.

Blau und weiß gekleidete Gestalten hoben mich auf eine harte Pritsche. Als sie mich auf den Rücken rollten, schrie ich auf vor Schmerz. Behutsam drehte eine Schwester mich auf die Seite und suchte nach der Ursache für meine Qualen. Erschrocken schnappte sie nach Luft.

»Sie hat üble Prellungen am Rücken«, stellte sie fest.

»Stützen Sie sie bitte auf der Seite ab«, ordnete Dr. Chan von meinen Füßen her an.

So wurde ich in eine Röhre geschoben. Ich schloss die Augen und konzentrierte mich darauf, tief und regelmäßig gegen den Schmerz zu atmen. Meine Augenwinkel waren wund von dem nicht enden wollenden Tränenstrom. Ich konnte nicht einschätzen, wie lange ich in diesem Teil der Klinik blieb – Apparate rotierten und klickten, Türen wurden geöffnet und geschlossen.

Schließlich hoben mich die Hände des blauweiß gekleideten Teams wieder auf das weiche Bett und stützten mich so ab, dass ich auf der Seite liegen blieb – die Schmerzen ließen ein wenig nach. Erschöpft schloss ich die Augen.

»Wir müssen auf die Ergebnisse der Röntgenuntersuchung warten, bevor wir sagen können, ob etwas beschädigt ist«, erklärte Dr. Chan einem der anderen. »Sie können gerne bei ihr bleiben. Ich komme zurück, sobald ich die Ergebnisse habe.«

»Sara?«, flüsterte ich benommen. Als wir anhielten, schlug ich die Augen auf. Ein Vorhang wurde um mein Bett gezogen und schirmte die Menschen auf der anderen Seite ab.

Die tröstliche Stimme der Schwester begrüßte mich: »Hey, Schätzchen, deine Tante und dein Onkel sind hier.« Ich wandte die Augen ab, obwohl die Schwester sicher eine andere Reaktion erwartete.

»Sara? Haben Sie sie gefunden?«, erkundigte ich mich. Meine Stimme klang ängstlich und nervös. Die Schwester musterte mich mitfühlend.

»Sie ist draußen«, meinte sie beruhigend. »Ich hole sie gleich.«

»Sie können mich nicht daran hindern, sie zu sehen!«, erklang in diesem Moment eine wütende Stimme. »Sie ist meine Tochter!«

Mein Herz begann zu hämmern, der Monitor über meinem Kopf piepte schneller.

»Entspann dich, Rachel«, sagte George bestimmt.

»Was ist los mit ihr?«, fragte meine Mutter, und ich erkannte an ihrer verschwommenen Aussprache, dass sie getrunken hatte. Ich biss mir auf die Lippen. Was hatte sie hier zu suchen? Woher wusste sie überhaupt, dass ich im Krankenhaus war?

»Ich glaube, das ist nicht der richtige Zeitpunkt, um mit ihr zu reden, Rachel«, erwiderte George.

»Du kannst es mir nicht verbieten, sie ist meine Tochter«, beharrte meine Mutter. Dann ließ sie eine Schimpftirade los, warf George und Carol vor, dass sie mich überhaupt nicht liebten, und benutzte dabei Schimpfwörter, die sich nur meine betrunkene Mutter ausdenken konnte.

»Ma'am, ich muss Sie bitten, mit uns zu kommen«, forderte eine tiefe Männerstimme sie auf.

»Nehmen Sie die Hände weg, fassen Sie mich nicht an! Ich muss bei meiner Tochter bleiben. Lassen Sie mich augenblicklich los!« Die zornige Stimme wurde leiser, bis sie schließlich ganz versiegte und in der Ferne eine Tür ins Schloss fiel.

»Emma?« In diesem Augenblick drang Saras Stimme an mein Ohr, und ich sah sie durch den Vorhang spähen. Sie war blass und hatte rotgeweinte Augen.

»Sara!«, schluchzte ich und hob mühsam den Kopf. Bei der Bewegung entfuhr mir erneut ein Stöhnen, und Sara zuckte zusammen.

»Autsch. Versuch, dich möglichst nicht zu bewegen«, flüsterte sie, zog sich einen Stuhl heran und nahm meine Hand. Mit zusammengekniffenen Lippen und gerunzelter Stirn musterte sie mein gequältes Gesicht. »Es tut mir so leid.«

Ihre Augen füllten sich mit Tränen, die sie schnell mit der freien Hand wegwischte.

»Ich bin so froh, dass sie mich endlich zu dir gelassen haben. Ich hab eine Ewigkeit gewartet.« Ihre Stimme zitterte. »Du hast mir einen Höllenschreck eingejagt.« Wieder traten Tränen in ihre Augen, und sie sah weg.

»Ich komm schon wieder in Ordnung«, versicherte ich ihr, obwohl ich wusste, dass das aus meinem Mund und in meiner momentanen Lage nicht sehr überzeugend klang.

»Danach hat es aber gar nicht ausgesehen, als du leblos auf dem Boden des Basketballfelds lagst. Ich glaube, ich hatte in meinem ganzen Leben noch nie solche Angst.«

»Ich bin auf dem Eis ausgerutscht und die Treppe an unserem Haus runtergefallen«, sagte ich leise.

»Was?« Sie starrte mich verständnislos an.

»Da hab ich mich verletzt«, erklärte ich. »Ich bin die Treppe runtergefallen.«

»Aber Em, alle haben gesehen, wie du bei dem Basketballspiel gestürzt bist – ich meine, *alle*!« wiederholte sie verwirrt.

»Schau dir meinen Rücken an.«

Sara ging auf die andere Seite des Betts und hob vorsichtig mein Trikot an. Als sie die Prellungen sah, schnappte auch sie nach Luft.

»Oh! Ich wusste doch, dass du nicht hättest spielen dürfen. Haben die dir irgendwas gegen die Schmerzen gegeben?« Sie ging zu ihrem Stuhl zurück und nahm wieder meine Hand. Jetzt war ihr Gesicht noch blasser.

»Mhm«, stieß ich hervor und versuchte, dabei ein verräterisches Stöhnen zu unterdrücken.

»Okay, Emily«, ertönte in diesem Moment Dr. Chans Stimme, er zog den Vorhang ein Stück beiseite und trat an mein Bett. »Hi, ich bin Dr. Chan«, stellte er sich Sara vor.

»Ich bin Sara McKinley«, erwiderte sie.

»Ist es okay, wenn Sara hierbleibt, während ich die Ergebnisse mit dir bespreche, Emily?«, fragte er mich.

»Ja.«

»Nun, allem Anschein nach hat es dich heute ziemlich übel erwischt, was?«

»Ja«, flüsterte ich.

»Die gute Neuigkeit ist, dass es sich um nichts allzu Ernstes handelt. Du hast eine Gehirnerschütterung, aber es gab keine Blutung. Die Röntgenaufnahmen deiner Wirbelsäule waren ohne Befund, aber du hast eine Prellung am Steißbein. Leider können wir da nicht viel für dich tun, am besten heilt es von alleine. Wir werden dir die Halskrause abnehmen und dir etwas gegen die Schmerzen geben. Aber du brauchst mindestens zwei Wochen Ruhe.«

Meine Augen weiteten sich, denn mit dieser Diagnose hatte ich nicht gerechnet.

»Sorry, aber das bedeutet leider auch kein Basketball für eine Weile. Du wärst dazu auch gar nicht in der Lage. Wir geben dir ein Mittel, das die Schmerzen zumindest erträglich macht, aber du solltest in zwei Wochen bei deinem Arzt eine Nachuntersuchung durchführen lassen. Hast du sonst noch irgendwelche Fragen?«

»Nein«, flüsterte ich.

»Also – kannst du mir etwas über die Prellungen auf deinem Rücken erzählen?«

Ich hoffte, die Maschine würde nicht anfangen zu piepsen, wenn ich log. »Ich bin vor der Hintertür ausgerutscht und die Treppe runtergefallen.«

»Auf den Rücken?«

»Ja.«

»Wie viele Stufen waren es?«

»Vier oder fünf.«

»Na gut.« Er seufzte. »Sara, könntest du mich bitte einen Augenblick mit Emily alleine lassen?« Panik stieg in mir hoch, als sie den Raum verließ.

Dr. Chan setzte sich auf den Stuhl, so dass wir auf einer Augenhöhe waren.

»Die Prellungen machen mir Sorgen«, sagte er ernst. »Die Bilder zeigen, dass du außerdem einen verheilten Bluterguss an der Stirn hast. Emily, ich bitte dich, mir die Wahrheit zu sagen. Ich verspreche dir auch, dass ich alles, was du sagst, absolut vertraulich behandle. Wie hast du dir die Prellungen auf deinem Rücken zugezogen?«

»Ich bin die Treppe hinuntergefallen.« Ich gab mir Mühe, überzeugend zu klingen, aber ich war nicht sicher, ob es mir gelang. Dr. Chan nickte kurz und stand dann auf.

»Es ist möglich, dass du dir diese Verletzungen durch einen Sturz zugezogen hast, das kann ich nicht bestreiten. Aber sollte dem nicht so sein, hoffe ich, dass du mit jemandem darüber sprichst. Wir behalten dich über Nacht hier und geben dir etwas gegen die Schmerzen, damit du schlafen kannst. Wenn du irgendetwas brauchst oder wenn du gerne reden möchtest, dann sag der Schwester, sie soll mich holen.«

»Können Sie bitte Sara wieder reinschicken?«

»Aber sicher. Ich sage der Schwester gleich Bescheid.«

Die Krankenschwester entfernte meine Halskrause, schnitt meine Klamotten auf und steckte mich in einen Krankenhauskittel. Ich versuchte zwar, sie davon zu überzeugen, mir das Trikot über den Kopf zu ziehen, aber die Bewegung tat dermaßen weh, dass ich anfing zu schreien, und sie entschied sich doch für die Schere. Kurz darauf kam Sara wieder herein.

»Gleich bringt dich jemand für die Nacht nach oben«, erklärte die Schwester. »Ich bin sofort mit einem Schmerzmittel zurück.«

»Danke«, flüsterte ich. Allein schon die Halskrause nicht mehr tragen zu müssen war eine Erleichterung.

Als die Schwester weg war, bemerkte ich Saras Nervosität. Wollte sie mir etwas beichten? Aber jedes Mal, wenn sie dazu ansetzte, hielt sie gleich wieder inne.

Eine Weile beobachtete ich ihre stumme Debatte, dann fragte ich schließlich: »Was willst du mir sagen?«

Sie biss sich auf die Lippen und suchte nach Worten. »Äh, Evan ist draußen. Ich wusste nicht, ob ich es dir gleich verraten soll oder lieber erst, wenn du unter Medikamenten stehst.«

Ich schwieg.

»Er will dich sehen.«

»Nein, Sara«, erwiderte ich streng. »Das geht nicht.«

»Ich wusste, dass du das sagen würdest, aber ich hab ihm versprochen, dich zu fragen. Und Drew ebenfalls nicht, oder?«

»Ist er auch da?«

»Genaugenommen sind eine Menge Leute hier. Na ja, mal abgesehen von deiner Tante und deinem Onkel. Sie haben sich gleich wieder verzogen, nachdem der Arzt ihnen mitgeteilt hat, dass du die Nacht über hierbleibst.«

»Ich möchte keinen Besuch«, bat ich sie eindringlich. »Gar keinen, okay?«

»Verstanden«, bestätigte sie.

»Sara, was ist passiert, als ich gestürzt bin?«, fragte ich, unsicher, ob ich es tatsächlich hören wollte. Aber ich war auch überrascht, dass sich so viele Besucher im Warteraum eingefunden hatten.

Sara blickte an die Decke und kämpfte wieder mit den Tränen.

»Äh, nachdem du den Dreier gemacht hast und er in den Korb gegangen ist ...«

»Er ist tatsächlich reingegangen?« Ich versuchte mich an den Augenblick zu erinnern, kam aber nicht weiter als bis zu dem Dröhnen in meinem Kopf.

»Ja, ist er. Die Zuschauer haben einen Riesenlärm veranstaltet, es war echt irre – aber dann wurde es von jetzt auf gleich totenstill. Du hast auf dem Boden gelegen und dich nicht gerührt. Der Coach ist mit dem Trainer zu dir gelaufen, sie haben versucht, dich wach zu kriegen, aber es hat nicht geklappt.« Sara hielt inne, holte tief Luft und versuchte, das Zittern in ihrer Stimme zu unterdrücken. »Schließlich haben sie einen Krankenwagen gerufen. In der Sporthalle herrschte absolute Stille, alle haben stumm darauf gewartet, dass du wieder aufwachst. Ich hab versucht, zu dir zu kommen, aber die Coaches und ein paar andere Lehrer haben alle Leute von dir ferngehalten.

Als sie dich auf die Trage gelegt haben, hast du dich immer noch nicht gerührt. Em, ich hatte solche Angst. So schnell ich konnte, bin ich ins Krankenhaus gefahren, aber die haben mir nichts gesagt, ganz gleich, wen ich gefragt habe. Ich glaube, Evan und ich haben zusammen so gut wie jeden Menschen genervt, der in einem weißen Kittel oder in blauen OP-Sachen durchs Wartezimmer gelaufen ist. Allmählich sind dann auch die anderen eingetrudelt und haben mit uns gewartet – erst Drew mit ein paar Freunden, dann dein Coach und ein paar Mädels aus dem Fußball- und dem Basketballteam – und ich weiß nicht, wer sonst noch alles.

Irgendwann sind auch deine Tante und dein Onkel aufgetaucht

und durften gleich zu dir rein. Ich bin fast durchgedreht, weil sie dich sehen durften und ich nicht, aber dann kam die Schwester und hat gesagt, dass du nach mir fragst.«

Ich lauschte ihrem Bericht, konnte mich aber an nichts davon erinnern – meine Erinnerung setzte erst im Krankenhaus wieder ein. Es war seltsam surreal, mir meinen bewusstlosen Körper auf dem Boden der Sporthalle vorzustellen, von allen angestarrt. Die Angst und die Sorge, die ich in Saras Stimme hörte, zerrissen mir fast das Herz. Ich warf einen Blick auf Saras Hand, die auf ihrem Schoß lag und zitterte. Bisher hatte ich gar nicht bemerkt, dass auch die Hand zitterte, mit der sie meine hielt.

»Es tut mir leid, dass ich dir solche Angst eingejagt habe«, flüsterte ich.

»Ich bin froh, dass du wieder wach bist und dich bewegst«, antwortete sie, aber die Traurigkeit in ihren Augen blieb. »Ich glaube, ich sollte kurz den anderen im Wartezimmer Bescheid geben, wie es dir geht, und ihnen sagen, dass du die Nacht über hierbleibst. Dann können sie beruhigt nach Hause fahren. Aber ich bin wieder da, ehe du verlegt wirst.«

Gleich darauf kam die Schwester mit einer Spritze. Kurz nachdem sie die klare Flüssigkeit in meine Infusion gefüllt hatte, ließen die Schmerzen nach, das Zimmer um mich herum verschwamm, und ich schlief ein.

25

UnAuswEichliCh

In den zwei Wochen meiner Genesung wohnte ich nicht bei George und Carol. Auch Weihnachten verbrachte ich nicht mit ihnen. Das einzig Enttäuschende daran war, dass ich die Gesichter der Kinder am Weihnachtsmorgen nicht sah. Ich liebte es, mit ihnen den Wunschzettel an den Weihnachtsmann zu schreiben, die Cookies für ihn bereitzustellen und ihnen beim Öffnen der Geschenke zuzuschauen. Ich fragte mich, was Carol und George ihnen wohl erzählten, wenn sie nach mir fragten.

Bei Janet war es ... ruhig. Sie stellte keine Fragen, weder darüber, was mit mir passiert war, noch über sonst etwas. Sie ließ mich in ihrem Gästezimmer wohnen, bedrängte mich nicht und vergewisserte sich nur hin und wieder, dass alles in Ordnung war und ich genug zu essen und zu trinken hatte.

Die erste Woche war hart, denn die geringste Bewegung quälte mich. Ich schluckte Pillen gegen den Schmerz, weswegen ich meistens schlief. Im Lauf der zweiten Woche ließen die Schmerzen allmählich nach. Meine Muskeln waren wegen der fehlenden Bewegung zwar ziemlich steif, und mein Steißbein erinnerte beim Aufsetzen immer noch schmerzhaft an den Schlag, aber alles in allem ging es mir besser. Tagsüber las ich oder tauschte SMS mit Sara aus.

In den Weihnachtsferien erhielt ich täglich Nachrichten von ihr. Sie erkundigte sich nach meinem Befinden, erzählte mir von ihrem Tag und berichtete vom Basketballteam. Trotzdem vermisste ich es, sie zu sehen und mit ihr zu reden – Schreiben war einfach nicht dasselbe. Schließlich brachte ich den Mut auf, Janet zu fragen, ob Sara mich an dem Samstag vor Schulbeginn besuchen dürfe. Janet zögerte keine Sekunde, bevor sie ja sagte – wahrscheinlich hätte ich sie schon viel früher fragen können. Seltsam, wie wenig Ähnlichkeit sie mit Carol hatte.

Zögernd betrat Sara an jenem Samstag Janets einstöckiges kleines Häuschen. Sie war nicht so überschwänglich wie sonst, aber an dem Funkeln in ihren Augen konnte ich erkennen, dass sie sich bewusst zurückhielt. Gleich nach ihrem Eintreffen meinte Janet, sie müsse dringend noch etwas einkaufen. Aber mir war klar, dass sie uns vor allem ungestört miteinander reden lassen wollte.

»Es ist so wunderbar, dich zu sehen!«, rief Sara und umarmte mich. »Du siehst gut aus. Fühlst du dich denn auch besser?«

»Ja, mir geht es gut. Ich langweile mich nur fast zu Tode.« Ich gestattete mir ein einigermaßen entspanntes Lächeln – das letzte Mal war lange her. »Erzähl mir, was los ist. Die SMS waren nur so kurz, manches hab ich überhaupt nicht verstanden.«

Sara lachte kurz auf. »Okay, die Basketball-Neuigkeiten kennst du, oder?«

»Ja, ich hab auch in der Zeitung darüber gelesen. Echt ätzend, dass wir zweimal verloren haben, aber wenigstens waren die beiden anderen Spiele gut.«

»Das Team freut sich schon darauf, dich endlich zurückzuhaben, vor allem Coach Stanley. Ich war mit meinen Eltern, Jill und Casey Ski fahren, aber das weißt du ja schon. Was noch?« Sara sah zur Decke hinauf und überlegte, welche anderen Neuigkeiten mich interessieren könnten. »Ach, Drew hat mir Blumen für dich gegeben. Aber ... ich hab sie leider vergessen. Kannst du ihm bitte dafür danken, damit mein Patzer nicht so auffällt?«

»Oh«, antwortete ich nur. All die Tage allein in diesem Zimmer hatte ich reichlich Gelegenheit gehabt, darüber nachzudenken, was eigentlich zwischen Drew und mir vor sich ging. Das Ganze hatte ziemlich stürmisch begonnen, und ich wusste nicht recht, wie wir so weit gekommen waren, dass er mir Blumen schenken wollte. Ich hätte mir ohne weiteres einreden können, wir wären einfach nur befreundet – wäre da nicht die Küsserei gewesen. Und um die kam ich nicht herum.

»Er fragt jedes Mal nach dir, wenn ich ihn vorm Training sehe. Seit einer Weile trainieren wir nicht mehr nach den Jungs, deshalb sind sie eigentlich schon weg, wenn das Volleyballteam in die Halle kommt. Aber er wartet immer extra auf mich, damit er sich nach dir erkundigen kann.«

»Das ist ja nett«, antwortete ich aufrichtig. »Ich hatte ein schlechtes Gewissen, weil ich gar nicht mit ihm reden konnte.«

»Bist du noch an ihm interessiert?«, fragte sie. In ihrer Stimme schwang Zweifel mit.

Ich seufzte schuldbewusst und vermied es, sie anzuschauen.

»Was ist?«

»Es ist etwas vorgefallen, und ich konnte es dir wegen dem Unfall nicht sagen«, gestand ich. Sara zog fragend die Augenbrauen in die Höhe. Ich hielt kurz inne und überlegte, wo ich am besten beginnen sollte. Diese Szene hatte mich die letzten zwei Wochen gequält – fast so sehr wie die Albträume, die mir nachts regelmäßig den Schlaf raubten.

»Evan hat rausgefunden, dass Drew und ich uns geküsst haben.« Ich zögerte, um zu sehen, wie sie darauf reagierte.

»Hab ich mir schon gedacht«, antwortete sie mit einem leichten Achselzucken. »Das wissen doch auch alle anderen in der Schule.«

»Ernsthaft?« Ich stöhnte.

»Seine Freunde haben eine große Klappe. Damit hattest du bis jetzt nichts zu tun, oder?«

»Was meinst du damit?«

»Die Gerüchteküche. Alle wissen, was du getan hast, bevor du es selbst weißt. Ich hab echt mehr als genug darüber gehört, was ich in den letzten Jahren angeblich alles gemacht habe – völlig bescheuert. Allerdings wissen sie seltsamerweise nicht mal die Hälfte von dem, was wirklich passiert ist. Jedenfalls wurde schon vorher über Evan und dich geredet. Aber da der Tratsch durch nichts Neues in Gang gehalten wurde, hat die Faszination irgendwann nachgelassen. Die Geschichte mit dir und Drew allerdings ist aus irgendeinem Grund eine ganz große Sache.« Mir wurde flau im Magen, denn diese Neuigkeit verstärkte mein schlechtes Gewissen noch.

»Das gehört nicht zu den Dingen, die ich unbedingt hören wollte«, schmollte ich.

»Tut mir leid. Warum – was ist denn passiert?«

»Nachdem Evan die Sache mit mir und Drew rausgefunden hat, haben wir uns auf dem Korridor angeschrien. Ich hab ihm das mit Haley vorgeworfen. Ihm ist nicht klar gewesen, dass ich davon wusste. Er wollte es mir erklären, aber ich hab ihn nicht gelassen. Da hat er mir nachgerufen, dass er mich immer noch liebt, aber ich hab ihn einfach stehenlassen. Und das Schlimmste: Am selben Abend hat er auch noch gesehen, wie Drew mich nach dem Training zum zweiten Mal geküsst hat.«

»Wow, und das hab ich alles verpasst?« Sara verdaute meine Geschichte und schüttelte schließlich den Kopf. »Vermutlich erklärt das die Spannung im Wartezimmer.«

»Wovon redest du?«

»Als wir im Krankenhaus auf dich gewartet haben, saßen Evan und Drew möglichst weit voneinander entfernt. Evan hat Drew von der anderen Seite des Raums aus wütend angestarrt. Bis Drew ihn irgendwann zur Rede gestellt hat.«

»Bitte sag jetzt nicht, dass alle anderen das mitbekommen haben?« Ich sackte auf der Couch in mich zusammen, ließ den Kopf auf die geblümte Lehne sinken und blickte zur Decke empor.

»Sorry.« Sara war die Situation offensichtlich unangenehm. »Die Jungs haben nicht konkret über dich gesprochen – Drew hatte eher die Nase voll von Evans Feindseligkeit, weil er sie seiner Meinung nach überhaupt nicht verdient hat. Evan wiederum hat die Gelegenheit genutzt, Drew anzumotzen.«

Ich stöhnte, konnte mir die Situation aber nur schwer vorstellen. Keiner der beiden Jungs war besonders streitlustig. Ich wusste, dass Evan eigentlich sauer auf mich war und seine Wut nur an Drew ausgelassen hatte.

»Woran denkst du?«, fragte Sara und musterte mein schuldbewusstes Gesicht.

»Ich fühle mich schrecklich, weil Evan gesehen hat, wie Drew mich geküsst hat – und das nach allem, was direkt vorher zwischen mir und ihm abgelaufen ist. Aber ich war so wütend auf ihn, weil er mir verheimlichen wollte, dass er mit Haley genau das Gleiche tut.«

»Was meinst du denn? Er und Haley sind nicht zusammen.« Sara klang so überzeugt, dass mein Herz einen Schlag aussetzte.

»Sara, ich hab sie doch beim Lagerfeuer gesehen.« Ich blieb hart. »Evan hatte den Arm um sie gelegt. Das war doch der Moment, in dem ich mit Drew weggegangen bin.«

»Em, du warst auf der anderen Seite des Feuers. Aber ich saß direkt neben Evan, und er hatte Haley nicht im Arm. Sie ist zu ihm gekommen, hat wie üblich irgendwas Doofes gesagt und sich ihm an den Hals geschmissen. Er hat ihr höflich den Rücken getätschelt, um sie bei Laune zu halten, dann ist er weggegangen, und Haley hat mit Mitch geflirtet. Offensichtlich hast du nur einen kleinen Ausschnitt der Wirklichkeit gesehen.«

Das konnte doch nicht wahr sein! Oder etwa doch? Wenn es stimmte, dann wäre ich an diesem Abend niemals mit Drew am Strand entlangspaziert, und ich wäre auch nicht so verstört gewesen, ich hätte ihm niemals erlaubt, mich zu küssen. Alles um mich herum geriet aus den Fugen. Obendrein wusste ich, dass ich den ganzen Schlamassel mir selbst zu verdanken hatte. *Was hatte ich bloß angerichtet?*

»Aber sie hat mir erzählt, dass sie mit ihm zusammen ist«, flüsterte ich. »Ich war so sauer, als ich es von ihr an meinem Spind erfahren habe.«

»Mir fällt es schwer, ihr *überhaupt* irgendwas zu glauben. Und du weißt doch, dass sie dich hasst, oder nicht?«

»Aber warum denn?«

»Bitte zwing mich nicht, dir das zu erklären.«

»Sara, hab ich das alles total vermasselt?« Der Schmerz kehrte zurück, aber jetzt tat mir das Herz weh, nicht der Rücken.

»Was willst du denn? Du und Evan, ihr habt nicht mehr miteinander geredet, lange bevor Drew und Haley auf der Bildfläche erschienen sind – das hatte nichts mit den beiden zu tun.«

»Aber ich hab auch nichts dagegen getan.« Ich sank noch tiefer in die Couch.

»Was ist mit Drew?«

»Ich weiß es nicht, Sara.« Ich war so verwirrt, ich hatte keine Ahnung, was ich wollte oder was das Beste war, ich konnte nicht mehr klar denken. »Er ist so nett und – na ja, schau ihn dir doch nur an.«

Sara grinste zustimmend. »Aber?«

Ich schwieg eine Weile. Der Gedanke, nie wieder mit Evan zu sprechen, war schrecklich, aber daran würde sich nichts ändern, solange ich ihm nicht die Wahrheit sagte – und das konnte ich nicht. Wo also blieb Drew in dem Ganzen? Aus irgendeinem unerfindlichen Grund hatte er mich gern. Das konnte ich nicht bestreiten, auch wenn ich nicht begriff, warum.

»Mit Drew zusammen zu sein ergibt irgendwie mehr Sinn«, sagte ich endlich.

»Ich habe noch nie gehört, dass jemand aus einem so seltsamen Grund mit jemandem zusammen gewesen ist«, erwiderte Sara.

»Ich bin mit ihm zusammen?«, fragte ich fassungslos.

»Em, er hat dich in aller Öffentlichkeit geküsst, er hat dir Blumen gekauft, und er ruft mich an, um sich nach dir zu erkundigen – ja, ich bin mir ziemlich sicher, er geht davon aus, dass er mit dir zusammen ist.«

»Er ruft dich auch an?«

»Oh, ja, sorry – ich hab es vergessen zu erwähnen. Du hast recht – er ist nett, aufmerksam und sieht verdammt gut aus.« Sie zögerte.

»Aber ...?« Ich wartete.

»Ich werde diesen Satz nicht für dich zu Ende bringen.«

»Sara!«

»Warum muss ich denn diejenige sein, die es ausspricht?!« Frustriert tat sie es nach einer Weile doch: »Er ist nicht Evan!«

Sofort war mir klar, dass sie es damit genau auf den Punkt brachte. Aber ich wusste auch, dass es keine Rolle spielte.

»Können wir uns über etwas anderes unterhalten?«, flehte ich sie an.

»Du kannst es aber nicht ewig verdrängen«, warnte sie mich. »Am Montag gehen wir wieder zur Schule, und dort wirst du beiden begegnen.«

»Sara, Evan will nichts mit mir zu tun haben.«

»Ich weiß nicht, Em«, entgegnete sie. Ich sah ihr an, dass es noch mehr zu sagen gab.

»Raus mit der Sprache, Sara.«

Sie holte tief Luft, hielt einen Moment inne und erklärte: »Evan war fix und fertig, als sie dich ins Krankenhaus gebracht haben, ich hab eine Weile allein mit ihm geredet. Er war verletzt, weil du ihn nicht sehen wolltest. Er glaubt, dass ihm mehr an dir liegt als dir an ihm. Ich hab gemerkt, dass es ihm unangenehm war, mit mir darüber zu reden, aber ich denke, er musste es jemandem sagen, weil er es dir nicht sagen konnte. Er wünscht sich, es wäre wieder so wie vor dem Wochenende, als wir im Kino waren.«

Genau das wünschte ich mir auch.

»Emma, er ist nicht blöd. Er weiß ziemlich genau, was bei dir zu Hause abläuft. Du hättest sehen sollen, wie er Carol und George angeschaut hat, als er erfahren hat, wer sie sind. Du bist ihm immer noch wichtig, ich glaube, wenn du mit ihm reden würdest …«

»Ich glaube, das kann ich nicht, Sara«, flüsterte ich. Sie antwortete nicht, aber als sie den Blick senkte, wusste ich, dass ihr meine Entscheidung nicht gefiel. Ich konnte ihm nicht die Wahrheit sagen, und das würde sich höchstwahrscheinlich nie ändern. Ich durfte ihn nicht noch einmal verletzen. Schweigend saßen wir nebeneinander.

»Da wir schon davon sprechen«, murmelte Sara nach einer Weile. »Musst du wieder bei ihnen einziehen?«

»Ja.«

»Wir müssen Carol das Handwerk legen«, beharrte sie. »Es muss einen Weg dafür geben, ohne dass die Kinder darunter leiden.«

»Ich weiß nicht …«, setzte ich an, wurde aber von Janet unterbrochen, die langsam und geräuschvoll die Haustür öffnete und uns deutlich zu verstehen gab, dass sie wieder da war.

»Und was hast du sonst noch zu erzählen?«, fragte ich betont munter. Janet sollte nicht merken, was für ein ernstes Gespräch wir geführt hatten.

Sara zuckte die Achseln. Dann weiteten sich ihre Augen plötzlich, doch offensichtlich zögerte sie, das Thema wirklich anzuschneiden.

»Raus mit der Sprache.«

»Ich bin diese Woche zweimal mit Jared ausgegangen«, platzte sie heraus und sah mich an, als erwarte sie eine Schimpftirade. Ich überlegte einen Moment, was ich dazu sagen sollte.

»Okay«, antwortete ich dann bedächtig. »Das ist doch großartig, oder nicht?«

»Es war tatsächlich großartig.« Sara strahlte.

»Wie ist es denn dazu gekommen?«, fragte ich und erinnerte mich, dass die beiden sich auf Anhieb gut verstanden hatten. Aber dann verdrängte ich den Gedanken an unseren Kinoabend. Sonst hätte ich auch daran denken müssen, wie schön es mit Evan gewesen war – und dass es ein für alle Mal vorbei war.

»Ich hab angerufen, um die Taschenlampe zurückzubringen. Da haben wir uns ein bisschen unterhalten. Später hat er mich angerufen, und wir haben uns noch ein bisschen mehr unterhalten. Er hat mich gefragt, ob ich Lust hätte, mit ihm auszugehen, und ich hab ja gesagt.«

»Die Details lässt du aus?« Solche vagen Berichte über ein Date waren gar nicht Saras Stil.

»Ich dachte, es wäre vielleicht komisch für dich, weil er Evans Bruder ist. Aber ich musste es dir wenigstens sagen, sonst wäre ich geplatzt. Die Einzelheiten kann ich für mich behalten, wenn du sie lieber nicht hören magst.«

»Aber nein, ich möchte alles hören«, entgegnete ich aufrichtig.

Also begann Sara mit leuchtenden Augen von ihren Verabredungen mit Jared zu erzählen – sie waren in Boston zusammen essen gegangen und hatten sich ein zweites Mal in New York getroffen. Sie redete wie ein Wasserfall. Sosehr ich mich auch für sie freute, plötzlich spürte ich eine seltsame Leere in mir. War ich etwa eifersüchtig? Rasch schob ich das egoistische Gefühl beiseite.

»Und am zweiten Abend hat er mich geküsst. Das war der schönste Kuss meines Lebens. Ich dachte, ich falle um.« Sara strahlte, und ich sah, wie sich die glückliche Erinnerung in ihren Augen widerspiegelte.

»Und jetzt? Er geht doch zurück nach New York, richtig?«

»Ja, er ist heute Morgen wieder gefahren«, bestätigte sie mit einem Seufzer. »Es war die schönste Zeit meines Lebens, aber er geht eben in New York aufs College.« Sie zuckte die Achseln und lächelte zufrieden.

»Und das war's?«

»Ja, das war's. Ehrlich, ich hab nichts anderes erwartet. Als ich mit ihm ausgegangen bin, wusste ich ja, dass aller Wahrscheinlichkeit nach nichts Dauerhaftes daraus wird.«

»Warum hast du es dann gemacht?«, fragte ich verwirrt.

»Warum denn nicht?«, antwortete sie enthusiastisch. »Ich habe lieber die schönen Erinnerungen an die beiden Abende mit ihm als gar nichts. Auch wenn ich weiß, dass ich vermutlich nie wieder mit ihm ausgehen werde.«

»Hmm«, meinte ich nachdenklich, fasziniert von Saras Einstellung. Ihre Worte gingen mir noch durch den Kopf, als sie schon längst wieder heimgefahren war.

Auch als ich abends im Bett lag, dachte ich darüber nach. War es am besten, den Augenblick voll und ganz auszukosten, in dem Bewusstsein, dass alles in der nächsten Sekunde vorbei sein konnte? War das Erlebnis selbst wichtiger als sein unausweichliches Ende? Wahrscheinlich, dachte ich, hing es davon ab, ob das Ende ein gebrochenes Herz oder gebrochene Knochen brachte.

In dieser Nacht schlief ich nicht besonders. Meine Träume verschwammen in einem Wirbel von Bildern. Bestimmt hatte meine Ruhelosigkeit ihren Ursprung in dem Gespräch mit Sara. Andererseits würde mich am nächsten Morgen aber auch George abholen.

Die Hälfte der Strecke saßen George und ich schweigend nebeneinander – ich starrte aus dem Fenster, er hielt den Blick stur auf die Straße gerichtet.

»Am besten hältst du dich von Carol möglichst fern«, sagte er schließlich. Sein Ton ließ mich aufhorchen, und es überraschte mich nicht, dass er mich immer noch nicht ansah. »Sie stand unter großem Druck, und die neuen Medikamente, die sie jetzt nimmt, beeinflussen ihre Stimmung. Du bleibst in deinem Zimmer und isst wie bisher nach uns zu Abend, aber ich kümmere mich um den Abwasch. Erledige du nur deine Putzarbeiten am Samstag, bevor Carol vom Einkaufen zurückkommt.

Ich hab auch mit den McKinleys geredet, sie sind bereit, uns zu unterstützen. Du kannst die Samstage dort verbringen – nachdem du deine Hausarbeit gemacht hast natürlich – und auch freitags dort übernachten, wenn du ein Basketballspiel hast. Sie haben viel Verständnis für Carols Stress, und ich finde ihr Angebot ausgesprochen rücksichtsvoll. Also mach es uns allen bitte nicht noch schwerer. Die Sonntage kannst du wie bisher in der Bibliothek verbringen. Und Emma, ich muss dich hoffentlich nicht daran erinnern, dass das, was in unseren vier Wänden geschieht, auch in unseren vier Wänden bleibt.«

Auf diese subtile Drohung reagierte ich nicht. Gerade hatte er mir das letzte bisschen Familie weggenommen, das mir noch geblieben war – ganz gleich, wie dysfunktional sie auch sein mochte. Ich würde keine Zeit mehr mit den Kindern verbringen können, und auch George würde sich noch weniger um mich kümmern als bisher. Langsam sickerte die Erkenntnis in mein Bewusstsein ein, jetzt war ich wirklich und wahrhaftig allein.

Meine Welt befand sich in einem empfindlichen Gleichgewicht. Wenn sich etwas besserte, musste etwas anderes dafür wegfallen. Das musste ich lernen zu akzeptieren, auch wenn mir noch nie etwas so schwergefallen war. Und obwohl ich die Wahrheit in dieser Erkenntnis erkannte, war ich am Boden zerstört.

26

zeRbrocHen

*d*u Miststück«, fauchte Haley Spencer. Sie war völlig unerwartet neben meinem Spind aufgetaucht. »Was hast du ihm gesagt?«

»Ich weiß nicht, wovon du redest.« Natürlich war mir klar, dass es irgendetwas mit Evan zu tun haben musste, aber ich hatte wirklich nicht die leiseste Ahnung, worauf sie hinauswollte.

»Du hast irgendwas zu ihm gesagt, sonst wäre er nicht plötzlich abgehauen.«

Ich verstand kein Wort und konnte sie nur fassungslos anstarren.

»Er ist weg!«, rief Haley wütend. »Er ist wieder nach San Francisco gezogen, und das ist deine Schuld!« Bevor ich etwas erwidern konnte, war sie auch schon davongestürmt.

Reglos stand ich da, starr vor Schreck. Meine Bücher rutschten mir aus den Händen und landeten auf dem Boden. Hatte Haley die Wahrheit gesagt?

»Hier, bitte«, sagte jemand und reichte mir die Bücher zurück.

»Danke«, murmelte ich geistesabwesend und nahm die Bücher entgegen, ohne aufzusehen.

Was Haley gesagt hatte, konnte nicht stimmen – auf gar keinen Fall. Evan war noch hier, er war nur heute nicht zur Schule gekommen. Ich hatte sein Fehlen schon im Englischkurs bemerkt. Er war nicht weggezogen, nein, ganz bestimmt nicht.

»Em, ich hab es gerade gehört«, sagte in diesem Augenblick Saras Stimme hinter mir. »Es tut mir so leid – ich hatte keine Ahnung.«

»Es ist also wahr?« Ich drehte mich um und begegnete dem mitfühlenden Blick meiner Freundin.

»Ja, ich weiß es von einem der Jungs aus dem Basketballteam.« Sara musterte mich durchdringend. Offensichtlich wartete sie auf irgendeine Reaktion, aber ich war wie gelähmt. Ich wollte es nicht glauben. Wie konnte er weg sein?

Dann zerbrach auf einmal etwas in mir. Sara sah es sofort, packte mich am Arm und führte mich auf dem schnellsten Weg zur Mädchentoilette. Die Schulkorridore waren relativ leer, da es schon zum Unterricht geklingelt hatte, kaum jemand bekam die dramatische Szene mit.

Der Kummer zerriss mir das Herz. Ohne meinen geschundenen Rücken zu beachten, ließ ich mich an der kühlen, harten Fliesenwand hinunterrutschen und sank kraftlos zu Boden. Ich weinte nicht, meine Augen blieben trocken, obwohl mein Inneres sich anfühlte, als hätte man es durch den Fleischwolf gedreht. Mit leerem Blick starrte ich an die gegenüberliegende Wand. Eine Weile saßen wir stumm nebeneinander. Ich hörte nur Saras Atem – still sah sie mit an, wie die Wahrheit langsam in mich einsickerte.

»Er ist also wirklich weg?«, stieß ich hervor – ein leises, heiseres Flüstern. Fast wäre mir die Frage im Hals steckengeblieben.

Sara blieb an meiner Seite und hielt wortlos meine Hand. Immer mehr wurde mir die Realität bewusst. Plötzlich drang ein Schluchzen aus meiner Kehle, mein Kopf sank auf Saras Schoß, und ich ließ meinen Tränen freien Lauf. Ein Beben erschütterte meinen Körper, ich rang nach Atem. Sara strich mir tröstend über den Rücken, und ich weinte, das Gesicht in den verschränkten Armen vergraben.

»Er kann doch nicht einfach weg sein«, wimmerte ich und wünschte, es würde wahr werden, wenn ich es nur laut aussprach. Wieder begann ich hemmungslos zu schluchzen.

Irgendwann wurde ich vor lauter Erschöpfung etwas ruhiger, und die Tränen trockneten. Mein Kopf lag noch immer auf Saras Schoß gebettet. Meine Augen brannten wie Feuer, mein Hals tat weh, mir schwirrte der Kopf. Warum war Evan so plötzlich verschwunden? Wie konnte er mich einfach sitzenlassen? Je länger ich darüber nachdachte, desto mehr verwandelte sich mein Schmerz in Wut.

»Wieso ist er abgehauen, ohne mir was davon zu sagen?« Mit einem Ruck setzte ich mich auf und spürte, wie meine Schultern sich verkrampften. »Er hat sich nicht mal verabschiedet! Wer tut denn so was?«

Mein abrupter Stimmungswechsel verschlug Sara die Sprache. Ich stand auf und begann mit geballten Fäusten auf und ab zu wandern, so wütend war ich auf einmal über Evans egoistische Flucht.

»Hat ihn meine Gegenwart so fertiggemacht, dass er nicht mal mehr in die Schule kommen konnte? Musste er ans andere Ende des Landes ziehen, nur um nicht mit meinem Anblick konfrontiert zu werden? Er war es doch, der nicht mehr mit mir reden wollte! Ich sollte seine Entscheidung einfach akzeptieren und über ihn hinwegkommen. Soll ich wirklich ewig darauf warten, dass er mir etwas verzeiht, was ich gar nicht getan habe? Es tut mir leid für ihn, wenn er mich nicht mit einem anderen zusammen sehen wollte – aber ist das denn ein Grund, sich einfach so aus dem Staub zu machen?«

Ich schnaubte frustriert. Meine Gedanken rasten, ich lief ruhelos hin und her, unfähig, meine geballten Fäuste zu lockern. In mir brodelte eine Wut, für die ich keine Worte fand. Wie konnte Evan mir nur so etwas antun? Ich atmete tief ein, und obwohl mein Herz sich anfühlte, als wäre es erdrosselt worden, verebbte mein Zorn nach einer Weile und machte einer widerwilligen Akzeptanz Platz.

»Na schön, dann soll er doch wegbleiben. Offensichtlich konnte er meinen Anblick nicht mehr ertragen, was kümmert es mich also, dass er nicht mehr hier ist? Jetzt muss ich wenigstens nicht mehr befürchten, dass er mich anschreit oder mir wegen irgendetwas ein schlechtes Gewissen einredet. Ist mir doch egal, wenn ich ihn nie wiedersehe.«

Es klang fast überzeugend, aber mein Herz geriet außer sich bei dem Gedanken.

»Glaubst du das wirklich?«, fragte Sara zaghaft. Ich blinzelte sie verwundert an – ich hatte ganz vergessen, dass sie noch da war. »Er hat dich nicht gehasst, Emma.«

»Das kannst du nicht wissen, Sara«, erwiderte ich barsch. »Ich hab ihn verletzt, weil ich ihm nicht genug vertraut habe, um mich ihm zu öffnen. Dann habe ich ihm etwas vorgeworfen, das er nicht getan hat. Und zu allem Überfluss hab ich dann auch noch Salz in die Wunde gestreut und direkt vor seinen Augen einen anderen Jungen geküsst. Natürlich hasst er mich, und vielleicht ist das auch ganz richtig so. Er hat es in meiner Nähe einfach nicht mehr ausgehalten. Er hasst mich, das kannst du mir glauben.«

Wortlos hörte Sara zu, wie ich mich selbst zu überzeugen versuchte. Aber es tat weh, denn nun galt meine Wut nicht mehr Evan, sondern mir selbst. Ich sah in den Spiegel über dem Waschbecken – Schmerz und Zorn flackerten in meinen Augen, während ich realisierte, dass wirklich alles meine eigene Schuld war. Jetzt hielt ich mein gebrochenes Herz in Händen, und ich hatte es selbst zertrümmert.

Voller Abscheu starrte ich auf mein Spiegelbild, biss die Zähne zusammen und ließ Wut und Verachtung in mir aufwallen. Ich allein trug die Verantwortung dafür, dass Evan weg war. Er hatte jedes Recht, mich zu hassen – genauso wie ich mich selbst in diesem Moment hasste. Mir gefror das Blut in den Adern, und ich wendete endlich den Blick von meinem anklagenden Spiegelbild ab.

Mit einer enormen Willensanstrengung drängte ich den

Schmerz zurück, ließ die Schuldgefühle und den Selbsthass jedoch weiter in mir gären – als Mahnung und als gerechte Strafe. Dann atmete ich noch einmal tief durch und wandte mich Sara zu. Sie musterte mich noch immer schweigend und voller Sorge. Inzwischen war ich so erschöpft, dass ich nichts mehr fühlen konnte.

»Ich hab ihn weggestoßen, deshalb ist er gegangen«, erklärte ich ihr leise und kapitulierte endgültig vor der grausigen Wahrheit. »Es ist allein meine Schuld – und jetzt ist er für immer fort.« Ich zuckte die Achseln, Sara sah mich traurig an.

»Keine Sorge, mir geht es gut«, versicherte ich ihr.

»Nein, überhaupt nicht«, widersprach sie kopfschüttelnd. Einen Moment herrschte Stille, dann fügte sie hinzu: »Ich glaube, die Schulstunde ist inzwischen fast vorbei. Schaffst du es zum nächsten Kurs?«

»Klar«, antwortete ich teilnahmslos. »Warum nicht?«

Zusammen gingen wir zurück zu unseren Spinden. Meiner stand offen, die Bücher achtlos ins untere Fach geworfen. Ich nahm mir, was ich brauchte, und im selben Moment klingelte es schon zum Unterricht.

»Treffen wir uns vor dem Lunch wieder hier?«, fragte Sara, offensichtlich immer noch besorgt. Ich nickte.

Als Sara weg war, blieb ich einen Moment vor meinem Spind stehen. Ich wusste, was mich erwartete, und sosehr ich mir auch einzureden versuchte, dass ich dagegen gewappnet war, ich wusste es besser. Lähmende Angst erdrückte mich, während ich mich zum Anatomiekurs schleppte.

Ich ließ mich auf meinen gewohnten Platz an dem schwarzen Tisch sinken, aber ich konnte mich nicht auf den Unterricht konzentrieren. Immer wieder wanderte mein Blick zu dem leeren Stuhl neben mir, und ich wurde jedes Mal von neuem mit der niederschmetternden Erkenntnis konfrontiert, dass Evan nicht mehr da war.

Am Ende der Stunde nervte mich mein Kummer nur noch. Ich hatte gar kein Recht, traurig zu sein, schließlich trug ich selbst die Verantwortung für Evans Verschwinden. Aber ob ich mich nun mit Schuld überhäufte oder versuchte, alles zu verdrängen – Tatsache blieb, dass ich innerlich zerbrochen war.

»Hast du noch Schmerzen?«, erkundigte sich Drew, als er sich in der Mittagspause zu Sara und mir setzte.

Ich hatte vergessen, dass er sich uns anschließen wollte, bis er sich den Stuhl neben mir zurechtrückte. Sofort meldeten sich neue Schuldgefühle, weil mich Evans Verschwinden so abgelenkt hatte. Anscheinend gelang es mir nicht sonderlich gut, meinen Kummer zu verstecken.

»Nein, alles okay«, beteuerte ich mit einem aufgesetzten Lächeln. »Es ist nur seltsam, von allen angeglotzt zu werden – weiter nichts.«

Das war nicht wirklich eine Lüge, auch wenn es nicht der wahre Grund für meinen bedrückten Gesichtsausdruck war. Seit ich am Morgen in die Schule gekommen war, starrten alle mich an. Mit ein paar neugierigen Blicken und ein bisschen Getuschel hatte ich durchaus gerechnet – schließlich hatte ich von Sara ja gehört, was nach meinem Zusammenbruch beim Basketballspiel los gewesen war. Aber dass sie sich aufführten, als wäre ich von den Toten auferstanden – das war mehr als verstörend.

Auch Drew war unverkennbar erleichtert gewesen, als wir uns am Morgen auf dem Parkplatz gesehen hatten. Ich hatte nach Evans Auto Ausschau gehalten und ihn erst gar nicht bemerkt. Aber er kam mit einem breiten Grinsen auf mich zu und begrüßte mich so herzlich, dass ich nicht anders konnte, als darauf zu reagieren. Er drückte mich an sich, und nach kurzem Zögern erwiderte ich seine Umarmung. Sara beobachtete uns amüsiert, denn sie wusste genau, welchen inneren Tumult die Situation bei mir auslöste.

Daran war nicht allein Drews Umarmung schuld – denn sie fühlte sich alles andere als schlecht an –, es war eher der Gedanke, dass Evan uns sehen könnte. Nervös blickte ich mich um, sah aber nur vage bekannte Gesichter, die mich im Vorübergehen neugierig beäugten. Ich hatte mich immer noch nicht an die Vorstellung gewöhnt, dass ich Drew tatsächlich wichtig war. Vor allem aber versuchte ich mir darüber klarzuwerden, was ich für ihn empfand.

Als er sich jetzt beim Lunch zu uns setzte und so nett fragte, ob ich noch Schmerzen hatte, beschloss ich, nicht mehr an Evan zu denken.

Stattdessen beugte ich mich kurz entschlossen zu Drew hinüber und küsste ihn auf den Mund. »Es geht mir schon viel besser, danke«, murmelte ich, als ich mich von ihm löste.

Auf seinem Gesicht erschien ein Lächeln, und er wurde ein bisschen rot. Hinter mir bekam Sara einen Hustenanfall. Ich drehte mich kurz zu ihr um und vergewisserte mich, dass sie nicht erstickte.

»Sorry«, flüsterte sie mit hochrotem Gesicht. »Ich musste bloß eine blöde Bemerkung runterschlucken.« Ich zog die Augenbrauen hoch. Hoffentlich hatte Drew ihren sarkastischen Kommentar nicht gehört.

»Bist du bei dem Spiel am Mittwoch dabei?«, fragte er.

»Kommt ganz darauf an, wie das Training heute und morgen läuft«, antwortete ich. Er schob seinen Stuhl ein Stück näher heran und legte den Arm um meine Lehne. Ich konnte die Wärme seines Körpers spüren, aber seine Nähe löste nicht das Prickeln aus, das ich mir erhofft hatte.

»Am Freitag spiele ich auf jeden Fall«, fügte ich hinzu, lehnte mich lässig an seine Schulter und drängte mein Herz, die Nähe gefälligst zur Kenntnis zu nehmen. Aber es war zu beschäftigt damit, Trübsal zu blasen, als dass es sich in einen Taumel versetzen ließ.

»Warum kommst du nicht nach dem Spiel vorbei, und wir schauen uns einen Film an?«, fragte Drew. Dann wurde ihm wohl bewusst, dass wir nicht alleine waren, denn er wandte sich an Sara und bezog sie ein. »Oder wir hängen einfach zusammen ab.«

»Kelli Mulligans Strandhausparty ist Freitagabend«, gab Sara zu bedenken.

»Oh, ihr habt schon was vor?«, fragte Drew sichtlich enttäuscht.

Ich zuckte entschuldigend die Achseln. Mir war nicht klar gewesen, dass Sara mich schon verplant hatte. Ich musste mich überhaupt erst daran gewöhnen, dass ich über meinen Freitagabend frei verfügen konnte. Als Sara erfahren hatte, dass ich an den Wochenenden bei ihr wohnen würde, hatten sich all ihre Sorgen in Luft aufgelöst. An ihre Stelle war die freudige Erkenntnis getreten, dass wir endlich all das unternehmen konnten, was mir so lange vorenthalten geblieben war. Meine Wochenendplanung hing also ganz von ihr ab – was ich ein bisschen überwältigend fand.

»Ich habe mit Kelli zusammen Informatik. Sie hat mich heute Morgen eingeladen. Wir werden wahrscheinlich auch bei ihr übernachten«, erklärte Sara.

Das überraschte mich nun tatsächlich. Ich hatte nicht nur Pläne für den Freitagabend, meine Gastgeberin hatte auch noch eine Pyjama-Party für uns gebucht. Die Vorstellung, auf eine Party zu gehen, rief ein vertrautes Gefühl in mir wach: Panik.

»Ach ja, Kelli hat mir letzte Woche nach unserem Basketballspiel davon erzählt. Hatte ich ganz vergessen. Würde sie mich auch bei sich übernachten lassen?«, erkundigte sich Drew.

»Keine Ahnung«, antwortete Sara. Mit dieser Frage hatte sie offensichtlich nicht gerechnet, und ich konnte ihr ansehen, dass ihr die Idee ganz und gar nicht gefiel. Ich grinste.

»Magst du mitkommen?«, lud ich Drew ein, und Sara versetzte mir unter dem Tisch einen kräftigen Tritt.

»Ich kann Kelli nachher fragen, ich hab den nächsten Kurs mit ihr zusammen«, fuhr ich fort.

»Super«, rief Sara mit unüberhörbar falscher Begeisterung. Doch Drew bemerkte anscheinend nichts davon.

Als es klingelte, begleitete Drew uns zurück zum Korridor.

»Sehen wir uns vor dem Spiel?«, fragte er.

»Ja«, antwortete ich und lächelte.

Obwohl wir mitten auf dem Gang standen, umgeben von plaudernd an uns vorbeischlendernden Mitschülern, umfasste Drew meine Taille und zog mich an sich. Ich schob ihn nicht weg. Seine Lippen fühlten sich warm an, als er sie auf meinen Mund drückte. Mein Herz weigerte sich zwar immer noch, schneller zu schlagen, aber in meinem Bauch breitete sich eine nicht unangenehme Wärme aus. Mir wurde ein wenig schwindlig, und ich kam zu dem Schluss, dass ich gut ohne Herzrasen auskam. Drew zu küssen war alles andere als ereignislos.

»Bye«, flüsterte er, ehe er sich abwandte. Gedankenverloren sah ich ihm nach.

»Und?« Saras Stimme holte mich mit einem Ruck in die Gegenwart zurück. Sie starrte mich mit großen Augen an.

»Schau nicht so.«

»Was zum Teufel war das?«, fragte sie ungläubig.

»Ich weiß nicht, was du meinst. Geht nicht sowieso jeder davon aus, dass Drew und ich ein Paar sind?«

»Ich hab gerade eine Stunde mit dir in der Mädchentoilette gesessen …«

»Lass es gut sein, Sara.« Am oberen Ende der Treppe wandte ich mich ihr zu. »Das hat nichts mit *ihm* zu tun. Ich mag Drew einfach.«

Sara hob die Augenbrauen, als wollte sie meine Behauptung in Frage stellen.

»Im Ernst, ich mag ihn«, beharrte ich und ging unbeirrt weiter zu meinem Spind.

»Na gut, vielleicht magst du ihn wirklich«, räumte Sara ein. »Aber es fühlt sich trotzdem nicht richtig an. Egal, wie toll du Drew findest, er ist nicht ...«

»Sag es nicht, Sara«, warnte ich. »Reden wir nicht mehr über *ihn*. Er hat sich entschieden wegzuziehen, und damit muss ich mich abfinden.«

»Einfach so?«, hakte sie nach. Ich zuckte die Achseln. »Mach keine Dummheiten, okay? Mit Küssen allein wirst du die Sache nicht klären.« Ich warf ihr einen genervten Blick zu, dann machte ich mich auf den Weg zu meinem nächsten Kurs und ließ Sara vor ihrem Spind stehen.

Mit dem Kunstkurs hatte ich weitaus mehr Probleme als mit Anatomie. Ms Mier stellte uns die Aufgabe, ein Gefühl zu malen und es so zu interpretieren, dass es sich vom Betrachter erfassen ließ. Tausend verschiedene Empfindungen durchströmten mich, aber ich hatte Angst, mich mit ihnen im Detail auseinanderzusetzen. Nervös holte ich mir eine Leinwand und überlegte, mit welchen Farben ich anfangen sollte.

»Kannst du dich nicht entscheiden?«, erkundigte sich Ms Mier. »Oder hast du Angst, dich dem Gefühl hinzugeben?« Ich warf ihr einen erstaunten Blick zu. Woher wusste sie, was in mir vorging?

»Es tut mir leid, dass du es durchleben musst«, fuhr sie fort, »aber ich glaube, du kannst etwas Wundervolles erschaffen, wenn du dich traust, es zu erkunden. Das heilt den Schmerz nicht unbedingt, aber es hilft dir vielleicht, ihn zu verarbeiten.«

Sie schwieg einen Moment, dann legte sie mir sanft eine Hand auf die Schulter und flüsterte: »Es ist in Ordnung, ihn zu vermissen.« Dann ging sie weiter.

Ich schluckte schwer und presste die Lippen aufeinander. Dann nahm ich mir verschiedene Rot- und Orangetöne, und kehrte zu meiner Staffelei zurück, um mit dem *Verarbeiten* zu beginnen.

Während der zwei Wochen, die ich an meinem Kunstprojekt

arbeitete, ließ ich den Schmerz auf mich einwirken und bannte ihn auf die Leinwand. Bei jedem Pinselstrich achtete ich strikt darauf, mir selbst treu zu bleiben, ein kräftezehrender Prozess, aber es tat gut, die aufgestauten Gefühle herauszulassen. Mehrmals musste ich mich durch einen Tränenschleier kämpfen, während ich die Farben auftrug und meinen Kummer Schicht um Schicht dem Bild übergab. Sobald ich meine Malutensilien säuberte, drängte ich alles in die hintersten Winkel meines Inneren zurück. Bis ich wieder auf den Schulflur hinaustrat, war nichts mehr davon übrig – abgesehen von dem dumpfen Schmerz in meinem Herzen, der sich an dem Tag dort festgesetzt hatte, an dem Evan weggezogen war.

Ich machte weiter. Ich spielte wieder Basketball – nur beim ersten Spiel saß ich noch bis zur Halbzeit auf der Bank. Ich konzentrierte mich auf die Schule, was mir jetzt, da ich jederzeit ohne Druck und Spannung in mein Zimmer fliehen konnte, viel leichter fiel. Ich genoss die Aufmerksamkeit eines tollen Jungen, der mich mühelos von allem anderen ablenkte, sobald er in meiner Nähe war. Und ich hatte Zeit für Sara. Ich lebte mein Leben weiter, wie ich es mir versprochen hatte.

27
WärMe

Ich erspähte seine zerzausten goldbraunen Haare in der Menschenmenge und drängte mich zu ihm durch, so schnell ich konnte. Doch sosehr ich mich auch beeilte, ich erreichte ihn einfach nicht. Das Gedränge wurde immer dichter, und plötzlich kämpfte ich mich durch Gestrüpp, das mir die Haut aufkratzte. Ich sah ihn vor mir, aber er blickte sich nicht um, und auf einmal wollten mir meine Beine nicht mehr gehorchen. Es kostete mich alle Mühe, einen Fuß vor den anderen zu setzen. Ich durfte ihn nicht gehen lassen! Mein Herz klopfte wild vor Angst, ihn aus den Augen zu verlieren.

Plötzlich schwankte der Boden unter mir, und ich sah ihn nicht mehr. Der felsige Untergrund rutschte unter meinen Füßen weg. Ich wollte stehenbleiben, aber es war zu spät. Als ich mich festzuhalten versuchte, bekam ich nur eine Handvoll loser Erde zu fassen, meine Beine schrammten gegen den Stein und baumelten hilflos über dem finsteren Abgrund. Verzweifelt umklammerte ich die Felskante und versuchte, mich mit aller Kraft emporzuziehen. Kalte Furcht ergriff mich. Im selben Moment, in dem der Felsvorsprung zu bröckeln begann, sah ich ihn über mir stehen, aber als ich die eine Hand nach ihm ausstreckte, verlor die andere ihren Halt. Sein Gesicht verschwand, und ich stürzte in die Tiefe. Kurz bevor ich auf dem Boden aufschlug, fuhr ich im Bett hoch.

Die üblichen Begleiterscheinungen meines unruhigen Schlafs begrüßten mich – mein Puls raste, ich atmete schwer und war schweißgebadet. Aber diesmal liefen mir auch Tränen übers Gesicht. Ich ließ mich aufs Kissen zurückfallen und gab mich meinem Kummer hin, weinte und weinte, bis ich nicht mehr weinen konnte und erschöpft einschlief.

»Du siehst müde aus«, stellte Sara fest, als sie mich am nächsten Morgen abholte.

»Ich hab nicht besonders gut geschlafen«, erklärte ich und verdrängte die Erinnerung an den verstörenden Albtraum, der mich einfach nicht loslassen wollte.

»Meinst du, du bist fit genug für die Party heute Abend?«

»Ja, ganz bestimmt«, versprach ich. Allein schon der Gedanke an die Nacht in Kelli Mulligans Strandhaus versetzte mich in Alarmbereitschaft. Ich hatte keine Angst einzuschlafen – was mir Sorgen bereitete, war die Aussicht auf meine erste Party mit Drew seit dem Lagerfeuer am Strand.

»Na, bist du bereit für die Party heute Abend?«, fragte Drew, als wir uns auf dem Parkplatz trafen.

Sein Anblick zauberte ein Lächeln auf mein Gesicht – so war es schon die ganze Woche, jedes Mal, wenn er mich morgens an Saras Auto abholte. Sara war zwar nicht unfreundlich zu ihm, gab sich aber auch keinerlei Mühe, ihn einzubeziehen – was völlig untypisch für sie war. Ich ignorierte ihr Verhalten und schmiegte mich an Drew.

»O ja«, antwortete ich gezwungen fröhlich. Warum stresste diese Party mich so sehr?

»Es wird bestimmt super«, meinte Drew und zog mich an sich.

Bevor wir im Schulflur getrennte Wege gingen, küsste er mich auf die Wange und flüsterte: »Wir sehen uns beim Lunch.«

»Vielleicht ist das der Grund«, überlegte Sara, als wir zu unseren Spinden gingen. »Bestimmt hat die Gehirnerschütterung dich verwirrt und dir endgültig den Verstand geraubt.«

»Wovon redest du?«

»Na, von der Tatsache, dass du Drew immer noch anhimmelst, als wäre er *der Richtige*.«

»Was genau ist eigentlich dein Problem?« Ich verstand beim besten Willen nicht, warum sie so bitter war.

»Ich mag dich nicht, wenn du mit Drew zusammen bist.«

»Was? Bin ich dann anders als sonst? Was hab ich denn falsch gemacht?«, fragte ich erschrocken.

»Du hast nichts falsch gemacht, ehrlich nicht. Du bist einfach nicht wie sonst. Es kommt mir vor, als würde irgendwas fehlen.« Sie schüttelte nachdenklich den Kopf. »Ich weiß nicht, wie ich es dir erklären soll.«

»Sara, warum machst du es uns beiden so schwer? Wenn ich irgendwas tue, wovon ich nichts weiß, dann sag es mir bitte, damit ich es ändern kann. Wenn ich nichts falsch mache, verstehe ich dein Problem mit mir und Drew nicht. Ich versuche, glücklich zu sein, und Drew macht mich glücklich. Noch glücklicher wäre ich allerdings, wenn du nicht so kritisch mit mir wärst. Ich möchte Spaß haben am Wochenende. Endlich können wir was zusammen unternehmen – ohne Angst und ohne Lügen. Freust du dich denn gar nicht darüber?«

»Doch, natürlich«, antwortete sie leise und zwang sich zu einem Lächeln. Das war immerhin ein Anfang. »Tut mir leid, Em. In letzter Zeit hat sich so viel verändert. Ich glaube, es fällt mir einfach schwerer als dir, das zu akzeptieren. Aber ich werde versuchen, mich für dich zu freuen.«

Sie zögerte, als wollte sie noch etwas hinzufügen, überlegte es sich dann aber anders. Ich ließ ihr Zeit zum Nachdenken.

»Ich werde dich nicht mehr kritisieren. Ich vertraue darauf, dass du weißt, was du tust, und ich werde dich unterstützen. Spätestens wenn wir heute Abend zu der Party gehen, werde ich mich freuen, das verspreche ich dir.«

»Danke.« Wir lächelten uns zu, bevor sie sich auf den Weg zum Unterricht machte.

Als wir uns beim Lunch wiedersahen, konnte ich bei Sara tatsächlich keine Anzeichen dafür feststellen, dass sie Vorbehalte gegen Drew und mich hatte. Sie war wieder ganz ihr überschwängliches, fröhliches Selbst. Sie plauderte über Kellis Party und zählte auf, wer kommen und wer dort übernachten würde. Da das Strandhaus nur zwanzig Minuten von Weslyn entfernt lag, hatte Kelli lediglich ein paar Mädchen zu ihrer Pyjama-Party eingeladen.

Saras gute Laune hielt auch den Rest des Tages an. Zu meiner freudigen Überraschung unterhielt sie sich sogar eine ganze Weile mit Drew. Er war wie immer sehr nett, und ich war erleichtert. Sara schien sich langsam mit der Idee anzufreunden, dass *er* jetzt mein Freund war.

Eine Beziehung mit Drew würde sich anders anfühlen, ich würde für ihn nicht dasselbe empfinden wie für Evan, das wusste ich. Aber so sollte es ja auch sein, oder etwa nicht? Doch als er mich vor dem Spiel ins leere Trainerzimmer zog, erlebte ich eine Überraschung. Ich war weder auf seine Verabschiedung gefasst noch auf meine Reaktion.

»Wir treffen uns dann so gegen acht bei Kelli, ja?«, vergewisserte er sich.

»Ja, das passt«, bestätigte ich.

Natürlich rechnete ich damit, dass er mich küssen würde, als er sich zu mir beugte. Er legte mir seine Hand in den Nacken, umschlang meine Taille und zog mich an sich. Ich spürte seinen warmen Atem, seine Zunge glitt in meinen Mund, und ich stöhnte schockiert auf, als ich merkte, welche Hitze die Berührung in meinem Inneren entfachte. Unsere Körper pressten sich aneinander, unsere feuchten Lippen bewegten sich leidenschaftlich. Als Drew mich schließlich losließ, musste ich erst einmal tief Luft holen.

»Wow«, hauchte er.

»Ja«, erwiderte ich leise.

Mein ganzer Körper pulsierte – dieses Gefühl war mir neu. Erst als mein Atem sich wieder beruhigt und der Schwindel sich gelegt hatte, konnte ich mich in Bewegung setzen.

»Ich muss los«, flüsterte ich und presste die Lippen zusammen. Sie kribbelten immer noch von unserem Kuss.

»Okay«, antwortete Drew. Dann beugte er sich erneut über mich, um mir einen kurzen Abschiedskuss auf den Mund zu drücken. Doch sobald wir uns berührten, ergriff uns erneut die Leidenschaft. Bevor ich mich ganz in dem Moment verlieren konnte, löste ich mich aus seiner Umarmung.

»Ich muss wirklich gehen«, beteuerte ich atemlos.

Er lächelte mir zu, und ich schlüpfte zur Tür hinaus.

»Warum bist du so rot im Gesicht?«, fragte Jill auf dem Weg zum Bus.

Ich berührte meine Wange und ich spürte, wie warm sie war. Leise grinste ich vor mich hin.

»Ich musste mich beeilen, um rechtzeitig hier zu sein«, behauptete ich. »Ms Holt wollte mit mir noch über meine Hausarbeit sprechen.«

Die Wärme und das Pulsieren hielten noch den größten Teil der Busfahrt an. Ich saß ganz hinten, lehnte meinen Kopf ans Fenster und starrte ins Nichts. Nicht einmal die Musik, die in voller Lautstärke aus meinen Kopfhörern wummerte, hörte ich wirklich. In Gedanken war ich immer noch bei unserem Kuss, und obwohl ich mich bemühte, ruhig zu atmen, erwischte ich mich mehrmals dabei, wie ich albern vor mich hin lächelte.

»Was ist denn mit dir los?«, fragte Jill neugierig.

Ich zog mir einen Ohrstöpsel raus, um sie besser verstehen zu können.

»Du wirkst nicht so konzentriert wie sonst vor einem Spiel«, stellte sie fest. »Alles in Ordnung?«

Ich schüttelte meine Benommenheit so gut ich konnte ab.

»Ja«, antwortete ich in nüchternem Ton. »Alles bestens. Ich war nur in Gedanken woanders.«

»Ist nicht schwer zu erraten, bei *wem*«, lachte Jill. Ich ignorierte sie, steckte den Ohrstöpsel wieder rein und zwang mich nun doch zur Konzentration auf das bevorstehende Spiel.

Nach dem Spiel holte Sara mich an der Schule ab.

»Habt ihr gewonnen?«

»Natürlich«, antwortete ich grinsend.

»Mom hat für uns gekocht, also machen wir uns nach dem Essen für die Party fertig. Ich hab dir schon Klamotten rausgelegt.«

Nichts anderes hatte ich von ihr erwartet.

»Muss ich nervös sein?«

»Ich glaube, das bist du so oder so.«

Ich stöhnte.

Ich stöhnte erneut, als ich die Klamotten sah, die meine beste Freundin für mich ausgesucht hatte.

»Ein Kleid, Sara?«, fragte ich und starrte entsetzt auf das blau und grün gemusterte trägerlose Etwas, das zusammen mit einem blauen Cardigan ausgebreitet auf Saras Bett lag und schon dort extrem sexy wirkte.

»Diesmal musst du keine Absatzschuhe tragen«, betonte sie, vielleicht in der Hoffnung, dass mir das über den Mangel an Stoff hinweghelfen würde. Aber ich konnte meine Augen nicht von dem Kleid abwenden.

»Geh einfach schon mal duschen und überlass die Klamottenfrage mir«, ordnete sie an.

Ich gehorchte.

Da das schulterfreie Kleid durch rein gar nichts an Ort und Stelle festgehalten wurde, wollte ich die Strickjacke darüber zuknöpfen, aber Sara schob wortlos meine Hände weg. Ich warf ihr einen beunruhigten Blick zu, denn ich hatte beim Blick in den Spiegel außerdem festgestellt, dass das Kleid für meinen Geschmack ein ganzes Stück zu kurz war. Immerhin lenkte mich der Anblick von den riesigen Lockenwicklern in meinen Haaren ab.

»Entspann dich, du siehst super aus«, meinte Sara. »Und ich verspreche dir, dass es nicht runterrutschen wird. Es sitzt perfekt.«

»Wie ist das möglich? Du hast doch viel mehr Oberweite als ich.«

»Deswegen hab ich es nie getragen«, erklärte sie. »Sei niemals neidisch auf anderer Leute BH-Größe. Die kann nämlich ungeheuer nerven.«

Ich lachte. Irgendwie nahm ich ihr diese subtile Selbstkritik nicht ganz ab.

Sara entfernte die inzwischen abgekühlten Lockenwickler und zupfte die sanften Wellen mit den Fingern zurecht. So füllig waren meine Haare noch nie gewesen, und ich benötigte die ganze Autofahrt, um mich daran zu gewöhnen.

»Hör auf, an deinen Haaren rumzuspielen«, ermahnte mich Sara, als wir in Kellis Einfahrt einbogen.

Das Strandhaus der Mulligans war atemberaubend – ein modernes zweistöckiges Haus ganz oben auf den Klippen. Wie ein Signalfeuer wies es uns den langen, steilen Zufahrtsweg hinauf. Aus der dem Meer zugewandten Fensterreihe drang ein hell schimmerndes Licht, das sich deutlich vom dunklen Abendhimmel abhob.

Sara und ich holten unsere Taschen aus dem Kofferraum und folgten der mit Steinen gepflasterten Auffahrt zu einem schmaleren Weg, der sich zum Haus emporschlängelte. Auf dem harten Stein hallten unsere Absätze weit durch die Nacht. In meinem Bauch grummelte es nervös, als Sara auf die Klingel drückte.

»Hey, Sara! Und Emma!«, begrüßte Kelli uns aufgeregt, als sie die Tür öffnete. »Kommt rein.«

Wir betraten eine kleine Diele, die von einer großen, mehrarmigen Deckenlampe beleuchtet wurde. Über eine kurze Treppe gelangten wir hinauf in einen Raum, bei dessen Anblick mir fast der Mund offen stehenblieb: eine elegante, ganz in Weiß und Chrom gehaltene Küche mit einer gigantischen Kochinsel und einer Bar, die an einen geräumigen Wohnbereich grenzte, von dem aus man einen umwerfenden Blick auf das Meer genoss. In dem großen Steinkamin prasselte ein Feuer, an der Fensterwand stand ein stilvoller Chromtisch mit Glasplatte. Eine weitere Sitzecke war um ein hochkomplexes Entertainmentsystem am anderen Ende des Zimmers arrangiert. Ich erkannte die meisten der vierzig, vielleicht auch fünfzig Leute, die sich im Raum verteilt hatten.

Wir folgten Kelli durch die Küche und einen langen Flur hinunter. Sie öffnete die letzte Tür, und wir betraten ein helles, weißes Schlafzimmer, ebenfalls mit Panoramafenstern zum Meer. In dem Raum waren zwei mit weißblauen Kissen ausstaffierte Doppelbetten, vor einem kleinen Kamin stand eine Chaiselongue. Durch eine Tür gelangte man direkt in ein eigenes kleines Badezimmer.

»Hier werdet ihr übernachten«, erklärte Kelli und reichte Sara einen Schlüssel. »Damit ihr euch nachher keine Sorgen machen müsst, dass plötzlich jemand reinplatzt«, meinte sie mit einem ironischen Grinsen. »Kommt zu uns, wenn ihr so weit seid, und fühlt euch ganz wie zu Hause.«

»Beeindruckend, was?«, meinte Sara, als Kelli gegangen war. Ich betrachtete mit großen Augen die dunklen Wellen, die weit unter uns an die Klippen schlugen. »Unglaublich.«

Wir ließen unsere Taschen im Zimmer und gesellten uns zu den anderen. Diese Party ähnelte in keiner Weise den beiden anderen, auf denen ich gewesen war. Alle hier waren gekleidet, als würden sie ein schickes Restaurant besuchen – oder vielleicht auch einen Nachtclub. Die Mädchen zeigten möglichst viel nackte Haut, die sie mit glitzernden Halsketten und Ohrringen noch betonten, während die Jungs maßgeschneiderte Anzüge trugen und ihre Haare mit mehr Styling-Produkten bearbeitet hatten, als ich besaß. Jetzt verstand ich auch Saras Kleiderwahl, obwohl ich nicht vorhatte, meinen Cardigan im Lauf des Abends abzulegen.

»Wie war dein Spiel?«, fragte Drew, schlang beide Arme um meine Taille und küsste mich kurz auf den Mund. Wärme durchströmte mich bei der Berührung seiner Lippen, und sofort musste ich wieder an unsere heiße Begegnung am Nachmittag denken.

»Wir haben gewonnen«, antwortete ich lächelnd und wurde ein bisschen rot.

Er nahm meine Hand und führte mich in die Küche. Dort stand schon Sara und begrüßte einen nach dem anderen, während wir uns einen Weg durchs Zimmer bahnten. Sie nahm sich ein Glas Sekt, und Drew holte sich ein Bier. Plötzlich hatte ich ein ungutes Gefühl.

»Was möchtest du?«, erkundigte sich Drew, wobei er mich an sich zog, um mir ins Ohr flüstern zu können.

»Erst mal nichts, danke«, antwortete ich und schaute mich nervös um. So gut wie alle um mich herum hielten Gläser in der Hand, höchstwahrscheinlich mit irgendetwas Alkoholischem gefüllt. Der Gedanke, mich mit womöglich angetrunkenen Fremden unterhalten zu müssen, machte mich noch nervöser. Das würde bestimmt interessant.

»Bist du sicher?«, hakte Drew nach. »Ich muss auch nichts trinken, wenn dir das unangenehm ist.«

Darauf wusste ich keine Antwort. Natürlich war es mir unangenehm. Ich hatte oft genug miterlebt, wie meine betrunkene Mutter die Kontrolle verlor. Zwar schien es auf allen Partys Alkohol zu geben, aber das änderte nichts an meiner Abneigung dagegen. Konnte ich ihn wirklich bitten, nichts zu trinken?

»Musst du nachher noch fahren?«, war das Erste, was aus meinem Mund kam.

»Nein. Ich übernachte mit ein paar Jungs im Gästehaus.«

Er übernachtete auch hier? Mir stockte der Atem. Er würde die ganze Nacht über in meiner Nähe sein – und das nach dem Kuss heute Nachmittag. Aber damit würde ich schon klarkommen, richtig?

»Ich trinke keinen Alkohol«, erklärte ich mit einem entschuldigenden Achselzucken.

»Das ist völlig okay«, sagte er und stellte seine Bierflasche weg. »Ich muss auch nichts trinken.« Dann küsste er mich zärtlich auf den Mund und flüsterte mir ins Ohr: »Ich brauche keinen Alkohol, um in die Gänge zu kommen.« Mir wurde heiß. Allmählich fragte ich mich, ob ich tatsächlich klarkommen würde.

Da Sara verschwunden war, folgte ich Drew zur Sitzecke, wo sich ein paar seiner Freunde übers Surfen unterhielten. Er legte wieder den Arm um meine Taille, und ich lauschte ihren Geschichten, die weit unterhaltsamer waren, als ich erwartet hätte.

Ein Weilchen später entdeckte ich Sara mit ein paar Mädchen aus der Fußballmannschaft in der Nähe der Küche und sagte Drew, dass ich gleich zurückkommen würde.

»Hi«, sagte ich, als ich auf die kleine Gruppe zuging.

»Hi, Emma«, begrüßte mich Katie. »Du siehst echt toll aus.«

»Danke«, antwortete ich verlegen. »Du auch.« Sie trug ein trägerloses weißes Top, eine enganliegende schwarze Hose und schwarze Riemchenschuhe – nie im Leben hätte ich auf diesen hohen Absätzen laufen können, aber ihr bereiteten sie offensichtlich keine Probleme.

»Wo ist Drew?«, erkundigte sich Sara.

»Er unterhält sich mit ein paar Freunden«, erklärte ich und wies mit dem Kopf zu der Gruppe lachender Jungs hinüber.

»Seid ihr zwei jetzt offiziell zusammen?«, wollte Lauren wissen.

»Was meinst du damit?«, fragte ich, unsicher, was genau sie unter »offiziell« verstand. Anscheinend gab es Regeln, die ich nicht kannte.

»Geht ihr auch noch mit anderen aus?«, formulierte Lauren ihre Frage um.

»Ich nicht«, antwortete ich und sah zu Drew hinüber, der ganz ins Gespräch vertieft war. Ob er wohl mit anderen Mädchen ausgehen wollte? Und wenn ja, wäre das in Ordnung für mich? Unvermittelt krampfte sich mein Magen zusammen.

»Darüber haben wir noch gar nicht geredet«, gestand ich.

»Du solltest ihn unbedingt fragen, was er erwartet, Em«, riet mir Sara, und die anderen Mädchen nickten zustimmend.

»Sonst machst du dir falsche Hoffnungen und wirst später enttäuscht«, fügte Jill hinzu. »Drew spricht nicht über seine Eroberungen, aber wer weiß, mit wem er sich nebenbei noch so trifft.« Mein Blick fiel auf Katie, die bei diesen Worten den Blick senkte und rot wurde.

»Deshalb war ich auch ziemlich überrascht, als ich von eurem Kuss gehört habe«, bemerkte Lauren. »Sonst erfahre ich nie irgendetwas über Drew.«

»Wahrscheinlich war es diesmal anders, weil es um Emma ging«, meinte Sara. »Mit ihr ist es ein größeres Ding – das konnte er wohl nicht für sich behalten.«

Mir war dieses ganze Gespräch über Drew und mich unangenehm, und ich versuchte das Thema zu wechseln.

»Übernachtet ihr auch hier?«, fragte ich die anderen Mädchen, aber sie waren so damit beschäftigt, meine Beziehung mit Drew zu analysieren, dass sie meine Frage überhörten.

»Ich kenne seine Freunde«, meldete sich schließlich auch Katie zu Wort. »Glaubt mir, er ist nicht so unschuldig, wie er immer tut.« Obwohl sie sich nicht direkt an mich wandte, hörte ich die Warnung heraus. Ich musterte sie argwöhnisch, aber sie wich meinem Blick immer noch aus.

Auch Sara war Katies eindringlicher Tonfall nicht entgangen. »Weißt du irgendwas Genaueres, Katie?«

»Nein – ich war nur öfters dabei, wenn Drew und seine Jungs zum Surfen nach Jersey gefahren sind. Sie haben *alle* mit den Mädchen dort geflirtet. Ich war mal mit Michaela dort, sie hatte gerade was mit Jay angefangen. Er hatte sie eingeladen, aber als wir dann da waren, hat er sie kaum beachtet und sich stattdessen an ein anderes Mädchen aus der Stadt rangemacht. Er fand das ganz selbstverständlich und hat auch nicht verstanden, warum Michaela sauer war, als er noch in derselben Nacht mit ihr schlafen wollte.«

»Das heißt aber nicht unbedingt, dass sie alle so sind«, erwiderte Jill. Katie zuckte die Achseln. Sie hatte uns nicht alles gesagt, da war ich mir plötzlich ganz sicher.

»Em, komm mit«, forderte Sara mich auf. »Ich brauch noch was zu trinken.«

Ich holte eine Flasche Mineralwasser aus dem Kühlschrank, während Sara ihr Glas nachfüllte, und wartete darauf, dass sie mir verriet, warum sie mich wirklich von den anderen Mädchen weggelotst hatte.

»Ich glaube, Katie hatte mal was mit Drew«, erklärte sie schließlich. »Vielleicht hat sie sogar immer noch was mit ihm.«

»Meinst du wirklich?«

Sie machte ein nachdenkliches Gesicht. »Möglich. Irgendwas stimmt an der ganzen Sache jedenfalls nicht. Ich weiß, dass er mit zwei von den Mädchen hier zusammen war.«

»Sag mir bitte nicht, mit wem«, beschwor ich sie.

Ich hätte es nicht ertragen, etwas von Drews Eroberungen zu hören, allein der Gedanke verschlimmerte den Krampf in meinem Magen. Wieder blickte ich zu ihm hinüber, aber die Gruppe von Jungs hatte sich aufgelöst, und es dauerte einen Moment, bis ich ihn in der Menge ausfindig machen konnte. Endlich sah ich, dass er sich mit Kelli und einem anderen Mädchen unterhielt, das ich nicht kannte. Mein Magenkrampf verwandelte sich in eine höchst unwillkommene Eifersucht. Schnell verdrängte ich das Gefühl – kein Grund zur Panik. Das Gerede der Mädchen hatte mich auf dumme Gedanken gebracht, ich musste die Unsicherheit abschütteln.

»Rede einfach mit ihm darüber, dann gibt es keine Missverständnisse«, beharrte Sara. »Willst du denn eine feste Beziehung mit ihm?«

Noch so eine Frage, über die ich bisher nicht nachgedacht hatte. Ich hatte Drew in einem unachtsamen Moment in mein Leben gelassen, und jetzt, da ich wieder achtsam war, wusste ich überhaupt nicht mehr, was ich denken sollte. Inzwischen war es für mich selbstverständlich, dass wir uns jeden Tag sahen. Mir war gar nicht in den Sinn gekommen, er könnte sich auch für andere Mädchen interessieren. Aber als ich mich jetzt umschaute und all die anderen Wahlmöglichkeiten sah, verstand ich die Versuchung und begann, meine Beziehung zu ihm zu hinterfragen.

»Ich weiß es nicht«, gestand ich offen. »Das habe ich mir noch nie richtig überlegt.«

»Dachte ich mir.« Ich wartete darauf, dass Sara weitersprach, aber sie schwieg.

In diesem Moment kam Jay auf uns zu. »Hey, Sara. Schön, dich zu sehen.«

»Hi, Jay«, grüßte Sara zurück.

»Kommt ihr zwei im Frühjahr mit zum Surfen nach Jersey?«

Die Vorstellung, mit Drew jetzt auch noch Pläne für die Zukunft zu machen, überforderte mich vollkommen. Ich hatte ausschließlich in der Gegenwart gelebt. Mir fiel es schon schwer, das Gerede über unseren Beziehungsstatus zu verdauen, da konnte ich nicht auch noch einen Surf-Trip mit ihm und seinen Freunden planen.

»Schauen wir mal«, antwortete ich mit einem lässigen Schulterzucken.

»Ach komm schon. Es wird euch gefallen.«

»Bis dahin kann viel passieren«, meinte Sara, die meine knappe Antwort sofort richtig interpretiert hatte.

»Wohl wahr«, stimmte Jay zu. »Aber egal – ich würde euch auf jeden Fall gerne auf einem Surfbrett sehen. Und im Bikini.« Er lachte. Fassungslos starrte ich ihn an, während Sara lediglich die Augen verdrehte.

»War nur ein Witz«, versuchte er sich zu rechtfertigen.

»Hey«, hörte ich im selben Moment Drews Stimme hinter mir, und schon lagen seine Arme wieder um meiner Taille.

»Ich habe die beiden gerade gefragt, ob sie im Frühjahr mit uns surfen gehen«, erklärte ihm Jay.

»Ach ja? Willst du, dass ich dir das Surfen beibringe?« Drew trat neben mich, um mir ins Gesicht zu sehen.

»Vielleicht«, antwortete ich achselzuckend, denn ich wollte ihm hinsichtlich unserer gemeinsamen Zukunft auf keinen Fall etwas vormachen.

»Sie glaubt anscheinend nicht, dass ihr dann noch zusammen seid«, sagte Jay lachend.

»Jay!«, rief Sara entsetzt und schlug ihm auf den Arm.

»Autsch!« Er rieb sich die Stelle, die sie erwischt hatte. »Was ist denn los?«

»Das hat Em nicht gesagt«, fuhr sie ihn an. Dann wandte sie sich Drew zu und verdrehte erneut die Augen. »Er ist ein Idiot.«

Drew musterte mich prüfend.

»Willst du mich etwa schon abservieren?«

»Aber nein!«, erwiderte ich fest. »Ich hab wirklich nichts dergleichen gesagt. Vielen Dank auch, Jay!« Jay hob verteidigend die Hände – eine Geste, die anscheinend ziemlich typisch für ihn war.

Drew nahm mich bei der Hand und zog mich ein Stück den Flur hinunter. Hier war es deutlich ruhiger. Mein Magen rebellierte, so nervös machte mich die Aussicht, diese Unterhaltung gerade jetzt führen zu müssen.

»Was ist los?«, fragte Drew.

»Gar nichts«, versicherte ich ihm, aber offensichtlich beruhigte ihn mein Tonfall nicht.

»Ich möchte lieber nicht hier darüber reden.« Ich warf einen Blick in das Zimmer mit all den neugierig gespitzten Ohren und verstohlenen Blicken, die uns zugeworfen wurden.

Drews Augen wurden schmal. Anscheinend hatte ich etwas Falsches gesagt. Dieses Gespräch verlief nicht sonderlich gut. Aber ich kam auch nicht dahinter, womit ich ihn so verärgert hatte.

Wortlos nahm er wieder meine Hand, führte mich die Treppe hinunter und durch die Haustür nach draußen. Vom Meer her kam ein kalter Wind. Ich fröstelte und schlang die Strickjacke enger um mich.

»Wo gehen wir hin?«, fragte ich, während wir die Auffahrt überquerten.

»An einen Ort, an dem wir reden können.«

Durch eine Lücke zwischen den Bäumen sah ich eine kleine Hütte. Drew zog einen Schlüssel aus der Tasche und schloss die Tür auf. Im Inneren gab es nur ein Zimmer mit einer Wohnküche, einer Sitzecke, zwei schmalen Doppelbetten an der hinteren Wand und einer Leiter, die zu einem Hochbett hinaufführte. Alles war im maritimen Stil von New England gehalten, überall Muscheln und Bilder von Segelbooten – das absolute Gegenprogramm zum eleganten, modernen Design des Haupthauses.

Drew schloss die Tür hinter uns und wandte sich mir zu. Sein besorgter Gesichtsausdruck überraschte mich – anscheinend hatte das Missverständnis mit Jay ihm tatsächlich etwas ausgemacht. Jetzt wusste ich erst recht nicht mehr, was ich sagen sollte.

»Kannst du mir bitte erklären, worum es da gerade ging?«

»Es tut mir leid«, antwortete ich, sah aber plötzlich Panik in seinen Augen aufflackern. Schon wieder die falsche Wortwahl! Was zur Hölle machte ich bloß verkehrt? »Die Mädels haben mir nur Ratschläge gegeben, die mich verunsichert haben. Es war bescheuert, echt.« Ich hoffte, mein abschätziger Ton würde ihn beruhigen, aber er blieb angespannt.

»Weswegen wolltest du ihren Rat?«

»Ich wollte ihn gar nicht«, erklärte ich schnell. Diese Unterhaltung gestaltete sich noch schwieriger, als ich gedacht hatte. »Sie haben mich gefragt, ob wir beide *offiziell* zusammen sind, und ich hab ihnen gesagt, dass wir darüber noch nicht wirklich geredet haben. Sie waren der Meinung, dass ich dich darauf ansprechen sollte. Auf die Art und Weise würde ich herausfinden, ob du noch mit jemand anderem ausgehst. Es war lächerlich, und ich hätte nicht auf sie hören sollen.«

»Hm«, machte Drew nur, und ich gab ihm etwas Zeit, meine Worte zu verdauen. Seine Schultern entspannten sich ein wenig, aber er sah immer noch beunruhigt aus.

»Und, sind wir zusammen?«, wollte er dann schließlich wissen.

Mit dieser Reaktion hatte ich nicht gerechnet.

»Was heißt das genau?«, antwortete ich mit einer Gegenfrage. Schon wieder ein Fehlgriff. Er blinzelte erschrocken.

»Wärst du lieber mit jemand anderem zusammen?«, erkundigte er sich vorsichtig.

Mein Herz setzte einen Schlag aus. Natürlich wollte er hören, dass es für mich keinen anderen gab als ihn, aber ich brachte die Worte einfach nicht über die Lippen und schüttelte nur stumm den Kopf. Eine glatte Lüge.

»Und du, möchtest du eine andere?«, antwortete ich erneut mit einer Gegenfrage, völlig verunsichert, weil mir gerade einige Gründe durch den Kopf gingen, warum er womöglich keine feste Beziehung wollte.

»Nein«, antwortete er, ohne zu zögern. »Aber warum glaubst du dann nicht, dass wir im Frühjahr noch ein Paar sind?«

Jetzt waren wir also wieder bei dieser Frage angelangt. Ich holte tief Luft, um Zeit zu schinden.

»Das habe ich nie gesagt.«

»Dann glaubst du es also?«

Wie sollte ich darauf ehrlich antworten, ohne dass er mich wieder missverstand? Ich schaute in seine verstört dreinblickenden hellgrünen Augen, und plötzlich musste ich grinsen. Es war Zeit für ein Ablenkungsmanöver. Wortlos trat ich einen Schritt näher, schlang meine Arme um seinen Hals und zog ihn an mich. Er leistete keinen Widerstand, als ich ihn küsste.

Lächelnd sah er mich an, und seine Grübchen kamen zum Vorschein. Im Handumdrehen lagen seine weichen Lippen wieder auf meinen, und eine vertraute Wärme breitete sich in mir aus. Wieder und wieder küsste er mich, immer dichter zog er mich zu sich heran. Die pulsierende Hitze, die seine Berührungen in mir auslösten, raubte mir fast den Atem.

Sein Körper presste sich an meinen, und ich stöhnte leise vor Erregung, als seine Hände sich noch fester um meine Taille legten. Ohne auch nur eine Sekunde voneinander abzulassen, bewegten wir uns langsam durch den Raum, bis mein Bein gegen etwas Hartes stieß. Sanft drängte Drew mich auf eins der Betten. Mir war schwindlig, ich war benebelt, berauscht und unfähig, darüber nachzudenken, wo all das hinführen mochte. Drews Hand glitt über meinen Oberschenkel, und er zog mein Bein um seine Taille. Irgendwo in meinem Kopf schrillte eine Alarmglocke.

Aber Drew küsste meinen Hals, ein neuerlicher Schauer der Erregung durchlief meinen Körper, und die Alarmglocke war vergessen, ehe sie laut genug geworden war. Warm glitt seine Zunge über meinen Hals, während er mit geübten Fingern meine Strickjacke aufknöpfte und mein Dekolleté entblößte. Ich stöhnte vor

Erregung und ließ mich von seiner Leidenschaft mitreißen. Sein Mund fand zurück zu meinem, seine Hand wanderte an der Außenseite meiner Schenkel entlang, höher und immer höher, bis sie sich schließlich zwischen meine Beine schob.

In diesem Moment drang ein lautes Klopfen an mein Ohr, und ein kalter Luftzug erfasste mich.

»Hoppla«, erklang eine männliche Stimme.

»Jay, verpiss dich!«, rief Drew, der immer noch auf mir lag, und wandte den Kopf zur Tür.

Blitzschnell machte ich mich von ihm los, zog mein Kleid über die Schenkel und zupfte meinen Cardigan zurecht. Drew blieb nichts anderes übrig, als sich ebenfalls aufzusetzen.

»Sorry, Mann«, sagte Jay mit einem ätzenden Grinsen. »Ich hatte ja keine Ahnung.«

»Verschwinde einfach.«

»Wir sehen uns dann drinnen.« Jay lachte im Hinausgehen und schloss die Tür hinter sich.

»Scheiße«, stöhnte Drew und ließ sich auf den Rücken fallen. »Tut mir echt leid.«

Von draußen hörte ich Saras Stimme: »Jay, hast du Emma gesehen?«

Hastig sprang ich vom Bett und strich mein Kleid glatt.

»Sie ist da drin.« Jay lachte wieder.

»Was ist los?«, fragte Drew beunruhigt und stützte die Ellbogen aufs Bett.

»Sara sucht nach mir.« Ich stellte mich vor den Spiegel, um meine Haare in Ordnung zu bringen.

»Willst du wieder nach drüben?« Ihm war die Enttäuschung deutlich anzuhören. Langsam stand er auf. Im selben Moment klopfte Sara an die Tür.

»Emma, bist du da drin?«, rief sie.

»Komm rein!«, antwortete Drew in leicht genervtem Ton.

Vorsichtig drückte Sara die Tür auf und spähte zu uns herein. Ich verdrehte die Augen – wie misstrauisch sie sich benahm! Skeptisch sah sie von mir zu Drew und wieder zurück, dann fiel ihr Blick auf das zerknitterte Bettzeug. Hundertprozentig würde sie mich deswegen später mit Fragen löchern.

»Ähm, wir wollten …« Sie stockte. »Ich hab dich gesucht.«

»Ich komme gleich«, versprach ich, denn ich war noch nicht bereit zu gehen. Ich spürte, wie die Hitze sich von meinen Wangen über mein ganzes Dekolleté ausbreitete.

»Okay, dann sehen wir uns gleich drüben«, antwortete Sara nach kurzem Zögern und zog die Tür hinter sich ins Schloss.

»Sorry, aber ich glaube, wir sollten lieber rübergehen, bevor *alle* nach uns suchen«, sagte ich.

»Ich könnte die Tür abschließen«, schlug er vor, zog meinen Cardigan ein Stück herunter und küsste mich auf die Schulter. Bevor ich mich erneut in dem Gefühlsstrudel verlieren konnte, wich ich einen Schritt zurück und zog die Jacke mit einem nervösen Lachen wieder zurecht. »Also gut, gehen wir«, gab Drew widerwillig nach.

Im Haupthaus wurden wir mit misstrauischen Blicken und vielsagendem Schmunzeln empfangen. Mir wurde eng um die Brust. Vielleicht glühte mein Gesicht immer noch so, dass mir alle sofort ansahen, was Drew und ich getrieben hatten. Ich hielt nach Sara Ausschau, entdeckte aber stattdessen Jay, der mich mit einem dämlichen Grinsen anglotzte. Am liebsten hätte ich es ihm aus dem Gesicht gewischt.

»Ich hole mir nur schnell was zu trinken«, rief ich Drew zu und bahnte mir einen Weg in Richtung Küche.

Noch bevor ich sie erreichte, hatte Drew in einer Ecke des Raums Jay in ein Gespräch verwickelt.

»Jetzt ist es wohl offiziell«, meinte Jill lachend.

»Was?!« Sie grinste mich vielsagend an und bestätigte damit meine schlimmsten Befürchtungen. Ich lief knallrot an.

»Komm, du weißt doch, dass Jay eine große Klappe hat«, meinte sie.

»Na super.« Beschämt schüttelte ich den Kopf. »Aus seinem Mund klang es bestimmt wesentlich schlimmer, als es war.«

»Ich kann mir kaum was Schlimmeres vorstellen.«

»Was soll das nun wieder heißen?«, fragte ich verwirrt.

Sie zögerte einen Moment, dann gab sie mir mit einer Kopfbewegung zu verstehen, dass ich ihr in eine stille Ecke neben den Küchenschränken folgen sollte. Mir wurde angst und bange.

»Er behauptet, er hätte Drew und dich beim Sex erwischt.«

»Wie bitte?!«, rief ich viel zu laut. Es war, als würde mir jemand den Boden unter den Füßen wegziehen, und ich musste mich an der Arbeitsplatte festhalten. Die Leute in unserer Nähe unterbrachen ihre Gespräche und spitzten neugierig die Ohren.

»Wir haben uns nur geküsst«, erklärte ich in aufgebrachtem Flüsterton. »Das ist alles! Dieser verdammte Idiot!« Plötzlich wurde mir klar, warum uns bei unserer Rückkehr alle so angestarrt hatten. Mir drehte sich fast der Magen um.

»Sorry«, sagte Jill achselzuckend. »Jay erzählt gern Geschichten.« Ich konnte nur fassungslos den Kopf schütteln.

Während ich noch dabei war, ihr zu erklären, was Jay wirklich gesehen hatte, gesellte sich Sara zu uns.

»Ich wusste, dass du so etwas nicht tun würdest.« Sie klang erleichtert.

»Natürlich nicht!«, beteuerte ich. Allem Anschein nach führte Drew auf der anderen Seite des Zimmers gerade ein ähnliches Gespräch mit ein paar von den Jungs. Jay schüttelte nur dauernd den Kopf und hielt in seiner berüchtigten Unschuldspose die Hände in die Luft.

»Bitte lasst euch doch ein interessanteres Gesprächsthema einfallen als das, was Drew und ich *nicht* getan haben«, bettelte ich und versuchte, meinen rebellierenden Magen wieder zu beruhigen.

»Äh, na ja, Katie ist mit Tim irgendwohin verschwunden«, erzählte Jill.

»Echt?«, fragte Sara interessiert.

Ich verspürte nicht das geringste Interesse, mich darüber zu unterhalten, was zwei Leute miteinander machten, wenn sie alleine waren – zumal ich gerade selbst Opfer dieser Spekulationen geworden war. Deshalb zog ich mich unauffällig zurück, während Sara und Jill gnadenlos eine haarsträubende These nach der anderen in den Raum stellten. Ich setzte mich aufs Sofa vor dem Kamin und wollte nur noch unbehelligt ins Feuer starren. Doch stattdessen suchte mich ein verstörendes Déjà-vu heim.

»Ich hatte ihn auch mal«, riss Kelli mich aus meiner Trance, und mir stieg der süßlich-scharfe Geruch von Alkohol in die Nase. Seufzend versuchte ich mich innerlich zu wappnen.

»Du hast sooo ein Glück«, lallte Kelli weiter. »Drew ist echt ein toller Kerl.«

»Mhmm«, stimmte ich zu.

»Ich war nur einmal mit ihm im Bett«, gestand sie. Mein Rücken wurde starr. »Wir sind nie miteinander ausgegangen oder so.« Das sagte sie in einem Ton, als müsste es mich beruhigen. »Aber er ist umwerfend, oder?« Inzwischen war ich wie gelähmt.

»Ich bin so froh, dass ihr hier seid, du und Sara«, nuschelte Kelli und legte ihren Kopf auf meine Schulter. »Ihr seid die nettesten Mädels, die mir je begegnet sind.« Ich sah hinunter auf ihre kurzen braunen Haare, die genau an den richtigen Stellen stachlig abstanden, und auf ihr figurbetontes, tief ausgeschnittenes Cocktailkleid.

Na toll, Drew hatte also mit ihr und wahrscheinlich auch mit Katie geschlafen. Wie viele Mädchen in diesem Raum hatten sonst noch das Privileg einer Nacht mit Drew genossen? Ich wusste, dass er – anders als ich – vorher schon Beziehungen gehabt hatte. Aber anscheinend war eine feste Beziehung gar nicht nötig, um ihn kennenzulernen. Bei der Vorstellung, dass Drew mit diesem Mädchen intim gewesen war, wurde mir wieder übel. Ich durfte mich davon nicht verrückt machen lassen, aber ich konnte einfach nichts dagegen tun.

In dem Versuch, mich abzulenken und nicht ständig über Drews Vergangenheit nachzugrübeln, verlor ich irgendwann das Zeitgefühl. Wahllos unterhielt ich mich mit fremden Leuten über dieses und jenes und schaute sogar ein paar Jungs beim Armdrücken zu – was erstaunlich unterhaltsam war, vor allem, weil einer der Kontrahenten immer wieder zu schummeln versuchte, indem er von seinem Stuhl aufstand. Als Drew schließlich wieder zu mir stieß, waren die meisten unterwegs zu ihren Autos oder ihren Zimmern.

»Sorry, dass ich so lange weg war«, sagte Drew, setzte sich neben mich auf die Couch und legte den Arm um meine Schultern. Ich war längst bettreif und hatte gehofft, mich unbemerkt in mein Zimmer verdrücken zu können. Mir war nicht danach, mich an ihn zu kuscheln, ich hatte mich immer noch nicht von den Gedanken erholt, die mich den größten Teil des Abends beschäftigt hatten. Ich blieb kerzengerade sitzen. »Alles okay?«, fragte er sofort.

»Ja, ich bin nur müde«, wiegelte ich ab. Ich streckte mich, als hätte ich einen steifen Rücken, befürchtete aber, dass er meine Scharade durchschaute.

»Zu müde, um mit mir allein zu sein?«, flüsterte er dicht an meinem Ohr. Ich grinste; sein warmer Atem vertrieb die Fragen, die mich in den letzten Stunden gequält hatten. Auf einmal konnte ich mich ihm wieder zuwenden, und er begegnete mir mit einem sanften Kuss auf die Lippen.

»Und, wie sieht's aus?«, drängte er. Ich grinste weiter und genoss die Wärme, die sich in mir ausbreitete. Anscheinend hatte er meine wortlose Antwort verstanden, denn er küsste mich erneut, länger diesmal, und zog mich näher an sich.

In diesem Moment hörte ich ein lautes Räuspern. Rasch löste

ich mich von Drew, und als ich mich umblickte, sah ich Katie direkt hinter uns stehen. Überrascht setzte ich mich auf.

»Drew, kann ich kurz mit dir reden?«, fragte sie unschuldig. Sie schien ein bisschen unsicher auf den Beinen, stützte die Hände in die Hüften und lächelte kokett. Drew seufzte und sah mich fragend an. Ich zuckte die Achseln.

»Klar«, antwortete er, stand auf und folgte Katie zu einem ruhigen Plätzchen am Fenster vor dem Esstisch.

Ich ließ mich in die Couchpolster sinken – mein flauer Magen hinderte mich daran, den beiden zuzuschauen. Nach ein paar Minuten kam Drew zurück, offensichtlich tief in Gedanken versunken.

»Alles in Ordnung?«, fragte ich, obwohl ich die Antwort eigentlich gar nicht wissen wollte.

»Darauf war ich jedenfalls nicht vorbereitet«, erklärte Drew etwas distanziert.

Ich konnte ihn nicht bitten, ins Detail zu gehen, aber seine Antwort beunruhigte mich. Auf einmal wollte ich unbedingt wissen, was Katie gesagt hatte. Drew bemerkte meine Anspannung wie immer sofort und ergriff meine Hand.

»Das ist eine lange Geschichte«, meinte er abwehrend und keineswegs hilfreich. »Ich glaube, ein paar Leute wollen den Whirlpool unten austesten. Hast du Lust?«

»Nein, eigentlich nicht«, antwortete ich. Ich wollte nur dieses schreckliche Unbehagen loswerden und mich in mein Zimmer zurückziehen.

»Du willst echt schlafen gehen, stimmt's?«

»Ja«, gestand ich. »Tut mir leid.«

»Schon in Ordnung, es ist ja auch ziemlich spät.« Er zögerte kurz, bevor er fragte: »Kann ich mich zu dir legen?«

Mir verschlug es den Atem. Das hatte ich definitiv nicht erwartet.

»Das wäre keine gute Idee.«

»Wahrscheinlich hast du recht«, räumte er ein. »Kann ich dich wenigstens zudecken?«

Das Angebot war so süß, dass ich lachen musste. »Ich denke, das wäre okay.«

Ich suchte Sara wegen des Zimmerschlüssels, Drew folgte mir. Als Sara ihn hinter mir stehen sah, zog sie vielsagend die Augenbrauen hoch, aber ich warf ihr einen genervten Blick zu und wies ihre unausgesprochene Unterstellung mit einem energischen Kopfschütteln zurück. Jeder, der mich mit Drew in mein Zimmer verschwinden sah, würde mit Sicherheit dieselben Schlüsse ziehen, doch nach allem, was heute schon passiert und fehlinterpretiert worden war, kümmerte mich das nicht mehr.

Drew setzte sich im Gästezimmer auf einen weißen Stuhl, während ich mich im Bad bettfertig machte. Als ich in einem enganliegenden Top und gestreiften Boxershorts, die Zähne geputzt, das Gesicht gewaschen, wieder herauskam, grinste Drew mich an – wahrscheinlich weil er in diesem Augenblick mehr von mir zu sehen bekam als bisher.

Dann schlüpfte ich unter die Bettdecke, und er schloss die Tür ab.

»Damit niemand reinplatzt und auf falsche Ideen kommt«, erklärte er, als er meinen fragenden Blick sah.

»Du wolltest mich nur zudecken, weißt du noch?«

Drews einzige Antwort war ein Schmunzeln.

»Gute Nacht«, flüsterte er und beugte sich über mich. Bevor unsere Lippen sich berührten, zögerte er kurz, sein warmer Atem prickelte auf meiner Haut. Zärtlich drückte sich sein Mund auf meinen. Er küsste mich so lange, bis sich in meinem Kopf alles drehte. Dann zog er sich zurück, aber ich hielt die Augen geschlossen, genoss den sanften Schwindel und stieß, ohne mir dessen richtig bewusst zu sein, einen leisen Seufzer aus.

Ehe ich die Augen öffnen konnte, hatte er meine Lippen zurückerobert, energischer und fordernder diesmal. Ich erwiderte seine Leidenschaft, schlang die Arme um seinen Hals und zog ihn zu mir. Nur die Decke trennte uns, sein Körper lag auf meinem, während er fortfuhr, mich zu küssen. Als sein Mund meinen Hals hinabglitt, wölbte ich mich ihm entgegen. Seine Wärme und sein Verlangen waren so berauschend, dass ich keinen klaren Gedanken mehr fassen konnte. Ich reagierte nur noch auf das Pulsieren, das mich unweigerlich zu Drew hinzog.

Als er zu mir unter die Decke schlüpfte und ich ihn so dicht bei mir spürte, verschlug es mir den Atem. Ich begann leise zu keuchen. Meine Lippen schmeckten die salzige Haut an seinem Hals und entdeckten die empfindliche Stelle unter seinem Ohr. Auch sein Atem ging schnell und stoßweise, er drückte sich an mich, und seine Hand schob sich unter mein Tanktop. Doch als sein angespannter Körper sich immer energischer an meinen presste, riss mich ein ernüchternder Schock aus meiner Benommenheit – es war Zeit, auf die Bremse zu treten.

Unterdessen glitt Drews Hand meinen Oberschenkel hinab bis zu meinem Knie und brachte mich mit sanftem Druck dazu, mein Bein um seine Taille zu schlingen. Erneut löste Erregung die Alarmglocken in meinem Kopf ab. Ich rückte ein Stück von ihm weg, holte tief Luft und versuchte, in mich zu horchen. Drew blieb auf mir liegen, sah mir aber ins Gesicht, als suchte er nach einem Grund für mein plötzliches Innehalten. Als er sich über mich beugte und mich erneut küssen wollte, drehte ich den Kopf zur Seite.

»Warte, ich brauch mal eine Minute«, erklärte ich.

»Okay.« Er seufzte, ließ jedoch ohne Widerspruch von mir ab und setzte sich auf die Bettkante.

Nach einer Weile drehte er sich wieder zu mir und fragte: »Willst du, dass ich gehe?«

Seine grünen Augen musterten mich durchdringend. Ich schüttelte den Kopf.

»Aber du solltest trotzdem gehen«, fuhr ich fort, als er Anstalten machte, wieder zu mir unter die Decke zu schlüpfen. Zögernd nickte er, ließ jedoch enttäuscht den Kopf sinken.

»Na, dann gute Nacht«, sagte er leise und beugte sich zu mir, um mich noch einmal zu küssen.

»Ich glaube, das hast du schon erledigt«, erklärte ich mit einem Grinsen, ehe er zu nahe kam. »Gute Nacht.«

Langsam stand Drew auf und ging zur Tür. Bevor er das Zimmer verließ, gab er mir einen Moment Zeit, es mir anders zu überlegen. Dann schloss er die Tür hinter sich.

Kurz bevor ich einschlief, wurde ich von einem dumpfen Schlag geweckt. Wahrscheinlich sagte Sara dem Jungen, den sie gerade erst kennengelernt hatte, vor der Tür gute Nacht. Wieder hörte ich das dumpfe Stoßen gegen die Tür, und als sich auch noch schweres Atmen und Stöhnen dazu gesellte, hätte ich mich am liebsten unter der Bettdecke verkrochen. Noch ein paarmal polterte es, dann versprach Sara dem unbekannten Jungen mit leiser Stimme, ihn anzurufen, und kam endlich herein. Ich wandte ihr den Rücken zu und tat, als würde ich schlafen. Von ihren Erlebnissen an diesem Abend hatte ich bereits genug gehört, und ich verspürte nicht das geringste Interesse, ihr von meinen zu erzählen. Nach einer Weile schlief ich ein.

In den frühen Morgenstunden hatte ich wieder den Albtraum von Evan auf der Klippe. Diesmal sah ich sein Gesicht, bevor ich fiel, es war wutverzerrt. Ich flehte ihn an, mir zu verzeihen, mir Verständnis entgegenzubringen, aber er verschwand.

»Em?«, flüsterte Sara mit schläfriger Stimme. »Weinst du?«

Der Raum lag im Dunkeln, die Fensterläden ließen nur wenig Licht herein. Mit weit geöffneten Augen lag ich im Bett und blickte mich fieberhaft in der fremden Umgebung um. Tränen liefen mir über die Schläfen, ich war schweißgebadet. Schließlich setzte ich mich auf, und mein Herz fand endlich zu seinem normalen Rhythmus zurück.

»Du hast seinen Namen gerufen«, sagte Sara und rollte sich auf die Seite, um mich anzusehen.

»Wessen Namen?«

»Evans.«

Die Traurigkeit, die ich im Traum empfunden hatte, kehrte mit aller Macht zurück. Schnell wischte ich mir die Tränen vom Gesicht.

»Du vermisst ihn, stimmt's?«

Ich schwieg.

»Du könntest ihn jederzeit anrufen, das weißt du, oder?«

»Nein, das kann ich nicht«, flüsterte ich kopfschüttelnd. Dann stand ich auf, ging ins Bad und schloss die Tür hinter mir.

28

*d*iE w*ah*RheiT

*i*rgendwie überlebte ich die Gerüchte über Drew und mich, auch wenn ich vor Scham fast im Boden versank, als ein Mädchen aus dem Basketballteam mich fragte, ob wir auf Kellis Party miteinander geschlafen hätten. Jill versuchte, mich zu verteidigen, und bei den meisten meiner Teamkolleginnen hatte sie damit auch Erfolg. Doch beim Rest der Schule half es nur wenig. Niemand sonst fragte mich direkt, aber ich hörte das Getuschel um mich herum, wenn ich die Schulflure entlangging. Saras wütendes »Ignorier sie einfach!« bestätigte mir bloß den Inhalt des Geflüsters.

Ich war nicht mehr unsichtbar und würde es auch nie wieder werden. Immer mehr Mitschüler nahmen Notiz von meinem Aufstieg in der sozialen Hierarchie und fingen an, mit mir zu reden. Anfangs war es nur Smalltalk, an dem ich mich, wie immer nervös, lediglich mit ein paar kurzen Antworten beteiligte. Dann plötzlich wurde ich von Leuten, die ich aus Eigeninitiative niemals kennengelernt hätte, zu Partys oder sonstigen Unternehmungen eingeladen. Die Planungen für unser Wochenende überließ ich jedoch weiterhin Sara.

Immer, wenn ich nach Hause zurückmusste, bekam ich Angst. Ich wusste ja nicht, wie lange meine Abwesenheit noch ohne Begründung hingenommen werden würde. Beim Klang von Carols Stimme zuckte ich unweigerlich zusammen, und mir graute vor dem Tag, an dem sie mich wieder wahrnehmen würde. Aber selbst nach einem Monat betrachtete sie mich immer noch als eine Art

Untermieterin, von der sie nichts anderes erwartete als meine samstäglichen Putzarbeiten.

Ich vermisste Leyla und Jack. Manchmal hörte ich ihre Stimmen, aber ich sah sie nur selten. Ich redete mir ein, dass es für sie so am besten war, denn jetzt wurde ihre Welt nicht mehr ständig von mir durcheinandergebracht. Dieser Gedanke tröstete mich ein wenig, wenn ich Leyla durch meine geschlossene Zimmertür mit aufgeregter Stimme ihre Geschichten erzählen hörte.

Anfang Februar verkündeten Anna und Carl, dass sie mit Sara und mir in den Frühjahrsferien nach Kalifornien fahren würden, damit wir uns die dortigen Colleges anschauen konnten. Mein Coach vereinbarte Termine mit den Schulen, die Interesse an mir gezeigt hatten, und Carl sprach mit George, der mir die Fahrt erlaubte – was Carol bestimmt zur Weißglut brachte. Ich konnte nur hoffen, dass ich bei meiner Rückkehr nicht dafür würde büßen müssen.

Sara war ganz aus dem Häuschen, dass wir vielleicht zusammen an einem College in Kalifornien studieren würden. Auch ich freute mich und verdrängte den Gedanken, dass wir im selben Staat – ja sogar in derselben Stadt – wohnen würden wie Evan.

Mit der Zeit suchte er mich nicht mehr so regelmäßig in meinen Träumen heim. Doch wenn ich gerade glaubte, ich wäre ihn endgültig los, wachte ich mit einem Schrei auf und fand mich hilflos schluchzend in einem dunklen Zimmer wieder. Sara fragte nicht mehr, was ich geträumt hatte, sondern sah still von ihrem Bett aus zu, wie ich mich mühsam wieder erholte.

Es war nicht leicht, meinen Schmerz zu vergessen; die roten und orangefarbenen Pinselstriche an der Wand des Kunstraums konfrontierten mich beinahe täglich mit meiner Zerrissenheit. Ms Mier pries mein Bild in den höchsten Tönen – immer wieder betonte sie, dass es mein bisher bestes Werk sei, und wie großartig sie meine Ehrlichkeit finde. Ich hörte ihr zu, empfand aber nicht die gleiche Begeisterung. Ich hatte gehofft, den Heilungsprozess zu beschleunigen, indem ich meinen Kummer auf die Leinwand bannte, aber inzwischen wusste ich, dass ich nie ganz über Evan hinwegkommen würde.

Mein Herz blieb stumm. Es zeigte immer noch keine Reaktion auf Drews Berührung. Doch anstatt mich daran zu stören, genoss ich die Wärme, die er im Rest meines Körpers auslöste, und ließ mich von dem erregenden Schwindel benebeln, wann immer wir miteinander allein waren.

Es war leicht, sich in seinen Küssen zu verlieren. Aber mit der Zeit wurde Drew fordernder. Seine Hände waren überall, wanderten hierhin und dorthin, immer auf der Suche nach nackter Haut. Ich musste seine Finger und seinen Mund ständig in die richtigen Bahnen zurücklenken. Auch wenn er nichts dergleichen sagte, wusste ich, er wartete darauf, dass ich endlich nachgab. Doch anstatt mit ihm darüber zu reden, zog ich mich immer mehr zurück und vermied es zunehmend, mit ihm alleine zu sein.

Mich plagte ein schlechtes Gewissen, weil ich ihm so offensichtlich auswich. Ich versuchte mir einzureden, dass ich einfach noch nicht so weit war und dass meine Zurückhaltung nichts mit Drew zu tun hatte. Nach Kellis Party redeten wir kein einziges Mal mehr über unsere Beziehung. Wir sprachen auch nicht über unsere Gefühle oder Erwartungen.

Ich konzentrierte mich auf das, was wir miteinander hatten. Wir verbrachten gerne Zeit miteinander, wir fanden immer ein interessantes Gesprächsthema, und er brachte mich mühelos zum Lachen. Die öffentlichen Zärtlichkeiten und die Momente atemloser Leidenschaft bewiesen, dass wir uns nach wie vor zueinander hingezogen fühlten. Was gab es also zu bereden?

»Du magst mich doch noch, oder?«, fragte Drew eines Abends, als wir auf der Couch in Saras Freizeitraum saßen. Da wir am nächsten Morgen früh nach Kalifornien fliegen würden, wollten Sara und ich nicht ausgehen und hatten stattdessen ein paar Leute zu einer Horrorfilmnacht eingeladen. Sara und Jill besorgten gerade Essen und Getränke, und Drews Freunde waren noch nicht da, also hatten wir beide etwas Zeit für uns.

»Natürlich«, versicherte ich ihm hastig und mit einem unguten Gefühl im Magen. Ich streckte ein Bein aus, um ihn sanft mit dem Fuß anzustupsen. »Warum fragst du denn so was?«

Drew zuckte die Achseln, blieb aber ernst. Ich versuchte, ihm ein Lächeln zu entlocken, aber er wich meinem Blick aus. Ich wusste nicht weiter.

»Warum willst du dann nicht mehr mit mir allein sein?«, fragte er nach kurzem Schweigen.

Ich setzte mich auf. Plötzlich hatte ich Angst vor diesem Gespräch.

»Ich weiß nicht, was du meinst.«

»Du findest immer irgendeinen Vorwand. Wenn du mich magst, warum willst du dann nicht mit mir zusammen sein?«

Ich antwortete nicht, denn ich wusste, was er mich eigentlich fragen wollte.

Drew beugte sich vor, packte meine Beine und zog mich mit einem kräftigen Ruck über die Couch auf seinen Schoß. Dann legte er die Arme um meine Taille und zog mich an sich, bis unsere Gesichter nur noch wenige Zentimeter voneinander entfernt waren. Das alles geschah so schnell, dass ich keinerlei Zeit hatte zu reagieren.

»Ich will mehr von dir«, sagte er leise und streifte mit den Lippen meinen Mund. »Ich will, dass du mich auch willst. Ich will, dass dein Verlangen nach mir genauso stark ist wie meines nach dir.«

Diesmal drückte er seinen Mund länger auf meinen, und ich konnte spüren, wie sein Atem sich beschleunigte. Jetzt war es heraus, und obwohl ich damit gerechnet hatte, geriet ich in Panik.

»Ich weiß, dass du mich willst«, flüsterte er, seine Lippen dicht an meinen.

Als ich seinen Kuss noch immer nicht erwiderte, zog er sich ein Stück zurück, um mir in die Augen zu schauen, und ich sah die Betroffenheit in seinem Gesicht.

»Oder etwa nicht?«, fragte er vorsichtig und rutschte an die Couchlehne.

Ich brachte kein Wort heraus. Drew bemerkte mein Zögern und musterte mich argwöhnisch. Dann schaute er schnell weg. Wahrscheinlich gefiel ihm der Ausdruck in meinen Augen nicht.

»Hey!«, begrüßte uns Jill, die mit Sara die Treppe heraufkam. Hastig glitt ich von Drews Schoß herunter und rückte auf die andere Seite der Couch, während er ein gezwungenes Lächeln aufsetzte. Jill begann, Saras kleinen Kühlschrank mit Bierflaschen vollzuladen, und ich stand auf, um bei den Vorbereitungen in der Küche zu helfen. Sara schloss sich mir an, warf Drew die Fernbedienung zu und forderte ihn auf, den ersten Film auszusuchen.

»Was ist los?«, fragte sie mich, als wir außer Hörweite waren. Wie üblich war ihr mein Stimmungswechsel sofort aufgefallen.

»Er hat mich gerade ziemlich direkt gebeten, mit ihm zu schlafen«, erklärte ich leise und schüttete eine Tüte Chips in eine Schüssel.

»Nicht im Ernst!«, rief Sara überrascht. »Was hast du gesagt?«

»Ich hab kein Wort rausgebracht«, gestand ich schuldbewusst.

»Du hast *nichts* gesagt?«

»Mir war noch keine gute Antwort eingefallen, bis ihr zwei reingekommen seid.«

»Dann denkt er jetzt wahrscheinlich, dass du ihn nicht mehr magst?«

»Ich hab ihm gesagt, dass ich ihn mag«, erwiderte ich. »Aber er will mehr von mir.«

»Und bist du bereit dafür? Mit ihm?«

»Ich mag ihn wirklich. Aber ...« Ich zuckte hilflos die Achseln.

»Ich weiß«, meinte Sara grinsend.

»Was soll ich jetzt bloß machen?«

»Verhalt dich einfach wie immer, aber vermeide es erst mal, mit ihm allein zu sein. Allerdings wirst du früher oder später mit ihm darüber reden müssen. Er wird dich sowieso durchschauen, wenn du ihn ständig abblitzen lässt. Im Endeffekt ist es so oder so egal.«

Ihr letzter Satz verwirrte mich. »Was meinst du damit?«

Sie lächelte vielsagend. »Wenn du das nicht weißt, kann ich dir leider auch nicht helfen.«

»Sara«, stöhnte ich. »Das ergibt keinen Sinn. Was zur Hölle willst du mir damit sagen?«

»Hier, bring die Schüssel Chips ins Wohnzimmer und küss ihn oder so, damit er nicht den ganzen Abend schlecht drauf ist.«

In diesem Moment kam Jill herein, und ich nahm die Schüssel entgegen. In Gedanken versuchte ich immer noch, Saras Botschaft zu entschlüsseln. Auf dem Weg die Treppe hinauf überlegte ich, wie ich mich Drew gegenüber verhalten sollte. Schließlich entschied ich mich für die offensive Variante.

Ich lud die Schüssel mit den Chips auf dem Tisch ab und verstellte Drew, der in Saras Filmauswahl herumschaltete, die Sicht auf den Fernseher. Widerwillig sah er zu mir auf. Ich kam ein Stück näher und spreizte seine Beine. Verblüfft zog er die Augenbrauen hoch – damit hatte er anscheinend nicht gerechnet.

»Ich will dich«, flüsterte ich über ihm schwebend. Ich legte ihm die Hände in den Nacken und vergrub meine Finger in seinen Haaren. »Aber ich bin einfach noch nicht so weit ...«

Er warf mir einen irritierten Blick zu – offenbar hatte er sich etwas anderes erhofft – und wollte mich gerade von sich schieben, als ich hinzufügte: »Noch nicht ... aber ... bald ...« Ich wusste nicht, warum ich ihn anlog. Irgendwie erschien es mir leichter, als ihm die Wahrheit zu sagen.

Ich beugte mich zu ihm und küsste ihn. Bevor ich mich wieder zurückziehen konnte, packte er meine Taille und drehte mich auf den Rücken. Jetzt lag er auf mir, meine Beine um seinen Rücken geschlungen. Sein Mund suchte meinen, mein Atem wurde schneller, aber als er mich auf die Seite zu drehen versuchte, rollten wir mit Schwung von der Couch und landeten auf dem Boden.

Damit war die Situation entschärft, ich fing an zu lachen, während Drew erst frustriert unter mir stöhnte, dann jedoch zu mir aufsah und grinste. Im gleichen Moment hörten wir die Stimmen seiner Freunde, die mit Sara und Jill zu uns hochkamen, rappelten uns auf und setzten uns wieder auf die Couch.

Während der Filme lagen Drew und ich auf den riesigen Kissen vor dem Sofa. Alle konnten uns beobachten, so dass der Austausch von Zärtlichkeiten begrenzt blieb. Die anderen hatten sich auf die große Couch und das kleine Sofa verteilt und kommentierten lautstark die Dummheit der Mädchen im Film, die nachts allein im Dunkeln umherwanderten, und warnten die Jungs, sich umzudrehen, kurz bevor sie abgemetzelt wurden. Ich schmiegte meinen Kopf an Drews muskulösen Bauch, während er mit meinen Haaren spielte. Beim zweiten Film schlief ich irgendwann ein.

»Evan?«, fragte eine Stimme und holte mich mit einem Ruck aus meinem schrecklich lebendigen Albtraum in die Realität zurück.

Erschrocken fuhr ich auf und sah mich in dem dunklen Zimmer um. Ich lag auf dem Boden unter einer Decke, doch einen Moment lang hatte ich keine Ahnung, wo ich war. Dann erkannte ich Saras Freizeitraum, kurz darauf erinnerte ich mich auch an den Filmabend.

Als ich spürte, wie er sich neben mir aufsetzte, wusste ich sofort, was passiert war. Kalte Angst überkam mich. Hastig wischte ich mir die Tränen aus den Augen, dann drehte ich mich langsam zu ihm um. Er sah genauso aus, wie ich es befürchtet hatte – verletzt und verwirrt. Aber auch wütend, und damit hatte ich nicht gerechnet. Ich starrte ihn an und versuchte, meinen Puls zu beruhigen, doch er beschleunigte sich nur angesichts der stummen Konfrontation.

»Hattest du einen Albtraum?«, erkundigte Drew sich schließlich.

Ich nickte und wappnete mich gegen die unvermeidbare nächste Frage.

»Von Evan?«, fuhr er mich an. Ich senkte den Blick, außerstande, ihn direkt anzusehen.

»Jetzt wird mir alles klar«, flüsterte er erregt und schüttelte langsam den Kopf.

»Drew«, flehte ich leise. Aber er stand auf, zog seine Schuhe an und griff sich seine Jacke. Ich fand nicht die richtigen Worte, um ihn aufzuhalten ... in Wahrheit wollte ich auch gar nicht, dass er blieb.

Ich saß reglos auf dem Boden und sah zu, wie er die Treppe hinunter verschwand. Erst jetzt bemerkte ich Sara, die mich – in den Armen eines tief schlafenden Jungen – mitfühlend beobachtete. Offenbar hatte sie alles gehört. Ich sah schnell weg.

»Du hast dich in San Francisco echt gut geschlagen«, meinte Sara auf dem Rückflug von Kalifornien. »Ich hatte Angst, du würdest früher oder später die Krise kriegen.«

Ich freute mich zu hören, dass ich so überzeugend gewesen war. Denn im Grunde hatte ich die ganze Zeit über nach ihm Ausschau gehalten.

»Ich hätte ihn fast angerufen«, gestand ich, ohne sie anzusehen.

»Das dachte ich mir, aber er war nicht da.« Verblüfft starrte ich sie an. »Er ist die ganze Woche mit ein paar Freunden snowboarden in Tahoe.«

»Woher weißt du das?«

»Ich hab Jared gefragt«, erklärte sie. »Als ich erfahren habe, dass wir ein paar Tage in San Francisco bleiben, hab ich ihn angerufen. Ich dachte, ein zufälliges Treffen mit Evan könnte dir vielleicht helfen, über ihn hinwegzukommen. Keine Sorge, Jared hat versprochen, ihm nichts davon zu erzählen.«

Ich wusste nicht, was ich sagen sollte. Wenn ich ehrlich war, überraschte mich Saras Aktion nicht wirklich.

Ich hatte mich sehr bemüht, nicht an ihn zu denken, aber das war in seiner Heimatstadt einfach unmöglich gewesen. Es hatte mir fast den Verstand geraubt, ihm so nahe zu sein und ihm jederzeit über den Weg laufen zu können. Gefühlte tausend Mal hatte ich mein Handy aus der Hosentasche gezogen und die 5 gedrückt. Jedes Mal war der Name *Evan* auf meinem Display erschienen, und jedes Mal hatte ich nach einem kurzen Moment auf *Abbrechen* gedrückt. Jetzt spielten diese quälenden Augenblicke, in denen ich kurz davor gewesen war, stattdessen auf *Senden* zu drücken, überhaupt keine Rolle mehr. Er war nicht einmal in San Francisco gewesen.

»Apropos über jemanden hinwegkommen«, fuhr Sara fort. »Was willst du Drew sagen?«

»Ich muss ihm wohl irgendwas sagen, oder?«

»Ja, du kannst ihm nicht ewig aus dem Weg gehen. Dafür ist die Schule nicht groß genug.« Nach einer kurzen Pause fragte sie: »Es ist doch aus zwischen euch?«

Ihr nervöser Tonfall brachte mich zum Lachen. »Keine Angst, Sara, ich werde dich nicht länger quälen. Du musst nicht mehr so tun, als würdest du ihn mögen. Es ist aus und vorbei.«

»Ich mochte ihn«, protestierte sie, besann sich dann aber eines Besseren. »Okay, du hast recht, ich mochte ihn nicht. Vor allem mochte ich ...«

»Vor allem mochtest du mich nicht, wenn ich mit ihm zusammen war«, vervollständigte ich ihren Satz. »Ich weiß.«

»Er war nicht der Richtige für dich.«

»Ich weiß«, antwortete ich ehrlich. »Drew ist doch ›so einer‹. Ich bin mir ziemlich sicher, er hätte ohnehin mit mir Schluss gemacht, wenn er begriffen hätte, dass ich ihn nicht ranlasse. Zwischen uns ist definitiv Schluss.«

»Du musst es ihm trotzdem sagen«, meinte Sara. Das sah ich genauso, aber ich hatte keine Ahnung, wie. Das unvermeidliche Gespräch machte mir mehr zu schaffen, als ich zugeben wollte.

Wie sich herausstellte, hätte ich mir deswegen keine Sorgen machen müssen. Noch bevor wir aus Kalifornien zurückkamen, wusste bereits die ganze Schule, dass Drew und ich uns getrennt hatten. Das wurde mir bewusst, als Jill mir am Montagmorgen noch vor dem Unterricht zuflüsterte: »Ich kann nicht glauben, dass Drew dich wegen Katie sitzengelassen hat.« Sie starrte mich mitleidig an und wartete auf meine Reaktion. Offensichtlich hatte sie nicht damit gerechnet, dass ich lachen würde.

Es dauerte ein paar Wochen, aber schließlich verebbten die Gerüchte, und ich konnte ohne weitere Ablenkungen in meine Welt zurückkehren. Obwohl sich mein Rhythmus in diesem Schuljahr geändert hatte, blieb doch vieles beim Alten, und dazu zählte eine Menge Zeit für mich alleine – was ich leicht akzeptieren konnte. Ebenso problemlos akzeptierte ich die Stille im Haus, wann immer ich mich abends in mein Zimmer zurückzog.

Ich wartete darauf, dass Carol auf meinen Trip nach Kalifornien reagieren würde, aber alles, worüber sie nach meiner Rückkehr redete, war die Reise auf die Bermudas, mit der George sie überrascht hatte. Irgendwie hatte ich das Gefühl, dass George ihr gar nichts von dem Ausflug nach Kalifornien erzählt hatte. Ihre Prahlerei störte mich nicht; sie hinterließ keine blauen Flecken.

Die kommenden Wochen konzentrierte ich mich ganz auf die Schule und büffelte noch mehr als sonst, um meine hochgesteckten Ziele zu erreichen. Auch beim Basketball lief ich zu meiner alten Form auf und half dem Team, bis zum Ende der Saison nur eine einzige Niederlage zu kassieren. Mit Sara hatte ich mehr Spaß als je zuvor, jetzt, da wir »Wochenendschwestern« waren, wie sie uns gerne nannte.

Selbst der Kummer in meinem Herzen und die Albträume, aus denen ich nach wie vor schweißgebadet emporschreckte, wurden zu einem vorhersehbaren Teil meines Lebens. Auch sie akzeptierte ich und machte weiter – ich lebte immer noch.

29

HerZflattErn

*d*as Verschwinden ist anscheinend immer noch nicht deine Stärke«, hörte ich seine Stimme hinter mir.

Meine Hand, die den Pinsel hielt, erstarrte auf halbem Weg zur Leinwand und begann zu zittern. Mein Herzschlag stockte. Ich wusste nicht, ob ich stark genug war, mich umzudrehen und ihm gegenüberzutreten.

Doch schließlich schaffte ich es, meine Beine herumzuschwingen.

»Hi«, sagte er lächelnd. Mein Herz flatterte.

»Hi«, flüsterte ich zurück und zwang mich, ruhig und regelmäßig zu atmen.

»Als ich dich in der Cafeteria nicht gefunden hab, dachte ich, du bist entweder hier oder im Journalistik-Raum.«

Ich konnte nur stumm nicken. Sein Anblick hatte mir die Sprache verschlagen.

»Was machst du denn hier?«, brachte ich nach einiger Zeit mühsam heraus, allerdings kaum hörbar, da ich immer noch nicht richtig Luft bekam.

»Ich hab nach dir gesucht«, antwortete er mit seinem vertrauten Grinsen. Mein Herz schlug schneller, und meine Wangen wurden rot. Ich konnte nur stumm in seine strahlenden graublauen Augen starren, voller Angst, dass er, sobald ich wegsah, verschwinden würde. *Bitte sei keine Halluzination.*

»Tut mir leid, dass dein Basketballteam im Halbfinale verloren hat«, sagte er beiläufig. *Er redet über Basketball? Dann konnte er keine Halluzination sein.*

»Danke«, murmelte ich und zwang mich zu einer Art Lächeln. *Komm schon, Hirn, lass mich jetzt nicht im Stich – sag irgendwas Geistreiches!*

»Dir hat es wohl die Sprache verschlagen, was?« Er lachte. Offensichtlich fand er meine Unfähigkeit, zusammenhängende Sätze zu bilden, sehr amüsant.

»Ich bin froh, dass ich ...« Wieder verlor ich den Faden und warf frustriert die Hände in die Luft, wobei ich leider vergaß, dass ich einen Pinsel in der Hand hielt. Grüne Farbe spritze auf sein graues Hemd. Mit großen Augen sah er auf den Fleck hinunter. Ich hielt den Atem an und presste den Mund zusammen. Aber dann konnte ich mich plötzlich nicht mehr zusammenreißen und kicherte.

»Das findest du also lustig?«

Ich biss mir auf die Unterlippe, konnte aber nicht aufhören zu lachen.

»Na, mal sehen, wie lustig du *das* findest.« Damit beugte er sich vor und schmierte sich blaue Farbe auf die Hände. Mir war klar, was er vorhatte, und ich sprang von meinem Stuhl auf, um seiner Rache zu entgehen.

»Evan, nein, bitte nicht«, flehte ich, dann ergriff ich die Flucht.

Gerade als ich um die Kurve zur Dunkelkammer gebogen war, holte er mich ein und packte mich mit seinen blauen Händen von hinten um die Taille. Er hielt mich fest, als wollte er mich nie wieder loslassen, drehte mich zu sich herum, und ich blickte hingerissen in seine graublauen Augen. Immer näher zog er mich zu sich. Kurz bevor mir bewusst wurde, was geschah, fing mein Herz Feuer und begann wild zu pochen. In meinem Kopf drehte sich alles. Evan legte seine feuchte blaue Hand an meine Wange und beugte sich zu mir herunter.

Ein Lichtblitz fuhr durch meinen Körper, als seine Lippen sich auf meine legten. Ich atmete seinen Duft ein und ließ mich von ihm – seinem Kuss, seiner Berührung – mitreißen. Viel zu bald löste er sich von mir und musterte mich prüfend. Ich blinzelte und versuchte, wieder festen Boden unter den Füßen zu gewinnen.

»Emma?«, hörten wir in diesem Moment Ms Miers Stimme aus dem Kunstraum.

Evan zog die Augenbrauen hoch und verdrückte sich schnell in die Dunkelkammer. Ich brauchte einen Moment, bis ich wieder einigermaßen klar denken konnte.

»Hi, Ms Mier«, antwortete ich dann mit viel zu schriller Stimme, nahm allen Mut zusammen und ging mit rotem Kopf zu ihr.

»Oh, hi«, rief sie und lächelte mir zu, während sie irgendwelche Papiere von ihrem Schreibtisch zusammensammelte. »Ich wollte nur schnell ein paar Sachen holen. Kannst du bitte abschließen, wenn du gehst?«

»Klar«, antwortete ich wie aus der Pistole geschossen.

Ihr Lächeln wurde breiter.

»Die Farbe steht dir«, meinte sie.

Falls das überhaupt möglich war, wurde mein Gesicht noch heißer, und ich sah verlegen zu den Handabdrücken auf meinem weißen T-Shirt hinunter.

»Nein, nein, ich meinte das Rot.«

Damit ging sie und steckte den Schlüssel ins Schloss. Ich sah ihr mit großen Augen nach.

Bevor sie die Tür hinter sich zuzog, warf sie mir noch einen Blick zu und meinte: »Richte Mr Mathews einen Gruß von mir aus, es freut mich, dass er wieder da ist.«

Ich war perplex. Reglos stand ich da und überlegte, was ich jetzt tun sollte. Dann entschied ich mich, mit der Grübelei aufzuhören, und das zu tun, was ich schon vor Monaten hätte tun sollen.

Ich marschierte in die Dunkelkammer. Als ich hereinkam, stand Evan neben dem Spülbecken und trocknete sich mit einem Papiertuch die Hände ab. Ich schloss die Tür hinter mir und lehnte mich dagegen, für einen Moment wie gelähmt. Er warf das Papiertuch in den Mülleimer und wandte sich mir zögernd zu.

Meine Brust hob und senkte sich krampfhaft, das Herz klopfte mir bis zum Hals. Er las mir an den Augen ab, was ich von ihm wollte, und kam mir entgegen. Wie von selbst legten sich meine Arme um seinen Hals, und er zog mich an sich. Ich stellte mich auf die Zehenspitzen, reckte mich ihm entgegen, und dann küsste er mich endlich. Seine Hände umfassten meine Taille fester, seine Lippen öffneten sich, sein Atem strömte warm in meinen Mund. Mein Herz machte einen Satz, als seine Zungenspitze zwischen meine Lippen glitt. Sein Kuss war fest, aber zärtlich, sein Mund drückte sich mit einer langsamen, atemlosen Bewegung auf meinen. Funken sprühten durch meinen Kopf die Wirbelsäule hinunter, und meine Beine begannen zu zittern.

Ich senkte das Gesicht an seine Brust. Er hielt mich fest, legte das Kinn auf meinem Kopf, und ich lauschte seinem Herzschlag. Eine einzelne Träne kullerte mir über die Wange, doch ich wischte sie schnell weg und versuchte mich daran zu erinnern, wie man atmet.

»Das Warten hat sich gelohnt«, flüsterte er. Grinsend fügte er nach einer kurzen Pause hinzu: »Du hast mich wohl vermisst, was?«

Ich sah ihn an und antwortete neckend: »Ich hab's überlebt.«

»Das hab ich gehört.«

Ich löste mich ein Stück von ihm und musterte ihn misstrauisch.

»Ich hab immer noch Freunde hier«, erklärte er. Im selben Moment klingelte es, der Schultag war zu Ende. »Hast du heute schon was vor? Musst du nach Hause?«

»Nein, ich übernachte bei Sara.«

»Ach ja? Meinst du, es macht ihr was aus, wenn ich dich für ein paar Stunden entführe?«, fragte Evan, offensichtlich erfreut. Während ich zum Spülbecken hinüberging, um mir den Handabdruck von der Wange zu waschen, lehnte er entspannt am Türrahmen.

Mein Herz schlug schneller.

»Äh, ich denke, sie wird schon eine Weile ohne mich klarkommen«, antwortete ich und wandte mich ihm zu. »Woran hast du gedacht?«

»Wir müssen reden. Ich hätte mir keine schönere Begrüßung wünschen können, aber es gibt ein paar Dinge, die ich klären möchte, bevor es wieder zu Missverständnissen kommt.«

Ich zuckte zusammen. Konnten wir nicht einfach bei der perfekten Begrüßung bleiben? Mein Magen verkrampfte sich, ich konnte mir nur zu gut denken, was Evan mir sagen wollte. Aber schlimmer als die Vorwürfe, die ich mir selbst seit seinem Verschwinden gemacht hatte, konnte es eigentlich auch nicht werden.

»Dann bleibst du also hier?«, erkundigte ich mich zaghaft.

»Ja«, antwortete er. »Auch darüber wollte ich mit dir sprechen.«

»Super«, stieß ich hervor und zog den Reißverschluss an meiner Kapuzenjacke zu, um die blauen Handabdrücke und den grünen Fleck darauf zu verbergen.

Evan lachte. »Nur keine Panik. Ich bin hier, oder?« Er ergriff meine Hände, und die Wärme seiner Berührung wanderte durch meinen ganzen Arm.

Die Schulkorridore waren schon fast leer. Aber es folgten uns immer noch genügend verwunderte Blicke, als wir zusammen den vertrauten Weg zu meinem Spind einschlugen.

Wenn jemand ihn erkannte und »Hallo, Mathews!« rief, nickte Evan zwar freundlich, hielt aber nicht an. Ich war im Grunde ebenso erstaunt wie alle anderen, dass er neben mir herschlenderte, und wenn er nicht meine Hand gehalten hätte, wäre ich wahrscheinlich immer noch überzeugt davon gewesen, dass ich das Ganze nur träumte.

»Er hat dich also gefunden«, begrüßte uns Sara, als wir uns den Spinden näherten. »Ich hatte schon Angst, ihr hättet euch gegenseitig aus dem Fenster geschubst – aber danach sieht es ja nicht gerade aus.« Sie blickte auf unsere ineinander verschränkten Hände und lächelte.

»Wir gehen …«, setzte ich an. »Wohin gehen wir überhaupt?«, fragte ich Evan.

»Wir müssen reden«, erklärte er. »Kann ich Emma in ein paar Stunden zu dir nach Hause bringen, Sara?«

»Meine Eltern gehen heute schon wieder aus. Wenn du willst, kannst du den Abend gern mit uns verbringen. Vorher musst du allerdings versprechen, dass du Em nicht noch unglücklicher machst, als sie es die letzten drei Monate ohnehin war.«

Evan zuckte zurück, als hätte sie ihm eine Ohrfeige verpasst. Ich starrte Sara mit offenem Mund an und schüttelte ungläubig den Kopf.

»Was denn?«, erwiderte sie. »Ich sag doch nur …«

»Genug«, unterbrach ich sie. »Das war mehr als genug.«

Ich warf Evan einen Blick zu; er sah blass aus. Bevor er mir die Wahrheit am Gesicht ablesen konnte, wandte ich mich schnell meinem Spind zu und kramte meine Bücher heraus.

»Dann sehen wir uns später?«, erkundigte sich Sara in freundlicherem Ton.

»Klar«, antwortete ich kurz angebunden, immer noch schockiert von ihrer unverblümten Ehrlichkeit.

Ohne ein weiteres Wort marschierte sie den Korridor hinunter und ließ mich mit Evan allein.

»Was meinte sie damit?«, fragte Evan, als sie außer Sicht war.

»Sie spinnt nur rum.« Ich wünschte, er würde ihre Bemerkung vergessen, aber sie ließ ihn offensichtlich nicht los.

Er machte ein nachdenkliches Gesicht. »Hm. Anscheinend erging es dir auch nicht besser.«

Fragend sah ich zu ihm auf.

»Ich werde dir alles erklären«, versicherte er mir. »Bereit?«

»Sicher«, nickte ich, obwohl seine Bemerkung mir Angst gemacht hatte.

Evan nahm wieder meine Hand, während wir zu seinem Auto gingen. Auf der Fahrt sagte ich nicht viel, denn das bevorstehende Gespräch nahm alle meine Gedanken in Anspruch. Als wir in seine Auffahrt einbogen, wunderte ich mich nicht besonders. Mir wäre auch kein besserer Ort für unsere Beichte eingefallen.

Bevor Evan die Fahrertür öffnete, hielt ich ihn am Arm zurück.

»Können wir nicht einen Tag lang deine Rückkehr genießen, bevor wir uns den unangenehmen Dingen zuwenden?«, fragte ich zaghaft.

Meine Frage amüsierte Evan – ich hätte es mir denken können.

»Ich hab mir drei Monate lang den Kopf darüber zerbrochen – bitte lass mich sagen, was ich zu sagen habe.« Er lächelte mir beruhigend zu. »Keine Sorge; es wird einfacher, wenn wir reden.«

Davon war ich ganz und gar nicht überzeugt.

Widerstrebend folgte ich ihm ins Haus. Ich war etwas überrascht, dass er den Korridor entlang und die Treppe zu seinem Zimmer hinaufging. An der Tür blieb ich stehen und zögerte. Evan stand neben seinem ordentlich gemachten Bett und wartete auf mich.

»Ich wollte dir zeigen, dass ich wirklich wieder da bin«, erklärte er.

Ich blickte mich in seinem Zimmer um, und tatsächlich waren die Regale mit Büchern und anderen persönlichen Dingen bestückt. Kein einziger zugeklebter Umzugskarton mehr.

»Ich hab alles ausgepackt.«

Damit verließ Evan das Zimmer wieder, und ich folgte ihm weiter durch das Haus und in die ausgebaute Scheune. Mein Magen rumorte vor Aufregung, als ich mich ihm gegenüber auf die Couch setzte. Ich zog die Schuhe aus, stützte das Kinn auf die Knie und sah ihn erwartungsvoll an.

»Was ich dir sagen will, betrifft nicht nur die drei Monate, die ich weg war«, begann er und zupfte nervös an der Polsternaht herum. »Ich hätte es dir schon sagen sollen, bevor ich weggezogen bin, damals, als wir nicht miteinander geredet haben.« Er stockte, holte tief Luft und blickte mir dann direkt in die Augen. Ich wartete, atemlos vor Anspannung.

»Ich liebe dich.«

Mein Herz hämmerte laut in meinen Ohren. Das hatte noch nie jemand zu mir gesagt.

»Es war falsch, wie ich mich dir gegenüber verhalten habe. Ich hätte nicht so ausrasten dürfen, und das tut mir wirklich leid. Ich hab Dinge gesagt, die ich nicht so meinte, und dich dann sitzengelassen. Ich habe dich praktisch in Drew Carsons Arme getrieben, und das hat mich beinahe umgebracht.«

Ich öffnete den Mund, um zu widersprechen, aber er ließ mich nicht zu Wort kommen.

»Ich weiß, dass es meine Schuld war. Mach dir keine Vorwürfe, Emma. Am schlimmsten war es, als ich im Krankenhaus gewartet und nicht gewusst habe, ob du wieder zu dir kommst. Ich konnte an nichts anderes denken als an deinen bewusstlosen Körper auf dem Boden der Sporthalle.«

Ich senkte den Blick, weil ich nicht mehr in sein trauriges Gesicht sehen konnte. Mit zitternden Händen fingerte ich an meiner Jeans herum.

»Das war der schrecklichste Moment meines Lebens. Und als du mich dann nicht sehen wolltest ...« Evan hielt inne, um noch einmal tief durchzuatmen. Ich schaute zu ihm auf und sah, wie sein Finger nervös über die Polsternaht strich. »Da wusste ich, dass ich alles vermasselt hatte. Wenn ich nicht für dich da sein konnte ... wenn du nicht *wolltest*, dass ich für dich da war, dann konnte ich nicht hierbleiben. Deshalb bin ich gegangen.

Aber ich hab es nicht ausgehalten. Mit ein paar Jungs von hier bin ich in Kontakt geblieben, und wenn sie mir von ihrem Wochenende erzählt haben, ist hin und wieder dein Name gefallen. Mal hat mir einer gesagt, dass er dich auf einer Party gesehen hat, mal haben sie über Basketball geredet. Sie wissen, dass ich dich mag, darum haben sie dich immer wieder erwähnt – und ich wollte alles über dich hören. Na ja ... bis auf das eine Mal.«

Erschrocken sah ich zu ihm auf, doch er wich meinem Blick aus.

»Bist du über ihn hinweg?«

»Du meinst über Drew?«, hakte ich nach.

»Ja.«

Ich stieß ein humorloses Lachen aus, und er sah mich erstaunt an. »Ja, ich bin voll und ganz über ihn hinweg.«

»Hat er nicht mit *dir* Schluss gemacht?«, fragte Evan, immer noch verwirrt.

»Ich hab die Leute glauben lassen, was sie wollen«, gestand ich und begegnete endlich Evans Blick. »Das hat ja auch jemand, den ich kenne, so gemacht.«

Er hatte anscheinend keine Ahnung, wovon ich sprach.

»Ich hab mit ihm Schluss gemacht ... oder nein, eigentlich hast du mit ihm Schluss gemacht«, erklärte ich. Aber ich merkte sofort, dass Evan mir nicht folgen konnte, und versuchte es noch etwas deutlicher: »Es hat sich rausgestellt, dass ich nicht über dich hinweg war.«

»Dann hast du nicht ...« Evan musterte mich – offenbar war er sich unsicher, wie er den Satz beenden sollte. Erschrocken sah ich ihn an. Ich wusste genau, was er mich fragen wollte.

»Mit ihm geschlafen?! Nein!« Ich wurde knallrot vor Verlegenheit.

»Sorry«, sagte er mit einem erleichterten Lächeln. »Aber ich hab gehört ...«

»Ja, ebenso wie der Rest der Schule«, seufzte ich. »Das war schrecklich.«

Evan lachte kurz auf.

»Wie schön, dass du dich immer noch über meine persönlichen Katastrophen amüsieren kannst«, fauchte ich.

»Tut mir leid. Ich hab mir nur gerade dein Gesicht vorgestellt, als du die Gerüchte gehört hast«, erklärte er mit einem kleinen Grinsen. »Wahrscheinlich sah es so ähnlich aus wie gerade eben«, meinte er und fing wieder an zu lachen.

Ich versuchte, ihm einen bösen Blick zuzuwerfen, scheiterte aber kläglich.

»Die Sache mit Drew war nicht deine Schuld«, sagte ich leise und viel ernster, als ich beabsichtigt hatte. Evan hörte ruhig zu. »Ich war wütend. Ich hab dir Dinge unterstellt. Und ich dachte, ich hätte mehr zwischen dir und Haley gesehen, als wirklich passiert ist.«

»Ich ...«, setzte Evan an.

»Ich weiß«, unterbrach ich ihn. »Und es tut mir leid, dass ich überhaupt auf die Idee gekommen bin, du wärst an ihr interessiert. So vieles wäre anders gekommen, wenn ich nicht ... ich dachte, du hasst mich.«

Er starrte mich schockiert an.

»Ich dachte, ich hätte dich verloren, als du mich mit Drew gesehen hast. Ich dachte, du könntest es nicht mehr ertragen, in meiner Nähe zu sein«, flüsterte ich und begann wieder, an meiner Jeans herumzuspielen. »Diesen dummen Kuss habe ich sofort bereut, ich war stinksauer auf mich selbst. Ich kann mir vorstellen, wie du dich gefühlt haben musst. Es tut mir so leid.« Tränen stiegen mir in die Augen, als ich an meinen Wutausbruch in der Mädchentoilette dachte und daran, wie dieses Gefühl monatelang in mir rumort hatte, doch ich blinzelte sie schnell weg.

Evan rutschte näher zu mir, zog meine Beine über seinen Schoß und zwang mich, ihn anzusehen.

»Ich hab dich nicht gehasst«, sagte er mit fester Stimme. »Ich könnte dich nie hassen.«

Damit beugte er sich zu mir und gab mir einen zärtlichen Kuss auf den Mund. Danach brauchte ich einen Moment, um wieder zu Atem zu kommen.

»Und was jetzt?«, fragte ich leise.

»Ich bleibe hier, bei dir ... wenn du mich haben willst«, antwortete er mit einem warmen Lächeln. Ich knuffte ihn in den Arm. »Was denn? Ich wollte nur sichergehen«, verteidigte er sich.

»Natürlich will ich dich hier haben!«, erwiderte ich.

Er lächelte erneut.

»Dann gibt es nur noch eines zu besprechen.« Sein Ton wurde wieder ernst. »Ich weiß, dass du nicht darüber reden willst, was bei dir zu Hause los ist. Ich hätte nicht versuchen sollen, dich dazu zu zwingen, und was ich damals über dich gesagt habe, war falsch. Du bist viel stärker, als ich es je für möglich gehalten hätte. Ich verstehe, warum es dir schwerfällt, darüber zu reden. Sara hat mir gesagt, dass du selbst mit ihr nur selten darüber sprichst, aber ich weiß es ...«

Ich hatte Schwierigkeiten, ihm zuzuhören. Mein Inneres fühlte sich an wie zu Eis erstarrt. Hätte er dieses Thema doch bloß nicht angesprochen.

»Aber auch wenn du es mir nicht sagen willst oder kannst – ich weiß Bescheid. Und Emma, ich halte es nicht noch einmal aus, in einem Wartezimmer zu sitzen und nicht zu wissen, ob du überlebst.«

»Ich bin gestürzt ...«, setzte ich an.

»Bitte lass das«, unterbrach er mich. »Ich weiß Bescheid, auch ohne dass ihr es mir erklärt. Lüg mich bitte nicht an, selbst wenn du mir nicht die Wahrheit sagen kannst. Bitte verteidige deinen

Onkel und deine Tante nicht, tu nicht so, als wäre alles okay. Denn das ist es nicht. Ich werde nicht zulassen, dass sie dir noch einmal weh tun. Nur damit du es weißt – ich werde dich von hier wegbringen, wenn ich auch nur den Verdacht habe, dass ...«

»Evan«, unterbrach ich ihn. »Es ist alles okay. Ehrlich. Seit dieser ganzen Sache lässt es sich zu Hause ganz gut aushalten. Sie nehmen mich kaum noch wahr, und am Wochenende bin ich fast immer bei Sara. Erst durfte ich nur samstags bei ihr bleiben, aber jetzt auch freitags. Es ist nicht mehr wie früher, also mach dir keine Sorgen. Okay?«

Er antwortete nicht.

»Okay?«, wiederholte ich und zwang ihn, mich anzusehen.

»Ja«, flüsterte er.

Ich strich ihm zärtlich über die Wange, sah ihm direkt in die Augen und bat ihn wortlos, mir zu glauben. Er nahm meine Hand und küsste sie, und wieder begann mein ganzer Arm zu prickeln.

»Dann ist zwischen uns alles in Ordnung?«, vergewisserte ich mich.

Ein warmes Lächeln breitete sich auf seinem Gesicht aus. »Ja, alles bestens.«

Er beugte sich erneut zu mir, und diesmal verharrten seine Lippen deutlich länger auf meinen. Dann zog er mich auf seinen Schoß. Atemlos, mit wild klopfendem Herzen schlang ich die Arme um seinen Hals, sein Mund glitt zärtlich über meinen, und als ich meine Lippen öffnete und seinen heißen Atem spürte, durchflutete mich eine große Erregung. Mit einem leisen Stöhnen schlang ich die Beine um seine Hüften und schmiegte mich dichter an ihn. Aber plötzlich wich Evan ein Stück zurück und musterte mich grinsend.

»Was ist?«, fragte ich, völlig verunsichert wegen seines Rückziehers.

»Ich bin noch nicht mal einen Tag wieder hier.«

Verlegen biss ich mir auf die Unterlippe.

»Stimmt«, sagte ich leise und senkte die Augen. »Sorry.« Langsam kletterte ich von seinem Schoß und setzte mich neben ihn auf die Couch.

Evan lachte.

»Hör auf«, schmollte ich und versetzte ihm einen Tritt ans Schienbein. »Schließlich hab ich eine Ewigkeit darauf gewartet, dich zu küssen.«

Er lachte wieder. »Du hast mich ja auch nur überrascht, weiter nichts.« Dann schaute er auf die Uhr.

»Wir sollten zu Sara fahren, bevor sie ernsthaft glaubt, wir hätten einander doch aus dem Fenster geschubst. Apropos ...«

»Nicht jetzt, okay?«, flehte ich, denn ich wollte nicht an Saras Kommentar über meine monatelange Traurigkeit denken.

»Okay«, stimmte Evan nach kurzem Zögern zu und studierte mein Gesicht eindringlicher, als mir lieb war.

»Was willst du heute Abend machen?«, fragte ich betont munter, um die ernste Stimmung zu vertreiben. »Lust auf einen Filmabend bei Sara?«

»Schläfst du dabei wieder ein?«

»Wahrscheinlich.«

Tatsächlich schlief ich bereits nach einer Stunde tief und fest. Doch plötzlich fand ich mich in meinem Albtraum wieder. Ich erinnerte mich nicht daran, dass ich in Evans Armen auf der Couch eingeschlafen war, sondern glaubte, das ganze Drama noch einmal durchstehen zu müssen.

»Ich bin bei dir«, hörte ich ihn flüstern.

Beim Klang seiner Stimme fuhr ich mit einem Ruck hoch.

»Emma?«

Ich saß kerzengerade auf dem Sofa, die Finger fest ins Polster gekrallt, mein Herz hämmerte. Evan strich mir sanft über den Rücken.

»Alles in Ordnung?«

»Du bist wirklich hier?«, flüsterte ich erleichtert und starrte ihn an.

Zärtlich wischte er mir eine Träne von der Wange.

»Ja, ich bin hier«, tröstete er mich. Ein schmerzlicher Ausdruck erschien auf seinem Gesicht, als er merkte, was mit mir los war. »Und ich gehe auch nicht wieder fort.«

Noch ganz benommen starrte ich ihn an. Konnte es wahr sein, dass ich nicht träumte und er wirklich wieder bei mir war?

»Komm her.« Er zog mich an seine Brust und hielt mich in den Armen, bis ich wieder eingeschlafen war.

Am nächsten Morgen erwachte ich in den Klamotten vom Vortag. Erschrocken setzte ich mich auf.

»Entspann dich«, beruhigte mich Sara, die im Bett neben mir lag. »Du siehst ihn schon heute Abend wieder. Ich hab ihn überredet, mit uns auf eine Party zu gehen.«

Erleichtert legte ich mich wieder hin. Ich hatte Evans Rückkehr nicht bloß geträumt.

»Ich kann mich überhaupt nicht daran erinnern, wie ich ins Bett gekommen bin.«

»Du hattest Hilfe«, erklärte Sara grinsend. »Ich wollte dich nicht aufwecken, als ich gestern nach Hause gekommen bin. Er hat dich rübergetragen.«

Mein Herz machte einen Satz bei der Vorstellung, dass Evan mich ins Bett gelegt hatte.

»Wie war's bei Maggie?«, fragte ich und rollte mich auf die Seite, um sie anzusehen.

»Schön«, antwortete sie ziemlich desinteressiert. »Also, was ist passiert? Ich hab eine Stunde darauf gewartet, dass du endlich aufwachst. Ich war kurz davor, auf dein Bett zu springen. Hat er dich endlich geküsst?«

»Sara!«, rief ich entsetzt.

»Na endlich!« Ein freches Grinsen erschien auf ihrem Gesicht – offensichtlich brauchte sie keine Bestätigung. »Wie war es?«

»Lass den Quatsch«, beharrte ich.

»So gut, ja?«

»Könntest du vielleicht meine Antworten abwarten, anstatt einfach irgendwas anzunehmen?«

»Wirst du mir denn antworten?«

Ich überlegte angestrengt, wie viel ich ihr erzählen konnte, ohne allzu sehr in Verlegenheit zu geraten.

»Hör auf zu strahlen und schieß los! Du hast vor einer Million Jahren geschworen, dass es nicht passiert ist, wenn du es mir nicht erzählst.«

Damit hatte sie wohl recht.

»Also schön«, gab ich seufzend nach, setzte mich wieder auf und kreuzte die Beine. »Ja, wir haben uns geküsst. Genauer gesagt hat er mich geküsst, bevor ich auch nur einen einzigen Satz rausgebracht habe.«

»Echt jetzt?«, rief Sara aus. »Und …?«

»Ich glaube nicht, dass ich es angemessen beschreiben könnte«, meinte ich nachdenklich. »Es war besser, als ich es mir je hätte vorstellen können.«

»Natürlich«, sagte Sara mit einem lauten Schnauben. »Es hat nur ewig gedauert, bis du dich endlich darauf eingelassen hast. Wenn du auf mich gehört hättest, wärst du schon vor dem Ende der Fußballsaison um diese Erfahrung reicher gewesen.«

»Danke, Sara«, erwiderte ich sarkastisch und warf ein Kissen nach ihr.

»Worüber wollte er mit dir reden?«, fragte sie, offenbar entschlossen, wirklich alles aus mir herauszukitzeln.

»Kurz gesagt, haben wir beide uns selbst die Schuld dafür gegeben, dass er weggegangen ist«, fasste ich zusammen. Dann erzählte ich ihr ausführlich von unserem Gespräch und versuchte gleichzeitig, mir die Peinlichkeit der Situation nicht allzu genau vor Augen zu führen.

Als ich bei Evans Frage, ob Drew und ich miteinander geschlafen hätten, angelangt war und ihr meine Reaktion schilderte, fing Sara an zu lachen.

»Was findet ihr zwei eigentlich so lustig daran, dass ich deswegen schockiert war?«

»Ich schätze, wir wissen beide, wie du auf peinliche Situationen reagierst – das ist manchmal ziemlich unterhaltsam. Sorry«, erklärte sie grinsend. »Was habt ihr jetzt vor?«

»Na ja, wir waren uns einig, dass zwischen uns alles in Ordnung ist. Er bleibt hier. Das *Beziehungsgespräch* haben wir noch nicht geführt, falls du darauf hinauswillst, aber ich glaube, das wäre bei mir und Evan auch überflüssig.«

»Weil er dir schon gesagt hat, dass er dich liebt, stimmt's?«

Mein Gesicht lief knallrot an, und ich musste mir ein Lächeln verkneifen.

»Also stimmt's«, folgerte Sara.

»Was haben wir heute Abend noch mal vor?«, wechselte ich hastig das Thema.

»Wir gehen shoppen«, erklärte sie. Ich stöhnte. »Keine Widerrede. Meine Mutter hat uns beiden Geschenkgutscheine für die Mall gegeben. Es wird höchste Zeit, dass du dir deinen eigenen rosa Pullover besorgst.«

Das überzeugte mich.

»Anschließend gehen wir zu Ashley Bartletts Party. Wird wohl ein ziemlich großes Ereignis – nur damit du gewarnt bist.«

»Na prima«, brummte ich, fühlte mich jedoch gleich besser, als Sara hinzufügte, dass Evan uns abholen und mit uns zusammen zur Party fahren würde.

Während Sara meine Haare zu einem lockeren Knoten zusammenzwirbelte, fragte ich: »Sara, du hast in letzter Zeit überhaupt keinen Jungen erwähnt. Wie läuft es denn so bei dir?«

»Ich weiß auch nicht«, antwortete sie seufzend. »Vielleicht hab ich die ganzen Spielchen allmählich satt. Ich glaube nicht, dass ich an unserer Schule jemanden finden werde. Dabei fällt mir ein – wir fahren nächstes Wochenende nach New York. Wir übernachten bei meinem Cousin in Rutgers und fahren am Samstag zur Cornell University, um uns den Campus anzusehen und den Coach zu treffen. Wer weiß, vielleicht lerne ich ja einen College-Typen kennen!«

»Wie bitte – was haben wir vor?« Mir blieb die Luft weg.

»Sorry, ich hab ganz vergessen, es zu erwähnen. Dein Onkel denkt, meine Eltern würden mitkommen, das tun sie aber nicht. Also pass auf, dass du nicht beim Lügen erwischt wirst.«

Fassungslos starrte ich sie an.

Ehe ich überhaupt daran denken konnte, dass ich das nächste Wochenende wohl ohne Evan verbringen würde, fügte sie mit einem kleinen genervten Stöhnen hinzu: »Keine Angst, Evan trifft sich Samstagabend in der Stadt mit uns, ich hab ihn gestern Abend gleich gefragt.«

»Aber ich hab doch gar nichts gesagt«, protestierte ich.

»Das war auch nicht nötig«, meinte sie und verdrehte die Augen. »Em, ich bin froh, dass er wieder da ist – das weißt du doch, oder?«

»Ja«, antwortete ich etwas zurückhaltend, denn ihr Ton beunruhigte mich.

»Ich will nur dafür sorgen, dass dir nichts passiert, wenn Carol und George es herausfinden.«

»Ich bin mit Drew zusammen gewesen, ohne dass sie etwas davon gemerkt haben«, erinnerte ich sie. Mir war nicht ganz klar, worüber sie sich Gedanken machte.

»Das war was anderes«, erklärte sie. »Die Sache mit Evan kannst du nicht geheim halten. Jeder, der dich sieht, weiß sofort, dass irgendwas im Busch ist – du strahlst dermaßen. Deshalb musst du mir versprechen, gut auf dich aufzupassen, hörst du?«

Sara wirkte so nervös, dass ich mit meiner Antwort zögerte. Es würde doch nichts Schlimmes passieren, oder? Ich musste einfach daran glauben.

»Ich versuch's«, antwortete ich schließlich wahrheitsgemäß. »Sara, du hast mir bei Janet doch erzählt, warum du mit Jared ausgegangen bist. Ich habe viel darüber nachgedacht, und ich glaube, ich muss es genauso machen. Ich möchte lieber riskieren, dass es zu Hause Ärger gibt, als mir die Chance entgehen zu lassen, mit Evan zusammen zu sein.«

»Aber für dich ist das Risiko wesentlich größer«, erwiderte sie, immer noch besorgt. »Für dich steht viel mehr auf dem Spiel, wenn Carol es erfährt.«

»Ich werde es überleben«, versicherte ich ihr. Sara schien nicht zufrieden mit meiner Antwort, schwieg aber.

»Du wirst nicht versuchen, mich von Evan fernzuhalten, oder?«, fragte ich.

»Nein«, antwortete sie. »Ich freue mich für dich – ehrlich. Lass uns gehen. Zeigen wir den anderen, dass Evan zurück ist und dass ihr zwei endlich zusammen seid.«

»Jawohl«, stöhnte ich, als wir die Treppe hinuntersausten. »Genau um dieses Thema sollte sich der heutige Abend drehen.«

30

stiMmungskAnOne

𝑒in strahlendes Lächeln erschien auf Evans Gesicht, als wir die Treppe herunterkamen, und ich konnte nicht anders, als zurückzulächeln.

»Das ist definitiv mein Lieblingspulli«, meinte er, als ich die letzte Stufe erreichte.

»Ich hab's dir doch gesagt!«, rief Sara und erinnerte mich daran, wie lange ich gezögert hatte, den rosa Pulli zu kaufen, der sowohl am Dekolleté als auch am Rücken tief ausgeschnitten war. Mir wurde vor Verlegenheit ganz heiß.

Während wir unsere Jacken anzogen, wandte Evan sich an Sara und fragte: »Macht es dir was aus, wenn Emma und ich kurz eine Runde um den Block drehen, bevor wir losfahren? Ich muss sie was fragen.«

Sara sah zu mir hinüber, bevor sie antwortete: »Nein, kein Problem. Holt mich einfach ab, wenn ihr so weit seid.«

Mir blieb fast das Herz stehen. Ich konnte mir überhaupt nicht erklären, was er noch von mir wissen wollte. Als wir das Haus verlassen hatten, und er seine Frage endlich stellte, bestätigte sich meine Befürchtung.

»Diese Albträume, die du hast …«, begann er leise. »Darauf hat Sara mit ihrem Kommentar gestern angespielt, oder?«

Ich starrte zu Boden und ging wortlos neben ihm weiter.

»Tut mir leid«, sagte er und klang so traurig, dass ich den Kopf wandte und ihm in die Augen sah.

»Es ist nicht deine Schuld«, flüsterte ich.

»Aber ich werde es wiedergutmachen, versprochen«, meinte er mit einem sanften Lächeln.

Dann schlang er die Arme um meine Taille, und ich stellte mich auf die Zehenspitzen, um ihn zu küssen. Er drückte mich fester an sich, in meinem Inneren sprühten Funken, und mit jeder zarten Berührung unserer Lippen atmete ich ihn ein. Mir wurde schwindlig, als er den Kuss vertiefte, mit einem leisen Stöhnen schmiegte ich mich dichter an ihn. Doch im nächsten Moment hob er plötzlich den Kopf.

»Warum machst du das immer?«, fragte ich frustriert, denn ich wollte nicht, dass unser Kuss schon vorbei war.

»Wir stehen mitten auf der Straße«, meinte er grinsend, und ich ließ ihn widerstrebend los.

Auf dem Weg zurück zu Saras Haus konnte Evan überhaupt nicht aufhören zu grinsen. Ich musterte ihn neugierig.

»Das hätte ich einfach nicht von dir erwartet«, erklärte er. Als er mein erschrockenes Gesicht sah, fügte er schnell hinzu: »Oh, ich finde das alles andere als schlecht, glaub mir. Es ist nur ... du *bist* interessant.«

Wenig später parkten wir gegenüber von Alison Bartletts Haus auf einer großen Wiese, die schon voller Autos stand. Das Haus selbst lag abgelegen und ohne direkte Nachbarn ungefähr eine Meile von der Straße entfernt – wahrscheinlich einer der Hauptgründe, warum die Party so angesagt war. Stimmengewirr und Musik schallten über die Wiese, als wir ankamen.

»Ich will nicht das fünfte Rad am Wagen sein«, sagte Sara. »Also gehe ich alleine rein und treffe euch dann drinnen.«

»Bist du sicher?«, fragte ich überrascht.

»Absolut.« Sie lachte. »Außerdem will ich sehen, wie die anderen reagieren, wenn ihr reinkommt.«

Kopfschüttelnd beobachtete ich, wie sie in Richtung des Lärms verschwand. Als Evan auf meine Seite des Autos kam, warf ich ihm einen nervösen Blick zu, aber er blieb vor mir stehen und nahm meine beiden Hände in seine.

»Bereit?«, fragte er.

Ich zuckte die Achseln. »Na klar.«

Er beugte sich zu mir herab und streifte mit seinen Lippen leicht meinen Mund. Sein Beinahe-Kuss ließ mich atemlos zurück und machte mir Lust auf mehr.

»Ich muss mich immer wieder daran erinnern, dass ich das jetzt tun kann«, erklärte er. »Küsse waren so lange tabu – ich muss mich erst mal umgewöhnen.«

»Du hast meine Erlaubnis«, flüsterte ich und zog ihn erneut an mich. Kurz bevor unsere Lippen sich berührten, rief jemand: »Heilige Scheiße! Evan Mathews?«

Mit einem entnervten Stöhnen löste ich mich aus unserer Umarmung.

»Moment. Und Emma Thomas? Das ist ja total verrückt.«

Widerwillig wandte ich mich dem Störenfried zu. Warum musste ausgerechnet *er* es als Erster erfahren?

»Hi, Jay«, begrüßte Evan ihn ungezwungen. Ich biss die Zähne zusammen.

»Hi«, sagte ich nur kurz, merkte aber, wie mir die Hitze ins Gesicht stieg – so viel zu meiner Hoffnung, unauffällig ins Haus zu gelangen.

»Wie lange bist du denn schon wieder da?«, fragte Jay an Evan gewandt.

»Seit gestern.«

Jay zog die Augenbrauen hoch und sah zwischen Evan und mir hin und her. »Anscheinend verschwendet ihr keine Zeit, was?«

Mir blieb der Mund offen stehen. »Jay!«

»Ich mein ja nur«, erwiderte er mit seiner allzu vertrauten falschen Unschuldsmiene.

»Wollen wir reingehen?«, fragte Evan, ohne auf Jays Bemerkung einzugehen.

»Ja.«

Er nahm meine Hand, und gemeinsam gingen wir zum Haus. Im Vorgarten und auf den Stufen, die zur Haustür hinaufführten, saßen überall Leute. Durch die geöffnete Tür schallte ohrenbetäubend laute Musik. Bevor wir hineingingen, stieß ich einen tiefen Seufzer aus. Evan drückte meine Hand und lächelte mir aufmunternd zu, während Jay sich an uns vorbei ins Haus drängte.

Drinnen war es genauso schlimm, wie ich befürchtet hatte. Die Leute um uns herum gafften schamlos, tuschelten und zeigten sogar mit den Fingern auf uns, als wir uns einen Weg in die Küche bahnten. Viele der Jungs begrüßten Evan enthusiastisch, während die Mädchen uns größtenteils nur anstarrten und hinter vorgehaltener Hand miteinander flüsterten. Wie hatte ich mir nur einbilden können, es wäre eine gute Idee hierherzukommen?

»Ihr habt es tatsächlich geschafft!«, rief Sara, als wir uns in die Küche zwängten. »Na, jetzt weiß bestimmt jeder, dass ihr hier seid. Und Jay war echt der Erste, dem ihr begegnet seid?« Sie schüttelte verwundert den Kopf. »Ganz unauffälliger Auftritt, das muss man euch lassen.«

Evan lachte, ich quittierte ihre ironische Bemerkung mit einem leisen Stöhnen.

»Das ist purer Wahnsinn«, sagte ich dann und ließ den Blick über die Menschenmasse schweifen, die immer noch ins Haus strömte. Sara nickte zustimmend.

»Willst du was zu trinken?«, fragte Evan dicht an meinem Ohr. Ich nickte.

Evan machte sich auf die Suche nach der Bar und wurde schon nach wenigen Schritten von der Menge verschluckt.

»Emma!«, hörte ich in diesem Moment Jills Stimme. Als sie sich zu uns durchgedrängt hatte, sah sie sich verwundert um. »Wo ist denn Evan? Ich hab gehört, ihr seid zusammen gekommen.« Sara lachte.

»Er holt Getränke«, schrie ich zurück. Anscheinend musste ich mich damit abfinden, dass wir den ganzen Abend Gesprächsthema Nummer eins sein würden.

»Ich freue mich so sehr für euch!«, kreischte Jill. »Endlich! Ich hab gehört, er ist sofort zurückgekommen, als er von dir und Drew gehört hat.«

»Was?!«, rief ich schockiert. »Woher hast du das denn?«

Jill zuckte nur die Achseln.

»Ihr beide seid doch zusammen, oder?«, vergewisserte sie sich vorsichtig.

»Ja«, antwortete ich, fügte dann aber mit Nachdruck hinzu: »Und Drew hat nichts damit zu tun.«

»Auf dass die Gerüchte brodeln«, rief Sara vergnügt. Ich warf ihr einen bösen Blick zu.

Als Nächste näherte sich Lauren. »Hi«, sagte sie grinsend. »Du und Evan, ja? Das ist großartig!«

»Hi, Lauren«, erwiderte ich seufzend.

»Wo ist er denn?«, wollte auch sie sofort wissen.

»Er holt Getränke«, antwortete Jill an meiner Stelle.

»Können wir irgendwohin gehen, wo wir nicht ständig schreien müssen?«, fragte ich.

Jill deutete zur Terrasse. Ich überlegte kurz, auf Evan zu warten, aber das Gedränge und der Lärm gingen mir bereits so auf die Nerven, dass ich nickte. Evan würde uns bestimmt finden. Auf dem Weg durch die Tür hielten wir uns aneinander fest, um in dem menschlichen Labyrinth nicht verlorenzugehen.

Als wir endlich im Freien waren, atmete ich erleichtert die kühle, frische Luft ein.

»Sehr gut«, sagte Jill an mich gewandt. »Jetzt können wir dich alle hören. Wann ist Evan denn zurückgekommen?«

Ich war zwar darauf gefasst gewesen, aber die Ausfragerei machte mir trotzdem zu schaffen.

»Gestern.«

»Und?«, ermunterte Lauren mich. »Was ist passiert?«

Ich sah in ihre erwartungsvollen Gesichter und wusste nicht recht, was ich sagen sollte.

»Da seid ihr ja«, erklang hinter uns Caseys Stimme. Die anderen machten Platz, damit sie sich zu uns stellen konnte.

»Emma wollte uns gerade von ihrem Wiedersehen mit Evan erzählen«, erklärte Lauren.

»Evan ist zurück?«, fragte Casey ungläubig.

Die anderen lachten über ihre Ahnungslosigkeit.

»Wo bist *du* denn gewesen?«, erkundigte sich Jill mit argwöhnisch zusammengekniffenen Augen.

Casey zuckte verlegen die Achseln.

»Also, schieß los«, forderte Lauren mich auf.

»Äh ... er hat sich entschuldigt, ich hab mich entschuldigt. Jetzt ist die Sache vom Tisch.« Die Mädchen starrten mich an, offenbar nicht erfreut über den Mangel an Details.

»Das war alles?«, fragte Casey.

»Was meinst du damit?«, erwiderte ich in unschuldigem Ton.

Lauren stöhnte frustriert. »Ich hätte gern gehört, wie er dich stürmisch in die Arme schließt, um Verzeihung anfleht und dich stundenlang küsst.« Die anderen brachen in Gelächter aus.

»Sorry«, entgegnete ich freundlich, aber bestimmt. »Darüber werde ich Stillschweigen bewahren.«

»Weiß er von Drew?« Jill verzog das Gesicht.

»Ja«, antwortete ich leise.

»Weiß er *alles*?«, hakte Casey nach. Ich verdrehte nur die Augen.

»Casey!«, rief Sara ärgerlich und verpasste ihrer Freundin einen leichten Schlag auf den Arm. »Du bist echt nicht auf dem Laufenden. Da ist nie was passiert!«

»Oh«, sagte Casey entschuldigend.

»Nur so als Warnung – er ist hier«, informierte mich Lauren. »Und er ist nicht mehr mit Katie zusammen. Sie haben sich getrennt. Donnerstagabend.«

»Das ist schon okay«, meinte ich. Es machte mir nichts aus, Drew wiederzusehen – egal ob mit oder ohne Katie.

»Sie haben sich getrennt?«, fragte Sara dagegen verblüfft.

»Definitiv«, murmelte Jill. Hellhörig geworden, warteten wir darauf, dass sie weiterredete.

»Jill, halt uns jetzt bloß nicht hin«, drohte Sara.

»Ihr müsst versprechen, es *keinem* weiterzuerzählen«, beschwor uns Jill, ließ uns aber nicht zu Wort kommen: »Drew hat Katie geschwängert.«

»Das ist nicht dein Ernst!«, rief Lauren entsetzt.

»Na ja, sie ist nicht mehr schwanger«, erklärte Jill, die es in vollen Zügen genoss, diesen brandheißen Klatsch weiterzugeben.

»Hat sie …?«, setzte Sara an, doch Jill zuckte schon die Achseln, bevor sie ihre Frage zu Ende formulieren konnte.

»Ich weiß nicht genau, was passiert ist. Entweder hat sie das Baby verloren, oder ihre Eltern wollten, dass sie es abtreiben lässt«, erklärte Jill abschätzig. Sie schien an der Wahrheit nicht im Geringsten interessiert. »Aber ich glaube, Drew war nur mit ihr zusammen, weil sie schwanger war. Als das Thema vom Tisch war, hat er sie sofort abserviert.«

»Moment mal«, unterbrach ich sie nachdenklich. »Wann ist sie denn schwanger geworden?«

Sara und Casey sahen mich an, offensichtlich ging ihnen dieselbe Frage durch den Kopf.

»Nicht während ihr zusammen wart«, erklärte Jill. »Anscheinend hatten die beiden in den Ferien was miteinander, bevor es zwischen dir und Drew ›offiziell‹ wurde.«

»Gott, Katie war also echt schwanger.« Das letzte Wort stieß Casey tonlos hervor – anscheinend konnte sie es immer noch nicht fassen.

Katie tat mir leid, und ich hatte ein schlechtes Gewissen, weil wir hier auf einer Party ganz locker über ihr intimstes Geheimnis diskutierten – egal, ob es stimmte oder nicht.

Ich wollte nichts mehr darüber hören und zog mich möglichst unauffällig zurück, um Evan ausfindig zu machen. Nach einer Weile entdeckte ich ihn oben auf der Treppe. Er suchte seinerseits das Gedränge nach mir ab. Als unsere Blicke sich trafen, erschien ein Lächeln auf seinem Gesicht, und ich lächelte zurück.

»Hi«, begrüßte er mich. »Ich hab mir schon gedacht, dass du nicht drinnen bleiben willst.«

»Du kennst mich eben.« Ich nahm die Limo entgegen, die er mir mitgebracht hatte. Evan legte mir schützend eine Hand auf den Rücken, und wir gingen zusammen zurück zu den Mädchen. Mit Ausnahme von Sara grinsten sie uns alle bis über beide Ohren an. Ich verdrehte die Augen.

»Hi, Evan«, zwitscherte Jill. »Willkommen, schön, dass du wieder da bist.« Lauren und Casey kicherten.

»Danke«, erwiderte er höflich und warf mir einen fragenden Blick zu. Ich seufzte nur tief.

Unsere kleine Gruppe blieb vor der Tür, und die Mädels tauschten weiter die neuesten Gerüchte aus, größtenteils über Leute, die sie gerade gesehen hatten. Evan und ich standen stumm dabei und hörten notgedrungen zu. Nur wenn jemand ihn im Vorbeigehen erkannte und sich nach seiner Rückkehr erkundigte, wurde der Tratsch für einen Moment unterbrochen.

»Ich gehe kurz zur Toilette«, verkündete ich nach einer Weile. Evan war in ein Gespräch mit einem Jungen aus seiner Fußballmannschaft vertieft.

»Ich komme mit«, verkündete Sara, nahm meinen Arm und zog mich weg.

»Diese Party ist nicht schlecht«, meinte sie, als wir die Verandatreppe hinaufgingen. Ich nickte, obwohl ich ihre Meinung nicht wirklich teilte.

Wir bahnten uns einen Weg durch die Küche und weiter zur Toilette.

»Ich hoffe, du musst nicht allzu dringend«, meinte Sara mit einem Blick auf die Warteschlange.

»Nein, es geht schon«, versicherte ich ihr und lehnte mich an die Wand.

»Tony Sharpa hat mich gefragt, ob ich mit ihm ausgehen will«, gestand Sara mir aus heiterem Himmel.

»Was? Wann?«, fragte ich erstaunt und versuchte mich zu erinnern, wie lange sie allein hier gewesen war, bevor Evan und ich sie wiedergetroffen hatten.

»Gestern, in der Lernstunde.«

»Warum hast du mir nichts davon gesagt?«, fragte ich verwundert.

»Es ist nicht so wichtig«, sagte sie lachend. »Nicht jetzt, da Evan zurück ist. Außerdem hab ich nein gesagt. Auf ihn habe ich mich bezogen, als ich gemeint hab, ich hätte die Spielchen langsam satt.«

»Ach ja? Warst du nicht in ihn verknallt, als er mit Niki zusammen war? Und er in dich, als du mit Jason zusammen warst?«

Sara nickte, und ihr Gesicht verfinsterte sich. Wahrscheinlich dachte sie daran, was für ein schlechtes Timing sie und Tony gehabt hatten.

»Und was ist jetzt das Problem? Ihr seid doch endlich beide Single.«

»Ich weiß auch nicht«, antwortete sie seufzend. »Irgendwie fühlt es sich so gezwungen an.«

»Das ergibt absolut keinen Sinn«, meinte ich verwirrt.

»Du bist also wirklich hier«, hörte ich in diesem Moment eine vertraute Stimme hinter mir. Mir blieb fast das Herz stehen, und mein Magen zog sich zusammen. Wie gelähmt stand ich da, unfähig, mich umzudrehen.

Noch bevor ich mich gesammelt hatte, erschien Drew und lehnte sich neben mir an die Wand. Ich rümpfte die Nase, als mir seine Alkoholfahne ins Gesicht schlug. Vermutlich brauchte er die Wand, um sich aufrecht zu halten.

»Na Drew, du hast wohl ein bisschen was getrunken«, begrüßte Sara ihn ironisch.

»Hi, Sara«, lallte Drew. »Du konntest mich noch nie leiden, oder?«

Seine betrunkene Offenheit amüsierte Sara sichtlich.

»Stimmt, und daran hat sich auch nichts geändert«, antwortete sie mit einem hämischen Grinsen. »Vielleicht solltest du uns lieber in Ruhe lassen.«

Nervös stellte ich fest, dass wir Aufmerksamkeit erregten. Nach und nach verstummten alle und hörten uns zu. Ich blickte mich um und überlegte fieberhaft, wie ich der Situation entfliehen konnte, ohne eine Szene zu provozieren.

»Wir müssen reden ... aber unter vier Augen«, meinte Drew. Ehe ich wusste, wie mir geschah, hatte er mich am Handgelenk gepackt und zerrte mich durch die Toilettentür, die gerade geöffnet worden war. Sara wollte mich festhalten, doch im selben Moment schnitt das Gedränge ihr den Weg ab.

Drew stieß mich ins Zimmer, zog die Tür hinter uns zu und schloss ab.

»Drew!«, rief Sara und hämmerte von der anderen Seite gegen die Tür. »Lass sie raus!«

»Gib verdammt noch mal Ruhe, Sara!«, schrie Drew wütend zurück.

Ich ließ meinen Blick über das große, weiß gefliese Badezimmer schweifen – hier musste es doch irgendwo eine Fluchtmöglichkeit geben! Drew drehte sich zu mir um und lehnte sich gegen die Tür, ohne auf Saras lautes Klopfen zu achten.

»Was willst du von mir, Drew?«, fragte ich ruhig, obwohl ich von Sekunde zu Sekunde panischer wurde.

»Ich will nur mit dir reden«, nuschelte er und trat einen Schritt auf mich zu. Ich wich zurück.

»Na, dann raus mit der Sprache.«

»Sei doch nicht so.« Er griff nach meiner Hand, aber ich zog sie schnell weg. Draußen verstummte abrupt die Musik. »Aufmachen!«, riefen jetzt auch andere Leute, das Klopfen an der Tür wurde lauter. Leider ließ Drew sich davon nicht beirren, sondern kam immer näher. Mein Rücken stieß gegen die Wand.

»Ich wollte dir nur sagen, dass ich dir vergebe.« Er strich mir über die Wange, wobei sich ein paar Haarsträhnen zwischen seinen Fingern verhedderten. Als er den Mund aufmachte, strömte mir der widerwärtige Alkoholgestank entgegen. »Du musst dich nicht mit ihm abgeben, um mir eins auszuwischen.«

Irritiert versuchte ich ihm in die Augen zu sehen, aber sein Blick tanzte hin und her.

»Du kannst zu mir zurückkommen«, nuschelte er und beugte sich über mich. Da ich schnell den Kopf abwandte, landeten seine feuchten Lippen auf meiner Wange.

Immer stärker drängte er mich gegen die kalten Fliesen, seine Zunge glitt über meinen Hals. Ich schaffte es nicht, ihn wegzuschubsen, sosehr ich mich auch anstrengte – jetzt war ich für ihn die Wand, die ihn aufrecht hielt. Er presste sich an mich, wahrscheinlich merkte er nicht einmal richtig, wie verzweifelt ich mich wehrte. Seine Hand umfasste grob meine Brust, und er begann sich an mir zu reiben.

»Drew, hör auf!«, schrie ich und stieß ihn mit aller Kraft von mir. Aber er war fast sofort wieder da und befummelte mich weiter, als wären wir ein leidenschaftliches Liebespaar.

Auf einmal ertönte ein ohrenbetäubendes Krachen, und die Tür flog auf. Jemand zerrte Drew von mir weg. Plötzlich waren überall

Gesichter, die mich anstarrten. Eine Gruppe von Jungs versuchte, sich durch die Tür zu zwängen. Einen Moment meinte ich, Evan in dem Getümmel zu erkennen, aber dann ergriff Sara meine Hand und zog mich eilig durch die gaffende Menge.

Ich hörte, wie hinter uns ein Handgemenge entstand, Mädchen schrien, Jungs fluchten laut. Kurz vor der Haustür gelang es mir, einen Blick über die Schulter zu werfen, aber ich sah nichts als eine wogende Menschenmenge. Manche flüchteten wie wir nach draußen, andere drängten näher an den Ort des Geschehens.

Nicht lange nachdem wir das Auto erreicht hatten, stieß Evan zu uns. Er atmete schwer, sein Hemd war zerknittert. Wortlos zog er mich an sich und hielt mich fest. Ich versuchte, mir nicht anmerken zu lassen, dass ich zitterte.

Schließlich löste ich mich von ihm und sah ihn an. Sein Gesicht war noch immer gerötet. Sara stand ein Stück abseits und betrachtete uns stumm. »Mir geht's gut«, versicherte ich Evan. »Er war nur betrunken. Er hat es nicht so gemeint.«

»Hör auf, ihn zu verteidigen!«, erwiderte er heftig. »Ich kann nicht …«

Er unterbrach sich und atmete tief durch. »Gehen wir einfach.«

Als wir einstiegen, folgten uns noch immer neugierige Blicke. Drinnen ging die Party weiter, die Musik lief wieder, das Stimmengewirr stieg stetig an. Wir fuhren los, und Evan nahm meine Hand.

31

*be*MerKt

Ich hoffte inständig, dass die Woche rasch vorübergehen oder ein noch größerer Skandal Drew, Evan und mich aus den Schlagzeilen vertreiben würde. Dann kam Katie zurück in die Schule, und ich bereute meinen Wunsch. Alle starrten sie an, tuschelten hinter ihrem Rücken und mieden sie, als hätte sie eine ansteckende Krankheit.

Mir war klar, dass Mitleid ihr nicht half, aber ich wusste nicht, was ich sonst tun konnte. Wäre *mein* Geheimnis vor der ganzen Schule aufgeflogen, hätte ich mir gewünscht, im Erdboden zu versinken. Deshalb entschied ich mich – ob es nun richtig war oder falsch –, sie in Ruhe zu lassen. Ich ging ihr nicht aus dem Weg, bemühte mich aber auch nicht, besonders nett zu ihr zu sein. Mein ambivalentes Verhalten konnte durchaus für feige gehalten werden. Wahrscheinlich war es das auch. Am Freitag sah ich, wie Katie sich auf der Mädchentoilette die Augen ausheulte, und schlich mich schnell hinaus, bevor sie mich bemerkte.

»So geht es nicht weiter.« Die Drohung ließ mich abrupt innehalten.

Reglos stand ich im Flur, meinen Rucksack über der Schulter, meine Reisetasche in der Hand. Ich war gerade von meinem Wochenendtrip mit Sara und Evan aus New York zurückgekehrt. Carol funkelte mich zornig an. Ich hatte ihre hasserfüllte Stimme schon so lange nicht mehr gehört, dass ich vergessen hatte, wie sehr sie mich lähmte.

»Schluss mit den Freitagabenden bei den McKinleys. Du hast dich schon viel zu lange vor deinen Pflichten gedrückt. Mit dieser Scheiße kommst du mir nicht mehr durch. Eigentlich sollte ich dich einfach wegsperren, aber ...«

Mein Puls beschleunigte sich.

»... aber dein Onkel glaubt, die Stimmung im Haus wäre weniger angespannt, wenn wir einen Tag für uns allein hätten. Darüber diskutiere ich nicht mit ihm, das Thema ist es nicht wert. *Du* bist es nicht wert. Also sag Sara, dass sie dich Samstagmittag abholen kann – unter der Bedingung, dass du spätestens am Sonntagmorgen um neun Uhr wieder auf der Matte stehst.

Dieses Wochenende gehst du allerdings nirgendwohin. Du bleibst hier und rechst erst meinen Garten und am Sonntag den von meiner Mutter. Und wo wir schon dabei sind ...«

Bitte sag es nicht.

»Sonntags darfst du in die Bücherei, und das war's. Wenn ich rausfinde, dass du dich irgendwo anders rumtreibst, *werde* ich dich wegsperren, bis du deinen Schulabschluss hast.« Mein Magen krampfte sich zusammen, aber ich blieb stocksteif stehen, in der Hoffnung, auf diese Weise vielleicht ungeschoren davonzukommen. Aber auch damit hatte ich kein Glück.

»Habe ich mich klar ausgedrückt?«, fuhr Carol mich an, packte mich am Ohr und zog so fest daran, dass ich den Kopf zur Seite neigen musste.

»Ja«, wimmerte ich.

Die Hand über mein schmerzhaft pochendes Ohr gelegt, stand ich auf dem Korridor und sah zu, wie meine Freiheit mit meiner Tante verschwand. Sobald Carol außer Sichtweite war, ging ich in mein Zimmer, warf meine Tasche aufs Bett und lief wild auf und ab. Warum tat sie mir das an? Warum konnte sie mich nicht einfach in Frieden lassen, so wie während der letzten drei Monate auch? Warum interessierte sie sich plötzlich wieder dafür, wo ich war? Sie hasste mich. Warum wollte sie mich dann in ihr Haus sperren?

Unbändige Wut stieg in mir hoch bei der Vorstellung, das Wochenende mit ihr zu verbringen. Evan nicht zu sehen war sogar noch schrecklicher als die Aussicht auf zwei ganze Tage mit *ihr*. Na ja ... vielleicht war auch beides gleich schlimm.

Ohne mein Wissen hatten Evan und Sara entschieden, mich ab sofort abwechselnd abzuholen und nach Hause zu fahren, und so sah ich am Montagmorgen zu meiner Überraschung Evans BMW unten an der Straße stehen. Allerdings lenkten mich die üblen Aussichten für das nächste Wochenende zu sehr ab, um mich angemessen zu freuen.

»Guten Morgen«, begrüßte mich Evan mit einem warmen Lächeln, als ich die Tür hinter mir schloss.

»Hi«, antwortete ich, konnte sein Lächeln aber nicht erwidern.

»Bist du morgens je gut gelaunt?«

»Was?« Seine Frage riss mich aus meiner düsteren Grübelei. »Oh, entschuldige. Ich bin nur wütend auf meine Tante.«

»Was ist passiert?« Die Besorgnis in seiner Stimme war unüberhörbar.

»Nichts Schlimmes«, versicherte ich ihm schnell. »Ich soll das ganze nächste Wochenende zu Hause bleiben, und das kotzt mich an. Sorry, dass ich so schlecht drauf bin.«

»Gehst du am Sonntag in die Bibliothek?«

»Nein, ich muss bei ihrer Mutter den Garten rechen«, knurrte ich.

»Und ...?«, setzte er an. Mehr brauchte er nicht zu sagen.

»Ja«, seufzte ich. »Ich überlege schon, wann wir uns stattdessen sehen können.«

»Wenn nicht dieses, dann eben nächstes Wochenende«, versuchte er mich zu trösten.

»So leicht gibst du also auf?«, fragte ich, verärgert über seine mangelnde Entschlossenheit.

»Nein«, erwiderte er mit einem leisen Lachen. »Aber was bleibt uns anderes übrig, willst du dich etwa aus dem Haus schleichen?«

Ein kalter Schauer lief mir über den Rücken, als ich mir vorstellte, wie ich unbemerkt aus dem Fenster zu klettern versuchte. Dann schoss jedoch plötzlich ein Adrenalinstoß durch meinen Körper. Hatte ich wirklich den Mumm dazu?

»Das wäre vielleicht eine Option.«

Evan warf mir einen erstaunten Blick zu. »Du willst dich tatsächlich heimlich rausschleichen?«

»Ich schaffe das«, sagte ich, mehr um mich selbst als um Evan zu überzeugen.

Ich hatte Angst davor, erwischt zu werden, aber der Gedanke, womöglich ungeschoren davonzukommen, war so aufregend, dass ich es riskieren wollte. Ich würde nicht länger zulassen, dass meine Tante mein Leben kontrollierte. Lieber nahm ich das Risiko auf mich, als die Chance überhaupt nicht zu nutzen. Wo hatte ich so etwas Ähnliches schon einmal gehört?

»Du bist verrückt!«, rief Sara entsetzt, als ich ihr erzählte, was ich vorhatte. »Wenn du erwischt wirst, sehen wir dich nie wieder!«

»Aber Sara, warst du nicht diejenige, die meinte, es wäre besser zu scheitern, als es gar nicht zu versuchen?«, entgegnete ich.

»So habe ich das nicht gesagt«, wandte sie ein. »Em, das ist etwas völlig anderes, als mit einem Typen auszugehen und ihn vielleicht nie wiederzusehen. Du setzt buchstäblich alles aufs Spiel.«

Ich sah auf mein Mittagessen hinab, das ich noch nicht einmal angerührt hatte. Natürlich verstand ich Saras Sorge. Wenn ich noch dieselbe Person wie vor sechs Monaten gewesen wäre, hätten wir dieses Gespräch nicht geführt. Aber inzwischen war zu viel passiert, und ich wollte nicht mehr zurück.

»Sara«, sagte ich leise. »Was habe ich denn schon zu verlieren?

Ohne dich und Evan würde ich gar nicht existieren, ich könnte genauso gut tot sein. Ich brauche mehr als nur Schule und Sport. Jetzt, da ich den Unterschied kenne, kann ich nicht mehr so leben wie früher.«

Eine Weile saß Sara stumm da und zerkrümelte ihren Keks, ohne ihn zu essen.

»Bist du sicher, dass es keine Möglichkeit gibt, bei ihnen auszuziehen?«, fragte sie schließlich. »Wenn du erwischt wirst ...« Sie konnte mir nicht in die Augen sehen.

»Ich werde mich einfach nicht erwischen lassen«, versicherte ich ihr. Einen Moment stocherten wir schweigend in unserem Essen herum.

»Gehst du morgen Abend zur Basketball-Siegerehrung?«, wechselte Sara das Thema.

»Ich hab den Termin im Kalender eingetragen, und niemand hat protestiert. Also ja, ich denke schon.«

»Bleibst du in der Schule, oder sollen meine Eltern und ich dich von zu Hause abholen?«

»Ich bleibe wahrscheinlich hier. Ich muss noch was für die Zeitung fertig machen und an meinem Geschichtsreferat weiterarbeiten. Es macht keinen Sinn, nach Hause zu gehen.« Es machte nie Sinn, nach Hause zu gehen, aber es ließ sich nicht vermeiden, egal, wie lange ich es auch hinauszögerte. Ich hatte keine andere Wahl.

»Gratuliere«, sagte meine Mutter, als Sara und ich in den kühlen Frühlingsabend hinaustraten.

Dieses Mal war ich nicht so geschockt, sie zu sehen. Mich überraschte nur, dass sie nüchtern war. Sie wirkte extrem nervös, wie sie da auf dem Bürgersteig stand. Die Hände in den Jackentaschen vergraben, wartete sie auf meine Reaktion.

Sara ging nicht weiter zum Parkplatz, blieb aber ein Stück abseits von uns stehen. Offensichtlich wollte sie mir Gelegenheit geben, unter vier Augen mit meiner Mutter zu reden. Ich ging auf die blasse Frau zu, der ich bis auf meine dunklen Haare und meine mandelförmigen Augen kaum ähnlich sah.

»Ich bin so stolz auf dich«, sagte sie leise. »Mannschaftskapitänin ab der nächsten Saison – das ist großartig, Emily.«

»Co-Kapitänin«, korrigierte ich sie. Sie lächelte und erwiderte meinen Blick.

»Ich hab dich ein paarmal spielen sehen.« Ihr Lächeln wurde breiter.

»Ich weiß. Ich konnte dich auf der Tribüne schreien hören.« Die Schreie meiner Mutter waren unverkennbar, sie war die Einzige in der jubelnden Menge, die »Emily!« rief.

»Ich hab beschlossen, nicht mehr zu trinken«, verkündete sie stolz. »Seit Dezember bin ich trocken.« Ich nickte nur stumm, denn ich war mir nicht sicher, ob ich ihr glauben konnte. Abgesehen von ihrem momentanen Zustand hatte ich keinerlei Beweise dafür, dass sie die Wahrheit sagte.

»Und ich hab auch einen neuen Job«, fuhr sie fort. »Ich bin Assistentin der Geschäftsleitung bei einem Technikbetrieb in einer Stadt nicht weit von hier.«

»Du bist nach Connecticut gezogen?«, fragte ich erstaunt.

»Ja, ich wollte in deiner Nähe sein«, erklärte sie mit erwartungsvollem Gesicht. »Ich habe gehofft, wir könnten uns öfters sehen …, wenn du magst.«

Unwillkürlich zuckte ich zurück. »Schauen wir mal.« Darauf konnte ich mich so schnell nicht einlassen. Sie nickte und ließ enttäuscht die Schultern hängen.

»Verstehe«, flüsterte sie, den Blick zu Boden gesenkt. »Ist alles okay bei dir?« Sie schaute wieder zu mir auf und versuchte, meinen Gesichtsausdruck zu entziffern. Offensichtlich suchte sie nach einer genaueren Antwort, als ihre Frage vermuten ließ.

»Ja, mir geht's gut«, antwortete ich mit einem gezwungenen Lächeln. Die Sorge wich nicht aus ihren Augen.

»Hättest du etwas dagegen, wenn ich gelegentlich zu einem deiner Wettkämpfe komme? Ich weiß, sie finden normalerweise unter der Woche statt, aber wenn mal einer am Wochenende ist ...?«

Ich zuckte die Achseln. »Wenn du willst.« Am liebsten hätte ich sie gebeten, nicht zu kommen, und ihr gesagt, dass es mir lieber wäre, sie nie wiederzusehen. Aber ich konnte nicht in ihre traurigen Augen blicken und sie so krass abweisen.

»Ich muss gehen«, sagte ich mit einer Kopfbewegung zu Sara hinüber.

Meine Mutter lächelte Sara auf ihre charmante Art an. »Hi. Ich bin Emilys Mutter, Rachel«, stellte sie sich vor.

»Hi«, erwiderte Sara freundlich. »Ich bin Sara. Freut mich, Sie kennenzulernen.«

»Fahrt bitte vorsichtig«, sagte sie noch, und meine Augenbrauen zogen sich zusammen. Aus ihrem Mund klang mütterliche Sorge mehr als befremdlich.

»Ich bin so stolz auf dich«, fuhr sie mit Tränen in den Augen fort, aber ich konnte ihre Sentimentalität kaum ertragen – sie widersprach allem, was ich über meine Mutter wusste. Sie hatte mich nicht gewollt. Warum also kümmerte es sie plötzlich, dass ich gut nach Hause kam?

»Danke«, sagte ich, drehte mich schnell weg und marschierte auf Saras Auto zu. Sara folgte mir in einigem Abstand – offenbar hatte sie nicht damit gerechnet, dass ich so abrupt gehen würde.

»Alles okay?«, erkundigte sie sich, als wir uns ihrem Auto näherten. »Hat sie irgendwas Falsches gesagt, das mir entgangen ist?«

»*Alles*, was sie gesagt hat, war falsch«, entgegnete ich und setzte mich steif auf den Beifahrersitz.

Sara musterte mich durchdringend, bevor sie losfuhr. Offensichtlich versuchte sie, mich zu verstehen, wusste aber nicht, wie sie um eine Erklärung bitten sollte. Also schwieg ich.

»Willst du kurz mit zu mir kommen, oder wirst du zu Hause erwartet?«, fragte sie schließlich. »Meine Eltern sind bei einem Geschäftsessen mit den Arbeitskollegen meiner Mutter, also hätten wir sturmfreie Bude.«

»Ich muss nach Hause«, antwortete ich leise und sah aus dem Fenster. »Carol benimmt sich wieder seltsam, und ich brauche ihre Schimpftiraden heute wirklich nicht. Ich glaube, ich könnte sie nicht schweigend über mich ergehen lassen.«

Ich ignorierte Saras schockiertes Gesicht und starrte weiter aus dem Fenster.

»Und wie lautet der Plan für morgen Abend?«, erkundigte sich Evan auf dem Weg zum Kunstraum.

»Es gibt einen Park ein paar Straßen von meinem Haus entfernt«, erklärte ich, ohne zu zögern, denn genau über diese Frage hatte ich mir die ganze Woche den Kopf zerbrochen. »Wir treffen uns dort um zehn.«

»Werden sie da schon schlafen?« Ich hörte das Unbehagen in seiner Stimme.

»Nein, aber wenn wir warten, bis sie schlafen, ist es schon so spät.« Natürlich war es riskant, aus meinem Fenster zu klettern, während sie nebenan fernsahen. Andererseits kamen sie nachts nie in mein Zimmer. Also war ich recht zuversichtlich, dass sie meine Abwesenheit nicht bemerken würden. »Das wird schon.«

»Wir müssen das nicht tun«, erwiderte Evan.

»Machst du einen Rückzieher?«

»Nein«, lenkte er hastig ein. »Ich will nur nicht, dass du Ärger bekommst.«

»Keine Sorge«, versuchte ich ihn zu beruhigen, obwohl mir selbst mulmig war.

Evan atmete tief durch und küsste mich auf den Kopf. »Okay.«

Nachdem ich Sara versprochen hatte, sie am Sonntag per SMS wissen zu lassen, dass ich noch lebte, stieg ich aus ihrem Auto und begann mein grauenhaftes Wochenende mit Carol. Das Einzige, was mich vor einem Wutanfall bewahrte, war die Aussicht, am nächsten Abend Evan zu sehen.

Den Samstag über rechte ich in Carols Garten das Laub zusammen, während die Kinder in den Blätterhaufen herumhüpften. Carol selbst ließ sich nicht blicken. Die frische Luft und das fröhliche Gelächter von Leyla und Jack machten den Tag tatsächlich ganz angenehm. Kurz nachdem ich den letzten Haufen in einen Sack gestopft hatte, kam George nach Hause. Es war erstaunlich, wie viele Blätter sich in diesem kleinen Garten den Winter über unter dem Schnee versteckt hatten. Während ich dort draußen war, räumte ich die Mülltonnen unter meinem Fenster beiseite, damit ich am Abend auf einer freien Fläche landen konnte. Wenn ich mich vorsichtig auf die Ränder stellte, konnte ich über die Metalltonne vielleicht später wieder ins Fenster zurückklettern. Allerdings befürchtete ich, das Verrücken einer so schweren Tonne würde zu viel Lärm verursachen. Allein bei der Vorstellung wurde mir ganz anders. Warum mussten wir auch die einzige Familie in Amerika sein, die noch Metalltonnen benutzte?

Beim Abendessen hatte ich überhaupt keinen Appetit. Zu jedem Bissen musste ich mich zwingen, obwohl die Lasagne gar nicht so schlecht schmeckte – sie zählte zu den wenigen Gerichten, die Carol nicht regelmäßig versaute. Doch ich wollte keine unnötige Aufmerksamkeit auf mich ziehen und aß die Portion auf meinem Teller schweigend auf. Ein Blick auf meinen Unterarm erinnerte mich daran, auf welche Art mir Carol normalerweise Aufmerksamkeit schenkte. Behutsam zog ich den Ärmel herunter.

Hatte ich tatsächlich vergessen, wozu Carol fähig war? Die gerötete Haut an meinem Unterarm war ein Brandzeichen, eine

Mahnung, wie gefährlich sie sein konnte. Zwar hatte Carol meine Berührung mit der heißen Auflaufform als Unfall abgetan, aber ich hatte das Funkeln in ihren Augen gesehen, als ich mit einem leisen Aufschrei zurückgezuckt war. Sollte ich es wirklich wagen, die Grenzen ihres Hasses auszutesten, indem ich mich heimlich wegschlich?

Während ich nervös den Abwasch erledigte, wurde es draußen langsam dunkel. Nur noch ein paar Stunden, dann musste ich entscheiden, ob ich dieses gewagte Unternehmen wirklich durchziehen wollte. Ich dachte an Evan und daran, wie enttäuscht er wäre, aber ich wusste, er würde es verstehen, wenn ich es mir doch anders überlegte. Dann dachte ich daran, wie enttäuscht *ich* wäre – könnte ich einen Rückzieher vor mir selbst verantworten? Gedankenverloren spülte ich das Geschirr ab und räumte es in die Spülmaschine, wobei mein Ärmel unangenehm über meine verbrannte Haut strich.

Nachdem ich den Müll rausgebracht und noch einmal die Platzierung der Tonnen überprüft hatte, zog ich mich in mein Zimmer zurück. Kurz erwog ich, meine Hausaufgaben zu erledigen, um die Zeit zu überbrücken, aber ich wusste, dass ich mich nicht darauf konzentrieren könnte.

Schließlich legte ich mich aufs Bett und versuchte, die Übelkeit in meinem Magen mit Musik zu übertönen – vergeblich. Tausend unzusammenhängende Gedanken schossen mir durch den Kopf, während ich zur Decke hochstarrte. Jedes Mal, wenn ich meinen Fluchtplan durchging, kamen mir unzählige Möglichkeiten in den Sinn, warum er scheitern könnte. War es möglich, aus meinem Fenster zu springen, ohne ein Geräusch zu verursachen? Was, wenn ein Nachbar mich sah und meine Tante verständigte? Was sollte ich sagen, wenn sie meine Abwesenheit bemerkten oder mich draußen erwischten? Panik stieg in mir hoch, meine Handflächen wurden klamm und feucht.

Ich nahm mein Handy, um Evan zu schreiben, dass ich ihn nicht treffen würde. Die Nachricht stand schon auf dem Display, als ich plötzlich zögerte. War das die richtige Entscheidung? Ich wollte ihn so gerne sehen. Mein Finger verharrte über dem Wort *Senden*. Dann biss ich mir auf die Unterlippe und drückte auf *Abbrechen*. Ich hatte immer noch anderthalb Stunden, um meine endgültige Entscheidung zu fällen.

Die Sekunden dehnten sich wie Minuten – ich konnte nicht stillsitzen und wippte nervös mit dem Fuß, während ich mir den Kopf über meine Optionen zerbrach. Sollte ich dem nachgeben, was ich wollte, oder sollte ich mich blind an die Regeln dieses Hauses halten? Aber warum sollte es denn falsch sein, mich mit Evan zu treffen? Warum ließ ich Carol entscheiden, was richtig für mich war? Schließlich würde ich mich nicht wegschleichen, um mich zu betrinken oder mich in anderweitige Schwierigkeiten zu bringen. Sie brauchten es ja nie zu erfahren. Ich schluckte schwer und biss mir erneut auf die Unterlippe.

Die letzten fünfundvierzig Minuten waren die schlimmsten. Ich dachte, die Hitze in meinem Magen würde sich durch meine Haut brennen. Ich stellte die Musik aus und hörte den leisen Stimmen zu, die vom Fernseher im Nebenzimmer zu mir drangen. Schließlich rollte ich mich vom Bett, holte atemlos meine vollgestopfte Sporttasche aus dem Schrank, legte sie aufs Bett und breitete meine Decke darüber. Die Tasche sah nicht wirklich aus wie ein Körper, das war mir klar, aber ich ertrug den Gedanken nicht, mein Bett völlig leer zurückzulassen.

Mit wild klopfendem Herzen zupfte ich die Decke zurecht, dann ging ich meinen Plan noch ein letztes Mal durch. Sollte ich das Fenster offen stehen lassen, oder würden sie den kühlen Luftzug bemerken, wenn sie auf dem Weg ins Bad an meinem Zimmer vorbeikamen? Wie sollte ich es von außen schließen? Auch dafür würde ich mich auf die Metalltonne stellen müssen. Bei der Vorstellung, das schwere Ding zu bewegen, während sie hinter dem nächsten Fenster saßen und fernsahen, hielt ich unwillkürlich die Luft an. Ich zog mein Handy aus der Hosentasche und rief meinen SMS-Entwurf auf, erneut kurz davor abzusagen.

Hatte George nicht gerade erst einen leeren Milchkasten weggeworfen, in dem er Farbdosen aufbewahrt hatte? Der wäre hoch genug, um an mein Fenster heranzukommen und es zu schließen. Ich steckte das Handy zurück in meine Tasche. Als die letzten zwanzig Minuten anbrachen, machte ich das Licht aus, setzte mich mit angezogenen Beinen auf den Boden und schaute aus dem Fenster. Der Anblick der Sterne, die durch die wogenden Baumwipfel im Nachbarsgarten blinkten, erleichterte mir die letzten Minuten etwas. *Ich schaffe das* – daran musste ich einfach glauben.

Meine Hände zitterten, als ich meine Finger vorsichtig unter den hölzernen Fensterrahmen schob. Mit angehaltenem Atem drückte ich einmal kräftig. Das Fenster gab ein Stück nach, und ein erster Hauch kühler Frühlingsluft strich über mein Bein. Ich hielt inne und lauschte, mein Puls schlug schneller. Ganz leise konnte ich immer noch die Stimmen aus dem Fernseher hören, aber kein Geräusch ließ darauf schließen, dass sich etwas bewegte.

Wieder hielt ich den Atem an und schob das Fenster Stück für Stück hoch, bis es ganz offen war. Das Herz klopfte mir bis zum Hals, als ich mein Bein über das Fensterbrett schwang und mich vorbeugte, um das andere Bein nachzuziehen. Dann hielt ich mich am Rahmen fest, drehte mich um und ließ mich fallen. Um ein Haar hätte ich laut aufgeschrien, als ich Hände um meine Taille spürte.

»Pst«, flüsterte er mir ins Ohr und setzte mich auf dem Boden ab. Ich lehnte mich an die Hauswand und fürchtete, einen Herzinfarkt erlitten zu haben. Mit weit aufgerissenen Augen starrte ich Evan an und drückte die Hände auf mein Herz.

»Entschuldige«, flüsterte er. Schnell hielt ich ihm den Mund zu.

Dann blickte ich mich nach dem Milchkasten um. Auf dem schmalen, dunklen Weg zwischen Haus und Garten war er schwer auszumachen, aber schließlich entdeckte ich ihn direkt am Zaun und stellte ihn unters Fenster. Evan erkannte, was ich vorhatte, gab mir mit einer Geste zu verstehen, dass er das Fenster schließen würde, und stieg auf den Kasten. Mit angehaltenem Atem beobachtete ich, wie er das Fenster langsam wieder nach unten zog.

Dann kletterte er herunter und nahm meine Hand. Zusammen gingen wir an der Seite des Hauses entlang bis zur Ecke. Als ich direkt über unseren Köpfen den Fernseher durch das geschlossene Fenster hörte, erstarrte ich, denn mir wurde wieder bewusst, wie nahe Carol war. Aber Evan ermunterte mich mit einem Nicken, ihm zu folgen, und wir schlichen uns dicht an die Hauswand gepresst an dem großen, hell erleuchteten Fenster vorbei.

Genau in diesem Moment durchdrang auf der anderen Straßenseite ein Scheinwerfer die schützende Finsternis. Evan packte meinen Arm und zog mich in die dunkle Mauerecke neben der Diele. Ich hörte seinen raschen Atem, vielleicht war es aber auch meiner. Mein Herz setzte einen Schlag aus, als Carol ans Fenster ging und durch den Vorhang spähte. Dann sah sie ihren Nachbar ins Auto steigen und zog den Vorhang wieder zu.

Evan ließ mich erst los, als das Auto weggefahren war. Endlich konnte ich aufatmen. Er grinste. Fassungslos starrte ich ihn an – fand er es wirklich lustig, dass wir um ein Haar ertappt worden wären? Er musste sich tatsächlich das Lachen verkneifen, und ich boxte ihn ärgerlich in den Arm.

Hand in Hand rannten wir durch den Vorgarten und ein ganzes Stück die Straße hinunter, erst dann wurden wir wieder langsamer.

»Du hast wirklich gedacht, sie erwischen uns, stimmt's?« Ich zuckte zusammen, so laut klang seine Stimme in der Stille.

»Nein!«, fuhr ich ihn an. »Aber das war ja wohl alles andere als amüsant!«

»*Amüsant* würde ich es auch nicht unbedingt nennen«, erklärte er. »Na ja, vielleicht doch. Ich musste mich noch nie unbemerkt von zu Hause wegschleichen, deshalb fand ich es eigentlich ganz ... unterhaltsam.«

Ich musste mich immer noch davon überzeugen, dass wir tatsächlich in Sicherheit waren. Evan legte den Arm um meine Schultern und zog mich an sich. Als ich in sein ruhiges, grinsendes Gesicht blickte, schmolz meine Nervosität dahin, plötzlich konnte ich wieder lächeln und lehnte den Kopf an seine Brust.

»Du hast schon zu lange nichts Neues mehr ausprobiert«, meinte er und setzte sich mir gegenüber auf das Klettergerüst im Park.

»Das war eine neue Erfahrung. Ich hab mich auch noch nie weggeschlichen. Anscheinend hast du nach wie vor einen schlechten Einfluss auf mich.«

Evans Zähne blitzten im matten Laternenlicht.

»Ich kann kaum fassen, dass du heimlich aus deinem Fenster geklettert bist.«

»Was hatte ich denn für eine Wahl?«, erwiderte ich, immer noch alles andere als amüsiert.

»Du hättest dich nicht mit mir treffen müssen.«

»Doch, das musste ich.«

Er beugte sich zu mir, um mich zu küssen, und mein Herz schlug schneller. Mit geschlossenen Augen reckte ich mich ihm entgegen, doch bevor ich ihn erreichte, rutschten meine Beine in das Loch, in dem sie gebaumelt hatten. Ehe ich wusste, wie mir geschah, fiel ich auch schon und landete mit einem dumpfen Aufprall auf den Füßen. Ich ächzte frustriert.

»Alles in Ordnung?«, erkundigte sich Evan von oben.

»Ja«, schnaubte ich. Er ließ sich ebenfalls von dem Gerüst rutschen und landete direkt vor mir. Immer noch grinsend schlang er seine Arme um meine Hüften und wiegte mich hin und her.

»Das war ziemlich lustig«, meinte er und beugte sich wieder zu mir herunter.

»Na toll«, brummte ich und drehte schnell den Kopf weg. Im nächsten Moment spürte ich seinen warmen Mund auf meinem Nacken, und mein Frust löste sich in Wohlgefallen auf. Er zog mich an sich, und ich umfasste seine Arme.

Als er mich küsste, breitete sich das Bauchkribbeln in meinem ganzen Körper aus. Langsam glitten seine Lippen über meine, und eine vertraute Wärme durchströmte mich. Ich schlang meine Arme fest um seinen Rücken und schmiegte mich an ihn. Seine Finger vergruben sich in meinen Haaren, und sein Kuss beschleunigte sich ebenso wie sein Atem. Als wir innehielten, ließ ich meine Augen noch einen langen Moment geschlossen und kuschelte mich an Evans Brust. Sie hob und senkte sich heftig, während er wieder zu Atem zu kommen versuchte.

»Also, was machen wir nächsten Samstag?«, fragte ich, löste mich aus seiner Umarmung und lief zur Schaukel hinüber. Anscheinend hatte er nicht damit gerechnet, denn als ich mich auf den Plastiksitz setzte und mich umdrehte, stand er immer noch an derselben Stelle.

»Hm«, machte er und ging auf mich zu. »Lass mich überlegen.« Mit einem nachdenklichen Grinsen setzte er sich auf die andere Schaukel.

»Ich hätte ja nichts dagegen, mal wieder zur Wurfmaschine zu fahren«, schlug ich vor. »Aber du spielst ja schon die ganze Woche Baseball, wahrscheinlich hast du dazu keine Lust.«

»Ich lass mir was einfallen«, versprach er. »Apropos frühere Abenteuer – ich glaube, wir sind inzwischen gut genug befreundet, dass du mir sagen kannst, mit wem du deinen ersten Kuss hattest.«

Mein Herz setzte einen Schlag aus.

»Das willst du immer noch wissen?«

»Er geht nicht auf unsere Schule, oder?«, antwortete Evan mit einer Gegenfrage.

»Nein.« Ich schüttelte den Kopf. »Ich hab ihn letzten Sommer kennengelernt, als ich mit Sara in Maine war. Er weiß nicht mal, wo ich wirklich wohne.«

»Wow«, sagte Evan lächelnd. »Der erste Junge, den du geküsst hast, weiß nichts über dich.«

»Na ja, ich habe ihn nicht *nur* angelogen«, erwiderte ich.

»Der Arme«, lachte Evan. »Aber du hast ihn bloß geküsst, oder?« Plötzlich lag in seiner Stimme ein unverkennbar besorgter Unterton.

»Die Antwort darauf kennst du«, meinte ich. »Aber was ist mit dir? Mittlerweile weiß ich zwar, dass zwischen dir und Haley nichts lief, aber du hast mir nie erzählt …«

Ich konnte ihn nicht frei heraus fragen, ob er schon einmal Sex gehabt hatte. Wollte ich das überhaupt wissen? Die Frage löste zwei sehr unterschiedliche Reaktionen in mir aus – einerseits war ich neugierig, andererseits konnte ich die Vorstellung, dass er mit einem anderen Mädchen zusammen war, kaum ertragen.

Evan schwieg einen Moment. Ich hätte ihn beinahe gebeten, nicht zu antworten – oder besser noch zu vergessen, dass ich überhaupt gefragt hatte.

»Sie war meine beste Freundin in San Francisco«, erklärte er, bevor ich meine Frage zurückziehen konnte. Mein Herz wurde schwer. »Wir waren über ein Jahr lang richtig gute Freunde, bevor wir das erste Mal miteinander ausgegangen sind. Wir haben einander vertraut, und letzten Sommer ist es dann passiert. Aber danach war alles anders. Wir hätten einfach Freunde bleiben sollen, das wussten wir beide – aber dafür war es zu spät.«

»Beth?«, flüsterte ich. Beim Abendessen mit seinen Eltern hatte er ihren Namen erwähnt.

»Ja.«

»Oh«, sagte ich und senkte die Augen. Mehr brachte ich nicht heraus.

»Stört dich das?«, fragte er vorsichtig.

»Na ja, wir kannten uns damals schließlich noch nicht, und ...« Ich zögerte. »Aber der Gedanke, dass du mit einem anderen Mädchen zusammen warst, ist trotzdem nicht schön.«

»Ich weiß«, sagte er, und sein Tonfall machte deutlich, dass er aus eigener Erfahrung sprach. In meinem Inneren regten sich Schuldgefühle.

»Hast du sie immer noch gern? Ich meine ... habt ihr euch getroffen, als du in San Francisco warst?« Mir war ganz flau im Magen, so nervös wartete ich auf seine Antwort.

Evan hörte auf zu schaukeln und wandte sich mir mit ruhigem Gesicht zu. »Ich habe noch nie für jemanden so viel empfunden wie für dich ... noch nie«, versicherte er mir. »Beth und ich waren Freunde. Ich hatte sie gern, aber ich habe sie nicht ... es war nicht ansatzweise dasselbe.«

Ich schluckte, brachte aber kein Wort heraus.

»Sie ist im Dezember mit ihren Eltern nach Japan gezogen, also haben wir uns nicht getroffen.« Das Schweigen, das auf seine Erklärung folgte, war nahezu unerträglich.

»Ich hab eine Idee«, verkündete ich ein bisschen zu laut und sprang unvermittelt von der Schaukel. Mein plötzlicher Energieschub brachte auch Evan dazu sich aufzusetzen.

»Steht dein Auto in der Nähe?«, fragte ich mit Blick auf die Straße, die am Park entlangführte.

»Ja, da drüben.« Er zeigte auf die dunkle Silhouette seines Sportwagens.

»Hast du eine Decke dabei?«

»Ich hab einen Schlafsack im Kofferraum«, antwortete er ein wenig argwöhnisch.

»Kannst du ihn bitte holen?«, bat ich ihn. Ohne eine weitere Nachfrage eilte Evan zu seinem Auto und kam mit dem Schlafsack wieder zurück.

Ich nahm ihn entgegen, ging auf das Außenfeld des Baseballplatzes und breitete ihn auf dem Gras aus. Evan sah mir interessiert zu.

»Du wirst mich für verrückt erklären«, meinte ich. »Aber Sara und ich haben das früher ständig gemacht, und ich finde es immer noch toll, vor allem wenn die Sterne so hell leuchten wie heute Nacht.«

Ich stellte mich neben den Schlafsack und sah zum Himmel hinauf.

»Du konzentrierst dich auf einen einzigen Stern«, erklärte ich. »Dann drehst du dich ganz schnell um die eigene Achse und starrst dabei weiterhin diesen Stern an – bis dir schwindlig wird.« Zur Veranschaulichung wirbelte ich im Kreis herum. »Dann legst du dich hin und siehst zu, wie alle anderen Sterne sich über dir drehen, während deiner stillsteht.«

Ich hielt abrupt an und blickte, schon recht unsicher auf den Beinen, zu Evan hinüber. Er beobachtete meine Vorführung mit einem amüsierten Schmunzeln.

»Du willst es nicht versuchen?«

»Nein, aber du kannst gerne weitermachen«, ermutigte er mich und machte es sich auf dem Schlafsack bequem, um mir bei meinen Albernheiten zuzuschauen. Nachdem ich eine Weile herumgewirbelt war, legte ich mich neben ihn und blickte auf die kreisenden Sterne über mir.

»Du verpasst echt was«, meinte ich, während der Boden unter meinem reglosen Körper schwankte.

Doch dann wurde mir der Blick auf die tanzenden Lichter versperrt, denn Evan beugte sich über mich. Der Boden unter mir rotierte weiter, aber das hatte nichts damit zu tun, dass ich mich so lange im Kreis gedreht hatte.

Nachdem ich mich ein Stück von unserem Haus entfernt von Evan verabschiedet hatte, ging ich die dunkle Straße entlang. Ich hatte das Gefühl, dass ich nie mehr würde aufhören können zu lächeln, noch immer war ich ganz erfüllt von der Nacht im Park. Langsam blickte ich mich um. Als ich sah, dass ich unser Haus fast erreicht hatte, holte ich tief Luft, um wieder einen klaren Kopf zu bekommen.

Inzwischen waren die Fenster dunkel, und meine Angst aufzufliegen ließ etwas nach. Leise schlich ich durch die Schatten zu den Mülltonnen an der Hauswand, hielt den Atem an und packte mit beiden Händen die Griffe der Metalltonne. Sie war längst nicht so schwer wie erwartet, um ein Haar hätte ich das Gleichgewicht verloren. Zum Glück konnte ich mich fangen, bevor ich über den Sack voller Blätter stolperte, der hinter mir am Zaun lehnte. Vorsichtig setzte ich die Tonne unter meinem Fenster ab und benutzte den Milchkasten, um daraufzuklettern. Doch in meinem Liebestaumel vergaß ich, mich auf die Ränder zu stellen – und der Metalldeckel wölbte sich unter meinem Gewicht krachend nach innen. Das Echo hallte laut durch die Nacht. Wie gelähmt vor Schreck verharrte ich, wo ich war. Mit beiden Händen klammerte ich mich an den Fenstersims und lauschte.

Nach einem langen Moment ohrenbetäubender Stille traute ich mich endlich, das Fenster hochzuschieben. Es bewegte sich nicht. Mir blieb fast das Herz stehen. Ich schluckte schwer, dann drückte ich noch einmal, so fest ich konnte, von unten dagegen. Tatsächlich gab das Fenster nach und rutschte hoch, aber dabei verlor ich das Gleichgewicht. Schnell hielt ich mich wieder am Sims fest. Mit beiden Händen stemmte ich mich am Fensterbrett hoch und krabbelte kopfüber in mein Zimmer. Als meine Hände auf dem Boden Halt gefunden hatten, zog ich erst das eine, dann das andere Bein vom Sims herunter.

Ich lag auf dem Rücken, schwer atmend vor Erleichterung.

Einen Moment lauschte ich, ob sich im oberen Stockwerk etwas regte. Als alles still blieb, stand ich auf und schloss das Fenster. Ich hängte meine Jacke über meinen Schreibtischstuhl und zog die Schuhe aus, dann ließ ich mich mit einem erschöpften, aber glücklichen Seufzer aufs Bett sinken und schlief fast sofort ein.

»Na los, hoch mit dir«, fuhr Carol mich an.

Mit einem Ruck setzte ich mich auf. Ich war noch ganz benommen und völlig desorientiert.

»Hast du etwa in diesen Klamotten geschlafen?«, fragte sie und musterte mich argwöhnisch.

Es dauerte einen Moment, bis ich registrierte, dass sie am Fußende meines Bettes stand, hinter sich die geöffnete Tür. Ich hob meine Decke an und sah nach, ob ich mich tatsächlich nicht umgezogen hatte.

»Oh«, stammelte ich. »Ich bin wohl beim Lesen eingeschlafen.«

Erneut beäugte sie mich misstrauisch und blickte sich dann in meinem Zimmer um. Panische Angst stieg in mir hoch – was, wenn sie meine Lüge durchschaute?

»Nun, jetzt kannst du jedenfalls nicht mehr duschen«, erklärte sie. »Wir brechen in zehn Minuten auf. Sieh zu, dass du fertig wirst.« Damit verließ sie mein Zimmer und zog die Tür hinter sich zu. Eine halbe Minute saß ich reglos im Bett und versuchte, meine Nerven zu beruhigen. Dann erinnerte ich mich an meine Nacht mit Evan, und mein Lächeln kehrte zurück.

32

DiE fragE

»Das ist eine ziemlich hässliche Verbrennung«, bemerkte Coach Straw, als sie mich auf der Treppe zur Kabine entdeckte. Ich drückte den Arm eng an meine Seite, um die tiefe, rote, mit Blasen bedeckte Schramme zu verbergen.

»Ja, wahrscheinlich schon«, murmelte ich, ohne sie anzuschauen, und wünschte mir, ich könnte einen Ärmel über das Schandmal ziehen.

Coach Straw hielt inne und sah mich an. Ihr prüfender Blick ließ meinen Magen grummeln. Schließlich nickte sie langsam, machte nachdenklich: »Hmm«, und fügte abschließend hinzu: »Wir sehen uns draußen.« Dann ging sie an mir vorbei zum Spielfeld.

Ihre kühle Reaktion ließ mich verwirrt zurück.

»Kommst du?«, fragte Sara und schlenderte ebenfalls an mir vorbei.

»Ja«, antwortete ich und verdrängte meine paranoiden Gedanken.

»Ich kann dir gar nicht sagen, wie erleichtert ich über deine SMS gestern war«, sagte Sara auf dem Weg zur Aschenbahn.

»Ich hab dir doch gesagt, du sollst dir keine Sorgen machen.«

»Ja«, neckte sie mich, »und aus deinem Mund glaubt man diese Worte sofort.«

Ich lachte. In den zwei Minuten, die ich gebraucht hatte, um aus meinem Zimmer zu klettern, war ich wahrscheinlich um Jahre gealtert. Während wir unsere Aufwärmrunden drehten, erzählte ich Sara von meinem nächtlichen Abenteuer.

Sie antwortete langsam: »Wow. Vermutlich sollte es mich nicht überraschen, dass er Sex hatte. Hat es dich gewundert?«

»Na ja, ein bisschen schon«, gab ich zu. »Eigentlich sollte es mir egal sein – die Liste ist ja auch nicht gerade lang. Aber es ist seltsam, ihn mir mit einer anderen vorzustellen.«

»Glaubst du nicht, er empfindet das Gleiche bei Drew und dir? Und er muss Drew jeden Tag sehen.«

»Ja, ich weiß«, erwiderte ich und wurde von einer Welle schlechten Gewissens überrollt. »Aber ich wäre mit Drew auch niemals so weit gegangen.«

»Glaubst du, dass du mit Evan so weit gehen wirst?«, fragte sie und wartete gespannt auf meine Antwort.

Mir wurde ganz heiß bei dem Gedanken.

»Du hast daran gedacht, stimmt's?«, rief Sara, als ich schwieg.

Ich zuckte die Achseln und kniff den Mund zusammen, um mein verlegenes Grinsen zu unterdrücken.

»Wir sind noch nicht besonders lange zusammen«, sagte ich schließlich, als ich meine Stimme wiedergefunden hatte.

»Aber ihr kennt euch doch schon fast ein ganzes Jahr«, wandte sie ein. »Und auch wenn du es nicht zugeben möchtest: Ihr wart praktisch vom ersten Moment an wild aufeinander. Vielleicht seid ihr erst seit wenigen Wochen ein Paar, aber ihr habt euch schon viel länger gefunden.«

Ich sagte nichts. Schweigend joggten wir nebeneinanderher, bis Coach Straw das Team für die weiteren Übungseinheiten zusammenpfiff. Den Rest des Trainings war ich ziemlich abgelenkt. Saras Frage folgte mir an diesem Abend ins Bett, ich lag im Dunkeln wach und dachte über die Antwort nach.

»Hi«, sagte Evan am nächsten Morgen, als ich in sein Auto stieg.

»Hi«, antwortete ich und wurde vor Verlegenheit prompt knallrot. Als wir losfuhren, starrte ich aus dem Fenster und hoffte, dass er nichts davon bemerkt hatte.

»Schlechter Start in den Tag?«, fragte er.

»Äh, nein«, entgegnete ich hastig und versuchte die Frage, die mich seit meinem Gespräch mit Sara beschäftigte, aus meinem Kopf zu verbannen.

»Okay«, meinte Evan verwundert. »Hab ich irgendwas verpasst?«

»Nein«, beteuerte ich schnell und biss mir auf die Unterlippe, um nicht zu grinsen.

Dann zwang ich mich, ihn anzuschauen, damit er sich keine Sorgen machte. Meine Wangen schmerzten, so sehr versuchte ich, das Grinsen zu unterdrücken. Schnell richtete ich meinen Blick wieder aus dem Seitenfenster.

»Ich hab *eindeutig* was verpasst«, stellte Evan fest und betrachtete meinen komischen Gesichtsausdruck mit zusammengekniffenen Augen.

Ich stieß ein verlegenes Lachen aus und flehte mein Gehirn an, an etwas anderes zu denken – irgendetwas.

»Aber du willst mir nicht sagen, was«, fuhr Evan fort. »Hat Sara etwas damit zu tun?«

Ich lachte wieder. »In gewisser Weise. Aber keine Sorge, ich komm schon drüber weg.«

Doch ich schaffte es nicht. So gern ich auch nicht mehr darüber nachgedacht hätte, was das Schicksal wohl für mich bereithielt, erwischte ich mich trotzdem immer wieder dabei, wie ich Evan im Unterricht anstarrte. Ich war überzeugt, dass es nicht in nächster Zukunft passieren würde – aber würde es mit ihm passieren? Ich konnte nicht leugnen, wie ich auf seine Nähe reagierte. Ich fühlte seine Anwesenheit sogar dann, wenn er nicht direkt neben mir saß.

In der Schule küsste Evan mich nur, wenn wir allein waren. Er hielt mich auch nicht auf eine Weise im Arm, die allen zeigte, dass wir ein Paar waren. Wir bekundeten unsere Zuneigung subtiler, aber ich bekam trotzdem Herzflattern, sobald er mich berührte. Mein ganzer Körper begann zu kribbeln, wenn er mir etwas ins Ohr flüsterte und sein Atem dabei meinen Nacken kitzelte. Er brauchte mich gar nicht anzufassen – allein schon durch seine Aufmerksamkeit, allein durch die Tatsache, dass er mich zur Kenntnis nahm, stoben in meinem Inneren die Funken.

Als wir endlich einen Moment ungestört waren, pulsierte mein Körper förmlich, weil ich den ganzen Tag in seiner Nähe gewesen war. Ich gab mir alle Mühe, mich einigermaßen zu beherrschen, als ich seine Lippen berührte und mit den Händen über seinen Rücken strich, aber es fiel mir schwer, gegen die Erregung anzukämpfen – und gegen das Verlangen, ihm noch näher zu sein.

Seit Sara mir *die Frage* in den Kopf gesetzt hatte, fand ich es plötzlich schwierig zu atmen, wenn Evan allzu dicht neben mir stand. Ich zögerte instinktiv, bevor ich ihn anfasste, weil ich befürchtete, mein Übereifer würde die Gedanken offenbaren, die an mir zehrten. So blieb es die ganze Woche, ganz gleich, wie sehr ich mich auch anstrengte, *die Frage* wegzuschieben.

Aber dann kam eines Tages Carol zu mir in die Küche – und bewies mir, wie schnell ich *die Frage* vergessen konnte.

»Mach den Kühlschrank zu, blöde Kuh«, fuhr sie mich an.

»Wie bitte?« Ich schaute mich um und merkte, dass ich die Hand an der geöffneten Kühlschranktür hatte. Schnell griff ich nach der Milch und schlug die Tür zu.

Carol stand an der Theke, trank ihren Kaffee und beobachtete meine zerstreuten Bewegungen.

»Warum ist in deinem Zimmer das Fliegengitter offen?«

Ich schluckte und gab mir Mühe, die Milch nicht zu verschütten, die ich gerade über mein Müsli goss. Plötzlich fiel mir ein, dass ich tatsächlich vergessen hatte, das Fliegengitter wieder zu schließen, nachdem ich aus dem Fenster gestiegen war.

»Äh«, begann ich und räusperte mich. »Ich hatte eine Spinne im Zimmer und hab das Fenster aufgemacht, um sie rauszuschmeißen. Anscheinend hab ich danach vergessen, das Fliegengitter zu schließen. Tut mir leid.«

Ich steckte einen Löffel Müsli in den Mund, mied aber Carols Blick. »Du bist echt zu allem zu blöd«, knurrte sie, ging der Sache aber nicht weiter nach.

»Ich hab ein paar Kisten hinten im Auto, die müssen ins Haus, bevor du gehst. Du kannst sie ins Esszimmer stellen.«

»Okay«, murmelte ich mit vollem Mund. Dann schaufelte ich schnell den Rest des Müslis in mich hinein, denn ich wollte weg von ihr, bevor sie noch mehr Fragen stellen und meine Lügen durchschauen konnte.

Ich wusch meine Schüssel aus und stellte sie in die Spülmaschine, dann verließ ich durch die Hintertür das Haus. Als ich den Kofferraum des Jeeps öffnete, fand ich dort drei große Pappkartons, so groß, dass ich beide Arme brauchte, um eine davon hochzuheben. Das Riesending nahm mir völlig die Sicht, war aber zum Glück nicht ganz so schwer, wie ich befürchtet hatte.

»Sei bloß vorsichtig damit«, warnte Carol, die mich von der Veranda aus beobachtete.

Ich versuchte, sie zu ignorieren und ging an ihr vorbei ins Haus. Sie stand einfach nur da und sah zufrieden zu, wie ich mich mit der überdimensionalen Kiste abmühte. Als ich mit der dritten kam, dachte ich, sie wäre endlich im Haus verschwunden – aber ich hätte es besser wissen müssen.

Ich trat sicher mit dem rechten Fuß auf die zweite Treppenstufe. Dann wollte ich den linken Fuß nachziehen und stieß unvermutet auf einen kaum merklichen Widerstand. Mit dem Riesenpaket auf dem Arm reichte er aus, um mich aus dem Gleichgewicht zu bringen. Mein rechtes Knie knickte unter mir weg, und ich knallte mit meinem ganzen Gewicht gegen die Kante der nächsten Stufe. Ich stürzte auf die Knie. Die Kiste landete sicher auf dem nächsten Absatz, immer noch fest von meinen Händen umklammert.

Um ein Haar hätte ich laut aufgeschrien, als ein heißer, stechender Schmerz durch mein Bein schoss, aber ich biss tapfer die Zähne zusammen.

»Wir kann man nur so ungeschickt sein!«, schimpfte Carol hinter mir. »Ich hoffe, du hast es nicht kaputtgemacht. Wenn doch, wirst du es bezahlen.«

Ohne sich weiter um mich zu kümmern, ging sie an mir vorbei ins Haus. Mit wütendem Blick folgte ich ihr und hatte alle Mühe, meine hasserfüllten Gedanken für mich zu behalten.

Vorsichtig schob ich die Kiste vollends auf die Veranda und zog mich mühsam am Geländer hoch. Als ich mein Knie durchstreckte, erstarrte ich, denn der Schmerz war sofort wieder da. Mit einem erstickten Schrei verlagerte ich das Gewicht instinktiv aufs andere Bein, hinkte so die Stufen empor und hob die Kiste hoch, um sie ins Haus zu bringen.

Ich verdrängte den pochenden Schmerz, so gut ich konnte. Evan würde jede Minute hier sein, und ich wollte nicht, dass er mich humpeln sah. Also packte ich meine Taschen und hinkte hinaus. Carol war inzwischen oben und kümmerte sich um die Kinder. Hoffentlich würde der Schmerz in meinem Knie nachlassen, bis wir in der Schule waren.

Als ich ans Ende der Auffahrt kam, wartete Evan dort bereits. Ich gab mir große Mühe, so normal wie möglich zu laufen, aber mein Knie wollte unter meinem Gewicht nachgeben, und ich hätte am liebsten frustriert geschrien.

»Was ist passiert?«, fragte Evan erschrocken und stieg hastig aus.

Ich schüttelte abwehrend den Kopf, schaffte es aber nicht ganz, meine Wut zu verbergen. »Alles in Ordnung«, stieß ich trotzdem hervor und nahm vorsichtig auf dem Beifahrersitz Platz. Evan setzte sich wieder ans Steuer, schloss die Tür und sah mich mit gerunzelter Stirn an.

»Em, ehrlich, was ist passiert?«, wollte er wissen. Ich wusste, er machte sich Sorgen, aber in seiner Stimme lag ein aufgebrachter Unterton, der mir überhaupt nicht gefiel.

»Ich bin auf der Treppe gestürzt«, erklärte ich. »Ich hab eine Kiste ins Haus geschleppt und konnte nicht sehen, wo ich hintrete. Da bin ich gestolpert und mit dem Knie gegen die Stufenkante geschlagen. Aber das wird schon wieder. Anscheinend bin ich direkt auf der Kniescheibe gelandet, deshalb tut es momentan höllisch weh.«

»Du bist gestolpert?«, hakte er argwöhnisch nach, fuhr aber endlich los, weg vom Haus.

»Ja. Ich bin gestolpert.«

Das war nicht gelogen, ich erzählte ihm nur nicht, wer mich zu Fall gebracht hatte. Ich war mir zwar nicht sicher, ob er mir meine Erklärung abkaufte, aber ich würde ihm nicht freiwillig gestehen, dass Carol etwas damit zu tun hatte. Mit zusammengebissenen Zähnen zog ich meine Jeans hoch, um das Knie in Augenschein zu nehmen. Evan lugte neugierig herüber.

Die Stelle, die mit der Stufenkante Bekanntschaft gemacht hatte, war gerötet, mehr war nicht festzustellen – bis jetzt jedenfalls.

»Siehst du«, sagte ich und präsentierte Evan mein Knie, »ich bin bloß blöd aufgekommen. Es wird bestimmt schnell wieder besser.«

Leider irrte ich mich. Den ganzen Vormittag kämpfte ich zähneknirschend gegen den Schmerz. Als ich Evan wiedersah, konnte ich das rechte Bein schon nicht mehr belasten.

»Dir geht es nicht gut«, beharrte er und sah mir in mein schmerzverzerrtes Gesicht.

»Na schön, mir geht es nicht gut«, räumte ich widerwillig ein.

»Ich glaube, ich geh mal zur Krankenstation und hol mir ein bisschen Eis. Anscheinend schwillt mein Knie an.«

»Ich komme mit.«

»Evan, das musst du nicht. Es ist wirklich keine große Sache.«

»Warten wir's ab«, antwortete er streng und nahm mir meine Bücher aus der Hand. Ich war überzeugt, er hätte auch mich getragen, wenn ich es zugelassen hätte.

Als ich für die Krankenschwester vorsichtig mein Hosenbein hochzog, stöhnte Evan hinter mir unwillkürlich auf.

»Oh, Schätzchen, das sieht aus, als würde es ordentlich weh tun«, stellte die Frau mit den kurzen weißen Haaren und den freundlichen Augen fest. Auf meinem Knie prangte ein großer knallroter Fleck. Inzwischen war es so geschwollen, dass die Kniescheibe so gut wie unsichtbar war. »Du musst es kühlen und das Bein hochlegen.«

Ich sah Evan an, der mit verkniffenem Mund auf den grotesken roten Albtraum starrte, zu dem mein Knie geworden war. Als die Schwester hinausging, um eine elastische Binde aus dem Cheftrainerzimmer zu holen, fragte er nachdrücklich: »Und du schwörst, dass du wirklich hingefallen bist?«

Ich schaute in seine ängstlichen graublauen Augen und bestätigte: »Ja, ich bin hingefallen.«

Die Schwester gab mir die Anweisung, den Rest des Tages Eis auf das Knie zu legen. Zu meinem Entsetzen bestand sie auch darauf, dass ich das Bein nicht belastete und die Krücken benutzte, die sie für mich aus dem Wandschrank holte. Gemeinsam gingen Evan und ich zum Mathekurs, der bald zu Ende sein würde. Unser Auftritt war natürlich ein peinliches Schauspiel, denn alle starrten mich und meine Krücken neugierig an. Ich bereitete mich innerlich auf das unvermeidliche Getuschel vor.

»Du bist hingefallen?«, fragte auch Sara argwöhnisch. Den gleichen Zweifel hatte ich vorhin schon in Evans Stimme gehört.

Während der Mittagspause legte ich mein Bein neben mich auf einen Stuhl, einen Eisbeutel auf dem Knie. Evan saß mir gegenüber mit einem Essenstablett für uns beide.

»Warum glaubt ihr zwei mir eigentlich nicht?«, wollte ich etwas aufgebracht wissen.

»Weil ich weiß, dass du lügst«, konterte Sara genauso erregt.

Evan sah nachdenklich zwischen uns hin und her.

»Du lügst?«, fragte er enttäuscht.

»Natürlich lügt sie«, antwortete Sara für mich. »*So* ungeschickt ist sie nämlich gar nicht. Normalerweise hat sie Hilfe bei solchen Unfällen.«

»Hör auf, Sara«, verlangte ich und sah ein Flackern in Evans Augen. »Ich bin wirklich gestolpert und hingefallen. Worüber ich gestolpert bin, weiß ich nicht, weil die Kiste mir die Sicht versperrt hat. Carol war in der Nähe, aber ich habe absolut keine Ahnung, weshalb ich gestürzt bin. Natürlich hat sie sich gefreut, als ich zu Boden gegangen bin, das bestreite ich nicht. Aber ich bin wirklich hingefallen.«

Evans Unterkiefer spannte sich an. Sara schüttelte frustriert den Kopf.

»Vor uns musst du sie nicht in Schutz nehmen«, meinte Sara scharf. »Das bedeutet also, sie hat dich wieder auf dem Kieker, richtig?«

Ich zuckte die Achseln, aber ich brachte keinen Bissen mehr hinunter.

»Vielleicht kannst du heute bei mir übernachten, morgen schreiben wir den Zulassungstest für die Uni, da müssen wir früh aufstehen«, schlug Sara vor. »Ich ruf nachher in der Lernstunde meine Mom an, sie soll Carol fragen.«

Mir wurde eng um die Brust, wenn ich daran dachte, wie Carol sich an meinem auf Krücken herumhumpelnden Anblick weiden würde.

»Du bist *gestolpert*?« wiederholte Coach Straw, als sie und der Cheftrainer mein inzwischen violettes, ja fast schwarzes Knie in Augenschein nahmen.

Warum fragte mich das jeder?

»Ja«, antwortete ich trotzig.

»Wenigstens scheint es nicht gebrochen zu sein«, meinte der Cheftrainer, nachdem er festgestellt hatte, dass sich mein Knie bewegen ließ. »Gegen die Schwellung müsste das Eis bald helfen, aber versuch, das Bein übers Wochenende nicht zu belasten. Wenn es am Montag noch geschwollen ist oder du nicht auftreten kannst, dann geh bitte zum Arzt und lass es röntgen.«

Bis Montag *musste* es einfach besser sein. Der Gedanke, ins Krankenhaus zu müssen, war schlimm genug, aber bei der Vorstellung, Carol und George zu fragen, ob sie mich hinbrachten, wurde mir schlecht.

»Sieht aus, als würdest du heute nicht am Training teilnehmen können«, verkündete Coach Straw. »Fährst du mit Sara nach Hause?« Dass sie so viel über mein Leben außerhalb des Sportplatzes wusste, beunruhigte mich ein wenig.

»Ja«, flüsterte ich.

Sie dachte einen Moment nach. »Du kannst dich auf die Tribüne setzen, dein Knie kühlen und dir das Baseballspiel anschauen, wenn du magst.«

»Echt?« Um ein Haar hätte ich gelächelt – ich war noch nie bei einem von Evans Spielen gewesen! Unsere Stundenpläne harmonierten nicht gut miteinander, keiner von uns hatte frei, wenn der andere bei einem Wettkampf mitmachte oder ein Spiel hatte.

»Ist nicht dein Freund in der ersten Schulmannschaft?«, hakte Coach Straw tatsächlich nach. Woher wusste sie das nur alles?

»Ja«, antwortete ich rasch. »Danke.«

»Und?«, fragte Sara sofort, als ich aus dem Cheftrainerzimmer kam.

»Ich darf mir nachher das Baseballspiel anschauen«, verkündete ich mit einem breiten Grinsen.

»Toll. Aber wie geht's deinem Knie?«, hakte sie ungeduldig nach.

»Ich darf das Bein nicht belasten und muss abwarten, wie es sich bis Montag entwickelt«, berichtete ich.

»Heute schläfst du bei mir, aber ich hab leider auch schlechte Nachrichten«, sagte sie und kniff den Mund zusammen. »Mein Großvater ist mal wieder im Krankenhaus, deshalb fahren wir morgen nach den Tests gleich nach New Hampshire und besuchen ihn. Das bedeutet, du kannst morgen nicht bei mir übernachten.«

»Oh«, antwortete ich leise. »Ich hoffe, es geht deinem Großvater bald besser.«

»Ach, ihm geht es garantiert bald wieder gut«, meinte sie mit einer wegwerfenden Handbewegung. »Wahrscheinlich hat er was Falsches gegessen und leidet jetzt unter Verstopfungen oder so. Es ist nie was Ernstes: tut mir ehrlich leid.«

»Schon gut«, beruhigte ich sie und bemühte mich, nicht enttäuscht zu klingen. »Wenigstens muss ich heute Abend nicht nach Hause.«

Draußen trennten sich unsere Wege. Sara versprach, nach dem Training zu mir zu kommen, falls das Spiel dann noch nicht vorbei war. Ich humpelte zur Tribüne am Baseballfeld hinüber. Die Teams waren noch dabei, sich warmzulaufen. Voller Vorfreude auf das bevorstehende Spiel ließ ich mich in der ersten Reihe nieder, machte es mir auf dem harten Sitz so bequem wie möglich und legte mein Bein auf die Metallplanke.

33

eNtdeckuNg

*d*u kannst am Samstag auch zu mir kommen«, bot Evan an, als ich ihm erzählte, dass Sara nicht da sein würde. Wir saßen zu dritt auf der Tribüne, nachdem Weslyn das Spiel gewonnen hatte.

»Das könnte klappen«, pflichtete Sara ihm bei. Ich starrte sie an und konnte nicht glauben, dass sie seiner Meinung war. »Meine Eltern würden niemals verraten, dass du nicht bei mir warst, also werden es deine Tante und dein Onkel auch niemals erfahren. Em, du musst nicht vor Sonntagvormittag nach Hause.«

»Meine Eltern sind nicht da, also kriegen sie auch nichts mit«, fügte Evan hinzu. Diese Enthüllung machte mir die Entscheidung eher schwerer als leichter.

Aber nachdem ich meine Optionen noch einmal gründlich gegeneinander abgewogen hatte, erklärte ich mich schließlich einverstanden, am Samstag bei Evan zu übernachten.

»Du steckst dermaßen in Schwierigkeiten«, neckte Sara mich, als wir zu mir nach Hause fuhren, um meine Klamotten fürs Wochenende zu holen.

»Halt den Mund, Sara«, gab ich zurück, »Du bist doch diejenige, die meinte, es sei eine großartige Idee.«

»Du musst mir alles erzählen, jedes Detail.«

»Hör auf. Es wird sowieso nichts passieren«, verkündete ich und versuchte, damit mindestens so sehr mich selbst zu überzeugen wie Sara.

Sara begleitete mich ins Haus und half mir mit meiner Tasche.

Ich hielt es für das Beste, die Situation nicht zu verschärfen, indem ich die Krücken benutzte, also hinkte ich hinein und versuchte, mich ungesehen durch die Küche zu schleichen, während die Familie im Esszimmer saß.

Aber Carol begrüßte uns in der Küche – mit einem verstörenden Lächeln.

»Hi Sara«, sagte sie und strahlte – ein wirklich abstoßender Anblick. »Emma, die Krankenschwester hat angerufen, sie möchte sichergehen, dass du dein Bein übers Wochenende schonst und weiter kühlst. Also leg dich am besten gleich hin, okay?« Ihre falsche Fürsorge jagte mir eine Gänsehaut über den Rücken.

»Okay«, antwortete ich, unfähig, ihr in die Augen zu sehen. Langsam bewegte ich mich weiter auf mein Zimmer zu.

»Hausarbeit am Sonntagvormittag, in Ordnung?«, fuhr Carol in ihrem unangenehm süßlichen Singsang fort.

Wem wollte sie etwas vormachen? Wir kannten doch das Monster, das unter der Fassade hauste.

»Viel Glück bei eurem Test.«

»Danke«, antwortete Sara höflich. Ich wandte mich ab, um diesem grotesken Gespräch zu entgehen und verschwand so rasch wie möglich in meinem Zimmer.

Schweigend und angespannt packten wir, denn wir wussten, dass Carol in Hörweite geblieben war. Bestimmt brannte sie darauf zu belauschen, wie ich mit Sara über sie redete, aber ich hütete mich, ihr Munition für ihren nächsten Hinterhalt zu liefern. Schweigend warf ich die Klamotten aufs Bett, die ich brauchte, und Sara stopfte sie in meine Sporttasche.

Als wir endlich wieder in Saras Auto saßen, atmete ich auf.

»Sie war echt seltsam.«

»Ich finde, das ist nicht das richtige Wort für sie«, grummelte ich.

»Machen wir zwei uns heute einen schönen Abend?«, fragte

Sara, ohne auf meine Bemerkung einzugehen, und mir wurde klar, dass sie und ich seit Evans Rückkehr kaum Zeit für uns gehabt hatten.

»Klingt perfekt.«

Wir sahen uns einen Film an und aßen Pizza. Ich ließ sie meine Zehennägel in einem absolut scheußlichen Lila lackieren, das der Farbe meines Knies nicht unähnlich war. Für einen Freitagabend gingen wir ziemlich früh ins Bett, weil wir für den Test am nächsten Morgen fit sein wollten.

»Frag lieber nicht.« Ich sah Evan finster an, als ich auf den Korridor hinaustrat. Stundenlang hatte ich Fragen gelesen, Antworten geschrieben und ungefähr eine Million kleiner Kreise angekreuzt. In meinem Kopf jagte ein Thema das andere, ich hinterfragte und kritisierte meine Kommentare, mir schwirrte der Kopf, und mein Magen fühlte sich an wie umgestülpt; jetzt lag meine Zukunft nicht mehr in meinen Händen.

»Okay, ich frage dich nicht, wie es gelaufen ist«, versprach Evan. »Lass uns was essen gehen. Alle wollen zu Frank's, magst du da auch hin?«

»In Ordnung«, stimmte ich zu.

»Wie ist es bei dir gelaufen?«, fragte Jill ungezwungen und mit einer Energie, die sie nach stundenlangen zukunftsentscheidenden Tests überhaupt nicht haben sollte. Begierig auf meine Antwort setzte sie sich uns gegenüber.

Ich ließ den Kopf auf meine Arme sinken und stöhnte laut.

»Sie möchte nicht darüber sprechen«, übersetzte Evan.

»Ach komm schon, Emma«, rief Jill, »ausgerechnet du machst dir Sorgen?!«

»Es ist irgendwie alles ineinander verschwommen«, klagte ich mit gedämpfter Stimme, da ich den Kopf nicht vom Tisch heben wollte. »Ich erinnere mich an gar nichts. Ich habe keine Ahnung, was ich geantwortet habe, geschweige denn, ob es richtig oder falsch war. Ich glaube, ich muss mich übergeben.«

»Entspann dich«, meinte Kyle. Ich hatte noch gar nicht bemerkt, dass er neben Jill saß. »Jetzt ist es vorbei, also spielt es keine Rolle mehr.«

»Für dich ist das leicht zu sagen«, murmelte ich und lugte zu ihm empor. »Du bist ja schon am College angenommen.« Evan grinste, was meine Nervosität nicht gerade verringerte. Dass meine Angst die anderen amüsierte, machte alles nur noch schlimmer.

»Bitte sag jetzt nicht, dass du den ganzen Tag schlechte Laune haben wirst«, beschwor mich Evan, als ich auf meinen Krücken zu seinem Auto humpelte.

»Ich werde schon drüber hinwegkommen«, versprach ich mit einem tiefen Seufzer. »Was haben wir heute vor?«

»Nicht viel, du darfst ja dein Bein nicht belasten. Ich dachte, wir spielen ein paar Videospiele oder so, dabei kannst du es hochlegen.«

»Nervt dich das nicht?«, fragte ich, denn ich hatte ein bisschen Angst, dass meine eingeschränkte Bewegungsfähigkeit ihm langweilig werden könnte.

»Nein, nein«, antwortete er beschwichtigend. »Ich muss nicht dauernd irgendwas unternehmen, ich kann auch einfach mal rumhängen.«

Und genau das taten wir dann den Rest des Nachmittags – wir hingen auf der Couch in dem Raum über der Garage rum. Bei den Videospielen sah ich Evan hauptsächlich zu. Die vielen Knöpfe und Hebel frustrierten mich zu sehr, und ich kapierte einfach nicht, was ich wann drücken oder drehen musste. Also legte ich mein Bein auf seinen Schoß und bewunderte sein Können, während ich mein Knie kühlte. Es hätte schlimmer sein können.

»Möchtest du einen Film anschauen?«, schlug er vor, als wir in der Küche saßen und uns zum Abendessen eine seiner Kreationen schmecken ließen.

»Du weißt ja, dass ich gerne dabei einschlafe.«

»Das stört mich nicht«, lächelte er.

»Wo siehst du dir normalerweise Filme an?«, fragte ich, denn die einzigen beiden Bildschirme, die ich bisher entdeckt hatte, standen in der Scheune beziehungsweise in seinem Zimmer.

»In meinem Zimmer.«

Panik wallte in mir auf und machte mich munterer, als ich den ganzen Tag über gewesen war. Zwar tat ich so, als ließe mich seine Antwort vollkommen kalt, aber im Innern hyperventilierte ich.

»Spielst du Klavier?«, fragte ich unvermittelt, weil ich mir etwas anderes einfallen lassen wollte, als hinauf in Evans Zimmer zu gehen.

»Ein bisschen«, gab er zu und sah aus, als überraschte ihn die Frage.

»Spielst du mir was vor?«

Evan wurde rot, und ich musste grinsen. Evan geriet nur selten in Verlegenheit.

»Jetzt *musst* du es tun«, neckte ich ihn, als ich merkte, wie unangenehm ihm meine Bitte war.

»Ich kann es versuchen«, antwortete er und holte tief Luft.

Nachdem wir aufgeräumt hatten – eigentlich erledigte Evan alles allein, denn er wollte sich nicht von mir helfen lassen –, folgte ich ihm zum Klavier. Er nahm auf der Klavierbank Platz, und ich rutschte neben ihn. Zögernd ging er in Position. Ich war ehrlich gespannt, ein weiteres seiner zahlreichen Talente kennenzulernen, aber bevor er die Finger auf die Tasten legte, sah er mich noch einmal an und schüttelte entschieden den Kopf.

»Nein, tut mir leid, ich kann nicht.«

»Wieso?!«, rief ich entrüstet. »Du musst!«

»Nein«, wiederholte er und schüttelte abermals den Kopf. »Ich kann nicht. Hören wir lieber Leuten zu, die wissen, was sie tun.«

Ohne mir Zeit für Proteste oder gar Widerstand zu lassen, hob er mich hoch und ging auf die Treppe zu.

»Evan, du brauchst mich echt nicht zu tragen.« Meine Wangen waren heiß, weil er mich in den Armen hielt. Und da ich wusste, dass er mich in sein Schlafzimmer trug, kühlten sie auch nicht wieder ab.

»Es dauert viel zu lang, bis du die Treppe hochgehoppelt bist«, entgegnete er.

Er öffnete die Tür mit der Schulter und legte mich sanft aufs Bett. Sofort setzte ich mich auf, mein Puls raste. Evan wählte einen Song mit einem eingängigen Rhythmus aus. Eine klare Stimme sang davon, wie es war, mit einem Mädchen alleine zu sein. Er drehte die Lautstärke herunter, damit wir uns unterhalten konnten.

»Ich muss dich mal was fragen«, gestand er etwas nervös und setzte sich neben mich aufs Bett. »Und ich weiß, dass es dir nicht gefallen wird, darüber zu sprechen.«

Ich schwieg, aber die Ankündigung gefiel mir ganz und gar nicht.

»Sara hat gesagt, Carol habe dich wieder ›auf dem Kieker‹. Hat sie damit recht?« Nach kurzem Schweigen fügte er hinzu: »Und bitte lüg mich nicht an.«

Ich blickte von seinen verzweifelten Augen zu meinen Händen im Schoß und krallte die Fingernägel in den Daumen.

»Ich weiß es nicht«, flüsterte ich. »Ich verstehe sie nicht, ich weiß nicht mal annähernd, womit ich sie provoziere. Aber ich mache mir keine Sorgen, und ich möchte auch nicht, dass Sara sich welche macht. Oder du.«

Ich begegnete seinem Blick und rang mir ein besänftigendes Lächeln ab. Aber sein Gesicht blieb beunruhigt.

»Ich hab es ernst gemeint, ich haue mit dir zusammen ab.«

Mein Lächeln wurde breiter.

»Das weißt du, nicht wahr?«, fragte er eindringlich. »Sag mir einfach Bescheid, dann verschwinden wir.«

»So weit wird es nicht kommen«, versicherte ich ihm, noch immer lächelnd, weil er so erpicht darauf war, mich zu retten. »Ich stehe das durch – solange du mir versprichst, dass du dich nicht noch mal aus dem Staub machst.«

»Das verspreche ich dir«, schwor er und beugte sich über mich, um mich zu küssen.

Als seine Lippen sich von meinen lösten, stellte ich ihm sofort eine ganz banale Frage. Ich wollte nicht, dass wir die Beherrschung verloren. Er bat mich, die Frage zu wiederholen – offensichtlich hatte ich ihn ziemlich überrascht. Aber ich war fest entschlossen, dem Verlangen nicht nachzugeben. Ich würde mich unter Kontrolle haben ... oder schlafen.

»Emma«, flüsterte Evan in mein Ohr. Seine zärtlichen Finger kitzelten mich am Nacken, und ich lächelte. »Du kannst hierbleiben, aber wenn du möchtest, kannst du auch im Gästezimmer übernachten.«

Mit einem Ruck öffnete ich die Augen und begegnete Evans Blick. Ich lag auf seiner Brust und hatte den Arm lässig darüber gelegt. Verschlafen setzte ich mich auf und sah mich in dem dunklen Zimmer um. Die einzige Lichtquelle war der Fernseher, in dem eine Late-Night-Show lief.

»Hmm«, machte ich nachdenklich und schüttelte meine schläfrige Benommenheit ab. »Das Gästezimmer ist gut.«

»Dann hole ich deine Tasche und die Krücken«, bot er an.

»Die Krücken brauche ich nicht, ich glaube, ich kann das Bein ein bisschen belasten.«

Evan musterte mich skeptisch.

»Ehrlich – es fühlt sich besser an.«

Nachdem Evan mir gezeigt hatte, wo das Gästezimmer lag, verschwand er die Treppe hinunter. Ich humpelte über den Korridor und versuchte, etwas Gewicht auf das verletzte Bein zu verlagern. Es war noch empfindlich, aber lange nicht mehr so schlimm.

Das Gästezimmer war mit Blumengemälden in Pink, Gelb und Blau dekoriert, und auch in der weißen, am Rand mit rosa Rosen bestickten Daunendecke erkannte ich Vivians Handschrift. Die cremefarbenen Wände ließen den Raum heller erscheinen – vor allem im Gegensatz zu Evans dunklem Zimmer.

»Ist alles okay?«, fragte Evan hinter mir.

»Ja«, antwortete ich, hinkte zum Bett und setzte mich.

Evan stellte meine Tasche auf den Boden und blieb zögernd stehen.

»Äh, dann gute Nacht«, sagte ich schließlich ein bisschen verlegen, weil mir nichts Besseres einfiel. Evan hatte offensichtlich etwas anderes erwartet.

»Ja, gute Nacht.« Er gab mir einen kurzen Kuss auf den Mund und ging zur Tür hinaus.

Mit ausgebreiteten Armen ließ ich mich aufs Bett sinken und seufzte tief. Ich hatte das Richtige getan, oder etwa nicht? Es war besser, wenn ich hier übernachtete, nicht in seinem Zimmer. Nachdem ich mich bettfertig gemacht hatte, schlüpfte ich unter die weichsten Laken der Welt und knipste die Lampe auf dem weißen Tischchen aus.

Augen, bitte schließt euch!

Aber ich schaffte es nicht, durch pure Willenskraft einzuschlafen. Ich starrte in die Dunkelheit und kämpfte mit dem Verlangen, zu ihm zu gehen. Laut und regelmäßig klopfte mein Herz in der Brust – ich spürte es sogar im Hals. Wenn ich schon nicht einschlafen konnte, sollte ich wenigstens aufhören, die Tür anzustarren. Ich drehte mich um.

»Em? Bist du wach?«, hörte ich plötzlich Evans leise Stimme. Als ich mich wieder zur Tür wandte, sah ich ihn durch einen Spalt zu mir hereinspähen. Ich konnte nicht anders – ich empfing ihn mit einem Lächeln.

Er erwiderte es. »Mich hat der Gedanke fertiggemacht, dass du nur ein Stückchen den Flur runter bist. Ich hab es einfach nicht ausgehalten«, verkündete Evan, während er zu mir unter die Decke schlüpfte. »Hi.«

»Hi.« Ich lächelte noch mehr.

»Wie geht es deinem Knie?«, fragte er, den Kopf neben mir auf dem Kissen.

»Du bist doch nicht gekommen, um mich nach meinem Knie zu fragen«, neckte ich ihn.

Er schüttelte den Kopf und zog mich an sich. Obgleich ich die Berührung seiner Lippen ja inzwischen kannte, raubte sie mir noch immer den Atem. Seine langsamen, zärtlichen Liebkosungen zogen mich unwiderstehlich in ihren Bann. Mit einem leichten Atemzug öffneten sich meine Lippen, seine Hand wanderte unter mein Tanktop und über meinen Rücken. Sanft strichen seine Finger über meinen Bauch und riefen ein warmes wohliges Prickeln in mir hervor. Ich atmete heftig, zog ihn näher an mich heran – und zuckte zusammen, weil mein Knie gegen seines stieß.

»Bist du okay?«, fragte er und wich sofort ein Stück zurück – viel zu weit für meinen Geschmack.

»Ja, ich bin okay«, flüsterte ich, aber er rührte sich nicht. »Glaub mir – alles in Ordnung.«

Zögernd kam Evan näher, endlich berührten wir uns wieder. Ich hielt das rechte Bein sorgfältig hinter dem linken, um einem weiteren schmerzhaften Zusammenstoß vorzubeugen, dann versank ich erneut in Evans Wärme. Vorsichtig ließ ich meine Hände unter sein Hemd gleiten und fuhr mit den Fingern über die weichen Kurven seiner Brust und hinunter zu seiner Taille. Er atmete hastig ein, griff nach hinten und zog sich sein T-Shirt über den Kopf. Mir blieb fast das Herz stehen. Atemlos betrachtete ich in der Dunkelheit die Umrisse seiner durchtrainierten, schlanken Muskeln. Dann beugte er sich wieder zu mir und ließ seine leicht geöffneten Lippen über meinen Hals gleiten.

Als ich dachte, wie würden aufhören, hörten wir nicht auf. In meinem Kopf gab es keine Alarmglocken, die mich drängten innezuhalten. Ich hörte nur unseren heftigen Atem, fühlte nur Evans Berührung auf meiner erhitzten Haut. Mein Kopf schwirrte, mein Puls raste, und irgendwann kam tief aus meinem Inneren ein Stöhnen, das ich mir niemals zugetraut hätte. Wir entdeckten einander, meine Brust hob sich in langen, tiefen Atemzügen. Schließlich wichen wir nicht hastig voneinander zurück, sondern traten einen langsamen, ganz allmählichen Rückzug an. Seine Arme schlangen sich um meine Taille, ich schmiegte mich an seinen Hals und streifte sanft mit den Lippen darüber.

»Wie geht es deinem Knie?«, flüsterte er und küsste mich auf den Kopf.

Ich hatte meine Verletzung vollkommen vergessen, erst jetzt bemerkte ich wieder das Pochen, das denselben Rhythmus hatte wie mein Herz.

»Das wird schon wieder«, beruhigte ich ihn.

»Ich hole dir ein bisschen Eis«, beharrte er und entfernte sich von mir. Augenblicklich vermisste ich die Wärme seines Körpers, während ich zusah, wie er sein Hemd über den Kopf zog und die klar umrissenen Linien seines Körpers versteckte, ehe er zur Tür hinausging.

Ich drehte mich auf den Rücken und wartete auf seine Rückkehr, aber meine Augen fielen immer wieder zu. Endlich hörte ich das unverkennbare Klimpern von Eiswürfeln, er schob behutsam ein Kissen unter mein Knie und legte dann den Eisbeutel darauf.

»Ich gehe lieber in mein Zimmer, damit ich im Schlaf nicht aus

Versehen gegen dein Knie stoße«, meinte er, deckte mich zu und küsste mich auf die Stirn. »Gute Nacht.«

»Gute Nacht«, murmelte ich wohlig, schon halb im Schlaf. In diesem Moment wusste ich, dass ich niemals in meinem ganzen Leben einen Menschen so lieben würde, wie ich Evan Mathews liebte.

34

iM ViSier

»Was hast du getan?« rief Sara unnötig laut, als wir am nächsten Morgen von Evans Haus wegfuhren. »Und unterstehe dich, ›nichts‹ zu sagen, denn du glühst geradezu.«

Ich drückte die Handflächen an meine heißen Wangen. Sara sah weit mehr, als sie sollte.

»Nicht das, was du denkst«, korrigierte ich sie. »Aber es war ... interessant.« Ich konnte mir das Lächeln nicht verkneifen und starrte aus dem Fenster, unfähig, Sara in die Augen zu sehen.

»›Interessant‹ ist kein Detail«, sagte sie ungeduldig. »Du erzählst es mir nicht, oder?«

»Nicht heute«, wehrte ich ab. Irgendwann würde ich es ihr erzählen. Vielleicht nicht ganz so ausführlich und anschaulich, wie sie es gern gehabt hätte, aber genug, dass sie Bescheid wusste.

Als ich nach Hause kam, war ich so in meine schwindelerregenden Gedanken versunken, dass ich die Schmerzen kaum spürte. Ich hinkte auf meinem verletzten Bein umher und erledigte meine Putzarbeiten. So merkte ich beim Geschirrspülen auch nicht, wie Carol sich mir von hinten näherte.

Mit einer blitzschnellen Bewegung wurde das Messer zwischen meinen seifigen Finger herausgezogen. Ich atmete scharf ein, als ich den schneidenden Schmerz an der Innenseite meiner Finger fühlte.

»Oh, hab ich dich erwischt?«, fragte Carol höhnisch. »Ich brauchte das Messer mal eben.«

Ich hielt meine Hand fest umklammert und starrte Carol stumm und entsetzt in die Augen. Das, was ich ihr sagen wollte, dröhnte laut in meinem Kopf. Blut quoll zwischen meinen Fingern hervor, das Wasser verfärbte sich rot. Carol legte das Messer auf die Theke und machte sich noch nicht einmal die Mühe, auch nur so zu tun, als wollte sie es benutzen. Dann verließ sie mit einem bösartigen Grinsen die Küche.

Hastig griff ich über die Theke nach den Papiertüchern und riss ein paar davon ab. Aber ich konnte nicht verhindern, dass ich dabei eine rote Blutspur hinterließ. Ich wickelte die Tücher um den Schnitt direkt unter den Fingergelenken. Im Nu waren sie durchweicht.

Ich drückte die Hand vorsichtig an mich und eilte ins Bad, um die Wunde auszuwaschen. Meine Finger pulsierten, das Blut floss in Strömen und verschwand wirbelnd mit dem Wasser im Abfluss. Ich musste ein Handtuch fest auf meine Finger drücken, um das Blut zu stillen. Mir war klar, dass ich mir später alle Mühe geben musste, die Blutflecke restlos zu entfernen.

Nachdem ich die Finger ein paar Minuten zusammengepresst hatte, quollen nur noch vereinzelte Blutstropfen aus den Schnitten. Ich verband sie so fest ich konnte, damit das Blut gerann. Kopfschüttelnd dachte ich daran, wie raffiniert diese Frau war, und knirschte vor Wut mit den Zähnen. Inzwischen fiel es mir immer schwerer, meine Gefühle zu verdrängen, sie überwältigten mich und verharrten viel länger an der Oberfläche, als mir recht war.

Am Montag beäugten Sara und Evan beide argwöhnisch meine verbundenen Finger, aber erst beim Lunch sagte Sara etwas.

»Erklärst du uns das vielleicht mal?«

Ich verdrehte die Augen, genervt von ihrer Hartnäckigkeit. »Ich hab mich beim Abwaschen an einem Messer geschnitten«, antwortete ich ausdruckslos.

Sara schüttelte den Kopf und verschränkte die Arme vor der Brust. »Mit vier Fingern?«

»Sag uns die Wahrheit«, verlangte Evan, offensichtlich nicht bereit, mich mit dieser laschen Erklärung davonkommen zu lassen. Mir gefiel es überhaupt nicht, wie vorwurfsvoll mich die beiden anstarrten. Es war doch nicht ihr Problem. Außerdem mussten sie mir wahrhaftig nicht das Gefühl vermitteln, *ich* hätte etwas Falsches getan.

»Hört mir mal zu, ich werde euch nicht sagen, was passiert ist. Wenn euch meine Erklärung nicht gefällt, dann füllt die Leerstellen doch, wie es euch beliebt. Von mir hört ihr jedenfalls kein Wort mehr zu diesem Thema. Ihr wisst, wo ich wohne und mit wem. Und ich habe keine Lust, das Ganze noch einmal zu durchleben, indem ich es euch erzähle.« Auf einmal konnte ich meinen Ärger nicht mehr zurückhalten und marschierte – oder besser gesagt, hinkte – aus der Cafeteria.

In Journalistik sprachen weder Sara noch Evan mit mir. Sie ließen mich die gesamten fünfzig Minuten an meinem Platz vor mich hinschmoren. Aber kaum war die Stunde vorüber, schossen sie sich erneut auf mich ein.

»Auf uns brauchst du wirklich nicht sauer zu sein«, beschwor mich Evan. Ich wandte ihm den Rücken zu und starrte auf den Computer.

»Emma, du neigst dazu, deine Verletzungen runterzuspielen«, fügte Sara hinzu. »Du musst einsehen, dass wir uns Sorgen machen.«

»Ich komme schon zurecht«, fauchte ich und wirbelte auf meinem Stuhl herum.

»Hast du mir so was Ähnliches nicht auch damals auf der Aschenbahn gesagt – kurz bevor man dich ins Krankenhaus gebracht hat?« Saras Stimme brach. Ich schwieg und starrte zu Boden.

Evan zog einen Stuhl heran, setzte sich vor mich, nahm meine nicht verletzte Hand und hielt sie zwischen seinen beiden Händen fest.

»Wir wissen, dass du viel mehr aushältst, als du solltest«, meinte er beschwichtigend, »aber gerade das macht uns ja so … nervös. Ich glaube wirklich, wir sollten …« Ich warf ihm einen panischen Blick zu, als mir klar wurde, was er sagen wollte. Er redete nicht weiter. Aber sein Schweigen sagte genug.

»Ihr versteht das nicht«, flüsterte ich. »Ich kann nicht von ihnen weg. Noch nicht. Ich möchte Jacks und Leylas Leben nicht aufs Spiel setzen. Ich will nicht alles verlieren, für das ich so hart gearbeitet habe. Außerdem kann ich nirgendwohin.«

»Du …«, setzten sie beide gleichzeitig an.

»Ich kann nirgendwohin, ohne noch mehr Probleme zu bekommen oder mein Geheimnis zu offenbaren«, verbesserte ich mich hastig. »Glaubt ihr wirklich, sie würden mich einfach so gehen lassen? Glaubt ihr, sie würden in aller Ruhe in derselben Stadt leben, während sie sich fragen, was ich euren Eltern erzähle? Ich müsste weg aus Weslyn, und dann würden die Leute erst recht anfangen, Fragen zu stellen. Ich habe keine Wahl.«

Sie hatten mich endlich verstanden, das konnte ich an ihren niedergeschlagenen Gesichtern erkennen. Jetzt teilte ich mit ihnen die Gedanken, die ich schon hundertmal in meinem eigenen Kopf durchgekaut hatte. Sie erhaschten einen Blick darauf, was wirklich drohte, wenn ich meine Situation aufdeckte. Wir würden alle verlieren. Ich hoffte, ich hatte sie davon überzeugt, dass es sich lohnte, das Risiko einzugehen und zu bleiben.

»Aber ich verspreche euch, ich werde es wissen, wenn ich nicht mehr kann«, beteuerte ich, »und wenn es tatsächlich so weit kommen sollte, können wir gehen, wohin du willst«, beendete ich den Satz an Evan gewandt. Saras Augen zuckten verwirrt, aber sie fragte nicht nach einer Erklärung – sie hatte genug verstanden.

»Außerdem sind es nur noch vierhundertachtzig Tage«, fügte ich hinzu, um die Stimmung etwas aufzulockern. Selbstverständlich funktionierte es nicht.

Die nächsten beiden Wochen verliefen ohne Zwischenfälle. Die Osterfeiertage bei Janet entschärften die Situation, und den Rest der Ferien wohnte ich bei Sara. George und Carol besuchten mit ihren Kindern die Freizeitparks in Florida, natürlich ohne mich. Aber sie hatten keine Ahnung, dass Sara und ich ebenfalls vier Tage nach Florida flohen. Wir besuchten ihre Großmutter an der Golfküste, während Evan in Frankreich mit einem Freund aus San Francisco Snowboarden war.

»Ich glaube, das wäre ein tolles Geburtstagsgeschenk für ihn«, verkündete Sara. Wir fläzten auf dem weichen weißen Sand, und der warme Wind zerzauste uns die Haare.

»Findest du es nicht zu ...« Ich verzog das Gesicht und suchte nach dem richtigen Wort.

»Nein, es ist perfekt.«

»Ich glaube, Ms Mier wird mich einen Teil davon im Unterricht machen lassen, als normales Kunstprojekt. Weißt du eigentlich, dass ich am Sonntag zum Essen bei seinen Eltern bin?«

»Nein, davon hast du mir überhaupt noch nichts erzählt!«, rief Sara, setzte sich auf und wandte sich mir zu.

»Erinnerst du dich, dass seine Mutter mich im Herbst mal zum Essen eingeladen hat?«

»Klar«, antwortete sie eifrig.

»Na ja, sie besteht darauf, dass wir es diesen Sonntag endlich nachholen. Ich kann gar nicht glauben, dass ich dir das nicht erzählt habe«, meinte ich nachdenklich. »Oh, und das Schlimmste daran ist, dass sie auch Carol und George eingeladen haben.«

»Nein!«, rief Sara entgeistert.

»Tja, genaugenommen musste ich die Einladung aussprechen,

weil ich ja niemandem unsere Telefonnummer geben darf – außer dir.«

»Dann wissen sie jetzt von Evan?«, schlussfolgerte Sara, immer noch mit geöffnetem Mund vor Staunen.

»Irgendwann hätten sie es sowieso herausgefunden«, antwortete ich mit einem leichten Achselzucken. »Aber du hättest Carols Gesicht sehen sollen, als sie es begriffen hat. Ich glaube, ihre Augen haben sich im Inneren blutrot verfärbt. Es war ziemlich gruselig.«

»Und gehen sie hin?«, fragte Sara entsetzt.

»Natürlich nicht«, antwortete ich, als wäre das ganz selbstverständlich. »Aber George fand es trotz Carols Proteste okay, dass *ich* hingehe.«

»Em, das wird doch schrecklich, oder?« Ich beobachtete, wie Sara buchstäblich in sich zusammensank, als sie begriff, dass Carol von meiner Beziehung zu Evan erfahren hatte, obwohl wir doch alles getan hatten, sie vor ihr zu verheimlichen. Ich hatte das Unvermeidliche schon mit unserem Kuss im Kunstsaal akzeptiert, und mich seitdem darauf vorbereitet – jetzt konnte ich nur hoffen, dass ich innerlich gewappnet war. Sara war es jedenfalls nicht.

»Was kann sie denn noch tun, was sie nicht schon getan hat?«, versuchte ich sie zu beruhigen – vergeblich.

»Du gehst am Samstag nach dem Wettkampf zurück nach Hause, stimmt's?«

»Ja«, antwortete ich und sah sie argwöhnisch an.

»Wenn du daheim bist, musst du mir bitte innerhalb einer Stunde eine SMS schreiben, damit ich weiß, dass mit dir alles in Ordnung ist«, verlangte sie.

»Sara, lass es gut sein.«

Sie brachte mich mit einem strengen Blick zum Schweigen. Ich wusste, ich musste ihrer Forderung nachgeben, wenn ich nicht die restlichen zwei Tage in Florida ignoriert werden wollte.

»Na gut«, versprach ich mit einem genervten Stöhnen. »Ich schick dir eine SMS.«

Den Rest der Woche erwähnten wir das Thema beide nicht mehr. Aber als der Samstag näher rückte, wurde Sara immer nervöser. Ihre Unruhe lenkte mich von meiner eigenen Nervosität ab. Ich konzentrierte mich darauf, dass ich beim Wettkampf Evan sehen würde. Das genügte, um den Gedanken an Carol fürs Erste zu verdrängen.

35

saBotieRt

»Vergiss die SMS nicht«, schärfte Sara mir zum zwanzigsten Mal ein, als sie mich nach dem Wettkampf am Samstag zu Hause absetzte. Ich rollte zur Bestätigung die Augen, dann ging ich langsam die Auffahrt hoch.

Während ich die Verandastufen hinaufstieg, machte ich mich auf alles gefasst, was mich drinnen erwarten mochte. Aus dem Esszimmer hörte ich fröhliche Kinderstimmen, in der Küche unterhielt Carol sich mit George in einem ruhigeren Ton als gewöhnlich.

»Emma!«, begrüßte Leyla mich freudig und umklammerte meine Beine, ehe ich mich zu ihr hinabbeugen konnte.

»Bring deine Sachen auf dein Zimmer«, wies Carol mich in aller Seelenruhe an. »Wir wollten gerade essen.«

Ihr freundlicher Ton ließ mich stutzen. Ich sah mich um, weil ich gar nicht glauben konnte, dass sie tatsächlich mit mir sprach. Ich tat, was sie mir gesagt hatte, blieb aber wachsam.

»Wie war es bei Sara?«, fragte Carol und warf mir einen Blick zu, als ich mich auf meinen üblichen Platz setzte, vor dem bereits ein Teller mit Spaghetti und Fleischbällchen stand.

»Schön«, antwortete ich zurückhaltend. Ihr Benehmen war mir immer noch unheimlich.

»Gut.« Sie lächelte, was auf ihrem Gesicht seltsam wirkte. Ich hatte noch nie erlebt, dass sie mich anlächelte.

Jeden Moment rechnete ich mit einer Katastrophe. Aber nichts dergleichen geschah. Carol wandte sich wieder an George, und sie besprachen, dass sie am nächsten Tag zum Baumarkt fahren wollten, um Blumen und Sträucher für den Vorgarten zu kaufen.

In der Sekunde, in der ich an jenem Abend durch die Tür gekommen war, hatten unzählige Alarmglocken in meinem Kopf geschrillt, aber etwas so Grausames hätte ich selbst Carol nicht zugetraut. Sogar als mir klar wurde, dass es ihr Werk sein musste, fiel es mir noch schwer zu begreifen, was wirklich passiert war.

»Na, in diesem Zustand kannst du heute Abend wohl nicht zu deinem *Freund* gehen, was?«, höhnte sie, als sie am nächsten Morgen den Kopf ins Badezimmer steckte. Dann schloss sie rasch die Tür und überließ mich meinem Elend.

Kalter Schweiß bedeckte meine Stirn und meinen Rücken, dann krampfte sich mein Magen wieder zusammen. Mein Körper zitterte noch von den Strapazen der vergangenen Nacht. Ich brach auf dem Boden zusammen und flehte darum zu sterben – oder wenigstens schlafen zu können. Wie konnte mein Magen immer noch nicht leer sein, nachdem ich schon die ganze Nacht hier verbracht hatte?

»Du solltest sie anrufen und ihnen mitteilen, dass du nicht kommen wirst«, blaffte Carol von draußen. Voller Hass starrte ich auf die geschlossene Tür und wünschte dieser Frau von ganzem Herzen den Tod.

Mühsam raffte ich mich auf, lehnte mich mit dem Rücken an die Badewanne und schlug meine zitternden Hände vors Gesicht. Dann hievte ich mich ächzend vom Boden empor. Jeder Muskel in meinem ganzen Körper protestierte. Mein Magen drehte sich erneut um, und ich beugte mich über die Toilette. Nichts passierte, also richtete ich mich langsam wieder auf.

Mit fast übermenschlicher Anstrengung schleppte ich mich zum Telefon in der Küche. Ich konnte kaum den Kopf aufrecht halten und umklammerte verzweifelt meinen Bauch. Als ich das Telefon erreichte, fiel mir ein, dass ich Evans Nummer nicht gespeichert hatte. Beim Gedanken, in mein Zimmer gehen und sie holen zu müssen, stöhnte ich laut auf. Dann entdeckte ich auf der Theke einen Zettel, auf dem in Carols Handschrift *Mathews* stand, und darunter eine Telefonnummer. Woher hatte sie die bloß?

Ich wählte und wartete auf Evans Stimme am anderen Ende. Die Nervosität ließ meinen Bauch wieder revoltieren, und ich umfasste ihn schnell mit meinem freien Arm. Das Telefon klingelte ein paarmal, dann wurde abgehoben.

»Hallo?«, meldete sich Evan.

»Evan«, antwortete ich und erkannte meine eigene Stimme kaum.

»Emma?«, fragte Evan unüberhörbar besorgt.

»Mir ist so übel«, krächzte ich. »Vermutlich ein Magen-Darm-Infekt. Es tut mir echt leid, aber ich kann heute Abend nicht zu euch zum Essen kommen.«

»Soll ich dich holen?«, fragte er erschrocken. In seiner Stimme schwang Zweifel mit, anscheinend glaubte er mir meine Erklärung nicht ganz.

»Nein, nein«, entgegnete ich. »Ich muss mich nur hinlegen.« Mein Magen gluckerte warnend und machte mir klar, dass ich nicht länger telefonieren konnte.

»Sehen wir uns morgen früh?«, fragte er leise.

»Mhmm«, stöhnte ich, legte schnell auf und rannte ins Bad.

Ich hatte nichts mehr in mir, aber mein Körper war wild entschlossen, jede Spur von dem, was auch immer in mich eingedrungen war, loszuwerden. Die Krämpfe ließen mich schwach und zitternd zurück. Als es Abend wurde, schaffte ich es wenigstens, mich ins Bett zu legen. Ich rollte mich unter der Decke zusammen und wünschte, nie mehr aufzuwachen, wenn ich mich dann weiterhin so fühlen sollte. Aber ich wachte trotzdem auf.

Irgendwie machte ich mich am nächsten Morgen für die Schule fertig. Carol würde mir niemals erlauben, allein zu Hause zu bleiben, das wusste ich. Und sollten sie oder George meinetwegen einen Arbeitstag verpassen, würde ich es büßen müssen. Also duschte ich und schlang meine nassen Haare im Nacken zu einem lockeren Knoten zusammen. Dann trank ich langsam ein Glas Wasser, das hoffentlich das Zittern vertreiben würde, und verließ das Haus.

In Evans Auto brach ich praktisch zusammen. Ich wünschte mir nichts sehnlicher, als mich wieder unter meine Decke verkriechen zu können. Ich zog die Knie an den Bauch und vergrub mein Gesicht in den Armen. Eine volle Minute lang sagte Evan nichts. Aber diese Minute genügte meinem Magen, um festzustellen, dass ich es gewagt hatte, etwas in ihn einzufüllen.

»Bitte halt an, Evan«, flüsterte ich mit einer Dringlichkeit, die er zum Glück sofort verstand. Als er anhielt, zwang ich mich auszusteigen. Ich torkelte nach hinten, gerade rechtzeitig, bevor mein Körper die Flüssigkeit wieder von sich gab. Auf den hinteren Kotflügel des Autos gestützt, versuchte ich die Krämpfe in meinem Bauch langsam wegzuatmen. Dann kroch ich wieder ins Auto und legte mein Gesicht in die Hände.

»So kannst du nicht zur Schule gehen«, sagte Evan entschlossen. Ich stöhnte nur leise und merkte kaum, wo wir hinfuhren, bis das Auto in seine Auffahrt einbog.

»Evan, ich kann nicht hierbleiben«, protestierte ich heiser. »Wenn ich die Schule verpasse, kriege ich jede Menge Ärger.«

»Ich sage meiner Mutter, sie soll anrufen und uns entschuldigen.«

Ich gab nach, öffnete die Autotür und setzte meine Füße auf den Boden. Mit einem zittrigen Atemzug zwang ich meine Beine, mein Gewicht zu tragen. Evan wich nicht von meiner Seite. Mir war klar, dass er nur helfen wollte, aber ich schüttelte abwehrend den Kopf. Ich folgte ihm durchs Haus, ließ mich auf sein Bett fallen und erlaubte ihm, mir die Schuhe auszuziehen. Noch in der Sekunde, in der ich zugedeckt wurde, schlossen sich meine Augen. Seine Hand strich sanft über mein schweißbedecktes Gesicht, dann versank ich in einen komatösen Schlaf.

Als ich die Augen wieder aufschlug, war es dunkel. Ohne den Kopf zu bewegen, schaute ich mich um, erkannte den tröstlichen Duft und wusste, wo ich war. Aber dann erinnerte ich mich daran, warum ich hier war, und stöhnte leise auf. Hatte er wirklich gesehen, wie ich mich übergeben hatte?

Vorsichtig lugte ich neben mich und stellte fest, dass ich allein im Zimmer war. Ich lauschte auf das warnende Grummeln meines Magens, doch er blieb ruhig, mein Kopf war klar. Aber ich hatte großen Durst. Ich drückte die Zunge an meinen ausgetrockneten Gaumen und setzte mich mühsam auf – meine strapazierten Rücken- und Bauchmuskeln taten so weh, dass ich gequält das Gesicht verzog.

Ziemlich steif machte ich mich auf den Weg zum Badezimmer. Ich wollte herausfinden, wie grässlich ich aussah. Tatsächlich wurde ich von meinem gespenstischen Spiegelbild nicht enttäuscht – eine wahre Katastrophe starrte mir entgegen. Gab es irgendeine Möglichkeit, mich von Sara abholen zu lassen, ohne dass Evan mich zu Gesicht bekam?

Ich löste meine feuchten Haare, kämmte sie mit den Fingern durch, band sie aber gleich voller Entsetzen wieder zusammen. Ich wusch mir das Gesicht und spülte den Mund aus, um wenigstens den Anschein eines menschlichen Wesens zu erwecken. Zum Schluss rieb ich mir noch mit dem Zeigefinger ein bisschen Zahncreme auf Zähne und Zunge, um die Nachwirkungen von einundhalb Tagen Erbrechen etwas zu überdecken.

»Emma?«, rief Evan aus seinem Zimmer.

Ich spähte durch die Badezimmertür.

»Wie geht es dir?«, fragte er.

»Wie durch den Fleischwolf gedreht.« Er lachte, und die Sorge verflog. »Oh, und ich sehe auch so aus«, fügte ich hinzu.

»Nein, tust du gar nicht«, versicherte er mir und begrüßte mich mit offenen Armen, als ich aus dem Bad kam. Ich ließ mich von ihm in die Arme nehmen, und er küsste mich auf den Kopf. »Du siehst schon viel besser aus als heute Morgen. Ich hab zwar öfter gehört, dass Leute im Gesicht grün werden können vor Übelkeit, aber ich hatte es bis jetzt noch nie gesehen.«

Ich versuchte, mich mit einem Schnauben loszumachen, aber er hielt mich einfach fester und lachte ein bisschen.

»Aber du bist immer noch sehr blass«, bemerkte er. »Möchtest du dich wieder hinlegen?«

Ich nickte, er ließ mich los, und ich schlüpfte unter die Decke.

»Du brauchst Flüssigkeit, ich hab dir einen Tee gebracht. Er müsste deinem Magen guttun – das hat jedenfalls meine Mutter behauptet.«

»Ist sie denn auch hier?«

»Nein, aber ich musste ihr ja sagen, dass du krank bist, damit sie uns in der Schule entschuldigt. Mittlerweile hat sie schon ein paarmal hier angerufen und gefragt, wie es dir geht. Außerdem habe ich unzählige Ratschläge bekommen, was ich alles für dich tun könnte. Ich hab ihr gesagt, du schläfst, aber das hat sie nicht gebremst.«

Evan setzte sich neben mich aufs Bett, lehnte sich mit dem Rücken an das Kopfende und manövrierte mich vorsichtig zu sich, bis mein Kopf auf seinem Schoß lag. Dann fuhr er ganz sanft mit den Fingern über meinen Haaransatz. Ich schloss die Augen, das vertraute Prickeln, das seiner Berührung folgte, tröstete mich.

»Wie spät ist es?«, fragte ich flüsternd.

»Kurz nach zwei.«

»Ich kann gar nicht glauben, dass ich so lange geschlafen habe.«

»Ich auch nicht. Ich musste ein paarmal nachsehen, ob du überhaupt noch atmest. Du hast dich nicht gerührt.«

»Aber ich atme noch«, versicherte ich ihm leise.

»Ich bin so froh, dass es dir bessergeht.« Er ließ seine Hand über meinen Nacken gleiten, und das wohlige Prickeln wanderte meine ganze Wirbelsäule hinunter.

Schließlich setzte ich mich auf und griff nach der Teetasse, die auf dem Tisch neben dem Bett stand. Vorsichtig nahm ich einen winzigen Schluck und ließ die Wärme in meinen Magen fließen, ehe ich es wagte, den nächsten Schluck zu trinken.

»Du hast doch immer noch den Ausweis von deiner Reise mit Sara, oder?«, fragte Evan aus dem Nichts.

»Ja«, antwortete ich zögernd.

»Kommst du auch an deine Geburtsurkunde und die Sozialversicherungskarte?«, fragte er weiter. Ich runzelte die Stirn und schwieg.

»Du solltest dir die Dokumente besorgen – für den Notfall«, erklärte er.

Mir war klar, dass er es ernst meinte. Und das war es auch, deshalb hörte es sich so seltsam an. Er war wirklich entschlossen, mit mir abzuhauen.

»Ich kann George erzählen, ich brauche die Papiere, weil ich im Sommer wieder im Fußballcamp arbeiten will. Du meinst es also wirklich ernst?«, fragte ich und musterte ihn.

»Ja, ich meine es absolut ernst.« Ich schlug die Augen nieder, als ich daran dachte, was er alles aufgeben würde. Wenn wir uns versteckten, müsste er Familie und Freunde zurücklassen und obendrein die Highschool abbrechen.

»Evan, so weit wird es nicht kommen. Jetzt mal im Ernst – wo sollten wir denn hin?«

»Keine Sorge«, tröstete er mich selbstbewusst. »Ich hab gründlich darüber nachgedacht. Außerdem wäre es ja auch nicht für immer.«

Ich hatte Angst, noch mehr von seinem Plan zu erfahren. Außerdem wollte ich mir nicht eingestehen, dass es jemals so weit kommen und wir tatsächlich gezwungen sein könnten wegzulaufen. Evan glaubte an diesen Plan, weil er meinte, mir nur so helfen zu können. Es war vollkommen unrealistisch. Aber das wollte ich ihm nicht sagen.

George rückte die Papiere tatsächlich heraus. Evan war erleichtert. Aber ich nicht. Mich überfiel bei dem Gedanken zu fliehen eine lähmende Angst. Ich war mir ganz und gar nicht sicher, ob ich es überhaupt fertigbringen würde. Doch das musste er einfach glauben – zumindest so lange, bis ich zu einer Entscheidung gezwungen wurde.

36

AbEndeSsen

»Wo ist es?«, kreischte Carol. Ich war gerade dabei, Waschmittel in die Waschmaschine zu geben und fuhr erschrocken zusammen.

Bestürzt sah ich zu, wie sie zur Wäschetrommel rannte und anfing, Kleidungsstücke durch die Gegend zu werfen. Ein paarmal traf sie mich, was natürlich nicht weh tat, aber die Heftigkeit, mit der sie die Wäsche umherschleuderte, ließ mich trotzdem zurückzucken.

»Was hast du damit gemacht?«, brüllte sie mich an.

»Womit denn?«, fragte ich leise.

»Mit dem verdammten Handtuch«, schrie sie. »Mit dem Handtuch, das du verdorben hast. Was hast du damit gemacht?«

»Ich weiß nicht, was du meinst«, log ich. Ich hatte das Handtuch, mit dem ich die Blutung an meinen Fingern gestillt hatte, weggeworfen. Aber wie war sie dahintergekommen?

»Du weißt genau, was ich meine, du wertloses Stück Scheiße.«

Sie warf mehr Wäschestücke in meine Richtung – in ihrem Wutanfall entfachte sie einen wahren Wirbelsturm von Klamotten im Keller. Es war lächerlich. Ich duckte mich nicht länger weg, sondern richtete mich auf und sah zum ersten Mal diese erbärmliche Frau vor mir richtig an. Vor Abscheu und Wut krampfte sich mein Magen zusammen – ich hatte die Nase voll von ihren irrationalen Ausbrüchen.

»Es ist doch bloß ein Handtuch!«, blaffte ich und übertönte ihr Geschrei. Sie erstarrte, geschockt von meiner lauten Stimme.

»Was hast du gesagt?«, zischte sie. Ohne mit der Wimper zu zucken, hielt ich ihrem drohenden Blick stand. Plötzlich wurde mir bewusst, wie viel größer ich war als sie, und ich musste beinahe lachen beim Gedanken an meine eigene Feigheit.

»Es ist doch bloß ein Handtuch«, wiederholte ich ruhig, aber mit einem Selbstbewusstsein, das mir Kraft gab. Langsam drehte ich mich um und schloss mit einem Knall den Deckel der Waschmaschine.

»Es ist also bloß ein Handtuch?«, knurrte Carol, und als ich mich umdrehte, stieß sie mir die Weichspülerflasche direkt in den Magen. Mir verschlug es den Atem, ich krümmte mich und hielt mir den Bauch. Sie riss die Flasche sofort wieder hoch, und diesmal landete sie so heftig auf meiner Schulter, dass ich zu Boden ging. Ich wollte zur Treppe laufen, aber ein weiterer Hieb traf meinen linken Arm. Ich kauerte mich vor der Waschmaschine zusammen. »So redest du gefälligst nie wieder mit mir, verstanden?«

»Carol«, rief George in diesem Moment von oben. »Bist du da? Deine Mutter ist am Telefon.«

Sofort wandte Carol sich von mir ab. »Mach das sauber«, zischte sie noch, bevor sie die Treppe hinaufging.

Ich ließ mich ausgestreckt auf den Boden sinken. Noch immer fiel mir durch den Schlag in den Magen das Atmen schwer. Vor Wut hatte ich die Fäuste so fest geballt, dass die Fingernägel sich in meine Handflächen gruben. Mit einem tiefen Atemzug versuchte ich, das Feuer in mir zu vertreiben, doch es wollte nicht verschwinden. Wenigstens schaffte ich es, mich aufzurappeln und das Chaos aufzuräumen, das Carol angerichtet hatte.

»Emma«, rief George und klopfte an meine Tür. »Evan ist hier.«

Mir stockte der Atem – er war hier, bei mir zu Hause? Was dachte er sich dabei?

»Okay«, brachte ich mühsam heraus, unfähig, meine Stimme

zu kontrollieren. »Ich bin gleich da.« Voller Unruhe packte ich meine Jacke und eilte den Korridor entlang.

»Hi«, begrüßte ich Evan. Er ignorierte meine Nervosität.

»Freut mich, dich endlich kennenzulernen, Evan«, säuselte Carol mit einem Lächeln, bei dessen Anblick mir das Blut in den Adern gefror.

»Ganz meinerseits«, gab Evan höflich zurück.

»Also ... ich glaube, wir sollten gehen«, stieß ich hastig hervor.

»Zehn Uhr, okay?«, vergewisserte Carol sich im gleichen süßlichen Ton. Ich wäre am liebsten im Boden versunken.

»Ja.« Auch ich versuchte, mir ein Lächeln abzuringen, aber es fühlte sich wie eine Grimasse an.

Beim Hinausgehen legte Evan mir die Hand auf den Rücken, aber ich versteifte mich sofort, weil ich wusste, dass Carol und George uns beobachteten. Ich konnte nur hoffen, dass ihnen die ungezwungene Berührung entgangen war.

»Was hast du dir dabei gedacht?«, zischte ich, als wir die Auffahrt hinuntergingen.

»Em, sie wissen, dass du heute Abend bei mir bist«, erklärte er. »Ich hab es nicht über mich gebracht, einfach vorzufahren und zu hupen. Es spielt keine Rolle, wer die beiden sind, so kann ich mich nicht benehmen.«

Ich hatte es kaum ausgehalten, ihn in dieser Küche zu sehen – dem Ort, an dem ich so viel Schmerz erlebt hatte. Die beiden Bilder kämpften in meinem Hirn gegeneinander an und machten es mir noch schwerer, das Unbehagen zu verdrängen.

»Aber du begleitest mich nachher bitte nicht zur Tür, okay?«, flehte ich.

»Okay«, meinte er widerwillig. »Kann ich dir wenigstens einen Gutenachtkuss geben?« Er lächelte mich an, und meine Angst legte sich etwas.

»Schauen wir mal«, antwortete ich unverbindlich.

Doch als wir uns seinem Haus näherten, übermannte mich eine neue Sorge. Meine Brust zog sich zusammen und machte mir das Atmen schwer.

»Bist du bereit?«, fragte Evan, als er in die Auffahrt bog.

Ich atmete aus und versuchte ein gelassenes, entspanntes Gesicht aufzusetzen. »Na klar.« Es gelang mir anscheinend nicht besonders gut, denn Evan lachte.

Als wir die Verandatreppe hinaufgingen, nahm er meine Hand. Vermutlich war es ihm vollkommen egal, ob seine Eltern es sahen oder nicht. Dieser Abend würde extrem seltsam werden.

»Willkommen, Emily«, rief Vivian, als wir ins Haus traten, und schwebte heran, um mich zu umarmen. Inzwischen rechnete ich schon mit dieser Begrüßung und erwiderte ihre Umarmung, wenn auch etwas linkisch.

Ein verführerischer Duft erfüllte die Küche. Wir setzten uns an die große Theke, und ich beobachtete ehrfürchtig, wie anmutig Vivian im Kochbereich umherschwirrte, hier etwas rührte, dort etwas kleinschnitt und nebenbei noch etwas mixte. Sonst hatte ich von diesem Platz aus immer Evan beim Kochen zugesehen, aber heute Abend gehörte auch er zum Publikum. Seine Hand lag zärtlich auf meinen Rücken.

»Kann ich irgendwas helfen?«, fragte er nach einer Weile.

»Nein, wir sind gleich fertig«, verkündete sie. »Dein Vater holt die Steaks vom Grill, und ich mache den Salat. Aber du könntest Emily etwas zu trinken anbieten.«

»O ja, sorry«, stammelte er und wandte seine Aufmerksamkeit wieder mir zu. »Was möchtest du trinken?«

»Du weißt, was ich mag«, antwortete ich, und seine Mutter lachte leise.

»Ich freue mich, dass es dir bessergeht«, sagte sie. »Wie ich gehört habe, warst du letztes Wochenende ziemlich krank.«

»Ja, aber jetzt ist zum Glück alles wieder in Ordnung.«

»Ich hoffe, der Tee hat auch ein bisschen geholfen.«

»Das hat er, danke«, erwiderte ich höflich, obwohl ich mich nicht erinnern konnte, ob ich die Tasse leer getrunken hatte. Evan sah aus, als müsste er sich das Lachen verkneifen, also hatte ich es wahrscheinlich bei den zwei Schlückchen belassen.

»Die Steaks sind fertig!« Stuart kam mit einer Platte voller kleiner Steaks vom Grill zurück, der draußen auf der Terrasse stand.

»Perfektes Timing«, meinte Vivian. »Evan, mein Schatz, hilfst du uns bitte, das Essen auf den Tisch zu stellen?«

»Na klar.« Evan suchte Schüsseln und das passende Servierbesteck zusammen und trug alles zum Tisch. Erst als ich ihm folgte, bemerkte ich die mit dekorativem Porzellan und glänzendem Besteck gedeckte Tafel. In der Mitte verbreitete ein kunstvoller Leuchter schimmerndes Licht. Auf dieses elegante Ambiente war ich nicht gefasst gewesen.

»Sollen wir?«, fragte Vivian und trat mit einer Flasche Wein an den Tisch.

Ich nahm mein Glas mit hinüber. Vivian und Stuart saßen sich an den Schmalseiten des Tisches gegenüber, Evan und ich nahmen an den Längsseiten Platz. Ich warf Evan einen panischen Blick zu, der ihn zum Lachen brachte. Als seine Mutter ihn fragend ansah, versuchte er, seinen Heiterkeitsausbruch hinter einem lauten Räuspern zu verstecken.

Vor lauter Nervosität hatte sich mein Magen so verkrampft, dass ich befürchtete, überhaupt nichts hinunterzubekommen. Aber nach den ersten gezwungenen Bissen stellte ich fest, dass es das Beste war, was ich gegessen hatte seit … nun ja, seit Evan das letzte Mal für mich gekocht hatte.

»Wie war dein Besuch in Kalifornien?«, fragte Vivian im selben Moment, in dem ich mir ein Stück Steak in den Mund schob. Ich kaute mit rotem Gesicht, während sie geduldig darauf wartete, dass ich schluckte und antworten konnte.

»Wunderbar«, brachte ich schließlich heraus.

»Steht Stanford bei den Colleges immer noch ganz oben auf deiner Liste?«

»Ja, die Gespräche mit dem Coach und dem Studienberater haben mir richtig gut gefallen«, erklärte ich. »Jetzt kommt es auf meine Testergebnisse an und natürlich auch auf meine Leistungen in der kommenden Fußballsaison. Bisher scheint das College jedenfalls sehr an mir interessiert zu sein.«

»Hast du dich auch schon für ein Hauptfach entschieden?«

»Ja, das kam auch zur Sprache, und weil ich im mathematisch-naturwissenschaftlichen Bereich gute Noten habe, hat der Studienberater mir Medizin vorgeschlagen.«

Evan machte große Augen, anscheinend überraschte ihn das. Ich hatte bisher noch niemandem davon erzählt.

»Das wäre ja wundervoll«, meinte Vivian lächelnd. »Evan, hast du deine Wahl inzwischen auch etwas eingegrenzt?«

»Mom, lass uns über was anderes reden«, entgegnete er abwehrend. »Du weißt doch, wohin ich will. Meine Mutter möchte, dass ich zu meinem Bruder nach Cornell gehe«, fuhr er dann, an mich gewandt, fort, »und mein Vater möchte mich in Yale sehen, wo er selbst studiert hat.«

»Oh.« Ich nickte. Plötzlich wurde mir klar, dass beide Colleges an der verkehrten Küste lagen.

»Na ja, ich denke, Kalifornien wäre naheliegend, wenn Emily dort studieren würde«, räumte Vivian mit einem kleinen Achselzucken ein. Stuart räusperte sich demonstrativ. »Ach Stuart, Kalifornien hat auch ganz hervorragende Unis.«

Ich fand es etwas befremdlich, wie sie über unsere Studienpläne sprach. Natürlich schloss ich eine Zukunft mit Evan nicht aus, aber ich hatte bis zu diesem Augenblick kaum einen Gedanken daran verschwendet. Es fühlte sich einfach nicht richtig an, dass seine Mutter sich auf diese Weise einmischte.

»Mom«, sagte Evan noch einmal, offenbar ebenso unangenehm berührt, »wir haben noch jede Menge Zeit, uns darüber den Kopf zu zerbrechen. Aber jetzt möchte ich wirklich gern das Thema wechseln.«

»Wenn du darauf bestehst«, meinte sie freundlich. »Freut ihr euch denn schon auf den Abschlussball nächsten Monat?«

Evan verschluckte sich an seinem Wasser. Ich hielt die Luft an.

»Was denn?«, fragte Vivian, verwundert über Evans Reaktion.

»Darüber haben wir noch gar nicht geredet«, gestand er und warf mir einen entschuldigenden Blick zu. Ich blickte auf meinen Teller hinunter und schob mit der Gabel den Spargel herum.

»Evan«, meinte seine Mutter mahnend, »Emily braucht Zeit, um sich ein Kleid auszusuchen. Du hättest schon längst mit ihr darüber sprechen müssen.«

Ich biss mir auf die Lippen, um nicht zu kichern.

»Also, wenn du Hilfe brauchst beim Aussuchen«, wandte Vivian sich nun direkt an mich, »dann bin ich mehr als gern bereit, mit dir nach New York in eine Boutique zu fahren, die über eine wirklich sensationelle Auswahl verfügt.«

»Äh ... okay ... danke«, stotterte ich. Evan war sichtlich angespannt, und auch mir wurde bei dem Gedanken angst und bange. Ich überlebte ja kaum das Einkaufen mit Sara in der Mall.

»Da ich anscheinend ein Händchen dafür habe, die falschen Gesprächsthemen anzuschneiden«, meinte Vivian, jetzt an Evan gewandt, »frage ich lieber direkt – worüber magst du dich denn unterhalten?«

Evan blickte auf, als er merkte, dass sie ihn meinte.

»Dad, wie ist die Arbeit?«, erkundigte er sich schnell. Doch nun stieß Vivian einen entnervten Seufzer aus.

»Emily muss sich doch nicht Stuarts langweilige Fälle anhören«, fuhr sie dazwischen, ehe ihr Mann antworten konnte – ich war nicht einmal sicher, ob er überhaupt jemals die Absicht gehabt hatte, den Mund aufzumachen. »Wir wollen sie doch ein bisschen näher kennenlernen.« Nein, das war auch kein besseres Gesprächsthema.

Vivian musterte mich mit einem warmen Lächeln, das ich zu erwidern versuchte. Doch mein Magen grummelte vor Angst, was sie als Nächstes fragen würde.

»Was macht denn dein Onkel?«, erkundigte sie sich.

Ich schluckte. Jetzt fingen wir also tatsächlich an, über meine Familie zu reden.

»Er ist Landvermesser.«

»Das ist ja wundervoll«, antwortete Vivian. »Soweit ich weiß, ist dein Vater gestorben, als du noch ziemlich klein warst. Was hat er beruflich gemacht?«

Evan warf mir einen besorgten Blick zu. Ich holte tief Luft und antwortete: »Er war Ingenieur in einem Architekturbüro in Boston.«

»Mom, arbeitest du nicht gerade an einer Wohltätigkeitsveranstaltung in Boston?«, warf Evan ein, ehe seine Mutter mich weiter löchern konnte.

Tatsächlich biss Vivian an. Zum Glück beschrieb sie die Details ihres Projekts so ausführlich, dass wir das gesamte Abendessen über bei diesem Thema blieben.

»Du und Evan, ihr solltet uns begleiten«, schloss sie, als sie den Nachtisch brachte. Evan gab ein leises Stöhnen von sich, das seine Abneigung gegen diese Events deutlich erkennen ließ. »Ach lass das doch, Evan«, tadelte ihn seine Mutter. »Es ist für einen wirklich guten Zweck, und Emily könnte bestimmt eine Menge Leute aus der Medizinbranche kennenlernen, schließlich geht es um ein Krankenhaus.«

»Wann ist die Veranstaltung noch mal?«, hakte ich nach.

»Mitte Juni.«

»Oh, das tut mir leid«, erwiderte ich und bemühte mich, enttäuscht zu klingen, »aber da arbeite ich im Fußballcamp.«

»Hast du dich dafür nicht auch beworben, Evan?«

Ich sah überrascht zu ihm hinüber, davon hatte er mir gar nichts erzählt.

»Oh, ja«, antwortete er und erwiderte meinen Blick. »Sara hat mir vor ein paar Wochen das Bewerbungsformular gegeben. Aber ich bin nicht sicher, ob es noch freie Plätze gibt.«

Was für ein wunderbarer Gedanke, den Sommer mit Sara und Evan zu verbringen! Ich strahlte Evan an, und er strahlte zurück. Während wir unseren Nachtisch verzehrten, bat Vivian mich, ihr etwas über das Camp zu erzählen. Das war nun endlich ein einfaches Thema, schließlich hatte ich schon die letzten beiden Sommer dort als Assistenztrainerin gearbeitet.

Nach dem Dessert nahm Vivian mich mit ins Wohnzimmer. Evan sah uns misstrauisch nach, während er mit seinem Vater den Tisch abräumte. Als er schließlich wieder zu uns stieß, wusste ich auch, warum.

»Du zeigst ihr doch wohl nicht meine Babybilder!« Er klang ehrlich entsetzt, und ich musste lachen.

»Ach komm, Evan«, neckte ich ihn. »Du warst ein bezauberndes Baby.«

»Genau«, bestätigte Vivian, als wäre sie froh, endlich von jemandem Schützenhilfe zu bekommen.

Aber Evan klappte das Album zu, legte es zurück auf den Tisch und streckte mir die Hand hin. »Okay«, verkündete er, »ich glaube, ich hab euch Emma jetzt lange genug ausgeliehen. Wir gehen noch ein bisschen in die Scheune, bevor ich sie heimfahren muss.«

»Na gut«, meinte Vivian seufzend. »Es war so schön, endlich mal ein wenig mit dir zu plaudern.« Sie umarmte mich und küsste mich auf die Wange. »Ich freue mich schon auf deinen nächsten Besuch.«

»Gute Nacht«, rief ich Stuart zu, als wir durch die Küche gingen.

»Gute Nacht, Emily«, erwiderte er mit seiner dröhnenden Stimme.

»War es wirklich so schrecklich für dich, Evan?«, fragte ich lachend, während wir die Treppe hochstiegen.

»Dasselbe wollte ich dich auch gerade fragen«, gab er zurück. Als wir in sein Zimmer traten, wandte er sich zu mir um und sah auf einmal sehr ernst aus. »Es tut mir leid, ich hab versucht, meiner Mom Grenzen zu setzen, aber sie hört mir einfach nicht zu.«

»Es war vollkommen in Ordnung«, beruhigte ich ihn. Er nahm mich in die Arme und küsste mich zärtlich.

»In zwei Wochen hast du Geburtstag«, sagte ich und blickte zu ihm auf, ohne mich aus seinen Armen zu lösen. »Was möchtest du machen?«

»Kannst du an dem Freitag weg von zu Hause?«

Ich seufzte und schüttelte bedauernd den Kopf. »Wie wär's mit Samstag?«, bot ich an.

»Okay«, stimmte er zu. »Dann unternehme ich am Freitag eben was mit den Jungs. Vielleicht fahren wir nach New York oder so. Und am Samstag machen wir dann was zu zweit.«

»Essengehen vielleicht?«, schlug ich vor. Evan dachte nach, dann fing er plötzlich an zu grinsen.

»Ja«, sagte er. »Ich hab da eine Idee.«

»Was für eine Idee?«, fragte ich nach. Aber mir wurde schnell klar, dass er mir nichts verraten würde.

»Ach, schon gut«, erwiderte er. »Essen ist perfekt. Aber ich darf aussuchen, wo – in Ordnung?«

»Na klar«, stimmte ich zögernd zu, denn ich traute ihm nicht ganz.

Carol und George warteten bereits auf mich, als ich heimkam. Nun, genaugenommen saßen sie an der Kücheninsel und taten so, als würden sie sich unterhalten. Aber ich war ziemlich sicher, dass sie nur überprüfen wollten, ob Evan mich bis zur Tür begleitete. Zum Glück hatte ich es ihm ausgeredet, als er auf der Heimfahrt noch einmal versucht hatte, mich umzustimmen.

»Wie war dein Abend?«, fragte Carol mit schneidender Stimme.

»Nett«, antwortete ich leise und wollte schnell in mein Zimmer verschwinden.

Aber George hielt mich auf. »Wir müssen ein paar Grundregeln klarstellen«, sagte er. Ich blieb stehen und schloss die Augen. Dann drehte ich mich um und hörte mir an, mit welchen Plänen sie meine Welt noch mehr zerstören wollten.

»Du kannst nicht zu Evan nach Hause, wenn sonst niemand dort ist«, erklärte Carol. »Wenn wir hören, dass du es trotzdem tust, darfst du ihn nicht mehr sehen. Auch nicht, wenn du bei Sara bist.«

»Er darf dich nicht nach der Schule heimfahren«, fügte George hinzu. »Ob er dich hinfährt, ist uns egal, aber nachmittags fährst du nur noch mit Sara oder einer anderen Freundin.«

»Und nun der letzte Punkt«, verkündete Carol mit einem fiesen Grinsen. »Wenn wir rausfinden, dass du Sex hast, lassen wir dich bis zu deinem Schulabschluss nicht mehr aus dem Haus – außer, um zur Schule zu gehen.«

Reglos stand ich da, während ihre Drohung in meinem Kopf widerhallte.

»Warum schaust du uns so an?«, beschwerte sie sich sofort. »Haben wir uns vielleicht nicht klar ausgedrückt?«

»Ich verstehe nicht, warum ihr davon ausgeht, ich hätte Sex mit ihm«, antwortete ich, eher anklagend als verteidigend. »Ihr kennt mich überhaupt nicht, oder?«

»Wir kennen dich gut genug«, fauchte Carol. »Wir wissen, dass du naiv bist und dass man dich leicht ausnutzen kann. Glaub ja nicht, dass du diesem Jungen am Herzen liegst. Er ist genau wie alle anderen Kerle. Er hat nur das eine im Sinn.«

»Ihn kennt ihr auch nicht«, konterte ich, und meine Stimme wurde stärker.

Carol zog die Augenbrauen hoch, Georges Gesicht spannte sich an.

»Vielleicht sollten wir uns noch einmal überlegen, ob du dich überhaupt mit einem Jungen verabreden darfst«, drohte Carol. Mir blieb fast das Herz stehen. »Gibt es etwas, das wir wissen sollten? Hast du etwa schon Sex mit ihm?«

»Nein«, antwortete ich rasch, und die Panik kroch mir heiß den Nacken empor.

»Dann ist das Gespräch hiermit beendet«, ging George endlich dazwischen. »Du kennst unsere Meinung, und damit basta.«

37

geSchenkE

die nächsten beiden Wochen befolgte ich ihre neuen Regeln. Nicht weil ich es wollte, sondern weil es sich einfach so ergab. Den folgenden Sonntag verbrachten Evan und ich nicht bei ihm; stattdessen fuhren wir zu der Sportanlage und gingen diesmal auf den Golfplatz. Danach beschloss ich frustriert, dass Golf definitiv nicht mein Ding war.

Einen Teil des Kunstunterrichts und der Lernstunden verbrachte ich damit, Evans Geschenk vorzubereiten. Ich hatte Ms Mier zwar nicht erzählt, für welchen Zweck es gedacht war, aber sie ermutigte mich bei jedem Schritt. Irgendwie wurde ich das Gefühl nicht los, dass sie mehr wusste, als sie zugab, aber andererseits war das bei ihr immer der Fall.

Als das Geschenk endlich fertig war, zeigte ich es Sara. Ich wollte sichergehen, dass ich nicht irgendwelche Grenzen überschritten hatte und dass es nicht zu ... aufdringlich war. Sie verstand den gesamten Inhalt, denn ich hatte ihr ja auch alles erzählt. Deshalb war es nervenaufreibend, ihre Reaktion beim Betrachten der einzelnen Bilder zu beobachten. Am Ende lächelte sie und nahm mich in den Arm, was mich zutiefst schockierte.

»Em, das ist perfekt!«, rief sie dann.

»Echt?«

»Absolut – er wird es lieben.«

»Warum hab ich dann das Gefühl, ich muss mich übergeben, wenn ich es ihm schenke?«

»Weil es so persönlich und so einfühlsam ist. Er muss es einfach lieben.«

Hoffentlich hatte sie recht.

Am Freitag klopfte mir das Herz auf der Fahrt zur Schule bis zum Hals, und ich verschränkte nervös die Hände auf dem Schoß. Als wir ankamen, sprach mich Evan endlich darauf an.

»Was ist los?«, fragte er, nachdem er den Motor abgestellt hatte, und sah mich prüfend an.

Ich holte tief Luft. »Ich wusste nicht, wann der beste Zeitpunkt dafür ist, also mach ich es einfach jetzt.« Kurz entschlossen griff ich in meinen Rucksack und zog das flache, viereckige Päckchen heraus. »Herzlichen Glückwunsch zum Geburtstag.«

Mit einem verlegenen Grinsen nahm Evan es entgegen. »Danke.«

»Du musst es nicht jetzt aufmachen«, platzte ich heraus, als er anfing, am Geschenkpapier herumzuzupfen. »Du kannst es dir später auch allein anschauen.«

Er sah mich misstrauisch an, wickelte es aber trotzdem aus.

»Ehrlich, Evan, warte doch lieber.« Vielleicht würde ich mich tatsächlich übergeben müssen.

»Hast du das gemacht?«

Ich biss mir auf die Lippe und nickte.

Zu meinem Entsetzen begann Evan die Seiten der kleinen, von einem Band zusammengehaltenen Gemäldesammlung langsam durchzublättern. Ein Lächeln erschien auf seinem Gesicht. Ich hielt die Luft an und beobachtete, wie er die Momente, die ich mit meinem Pinsel festgehalten hatte, einen nach dem anderen in sich aufnahm.

Als er zu der Seite mit Saras Schal kam, bemerkte er: »Den hab ich immer noch, stimmt's?« Bei dem Bild mit dem blauen Handabdruck zögerte er, sein Lächeln wurde noch strahlender, und ein warmer Schauder durchlief meinen Körper. Während er den Text des Songs überflog, den er auf meinen iPod geladen und den ich abgeschrieben hatte, wurde sein Gesicht ganz weich, und meine Version von dem auserlesenen Kronleuchter der Jacobs' kommentierte er mit einem verständnisinnigen Kopfschütteln. Langsam fuhr er mit dem Finger den Bach auf der Wiese entlang und stieß ein leises Lachen aus, als er sich an die Skyline erinnerte, die wir von dem Wohnblock in New York angeschaut hatten. Bei den rosa Rosen auf der letzten Seite röteten sich seine Wangen, er klappte das Buch langsam zu und holte tief Luft.

»Das ist alles, hm?«, fragte er und nahm meine Hand.

»Nur das Gute«, korrigierte ich, und mein Gesicht kam mir noch viel röter vor als seines.

»Das ist ein wundervolles Geschenk. Danke.« Er beugte sich zu mir, und ich wartete schon auf ihn. Weil ich nicht atmen konnte, schwirrte mir schon jetzt der Kopf, aber die Berührung seiner Lippen verstärkte das Gefühl beträchtlich. Als wir uns voneinander lösten, brauchte ich eine Minute, um wieder zu mir zu kommen, erst dann konnte ich die Autotür öffnen und aussteigen.

Evan kam mir von der anderen Seite entgegen und nahm mich fest in die Arme. Mein Herz, das sich noch nicht von dem Kuss erholt hatte, geriet erneut ins Stolpern, als ich in seine graublauen Augen sah.

»Das ist das schönste Geschenk, das ich jemals bekommen habe«, sagte er und küsste mich noch einmal, wenn auch etwas zurückhaltender.

Als er mich schließlich losließ, stieß ich einen tiefen Seufzer aus. »Es freut mich, dass es dir gefällt.«

»Das war schwierig für dich, oder?«, meinte er, als wir Hand in Hand aufs Schulgebäude zugingen. Ich zögerte, denn ich war mir unsicher, was er meinte. »Mich dabei zu beobachten, wie ich es mir anschaue«, fügte er hinzu.

»Ja, du kannst dir gar nicht vorstellen wie schwierig«, gab ich zu, und er lachte über meine Unverblümtheit.

»Morgen Abend bin ich dann aber an der Reihe«, erklärte er, drückte noch einmal meine Hand und ließ mich verwundert stehen, während er den Korridor hinunter verschwand.

Als ich ihn später am Tag noch einmal fragte, was er vorhatte, war er wieder nicht bereit, mir irgendetwas zu verraten. Aber er wünschte sich, dass ich den rosa Pulli trug, den er so gern an mir mochte, und ich erklärte mich achselzuckend einverstanden – schließlich hatte er ja Geburtstag. Er ging jedoch auch weiterhin nicht auf meine Fragen ein, und das machte mich ein bisschen nervös. Sara dagegen war begeistert. Sie malte sich tausend Gründe aus, warum er so geheimnisvoll tat, aber nichts davon traf auch nur annähernd ins Schwarze.

»Wir essen hier bei dir?«, fragte ich verwirrt, als wir am nächsten Abend in seine Auffahrt bogen. Evan grinste nur stumm.

»Mach die Augen zu«, verlangte er dann.

»Was?! Warum?«, wollte ich wissen. »Evan, was hast du vor? Wir feiern *deinen* Geburtstag, erinnerst du dich?«

»Ja«, erwiderte er, »und genau das möchte ich an meinem Geburtstag tun. Also schließ bitte die Augen.«

Ich schluckte meine Angst hinunter und gehorchte. Evan half mir beim Aussteigen und machte sich daran, mir mit einem Stück weichen Stoff die Augen zu verbinden.

»Ist das dein Ernst?«

»Ich weiß, dass du sonst schummeln würdest.«

»Evan, ich trage hohe Absätze, ich werde mich umbringen.«

»Aber nein.« Mit einer blitzschnellen Bewegung hatte er auch schon den Arm unter meine Knie gelegt, ich kippte nach hinten und landete in seinen Armen. Ich stieß einen überraschten Schrei aus und schlang die Arme fest um seinen Hals.

»Das war überhaupt nicht nötig«, tadelte ich ihn.

»Ich will nicht, dass du dich umbringst«, bemerkte er, und ich hörte das Lächeln in seiner Stimme.

Seine Schritte knirschten über den Kiesweg, der zur Scheune führte, dann quietschte die Tür. Ich erkannte die Gerüche der Garage, als wir die Treppe hinaufstiegen. Evan schob die Tür auf, stellte mich auf die Füße und löste meine Binde. Aber ich hatte Angst, die Augen aufzumachen.

Als ich es schließlich doch wagte, blieb mir der Mund offen stehen. Das ganze Zimmer war in schimmerndes Licht getaucht, auf jeder verfügbaren Stellfläche standen Kerzen. Die Couch war an die Wand geschoben, damit ein kleiner Tisch in der Mitte des Raums Platz fand. Er war ebenfalls mit Kerzen dekoriert und für zwei Personen gedeckt. Die Frauenstimme, die sanft und leise aus dem Lautsprecher erklang, erkannte ich sofort.

»Ist das der Song von meiner Playlist?«, fragte ich.

»Ich hab dir damals schon gesagt, dass er eine gewisse Stimmung hervorruft«, antwortete Evan, sah mich prüfend an und fragte: »Wie gefällt es dir hier?«

»Es ist wunderschön«, hauchte ich. Er stand hinter mir, die Arme um meine Taille geschlungen, und beugte sich herab, um mich auf die Schulter zu küssen.

Dann führte er mich zum Tisch und zog einen Stuhl für mich hervor. Obwohl ich inzwischen wusste, dass diese Ritterlichkeit ein Teil von ihm war, fühlte sie sich immer noch seltsam an, und ich lächelte nervös, als er sich mir gegenüber niederließ. Vor uns stand eine große Schüssel mit buntem Salat.

»Ist es dir unangenehm?«, fragte er, als er meine Unruhe bemerkte.

»Nein«, antwortete ich zögernd. »Ich versuche nur zu verdauen, dass du auf so eine Idee gekommen bist.«

»Danke«, erwiderte er sarkastisch. »Das hast du wohl nicht für möglich gehalten, was?«

»Nein, daran liegt es nicht«, protestierte ich. »Es ist *dein* Geburtstag, deshalb fühlt es sich irgendwie nicht richtig an.«

»Das ist genau das, was ich mir für meinen Geburtstag gewünscht habe. Also entspann dich, okay?«

Ich nickte und beschwor in mir den Appetit herauf, den ich brauchte, um die Beeren und Blätter vor mir angemessen zu würdigen.

»Wir gehen doch zusammen zum Abschlussball, ja?«, vergewisserte er sich. »Ich weiß, ich hab dich nicht offiziell gefragt – genaugenommen hat das, glaube ich, meine Mutter erledigt.«

Ich lachte. »Ja, Evan, ich gehe mit dir zum Abschlussball.«

»Bitte sag mir jetzt nicht, dass du mit ihr ein Kleid kaufen gehst«, flehte er.

»In den Läden, in denen deine Mutter einkauft, könnte ich mir sowieso nichts leisten.«

»Oh, ich bin ziemlich sicher, dass sie dir das Kleid spendieren würde.« Ich riss verwundert die Augen auf, und er fügte hinzu: »Aber ich würde es einfach seltsam finden, wenn du mit meiner Mutter allein unterwegs wärst. Ich weiß, sie würde dir Sachen erzählen, die mich wahnsinnig machen würden.«

»Ehrlich?«, neckte ich ihn. »Vielleicht sollte ich tatsächlich mit ihr nach New York fahren.« Evan schüttelte den Kopf, und ich lachte bei der Vorstellung, mich mit seiner Mutter anzufreunden.

Als ich den anfänglichen Schock über die romantische Kulisse verdaut hatte und merkte, dass ja nur Evan und ich hier saßen, fühlte ich mich wieder so wohl wie immer in seiner Nähe. Wir unterhielten uns angeregt und lachten viel. Es war perfekt, ich vergaß fast, dass wir in der Scheune saßen. Das flackernde Licht ließ Regale und Sportgeräte im Schatten verschwinden, Kerzen und Musik sorgten für eine wohlig entspannte Atmosphäre, und ich verlor mich im sanften Glanz von Evans Augen. Aber als er statt des Nachtischs, den ich erwartet hatte, eine kleine blaue Schachtel vor mich stellte, kam die Angst sofort zurück.

Ich war sprachlos und konnte kaum atmen. Von der anderen Seite des Tischs her sah er lächelnd zu, wie ich nach Worten rang.

»Du brauchst nichts zu sagen«, beharrte er. »So hab *ich* es mir gewünscht.«

Ich starrte ihn an, unfähig, das Päckchen zu öffnen.

»Aufmachen musst du es aber schon«, drängte er. Nervös wanderte mein Blick zwischen ihm und der Schachtel hin und her. »Bitte mach es auf, sonst bringt mich die Spannung noch um.«

Ich holte tief Luft und hob den Deckel an. Mit großen Augen sah ich zu Evan empor, noch immer unfähig zu sprechen.

»Ich dachte, du solltest selbst eine haben, passend zum Pulli«, erklärte er. »Sie gefällt dir doch, oder?«

»Ja«, hauchte ich und war zu überwältigt, um den glitzernden Stein in der Schachtel auch nur zu berühren. Evan stellte sich hinter mich, löste die Kette behutsam von ihrer Samtunterlage und legte sie mir um den Hals. Ehrfürchtig berührte ich den Stein mit den Fingerspitzen und spürte ihn auf meiner Haut.

Dann stand ich auf. »Danke«, sagte ich zu Evan, schlang die Arme um ihn und stellte mich auf die Zehenspitzen, um ihn zu küssen. Sanft streiften meine Lippen seinen Mund und verharrten dort einen Moment, ehe sie sich langsam wieder lösten.

Evan drückte mich an sich, die Musik umhüllte uns, und auf einmal merkten wir, dass wir uns zu der einschmeichelnden, verführerischen Stimme der Sängerin langsam bewegten.

»Tanzen wir?«, fragte ich leise.

»Ich glaube, ja«, bestätigte Evan mit einem leichten Nicken. »Ist das schlecht?«

»Nein, ich hab so was nur noch nie gemacht«, gestand ich. Aber dann legte ich den Kopf unter sein Kinn und ließ mich von ihm führen.

Die zarten Rhythmen und Melodien waren hypnotisierend, sie verstärkten den Zauber der flackernden Lichter und der Wärme seines Körpers. Ich sah in Evans Gesicht, und er blickte mit einem sanften Lächeln zu mir herab. Ein Schwindel ergriff mich, ich fühlte mich ganz leicht, ihm vollkommen nah.

»Ich liebe dich«, flüsterte ich, und die Worte kamen mir mühelos über die Lippen.

Evan zog mich an sich und küsste mich auf den Mund. Bald wurde der zarte Kuss fordernder und schickte ein elektrisches Pulsieren durch meinen Körper. Seine Lippen bewegten sich über meinen Hals, seine Hände glitten unter den Pullover und über meinen Rücken. Heftig atmend streichelte ich seinen festen Brustkorb, bis er sein Shirt über den Kopf zog und wir uns gerade lange genug voneinander trennten, dass er es auf den Boden fallen lassen konnte.

Wir bewegten uns – noch immer leidenschaftlich umschlungen – auf das Zimmer über der Garage zu. Ich zog meinen Pulli über den Kopf und ließ ihn ebenfalls auf den Boden fallen. Evan hielt inne.

»Bist du sicher?«, fragte er schwer atmend und suchte in meinem Gesicht nach Anzeichen des Zweifels.

»Ja«, antwortete ich mit einem flüsternden Seufzen und zog ihn wieder an mich. Begierig nahm er mich in Empfang, aber als ich meine Schuhe wegkickte und meine Hose aufknöpfte, hielt er meine Hände fest.

»Wir müssen es nicht tun.«

»Evan, ich liebe dich. Ich will es. Aber wenn du nicht …« Schnell zog ich den Reißverschluss wieder hoch, und wieder fing er meine Hände ab. So standen wir eine Sekunde regungslos da und starrten einander an. Dann öffnete Evan den Reißverschluss behutsam wieder und zog meine Hose über die Hüften herunter. Ich trat aus ihr heraus und folgte ihm ins Zimmer. Kurz drückte er mich an seine warme, glatte Haut, dann legte er mich vorsichtig auf die Decke, und sein Mund arbeitete sich langsam von meiner

Schulter zu meinem Bauch hinunter. Leider musste er noch einmal aufstehen, um seine Schuhe und seine Hose abzustreifen.

Ich schlang mein Bein um seinen Oberschenkel, als er sich wieder über mich beugte. Mein Mund fand seinen Hals, und meine Lippen wanderten langsam über seine Schulter. Vor Erregung schwer atmend, erforschten seine Finger meinen Bauch, und wieder sprühten tausend Funken durch meinen Körper.

Aber dann erstarrte er plötzlich – Licht strömte durchs Fenster, ich riss die Augen auf und hielt die Luft an.

»O nein!«, rief Evan und sprang auf. Blitzschnell packte er seine Hose und fuhr hinein, ich stützte mich auf die Ellbogen und sah ihm schockiert zu, wie er hastig wieder in seine Schuhe schlüpfte.

»Bleib hier«, wies er mich an, dann war er auch schon zur Tür hinaus und zog sie hinter sich ins Schloss.

»Evan, bist du da oben?«, hörte ich eine Männerstimme. *Das musste ein Witz sein!* Dann kamen laute Schritte die Treppe herauf.

»Oh«, rief die Stimme. »Stören wir etwa?«

Helles Licht strömte unter der geschlossenen Tür hindurch. Panik durchflutete mich. Jemand war nebenan! Da waren meine Klamotten! Wieder hörte ich Schritte und Stimmen, stand leise auf und schlich auf Zehenspitzen zum Wandschrank, um nachzusehen, ob ich dort etwas zum Anziehen finden konnte.

»Nein«, antwortete Evan beklommen. »Äh, ich wollte gerade aufräumen.«

»Du hattest einen schönen Geburtstag, was?«, fragte die Stimme lachend.

»Jared, was machst du hier?«, fragte Evan schließlich.

»Ich wollte dich mit ein paar von den Jungs zu deinem Geburtstag überraschen. Herzlichen Glückwunsch!«

»Danke«, erwiderte Evan. Offenbar bemerkte Jared die Anspannung in seiner Stimme nicht.

»Lass uns Musik anmachen und ein bisschen Pool spielen oder

so«, schlug Jared vor. »Und uns irgendwas Schönes zu trinken von der Bar holen.«

»Klingt gut«, pflichtete ihm eine andere Stimme bei. »Was sollen denn die ganzen Kerzen?«

»Die sind von vorhin«, erklärte Evan abwehrend.

Im Dämmerlicht fand ich eine Jogginghose und ein Sweatshirt. Ich schlüpfte hinein und schlug den Bund um. Die Sachen hingen schlaff an mir herunter, aber es war besser als nichts.

»Ich bring die Teller schnell zurück ins Haus«, sagte Evan zu den anderen. »Bin gleich wieder da.«

Dann dröhnten das Gebrüll einer Punkband und das Klicken der Poolbälle aus dem Nebenzimmer.

Ich saß auf dem Bett und hatte keine Ahnung, was ich tun sollte. Ich wusste, dass ich nicht aus der Tür gehen konnte, solange diese Jungs nebenan waren.

»Emma?«, flüsterte Evan. Ich fuhr zusammen, als seine Stimme vom Boden zu mir heraufdrang. Dann beugte ich mich über die Bettkante und sah Evan aus einer offenen Falltür zu mir heraufblicken. Er stand auf einer Klappleiter, die hinunter in die Garage führte.

»Du kannst hier runterklettern, die merken nichts«, erklärte er.

Barfuß stieg ich die Leiter hinunter, Evan wartete unten auf mich. Ehe er die Leiter hochklappte, befestigte er das Bodenbrett wieder an Ort und Stelle. Dann packte er wortlos meine Hand. Ich folgte ihm durch die Tür hinaus in die mondhelle Nacht.

»Es tut mir so leid«, sagte Evan, während wir durch das feuchte Gras hinter dem Haus gingen. »Ich hatte keine Ahnung, dass er kommt.«

»Schon okay.«

»Ich hab deine Sachen im Wandschrank versteckt, bevor sie hochgekommen sind. Du bekommst sie zurück, versprochen.«

»Ich werde diesen Pulli nie wiedersehen, oder?«

»Na ja, vielleicht wenn er nicht mehr nach dir riecht«, antwortete er und nahm mich in den Arm. »Wir werden andere Momente miteinander haben, das schwöre ich dir. Ich gehe nirgendwohin … jedenfalls nicht ohne dich.«

»Ich weiß.«

»Hübsches Outfit«, bemerkte Sara grinsend, als ich in ihr Zimmer trat. »Du hast viel zu erzählen, das sieht man dir an.«

»Wie war dein Date mit Tony?«, fragte ich in dem Versuch, das unvermeidliche Gespräch hinauszuzögern.

»Ich hab's hinter mir«, antwortete Sara mit einem leichten Achselzucken. »Ist das ein Diamant an deinem Hals? Em, jetzt fang endlich an zu reden.«

Die intimeren Szenen sparte ich aus – sehr zu Saras Enttäuschung. Als ich mit meinem Bericht am Ende war, brach sie in lautes Gelächter aus. Zögernd stimmte ich ein.

»Ich kann nicht glauben, dass du um ein Haar bei deinem ersten Mal erwischt worden wärst!« rief sie und prustete sofort wieder los.

»Ach, sei still, Sara«, rief ich, ebenfalls lachend, und warf ihr ein Kissen an den Kopf. »Es war ja nicht mein erstes Mal. Es ist überhaupt nichts passiert.«

»Du hast echt ein unglaubliches Pech!«, japste sie, und die Lachtränen liefen ihr übers Gesicht.

38

zeRschLagen

du kleine Nutte«, zischte Carol hinter mir, als ich den Küchenboden fegte. Ich fuhr erschrocken herum.

»Was musstest du tun, um das zu kriegen?«, fragte sie und grabschte nach meiner Kette. Ich wich zurück und entzog mich energisch ihrem Griff. Schockiert riss sie die Augen auf.

»Du kannst doch unmöglich denken, dass ihm etwas an dir liegt«, höhnte sie. »Er hat das Ding vermutlich von der letzten zurückgekriegt, die er gevögelt hat.«

Auf einmal loderte ein Feuer in mir auf, und ich starrte voller Abscheu auf diese erbärmliche Frau. »Halt den Mund, Carol«, gab ich mit fester Stimme zurück und baute mich vor ihr auf.

»Was hast du da gerade gesagt?«, fragte sie, mit einer Heftigkeit, die das Haus hätte in die Luft jagen können. Ihre Hand schlug mir mit einer solchen Wucht ins Gesicht, dass der Besen krachend zu Boden fiel.

Aber ich fixierte sie sofort wieder. Das Feuer hatte jeden Muskel meines angespannten Körpers erfasst, ich hob die Faust.

»Was, du willst mich schlagen?« Sie grinste hämisch. »Nur los!«

Zum Glück schaltete sich mein Verstand wieder ein, und ich blickte entsetzt auf meine geballte Faust. So etwas wollte ich doch gar nicht tun! Entschlossen schob ich die Wut weg, ehe sie ganz von mir Besitz ergreifen konnte.

»Ich habe keine Ahnung, warum du so abscheulich bist, aber ich bin nicht wie du«, fauchte ich. »Du widerst mich an.«

Voller Verachtung starrte Carol in mein Gesicht. Mein Innerstes rebellierte, und ich bedauerte, was ich gesagt hatte. Furcht gewann die Oberhand, mein ganzer Körper begann zu zittern.

Sie packte mich am Arm, aber ich schob sie weg.

»Du verdammtes Miststück«, knurrte sie und stürzte sich mit einer Gewalt auf mich, mit der ich nicht gerechnet hatte, auf die ich im Grunde aber hätte vorbereitet sein müssen. Sie wollte mich an den Schultern gegen die Tür drücken, aber ich rutschte auf dem Besen aus, der vor meinen Füßen lag. Glas klirrte, und ein heißer Schmerz durchzuckte meinen Arm, als mein Ellbogen das Türfenster zerschlug.

Ich schrie laut auf vor Schmerz, als die scharfkantigen Scherben in mein Fleisch drangen. Blut rann zwischen meinen Fingern hindurch und tropfte auf den Boden, ich konnte ein Stöhnen nicht unterdrücken.

»Was zum Teufel ist denn hier los?«, rief George, der in diesem Moment die Terrassentreppe heraufgerannt kam. Als er mich blutüberströmt in einem Meer von Glasscherben auf dem Boden liegen sah, blieb er wie versteinert stehen. Dann wanderte sein Blick von mir zu Carol, und er starrte sie voller Entsetzen an.

»George«, jammerte sie, »es war ein Unfall. Sie ist ausgerutscht, das schwöre ich.«

»Dann steh nicht hier rum!«, brüllte er. »Hol ein Handtuch.« Carol befolgte seinen Befehl und rannte ins Badezimmer.

Vorsichtig öffnete George die Tür so weit wie möglich, da ich ja noch immer reglos davor lag. Dann quetschte er sich herein und bückte sich, um den Schaden in Augenschein zu nehmen.

»Ich muss dich ins Krankenhaus bringen«, entschied er. »Es ist noch Glas in den Wunden, und du musst wahrscheinlich genäht werden.«

Warme Tränen rannen mir übers Gesicht. George hob mich hoch, als Carol mit dem Handtuch zurückkam. Flehentlich sah sie ihren Mann an. Doch er nahm ihr das Handtuch ab, ohne sie eines Blickes zu würdigen, und wickelte es locker um meinen Arm.

»George, es tut mir so leid«, wimmerte sie.

»Darüber unterhalten wir uns, wenn ich zurückkomme«, zischte er, immer noch unfähig, sie anzusehen. Dann öffnete er die Haustür für mich, und ich folgte ihm wortlos zu seinem Truck. Auch er schwieg, als er die Beifahrertür aufmachte. Ich kletterte hinein, stöhnend, weil die Splitter sich durch die Bewegung immer tiefer in mein Fleisch bohrten.

Das Schweigen setzte sich fort, bis wir im Krankenhaus ankamen. Wir wurden sofort vorgelassen und in der Notaufnahme in ein Kabuff gebracht, das von einem Vorhang umschlossen war. Der Arzt untersuchte die Schnitte, dann betäubte er den Bereich, um das Glas zu entfernen, und überprüfte, welche Wunden genäht werden mussten.

Benommen saß ich auf dem Bett und hörte die Scherben klirrend in die Metallschüssel fallen. Ich konnte nicht aufhören zu weinen, die Tränen tropften von meinem Kinn, sosehr ich sie auch hinunterzuschlucken versuchte. Als der Arzt das offenliegende Gewebe untersuchte und darin nach weiteren Splittern stocherte, schauderte ich. Aber dann begann er die zerfetzte Haut zusammenzunähen, und ich überließ mich dem Nichts.

Zum Schluss bat der Arzt mich noch zu erklären, wie es zu dem Unfall gekommen war. George wurde nervös. In den letzten Monaten hatte ich besser zu lügen gelernt, und so kam mir die Geschichte, in der ich rückwärts auf dem nassen Boden ausgerutscht war, problemlos über die Lippen. Es war mir auch gleichgültig, ob der Arzt mir glaubte oder nicht, aber allem Anschein nach zweifelte er nicht an meiner Geschichte. Nach einigen Stunden im Krankenhaus befanden wir uns dann schließlich wieder auf dem Heimweg.

»Ich werde mich darum kümmern«, versprach George auf der

Rückfahrt. »Geh einfach in dein Zimmer und lass mich machen, okay?«

»Okay«, flüsterte ich.

»Es muss doch möglich sein, dass ihr beiden unter einem Dach leben könnt«, murmelte er vor sich hin.

An seinem Ton merkte ich, dass er immer noch glaubte, ich hätte genauso viel mit unseren Auseinandersetzungen zu tun wie Carol, wenn nicht sogar mehr. Ich biss die Zähne zusammen. Mir wurde klar, dass er immer auf ihrer Seite sein würde – und dass sie niemals aufhören würde, mich zu quälen, solange sich daran nichts änderte.

Eigentlich hatte ich erwartet, dass Carols Auto nicht da sein würde, wenn wir heimkamen. Vielleicht hatte ich insgeheim auch gehofft, sie wäre weg. Aber ihr blauer Jeep stand wie immer in der Auffahrt. Wir hielten dahinter, ich schlüpfte vorsichtig mit meinem verbundenen Arm aus dem Auto und ging langsam zurück ins Haus.

Carol hatte das Glas aufgefegt und ein Stück klare Plastikfolie über die kaputte Stelle geklebt. Sie selbst war nirgends zu sehen, als ich in mein Zimmer ging und die Tür hinter mir schloss. Mein Arm war noch größtenteils taub, fing aber bereits an zu pochen. Ich lag auf dem Bett und starrte an die Decke, zu erschöpft, um mich der Wut oder der Traurigkeit hinzugeben. Stattdessen überließ ich mich meinen trägen Gedanken und hüllte mich in die Dumpfheit wie in eine vertraute warme Decke.

Von oben hörte ich erregte Stimmen und das Weinen von Leyla und Jack, aber ich schloss die Augen und blendete es aus. Kurz dachte ich, dazwischen auch Carols schluchzende, flehende Stimme auszumachen. Dann war es still, George kam die Treppe herunter und ging in die Küche. Irgendwann schlief ich vor Erschöpfung ein.

Ich wachte erst auf, als es wieder hell war, blinzelte und

merkte, dass ich immer noch angezogen auf der Decke lag. Ich warf einen Blick zur Uhr – in zehn Minuten würde mein Wecker klingeln.

Ich setzte mich auf, und ein ekelhafter Schmerz schoss durch meinen Arm. Heftig atmend fuhr ich in die Höhe. Der Arzt hatte mir gesagt, die Nähte dürften die ersten vierundzwanzig Stunden nicht nass werden. Ich hatte keine Ahnung, wie ich duschen sollte, und ließ mich mit einem frustrierten Seufzer aufs Bett zurücksinken. Dann dachte ich daran, dass ich Sara und Evan gegenübertreten musste, und stöhnte erneut auf. Konnte ich heute nicht irgendwie der Schule fernbleiben?

Da es mir unmöglich erschien, einarmig zu duschen, wusch ich mich notdürftig mit dem Schwamm ab und band mir die Haare hoch, damit nicht jedem gleich ins Auge fiel, dass ich sie nicht gewaschen hatte. Als ich aus dem Bad kam, war es im Haus geradezu unheimlich still. Lauschend blieb ich auf dem Flur stehen, aber außer dem Brummen des Kühlschranks war kein Laut zu hören.

Schließlich ging ich vorsichtig und mit gespitzten Ohren in die Küche. Nichts rührte sich, weder hier noch im Esszimmer. Auf der Küheninsel lag eine kleine Papiertüte mit einem Zettel, daneben ein Schlüssel.

Das ist die Salbe, die Du zweimal pro Tag auf die Schnitte auftragen sollst. Carol ist für ein paar Tage bei ihrer Mutter. Sie braucht ein bisschen Freiraum. Alles wird anders. Benutz den Schlüssel zum Abschließen, wenn du gehst.

Ich las den Zettel ein paarmal und schüttelte den Kopf. Glaubte er wirklich, dass alles anders werden würde? Meine Augen füllten sich mit Tränen, die sich einen Weg über meine Wangen bahnten, aber ich wischte sie weg und schluckte den Kloß in meinem Hals hinunter.

Das Verbandszeug und die Salbe legte ich auf meinen Schreibtisch, dann sammelte ich meine Bücher zusammen und verließ das Haus, um Evan zu treffen. Ich horchte auf das Klicken des Riegels, als ich die Küchentür abschloss – ein Geräusch, das ich noch nie ausgelöst hatte. Immer noch mit den Tränen kämpfend, stapfte ich die Treppe hinunter.

»Ist sie hier?«, fragte Evan leise, nachdem ich die Autotür zugeschlagen hatte. Es hätte mich nicht wundern sollen, dass er die Situation sofort erfasste. Sosehr ich auch gehofft hatte, mein langärmeliges Shirt würde den Verband verdecken, zeigte es doch eine deutliche Ausbuchtung. Vermutlich diente ihm auch meine zusammengesackte Körperhaltung als Hinweis.

»Nein«, flüsterte ich und schaute aus dem Fenster. »Sie ist ein paar Tage bei ihrer Mutter.«

»Du kannst hier nicht mehr bleiben.«

Ich weiß, formte ich mit den Lippen, unfähig, einen Laut von mir zu geben. Meine Augen brannten, ich versuchte noch immer, die Tränen wegzublinzeln, und konnte Evan nicht anschauen. Mein Kopf blieb leer, ich wollte nicht daran denken, was seine Worte bedeuteten. Den ganzen Schulweg sprachen wir kein weiteres Wort.

Als wir auf dem Parkplatz hielten, stellte Evan den Motor aus und wandte sich mir zu.

»Emma?« Er bedeutete mir mit einer Handbewegung, dass ich mich ihm zuwenden sollte. »Bist du okay?« Ich schüttelte den Kopf.

Seine Hand strich über meine Wange, und plötzlich brach ich in seinen Armen zusammen und begann hemmungslos zu schluchzen. Er hielt mich fest, bis ich nicht mehr weinen konnte, mir über die Augen wischte und ihn ansah. Als ich den Schmerz in seinem Gesicht wahrnahm, zerriss es mir fast das Herz. Er küsste mich sanft und hielt die Augen geschlossen, als ich mich zurückzog.

»Möchtest du jetzt sofort abhauen?«, fragte er, als er mich wieder anschauen konnte.

»Jetzt?«, stieß ich hervor.

»Warum denn nicht? Worauf wartest du noch?«

Plötzlich lag mir der Gedanke an eine Flucht wie ein Stein im Magen. Bilder schossen mir durch den Kopf – wie ich meine Tasche packte, wie ich mit ihm weglief –, Bilder, die mir den Hals zuschnürten und einen Adrenalinstoß nach dem anderen durch meine Adern jagten. Es war zu viel, ich konnte das nicht alles verarbeiten.

»Morgen«, erwiderte ich beschwörend, ich brauchte Zeit, um meine Gedanken zu sortieren. »Sie ist heute Abend nicht zu Hause. Lass mir die Nacht zum Packen, und morgen können wir aufbrechen, wann immer du willst.«

Evan sah mir ins Gesicht, in meine flehenden Augen.

»Bei dir wird morgen früh niemand zu Hause sein, ja?«, vergewisserte er sich.

»Ja.«

»Dann pack bis morgen früh alles zusammen, was du brauchst, damit wir gleich loskönnen, wenn ich dich abhole.«

Mein Herz setzte einen Schlag aus, aber ich nickte. Würde ich das wirklich fertigbringen? Würde ich tatsächlich alles hinter mir lassen und meine ganze Zukunft aufs Spiel setzen können, um dieser Frau zu entgehen? Nach allem, was ich durchgemacht hatte, sollte ich dieser Frau gestatten, dass sie mich zerstörte – es erschien mir nicht richtig. Ich brauchte diese vierundzwanzig Stunden, um zu entscheiden, was ich tun wollte.

Evan und ich hatten unsere Morgenstunde verpasst und mussten uns im Büro das Formular für Zuspätkommer geben lassen, ehe wir zum Kunstkurs gehen konnten. Stumm liefen wir nebeneinanderher durch die Korridore. Evan wich nicht von meiner Seite, hielt meine Hand oder schlang den Arm um mich, und ich ließ mich neben ihm hertreiben. Seine Kraft hielt mich in Bewegung, doch gleichzeitig zerriss sie mich auch innerlich.

»*Was* habt ihr vor?«, fragte Sara aufgeregt, als Evan und ich ihr von unseren Plänen berichteten. »Wie soll das funktionieren? Wie lange wollt ihr wegbleiben?«

Ich konnte sie nur stumm anstarren, ich hatte keine Antworten. Sie formulierte ja dieselben Fragen, die auch mir durch den Kopf gingen.

»Ich habe einen Plan«, war alles, was Evan bereit war zu sagen. »Ich erzähl dir später mehr, versprochen.«

Sara schüttelte den Kopf und staunte nur, dass es tatsächlich so weit gekommen war. Was sie tat und sagte, spiegelte genau meine Gedanken wider.

Doch ehe wir weitersprechen konnten, wurde ich über die Lautsprecherdurchsage aufgefordert, ins Büro des stellvertretenden Direktors zu kommen. Sara und Evan verstummten, mehrere Köpfe drehten sich zu mir um. Als ich aufstand, fühlte sich mein Magen an, als wäre dort ein Feuer ausgebrochen. Evan stand ebenfalls auf und wollte mich begleiten.

»Schon gut«, beruhigte ich ihn. »Wir sehen uns dann in Journalistik.«

Meine Füße fühlten sich bleischwer an, als ich mich widerwillig den Korridor entlang zum Büro des stellvertretenden Direktors schleppte. Mr Montgomery wartete bereits vor seiner Tür auf mich. Zögernd betrat ich den Raum und blickte nervös in die Gesichter, die am Konferenztisch saßen.

»Emily«, begrüßte Mr Montgomery mich freundlich, »bitte setz dich doch.«

Ich ging zu dem Stuhl am Ende des Tischs und blickte noch immer unruhig von einem zum anderen. Warum waren sie alle hier? Im Grunde wusste ich es genau. Ich kämpfte gegen den Kloß in meinem Hals und sammelte mich – ich würde mich von ihrem

Verrat nicht unterkriegen lassen. Mein Rücken wurde starr und wappnete sich für das, was mir bevorstand.

»Wir sind alle hier, weil wir uns Sorgen um dich machen«, dröhnte Mr Montgomerys Stimme über den Tisch, so steif und diplomatisch, dass ich nicht einmal eine Spur von Mitgefühl darin erkennen konnte. »Wir möchten, dass du uns erklärst, woher deine Verletzungen kommen. Tut dir jemand etwas an?«

»Nein«, antwortete ich kopfschüttelnd. Alle meine Abwehrmechanismen wurden aktiviert.

»Emma«, meldete Coach Straw sich zu Wort, wärmer als der Vizedirektor, aber dennoch mit einem vorwurfsvollen Unterton. »Wir wissen, dass du nicht zu Unfällen neigst, so gern du uns das auch glauben machen möchtest. Wir wollen nur wissen, was los ist.«

»Nichts«, fauchte ich.

»Wir sind nicht hier, um dir dein Leben schwerer zu machen«, erklärte Ms Mier mit ihrer melodischen Stimme, aus der das Mitgefühl nur so strömte. »Wir sind hier, weil du uns am Herzen liegst und wir dir helfen möchten.«

Als ich in ihre sanften braunen Augen sah, kam der Kloß in meinem Hals zurück. Wie konnte sie mir das antun? Ich schluckte schwer.

»Mich muss niemand beschützen, das schwöre ich«, entgegnete ich, aber meine Stimme brach und strafte mich Lügen.

»Tut Evan Mathews dir das an?«, wollte Mr Montgomery wissen. Ich riss die Augen auf, entsetzt über diesen absurden Verdacht. Ms Mier warf ihm einen ähnlich fassungslosen Blick zu.

»Evan würde mir nie weh tun«, knurrte ich, voller Wut über seine Anschuldigung. Mein scharfer Ton erschreckte die Runde offensichtlich.

»Das weiß ich«, beschwichtigte Ms Mier. »Aber irgendjemand tut es. Bitte sag es uns.«

»Ich kann nicht.« Inzwischen erstickte ich fast an dem Kloß in meinem Hals und musste ständig blinzeln, um die Tränen, die sich in meinen Augen sammelten, notdürftig zurückzuhalten.

»Emma, ich weiß, dass das schwer ist«, warf Ms Farkis, die Schulpsychologin ein. »Aber wir versprechen dir, dass niemand dir etwas antun wird, wenn du es uns sagst. Dafür sorgen wir.«

»Wie wollen Sie das denn versprechen?«, flüsterte ich. Schweigend starrten sie mich an und warteten. Ich ballte die Fäuste, ich wollte nur weg. »Ich kann das nicht.«

Mit einem Satz sprang ich auf und rannte zur Tür. Hinter mir hörte ich Stühle scharren, vermutlich wollten ein paar der Anwesenden mir folgen.

»Lassen Sie sie gehen«, hörte ich Ms Farkis' Stimme.

Die Augen voller Tränen rannte ich den Korridor hinunter. Als ich mich dem Journalistik-Raum näherte, wischte ich mir über das Gesicht und versuchte, gleichmäßig zu atmen. Es war mir gleich, wer von ihnen mich als Erster bemerken würde. Da Sara bereits an der Tür stand, fiel mir die Wahl leicht. Sie entschuldigte sich, um zur Toilette zu gehen, und traf mich auf dem Flur.

»Wir müssen weg«, platzte ich sofort heraus und wollte zu unseren Spinden laufen.

»Was ist denn passiert, Emma?«

»Die versuchen rauszukriegen, was mit mir los ist, aber ich hab es ihnen nicht verraten. Sara, ich muss hier weg.«

»Wohin willst du denn?«

»Zurück nach Hause, damit ich packen kann. Hinterher ist es mir egal.«

»Soll ich Evan holen?«

»Nein, noch nicht. Erst wenn wir wissen, wo wir uns treffen können. Die hatten doch echt den Nerv, mich zu fragen, ob er mir weh tut.«

»Was?! Sind die wirklich so dumm?«, rief sie fassungslos.

Wir nahmen unsere Taschen, aber ich machte mir nicht die

Mühe, meine Bücher einzupacken, schließlich hatte ich keine Ahnung, ob ich sie jemals wieder brauchen würde. Wir sausten die Seitentreppe hinunter, den Haupteingang mieden wir lieber. Sara rannte voraus, um ihr Auto zu holen, und ich wartete an die Hauswand gedrückt auf sie. Mein Puls raste, ich zitterte am ganzen Körper, während ich angestrengt Ausschau nach ihr hielt.

Als sie um die Ecke bog, rannte ich sofort zu ihr, ließ mich auf den Sitz sinken und versuchte mich zu entspannen, jetzt, da wir endlich wegfuhren. Aber ich konnte es nicht. Es fühlte sich falsch an, und es passierte viel zu schnell. Mein Hirn konnte keinen Sinn darin erkennen, ich war überwältigt von Angst. Tat ich das Richtige? Oder war alles nur eine Überreaktion?

Sara schwieg den ganzen Weg bis zu meinem Haus, und ich war so in meine Gedanken und Zweifel versunken, dass ich nicht einmal mitbekam, wie wir in unsere Straße einbogen. In Saras Tasche summte etwas, und sie sah auf ihr Handy.

»Hi«, antwortete sie und warf mir einen Blick zu. »Ja, wir sind unterwegs zu ihr, um ihre Sachen zu holen.«

Dann hörte sie eine Weile mit konzentriert zusammengepressten Lippen zu.

»Evan, ich weiß wirklich nicht, ob das eine gute Idee ist.« Dann lauschte sie wieder. »Okay, dann sehen wir dich da in einer Stunde.«

»Was hat er gesagt?«, fragte ich, als sie das Gespräch beendet hatte.

»Wir treffen uns in einer Stunde bei ihm zu Hause. Em, ich bin mir echt nicht sicher, ob Weglaufen eine Lösung ist. Ich glaube immer noch, dass es einen anderen Ausweg gibt.«

»Ich weiß«, räumte ich demütig ein. »Aber wir sollten uns wenigstens anhören, was er zu sagen hat.«

»Soll ich mit dir kommen?«, fragte Sara mit einem Blick auf das leere Haus.

»Nein, ich brauche nicht lange.«

»Emily?«, erklang Georges laute Stimme, kurz nachdem ich das Klicken der Hintertür gehört hatte.

Ich fuhr fort, meine Sachen in meine Sporttaschen zu werfen und ignorierte ihn auch, als er in mein Zimmer kam. Verwirrt betrachtete er die Taschen auf meinem Bett.

»Was machst du denn da?! Ich habe einen Anruf von der Schule bekommen. Sie haben gesagt, dass du aufgebracht weggelaufen bist, und uns um ein Gespräch gebeten. Was hast du denen erzählt?«

»Keine Sorge, George.« Ich wandte mich zu ihm um. »Ich habe ihnen nichts verraten.« Meine Stimme wurde immer lauter. »Aber ich kann hier nicht bleiben, ich kann so nicht mehr leben! Ich kann nicht mehr mit *ihr* leben!«

Er zuckte zusammen. Mein fremder, wütender Ton war für ihn ebenso schwer zu ertragen, wie er für mich hervorzubringen war.

»Du gehst hier nicht weg«, stieß er zwischen zusammengebissenen Zähnen streng hervor. »Hör zu, wir werden diese Sache klären, aber du verlässt dieses Haus nicht. Hast du mich verstanden?«

Die unterschwellige Drohung in seiner Stimme ließ mich zurückschrecken. Konnte ich einfach an ihm vorbeigehen? Würde er es zulassen? Sollte ich aus dem Fenster klettern, wenn er mich allein ließ?

Dann sah ich, wie seine Haltung sich entspannte und Traurigkeit in seinem Gesicht zu erkennen war. Schweigend nahm ich die Veränderung zur Kenntnis.

»Ich verstehe, dass du durcheinander bist, und ich verspreche dir, wir werden eine Möglichkeit finden, die für alle Beteiligten akzeptabel ist. Keiner von uns kann so weitermachen. Aber jetzt wegzugehen hilft niemandem. Carol übernachtet heute bei ihrer Mutter.

Wir gehen morgen zusammen zur Schule und klären alles. Niemand muss dadurch verletzt werden. Aber bitte bleib bis morgen –

wenn du nach dem Treffen immer noch gehen möchtest, dann arrangieren wir das. Okay?«

Meine Gedanken rasten. Meinte er es ehrlich? Würde er mich morgen wirklich gehen lassen? Würde es mir erspart bleiben, mit Evan irgendwohin flüchten zu müssen, konnte ich hier bleiben? Nur eine weitere Nacht.

»Okay«, flüsterte ich schließlich.

»Dann sag Sara, dass ihr euch morgen seht.«

Tief in Gedanken versunken ging ich zu Saras Auto. Hatte ich die richtige Entscheidung getroffen? Mein Instinkt flehte mich an, von hier zu verschwinden.

»Ich bleibe«, sagte ich leise zu Sara.

»Wie meinst du das?«, fragte Sara panisch.

»Carol ist heute Nacht nicht hier. Morgen früh gehen wir in die Schule, um alles zu klären, und George hat gesagt, dass ich gehen kann, wenn ich es nach dem Treffen immer noch möchte.«

»Und du glaubst ihm?«, fragte sie, nach wie vor beklommen.

»Ich muss«, flüsterte ich, und meine Augen füllten sich mit Tränen. »Er bietet mir einen Ausweg, bei dem niemand verletzt wird und ich nicht weglaufen muss.«

Sara stieg aus und nahm mich in die Arme. Als wir uns wieder voneinander lösten, waren unsere Gesichter tränennass.

»Dann sehen wir uns morgen, okay?« Meine Stimme war heiser.

»Okay«, flüsterte sie und schniefte leise. »Was soll ich Evan sagen? Er wird nicht erfreut sein, wenn ich ohne dich auftauche. Wahrscheinlich wird er herkommen und dich holen wollen.«

»Sara, das geht nicht«, beschwor ich sie. »Überzeug ihn, dass alles gut wird und dass wir uns morgen sehen. Kannst du das bitte für mich tun?«

»Ich werde es versuchen.«

»Bring ihn dazu, dir zuzuhören. Ich verspreche dir, dass alles gut wird.«

39

atMe

Ich versuchte mich zu bewegen, stieß aber auf Widerstand. Verwirrt zog ich an meinen Armen – sie weigerten sich, meinem Befehl zu folgen. Ich atmete schneller, durch die Nase, denn ich konnte den Mund nicht öffnen. Fieberhaft versuchte ich, mich in der Dunkelheit zu orientieren. Wo war ich?

Dann sah ich gar nichts mehr. Etwas lag auf meinem Gesicht. Mein Herz raste, als wollte es in meiner Brust zerspringen. Ich zerrte noch stärker an den Armen, aber sie waren straff über meinen Kopf gezogen. Mit einem metallischen Klirren schnitten die Fesseln in meine Handgelenke.

»Ich werde meine Familie nicht deinetwegen verlieren«, zischte sie.

Panik überwältigte mich, ich begann mich zu winden und schrie, so laut ich konnte mit meinem abgedeckten Mund. Das Kissen presste sich auf mein Gesicht, und ich warf wild den Kopf hin und her, um es abzuschütteln. Aber es verrutschte nicht weit genug, ich bekam trotzdem keine Luft.

Verzweifelt versuchte ich mich zu drehen, um mich von dem Druck auf meiner Brust – *von ihr!* – zu befreien. Aber da packten ihre kalten Hände meinen Hals. Ich schrie lauter, doch das Klebeband dämpfte meine Schreie. So verzweifelt ich mit meinem Körper auch vor- und zurückruckte – die Fesseln an meinen Handgelenken und das Gewicht auf meiner Brust hielten mich fest. Ich konnte dem Würgegriff nicht entkommen.

Das durfte einfach nicht wahr sein. *Bitte, bitte, irgendjemand muss mich doch hören!*

Ich zerrte an den Fesseln, die Kanten schürften meine Haut ab, aber ich versuchte es weiter, mit aller Kraft, ich musste mich befreien. Der Griff um meinen Hals verstärkte sich, ich konnte kaum noch atmen. Ich wollte husten, aber es ging nicht.

Mit den Füßen stemmte ich mich gegen das Bett und wölbte den Rücken durch. Unser Gewicht riss an meinen Schultern, und plötzlich hörte ich, wie etwas mit einem leisen Knall nachgab. Dann schoss ein stechender Schmerz durch meine Schulter.

Eine ihrer Hände lockerte sich. Keuchend sog ich Luft ein, die Anstrengung verbrannte mir fast die Kehle. Doch im gleichen Augenblick sauste etwas Hartes auf mein Sprunggelenk nieder, mit einer Wucht, dass die Knochen splitterten. Ich schrie auf und sackte hilflos in mich zusammen, kaum noch fähig zu atmen. Immer schneller wirbelte die Dunkelheit, qualvolle Schmerzen überschwemmten mich, und ich kämpfte gegen den Sog, der mich in die Tiefe zu ziehen drohte.

Die eiskalten Krallen kehrten zurück, ich würgte und rang nach Luft. Aber es gab keine.

Jemand musste mich doch hören! Mit letzter Kraft schwang ich mein linkes Bein und schlug es gegen die Wand. Adrenalin und Panik dämpften den Schmerz.

Der Druck in meinem Kopf wurde stärker. Meine Lungen brannten. Immer tiefer krallten sich die Klauen in meinen Hals.

Noch einmal schlug ich gegen die Wand. *Bitte, bitte, hört mich doch!*

Ich fühlte, wie es mich in die Tiefe zog, ich konnte nicht mehr kämpfen, das Brennen war zu stark. Endlich kapitulierte ich, brach unter ihren Händen zusammen und ergab mich der Dunkelheit.

ePiLog

*i*n der ungleichen Balance meines Lebens habe ich Liebe und Verlust kennengelernt, mehr Verlust, als ich glaubte verkraften zu können. Aber die Liebe kam unerwartet. Beinahe verpasste ich sie, weil ich zu ängstlich und zu unsicher war, um ihr eine Chance zu geben.

Die Liebe half mir zu leben, statt nur zu überleben. Sie war eine Herausforderung für meine Entschlossenheit, sie bewies mir, dass ich stärker war, als ich es für möglich gehalten hätte. Ihr Trost heilte meine Wunden und strich sanft über meine Narben. Sie gab mir die Zuversicht und das Selbstvertrauen, aufrechter zu stehen, als es meine Körpergröße eigentlich zuließ. In der Dunkelheit suchte ich diese Liebe, sehnte mich nach ihrer Gnade, und erfuhr, dass ich alleine war.

Ich konnte den Schmerz meines gebrochenen Körpers nicht fühlen. Ich konnte meinen Herzschlag nicht hören, der in meiner Brust verhallte. Ich konnte den qualvollen Bitten nicht lauschen, als er mich an sich drückte. Nur Stille. Alles, was blieb war ... ich.

In der Stille lag Frieden. Ein Friede, der zu früh kam, aber ich suchte Zuflucht in seiner Erlösung. Erlösung von Schmerz, von Chaos und Angst. Trost zu finden in der ungewohnten Stille – das verlangte nach einem Opfer, das ich nicht bringen wollte. Aber ich war mir nicht sicher, ob ich genug Kraft hatte zu kämpfen.

Ich wusste, dass die Zeit schwand, ich konnte den verklingenden Puls nicht mehr ignorieren. Das Pochen versuchte Schritt zu halten, doch die Dunkelheit rückte immer näher an mich heran. Es war so leicht davonzugleiten – der Stille nachzugeben, sich im Nichtsein aufzulösen. Mich zog es hin zum Abschied, aber ich versuchte, die Erinnerungen an mein unausweichliches Opfer festzuhalten – an die Wärme, das Flattern, die Wahrheit in seinen Augen. War das Leben tatsächlich eine Alternative?

Lange hielten sich Liebe und Erlösung die Waage, doch am Ende gab die Liebe den Ausschlag. Ihretwegen kämpfte ich, und ich kämpfte, um zu ... atmen.

daNk

es fällt mir nicht leicht zu vertrauen. Aber um diese Geschichte zu veröffentlichen, musste ich darauf vertrauen, dass andere sie so sehr lieben wie ich.

Ich danke meiner Agentin Erica und dem unglaublich geduldigen Team von Trident dafür, dass sie an mich geglaubt und mich in diesem Prozess bei jedem Schritt unterstützt haben.

Danke an Tim, meinen Lektor bei Amazon Publishing, der in meinen Worten eine Stimme gefunden hat, der er zuhören wollte. Und danke an sein ganzes Team, das den Traum eines Mädchens wahr gemacht hat.

für meine allerersten Fans ...

Ein gigantisches Dankeschön schulde ich:
    meiner treuen Freundin Faith, die alle diese Worte als Erste gesehen hat und die eine Stimme der Vernunft in meinem Leben ist;
    meiner talentierten Lektorin und Freundin Elizabeth, die ein Auge fürs Detail besitzt und eine Leidenschaft für die Kunst des Schreibens;
    der Frau, die zugleich mein enthusiastischster Fan und eine wahre Freundin ist – Emily, die manchmal mehr an mich glaubt als ich selbst;

meiner zutiefst ehrlichen Freundin Amy, die mich ermutigt und unerschütterlich den ganzen Schreibprozess hindurch an mich geglaubt hat;

meiner überaus klugen Freundin Chrissy, die mich gelehrt hat, wie wichtig es ist, Dinge auf den Punkt zu bringen – und dass es nicht schlecht ist, sich zu öffnen;

meiner »Sara«, meiner Seelenschwester Steph, die immer ehrlich zu mir ist, selbst wenn ich nicht bereit bin, es zu hören;

meiner von Herzen aufrichtigen Freundin Meredith, die an mein Potential und an die Gültigkeit meiner Worte geglaubt hat;

meiner leidenschaftlichen Freundin Nicole, die über vierhundert Seiten lang in Weslyn gelebt und geatmet und jede Gefühlsregung auf dem Weg mitgemacht hat;

Amy, die immer das »große Ganze« sieht;

Erin, für ihre erfrischende Offenheit;

Galen, die zugelassen hat, dass meine Worte uns verbinden;

Stephanie, weil sie von Anfang an ein Fan war;

meiner süßen Freundin Kara, die so fest mit meinem Erfolg gerechnet hat, als wäre er bereits eingetreten;

meiner lieben Freundin Katrina für die Nächte voller Lachen und ermutigender Worte, wenn ich beides so dringend nötig hatte;

Ann, die eine kaum ausformulierte Idee in ein sensationelles erstes Buchcover verwandelt und sich als wahres Talent erwiesen hat;

Dru, die mich dazu gebracht hat, meine eigenen Türen zu öffnen;

Dan, für unsere innige Verbindung, als du diese Geschichte gelesen hast;

und Lisa, für die Beratung, die einen dauerhaften Eindruck bei mir hinterlassen hat.

Lies schon jetzt, wie spannend
es in Band 2 weitergeht!

Liebe

veRwunDet

ProlOg

Vor sechs Monaten war ich tot. Mein Herz schlug nicht mehr. Kein Atem strömte über meine Lippen. Alles war vorbei, ich war tot.

Kein leichter Gedanke, nicht zu existieren – egal, wie sehr ich mich auch all die Jahre darum bemüht habe, niemandem im Gedächtnis zu bleiben. Deshalb habe ich irgendwann beschlossen, überhaupt nicht mehr daran zu denken.

Meine Therapeutin hat mir geraten, meine Gedanken und Gefühle in diesem Tagebuch aufzuschreiben. Nachdem ich der Aufgabe monatelang mehr oder weniger geschickt aus dem Weg gegangen bin, dachte ich, ich sollte es wenigstens einmal versuchen – vielleicht könnte ich dann endlich wieder schlafen. Zwar bezweifle ich das, aber inzwischen bin ich zu fast allem bereit.

Ich erinnere mich ehrlich nicht daran, was in jener Nacht passiert ist. In meinen Albträumen erhasche ich manchmal flüchtige Eindrücke und mich durchfährt panische Angst, aber die Einzelheiten entziehen sich mir. Eigentlich will ich die Lücken in meinem Gedächtnis auch lieber gar nicht füllen.

Als ich aufwachte, lag ich in einem Krankenhausbett. Ich konnte kaum sprechen und hatte tiefrote Blutergüsse am Hals. Meine Handgelenke waren verbunden, um die von den Fesseln wunde Haut zu schützen, eine Armschlinge stabilisierte meine ausgerenkte Schulter, mein Knöchel war operiert worden und steckte in einem Gips. Ich weiß nicht genau, warum ich so zugerichtet war. Alles, was zählt, ist, dass ich wieder atme.

Die Polizei hat mir jede Menge Fragen gestellt. Die Ärzte haben mir jede Menge Fragen gestellt. Die Anwälte haben mir jede Menge Fragen gestellt. Wann immer sie ins Detail gehen wollten, habe ich sie abgewimmelt oder einfach den Raum verlassen. Auch Evan und Sara haben versprochen, mich nicht mit Einzelheiten zu quälen. Sie waren in jener Nacht nicht dabei, aber sie haben den gesamten Prozess – so kurz er auch war – im Gerichtssaal mitverfolgt.

Carol ...

Es fällt mir schwer, allein diesen Namen aufzuschreiben. Sie hat sich schuldig bekannt. Ich musste sie nicht sehen. Ich musste nicht gegen sie aussagen. Ich musste auch nicht zur Zeugenvernehmung. Sara und Evan wurden ebenfalls vorgeladen, aber nicht einmal ihre Aussage konnte ich mir anhören – obwohl meine Anwälte mich dazu aufgefordert hatten.

Und George ... soweit ich mitbekommen habe, war er auch da in jener Nacht. Er hat den Krankenwagen gerufen. Meine Anwälte haben keine Anzeige gegen ihn erstattet. Ich habe sie angefleht, es nicht zu tun. Leyla und Jack brauchen doch wenigstens ihren Vater. Und jetzt ... jetzt weiß ich nicht mal, wo sie sind. ~~Ich hoffe, sie wissen, wie sehr~~ Sorry. Ich kann das nicht. Es tut mir zu weh, an sie zu denken.

Sara und Evan sind seit jener Nacht kaum von meiner Seite gewichen. Ich habe ihnen immer wieder versichert, dass es mir gutgeht, aber sie brauchen sich nur die Ringe unter meinen Augen anzusehen, um zu wissen, dass das nicht stimmt. Ich will nicht allein sein.

Es gab ein paar Presseberichte, aber der Prozess fand unter Ausschluss der Öffentlichkeit statt, weil ich minderjährig bin. Deshalb hatten die Zeitungen nicht viel, worüber sie schreiben konnten (wobei ich glaube, Saras Vater hatte dabei seine Hände auch im Spiel).

Trotzdem verbreitete sich die Nachricht über den Mordversuch in unserer kleinen Stadt wie ein Lauffeuer. Man kann sich wahrscheinlich ungefähr vorstellen, wie es für mich war, in die Schule zurückzukehren oder überhaupt irgendwo in Weslyn gesehen zu werden. Es wurde getuschelt und mit dem Finger auf mich gezeigt; wo ich auch ging und stand, folgten mir neugierige Blicke. Auf morbide Art war ich ein Star – das Mädchen, das den Tod überlebt hatte.

Selbst die Lehrer behandeln mich anders, fast so, als warteten sie darauf, dass ich irgendwann zusammenbreche. Die kleine Gruppe, die mich an jenem Tag damals mit meiner Situation konfrontiert hat, ist besonders vorsichtig. Immerhin hat ihre Einmischung das Ganze ins Rollen gebracht. Noch vor dem Gespräch mit mir hatten sie bereits die zuständigen Behörden informiert, und als ich dann aus der Schule verschwunden bin, haben sie sofort George angerufen.

Wahrscheinlich hat Carol von diesem Anruf irgendwie Wind bekommen, vielleicht hat auch jemand sie direkt kontaktiert, um den Vorwürfen auf den Grund zu gehen. Auf jeden Fall wollte sie mich loswerden – und zwar endgültig. Aber letztlich spielt es auch gar keine Rolle, was sie dazu getrieben hat. Jetzt kann sie mir nichts mehr anhaben.

Es tut noch weh. Das bestreite ich nicht, dieses Tagebuch wird sowieso niemand je zu Gesicht bekommen. Mein Knöchel wird wahrscheinlich nie wieder derselbe sein – er bleibt eine ständige Erinnerung an das, was ich erlebt habe. Ich habe gekämpft, um möglichst schnell auf die Beine zu kommen, und stand trotz aller Befürchtungen vier Monaten später wieder auf dem Fußballplatz. Am Anfang habe ich nach jedem Training unter der Dusche geheult, weil der Schmerz nahezu unerträglich war. Jetzt nehme ich ihn kaum noch wahr.

Nichts ist mehr so wie früher. Nichts fühlt sich an wie früher.

Ich weiß nicht, wie ich das Sara und Evan erklären soll. Ich bin nicht sicher, ob sie es verstehen würden. Ehrlich gesagt weiß ich nicht mal, ob ich es selbst ganz verstehe.

Sie wollte mich töten.

Ich sage mir immer wieder, dass sie mir nichts mehr anhaben kann. Sie ist im Gefängnis, wo sie, wenn es nach mir geht, bis in alle Ewigkeit bleiben kann. Aber ich fühle mich nicht sicher. Jede Nacht, wenn ich die Augen schließe, ist sie wieder da, als hätte sie nur auf mich gewartet.

Ich muss raus aus dieser Stadt. Weg von den neugierigen Blicken. Weg von den dunklen Schatten, die mich nach wie vor heimsuchen. Weg von dem Schmerz, der mich immer dann lähmt, wenn ich es am wenigsten erwarte. In sechs Monaten kann ich alles hinter mir lassen. Dann fange ich ganz neu an, zusammen mit den beiden Menschen, die ich auf der Welt am meisten liebe.

Andererseits ist mein Leben alles andere als vorhersehbar, und in sechs Monaten kann sich einiges ändern.

1

zweIteR VerSucH

es ist nur ein Traum. Zwar nahm ich Notiz von dem Gedanken, aber ich wehrte mich weiter mit aller Kraft gegen die Hände, die mich in die dunkelsten Tiefen des Wassers hinabzuziehen drohten. Meine Angst war stärker als meine Vernunft, und ich trat um mich, so fest ich konnte. *Es ist nur ein Traum*, hallte meine Stimme erneut durch meinen Kopf, aber ich konnte nicht aufwachen.

Jeder Atemzug brannte in meiner Lunge – panisch sah ich hinunter ins trübe Wasser. Aus den Händen wurden lange, schartige Krallen, und als ich wieder zutreten wollte, grub sich eine von ihnen in meinen Knöchel. Rotes Blut quoll unter den Nägeln hervor und umwaberte mich in dunklen Schwaden. Verzweifelt versuchte ich mich loszureißen, aber die Kralle bohrte sich nur noch tiefer in mein Fleisch. Ich schrie vor Schmerz, Luftblasen stiegen um mich herum auf, doch dann, als meine Lungen sich langsam mit Wasser zu füllen begannen, drückte sich plötzlich etwas auf mein Gesicht.

Es fühlte sich nicht mehr an wie ein Traum.

Keuchend fuhr ich aus dem Bett hoch, und das Kissen fiel von meinem Gesicht. Desorientiert und schwer atmend blickte ich mich um. Sara stand neben ihrem Bett und starrte mich mit offenem Mund und weit aufgerissenen Augen an.

»Es tut mir so leid«, murmelte sie. »Ich dachte, ich hätte dich reden gehört. Ich dachte, du wärst wach.«

»Ich bin wach«, versicherte ich ihr, dann holte ich tief Luft und drängte die Panik zurück. Doch auch nachdem ich mich wieder einigermaßen erholt hatte, stand Sara immer noch wie angewurzelt da.

»Es war nicht okay, dir ein Kissen an den Kopf zu werfen. Entschuldige.« Sie machte ein zerknirschtes Gesicht.

»Ach, halb so schlimm«, winkte ich ab. »Es war nur ein Traum. Mir geht's gut.« Ich atmete noch einmal tief durch, um das Zittern zu vertreiben, dann zog ich die Decke zurück, die an meiner verschwitzten Haut klebte.

»Guten Morgen, Sara«, sagte ich so ruhig wie möglich.

»Guten Morgen, Emma«, antwortete sie, endlich aus ihrer Starre gerissen. Und dann war zum Glück alles wieder normal. »Ich geh schnell unter die Dusche, wir müssen uns beeilen. In einer Stunde brechen wir auf.« Damit griff Sara sich ihre Klamotten und verschwand in Richtung Badezimmer.

Über einen Monat lang hatte ich versucht, mich auf diesen Tag vorzubereiten, ohne Erfolg. Jedes Mal, wenn ich auch nur daran dachte, überfiel mich Panik. Und heute war es nun so weit.

Seufzend ließ ich mich aufs Bett zurückfallen und starrte zu den Dachfenstern hinauf. Durch die Schneeschicht schimmerte gedämpft die Morgensonne herein.

Ich blickte mich in dem Zimmer um, zu dem ich eigentlich keine rechte Beziehung hatte. An der Wand hing ein großer Flachbildschirm, in einer Ecke stand ein mit allen möglichen Utensilien beladener Schminktisch, an dem ich schon unzählige Male neu gestylt worden war. Am Spiegel klebten Fotos von lachenden Freunden, die Wände waren mit farbenfrohen Gemälden geschmückt. Nirgendwo eine Erinnerung an mein früheres Leben, an die Zeit, bevor ich hier wohnte. In diesem Raum hatte ich mich versteckt – vor den voreilig gezogenen Schlüssen, dem Gegaffe und Getuschel.

Warum war ich hier? Ich kannte die Antwort. Am liebsten wäre ich für immer bei den McKinleys geblieben. Nicht dass ich eine andere Wahl gehabt hätte, ich konnte nirgendwo sonst unterkommen, aber sie würden mich niemals im Stich lassen. Sie waren meine einzige Familie, und dafür würde ich ihnen ewig dankbar sein. Nein, das stimmte nicht ganz. Sie waren nicht meine einzige Familie.

Sara stand noch unter der Dusche, als das Telefon klingelte. Ich nahm meinen ganzen Mut zusammen, drückte den Hörer an mein Ohr und sagte: »Hi.«

»Oh! Du bist da«, rief meine Mutter überrascht. »Wie schön, dass ich dich endlich erwische. Wie geht es dir?«

»Ganz gut«, antwortete ich mit klopfendem Herzen. »Äh – hast du heute Abend schon was vor?«

»Nur eine kleine Feier mit ein paar Freunden«, antwortete sie und klang dabei genauso unbeholfen, wie ich mich fühlte. »Hör mal ... Ich hatte gehofft, wir könnten versuchen ... Ich meine, ich wohne jetzt ganz in der Nähe von Weslyn, also, falls du irgendwann vielleicht Lust hättest ...«

»Ja, sicher«, platzte ich heraus, ehe der Mut mich wieder verließ. »Ich werde bei dir einziehen.«

»Oh, äh, okay ...«, stammelte sie in angestrengt fröhlichem Ton. »Wirklich?«

»Klar«, antwortete ich und gab mir alle Mühe, aufrichtig zu klingen. »Bald bin ich auf einem College am anderen Ende von Amerika. Da raufen wir uns doch besser jetzt zusammen, oder nicht?«

Meine Mutter schwieg einen Moment – wahrscheinlich musste sie meine Ankündigung, bei ihr einzuziehen, erst einmal verdauen. »Äh, ja, das klingt prima. Wann wäre es dir denn recht?«

»Montag fängt die Schule wieder an, also vielleicht Sonntag?«

»Du meinst *diesen* Sonntag? In drei Tagen?« Jetzt war die Panik in ihrer Stimme nicht mehr zu überhören. Mein Herz setzte einen

Schlag aus. War sie womöglich doch noch nicht bereit, mich wieder bei sich aufzunehmen?

»Wäre das denn in Ordnung für dich? Ich brauche nichts, nur ein Bett. Eine Couch reicht auch. Aber wenn dir das zu viel ist … Sorry, vielleicht hätte ich nicht …«

»Nein … nein, das ist wunderbar«, unterbrach sie mich hastig. »Bis dahin hab ich genug Zeit, dein Zimmer herzurichten. Also … Sonntag, alles klar, abgemacht. Ich wohne in der Decatur Street. Ich schick dir eine SMS mit der genauen Adresse.«

»Okay, dann sehen wir uns am Sonntag.«

»Ja«, antwortete meine Mutter, und sie klang immer noch etwas verblüfft. »Frohes neues Jahr, Emily.«

»Dir auch«, gab ich zurück, ehe ich das Gespräch beendete. Einen Augenblick lag ich reglos da und starrte zur Decke empor. *Was hab ich getan? Was hab ich mir dabei gedacht?*

Dann schnappte ich mir meine Klamotten, ging an Sara vorbei ins Bad und bemühte mich, meine Panik in den Griff zu bekommen. Als ich geduscht und angezogen war, hatte ich mich einigermaßen mit dem Gedanken arrangiert. Es war die richtige Entscheidung.

»Ich muss euch etwas sagen«, verkündete ich und setzte mich auf den Stuhl neben Sara, während Anna, ihre Mutter, sich eine Tasse Kaffee einschenkte. »Ich habe vorhin mit meiner Mutter telefoniert, und …«

»Na endlich!«, fiel mir Sara ins Wort. »Du hast sie sechs Monate lang ignoriert.«

»Was hat sie gesagt?«, erkundigte sich Anna, ohne Saras Ausbruch zu beachten.

»Na ja … ich ziehe am Sonntag bei ihr ein.« Mit angehaltenem Atem beobachtete ich, wie meine Nachricht langsam zu ihnen durchdrang.

Sara ließ ihren Löffel mit einem leisen Klirren in ihre Müslischüssel sinken, aber sie sagte kein Wort.

»Wie bist du zu der Entscheidung gekommen?«, fragte Anna ruhig und lenkte mich von Saras stummer Missbilligung ab.

»Sie ist meine Mutter«, erklärte ich mit einem Achselzucken. »Ich gehe bald aufs College, also ist das wahrscheinlich die letzte Gelegenheit, unsere Beziehung in Ordnung zu bringen. Ich hab sie echt unfair behandelt, und sie hat trotzdem immer wieder versucht, Kontakt zu mir aufzunehmen – so haben wir die beste Chance, uns zusammenzuraufen.«

Anna nickte nachdenklich. Sara stand abrupt auf, ging zur Spüle und stellte ihre Schüssel ab, ohne mich eines Blickes zu würdigen.

»Nun, ich muss es mit Carl besprechen, da wir beide bis zu deinem achtzehnten Geburtstag die Vormundschaft für dich haben. Und ich würde mich gern mit deiner Mutter treffen, bevor wir etwas endgültig entscheiden. In Ordnung?«

Ich nickte, überrascht von Annas Antwort. Elterliche Fürsorge war ich nicht gewohnt, und ich wusste nicht, wie ich darauf reagieren sollte.

»Ich verstehe deine Beweggründe«, versicherte mir Anna mit einem sanften Lächeln. »Aber lass uns erst darüber reden.«

»Danke.« Ich lächelte schwach zurück. »Es würde mir echt viel bedeuten, meine Mutter wieder kennenzulernen.«

Wortlos stürmte Sara die Treppe hinauf in ihr Zimmer. Ich atmete tief durch, bevor ich ihr folgte.

»Okay, spuck's aus«, forderte ich sie auf, während sie für die Übernachtung alle möglichen Sachen in ihre Reisetasche stopfte.

»Ich hab dir nichts zu sagen«, entgegnete Sara. Das stimmte natürlich nicht, aber sie rückte erst nach der dreistündigen Autofahrt zum Hotel und einem ganztägigen Styling-Marathon damit heraus.

Wir waren stundenlang von Kopf bis Fuß bearbeitet worden, und als wir schließlich ins Hotel zurückkamen, war ich todmüde – dabei waren wir noch nicht mal auf der Party gewesen. Vielleicht hatte mir auch meine etwas überstürzte Entscheidung, bei meiner Mutter einzuziehen, sämtliche Energie geraubt, jedenfalls fiel es mir schwer, mich auf den bevorstehenden Abend zu freuen.

»Ich verstehe nicht, warum du gleich bei ihr einziehen musst«, schimpfte Sara aus heiterem Himmel los, während sie meinen Lidschatten auftrug. »Solltet ihr nicht vielleicht erst mal … äh … miteinander *reden*? Mir gefällt das überhaupt nicht. Sie hat dich im Stich gelassen, Em. Warum willst du zu ihr zurück?«

»Sara, bitte«, beschwor ich sie leise. »Ich muss das tun. Ich weiß, es kommt dir verrückt vor, aber es ist wichtig für mich. Du wirst mich nicht verlieren, auf gar keinen Fall. Wenn es ganz furchtbar wird, ziehe ich einfach wieder zu euch. Aber mein Gefühl sagt mir, dass ich meiner Mutter noch eine Chance geben sollte.«

Sarah seufzte theatralisch. »Ich finde es immer noch keine gute Idee, aber …« Sie schwieg einen Moment. »Du bist ein schrecklicher Sturkopf, und wenn es das ist, was du willst, dann kann ich es dir sowieso nicht ausreden. Du darfst die Augen jetzt übrigens wieder aufmachen.«

Etwas mühsam öffnete ich die Augen – die Mascara hatte meine Wimpern verklebt – und blinzelte.

Sara musterte mich einen Moment nachdenklich, schließlich meinte sie resigniert: »Also schön. Dann zieh eben bei ihr ein. Aber wenn sie sich noch einmal eine so gigantische Dummheit leistet wie damals, als sie dich bei deiner gestörten Tante untergebracht hat, kriegt sie es mit mir zu tun.«

Mir wurde warm ums Herz – ich fand es wunderbar, dass Sara so fürsorglich war. »Danke. Also … wie sehe ich aus?«

»Umwerfend, was für eine Frage«, meinte Sara und betrachtete mit einem selbstzufriedenen Lächeln ihr Werk. »Ich ziehe mich auch noch schnell um, dann treffen wir uns unten in der Lobby mit den Jungs.«

Ich nahm die Karte, die bei unserer Rückkehr schon auf uns gewartet hatte, in die Hand und fuhr mit dem Daumen über die elegante Schrift.

Liebe Emily, liebe Sara,

ich freue mich sehr, dass Ihr gut angekommen seid, und hoffe, Ihr hattet einen schönen Nachmittag zusammen. Ich kann es kaum erwarten, heute Abend mit Euch essen zu gehen. Ich habe einen Wagen bestellt, der Euch um 18.45 Uhr abholt, damit Ihr rechtzeitig um sieben im Restaurant seid.

Ich bin sicher, dass Euch unser Abendprogramm gefallen wird!

Mit besten Grüßen,

Vivian Mathews

»Hoffentlich blamiere ich sie nicht«, rief ich durch die Badezimmertür.

»Sei nicht so nervös«, erwiderte Sara. »Vivian legt großen Wert darauf, dass du dabei bist. Das ist ihr sehr wichtig. Sie hat sogar Jared überredet, mich zu begleiten, damit ich hier bei dir sein kann.«

Ich grinste, denn ich wusste, dass bei Jared nicht viel Überzeugungsarbeit nötig gewesen war.

»Und, was denkst du? Du hast mir noch gar nicht gesagt, wie dir dein Look gefällt.«

»Oh ...« Ich trat vor den großen Spiegel, und fing sofort an zu lächeln. Die junge Frau vor mir ähnelte nur entfernt dem Mädchen, das lieber Jeans und einen Pferdeschwanz trug und das sich immer noch nicht selbst schminken konnte. Die strahlenden braunen Augen unter dem rosa Lidschatten und den schwarz getuschten Wimpern, die erhitzten Wangen und die vollen, vom Lipgloss schimmernden Lippen gehörten jedoch ganz eindeutig ihr.

Als ich mich zur Seite drehte, bauschte sich der Chiffonrock um meine Beine, und ich ließ sanft die Finger über die filigrane rosa Stickerei auf dem champagnerfarbenen Schnürtop gleiten. Sara hatte Bänder im selben Rosaton in meine Haare geflochten und einen Teil meiner Locken im Nacken zu einem kunstvollen Knoten zusammengesteckt. Sozusagen als Sahnehäubchen auf Saras Meisterwerk legte ich mir noch die Halskette um, die Evan mir geschenkt hatte, und strich zärtlich mit den Fingern über den funkelnden Diamanten.

Als Sara aus dem Bad kam, wandte ich mich strahlend um und wollte ihr für ihre Verwandlungskünste danken, aber ihr Anblick verschlug mir buchstäblich die Sprache. Ihr figurbetontes saphirblaues Kleid umspielte schimmernd ihre Rundungen, ihre langen roten Locken hatte sie elegant über die rechte Schulter frisiert. Sie war schlicht ... hinreißend.

»Du wirst Jared um den Verstand bringen«, meinte ich, nachdem ich sie lange genug angestarrt hatte. »Sara, du siehst einfach phantastisch aus.«

Sie lächelte strahlend, und zwischen ihren knallrot geschminkten Lippen zeigten sich ihre makellosen weißen Zähne. »Kann schon sein.«

»Sara, sag jetzt bloß nicht, dass du mit ihm schlafen willst«, bekniete ich sie.

»Entspann dich, das werde ich schon nicht«, erwiderte sie und verdrehte die Augen. »Was aber nicht heißt, dass wir keinen Spaß haben können.«

In diesem Moment piepte mein Handy, eine SMS. *Hab mit Carl geredet und Rachel angerufen. Sie ist sehr nett, und ich glaube, sie will dich auch bei sich haben. Treffe sie am Samstag, mit Sonntag geht wohl alles klar.*

Sara gab mir meine Jacke und die Tüte mit meinem Geschenk für Evan.

»Deine Eltern haben nichts dagegen, dass ich bei meiner Mutter einziehe«, verkündete ich.

»Nun, dann ist es jetzt vermutlich offiziell.« Sara hielt mir die Tür auf und folgte mir hinaus.

»Scheint so.« Bei dem Gedanken wurde mir ein bisschen mulmig.

Als wir um die Ecke ins Hauptfoyer bogen und ich die Rückseite seines maßgeschneiderten schwarzen Anzugs sah, bekam ich weiche Knie. Langsam wanderte mein Blick zu seinen normalerweise immer etwas zerzausten hellbraunen Haaren, die er heute ordentlich zur Seite gekämmt hatte. Er war mit Jared ins Gespräch vertieft und bemerkte nicht, dass wir uns näherten.

Als sein Bruder jedoch staunend den Mund aufsperrte, unterbrach sich Evan mitten im Satz. Jared drohte wirklich den Verstand zu verlieren, das stand ihm mehr als deutlich ins Gesicht geschrieben.

Auch Evan drehte sich um. Meine Beine versagten mir fast den Dienst. Beim Anblick seiner rauchblauen Augen setzte mein Herz einen Schlag aus, und meine Wangen wurden heiß, als ich sein perfektes Lächeln sah. Es war gerade einmal zwei Wochen her, dass er zu seinem Skiausflug aufgebrochen war, aber aus irgendeinem Grund kam es mir vor, als begegneten wir uns zum ersten Mal.

Die amerikanische Originalausgabe erschien 2013
unter dem Titel ›Barely Breathing‹
bei Amazon Children's Publishing, USA
© Rebecca Donovan 2013

Für die deutschsprachige Ausgabe:
© S. Fischer Verlag GmbH, Frankfurt am Main 2014
ISBN 978-3-7335-0032-2